Scarlet
스칼렛

www.bbulmedia.com

Mr. 살과의 동거

Mr.
사랑과의 동거

1판 1쇄 찍음 2016년 1월 13일
1판 1쇄 펴냄 2016년 1월 19일

지은이 | 김영희
펴낸이 | 정 필
펴낸곳 | (주)뿔미디어

기획 · 편집 | 이영은

출판등록 | 2002년 9월 11일 (제1081-1-132호)
주소 | 경기도 부천시 원미구 소향로 17, 303(두성프라자)
전화 | 032)651-6513 / 팩스 032)651-6094
E-mail | scarlets2012@hanmail.net
블로그 | http://blog.naver.com/dahyangs
홈페이지 | http://bbulmedia.com

값 9,000원

ISBN 979-11-315-6948-1 03810

Mr. 사러과의 동거

김영희
장편 소설

SCARLET ROMANCE STORY

Contents

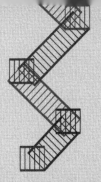

1
이건 악몽이야!

— 너도 참 지극정성이다. 그런다고 네 남친이 그걸 제대로 알아주기나 하냐? 고맙단 말 한마디 듣지도 못하는 주제에.

"준석 씨가 무뚝뚝해서 그렇지, 다 알아. 그리고 뭐, 알아주기를 바라고 하는 것도 아니고. 그냥 내가 좋아서……."

— 그래, 그래! 알지, 알고말고. 여호랑이 첫사랑한테 푹 빠져서 벌써 7년째 뒷바라지 중인 거, 누가 모르니? 대학 들어가 처음 만난 뒤에 홀랑 반해서 고백하고, 군대 가 있던 내내 주말마다 음식 만들어서 바리바리 싸 들고 찾아가고, 취직 준비할 때에는 대신 학원비 낸답시고 낮에는 애들 논술 과외 하고, 저녁부터 새벽까지는 식당에서 불판 닦고…….

"탁미야, 그만하자. 응?"

나는 계속 이어질 것 같은 탁미의 잔소리를 끊으며 난처해서 웃었다. 휴대폰 너머에서 한숨 쉬는 소리가 이어졌다.

— 속도 없는 년.

"내가 뭘⋯⋯."

— 헌신하다가 헌신짝 된다는 말도 몰라? 그 인간, 내가 장담하는데 얼마 못 가. 지금까지는 네가 바보처럼 헌신하는 거 받아먹느라고 사귀었다지만, 이제 남들이 부러워하는 대기업에 당당히 취직도 했겠다, 안 그래도 그 인간 부모도 너 만나는 거 반대한다며? 그걸 핑계로라도 헤어지자고 할걸?

"야, 고탁미. 너, 너무 말이 심하잖아."

나는 울컥해서 조금 목소리를 높였다. 그러자 탁미가 조금 찔린 듯 멈췄다가 다시 가라앉은 목소리로 말을 이었다.

— 내가 좀 심하게 말한 건 인정하는데. 어쨌든 정신 차리라고, 이 지지배야.

탁미의 말을 들으며 언덕을 올라오다 보니 어느새 준석 씨의 집 앞이었다. 나는 두 손으로 낑낑대며 들고 왔던 곰솥을 내려놓고, 한 손으로 이마에 맺힌 땀을 닦으며 말했다.

"그만 끊자, 탁미야. 이제 다 왔어."

— 어휴, 그래! 끊자, 끊어! 좋아하는 준석 씨네 가서 실컷 밥하고 청소하고 빨래하라고! 날씨도 좋다야, 아주 딱 좋네. 식모살이하기에 딱 좋아!

탁미가 버럭 소리를 지르더니 그대로 전화를 끊어 버렸다. 나는 잠시 눈만 깜빡이다가 한숨을 내쉬며 중얼거렸다.

"하여간 얘, 성질머리는⋯⋯."

나는 고개를 절레절레 흔들고는 지금까지 통화를 하느라고 끼고 있던 이어폰을 빼서 휴대폰에 둘둘 감아 크로스 가방 안에 넣었다. 이곳까지 오는 내내 탁미의 잔소리를 들었던 탓에 귓속이 얼얼할 지경이었다. 하지만 뭐라고 불평할 마음은 없다. 탁미가 나를 걱정해서 하는 잔소리이니 말이다.

'그래도 준석 씨를 나쁘게 보는 건 싫은데.'

왜 그런지 탁미는 준석 씨를 처음 봤던 대학 시절 때부터 줄곧 싫어했다. 예전에 한 번은 남산 근처에 용한 점집이 있다는 소문을 듣고는, 그 점집에 가서 나와 준석 씨가 헤어질 수 있게 해 준다는 부적을 받아다가 몰래 내 베개에 집어넣은 적도 있었다. 다행히 베개에서 부스럭거리는 소리와 함께 빳빳한 질감이 느껴져서 곧바로 빼 버리기는 했지만 말이다.

'탁미가 준석 씨를 좋게 볼 수 있게 도와주는 부적 같은 건 없나……'

나는 다시 두 손으로 곰솥을 들고 현관 안으로 들어갔다. 사골을 잔뜩 끓여 담은 곰솥이라 무게가 꽤 나갔다. 준석 씨는 이런 건 그냥 사먹으면 된다고 했지만, 그래도 정성이 담긴 것과 그렇지 않은 건 하늘과 땅만큼 차이가 크다. 나는 낑낑대며 곰솥을 들고 계단을 올라갔다.

준석 씨가 사는 빌라는 4층짜리 빌라인데 꽤 오래된 빌라라서 엘리베이터가 없다. 그래서 준석 씨의 집이 있는 4층까지 계단으로 오르내리면 종종 다리가 후들거리고는 했다. 특히 이렇게 무거운 걸 들고 올라갈 때는 더욱 그랬다.

"힘내자! 준석 씨의 몸보신을 위해서!"

나는 다시 힘을 내서 계단을 올라갔다. 이제 막 들어간 회사 생활에 적응하기가 힘든 건지 준석 씨와 연락하기가 요즘 들어서 더욱 어려워졌다. 전화를 안 받는 건 원래도 잘 안 받았으니 그렇다 치고, 문자를 보내면 몇 시간이 지나서라도 답장을 주고는 했었는데 요새는 그것마저 받는 것이 어려웠다.

얼마나 바쁘면 그럴까 싶어서 안타까운 마음이었다.

그 순간, 현관문이 열렸다. 어머나, 준석 씨! 내가 좋아서 소리 내어 그를 부르려는 순간, 준석 씨와 다른 누군가가 함께 밖으로 나왔다.

9

"어머, 난 몰라. 준석 씨, 자기야, 또 이럴래?"

"페니야, 오늘 진짜 너 보내기 싫은데. 응? 어떻게 안 될까?"

"지금까지 같이 있었으면서 너무 밝히는 거 아니야?"

까르르 웃으며 준석 씨의 가슴팍을 장난처럼 가볍게 때리는 여자를, 나는 멍하니 지켜볼 수밖에 없었다. 내가 지금 뭘 보고 있는 거지? 내가 지금 누구를 보고 있는 거지?

쿵.

나도 모르게 곰솥을 들고 있던 손에서 힘이 빠졌나 보다. 곰솥이 복도 바닥과 부딪히면서 둔탁한 소음을 냈다. 다행히 사골 국물이 복도에 쏟아지지는 않았다.

"……여호랑?"

그 소음에 먼저 나를 돌아본 사람은 여자 쪽이었다. 나는 어색하게 굳은 팔을 로봇처럼 들어 올리며 인사했다.

"안녕, 페니야."

이렇게 손을 흔들어 인사하는 게 맞는 걸까. 갑자기 인사하는 법조차 생각나지 않는다. 나는 울음이 터져 나오려는 걸 간신히 눌러 참으며 페니에게 손을 흔들다가 그제야 나를 돌아본 준석 씨를 쳐다보았다.

준석 씨, 지금 내가 본 게 뭐예요? 그냥 악몽 같은 거죠? 지금 내가 꿈을 꾸고 있는 거죠?

"너, 뭐야?"

"준석 씨?"

"왜 함부로 찾아오는 거야? 어? 너 이러는 거 사생활 침해야. 알아?"

"아니, 나는요……. 그러니까…… 그러니까요. 이거, 사골 국물인데……."

여덟 시간을 끓였거든요. 가스레인지 옆에서 내내 여덟 시간을 지키고 서서 끓인 거라서요. 국물이 뽀얗고 맛있게 된 것 같아서 준석 씨 주려고 가지고 온 건데요. 나는 그 모든 말을 하나도 내뱉지 못했다. 그저 덜덜 떨며 그 자리에 서 있는 것이 내가 할 수 있는 전부였다.

"아주 구질구질하다, 진짜."

준석 씨가 내 앞으로 성큼성큼 다가오더니 바닥에 있는 곰솥을 보고 인상을 찌푸렸다. 그가 가까이 다가오자 저절로 몸이 움츠러들었다.

"내가 이런 걸 지금까지 내버려 뒀으니……. 진짜 많이 봐줬네."

준석 씨가 피식거리며 나를 보다가 바닥에 놓여 있던 곰솥을 내려다보고는 발로 툭툭 차며 말을 이었다.

"야, 여기가 어디라고 촌스럽게 이딴 거나 가지고 와? 요새 누가 이딴 걸 먹는다고."

그의 비아냥거리는 목소리에 속에서 뭔가가 울컥거렸다. 아무리 내가 바보처럼 준석 씨 앞에서 늘 예, 예, 하며 순종적으로 굴었다고 해도 이건 아니었다. 나는 저절로 원망스러운 마음이 들어 그를 쳐다보았다.

"뭘 봐? 그렇게 보면 네가 어쩔 건데? 어?"

준석 씨는 내 시선조차 불쾌하다는 듯 더욱 목소리를 높였다. 어떻게 이럴 수가 있지. 내가 지금 보고 있는 게 맞아? 머릿속이 새하얗게 퇴색된 것만 같았다. 뭔가 생각을 잇고 싶은데 뜻대로 되지 않았다. 준석 씨가 계속 곰솥을 발로 건드렸다.

사랑하는 사람에게 들인 시간을 아까워하는 건 아니었다. 하지만 내 마음과 정성마저 무시당하는 기분에 참을 수 없어서 충동적으로 그를 밀어냈다.

"하지 마요!"

"야! 이게 진짜…… 너 지금 누구한테 명령이야? 어? 이깟 시골 고아 왔다고 나한테 유세 부리냐? 고작 이깟 게 뭐라고!"

준석 씨는 금세 시뻘겋게 변한 얼굴로 씩씩대다가 곰솥을 두 손으로 번쩍 들었다. 그리고 내가 그를 막을 새도 없이 복도 바닥에 곰솥을 던져 버리고 말았다.

요란한 소리가 진동하듯 울렸다. 어느 집에선가 문이 열렸다가 닫히는 소리가 들렸다. 그리고 정수리에서부터 이마와 뺨을 타고 사골 국물이 흘러내렸다. 그가 던진 곰솥의 뚜껑이 열리면서 내게 고스란히 쏟아진 탓이었다.

나도 모르게 다리에 힘이 풀려 주저앉고 말았다. 너무 놀란 바람에 숨조차 제대로 쉴 수 없었다. 나는 바닥을 짚은 채 다시 일어서기 위해 몇 번이고 다리에 힘을 주었지만 허사였다. 자꾸만 부들부들 떨리는 몸이 내 뜻과는 상관없이 바닥에 붙어 있겠다는 듯 움직이려 하지 않았다.

그 순간, 준석 씨의 구두가 눈에 들어왔다. 그에게 취직 선물로 사준 구두였다. 좋은 브랜드가 뭔지 몰라서 탁미를 달랜 끝에 간신히 함께 백화점에 가서 샀던—무려 12개월 할부로!— 것이기도 했다.

그 구두가 내 손등을 짓밟았다. 나는 비명조차 지르지 못하고 머리 끝까지 치고 올라온 통증에 덜덜 떨며 입술을 깨물었다.

"이왕 이렇게 된 거, 확실히 하자."

준석 씨가 내 손등을 밟고 있다가 다시 발을 떼고는 무릎을 굽혀 나와 시선을 맞췄다. 그의 시선은 차가웠다. 마치 아무런 쓸모도 없는, 재활용조차 되지 않는 물건을 보는 듯한 무감한 시선에 저절로 몸이 굳었다.

"두 번 다시 내 눈앞에 나타나지 마. 알았냐? 덜떨어진 게 촌닭 같기는 해도 그 맛에 건드려 보기는 했는데, 이렇게 진드기처럼 붙어 있을 줄 알았으면 안 건드렸어."

"아……."

아, 아니, 아니야. 아니잖아요. 그런 거 아니잖아요, 준석 씨. 나도 모르게 눈물이 뚝뚝 떨어져 내렸다. 복도에 눈물이 떨어지면서 동그란 자국들을 남겼다. 사람과 사람의 사이가 이런 자국처럼 흔적도 없이 말라 사라지는 게 아닌데, 어떻게 이런 식으로 말할 수 있는 걸까.

기쁘다고 했었는데. 없는 용기까지 전부 짜내서 했던 내 고백에, 사실은 나도 너를 좋아했노라 그리 말했던 남자가 어떻게…….

"여호랑."

또각또각, 높은 하이힐이 다가왔다. 나는 덜덜 떨다가 고개를 들었다. 시골 국물을 뒤집어쓴 데다가 눈물로 범벅이 되었으니 꽤나 보기 흉했나 보다. 페니가 더러운 것을 본 듯 얼굴을 찡그리더니 이내 한심하다는 눈빛으로 내게 말했다.

"정말 몰랐던 거야? 나랑 준석 씨, 이런 사이였던 거?"

몰랐으면 너는 정말 등신이고. 페니는 내게 가까이 얼굴을 대고는 속삭이듯 말하더니 재미있다는 듯 까르르 웃었다.

나는 지금 이 순간, 대학에 들어가 처음 사귀었던 친구인 페니를 잃어버렸음을 깨달았다. 아니, 애당초 내게 홍페니라는 이름의 친구가 있었는지도 자신할 수가 없었다.

내가 지금껏 사랑했던 우준석이라는 남자도, 내가 소중하다고 여겼던 홍페니라는 친구도 전부 허상이었던 걸까.

눈앞이 캄캄해졌다.

계속 전화가 울렸다. 그러나 그것이 내 것인지 구분할 수가 없었다. 비틀거리며 걷는 나를 술에 취한 사람 정도로 여겼는지, 사람들이 손가락질을 하면서 내 곁을 지나쳐 갔다. 아무도 내게 그저 악몽일 뿐이라고, 그러니 괜찮다고, 그렇게 말해 주지 않았다.

"……우욱."

나는 가로수 아래에 쭈그리고 앉았다. 점심을 먹었던 것이 뒤늦게 체하기라도 했는지 속이 뒤집힐 것처럼 울렁거렸다. 눈물이 콧등을 타고 뚝, 떨어졌다. 나는 손등으로 마구 문질러 닦고는 콧물이 나오는 걸 훌쩍였다.

사골 국물을 뒤집어썼던 걸 공중화장실에 들러 대충 닦기는 했지만 추레한 몰골은 감춰지지 않았을 것이다. ……아아, 그래서 사람들이 더욱 손가락질을 했나 보다. 나는 내 얼굴이 마치 삐에로의 것과 흡사하지 않을까 생각했다.

눈물방울을 큼직하게 그려 놓은 삐에로.

그러면서도 입은 커다랗게 우스꽝스러운 모습으로 벌려 웃는 삐에로.

"……흑. 흐흑."

나는 울음을 터뜨렸다. 가슴이 너무 아파서 숨조차 쉬기가 힘들었다. 나는 손바닥으로 가슴을 마구 때렸다. 그때 휴대폰 벨소리가 들렸다. 아마 탁미일 것이다. 준석 씨 집에 갔다가 내가 아직 돌아오지 않은 걸 보고 걱정이 되어서 전화를 했겠지. 탁미는 내가 준석 씨를 보러 갈 때마다 걱정을 하고는 했다.

나는 정말 바보였을까.

계속 울려 대는 휴대폰을 꺼내 들었다. 내가 받을 때까지 계속 전화를 걸겠다는 듯 벨소리가 끊이지 않았다.

"……응."

— 야, 여호랑! 너, 어디야? 왜 집에 없어? 아직도 그 자식 집에 있는 거야? 지금까지 청소하고 있냐, 너?

아니, 집에는 들어가지도 못했어. 열심히 끓였던 사골 국물은 내가 고스란히 뒤집어썼고. 곰솥도 사골 끓인다고 어제 급하게 샀던 건데, 그것도 거기에 두고 왔어. 버렸을까? 버렸겠지? 나는 탁미의 목소리를 듣다가 엉엉 울었다.

— 호랑아? 야, 너 울어? 대체 무슨 일이야? 지금 어디야? 응? 왜 그래?

탁미가 미치겠다는 듯 나를 불러 댔다. 나는 끅끅거리고 울음을 참으며 입을 열었다.

"네가 옳았어. 탁미야, 네가 맞췄어."

— 뭐?

"나, 네 말대로 헌신짝 됐다? 준석 씨는 처음부터 날 좋아하지 않았나 봐. 그러니까 전부 거짓이었고…… 페니도…… 페니도 전부 거짓이었고."

— 페니? 홍페니? 그년 얘기는 여기서 왜 나오는데? 응? 야, 여호랑! 내가 지금 갈 테니까 어디에 있는 건지 말 좀 해! 정신 차리고!

탁미가 고함을 질렀다. 나는 휴대폰 밖으로 선명하게 들리는 탁미의 목소리에 울다가 웃었다. 손등이 아팠다. 휴대폰을 다른 손으로 바꿔 잡고는 아픈 손등을 내려다보았다. 준석 씨에게 구둣발로 밟혔던 손등에 시커먼 멍이 큼직하게 남아 있었다.

'아주 구질구질하다, 진짜.'

준석 씨의 목소리가 다시 들렸다.

'몰랐으면 너는 정말 등신이고.'

페니의 조롱 섞인 목소리가 다시 들렸다.

"탁미야, 나, 정말 어떻게 하지?"

나는 눈물로 범벅이 된 채 탁미에게, 그리고 내 자신에게 물었다. 모든 것이 절망스러웠다.

— 정말 혼자 올 수 있겠어?

"당연하지. 그리고 이제 괜찮아. 실컷 울었더니 정신 말짱해졌어."

— 말짱하기는. 네가 퍽이나 그렇겠다.

탁미가 못마땅한 듯 뭐라고 혼자 중얼거렸다. 휴대폰 너머에서 들리는 소리라 정확하지는 않지만 아무래도 욕설인 듯했다. 내 대신 화를 내고 욕을 하는 탁미의 마음에 고마워서 힘없이 웃었다. 그래도 이럴 때 탁미가 있어서 다행이란 생각이 들었다. 나를 위해서 화를 내 주는 사람이 한 사람 정도는 있으니까. 내가 아주 못난 사람은 아니지 않을까 해서.

— 택시 타고 와. 괜히 돈 아낀다고 궁상떨지 말고.

"……어."

— 너, 지금 버스 정류장 가는 거 아니야?

"으응, 아니야."

나는 버스 정류장에 도착했다. 버스가 끊길 시간이 다 되어서 그런지, 사람들이 제법 줄을 서 있었다. 오히려 막차가 사람이 많은 법이다. 나는 탁미에게 거짓말을 하고 전화를 끊었다. 하지만 탁미가 내 거짓말을 곧이곧대로 믿지는 않을 거라는 것을 알고 있다. 아마 전화를 끊고 뭐라고 막 하겠지. 돈 아껴서 어디에 쓰려고 하냐, 하고 말이다.

그래도 아까운 걸 어떻게 해.

그때, 문득 준석 씨의 목소리가 또다시 귓가에 맴돌았다.

'아주 구질구질하다, 진짜.'

그는 내 이런 점들을 구질구질하다고 느꼈던 걸까. 그래서 마음이 떠나 버린 걸까. 모든 게 내 잘못이었을까.

그 순간, 집으로 가는 버스가 정류장에 도착했다. 사람들이 우르르 몰려갔다. 하지만 이상하게도 발걸음이 떨어지지 않아서 꼼짝도 할 수 없었다. 빨리 타야 하는데. 막차를 놓치면 안 되는데. 도저히 버스를 탈 수가 없었다.

그리고 버스가 출발했다.

그 뒤에도 다양한 번호의 버스가 정류장에 멈췄다가 출발했다. 그때마다 사람들이 버스를 타고 떠나갔다. 어느새 막차가 전부 가 버린 것인지 정류장에 남아 있는 사람은 나를 제외하고는 아무도 없었다. 그리고 더 이상 버스도 오지 않았다.

나는 가만히 도로를 응시했다. 버스가 다니지 않는 도로는 한적함마저 풍겼다. 아주 가끔 일반 승용차나 화물차가 지나갔지만, 그뿐이었다. 그들은 다들 어딘가 목적지가 있기 때문에 이곳에 멈출 이유가 없었다.

"……그래, 택시를 타 보자."

나는 코를 훌쩍이며 인도 가장자리로 걸음을 옮겼다. 다리가 부들부들 떨려 금방이라도 주저앉을 것 같았다. 온몸에 오한이 들었다. 이러다가 감기에 걸리겠다. 탁미가 또 전화를 했을지도 모르겠단 생각에 휴대폰을 꺼내 보았다.

"아…… 방전됐네."

휴대폰을 4년 넘게 쓰다 보니까 배터리를 백 퍼센트 충전해 놓아도 금세 닳아 버리기 일쑤였다. 더구나 오늘은 충전하는 걸 깜빡 잊고 그냥 나왔으니 방전된 게 당연했다. 탁미가 난리를 치고 있겠다. 내 얼굴 보기 전에는 집에도 돌아가지 않고 무작정 기다릴 텐데. 그나마 다행인 것은 탁미가 열쇠를 가지고 있으니 집 밖에서 덜덜 떨고 있지는 않으리란 점일까.

그때, 빈 차임을 알리는 불빛이 들어와 있는 택시가 다가오는 게 보였다. 나는 서둘러 택시를 향해 손을 뻗었다.

지금 이 순간, 세상에서 제일 무서운 게 뭐냐고 누군가가 내게 묻는다면 나는 곧바로 이렇게 대답할 것이다.

'택시 미터기가 제일 무서워요!'

나는 계속 올라가는 미터기의 숫자를 보면서 기사 아저씨 몰래 한숨을 내쉬고, 손톱을 깨물다가 다시 한숨을 내쉬었다. 중간에 내리고 싶은 마음도 들었지만, 버스마저 끊긴 마당에 집까지 갈 방법이 없어서 어쩔 수 없이 미터기만 보면서 가는 중이다.

제발 멈춰라.

잠깐만이라도 고장이 나서 멈춰 주면 안 될까.

나는 터무니없는 바람을 담아서 미터기의 숫자를 계속 쳐다보았다. 그러던 중에 기사 아저씨가 혀를 차는 소리가 들렸다.

"하여간 요새 젊은 새끼들 보라니까. 머리에 피도 안 마른 것들이 외제차 끌고 나와서 저 지랄이지."

기사 아저씨는 뭐가 못마땅한지 거친 욕설과 함께 말을 내뱉었다. 나는 미터기를 쳐다보던 시선을 들어 창밖을 보았다. 고장이라도 난 것인지 어떤 자동차 한 대가 보닛이 열린 채 도로에 멈춰 서 있었다. 그리고 견인차 한 대가 그 앞에 있었는데, 그 자동차를 지금 막 끌고 가려던 건지 견인차와 자동차가 서로 연결되어 있는 게 보였다.

"허이고, 저게 대체 얼마짜리 차야. 저거…… 저거 부가티 아니야? 아가씨, 저거 부가티 맞지? 그렇지?"

"예?"

부가티가 뭐지? 무슨 티 어쩌고 하는 걸 보니까 마시는 차를 말하는 걸까. 아니면, 티셔츠 종류인가. 나는 기사 아저씨의 말을 이해하지 못하고 눈만 깜빡였다. 기사 아저씨는 내 대답을 기대하지 않았는지 혼자 뭐라고 계속 말하면서 감탄했다.

"저거 견인해 가는 놈은 무슨 배짱으로 달려들었나 모르겠네. 살짝 긁히기만 해도……. 어이쿠, 생각만 해도 오금이 저리는데."

아하, 자동차 이름이 부가티인가 보구나. 나는 기사 아저씨의 말을 듣다가 뒤늦게 고개를 끄덕였다. 벤츠나 BMW는 들어 봤지만, 부가티는 처음 듣는 이름이다. 별로 인기가 없는 차종인가 보네. 나는 다시 내 최대 관심사이자 제일 무서운 대상인 미터기를 보았다.

"……어?"

미터기가 멈춰 있었다. 나는 어리둥절해서 고개를 들었다. 아무래도 기사 아저씨가 외제차 운운하면서 욕을 했을 때부터 차를 세워 놓고는 구경하던 중이었나 보다. 나도 참…… 그것도 모르고.

"저기, 기사님. 출발하셔야……."

"아, 그래! 기념으로 부가티를 사진 한 장으로라도 남겨야지!"

기사 아저씨는 언제 욕을 했었나 싶게 잔뜩 들뜬 목소리로 내 말을 가볍게 무시하더니, 휴대폰을 꺼내서 견인차에 막 끌려가려는 자동차를 찍기 시작했다. 그와 동시에 누군가가 조수석 창문을 두드렸다.

"어이쿠, 깜짝이야."

기사 아저씨는 죄라도 지은 사람처럼 화들짝 놀랐다가 이내 조수석 쪽의 창문을 내렸다. 낯선 남자의 손이 창틀을 짚었다. 길고 새하얀 손가락이 꽤 인상적인 손이었다.

"성북동까지 갑니까."

"음…… 거기는 좀 돌아가야 하는데. 먼저 탄 아가씨를 내려 주려면요."

"상관없습니다. 그럼 가능합니까."

"합승이 불법이라 곤란한데……."

뭐? 뭐라고? 합승? 불법? 대체 무슨 소리를 하는 거지? 나는 갑자기 이어진 두 사람의 대화에 어리둥절해서 눈만 깜빡였다. 그런 나와는 상관없이 조수석 창틀을 짚고 있던 손의 주인이 피식 웃더니 다시 말했다.

"다섯 배."

"기본요금의 다섯 배, 말이오?"

"아니요. 추가 요금까지 전부 합해서."

남자의 말이 끝나기가 무섭게 조수석 쪽에 잠겼던 문이 열렸다. 나는 당황해서 아무 말도 하지 못하다가 기사 아저씨를 향해 입을 열었다.

"저기, 기사님. 합승은 곤란······."

"허허, 아가씨, 인색하게 굴지 말고 인심 좀 써요. 이 총각이 차도 고장 나서 견인되어 갔는데 어떻게 가라고 그러나. 응? 이쪽은 택시도 별로 안 다니는 길인데."

"······그, 그렇지만."

나는 뒷좌석의 등받이에 등을 딱 붙인 채 얼어붙었다. 낯선 사람과 합승이라니. 머릿속이 핑핑 도는 것 같았다. 탁미가 늘 경고하면서 절대 하지 말아야 한다고 말했던 합승을 하게 되다니. 택시가 출발하는 것과 동시에 눈을 질끈 감았다가 떴다.

"······응?"

그 순간, 나는 내가 너무 무서워서 미쳐 버린 건가 하는 생각을 했다. 아니면, 준석 씨의 일 때문에 과부하가 걸렸던 머릿속이 그대로 망가지기라도 한 것인가 싶기도 했고. 그게 아니고서야 저런 게 보일 리 없잖아!

고양이 귀 맞지? 고양이 귀잖아!

마치 내가 속으로 외친 말을 알아들은 듯 조수석에서 고양이의 귀를 닮은 뭔가가 움직였다. 꿈이라도 꾸는 걸까. 나는 멍한 머리로 생각하다가 무심코 시선을 아래로 내렸다.

"······꼬리?"

나도 모르게 입 밖으로 말이 나왔다. 조수석의 의자 아래로 두툼하고 북슬북슬한 털을 지닌 꼬리가 흔들리는 게 눈에 들어왔다. 연한 황색의 털에 짙은 잿빛 고리 무늬가 섞여 있는 꼬리였다.

꼬리는 조수석과 운전석 사이에서 좌우로 느릿느릿 움직이는 듯하더니 내 목소리를 들었는지 빳빳하게 일어섰다. 그리고 조수석에 앉아 있던, 조금 전에 합승한 남자가 뒷좌석에 앉은 나를 돌아보았다.

"헉!"

나는 너무 놀라 숨조차 쉴 수 없었다. 남자의 머리 위에 달린 귀가 쫑긋거렸다. 고양이의 귀를 닮았지만, 끝부분이 조금 더 둥근 것 같기도 했다. 남자가 나를 가만히 쳐다보더니 사르르 웃으며 말을 건넸다.

"너, 내가 보이는구나?"

이게 무슨 말이지? 귀신이라도 된다는 거야? 하지만 기사 아저씨와 분명히 대화를 나누고 내 의사와는 상관없이 합승까지 했는데! 나는 속으로만 애타게 외칠 뿐, 아무 말도 할 수 없었다. 너무 놀란 나머지 입이 막히기라도 한 것 같았다. 그렇지만 남자는 내 말을 전부 알아들었다는 듯 다시 웃으며 말을 이었다.

"아니, 내 귀와 꼬리가 보이냐고 물은 거야. 그리고 뭐? 귀신? 그렇게 멍청해 보이지는 않는데……. 하긴 다른 인간들보다 멍청해 보이기는 하네."

남자가 입을 벌려 웃자, 입 속에서 날카로운 송곳니가 드러났다. 어두운 택시 내부에서도 그의 송곳니가 비정상적으로 새하얗게 보였다. 사람의 치아라고 하기에는 너무 뾰족하고 날카로웠다. 마치 짐승, 그러니까 동물농장 같은 프로그램에서 보았던 맹수의 것처럼…….

"차 세워."

남자는 나를 뚫어질 듯 쳐다보며 말했다. 그러자 도로를 달리던 택시가 갑자기 멈춰 섰다. 기사 아저씨가 뭔가에 홀린 사람처럼 그냥 정면만 쳐다보고 있었다. 남자는 겉옷 안쪽에서 지갑을 꺼내더니 수표로 보이는 것을 두어 장 꺼내 운전석 쪽으로 던진 뒤, 밖으로 나갔다.

"……후우."

그제야 나는 숨을 쉴 수 있었다. 마치 내 자신이 맹수의 앞에 놓인 먹잇감 같았다. 뭐가 어떻게 된 것인지 파악할 수는 없지만 그냥 이대로 묻어 두는 편이 낫겠다는 생각을 하면서, 다시 운전석 쪽을 향해 입을 열었다.

"기사님. 저, 다시 출발하…… 으앗!"

그 순간, 내 옆쪽의 문이 열리더니 남자의 손이 들어왔다. 그리고 그대로 내 팔을 붙잡고는 밖으로 끌어냈다. 나는 미처 기사 아저씨에게 말도 하지 못한 채 밖으로 끌려 나가고 말았다.

"사, 살려 주세요. 제발……."

눈물이 왈칵 쏟아졌다. 준석 씨로부터 비롯되었던 악몽이 지금까지 계속 이어지고 있는 것만 같았다. 나는 두 손바닥을 싹싹 비비며 땅바닥에 주저앉은 채 울음을 터뜨렸다. 하지만 남자는 아무 말도 하지 않고 무작정 내 겨드랑이 사이로 팔을 집어넣더니 나를 일으켜 세웠다. 다리에 힘이 풀렸는지 좀처럼 제대로 설 수가 없어서 휘청거리자 남자가 내 어깨를 움켜쥐었다.

그리고 갑작스럽게 남자의 입술이 다가왔다.

"……흐읍!"

먹힌다고 생각했다. 잡아먹히는 것이라고 본능적으로 느꼈다. 나는 두 눈을 질끈 감았다. 하지만 남자의 날카로운 송곳니가 내 입을 찢는 대신 그의 뜨거운 혀가 내 입술을 핥았다. 그리고 남자가 다시 입술을 떼고 나를 쳐다보며 말했다.

"너, 내 아이를 낳아라."

악몽은 끝날 생각을 하지 않았다.

2
구애하는 삶

차마 소리조차 낼 수 없었다. 눈앞에 스쳐 지나가는 풍경을 보면서, 나는 그저 눈만 휘둥그레 뜬 채 얼어 있었다.

'너, 내 아이를 낳아라.'

남자는 그렇게 말한 뒤, 곧바로 나를 옆구리에 끼고 날아오르듯 허공으로 솟구쳤다. 그 바람에 나는 비명을 지를 틈도 없이 정신을 잃었다.

그 뒤에 얼마나 시간이 지났을까. 정신을 차린 뒤에도 여전히 내가 거의 허공 위를 날듯이 지나가고 있음을 깨달았다. 발아래에 아무것도 닿지 않는다는 것은 정말이지 공포 그 자체였다. 떨어지면 죽는다. 머릿속에 떠오른 것은 오직 그것뿐이었다.

그래서 나는 내 허리를 감고 있는 남자의 팔을 꽉 움켜쥘 수밖에 없었다. 남자가 어디로 향하는 것인지 알 수는 없지만, 일단 땅에 발을 디딘 뒤에야 도망이든 뭐든 생각할 수 있을 것 같았다.

"아악!"

하지만 아프다. 나뭇잎이 볼을 스치면서 낸 상처 탓에 나도 모르게 비명을 지르고 말았다. 그러자 남자가 속도를 늦추더니 천천히 땅에 발을 디뎠다.

"우욱!"

발이 땅에 닿자마자 곧바로 남자를 뿌리치고 전봇대 밑으로 달려갔다. 헛구역질이 계속 나왔다. 머리도 어지럽고 울렁거리는 게 아무래도 멀미인 듯싶었다.

"허약하군. 내 아이를 낳기에는 좀 부족해."

"……대, 대체!"

그게 무슨 말이에요! 나는 머리 위에서 내리꽂히듯 들려온 남자의 목소리에 헛구역질을 하다 말고 위를 올려다보았다. 어두운 탓에 남자의 얼굴이 선명하게 보인 것은 아니지만, 그래도 그가 못마땅한 기색으로 나를 보고 있다는 것 정도는 알아차릴 수 있었다.

뭐, 뭔데요. 왜 그렇게 보는 건데요. 나는 잔뜩 겁을 먹은 채 주춤거리며 뒤로 물러서다가 그대로 엉덩방아를 찧고 말았다. 그러자 남자가 다시 미간을 찌푸리며 혀를 찼다.

"게다가 덜렁대기까지 하다니. 내 아이를 낳기에는 너무 모자라."

"그, 그게, 아니, 그러니까 제가 왜……."

"네가 사는 곳이 여기인가 보지? 내 아이가 자라기에는 너무 불결한데."

남자는 내 말 따위는 아랑곳하지 않고 자기가 할 말만 계속 이어 나갔다. 나는 남자에게 항의를 하려다가 문득 그의 말을 되새기고는 황급히 주위를 둘러보았다. 어라? 그러고 보니 여기는…….

"집 앞이잖아?"

'옹달샘 빌라'라는 저 투박한 궁서체 글씨가 이렇게 사랑스럽게 느껴지다니! 나는 붉은 벽돌집 벽에 빌라 주인이신 옹(甕)달샘 회장님께서 친히 하얀색 페인트로 한 글자, 한 글자, 정성스럽게 써 놓으셨던 바로 그 '옹달샘 빌라'의 익숙한 모습을 보고는 눈물을 글썽였다. 어쨌든 집에 도착한 것이다.

아, 그러고 보니 이 전봇대는 우리 옹달샘 빌라 사람들이 매주 목요일마다 재활용 쓰레기를 내놓는, 바로 그 소중한 자리로구나. 나는 새삼 전봇대가 반가워서 끌어안고 싶은 충동을 느꼈다. 하지만 지금도 나를 한심하다는 눈으로 바라보면서 혀를 차고 있는 남자의 존재 덕분에 간신히 그 충동을 누를 수 있었다.

"하여간 들어가서 얘기하자. 안내해."

"예?"

"안내하라고."

"어, 어디로 안내를……."

나는 남자의 말뜻을 이해할 수 없어서 엉덩방아를 찧은 그 자세 그대로 주저앉은 채 그를 올려다보며 말끝을 흐렸다.

"다른 건 그렇다고 해도, 이렇게 귀까지 먹어서야 내 아이의 양육에 문제가 생길 텐데."

"잠깐, ……잠깐만요!"

간신히 정신을 차리고 남자의 말 속에서 자꾸만 걸리던 것을 붙잡아 입을 열었다.

"왜 자꾸 저한테 아이가 어쩌고, 하면서 아이 얘기를 하시는 거예요?"

"그걸 몰라서 묻는 건가?"

"당연하죠!"

"……흠, 머리도 나쁘고. 아이가 엄마 머리를 닮으면 곤란한데."

"저기요! 대체 아이라니, 그게 무슨……."

"말했잖아."

"예?"

"내 아이를 낳으라고."

헉. 나는 말 그대로 '헉' 하고 입을 벌린 채 남자를 올려다보았다. 내가 지금 무슨 말을 들은 거야? 내 귀가 미친 건가?

"그런가 봐. 그래, 미쳤지……."

준석 씨의 일부터 시작해서 전부 내가 미쳐서 만들어 낸, 그런 망상일 거야. 그래. 그런가 보다. 내가 넋 나간 채 중얼거리고 있는데, 남자가 내 앞에 한쪽 무릎을 꿇더니 내 턱을 손으로 감싸 쥐었다.

"정신 차려. 나는 내 아이의 엄마가 될 여자가 미치는 꼴은 두고 볼 수 없으니까."

"……어, 으악!"

나는 멍하니 남자의 눈을 마주하고 있다가 뒤늦게 내 턱을 감싸고 있는 남자의 손을 알아차리고는 후다닥 뒤로 물러났다. 옷이 엉망이 되었을 거라는 생각이 순간적으로 머릿속을 스쳤지만, 지금 중요한 것은 그런 게 아니었다.

'미친놈이다!'

그것도 아주 멀쩡하게, 아니, 멀쩡한 걸 넘어서 심하게 잘생긴 미친놈이 내 눈앞에 있었다. 게다가 이 미친놈은 고양이 귀와 꼬리까지 달고 있었다. 눈앞에 보이는 고양이 귀와 꼬리에 나도 모르게 다시 시선을 빼앗겼다. 그러자 남자가 이를 드러내고 웃었다.

"내 귀랑 꼬리, 지금도 보이는 거지?"

"그거 진짜예요?"

나는 멍청하게도 남자에게 질문을 했다. 아니, 여기서 그런 질문을 왜 하냐고! 그냥 모르는 척, 보이지 않는 척해서 남자의 관심을 끊은 뒤에 집으로 들어가야지! 나한테 관심을 보이는 이유가 바로 저 고양이 귀와 꼬리 때문인 것 같은데!

"만져 볼래?"

"그래도 돼요?"

북슬북슬한 털의 감촉을 느껴 보고 싶어! 쫑긋거리는 저 귀는 어떤 느낌일까! 나는 마치 여우에게, 혹은 귀신에게 홀린 사람처럼 손을 내밀었다.

"응. 내 성감대이기는 하지만, 넌 내 아이를 낳을 거니까 괜찮아."

"으앗! 아, 안 만져요!"

손끝이 살랑살랑 움직이는 꼬리에 막 닿으려던 순간, 내 귓속에 인식된 남자의 말 때문에 황급히 손가락을 오므렸다. 남자의 표정이 불쾌하다는 듯 일그러졌다.

"뭐야? 감히 나를 거부하는 거야? 하여간 너는 정말 보는 눈도 없고……."

남자가 혀를 차며 일어섰다. 나는 멍하니 남자를 올려다보았다. 보여서는 안 될 것들이 여전히 보였다. 쫑긋거리는 귀도 살랑대는 꼬리도 모두 다 보여서는 안 될 것들이었다. 그런데 너무나 선명하게 보였다. 마치 내가 꿈을 꾸고 있는 것처럼. 처음에는 악몽이었는데, 지금은 뭐랄까…… 마치 환상 속의 세계에 있는 것 같다고 해야 할까.

어두운 골목, 가로등 불빛, 그리고 고양이 귀와 꼬리를 가지고 있는 남자.

"당신, 정체가 뭐예요?"

처음부터 물었어야 하는 건 바로 이것이었는지도 모르겠다. 남자는 대답 대신 손을 내밀었다. 잡으라는 건가? 나는 잠시 주저하며 남자의 손을 바라보았다. 길고 가늘게 뻗은 손가락은 마치 피아니스트의 것 같았다. 혹은 그림을 그린다거나 글을 써도 잘 어울릴 듯싶었다.

나는 망설이다가 남자의 손을 잡았다. 생각보다 손이 따뜻했다. 남자가 내 손을 잡은 채 가볍게 나를 일으켰다. 이곳까지 거의 허공을 날듯이 왔던 것처럼, 그와 비슷하게.

그건 그렇고 내가 간과하고 있었던 게 있다. 그건 바로…….

"야! 여호랑! 대체 어디에 있다가 이제 오는 거야! 내가 얼마나 걱정했는지 알아? 응? 이 지지배야, 막차 시간도 훨씬 지났는데 오지도 않고. 전화는 왜 꺼져 있는데!"

탁미의 존재였다. 집 안에 들어서자마자 귀에 내리꽂히는 탁미의 잔소리에 나는 반사적으로 목을 집어넣고 움츠러들었다. 그리고 우물쭈물하다가 조심스럽게 입을 열었다.

"택시 탔어. 그리고 전화는 배터리가 나가 버려서…….'"

"웃기네. 네가 택시를 탔다고?"

"응, 진짜야…….'"

나는 말끝을 흐리며 대꾸했다. 자신 있게 대답해야 한다는 걸 알면서도 탁미의 앞에서는 저절로 주눅이 들었다. 워낙 탁미의 성격이 걸걸한 면이 있기도 하고, 아까 통화하면서 울었던 것도 생각나서 창피하기도 한 탓이었다. 그런 나를 아는지 모르는지 탁미가 눈을 부릅뜨고 다시 잔소리를 퍼부으려다가 뒤늦게 내 등 너머를 바라보더니 기묘한 표정을 지었다. 응? 왜 그러지? 나는 무심코 뒤를 돌아보았다가 입을 벌렸다.

아니, 이 사람이 진짜!

제발 그냥 가라고 애원하다시피 한 끝에 내 눈으로 남자가 돌아가는 것을 확인했는데, 그가 어느새 내 등 뒤에 와 있었다. 왜 다시 돌아온 거야? 게다가 언제부터 내 뒤에 있었던 건데? 남자가 나와 시선이 마주치자 입꼬리를 살짝 올리고는 다시 탁미를 향해 가볍게 고개를 숙여 인사했다.

"안녕하십니까. 늦은 시간에 죄송합니다."

"예? 어…… 예에."

탁미가 팔팔한 성격을 어디에 다 감춰 버리고는 순식간에 여성스러운 목소리로 대꾸를 하더니 내게 마구 눈짓을 보냈다. 굳이 눈짓의 의

미를 해석하지 않아도 저절로 음성 지원이 되어 귓속에 탁미가 내게
보내는 메시지가 마구 들어왔다.

누구야?

저 남자, 누구야?

누구인데 이 밤중에 남자를 집에 끌고 와?

이 되바라진 년 같으니라고…… <u>오호호호호호호호호호호호</u>.

나는 고개를 마구 흔들고는 아니라고 부정하기 위해 입을 열었다.
하지만 남자가 나보다 먼저 말을 이었다.

"여호랑 씨……와는 알게 된 지 얼마 되지는 않았지만."

남자의 시선이 다시 내게 향했다. 나는 남자의 눈을 마주하다가 저
절로 그의 머리 쪽을 바라보았다. 또 나왔어, 저게! 남자의 머리 위에
서 쫑긋거리는 고양이 귀를 손가락질하고 싶은 충동을 억누르며, 나는
시선을 피했다. 시선을 스치며 남자의 뒤쪽에서 북슬북슬한 꼬리가 살
랑거리는 것이 보였지만 애써 못 본 척했다.

"열심히 구애 중입니다."

"구애…… 예에? 뭐라고요?"

탁미가 무심코 남자의 말을 따라 하다가 경악해서 목소리를 높이며
나를 쳐다보았다. 그렇게 쳐다보지 마. 나도 이 남자가 무슨 말을 하는
건지 모르겠다고! 나는 탁미를 쳐다보다가 말을 잇지도 못한 채 고개를
마구 저었다.

"일단 가! 날 밝으면 다시 얘기해."

"어우, 이 지지배……. 알았어. 우리 추 여사님한테 빨리 이 소식을
알려 줘야지."

"알리기는 뭘 알려!"

"내 마음이지. 흐흐, 갈게."

현관문 좀 살짝 열어 둬야 하는 거 아니야? 탁미가 내 귀에 대고 속삭이더니 키득거리며 밖으로 나갔다. 나는 탁미가 계단 내려가는 것을 보다가 한숨을 내쉬고 현관문을 닫기 위해 문고리를 잡아당겼다. 그러다가 순간, 멈칫하고는 도어스토퍼를 내려다보았다. 탁미의 말대로 문을 좀 열어 둬야 할…….

"문 닫고 들어와. 지금 당장 뭘 어떻게 할 마음은 없으니까."

"예? ……아, 예에."

아니, 그럼 지금 당장이 아니면 뭘 어떻게 하려고요? 나는 차마 물어볼 수 없는 질문을 목구멍 아래로 꾹꾹 눌러 삼키며 조심스럽게 슬리퍼를 벗고 안으로 들어갔다.

방 하나에 주방 겸 거실이 딸려 있는 집은 남자 한 사람 들어와 있을 뿐인데도 꽉 찬 듯한 느낌이 들었다. 탁미와 탁미의 어머니, 이렇게 두 사람이 와도 이런 느낌은 아니었는데…….

그나저나 상황이 왜 이렇게 된 거지? 이 남자는 왜 이렇게 당연하다는 듯이 내 집에 들어와 있는 거고? 머릿속은 혼란스러웠지만 애써 내색하지 않고 그에게 다가갔다.

"여기가 내 아이의 공간이 될 곳이군."

"저기요……. 왜 자꾸 아이 얘기를 하시는지 모르겠는데요."

아까 탁미와 대화를 나눌 때만 해도 멀쩡해 보이던 사람이 왜 나와 단둘이 있기만 하면 헛소리를 하는지 모르겠다. 탁미가 남자에게서 명함을 받고 '좋은 곳에 다니시네요!' 하며 호들갑을 떨었던 걸 보면, 직장도 번듯한 곳에 다니는 모양이고. 그런데 왜 내 앞에서만 미친 사람처럼 이러는 건지.

"앉아. 우선 제대로 얘기를 해야겠군."

좋아. 일단 얘기부터 들어 보자. 나는 남자와 거리를 조금 두고 앉았다. 남자가 편안한 자세로 앉은 채 나를 응시하다가 자신의 머리 위를 가리키며 말을 이었다.

"지금도 보이는 건가?"

"예? ……아, 그 고양이 귀요?"

나는 남자의 머리 위에 솟아오른 고양이 귀를 보고 무심코 대답했다. 그러자 그가 얼굴을 일그러뜨리더니 버럭 화를 냈다.

"고양이 귀라니! 어떻게 감히 이 귀를 보고 고양이 귀라고 할 수 있어!"

"예에? 고, 고양이 귀 맞는데……. 아니, ……닮았는데요."

아닌가요? 내가 조심스럽게 묻자, 남자가 기분이 상했다는 것을 노골적으로 드러내더니 꼬리를 잡아 앞으로 내보이며 말했다.

"당연하지! 게다가 귀가 헷갈리더라도 이 꼬리를 보면 내가 고양이가 아니라는 것 정도는 알 수 있지 않아? 어떻게 그런 무식한 머리로 살 수 있는 거지?"

"그 꼬리도 조금 통통한 고양이 꼬리 같……."

"삵이다, 삵!"

"……예?"

내가 방금 무슨 소리를 들은 거야? 나는 눈을 깜빡이며 남자를 쳐다보았다. 남자가 잔뜩 자존심이 상한 눈으로 나를 쳐다보다가 자신의 가슴팍을 주먹으로 탕, 탕, 치며 다시 말했다.

"이 땅의 역사 이래, 줄곧 이어져 내려온 삵 가문의 후예가 바로 나란 말이다! 그런 나를 감히 고양이 따위에 비교하다니!"

"저기, 삵도 고양이과에 속하는 걸로 알고 있는데요."

외모로 사람을 판단해서는 안 된다는 걸 알고 있지만, 그래도 저 외모로 저런 말을 하는 남자를 보니 안타까운 마음이 들었다. 얼굴이 아깝다, 정말! 하지만 내 안타까운 마음을 알 리 없는 남자는 흥분을 가라앉히지 못한 채 씩씩거렸다.

나는 남자를 물끄러미 쳐다보다가 허탈하게 웃고 말았다. 지금 내가 뭘 하고 있는 건가 싶었다. 손등에 생긴 시커먼 멍이 기억을 되살렸다. 내가 지금 이러고 있을 처지가 아닌데.

"물론 삵이 고양이과에 속하기는 하지만, 그건 인간들이 정해 놓은 기준일 뿐이야. 그러니 다시는 나를 고양이에 비교하지 말고…… 우는 건가?"

미쳤나 보다. 낯선 남자 앞에서 눈물을 뚝뚝, 떨어뜨리고 있는 꼴이라니. 그러나 나는 눈물이 나오는 걸 참을 수 없었다. 남자가 입을 다물더니 내게 가까이 다가왔다. 그리고 내 뺨을 양손으로 감싸고는 고개를 들게 했다. 깊이조차 가늠할 수 없는 눈이 나를 응시했다.

"무엇 때문에 우는 건지 알 수 없지만 그렇게 참을 것 없다. 인간은 때때로 실컷 울고 나면 정신을 차리기도 하더군."

"다, 당신이 뭘 안다고……."

"알지 못할 건 또 뭐야. 인간 세상에서 인간으로서 살아온 지도 삼십 년인데. 어쨌든 당장 내 아이를 낳는 건 무리일 것 같으니 일단 내 소개부터 다시 하지. 나는 강현교라고 한다. 너는…… 아, 그래, 아까 네 친구가 너를 부르는 걸 들으니 여호랑이라는 이름인가 보군."

"……강, 현교?"

"그래. 너는 그 호랑이라는 이름이 설마 tiger를 뜻하는 건가?"

"아, 아니요. 그게 아니라……."

갑자기 내 뺨을 감싸고 있는 남자의—그러니까 강현교라는 이름을 지닌 남자의— 손바닥이 따뜻하다고 느껴졌다. 아까 손을 잡아 일으켜 주었을 때도 느꼈지만, 남자의 체온은 나보다 높은 것 같다. 나는 어색해져서 시선을 피하며 고개를 뒤로 뺐다. 그러자 남자가 순순히 손을 내리더니 내가 계속 말을 잇기를 기다렸다.

"여우 호(狐), 이리 랑(狼) 자를 써서 호랑이예요."

내가 보육원 앞에 버려졌을 때 가지고 있었던 유일한 것이 바로 내 이름 석 자였다고 들었다. 여호랑이라는 이름이 쓰여 있던 작은 메모지, 말이다.

"나쁘지 않은 이름이군. 여우나 이리나 둘 다 개과에 속하지만 그 성질이 그리 나쁘지는 않으니."

"……아, 예."

이럴 때는 고맙다고 해야 하나? 나는 고맙단 말을 해야 하는지 고민하다가 그냥 입을 다물었다. 남자는 내게서 고맙단 인사를 받을 마음이 없었는지 아무렇지 않게 말을 이었다.

"어쨌든 삵 가문의 남자들은 대대로 자신의 암컷, 그러니까 자신과 평생을 함께할 반려를 찾는 데에 딱 하나의 기준을 가지고 있지."

"그게 뭔데요?"

"바로 자신의 귀와 꼬리를 알아보는가, 하는 기준."

"예에?"

나도 모르게 시선을 올려 남자의 머리 위에서 쫑긋대는 귀를 바라보다가 다시 시선을 거두었다. 그런데 시선을 거두는 과정에서 그의 꼬리가 살랑거리는 것이 보였다. 맙소사. 나한테 저게 둘 다 왜 보이는 거야?

"네가 내 암컷이야."

"마, 말도 안 돼요!"

나는 경악해서 말까지 더듬었다. 내가 지금 무슨 소리를 들은 건가 싶었다. 하지만 내가 경악한 이유를 다르게 생각했는지, 남자가 고개를 갸웃거리더니 다시 말을 이었다.

"암컷이라고 해서 불쾌했나? 우리들은 '암컷'이라고 부르지만, 인간들이 듣기에는 거북한 것도 같더군. 그래. 아까 말했다시피 반려라고 바꿔서 들어도 돼."

"그, 그런 게 중요한 게 아니라!"

33

"우리는 대를 이을 자식을 오로지 그 반려로부터만 얻을 수 있어."

남자의 말을 듣는 내가 미친 것인지도 모르겠다는 생각이 들었다. 준석 씨와의 일이 너무 충격이었던 탓에, 지금도 정신을 놓아 버린 채 어딘가를 헤매고 있는 게 아닐까 싶었다. 지금 이 상황은 그 와중에 꾸고 있는 꿈이고.

"믿기 어려울지 모르지만 전부 사실이야. 그리고 대부분의 수컷 삶은 열다섯을 넘으면 자신의 암컷을 찾아내는데 나는 늦어서 더 이상 지체할 수 없는 상황이야. 그러니 가급적 빨리 내 아이를 낳아라."

남자는 나를 바라보며 태연하게 다시 아이를 낳으란 말을 반복했다. 나는 남자를 쳐다보다가 가슴속에서 울컥거리는 뭔가를 느꼈다. 나왔던 눈물은 어느새 메말라 버린 상태였다.

다행이라면 다행일 수도 있었다. 지금 이 남자가 말한 것에 비하면 준석 씨와 관련된 일은 아무것도 아니라는 생각마저 드니 말이다. 너무나 비현실적이란 생각이 들어서일까. 준석 씨가 내게 했던 잔혹한 말과 행동마저도 꿈처럼 낯설게 여겨졌다.

"그런데 너는 대체 어디서 뭘 하고 다니기에 이런 꼴인 거지?"

그 순간, 남자가 나를 바라보다가 혀를 차며 손을 뻗었다. 내가 멈칫하며 뒤로 몸을 빼기도 전에 남자의 손가락이 내 이마에 닿았다. 그러고 보니 사골 국물을 뒤집어썼었는데……. 대충 닦기는 했지만 분명히 흔적이 남아 있을 얼굴이 부끄러웠다. 그래서 나도 모르게 시선을 내리깔며 고개를 숙였다.

"다시는 이런 추레한 꼴로 돌아다니지 마. 그건 나에 대한 모욕이야."

"……제가 뭘 하든지 무슨 상관인데요."

내가 우물쭈물하며 작게 웅얼거리자 남자가 다시 내 턱을 잡아 고개를 들게 하더니 말했다.

"말했잖아. 몇 번을 말해야 알아들을 거지? 너는 내 반려라고."

"하지만 저는 그럴 생각이 없어요."

나는 남자에게 벌써 했어야 할 말을 뒤늦게 했다. 남자의 한쪽 눈썹이 비틀려 올라가는 것을 보며 거듭 확인하듯 말했다.

"그건 그쪽…… 그러니까 강현교 씨 사정일 뿐이지 제가 거기에 따라야 하는 건 아니잖아요."

남자의 머리 위에서 쫑긋거리던 귀가 갑자기 축 늘어졌다. 마, 맙소사. 귀엽잖아! 나는 내 미친 눈을 저주하며 황급히 시선을 피했다. 지금 이 상황에서 귀여워 보인다니! 나는 시선을 피한 채 남자를 달래기위해 말을 이었다.

"어떻게 제가 강현교 씨의 그…… 귀랑 꼬리를 보게 된 건지는 모르지만요. 아마 뭔가 잘못된 것일 거예요. 강현교 씨의 암…… 아니, 반려라는 분은 따로 있을 테니까 용기 잃지 마시고……."

"내 반려는 너야, 여호랑."

남자가 내 턱을 잡았던 손을 내리더니 다시 나를 똑바로 쳐다보며 단호하게 말했다. 아니, 사람이 말을 하면 좀 고민이라도 해 보고 대답해야 하는 거 아닌가요? 나는 차마 뱉어 내지 못한 말을 눌러 참으며 황망한 얼굴로 그를 쳐다보았다. 고집스럽게 다물어진 남자의 입이 보였다. 자기가 한 말을 번복할 것 같지 않은 입이었다.

그리고 둘 다 잠시 말을 꺼내지 않았다. 지금 몇 시나 됐을까. 이러다가 날이 밝겠다는 생각이 들었다. 어쨌든 이제 남자를 돌려보내야겠다고 생각하며 입을 열려는 순간, 남자가 일어섰다. 나는 얼떨결에 남자를 올려다보았다. 키가 굉장히 컸다. 어쩌면 준석 씨보다 훨씬 클 수도 있겠단 생각을 하고 있는데, 남자가 나를 내려다보다가 입을 열었다.

"오늘은 일단 가도록 하지."

"……예?"

일단, 이라니요. 저기요, 일단 말고 그냥 아예 가시면 안 될까요? 안

35

그래도 힘들어 죽겠는 제 인생을 왜 휘저어 놓으려고 하시는 건데요!
나는 간절한 바람을 담은 눈으로 남자를 올려다보았다. 그러자 남자의
입꼬리가 한쪽으로 올라갔다. 알아들었나? 귀랑 꼬리도 막 튀어나오는
사람이니까 내 속마음 같은 건 쉽게 알아듣는 건지도 몰라! 내가 기대
에 찬 눈으로 남자를 빤히 올려다보자, 남자가 내 머리를 쓱쓱 쓰다듬
으며 말했다.

"솔직하지 못하기는."

"예?"

"그렇게 가지 말라고 애원해도 오늘은 가 봐야 돼. 네가 내 반려가
되겠단 의사를 표시하지도 않았고. 무엇보다도 나는 지킬 건 지키는 남
자라서."

"그, 그게 무슨……."

나는 말을 채 잇지 못한 채 입만 벙긋거렸다. 도대체 남자가 무슨
얘기를 하는지 알아들을 수가 없었다. 분명히 나와 이 남자는 같은 언
어로 대화를 하고 있는 중인데 왜 서로 다른 말을 하고 있는 것 같을
까. 내가 황당해서 입만 벙긋거리는 모습을 피식 웃으며 내려다본 남자
가 현관 쪽으로 걸어갔다.

"그럼 또 보자."

남자가 현관문을 열며 고개를 돌려 싱긋 웃었다. 어떻게 보면 차갑
고 이지적으로 보이던 분위기가 순식간에 다정하게 변했다. 나는 그 변
화에 적응할 틈도 없이 현관문이 닫히는 소리에 몸을 떨었다.

……지금 이게 대체 뭐야?

머릿속에 떠오른 생각은 오직 그것뿐이었다.

3
위로가 필요한 순간

"미친 연놈들이네, 진짜."

"야아, 탁미야. 그래도 그런 욕은 좀……."

"야, 이 미련한 것아. 이 상황에서도 그 연놈들을 두둔하고 싶니?"

탁미가 테이블을 탕, 하고 주먹으로 치며 몸을 내 쪽으로 기울였다. 아침 일찍 만나자면서 연락을 해 온 탁미가 나를 만나자마자 제일 먼저 한 행동은 내 얼굴을 요모조모 살펴본 일이었다.

다행히 얼굴에는 별다른 상처가 없어서 그냥 넘어가려던 찰나, 탁미의 시선이 무심코 내 손등에 닿았다. 그리고 그때부터 탁미의 입에서는 마치 방언 터지듯 한바탕 욕설이 터져 나왔다.

그나마 간신히 욕을 멈춘 것이 지금의 상황이다. 나는 안타깝다는 눈으로 쳐다보는 탁미와 시선을 마주하다가 어색하게 웃어 버렸다. 그러자 탁미가 혀를 차며 입을 열었다.

"하여간 여호랑, 이 모자란 년 같으니라고. 그 자리에서 질질 울고만 있었지? 그럴 땐 그 새끼 불알이라도 걷어찼어야지! 그걸 가만히 놔두고 오냐? 아니면, 하다못해 사골 국물이라도 다 처먹으라고 뒤집어 씌우고 왔어야지! 그걸 왜 네가 뒤집어쓰고 오니? 어? 그러려고 푹푹 끓여 갔어? 내가 진짜 너만 생각하면 속 터져."

"……."

"그리고 홍페니, 그년도 처음부터 마음에 안 들었어. 걔는 이름부터 가 싸구려라서 그러냐, 왜 그렇게 애가 싸구려야?"

"이름이 왜?"

나는 입을 다물고 있다가 탁미가 한탄하듯 중얼거리는 말에 고개를 갸웃거리며 물었다. 그러자 탁미가 별걸 다 물어본다는 표정으로 대꾸했다.

"페니잖아. penny. 왜, 아예 대놓고 동전이라고 짓든지, 푼돈이라고 짓지."

"……아."

페니의 이름이 정말 그런 뜻이었던 건가 싶어서 놀란 얼굴로 입을 벌렸다. 탁미는 그런 나를 흥, 하고 비웃고는 비밀 얘기라도 하듯이 속삭였다.

"그래서 이름에 불만을 품다가 개명하려고 했다잖아. 그런데 걔네 아버지한테 들켜서 무산됐다고 하더라."

"뭐라고 개명하려고 했는데?"

"홍달러."

"진짜?"

나는 너무 놀랐다. 달러라고 개명하고 싶었을 정도면 페니가 지금껏 살면서 얼마나 마음고생을 했을까 싶은 생각이 들었다. 그런 내 표정을 알아차린 것일까. 탁미가 한심한 눈으로 나를 보면서 혀를 차더니 고개를 저었다.

"너는 그걸 진짜라고 믿냐?"

"······뭐야, 거짓말이야?"

나는 탁미의 말에 입을 삐죽였다. 내가 멍청한 게 아니라 탁미가 거짓말을 잘하는 것이다. 그런데 탁미는 자기가 거짓말을 잘한다는 건 인정하지 않고 내가 멍청해서 잘 속는다는 식으로 늘 한심하게 바라보고는 한다. 그래서 속지 않으려고 늘 의심하고 또 의심하려 하는데 매번 이렇게 속기 일쑤였다.

"아, 몰라. 어쨌든 열은 받지만, 그래도 그 새끼랑 깨진 건 잘됐어."

"네 부적 때문이야."

"우길 걸 우겨라, 이년아. 곧바로 빼 버렸으면서 괜히 내 탓으로 돌리기는."

탁미가 팔짱을 끼고는 턱을 들어 나를 내리깔듯이 바라보며 픽, 웃었다. 대학 동창이 운영하는 쇼핑몰에서 모델을 하고 있는 탁미는 세련된 스타일에 강한 인상이어서, 그런 식으로 상대방을 보면 그 상대방이 주눅이 든다거나 압박감을 느낀다고 했다. 그게 나에게는 해당되지 않는 것이기는 하지만 말이다.

"그런 놈한테 더 이상 마음 주지 마, 이 바보야."

탁미는 팔짱을 풀고는 다시 내 손을 끌어다가 붙잡았다. 제 손이 다치기라도 한 듯, 탁미가 계속 속상하다고 타박하면서 내 손등을 조심스럽게 쓰다듬었다. 나는 시커멓게 멍든 손등을 내려다보았다. 준석 씨가 구둣발로 밟았던 손등은 다행히 뼈는 상하지 않았는지 움직이는 데에는 별로 문제가 없었다. 그러나 시커멓게 멍이 들고 부은 상태라서 보기에 흉하기는 했다. 나는 입이 일그러지려는 것을 느끼며 천천히 말을 꺼냈다.

"그 구두······ 내가 취직 선물로 선물했던 그 구두였어."

"뭐? 네가 나까지 억지로 백화점에 끌고 가서 12개월 할부로 긁었던 그 구두? 그걸로 네 손등을 밟았다고?"

이런 우라질. 내가 진짜 이 새끼를! 탁미가 흥분해서 방방 뛰는 것을 말린 뒤, 허탈하게 웃으며 말을 이었다.

"그럴 줄 알았으면 구두 대신에 쿠션 좀 있는 운동화로 살 걸 그랬나?"

"정신 나간 지지배……. 야, 여호랑. 너는 그걸 말이라고 하니?"

탁미가 속 터지는 소리만 골라서 한다며 제 가슴을 두드렸다. 어릴 때부터 탁미는 나 때문에 속상해하는 일이 많았다. 내가 입양되었던 집에서 파양되었을 때도 내 곁에는 탁미가 있었다. 그때도 나보다 더 펄펄 뛰며 가슴 아파했었는데……. 나는 가만히 탁미를 쳐다보다가 웃었다.

"너랑 자매가 되었으면 진짜 웃겼을 거야."

"내 속이 문드러졌겠지, 이 지지배야. ……그래도 그때 우리 집으로 입양만 됐어도 좋았을 텐데. 하여간 우리 추동숙 여사는 왜 그렇게 지지리 가난해서 입양도 마음대로 못 했는지."

탁미가 늘 '우리 추동숙 여사'라고 부르는 탁미의 어머니는 내가 파양되었다는 것을 알자마자 나를 입양하기 위해서 여기저기 수소문을 하고 관계 기관에 알아보았다. 하지만 경제력의 측면에서 문제가 되어 입양은 허사가 되었다.

탁미는 유복녀(遺腹女)였다. 탁미가 태어나기 불과 두 달 전, 그녀의 아버지가 뺑소니 사고로 돌아가셨다고 들었다. 그리고 지금껏 탁미를 홀로 키워 낸 사람이 바로 그녀의 어머니, 추동숙 여사였다.

당시 스물둘이었다고 했던가. 결혼을 일찍 했던 터라 남편과 사별하고 난 뒤에도 탁미의 어머니에게는 많은 제안이 들어왔다고 했다. 아이를 입양 보내고 네 살 길 찾으라는 말부터 시작해서 재혼 얘기, 애만 두고 오면 남부럽지 않게 호강시켜 준다던 돈 많은 노인의 후처 자리까지.

그러나 그 모든 것을 포기하고 탁미의 어머니는 온갖 일을 다 하면서 그녀를 키웠다. 그것이 어릴 때에는 많이 부러웠다. 나를 낳아 주었던 내 엄마도 그랬더라면 얼마나 좋았을까. 내 엄마는 나를 그만큼 사랑하지는 않았나 보구나. 그런 마음이 들 때마다 가슴이 시린 것은 어쩔 수 없었다.

지금이야 익숙해져서 아무렇지 않지만 말이다. 어쩌면 탁미의 어머니가 나를 입양하겠다고 나섰을 때, 조금은 기대했을지도 모르겠다. 지금은 어렴풋한 기억으로 남아서 확실하지는 않지만, 그래도 입양이 무산되었다는 걸 듣고 꽤 실망했던 기억이 남아 있다.

"그래도 입양된 거나 마찬가지였잖아. 내가 너희 어머니한테 얻어먹은 밥그릇이 몇 그릇인데……."

"하기야 그건 그렇다. 우리 집 항아리의 쌀이 줄어드는 데에는 밥순이인 네 몫도 상당했지?"

탁미가 키득거리다가 몸을 내 쪽으로 기울이며 말을 이었다.

"어쨌든 복수는 나중에 너 대신 제대로 해 줄게. 홍페니, 그년한테도 그렇고."

"그러지 마."

"흥! 내 마음이야."

탁미는 콧방귀를 뀌고는 다시 나를 쳐다보며 싱글거렸다. 뭐야? 무슨 말을 하고 싶어서 그런 표정인데? 내가 의아한 얼굴로 쳐다보자 탁미가 기다렸다는 듯 말을 이었다.

"어제 그 남자는 누구야? 진짜 너한테 '구애 중'인 남자야? 응?"

"아, 아니야. 그런 거……."

"그런 게 아니긴. 네 얼굴 빨갛게 된 거 보니까 맞구만."

내가 우물쭈물 대답을 못하자 탁미가 짓궂은 표정으로 웃더니 더욱 관심을 보였다.

"뭐야, 여호랑. 그런 복덩어리를 끼고 있으면서 지금까지 그 싹수 노란 새끼한테 매달렸던 거야? 하여간 보는 눈이 아예 바닥에 떨어져 있다니까."

"정말 그런 거 아니야. 그건 그 남자가 일방적으로……."

"원래 처음 시작은 한쪽에서 일방적으로 시작하는 거야. 설마 모든 커플이 동시에 '오늘부터 같이 시작!' 하면서 시작하겠냐? 너도 참 답답하다."

하지만 그 남자는 나한테 자기 애를 낳으라고 했단 말이야. 나를 좋아해서 그러는 게 아니라 내가 그 남자의 귀와 꼬리를 본다는 이유로…….

나는 탁미에게 말할 수 없는 비밀을 속으로 중얼거리며 고개를 숙였다. 그 모습을 어떻게 해석한 것인지, 탁미가 내 어깨를 잡고 외쳤다.

"기운 내! 그깟 똥차 치워 버리고, 새로 나타난 벤츠, 아니, 요새는 마이바흐라고 하던데. 하여간 제대로 된 차에 타라고, 이 멍청아!"

"부가티였던 거 같은데……."

"뭐?"

"아, 아니야. 아무것도."

나는 서둘러 고개를 저었다. 벤츠든 마이바흐든 부가티든, 그런 건 나와 상관없는 단어들이었다. 탁미가 잠시 고개를 갸웃거리더니 자신의 가방에서 명함 한 장을 꺼냈다.

"확실하게 할 건 해야지."

"뭘 확실하게 해?"

"그 남자가 진짜 벤츠나 마이바흐인지, 아니면 또 다른 똥차인지."

탁미가 테이블 위에 명함을 내려놓은 뒤, 말을 이었다.

"그 명함 보고 회사 가서 직접 확인해 봐. 그 회사에 진짜 '강현교'가 다니는지. 그리고 그 '강현교'라는 사람이 네가 집에 데리고 온 그 남자인지."

"내가 데리고 온 게 아니라, 그 남자가……."

"말꼬리 잡을래, 여호랑?"

탁미가 진하게 아이라인을 그린 눈을 흘기며 나를 쳐다보았다. 이럴 때 탁미는 조금 무섭다. 나는 목을 쑥 집어넣으며 입술을 달싹였다. 그러자 탁미가 다시 테이블 위에 내려놓았던 명함을 보더니 고개를 갸웃거리며 입을 열었다.

"그런데 이 남자가 다닌다는 회사 말이야. 혹시 우준석, 그 새끼가 이번에 들어간……."

"어, 잠깐만."

그 순간 내 가방 안에서 전화벨이 요란하게 울렸다. 나는 미안하다는 눈짓을 보낸 뒤, 서둘러 가방 안에서 휴대폰을 꺼냈다. 낯설지만 익숙한 번호였다. 얼마 전에 입력해 두었던 '의뢰인의 아드님'이었다. 무슨 일이지? 아직 방문할 날짜가 되려면 며칠 있어야 하는데. 나는 서둘러 전화를 받았다.

"네, 전화 받았습니다."

— 혹시…… 다쓴다 작가님이십니까?

"예, 다쓴다인데요."

'다쓴다'는 내 필명이지만, 내 스스로 말하기에도 참, ……뭐랄까, 민망한 구석이 있었다. 그러니 의뢰하는 쪽에서는 오죽할까. 하지만 처음부터 사용했던 필명이라 이제 와서 바꿀 수도 없어서 계속 사용하는 중이다.

"그런데 무슨 일이신지……."

— 아무래도 취소를 해야 할 것 같아서요.

"예? 뭘 취소…… 아, 혹시 인터뷰 날짜를 변경하시려는 거라면."

나는 가방에서 수첩을 꺼내며 말을 이었다. 그러자 휴대폰 너머에서 중년 남자가 한숨을 쉬더니 가라앉은 목소리로 대답했다.

— 아니요, 그게 아니라…… 계약을 취소해야 해서요.

나는 수첩을 들고 있다가 그대로 내려놓았다. 가끔 이런 일이 벌어지고는 한다. 아무래도 의뢰인이 고령이거나 병을 앓고 있는 환자인 경우가 많아서……. 나는 어느 정도 예상을 하며 중년 남자의 이어질 말을 기다렸다.

— 어머니께서 오늘 새벽에 돌아가셨습니다.

"그러시군요. 뭐라고 위로를 드려야 할지……."

나는 흔히 말하는 대필 작가이다. 그리고 내가 맡는 일은 비교적 유형이 정해져 있다. 바로 노인이나 환자 중에서 자신의 삶을 마무리하고자 하는 이의 이야기를 들어 주고, 그 삶을 글로 대신 써 주는 일을 하는 것이다.

그래서 종종 이런 상황을 겪게 된다. 아직 그 사람의 삶을 들어 주지 못했는데, 글로 마무리하지 못했는데, 그 사람이 먼저 세상을 떠나는 상황.

이럴 때마다 내가 할 수 있는 것은 없다. 다만, 비슷한 말을 할 뿐이다. 유감을 표시하고, 장례식장은 어디인지 묻고, 계약을 취소하는 것과 관련해 미리 받은 계약금을 돌려주는 일이나, 뭐, 그런 것들.

"뭐야?"

"이번에 의뢰하셨던 할머니가 돌아가셔서. 그 아드님이 계약을 취소하자고."

나는 조금 전에 탁미가 하려던 말이 무엇이었는지 듣지 못한 채 자리에서 일어섰다. 탁미가 나를 보며 물었다.

"어디 가?"

"문상은 가야지."

"어차피 계약도 취소되고, 가 봤자 아는 사람도 없는데?"

"그래도 찾아뵙고 인사는 드려야지. 당신 삶을 자식들한테 보여 줄 수 있다고 얼마나 좋아하셨는데……."

의뢰인이었던 할머니는 참 조심스럽고 여성스러운 분이었다. 자서전을 낸다는 것에 소녀처럼 좋아하시던 모습이 기억에 남는다. 그분에게 시간이 조금만 더 있었더라면, 하는 안타까움이 들었다.

"하여간 오지랖은……. 오늘 신상 들어온다고 해서 나도 가 봐야 돼. 아, 이제 또 빡세게 일해야지."

"쇼핑몰?"

"오냐. 쳇. 나한테 봄날은 언제쯤 오려나."

탁미가 기운 빠진 목소리로 투덜대며 가방을 어깨에 메고 일어섰다. 그녀의 꿈은 유명한 모델이 되어서 런웨이(runway)에 서는 것이다. 그러나 그것은 쉽지 않았다. 더구나 탁미의 꿈 앞에는 생계의 문제가 큰 벽으로 가로막고 서 있었다. 탁미가 늘 말하는 '지긋지긋한 가난'은 쉽게 털어 낼 수 있는 문제가 아니었다. 개천에서 용이 난다거나 하는 것은 신데렐라나 백설공주 이야기보다도 더 멀게 느껴지는 동화에 지나지 않았다.

그래서 탁미는 늘 꿈을 품은 채 현실 속에서는 쇼핑몰의 모델로 일을 하고 있다. 나는 탁미에게 봄날이 곧 올 거라는 근거 없는 희망은 이야기할 수 없었다. 그래서 우물거리며 그녀를 바라보고 있자, 탁미가 피식 웃었다.

"누가 누구를 걱정하는 거야. 자기 얘기조차 쓰지도 못하는 바보가."

네 얘기, 네가 쓰고 싶은 글은 언제 쓸 거냐고 탁미는 늘 나를 걱정했다. 가끔 술에 취하면 탁미는 울었다.

'너는 네 이름 석 자가 찍힌 책을 출간하고, 나는 화려한 조명 아래에서 런웨이를 걷는 거야. 그게 그렇게 어려운 거니? 우리한테만

허락되지 않는 꿈이니? 아, 뭐가 이렇게 개떡 같은 건데.'

나는 그때마다 말없이 탁미의 술잔을 대신 비워 주고는 했다. 그녀는 대필 작가로 일하는 나를 안타까워 하지만 솔직히 나는 내가 하고 있는 일에 그다지 불만을 가진 적이 없었다. 오히려 만족하고 있다고 하면 탁미가 믿을 수 있을까?

장례식장에 갔다가 돌아오는 길에, 문득 준석 씨가 이번에 새로 입사한 회사가 근처에 있다는 사실을 깨달았다. 그리고 나는 충동적으로 지하철 문이 열리자마자 내렸다. 원래 내려야 할 역까지 가려면 아직 더 가야 한다는 것을 알면서도 발걸음이 저절로 그의 회사 정문 앞으로 향했다.

"미쳤어. 내가 미쳤나 봐."

정문 앞에서 멍하니 서 있다가 고개를 마구 흔들었다. 왜 이러고 서 있는 것인지 스스로 납득이 되지 않았다. 뭘 더 알고 싶어서, 뭘 더 보고 싶어서. 나는 다시 지하철역으로 돌아가기 위해 서둘러 몸을 돌렸다. 그러나 그 순간, 가장 만나고 싶지 않았던, 그러면서도 가장 보고 싶었던 준석 씨와 마주치고 말았다.

그는 동료인 듯한 다른 남자와 함께 점심이라도 먹고 오는 모양이었다. 나는 준석 씨의 눈이 크게 뜨여지는 것을 보며 입술을 깨물었다. 그가 당황해하는 모습을 보고 싶어서 온 것이 아니었다. 딱히 어떤 이유가 있어서 온 것도 아니었다. 그렇지만 준석 씨에게 나는 예상치 못한 불청객이었나 보다.

그가 옆의 남자에게 양해를 구하는 듯 말을 몇 마디 하더니 내게로 성큼성큼 다가왔다. 나는 손등에 남은 멍 자국을 다른 손으로 가리며 뒤로 몇 걸음 물러섰다. 하지만 준석 씨가 나보다 더 빨리 다가와 내 손목을 낚아채듯 붙잡았다.

"여기는 왜 왔어?"

준석 씨의 목소리가 차가웠다. 낮게 으르렁대듯 들리는 목소리에는 나에 대한 일말의 애정도 담겨 있지 않았다. 나는 정말 준석 씨와 끝났다는 것을 실감했다. 이미 어제도 확인했던 것이지만, 그래도 가슴을 쥐어뜯듯이 파고드는 아픔은 어제와 다르지 않았다.

"대체 여기가 어디라고 함부로 오는 거야?"

"준석 씨. 나는 그냥……."

뭔가를 변명하듯 말을 꺼냈지만 이어 나가지 못했다. 나조차도 내가 왜 이곳에 있는 것인지 이해할 수 없으니 그에게 변명할 말을 생각해 내는 것은 불가능했다.

"제발 손 좀 놓고……."

그리고 손목이 너무 아팠다. 준석 씨에게 붙들린 손목이 비틀려진 탓에 통증이 손목을 지나서 팔꿈치를 통해 머리끝까지 올라오는 것만 같았다. 나는 애원하듯 준석 씨에게 부탁했다.

"손 좀…… 손 좀 놔줘요."

"어제 다 알아들은 거 아니었어? 네 눈으로 똑똑히 봤잖아. 그걸 보고도 여기를 찾아와? 너는 자존심이란 것도 없어? 하기야 네 주제에 나를 놓치면 안 될 것 같으니 무조건 붙들고 매달리자는 속셈이야? 아무리 그래도 이건 아니지, 여호랑. 여기가 어디라고 네가 함부로 찾아와? 페니네 아버지가 여기 상무인 걸 알고 일부러 보란 듯이 찾아온 거야? 응?"

"그런 게 아니라…… 게다가 나는 몰랐어요."

눈물이 나왔다. 나는 페니의 아버지가 무슨 일을 하는지 아예 알지도 못했다. 아니, 내가 알 필요도 없었다. 그런데 준석 씨는 그런 나를 믿지 못하고 추궁했다. 내가 일부러 페니의 아버지에게 보란 듯이 찾아왔다는 것처럼.

나는 자꾸만 나오는 눈물을 막을 수도 없이 그대로 펑펑 쏟아 내고 말았다. 비참했다. 회사 근처였고 점심시간이었기에 거리에는 사람들이 제법 많았다. 그 거리 한복판에서 이런 모습을 보이고 있는 내가 너무나 비참하고 초라했다. 그리고 지난 7년간의 내 마음이 송두리째 부정당한 것 같아서 더욱 견디기 힘들었다.

준석 씨에게는 내 감정이 어떻게 보였을지 모르지만, 나에게는 너무나 소중한 감정이었다. 처음 그에게 반한 이후로 지금까지 줄곧 나에게 그는 너무나 소중한 사람이었다. 하루가 다르게 가슴은 점점 더 뛰었다. 남들이 연애를 하면서 느낀다는 권태 같은 건 너무나 먼 이야기였다. 그만큼 하루가 다르게 마음이 커져 갔다. 그것이 좋았다. 그래서 더욱 빠져 버렸다.

그런데 그 모든 것을, 그는 부정하고 있었다.

<u>4</u>
미스터 삵, 그 남자의 시선, 하나

"대체 언제까지 네 암컷을 찾으려고 시도조차 하지 않을 생각이냐? 이대로 대가 끊기기를 원하는 게야? 대답 좀 해 보거라, 이 녀석아!"

"찾는다고 찾을 수 있는 겁니까. 세상 모든 여자들에게 일일이 확인할 수도 없는 노릇이고요."

제 귀가 보이십니까. 제 꼬리는 보이시나요. 아마 곧바로 정신병원에 끌려갈 걸요? 나는 빈정거리듯 아버지에게 대꾸했다. 그러자 아버지가 들고 있던 뼈다귀를 탁, 내려놓으셨다. 순식간에 식탁에는 냉랭한 정적만이 감돌았다. 그 정적 속에서 나는 느긋한 얼굴로 앞에 놓인 등갈비를 뜯었다. 그런 내 모습에 역정이 난 것인지 아버지가 다시 언성을 높였다.

"현교, 이 녀석!"

"노여움 푸세요, 아버지. 그렇지 않아도 현교 역시 스트레스를 많이 받고 있을 거예요. 책임감이 강한 아이잖아요. 그러니 조금만 더 기다려 주세요. 제 암컷조차 찾아내지 못할 만큼 무능한 애도 아니고요."

누나가 황급히 아버지를 달래듯 말을 꺼냈다. 쳇. 스트레스 좋아하네. 그냥 대놓고 내가 무능하다고 해도 되는데. 나는 불만 가득한 얼굴로 누나를 노려보다가 시선을 돌렸다.

아버지가 이토록 간절히 원하던 이를 찾아냈다는 말을 굳이 꺼내지 않은 건 그저 심술의 발로일지도 모른다. 매일 잔소리를 퍼붓던 아버지에 대한 복수라고 해야 할까.

아니, 그보다도 이 사실을 털어놓고 나면 아버지와 누나가 어떻게 행동할지 뻔히 예상되기에 말할 수 없다는 게 더 정확하겠다. 아직 자신이 내 암컷이라는 것을 제대로 받아들이지도 못한 여자한테 당장 찾아가 '새아가', '올케' 운운하며 난리 법석을 칠 것이라는 걸 모르는 것도 아니고.

지금껏 나는 내 반려를 찾고자 하는 노력을 전혀 해 본 적이 없었다. 평생을 함께할 반려를 선택하는데 내 의지는 아무런 쓸모도 없다는 것을 받아들이기 싫었다. 오로지 내 귀와 꼬리가 보이는지, 그 기준만을 놓고 선택된다는 반려가 못마땅했다.

그래서 굳이 찾으려 하지 않았다. 그걸 모를 리 없는 누나가 그 점을 지적하며 내게 말을 걸었다.

"무조건 거부감부터 느끼지 말고 일단 한번 찾아보기나 해 봐. 응? 너한텐 어려운 일도 아니잖아."

"내가 뭘 어떻게 찾아."

나는 볼멘소리로 대꾸하며 등받이에 등을 기댄 채 팔짱을 꼈다. 누나가 눈을 가늘게 뜨더니 다소 날카로운 어조로 다시 입을 열었다.

"어떻게 찾기는. 내가 설마 너한테 그 정도 능력이 있다는 것도 모르겠니? 집안의 다른 남자들은 못해도 너는 할 수 있잖아. 네 능력으로 네 암컷을 찾는 거."

"태어나지 않았을지도 모르잖아? 지금 이 나이가 될 때까지 찾지 못했으니, 그런 가능성도 염두에 둬야 하는 거 아니야?"

나는 팔짱을 낀 채 삐뚜름한 자세로 입꼬리를 올리며 말했다.

삵 가문의 남자가 태어날 때마다 그 남자의 귀와 꼬리를 알아보는 인간 여자가 분명 어딘가에 태어났다. 그리고 삵 가문의 남자는 열다섯 살이 넘으면 곧바로 자신의 암컷을 찾아냈고, 설령 좀 늦어진다 해도 스무 살을 넘긴 적은 없었다.

수천 년의 역사 속에서 남아 있던 기록을 모두 뒤져 봐도 나와 같은 예외는 지금껏 단 한 번도 없었다. 가문의 어른들이 걱정하는 점이 바로 그것이었다. 반려가 태어나지 않은 게 아니냐는 것.

차라리 그보다는 내가 무능하기에 찾아내지 못했기를, 그들은 바라고 있었다. 서른이 될 때까지 자신의 암컷을 찾아내지 못한 게 그저 내 능력이 모자란 탓이기를. 결코 다른 예외가 생긴 것이 아니기를.

그리고 그들의 간절한 바람은 나를 무능한 사내로 만들었다. 삵 가문의 후계자로서 지금까지 받았던 교육과 훈련만으로는 그 무능함을 덮을 수 없었다. 가문에 속한 이들은 나를 두고 제 암컷 하나 찾아내지 못하는 무능하고 한심한 놈이라며 뒤에서 수군거렸다. 물론 내 앞에서 직접 노골적으로 말할 만큼 배짱 좋은 이는 없었지만.

어쨌든 누가 뭐라 해도 나는 삵 가문의 정통 후계자이니 말이다.

"현교, 이 녀석! 지금 그걸 말이라고!"

"늦었네요. 먼저 일어나겠습니다."

나는 발끈하며 버럭 소리를 지른 아버지를 향해 차분하게 인사를 하고는 냅킨에 손을 닦고 자리에서 일어났다. 아버지가 뭐라고 더 하려는 것을 누나가 말리는 모습이 힐끗 시야에 들어왔다.

여호랑.

나는 방으로 향하며 그녀의 이름을 속으로 되뇌어 보았다. 구태여 찾고자 한 것도 아닌데, 마치 굴러들어오듯 내게 다가온 여자는 생각보다 나쁘지 않았다.

뭐, 머리도 나쁘고 집 주변 환경도 그다지 청결한 것 같지는 않지만……. 그래도 뭐랄까. 그 여자 정도라면 내 아이를 낳아도 괜찮겠다는 생각이 들었다. 처음 본 순간부터 그렇게 느꼈으니, 아마도 내 본능이 그렇게 말해 주는 것이리라.

나는 넥타이를 바로잡으며 거울 속의 나를 응시했다. 머리 위의 귀가 쫑긋 섰다.

"고양이 귀라니."

문득 그녀가 했던 말이 떠올라, 나도 모르게 피식 웃으며 중얼거리고 말았다. 엉뚱한 면이 있는 여자였다.

"우준석 씨, 자꾸 이런 식으로 할 겁니까."

"죄송합니다……. 팀장님."

눈앞에 서 있는 신입은 정말이지 답이 없었다. 홍수표 상무의 입김으로 신입을 내 팀에 집어넣을 때부터 불길한 예감을 느끼기는 했지만, 그래도 이 정도의 폭탄일 것이라고는 생각하지 못했다. 적어도 주어진 일을 해낼 수 있는 머리는 목 위에 달려 있을 거라고 여겼는데……. 나는 답답함을 이기지 못하고 넥타이를 잡아당겨 느슨하게 풀고는 다시 신입을 향해 말을 이었다.

"내가 분명히 말했습니다. 여기, 여기, 그리고 여기에 적혀 있는 것들만 설정해 준 가이드라인대로 처리해서 제출하라고요. 그런데 대체이 프로젝트에는 왜 간섭을 한 겁니까?"

"제 아이디어를 접목시키면 더 나은 결과를 얻어 낼 수 있을 것 같아서……."

"도전 정신입니까?"

"예?"

"무조건 무엇이든지 시도해 보면 그게 도전 정신입니까, 우준석 씨?"

나는 신입에게 하라고 지시했던 서류를 손가락으로 짚으며 그에게 날카롭게 되물었다. 신입은 입을 달싹이다가 고개를 숙였다.

"그건 도전 정신도 아니고 그저 쓸데없는 만용일 뿐입니다. 오히려 다른 팀원들에게 피해까지 주는 불필요한 만용이란 말입니다."

"죄송합니다. 다시는······."

우물거리며 사과하는 신입은 탐욕스럽기 그지없었다. 다른 인간들보다도 유난히 탐욕스러운 성격이었다. 자신의 능력보다 더 많은 것을 갖기를 원하고, 쉽게 윗사람의 눈에 띄고자 하는 마음이 컸다. 그래서 이 프로젝트에도 허락 없이 끼어들었을 것이다. 내가 하라고 지시했던 일은 눈에 잘 띄지 않는다고 여겨서 자신의 눈에 차지도 않았을 테고.

그러나 모든 일에는 순서가 있는 법이다.

처음부터 화려하게 비상하는 새는 없다는 것을, 신입은 모르고 있는 것이 분명했다. 날갯짓 두어 번 하다가 떨어지고 바닥에 부딪히기를 수백, 수천 번은 반복해야 제대로 하늘로 날아오를 수 있다는 것을, 눈앞의 신입은 전혀 알지 못하고 있었다. 그러나 이런 얘기를 해 봤자 그의 귀에 제대로 들어갈 리 없었다. 나는 전혀 사죄하는 마음이 없어 보이는 그의 번들거리는 눈을 쳐다보다가 불쾌감을 느끼고는 손을 내저었다.

"됐습니다. 자리로 돌아가 보세요."

"······예."

주눅이 든 것처럼 신입은 어깨를 축 늘어뜨린 채 돌아섰다. 하지만 곧바로 들려온—나름대로 작게 중얼거렸다고 생각하겠지만 내 귀에는 선명하게 들리는— 나를 향한 욕설에 피식 웃고 말았다. 가끔은 인간보다 뛰어난 감각에 피곤할 때가 있다. 지금처럼 이런 경우에 특히 그랬다.

그러나 딱히 상처를 받은 것은 아니다. 별 의미 없는 인간에게 허비

53

할 감정 같은 건 없으니. 나는 파티션 너머로 사라지는 신입을 잠시 쳐다보다가 시선을 거두었다.

문득 호랑의 새까만 눈을 떠올렸다. 유일하게 의미가 생긴 인간이라고 해야 하나. 그녀가 지금 뭘 하고 있을지 궁금하단 생각을 하다가 픽 웃고 말았다. 이런 내 모습이 괜히 머쓱했다. 그러면서도 불쾌하지는 않은 게 더 민망하기까지 했다.

팀 회의를 마친 뒤, 다들 빠져나간 사무실에서 대충 도시락을 주문해 점심을 해결했다. 다양한 고기반찬으로 채워진 도시락이었기에 제법 만족스러웠다. 그 기분 그대로 잠시 걸을까 싶어 회사 근처에서 걷던 중이었다.

그런데 왜 저 여자가 이곳에 있는 걸까.

순간적으로 나를 찾아온 건가, 하고 생각하기도 했지만 스스로 생각해도 그건 터무니없었다. 그럴 만한 여자가 아니라는 것쯤은 본능적으로 알 수 있었다.

뒤늦게 그녀와 마주 보고 있던 이에게 시선이 갔다. 이건 또 무슨 상황이야. 나는 저 폭탄이 왜 그녀와 함께 있는 것인지 이해할 수 없어서 잠시 그들을 바라보았다.

거리가 조금 떨어져 있었지만 그들이 대화하는 소리를 듣지 못할 정도는 아니었다. 물론 내가 인간이 아니기에 가능한 일이기는 하지만.

나는 서서히 얼굴이 굳어지려는 것을 느끼며 다시 그들을 향해 걸음을 옮기기 시작했다.

"사랑했잖아요. 그리고 준석 씨도 나를 좋아한다고……."

"순진해서 재미있다고 생각했더니 아주 이게 내 속을 터지게 하네."

호랑의 얼굴에 퍼져 나가는 절망은 혹독할 정도로 무겁고 어두웠다. 반면에 그녀의 손목을 잡고 있는 신입, 우준석은 그대로 그 손을 부러

54

뜨리고 싶을 정도로 가볍고 잔혹했다.

"남자가 말이야. 무슨 말인들 못 하겠냐고."

"……예?"

"한번 자 보려고 무슨 말인들 못 할까. 안 그래? 그걸 곧이곧대로 믿어 버린 네 잘못이지."

손이 아니라 목을 부러뜨리고 싶은 충동이 일었다. 나는 치솟으려는 살기를 간신히 잠재우며 우준석을 노려보았다.

그저 점심시간이 끝나기 전에 산책이라도 할까 하는 마음에 가볍게 걷던 중이었는데, 왜 이런 뜻밖의 우연과 맞닥뜨리게 된 것인지 모르겠다. 더구나 내 암컷이 한심하기 짝이 없는 놈에게 붙들린 채 저런 소리나 듣고 있는 상황이라니.

이건 나뿐만 아니라 우리 삵 가문에 대한 모욕이기도 하다.

나는 입술 밖으로 크릉, 소리가 나오려는 것을 억누르며 귀와 꼬리를 바짝 세운 채 그들을 향해 다가갔다.

새하얗게 질린 얼굴로 덜덜 떨며 서 있는 호랑의 모습이 눈에 들어왔다. 그리고 우준석이 의기양양한 표정으로 그녀를 향해 다시 입을 열려고 하는 모습 또한 눈에 들어왔다. 저 입을 닥치게 할까.

그냥 확 찢어 버리면 간단한데.

나는 순간적으로 잔혹한 충동을 느꼈다. 그러나 충동대로 행동하면 더 이상 인간 세상에서 살 수 없다는 것을 알기에 억누를 수밖에 없었다.

그 와중에도 우준석의 입은 쉬지 않고 열렸다.

"그러니까 내 말 알아들었으면 이제 좀 꺼지란……."

"여호랑 씨?"

살기를 머금었던 충동을 본능의 깊숙한 곳 안쪽에 깊숙이 눌러 버리고, 나는 호랑을 향해 부드럽게 입을 열었다.

지금 보는 눈만 없다면 이대로 그녀를 품에 안은 채 잔뜩 핥아 주고 싶었다. 상처 입은 그녀의 마음을 보듬으며 머리부터 발끝까지 전부 핥아 주고 싶은 마음뿐이었다.—물론 이건 인간들이 말하는, 고양이의 그루밍 따위가 절대 아니다!—

그렇지만 그럴 수 없기에, 나는 그저 내 마음을 온전히 담아 그녀를 불렀다. 그런데 마치 그녀가 이런 내 목소리를 알아들은 것인지 덜덜 떨다 말고 천천히 나를 돌아보았다. 호랑의 눈이 휘둥그레 커졌다.

그녀는 나와 눈이 마주치자마자 기묘한 표정을 지었다. 울 것도 같았고, 반대로 웃을 것도 같았다. 나는 그녀를 달래 주어야 할지 함께 웃어 주어야 할지 가늠해 보다가 다시 우준석을 향해 시선을 돌렸다. 우악스럽게 호랑의 손목을 쥐고 있는 신입의 손이 눈에 들어왔다.

안 되겠어. 입을 찢어 놓을 수 없다면, 저 손이라도 으스러뜨리든지 해야지.

다시 치밀고 올라오는 음습한 충동을 느끼기라도 한 것일까. 우준석이 화들짝 놀라며 냉큼 호랑의 손목을 놓더니 입을 열었다.

"가, 강 팀장님! 그러니까 지금 이 상황은……."

"호랑 씨, 혹시 나를 보러 온 건가요?"

우준석의 말을 일부러 무시하며 호랑을 향해 시선을 돌리고 말을 건넸다. 호랑이 나를 쳐다보고 있었다. 그 옆에서 우준석이 당황한 듯 나와 그녀를 번갈아 보고 있었지만, 호랑은 전혀 의식하지 못하는 것 같았다.

나는 웃으며 작게 말을 이었다.

"그렇다면 정말 기쁜데요."

호랑의 눈에 눈물이 가득 고였다. 점심시간의 끝을 알리는 타임 시그널이 들렸지만, 나는 움직이지 않고 계속 그녀를 바라보기만 했다.

5
'옹달샘 빌라'를 소개합니다!

'대체 이게 어떻게 된 상황이지?'

나는 내 앞에 앉아서 다정하게 웃다가 회사 동료로 보이는 이들이 지나갈 때마다 가볍게 목례를 하고 있는 남자, 강현교를 힐끔거리며 쳐다보았다.

점심시간은 아까 끝난 걸로 알고 있는데, 그는 회사로 들어갈 생각을 전혀 하고 있지 않았다. 오히려 나를 회사 로비에 데리고 들어가더니 따뜻한 커피 한 잔을 어디서 가지고 나와서 손에 쥐여 주고는, 마주보고 앉아서 어서 마시라며 커피를 권하기까지 했다.

어제, 아니, 오늘 새벽이라고 해야 할까. 어쨌든 어둠 속에서 보았던 그와 환한 대낮의 건물 1층 로비에서 보고 있는 그는 너무나 다른 이미지였다. 게다가 지금은……. 나는 커피를 목으로 넘기고 조심스럽게 입을 열었다.

"왜 오늘은 존대를 하시는 거예요?"

"왜요? 문제라도 있나요?"

강현교가 눈웃음을 치며 웃더니 오히려 되물었다. 나는 그의 물음에 고개를 저으며 우물거렸다.

"아니요. 그건 아니지만······."

뭐라고 해야 하나. 어쩐지 어울리지 않는 옷을 입고 있는 것 같다고 해야 할까. 속으로 중얼거리는데 맞은편에 앉아 있던 남자에게서 피식 웃는 소리가 들렸다. 강현교가 나와 눈이 마주치자 살짝 미소를 지으며 속삭이듯 말했다.

"인간 세상에서 살려면 적당히 옷을 입어 줘야 하거든. 그래도 아예 바보는 아닌가 보네."

"저기······. 설마 제가 속으로 하는 생각이······ 아니, 그러니까······."

내가 지금 무슨 소리를 하려는 거야? 속으로 하는 생각이 들릴 리가 없잖아.

"아니에요. 아무것도 아니니까······."

"들려."

"예, 그래요. 들리죠······ 예에?"

나는 고개를 흔들며 무심코 그의 말을 따라 하다가 놀라서 목소리를 높였다. 강현교가 싱긋 웃으며 자신의 귀를 톡톡 건드리더니 대꾸했다.

"들린다고. 네 속마음."

"마, 말도 안 돼. 어떻게 그게 가능해요?"

"가능하니까 내가 너한테 대답하잖아. 물론 다 들리는 건지, 일부만 들리는 건지는 모르지만······. 하여간 들리는 건 맞아."

그는 여유로운 자세로 팔짱을 끼며 말했다. 나는 잠시 멍한 얼굴로 넋이 나간 채 '이걸 믿으라고? 정말? 믿으라고 한 소리야?' 하는 생각을 줄줄이 이어서 하다가 다시 고개를 흔들고 입을 열었다.

"그런데 왜 다시 반말이에요?"

"어울리지 않는다며."

"아니…… 그래도……."

나는 우물쭈물하다가 들고 있던 커피를 다시 마시려고 입을 댔다. 다 식어 버린 커피가 딱 한 모금 남아 있는 것을 탈탈 털어 넣듯이 마신 뒤, 컵을 두 손에 쥐고 강현교를 쳐다보았다.

문득 준석 씨가 경악한 눈으로 나와 강현교를 보던 것이 생각났다. '너 따위가 어떻게 감히!'라고 하는 듯한 시선이었다. 그러고 보니 준석 씨가 이 남자를 '팀장님'이라고 불렀던 것 같은데……. 나는 새삼 신기한 기분이 들어서 그를 쳐다보았다. 그러자 그가 눈썹을 슬쩍 들어 올리며 턱을 위로 올렸다. 뭔가 잘난 척하는 고양이 같다고 해야 할까. 나는 강현교의 머리 위에서 쫑긋거리며 움직이는 귀를 신기한 기분으로 쳐다보았다. 이렇게 환한 대낮에도 저 귀는 잘 보이는구나.

……꼬리는 보지 말자.

자칫 잘못 봤다가는 성추행으로 오해를 받을 수도 있어. 남자의 엉덩이 근처를 함부로 힐끔거린다고. 나도 모르게 그의 엉덩이 쪽으로 돌아가려는 시선을 애써 그의 귀에 고정시킨 뒤, 아무 말이나 내뱉었다.

"그런데 털 관리를 잘하고 계시나 봐요. 윤기가 좌르르 흐르는 게, 헙!"

내가 지금 무슨 말을 한 거야! 나는 황급히 입을 다물고 주위를 두리번거렸다. 다행히 근처를 지나간 사람은 없었다. 그래도 혹시 몰라서 계속 주위를 두리번거리다가 간신히 안도하는 순간, 남자의 입에서 웃음이 터져 나왔다.

"하하! 하하하!"

"아, 왜 웃어요. 사람이 실수를 할 수도 있지……."

나는 얼굴이 화끈거리는 것을 느끼며 고개를 푹 숙이고 말았다. 머리 위에서 강현교의 웃음소리가 계속 들렸다. 남자 특유의 낮으면서도 경쾌하고 다정한 온기를 품고 있는 듯한 웃음이었다.

그래서일까.

오늘 왜 그런지 힘들었다고, 한숨만 자꾸 나왔다고, 누군가에게 칭얼댈 수도 있을 것만 같았다. 문득 의뢰를 받았던 할머니의 영정 사진이 눈앞에 떠올랐다. 잔뜩 지쳐 보이던 할머니에게도 괜찮다고, 이제 푹 주무셔도 된다고, 그렇게 말씀드릴 수도 있을 것만 같았다.

……눈이 시렸다.

손등에 떨어지는 미지근한 물방울을 그저 눈을 깜빡이며 내려다보았다. 하나, 둘, 물방울이 늘어 갈수록 손등에 얼룩이 번져 갔다.

그 순간, 강현교의 손바닥이 내 머리 위를 쓱쓱 쓰다듬었다. 지난밤에도 내 머리를 쓰다듬었던 바로 그 손이었다. 기분이 이상했다. 사실, 남자는 나와 아무런 상관도 없었던, 낯선 타인이었다.

불과 어제만 하더라도 그랬다. 내가 택시를 타고 그 길을 지나가지 않았더라면, 택시 기사 아저씨가 합승을 거부했더라면, 아니, 그 이전에 내가 준석 씨를 찾아가지만 않았더라면, 준석 씨에게 준다고 사골을 잔뜩 끓여 가지고 가지만 않았더라면, 결코 내 앞에 있는 이 남자와 마주칠 일이 없었을 것이 분명했다.

그런데 지금 이 순간, 마치 오래 알아 온 사람처럼 내 머리를 쓰다듬으며 위로를 건네고 있는 사람이 강현교라는 이름을 지닌 이 남자라니. 나는 손등에 떨어진 눈물을 옷에 닦아 내며 고개를 들었다. 강현교가 내 머리를 쓰다듬던 손을 내리더니 화사하게 웃으며 입을 열었다.

"어때? 나 정도 되는 남자라면 애를 낳아 보고 싶지 않아?"

"……됐거든요."

조금 고마울 뻔했던 마음이 쏙 들어가 버렸다. 나는 또 이상한 말을 하는 강현교를 향해 퉁명스럽게 잘라 말하고는 눈을 비볐다. 그러자 그가 나를 향해 손을 내밀었다. 응? 어쩌라고? 손을 잡으라고? 여기서? 나는 멀뚱히 그의 손을 보다가 서서히 민망해져서 붉어진 얼굴로 고개를 흔들며 입을 열었다.

"손잡아 주지 않아도 돼요. 내가 무슨 어린애도 아니고……."

"아니. 그거 다 마셨으면 달라고. 내가 올라가다가 버리게."

나는 정말 쥐구멍에라도 들어가 숨고 싶었다. 간신히 표정을 고치며 남자에게 빈 컵을 건네고 돌아섰다. 강현교가 컵을 받아 들더니 태연하게 내 옆을 따라오며 입을 열었다.

"내 아이를 낳으라는 거, 진지하게 생각해 줬으면 좋겠는데."

"저기요!"

"너는 믿기지도 않고, 이런 내가 장난을 하는 걸로 보일 수도 있겠지만."

나는 강현교를 돌아보았다가 그대로 고개를 돌리지 못하고 그와 시선을 마주할 수밖에 없었다. 그의 깊은 시선이 나를 옴짝달싹 못하게 얽어매는 듯한 기분이었다. 강현교는 그렇게 나를 얽어맨 채 잠시 나에게 시선을 두고 있다가 다시 말했다.

"진심이야. 내가 한 말."

"……하, 하지만."

"이제 올라가 봐야겠어. 너랑 더 놀고 싶기는 하지만, 그랬다가는 위에서 가만히 있지 않을 거라서."

"아, 아! 참! 근무시간이겠네요. 어서 올라가 보세요!"

나는 강현교의 말을 듣고 나서야 뒤늦게 그가 지금까지 근무시간 중에 '농땡이'를 치고 있었음을 깨닫고는 당황해서 그를 떠밀었다. 하지만 내가 낑낑대며 그를 밀어 내려고 안간힘을 쓴 것이 무색할 정도로, 그는 조금도 움직이지 않은 채 서 있다가 내 손을 붙잡았다.

"저…… 저기, 이 손……."

"손이 말랐어도 감촉은 말랑말랑하네."

"아니, 저기요."

이상한 소리 좀 하지 마시고요. 제가 인절미도 아닌데 말랑말랑이라니요. 나는 속으로 중얼거리며 남자에게 붙잡힌 손을 빼내기 위해 손가락을 꼼지락거렸다. 그러자 강현교의 목에서 낮은 웃음이 새어 나오더니 그가 곧 내 손을 놓아주었다.

"저기…… 자꾸 이러시면, 진짜 성추행으로 신고할 거예요."

"흠, 정말?"

"아! 얼굴 좀 저리 치워요!"

내 얼굴 가까이 자신의 얼굴을 들이대며 강현교가 허리를 구부린 채 웃었다. 나는 남자의 눈이 바로 내 눈앞에 와 있는 것을 보고 화들짝 놀라 뒤로 물러섰다. 진짜 이 남자가……. 나는 볼을 잔뜩 부풀리며 강현교를 노려보았다. 그가 알았다는 듯 두 손바닥을 내보이며 뒤로 한 걸음 물러났다.

"……어쨌든."

나는 살짝 시선을 내려 강현교의 구두를 쳐다보았다. 준석 씨에게 12개월 할부로 사 주었던 구두보다 훨씬 비싼 구두인 듯…… 아, 이런 게 중요한 게 아니라! 나는 자꾸만 머릿속에 비집고 들어오는 잡념들을 밀어 내며 다시 그를 쳐다보고 말했다.

"고마웠어요."

준석 씨 앞에서 비참했던 나를 구해 주었던 점에 대해서는 진심으로 고맙게 생각하고 있었다. 나는 어깨를 움츠리며 거듭 말했다.

"정말 고마웠어요."

"남자 친구였나."

나는 그의 시선을 피하며 주저하다가 살짝 고개를 끄덕였다. 그리고 변명처럼 덧붙여 말했다.

"적어도 저는…… 그렇게 생각했거든요."

준석 씨는 어떻게 생각했는지 몰라도요. 나는 뒷말을 내뱉지 못하고 삼켰다. 목에 뭔가가 걸린 것처럼 답답했다. 기침이라도 해서 뱉어 낼 수 있는 것이라면 좋을 텐데. 바보 같은 생각을 하다가 강현교를 쳐다보았다.

"강현교 씨는 준석 씨랑 아는 사이예요? 아까 준석 씨가 팀장님이라고 부르던데요."

"그 신입이 내 팀에 속해 있어서."

"아, 그렇구나."

'신입'이라니. 준석 씨와 신입이라는 단어가 어울리지 않아서 혼자 입속으로 그 단어를 두어 번 굴려 보았다. 내가 봐 왔던 준석 씨는 언제나 자신감으로 가득 차 있었고, 때로는 오만해 보일 정도로 당당하던 사람이었다. 그런데 그런 준석 씨가 이곳에서는 신입이었구나. 회사에 입사한 지 얼마 되지 않았으니 당연한 사실인데도, 새삼스럽게 그것이 신기하고 한편으로는 씁쓸했다. 나는 고개를 숙이고 바닥을 발로 툭, 찼다.

"……그런 한심한 놈이랑 라이벌이 될 줄은 몰랐는데."

"예?"

그 순간 강현교가 나직한 목소리로 혼잣말을 중얼거려서 나는 다시 그를 쳐다볼 수밖에 없었다. 하지만 그는 내게 자신이 한 말을 알려 줄 마음이 없는지 그냥 나를 힐끔 쳐다보더니 어깨를 으쓱였다. 나는 그를 물끄러미 쳐다보다가 불현듯 고개가 굉장히 뒤로 젖혀졌다는 것을 깨달았다. 지난밤에도 똑같은 생각을 했던 것 같지만, 정말이지…….

"키가 진짜 크네요. 농구 선수를 하셨어도 좋았겠어요."

"배구 선수였어."

"어? 정말이에요?"

"고등학교 때."

나는 눈을 깜빡거리며 그를 쳐다보다가 헤, 하고 웃었다.

"배구 선수였어도 멋졌겠어요. 인기 많았죠?"

"뭐, 적당히……."

아니라고는 안 하는구나. 하기야 아니라고 해도 믿기지는 않을 것 같아. 나는 고개를 끄덕이며 혼자 수긍하고는 그를 향해 말했다.

"그만 가 볼게요. 근무시간인데 시간을 빼앗아서 죄송해요. 그리고 정말 감사했고요."

"하나만 물어봐도 될까."

"예?"

"너, 여기 이 손등에 멍든 거."

강현교가 내 손등 위를 검지로 부드럽게 매만지며 말을 이었다.

"아까 그 신입, 우준석인가 하는 그 녀석이 그런 거야?"

"……어, 그게."

"예, 아니오, 둘 중에 하나로 대답해."

"……예."

나는 왜 이 남자가 하라는 대로 대답을 하게 되는 걸까. 준석 씨한테 이런 취급 받는 게 자랑할 일도 아닌데, 나와 아무 상관없는 사람한테 이런 얘기까지 하는 건지……. 나는 예, 하고 대답하고는 시무룩해져서 고개를 숙였다. 그러자 강현교가 내 턱을 잡더니 다시 고개를 들게 했다.

"나쁜 버릇이야, 고쳐."

"……예?"

"자꾸 고개 숙이는 거. 내 아이의 엄마가 될 여자가 아무 때나 고개 숙이고 돌아다니는 거, 나는 용납할 수 없어."

"또 그 얘기……."

나는 또 아이에 대한 얘기를 하는 강현교를 보며 한마디 말을 하려다가 그냥 입을 다물었다. 이러다가 퇴근할 때까지 그를 농땡이 치게 만들 수도 있겠다는 위기감이 든 탓이었다. 어쨌든 남의 돈을 벌어먹고 사는 입장은 그 직위가 팀장이든 뭐든 무조건 회사에 충성을 해야 하는 법이다. 물론 회사에는 다녀 본 적도 없는 내가 이런 말을 하는 게 우습기는 하지만 말이다.

"진짜 가요. 안녕히 계세요."

나는 강현교가 다시 말을 꺼낼까 봐 서둘러 돌아서서 걸음을 옮겼다. 그리고 회전문을 통과하려다가 무심코 뒤를 돌아보았을 때, 등을 돌리고 엘리베이터 쪽으로 걸어가는 그의 뒷모습이 눈에 들어왔다. 조금도 움츠러든 구석이 없는 당당한 모습이었다.

왜 그런지 그 모습에서 눈을 떼기가 어려웠다.

"어이, 호랑이 아가씨!"

집으로 올라가는 비탈길은 꽤 경사가 심한 편이라 숨을 헉헉대며 중간에 멈춰서 몸을 숙이고 있다가 나를 부르는 목소리에 고개를 들었다.

"이리 와서 떡 먹고 가!"

나와 같은 '옹달샘 빌라'의 입주민이신 윗집의 범 사장님이 나를 향해 큼직한 손을 흔들었다. 나는 범 사장님의 떡집 쪽으로 방향을 틀며 인사했다. 《떡 하나 주면 안 잡아먹지!》 떡집의 간판에 허옇게 새의 배설물이 말라붙어 있었다. 내가 떡집 간판을 바라보고 있는 걸 알아차린 범 사장님이 혀를 차며 투덜거렸다.

"하여간 이 동네 새들은 왜 다들 여기가 변소인 줄 아는 거야? 응? 호랑이 아가씨가 봐도 여기가 변소 같아?"

"하하…… 아니요. 그럴 리가요."

나는 어색하게 웃으며 부정했다. 하지만 정말 새들은 이곳이 자기네들 공중화장실인 줄 아는 것인지, 하루에도 몇 번씩 간판 위를 날아가다가 찍, 하고 싼 뒤에 도망가고는 했다. 혹시 새들의 눈에는 저 간판이 《떡 하나 주면 안 잡아먹지!》가 아니라 《똥 싸고 가면 안 잡아먹지!》로 보이는 게 아닐까.

"어쨌든 이리 들어와서 떡 좀 먹어."

"무슨 떡이 이렇게 많아요?"

나는 범 사장님의 떡집 안으로 발을 들여놓으며 물었다. 범 사장님은 숱 적은 머리를 쓸어 넘기고는 붉은 콧등을 비비며 기다렸다는 듯 투덜대기 시작했다.

"아, 어떤 놈이 전화해서 인절미를 한 말이나 주문해 놓더니 그대로 감감무소식인 거여. 전화를 걸어 봤더니 전화도 안 받고, 이런 썩을 놈을 봤나."

"어머…… 장난전화였던 걸까요?"

"그런가 봐. 어디 할 짓이 없어서 장난전화를 하는 건지."

"그럼 어떻게 해요. 아! 저, 인절미 좀 싸 주세요. 오천 원, 아니, 만 원어치요."

이왕 이렇게 된 거, 탁미한테도 갖다 줘서 어머니랑 먹으라고 해야겠단 생각에 나는 지갑을 꺼내기 위해 가방을 열었다. 그러자 범 사장님이 손을 휘저으며 내 손을 다시 아래로 끌어 내리더니 고개를 저었다.

"어이구, 됐네. 내가 우리 아랫집 아가씨한테 무슨 돈을 받고 떡을 팔아?"

"아니에요. 정말 그러지 않으셔도……."

"그냥 이럴 때 떡 인심이나 후하게 쓰지, 뭐. 됐어, 지갑 넣어 둬."

범 사장님은 내게 '안 넣어 두고 뭐해?' 하고 장난처럼 윽박지르더니 인절미가 가득 들어 있는 커다란 상자를 내 쪽으로 밀면서 먹으라고 손짓을 했다. 나는 어쩔 수 없이 인절미를 하나 입에 넣고 우물거렸다. 쑥이 들어간 탓에 일반 인절미보다 더 향긋하고 맛이 좋았다. 특히 범 사장님의 쑥 인절미는 더욱 뭐랄까……. 그래, 자부심이다.

"어때? 맛나지?"

"예…… 예에. 물론이죠."

나는 고개를 끄덕이며 긍정했다. 범 사장님의 얼굴에 뿌듯한 자부심이 서렸다. 그랬다. 쑥 인절미의 맛 중에 최소 3할은 아마도 범 사장님의 쑥에 대한 자부심이 차지하고 있을 게 분명했다. 그러니까 이쯤에서 나와야 할 해남 쑥에 대한······.

"우리 어머니께서 직접 사십여 년 넘게 직접 키우고 계시는 친환경 쑥밭에서 캔 쑥이라, 그거지. 어릴 때부터 나는 그 덕분에 쑥밥, 쑥국, 쑥떡, 쑥술까지 전부 섭렵할 수 있었어. 그중에서도 내 입맛을 사로잡았던 게 바로 쑥술! 캬아, 어린 나이에 쑥술 한 바가지 퍼마시고 해롱거리다가 아버지한테 붙들려서 엉덩이가 터져 나갈 정도로 얻어맞기는 했지만, 그래도 그게 또 추억이지. 결국 아버지는 그놈의 술 때문에······."

크흑. 범 사장님이 갑자기 심각한 표정을 짓더니 눈물과 콧물을 빼기 시작했다. 나는 늘 똑같은 범 사장님의 쑥과 관련된 추억 이야기를 들으며 인절미를 하나 더 집어서 입에 넣었다.

"하여간 그뿐인가. 어릴 때 뛰어놀다가 넘어져서 무릎이 까지면 쑥을 짓이겨서 발라도 좋았지. 싸우다가 코피가 터지면 쑥을 뜯어다가 콧구멍에 딱 틀어막으면 그것보다 좋은 게 없었어. 그래서 내가 떡집 일을 배우면서 결심했거든. 언젠가 내 이름으로 된 떡집을 열게 되면 반드시 쑥떡을 만들어야지, 하고 말이야. 쑥 인절미도 만들고, 쑥 송편도 만들고, 쑥 버무리도 만들고······."

그러고 보면 나는 내 꿈을 이룬 셈이야. 이 정도면 성공한 인생 아니겠어? 범 사장님이 잠시 아버지에 대한 추억으로 벌겋게 충혈되었던 눈을 비비며 껄껄 웃었다. 나는 그런 범 사장님을 보며 무조건 맞다고 고개를 끄덕였다. 석 달 전에 떡 만드는 일이 지긋지긋하다며 집을 나갔다던 사모님 생각이 잠시 났지만······ 애써 그 생각을 털어 버리기 위해 고개를 흔들었다.

문득, 좋다는 생각이 들었다.

나는 떡집 밖으로 보이는 평화로운 분위기를 취한 듯 바라보았다. 이렇게 실내에서 바깥을 보다 보면, 스크린을 통해 영화를 보고 있는 듯한 기분이 들었다. 지금도 이렇게 사각 문틀 너머에서 펼쳐지는 그냥 평범하고 잔잔한 영화를 보고 있는 기분이 든다고 해야 할까.

"어이, 도돌아! 이리 와!"

그때 범 사장님이 다시 밖을 향해 손짓을 했다. 옆집에 사는 소년가장, 도돌희가 커다란 가방을 등에 메고 터벅터벅, 비탈길을 올라오다가 범 사장님을 보고는 인사했다. 그리고 떡집으로 다가오다가 범 사장님의 곁에 나도 있음을 깨닫고는 내게 손을 흔들며 인사를 했다.

"누나도 있었네?"

"응. 오늘은 일찍 끝났어?"

"어. 학교에서 무슨 행사를 한다고."

도돌희는 비록 몸집은 중학교 1학년 정도로 보일 만큼 작기는 하지만, 그래도 어엿한 고등학교 2학년이었다. 그리고 할머니와 단둘이 살면서도 씩씩한 아이였다. 나는 종종 도돌희에게 김치나 밑반찬을 챙겨 주었고, 그 덕분에 제법 남매처럼 지내고 있는 중이었다.

"잘됐네. 매일 밤까지 공부한다고 학교에서 붙잡아 놓는 거 마음에 안 들었는데. 이렇게 일찍 올 때도 있어야지. 애, 도돌아, 얼른 여기 앉아서 떡 먹어."

"무슨 떡이에요, 사장님?"

도돌희는 범 사장님의 권유에 냉큼 자리를 잡고 앉더니 인절미를 한꺼번에 두 개 집어서 입에 넣었다. 범 사장님이 흐뭇한 표정으로 그 모습을 지켜보다가 안쪽으로 들어가더니 뭔가를 가지고 다시 나왔다.

"도돌아. 이거, 할머니한테 갖다 드려라."

"어? 양갱이네요?"

"그래. 양갱 선물 세트 주문 들어와서 만들었는데, 넉넉하게 하다

보니까 남았어."

……남았다고 하기보다는 일부러 더 만들어서 남긴 것 같은데. 하지만 나는 굳이 범 사장님의 말을 부정하지 않았다. 쑥스러운 듯 무뚝뚝하게 말하면서 돌희에게 양갱이 예쁘게 담긴 상자를 건네는 범 사장님의 투박한 손이 너무 다정해 보였다. 돌희 역시 범 사장님의 마음을 알았는지 인절미를 먹다가 입을 꾹 다물고 있더니 이내 잠긴 목소리로 감사하다며 인사를 했다.

"할머니가 좋아하시겠다……."

돌희의 입가에 미소가 번졌다. 틀니 때문에 떡이나 다른 음식들을 잘 잡수시지 못한다며, 돌희는 늘 할머니를 안타까워했다. 그런 돌희의 사정을 알고 있는 범 사장님은 이렇게 때로는 할머니가 드실 만한 것을 챙겨 주고는 했다.

"미숫가루도 한 봉지 가지고 가."

"아니에요! 저번에 주셨던 거 아직 집에 있어요."

"미숫가루도 많이 남아서 그래."

어차피 팔 것인데 남기는 뭐가 많이 남아서 그런다고. 나는 고개를 숙인 채 가만히 웃었다. 공짜 좋아하면 대머리가 된다는 속설은 범 사장님에게만큼은 예외가 아닐까 싶다. 오히려 저렇듯 다른 사람들한테 뭐든지 주고 싶어 하니 말이다.

"호랑이 아가씨도 인절미 좀 챙겨 가. 요새 아가씨들이 다이어트다, 뭐다, 해서 안 먹고 빼빼 마른 게 예쁘다고 한다지만, 그래도 그런 게 아니야. 잘 먹어서 적당히 살집 좀 있고 그런 게 좋은 거야. 알았어?"

"예, 고맙습니다."

나는 비닐봉지에 인절미를 담는 범 사장님을 보며 난처해져서 웃었다. 돈을 받으면 좋을 텐데 범 사장님은 특히 같은 빌라에 사는 사람들에게는 돈을 받으려 하지 않았다. 그저 맛있게 먹어 주면 그걸로 충분하다고. 그 문제 때문에 사모님과 자주 싸우던 것을 봐 왔던 나로서는 미안하고 난처할 수밖에 없었다.

"도돌아, 너도 봉지 하나 뜯어서 먹고 싶은 만큼 담아라."

"예? 아니요, 저는 여기서 먹고 가면 충분한데……."

"냉동실에 넣어 놨다가 먹고 싶을 때마다 꺼내 놓으면 돼. 굳이 찌지 않아도 녹으면 먹기에 딱 좋을 거야. 그러니까 갖고 가라고 할 때 가지고 가."

"……예."

돌희 역시 난처한 얼굴로 주저하다가 대답하고는 슬쩍 나를 돌아보았다. 나는 어쩔 수 없다는 표정을 지으며 눈을 찡긋거렸다.

"떡집 사장님은 너무 인심이 후해. 나 같으면 공짜로 떡 나눠 주지 못할 것 같은데. 새벽부터 일어나서 떡집 가고, 하루 종일 떡 만드느라고 고생하는데……."

"그러게."

"누나, 양갱 몇 개 가지고 갈래?"

"됐어. 할머니 드려. 아까 사장님이 그거 단호박이랑 완두 넣어서 한 거라고, 많이 달지 않아서 어르신 드시기에 좋을 거라더라."

"음…… 그래도."

"나는 이걸로 충분해. 사장님이 너무 많이 챙겨 주셔서."

나는 묵직한 인절미 봉지를 들어 보이며 돌희에게 말했다. 그러자 돌희 역시 한 손에 들고 있던 봉지를 들어 보이며 고개를 끄덕였다.

"나도. 할머니랑 둘이 몇 달은 두고두고 먹겠어. 그나저나 대체 장난전화로 떡 주문했던 사람은 뭐래? 그렇게 떡집에 피해를 주면 자기 속은 좋은가?"

"그러게."

나는 인상을 쓰며 고개를 끄덕였다. 범 사장님의 성격이 워낙 좋으니 그렇지, 다른 사람 같으면 벌써 난리를 쳐도 몇 번은 쳤을 일이다. 장난전화가 이번이 처음인 것도 아니기에 더욱 그랬다. 나는 고개를 끄덕이다가 맞은편을 보고는 황급히 고개를 숙여 인사했다.

"아, 회장님! 안녕하세요."

"안녕하세요, 회장님."

"오냐. 호랑이, 그리고 돌희. 어떻게 둘이 같이 들어오네? 응? 그건 뭐냐? 범 사장, 그 인간이 또 떡 내돌리는 중이냐?"

빌라에서 막 나오던 옹달샘 회장님이 나와 돌희의 손에 들려 있는 비닐봉지를 보더니 혀를 찼다.

"예에……. 누가 장난전화를 해서 떡을 한 말이나 주문했대요."

"이런, 어떤 미친놈이 또 그 짓을 했어? 그러게, 선금부터 받고 주문을 받으라니까."

옹달샘 회장님은 못마땅한 얼굴로 쯧쯧, 혀를 차다가 들어가 보라고 우리에게 말했다. 나와 돌희는 꾸벅, 인사를 하며 빌라 안으로 들어가려고 걸음을 옮겼다. 그때 옹달샘 회장님이 다시 말을 걸었다.

"아무래도 안 되겠다. 범 사장, 저치한테 맡겨 났다가는 떡집이 거덜 나겠어."

"예?"

"옹달샘 빌라 입주민 장난전화 근절 대책반을 구성해야겠다. 저녁 때 우리 집으로 다들 모여라. 반장으로서 첫 회의를 주재할 테니."

"……예에."

"예……."

나와 돌희는 가만히 대답했다. 우리에게 또 하나의 소속이 생긴 순간이었다.

"참, 그리고 입주민 발전 위원회의 활동이 요즘 뜸했는데, 그것도 언제 날 잡아서 논의해 보자."

"······예, 회장님."

"예에."

우리는 현재, 세 개의 소속을 가지고 있다. 아니, 방금 생긴 대책반까지 합치면 네 개의 소속이겠구나.

첫째, 옹달샘 빌라 입주민 발전 위원회의 소속 위원

둘째, 옹달샘 빌라 입주민 처우 개선 연구단의 소속 연구단원

셋째, 옹달샘 빌라 입주민 운영 협의회의 소속 회원

······그리고 넷째, 방금 결성된 옹달샘 빌라 입주민 장난전화 근절 대책반의 소속 반원.

그리고 우리의 앞에 있는 옹달샘 회장님은 바로 위원장님이자, 연구단장님이고, 협의회장님이기도 하며, 이제는 대책반장님이다. 그래서 간단히 일컬어서 그냥 '옹달샘 그룹'의 회장님이라고 부르는 중이기도 하다.

"그래, 그럼 들어가 봐."

"예, 그런데 어디 가세요?"

"손주 녀석한테. 학원에서 오는 길에 다른 데로 새지 않게 잡으러 가려고."

"······아."

나는 고개를 끄덕이다가 풋, 웃고 말았다. 돌희 역시 웃음을 참으며 고개를 숙였다. 조금 전에 옹달샘 회장님의 하나뿐인 손자, 옹심이가 이렇게 외치며 달아나던 것을 목격했던 터였다.

'할아버지한테는 나 봤다고 말하면 안 돼!'

나와 돌희는 옹심이와의 약속 때문에 입을 다문 채 옹달샘 회장님이 이미 도망가 버린 옹심이를 잡으러 비탈길을 내려가는 모습을 잠시 지켜보다가 빌라 안으로 들어갔다.

72

햇빛이 들지 않는 북향이라 집 안은 어둑어둑했다. 하지만 형광등을 굳이 켤 필요는 없어서 그냥 신발을 벗고 안으로 들어갔다.

"탁미 오면 떡 좀 가지고 가라고 해야지."

나는 밥상 위에 인절미 봉지를 내려놓고는 어깨에 메고 있던 크로스 가방을 벗었다. 그리고 바닥에 주저앉아 잠시 숨을 들이쉬었다가 내쉬는 것을 반복하며 방바닥을 응시했다.

가슴이 많이 아플 것 같았는데…… 오히려 아무렇지 않아서 이상했다. 나는 바닥을 쳐다보고 있다가 그대로 모로 드러누웠다. 차가운 방바닥에 한쪽 뺨을 대고 누워 있다 보니까, 탁미가 보면 뭐라고 할지도 모른다는 생각이 들어서 웃음이 나왔다.

'야, 이 지지배야! 입 돌아가!'

탁미는 내가 이렇게 방바닥에 뺨을 대고 누워 있을 때마다 그렇게 말하며 발로 나를 떠밀어 똑바로 눕게 하든지, 아니면 내 팔을 잡아당겨 일어나 앉게 하고는 했다. 그런 탁미의 행동이 좋아서 일부러 방바닥에 보란 듯 뺨을 대고 누울 때도 있었다.

"뭔가 많은 일이 있었던 것 같은데……."

오늘 꽤 많은 일이 있었던 것 같은데 다시 생각해 보면 딱히 많은 일이 있었던 게 아니란 생각이 들었다. 나는 모로 누워 있다가 돌아눕고는 가만히 천장의 불 꺼진 형광등을 바라보았다. 그러고 보니 형광등을 교체할 때가 되었구나. 새까맣게 끝부분이 변한 형광등을 쳐다보고 있다가 손을 들어 눈앞에 가져왔다.

시커먼 멍이 여전히 손등에 선명하게 남아 있었다.

고작 하루 만에 멍이 사라질 리 없다는 걸 알지만, 그래도 조금은 열어지지 않았을까 하는 생각을 했다. 그러나 그런 내 기대는 바보 같다는 걸 말해 주듯이 손등에 남은 멍은 여전히 짙었다. 나는 다른 손으로 손등의 멍을 꾸욱, 눌러 보았다.

"아⋯⋯."

저절로 신음이 나왔다. 나는 미간이 저절로 찌푸려지는 것을 느끼며 다시 손을 내렸다. 고통을 즐기는 마조히스트도 아니고 대체 뭘 하고 있는 건지, 스스로 생각하니 민망해졌다.

그리고 문득 그 남자가 떠올랐다.

돌아서서 엘리베이터 쪽으로 걸어가던 그 남자, 강현교의 뒷모습이 말이다. 늘 자신감 없고 움츠러들기 일쑤인 나와는 다르게, 어깨를 펴고 당당하게 걸어가던 그 모습이 왜 그런지 눈앞에 떠올랐다.

준석 씨도 나와는 많이 다른 사람이었다. 자신의 말을 거부한다거나 토를 다는 걸 결코 용납하지 않았고, 내가 자신의 뜻을 거스를 때에는 종종 매서운 손이 머리나 뺨으로 날아들고는 했다. 그런데 어째서일까⋯⋯.

나는 강현교의 앞에서 쩔쩔매던 준석 씨를 다시 기억했다. 불과 몇 시간 전의 일이니 또렷하게 기억나는 것이 당연한 일이었다. 그리고 희한하다는 생각이 들었다.

'준석 씨도 다른 사람의 앞에서는 그런 모습일 수도 있구나.'

나는 준석 씨가 세상 그 누구의 앞에서도 내게 하듯이 행동할 거라고 생각했다. 누구에게나 다 그러는 사람이라고⋯⋯ 나에게만 그러는 건 아닐 거라고 믿었다.

사실은 그게 아니었는데.

따지고 보면 오늘 강현교의 앞에서 보여 주었던 준석 씨의 모습뿐만이 아니었다. 어제 페니와 함께 있었던 준석 씨의 모습도 내게는 낯설고 생경한 것이었다. 그렇게 다정한 준석 씨는 본 적 없으니까.

아니, 7년 전에는 조금 다정했던 것도 같지만⋯⋯.

뭐가 잘못이었을까. 나는 다시 모로 누우며 생각했다. 내 마음은 7년 내내 줄곧 변함없었는데 준석 씨의 마음은 왜 변했던 것일까. 아니, 어쩌면 처음부터 내가 준석 씨의 마음을 혼자 착각하고 있었던 것은 아닐까.

'한번 자 보려고 무슨 말인들 못 할까. 안 그래? 그걸 곧이곧대로 믿어 버린 네 잘못이지.'

준석 씨의 말대로 그걸 믿어 버렸던 내 잘못이었을까. 갑자기 의도하지도 않았는데 눈물이 흘러내려 눈가를 타고 바닥으로 떨어졌다. 나는 손으로 눈을 비비다가 살짝 주먹을 쥐고 가슴을 쳤다. 인절미를 맛있게 먹었는데, 왜 갑자기 체한 것처럼 답답한지 모를 일이었다.

"내가 아침에 하려다가 못 했던 말이 그거였는데!"

탁미가 인절미를 입에 넣다가 박수를 치며 신나서 말했다. 나는 김치를 썰다가 뒤를 돌아보았다. 탁미가 다리를 일자로 벌린 뒤, 스트레칭을 하면서 말을 이었다.

"아침에 전화 오는 바람에 내가 말하려다가 못 한 거 있잖아."

"아아……."

나는 아침의 일을 기억하고는 고개를 끄덕였다. 그러자 탁미가 눈을 빛내며 다시 양반 다리를 하고 앉더니 내게 물었다.

"그래서? 그 강현교라는 남자가 그 새끼 앞에서 너를 구해 줬다, 그 거지?"

우와, 짱이다! 무슨 로맨스 드라마를 보는 것 같아! 게다가 직책도 딱이네. 팀장님이라니. 으하하. 탁미가 물개라도 된 듯 박수를 치면서 마구 웃더니 다시 말을 이었다.

"어쨌든 그 새끼, 네 앞에서 쪽팔리기는 했겠다. 그렇지?"

"응?"

"대기업 들어갔다고 잘난 척 더럽게 했잖아. 그때 그 새끼, 회사 들어가자마자 여기서 우연히 마주쳤을 때, 내가 아주 눈이 썩는 줄 알았어. 잘난 척을 하도 해서 말이야. 그런데 꼴좋네. 취업 못 해서 너한테

75

빌붙어 학원비 뜯어 갔던 건 기억도 안 나는지, 그렇게 잘난 척이더니. 아니지, 학원비뿐이었냐? 용돈에, 술값에……."

"내가 별로 보태 주지도 못했는데……."

"뭘 별로 보태 주지를 못했냐? 거의 다 네가 보탰지."

내가 밥을 담아서 밥상에 놓자, 탁미가 냉큼 무릎걸음으로 다가와 앉더니 숟가락을 들었다.

"아, 배고파서 진짜 죽는 줄 알았어."

"김치밖에 없는데……."

"김치 하나면 충분해. 김치 솜씨 하나는 우리 추 여사한테 인정받을 만큼 죽이잖냐. 전에는 네가 우리 집에서 김치 가져다가 먹었지만, 이제는 우리가 너한테서 가져다 먹어야 할 판이라니까."

탁미가 김치를 집어서 하얀 쌀밥 위에 놓더니 크게 한 술을 떠서 입에 넣고는 황홀한 표정을 지었다.

"오, 바로 이 맛이야!"

"낯간지러워, 진짜……."

나는 고개를 저으며 머쓱해져서 웃었다. 그리고 젓가락으로 밥알을 하나씩 세던 중에 다시 탁미의 목소리가 들렸다.

"그러고 보면 너는 지금까지 연애를 한 게 아니야."

"응?"

"삥 뜯긴 거지."

탁미가 진지한 얼굴로 말했다. 나는 탁미의 말이 농담인지 진담인지 구분이 되지 않아서 잠시 멍한 얼굴로 그녀를 쳐다보았다. 탁미가 시큰 둥한 표정으로 숟가락을 들어 내 머리를 가볍게 때렸다.

"아얏! 야, 밥 먹은 숟가락으로!"

"그렇게 멍하게 구니까 지금까지 삥 뜯겼지, 이 지지배야."

"그런 거 아닌데……."

"아니기는 뭐가 아니야?"

탁미가 콧방귀를 뀌고는 다시 밥을 먹으며 말을 이었다.

"어쨌든 강현교라는 그 남자, 적어도 똥차가 아닌 건 확실하네."

"탁미야, 사람한테 똥차니 뭐니……."

"잘 좀 잡아 봐, 응? 이 멍청아. 우준석 같은 똥차, 아니, 그건 똥차
만도 못한 놈이고……. 하여간 그런 건 깔끔하게 버리고, 벤츠든 마이
바흐든 좀 제대로 잡아 보라고. 너한테 구애 중이라며?"

"아, 그게 아니라……."

말할 수 없다는 게 이렇게 답답할 줄이야. 나는 자기 애를 낳아 달라
던 강현교의 말을 탁미에게 털어놓을 수 없어서 답답한 마음에 한숨을
쉬었다. 그러나 내가 한숨을 쉬든 말든, 탁미는 흐흐, 웃으며 말했다.

"그런데 그 남자, 쓰는 말이 살짝 이상하더라. 보통 구애 중이라는
말을 사용하나?"

"그, 그러게……."

나는 말을 더듬으며 고개를 숙이고는 밥을 크게 한 술 떠서 입에 넣
었다. 맨밥을 먹으려니 목구멍으로 넘어가지 않았다. 그래도 어떻게든
목구멍으로 넘기려고 꾸역꾸역 씹고 있는데, 탁미가 다시 혼잣말처럼
중얼거렸다.

"살짝 이상하기는 한데……. 뭐, 그래도 그 정도 스펙에 잘생겼으니
또라이면 어때, 안 그래?"

잘생긴 또라이, 팀장님인 또라이, 뭐, 좋네! 탁미가 나를 놀리려고
작정한 듯 깔깔대며 농담을 했다. 나는 탁미를 흘겨보다가 밥그릇을 빼
앗으려고 손을 뻗었다.

"자꾸 그러면 밥 안 준다!"

"하하. 알았어, 알았다니까. 하여간 얌전한 고양이가 부뚜막에 먼저
올라간다는 게 딱 너를 두고 하는 말이었어."

탁미가 제 밥그릇을 빼앗기기는 싫었는지 냉큼 두 손으로 밥그릇을 움켜쥐더니 웃으며 말했다.

그 남자가…… 그게 아니거든.

나는 남자의 비밀을 밥과 함께 목구멍으로 삼키기 위해 다시 밥을 한 입 집어넣었다. 그러다가 문득 떠오른 사실에 나도 모르게 입을 열었다.

"아, 맞다……."

"응? 뭐가?"

탁미가 물을 마시다가 나를 힐끔 보며 물었다. 나는 서둘러 밥을 마저 먹으며 대꾸했다.

"회장님이 저녁에 옹달샘 빌라 입주민 장난전화 근절 대책반 첫 회의를 연다고 하셨거든."

"뭐? 무슨 대책반?"

"옹달샘 빌라 입주민 장난전화 근절 대책반."

"푸핫. 내가 진짜 이런 재미 때문에 여기를 떠날 수가 없잖아. 야, 빨리 먹고 일어나. 회장님 집에서 회의를 여는 거지?"

"응."

"나도 참석해야지. 그런데 무슨 장난전화?"

탁미가 금세 강현교에게 쏟았던 관심을 옹달샘 빌라 입주민 장난전화 근절 대책반으로 옮겼는지 눈을 반짝거리며 내게 물었다.

"어, 범 사장님한테 누가 장난전화를 해서……."

나는 탁미가 조금 전에 맛있다며 극찬했던 인절미가 여기에 오게 된 이유를 설명하기 위해 입을 열었다.

6
미스터 삵, 그 남자의 시선, 둘

로비에서 호랑을 보낸 뒤에 돌아서려던 찰나, 양 비서가 다가와 아버지의 호출을 대신 전달했다. 하기야 회사 1층 로비에서 대놓고 그녀와 시간을 보냈으니 아버지의 눈과 귀 역할을 하는 이들이 곧바로 보고했으리란 것은 충분히 예상 가능한 일이었다. 나는 귀찮은 내색을 굳이 숨기지 않으며 회장실로 향했다.

"부르셨습니까."

"아들아!"

나는 회장실에 들어서자마자 내 품에 안기듯 매달리는 아버지를 매정하게 떼어 내고 옷을 털었다. 그러자 아버지가 끄응, 소리와 함께 못마땅한 기색을 잠시 드러내더니 금세 언제 그랬냐는 듯 환하게 웃으며 입을 열었다.

"장하다, 아들아! 역시 내 아들이다!"

아들아, 라니……. 기가 막힐 노릇이었다. 항상 이 녀석, 이놈 등으로 불리던 나로서는 참 낯설고 어색한 호칭이 아닐 수 없었다. 그런 내 마음이 표정에도 드러난 것인지, 아버지는 환하게 웃다 말고 머쓱한 표정을 짓더니 헛기침을 했다. 그런 아버지와 나를 번갈아 쳐다보던 누나가 입을 열었다.

"우선 앉아. 아버지도 흥분 좀 가라앉히시고요."

"흥, 흥분이라니……. 험험, 내가 언제 흥분했다고. 그래, 현교 너도 일단 앉아라."

아버지는 누나의 말에 시뻘겋게 달아올랐던 얼굴을 손바닥으로 쓸고는 소파에 앉으며, 내게도 앉으라고 손짓을 했다. 나는 누나의 맞은편에 자리를 잡고 앉았다. 내가 앉자마자 기다렸다는 듯, 아버지가 질문을 하기 시작했다.

"그 처자가 맞지? 응? 네가 1층 로비에서 다정하게 웃으면서 함께 있었다던 처자가, 그러니까 그 처자가…… 양 비서가 몰래 봤는데 참하고 예쁘다던 그 처자가……."

아버지는 감격해서 울먹이는 듯싶더니 나를 향해 떨리는 목소리로 물었다.

"네 암컷…… 맞는 게지? 응? 그렇지?"

"이미 확신하고 계시면서 왜 물어보십니까."

아니라고 부정할까 하다가 괜히 노인네 뒷목 잡고 쓰러지는 꼴 외에 다른 걸 보겠나 싶어서 사실대로 긍정했다. 그러자 아버지가 내 두 손을 꽉 부여잡더니 크게 외쳤다.

"장하다! 정말 장하다, 현교야! 내 아들아!"

그게 뭐 그렇게 장한 일일까. 남들은 열다섯이 되자마자 잘 찾아내는 자기 암컷을 지금껏 서른 해가 되도록 찾지 못하다가 이제야 겨우 찾아낸 것을. 아니, 게다가 내가 찾아낸 것도 아닌 것 같고……. 뭔가 쑥스럽고 이상한 기분이 들어서, 나는 아버지의 손을 뿌리쳤다. 아버지가 잠시 서운한 표정을 짓더니 다시 환하게 웃으며 누나를 향해 입을 열었다.

"현조야, 너도 방금 들었지?"

"예, 아버지."

"내가 잘못 들은 게 아니지?"

"그럼요, 아버지. 제 귀로도 똑똑히 들었어요."

현교, 쟤가 자기 암컷을 찾았다고요. 누나는 피식 웃으며 나를 힐끔 돌아보더니 대꾸했다. 그런데 누나의 표정이 딱 이랬다.

'요것 봐라? 그렇게 관심 없는 것처럼 굴더니, 제 암컷 찾고 애지중지하는 꼴이라 그거지?'

나는 미간을 찌푸리며 누나를 향해 퉁명스럽게 입을 열었다.

"그 표정은 뭐야? 기분 나쁘게."

"어머, 기분 나쁘니? 설마 네 기분이 나쁘겠니? 암컷까지 찾은 마당에. 그렇게 싫다고 난리를 치더니 말이야. 우리 부서 여직원들이 그러더라? 너, 아주 살살 녹더라고. 강 팀장님이 저렇게 다정하게 웃는 건 처음 봤어요! 하고, 다들 한숨을 푹푹 쉬더라. 도대체 강 팀장님을 달달하게 녹여 버린 여자가 누구냐고 하면서."

"……누나."

나는 한숨을 내쉬며 손을 내저었다. 그러나 누나는 아랑곳하지 않고 몸을 앞으로 기울이며 말을 이었다.

"어때? 어떤 애야? 예뻐? 예쁘겠지. 착해? 착하겠지. 섹시해? 섹시하겠지."

혼자 자문자답(自問自答)을 하는 누나의 말을 자르며, 고개를 저었다. 예쁘고 착한 것까지는 인정하겠는데, 섹시한 것은 좀……. 나는 고개를 갸웃거리다가 호랑을 떠올렸다.

하기야…… 어떻게 보면 섹시한 것 같기도 하지?

내 표정이 시시각각 변했는지, 누나가 기가 차다는 투로 말했다.

"어머, 얘 표정 봐. 아버지, 현교 좀 보세요. 벌써 푹 빠졌나 봐요."

"허허. 그러게 말이다. 딱, 내가 너희 엄마를 처음 봤을 때랑 똑같구나."

아버지가 그리운 얼굴로 잠시 천장을 쳐다보았다. 벌써 사별한 지 십여 년이 지났지만, 아버지는 여전히 어머니를 그리워하고 있었다. 그 마음을 모르지 않는 누나와 나는 잠시 입을 다문 채 테이블을 응시했다.

"너희 엄마도 참 곱고 소녀 같은 심성을 지녔었지. 그래서 내가 첫눈에 보고 반했던 게 아니겠냐."

"그건 아니죠, 아버지. 솔직히 엄마가 아버지 처음 보고 희한한 게 나타났다며 꼬리를 잡아당기는 바람에 꼬리가 빠져나갈 뻔했다면서요."

아버지의 그리움 가득 묻어나는 말에, 누나가 찬물을 끼얹었다. 그러자 아버지가 반박하려는 듯 입을 벙긋거리다가 차마 부정할 수 없었는지 헛기침을 하고는 말을 돌렸다.

"하여간 그건 그렇고…… 어떤 아이냐? 이름은 뭐고? 어디에 살고, 뭘 하는 애야?"

"어차피 뒷조사를 지시하셨을 거잖아요. 능력껏 알아보세요."

나는 팔짱을 끼고는 소파의 등받이에 기대며 퉁명스럽게 대꾸했다. 아버지는 '뒷조사' 발언에 잠시 움찔거리다가 이내 못마땅한 표정으로 입을 열었다.

"저 녀석은 정말 지 엄마를 쏙 빼닮아서……."

"곱고 소녀 같은 심성을 지녔다고요? 감사합니다."

"네 엄마 성질이 얼마나 더러웠는지 아냐! 딱 너 같았다. 이놈아!"

내가 놀리듯 대꾸하자 아버지가 버럭 화를 내며 어머니에 대한 진실을 털어놓았다. 내 호칭 역시 원래대로 돌아왔고.

뭐, 이 정도면 됐겠지…….

자리에서 일어나자 아버지와 누나의 시선이 동시에 나를 향했다. 나는 아버지와 누나를 쳐다보며 당부했다.

"어쨌든 그 애를 귀찮게 하지 마세요. 아직 저를 받아들인 것도 아닌데."

"뭐? 아직이라니? 그건 또 무슨 소리냐?"

"그러게, 그게 무슨 말이야?"

"솔직히 그렇잖아요. 귀랑 꼬리가 달린 사내한테 쉽게 마음이 가겠어요? 어머니도 처음에는 아버지 꼬리 잡아당기고 동물원 원숭이 대하듯……."

"크흑. 그만해라!"

아버지가 내 말을 자르며 손을 휘저었다. 나는 입을 다물고 아버지를 향해 인사를 하고는, 누나에게도 눈짓으로 인사를 했다.

……솔직히 그건 그렇겠구나.

나는 새삼 가슴이 저릿해져서 인상을 썼다. 내 스스로 한 말인데도 썩 듣기 좋지 않았다. 귀랑 꼬리가 달린 사내한테 쉽게 마음이 갈 리 없을 거라는 게, 어쩌면 사실일지도 모르니 말이다.

귀가 축 늘어졌다.

그리고 덩달아 꼬리도 축 늘어져 힘없이 흔들렸다.

"어렵구나……."

나는 문을 열고 나오다가 양 비서가 인사를 해 오는 것에 가볍게 목례로 답을 하면서 가만히 중얼거렸다.

7
여기서 산다고요?

매주 목요일은 재활용 쓰레기 분리수거일이다. 이번 주에도 어김없이 목요일은 돌아왔다. 나는 빈 병만 따로 골라 커다란 부대에 담다가 앓는 소리와 함께 허리를 두드리며 잠시 일어섰다.

"에이구…… 허리야."

오늘 탁미의 어머니가 몸살 때문에 청소 일을 하러 나가지 못한다는 얘기를 듣고 대신 다녀왔다. 탁미의 어머니, 그러니까 추동숙 여사께서는 아파트 단지의 청소 일을 벌써 2년째 하고 계신다.

무더위에 숨이 막히는 한여름에도 청소 일을 하러 매일 근처의 아파트 단지로 출근을 하셨고, 집 안에 있어도 덜덜 떨릴 정도로 추운 한겨울에도 탁미의 어머니는 웬만하면 결근하는 일이 없었다. 그래서 작년 겨울에는 열 손가락이 전부 동상에 걸리는 바람에 손가락마다 퉁퉁 붓고 피부가 시커멓게 죽어 버려서 치료하느라고 많이 고생을 하시기도 했었다.

'추 여사, 정말 자꾸 이럴 거야? 내가 벌고 있잖아! 내가 돈 벌고

있으니까 그만 좀 일하라고! 청소 못 해서 죽은 귀신이라도 붙었어? 응? 엄마, 제발!'

탁미는 그때 어머니를 붙들고 정말 많이 울었다. 그러나 탁미의 어머니는 완강했다.

'가만히 있으면 좀 쑤셔 하는 귀신은 붙었는지도 모르지. 집에 있으면 뭐하니? 내가 거동 못 하는 노인네도 아닌데.'

탁미를 홀로 키웠던 어머니의 억척스러운 면은 여전했다. 어쨌든 그 정도로 청소 일을 빠지지 않던 탁미의 어머니가 출근을 하지 못했을 정도이니 보통 몸살이 아닌 건 확실했다. 그래서 나는 아침에 탁미와 통화하다가 대신 출근하겠다고 했다. 탁미는 내 말을 듣자마자 난리를 쳤지만, 내 고집을 꺾을 수는 없었다.

"어머니는 어떻게 이 일을 매일 하시지?"

고작 하루였다. 내가 청소를 한답시고 일한 것은 말이다. 그런데도 이렇게 온몸이 아픈데, 탁미의 어머니는 매일 이 일을 하고 계시니 몸살이 나지 않는 게 오히려 이상한 일이었을 것이다.

"내일도 가 볼까. 어차피 당장 들어온 일도 없으니까 어머니한테 더 쉬시라고 하고……."

나는 허리를 툭툭 두드리며 중얼거리다가 문득 전봇대에 시선을 던졌다. 그 남자, 강현교가 생각났다. 그러니까 처음 만났던 날, 내가 전봇대 앞에서 헛구역질을…….

왜 이런 게 다시 생각나는 거야!

나는 고개를 마구 저으며 '사라져라! 사라져라! 기억이여, 사라져라!'를 외쳤다. 민망한 기억 같은 건 떠오르지 않으면 좋겠는데. 왜 갑자기, 이렇게 느닷없이.

"너는 전봇대 앞에서 항상 이상한 행동을 하는구나. 혹시 무슨 병인가? 아이의 양육에 곤란한 점이 있으면 안 되는데. 만약 병을 앓고 있

는 거라면 하루라도 빨리 병원에 가서 치료를 받아야지. 이대로 내버려
두면……."

"으앗!"

그러니까, 왜 갑자기, 이렇게 느닷없이…… 민망한 기억보다도 더
생생한 얼굴이 내 앞에 나타난 걸까! 나는 내 앞에 서 있는 강현교를
쳐다보다가 나도 모르게 비명을 질렀다. 다행히 시간이 늦은 탓에 재활
용 쓰레기를 버리러 나온 주민이 나 외에는 없었다. 나는 그를 향해 손
가락질을 하며 입을 열었다.

"왜, 왜 또 온 거예요?"

"내가 내 반려를 찾아오는 데에도 이유가 필요한가."

강현교는 고개를 갸우뚱하더니 오히려 이상한 걸 묻는다는 표정으로
나를 보았다. 또, 또 반려래! 또 이상한 소리를 하러 왔어! 나는 울고
싶은 심정으로 그를 쳐다보다가 하소연했다.

"자꾸 왜 그래요? 저는 그런 거 아니라고 분명히 말씀드렸잖아요.
제발 저 좀 그만 괴롭히시고……."

아, 왜 귀를 늘어뜨리는 건데요! 왜 기운 없이 꼬리도 늘어뜨리고요!
나는 강현교의 귀와 꼬리가 보이는 내 눈을 저주하며 말을 더 이상 잇
지 못하고 입을 다물었다. 내 말 한마디에 저렇게 의기소침해지는 남자
를 보고 있으려니 무슨 말을 더 해야 할지 알 수가 없었다.

누구에게도 상처를 주고 싶지 않다. 준석 씨에게 받았던 상처가 얼
마나 아팠는지 누구보다도 내가 잘 아니까. 나는 미처 다 하지 못했던
분리수거를 마무리하기 위해 돌아섰다.

이번 주에는 왜 이렇게 한꺼번에 다 써 버린 게 많았는지 모르겠다.
다른 때는 분리수거할 게 별로 없어서 금세 끝내고 집으로 들어갔었는
데 말이다. 나는 등 뒤에서 느껴지는 시선을 애써 무시하며 빈 병을 정
리했다.

"이런 건 대체 무슨 기준으로 모으는 거지?"

"앗! 갑자기 다가오면 어떻게…… 휴우, 뭐라고요?"

나는 갑자기 귓가에 스친 남자의 숨결에 화들짝 놀라서 항의를 하려다가 그냥 포기하고 말았다. 너무나도 해맑은 눈으로 나를 바라보며 분리수거에 대해 묻는 그의 무지한 얼굴을 보고 있으려니, 저절로 기운이 빠져서 그럴 수밖에 없었다.

"보면 몰라요? 빈 병은 여기, 빈 캔은 저기, 종이는 저어기, 뭐 그런 식이죠."

"빈 병도 빈 병 나름 아닌가? 어떻게 이 둘이 같다고 보는 거지? 성분을 분석해 보면 분명히 구성 성분이 다를 테고……."

지금 나한테 시비를 거는 건가? 나는 강현교가 올리브유 병과 식초병을 가리키며 말하는 것을 듣다가 생각했다. 하지만 그는 정말 이상하다는 표정으로 빈 병이 모여 있는 부대를 노려보고 있었다.

……정말 몰라서 묻는 거구나.

나는 어이가 없어서 잠시 그를 쳐다보다가 웃고 말았다. 그러자 강현교가 왜 웃는 거냐고 묻는 듯한 표정으로 한쪽 눈썹을 슬쩍 올리고 나를 쳐다보았다. 어느새 늘어져 있던 귀와 꼬리도 쫑긋 서 있었다. 그 모습이 귀여워서 나는 지금의 상황을 망각한 채 그의 귀와 꼬리를 멍하니 쳐다보았다. 그때 강현교의 목소리가 나직하게 들렸다.

"그렇게 음흉한 눈으로 보면서 대체 왜 자꾸 튕기는 거야?"

"예에? 제가 뭐, 뭐라고요? 무슨 눈요? 으, 음흉? 음휴우웅?"

나는 온몸을 부르르 떨며 강현교를 노려보았다. 음흉하다는 말을 저렇게 아무렇지 않게 하다니! 마치 내가 변태나 치한이라도 된다는 것처럼! 나는 잠시 귀엽다고 생각하던 그의 귀와 꼬리를 마구 흘겨보며 목소리를 높였다.

"댁이 자꾸 쫑긋거리니까 그러잖아요! 왜 자꾸 그러는 건데요!"

"내가 내 마음대로 움직이지도 못하나? 물론 네가 싫다고 하면 최대한 움직이지 않도록 노력은 해 보겠지만. 그래도 가끔 내 의지와는 무관하게 움직일 때도 있고……."

"아, 됐어요! 움직이지 말라고 한 건 아니니까."

"혹시 이런 게, 그러니까…… 이런 귀와 꼬리가 너한테는 징그러운 건가?"

"예?"

"……사람한테 이런 게 달려 있다는 것에 거부감이라도 느끼는 건가 해서."

"어, 저기, 저기요?"

강현교가 갑자기 소심한 얼굴로 나를 쳐다보며 물었다. 어쩐지 그가 내 대답을 무서워하고 있다는 느낌이 들었다.

"아니…… 그런 건 아니고요."

절대 아니에요. 절대로 그런 건 아니니까……. 나는 우물거리며 대답을 하고는 슬쩍 그를 쳐다보았다. 당당한 남자라고 생각했는데, 그렇지 않은 면도 있을 수 있다는 생각이 들었다. 아무래도 다른 사람들과 다른, 음…… 삶의 귀와 꼬리가 달려 있다는 것에 대해서 나름대로 고민이 있을 수도 있고…… 자신의 정체성에 대해서도 혼란 같은 게 있을지도 모르는 거고.

"혼란 같은 건 없어. 나는 내가 삶이라는 것에 대해 정확히 인식하고 있으니까."

"으악! 또 내 생각을 들은 거예요?"

"일부러 들은 게 아니라, 들린 것뿐이야."

"그거 안 들으면 안 돼요?"

"내가 들으려고 해서 듣는 게 아니라니까."

쳇. 나는 울상을 지으며 강현교를 쳐다보았다. 내가 생각하는 게 저 남자에게 다 전해진다고 생각하니 생각하는 것 자체가 불편했다.

"걱정하지 마. 야한 생각 같은 것만 안 하면 되지 않아?"

"뭐라고요?"

"물론 나야 네가 야한 생각을 해 주면 충분히 직접 실현시켜 줄 수도 있지만."

"강현교 씨!"

나는 그의 이름을 크게 불렀다. 그러자 강현교가 하하, 하고 웃음을 터뜨렸다. 그제야 나는 이 남자가 일부러 짓궂게 굴었다는 것을 깨달았다. 내가 뚱한 얼굴로 그를 쳐다보다가 집 쪽으로 몸을 돌리자 강현교가 기다렸다는 듯 내 옆으로 따라왔다.

"왜 따라와요?"

"어두운데 여자 혼자 돌아다니면 안 돼."

"항상 이렇게 살았거든요."

"지금까지는 그랬을지 몰라도 앞으로는 안 돼."

강현교가 단호한 어조로 대답했다. 나는 바로 앞에 있는 가로등을 올려다보았다. 가로등 불빛이 번져 보였다. 잠시 그 불빛을 쳐다보다가 무심코 질문했다.

"제가 강현교 씨 반려라서요?"

"그래."

강현교는 내 옆에 서서 당연하다는 투로 대꾸했다. 준석 씨가 7년 동안 결코 해 준 적 없던 말과 행동을, 그는 너무나 자연스럽게 하고 있었다. 내가 그만큼 소중하다는 듯.

고작 두 번, 아니, 지금 이 순간까지 합해서 세 번 본 사람일 뿐인데……

7년이라는 긴 시간 동안 기대조차 하지 못했던 배려를, 겨우 세 번본 남자가 내게 해 주다니. 나는 눈물이 왈칵 나오려는 것을 꾹 참았다. 가로등 불빛이 번져 보인 것은 내 눈물 때문이었나 보다.

"제가 잘못 살았던 걸까요?"

"어째서?"

"그 사람을 사랑했던 7년이라는 시간이…… 왜 그런지, 허무하다는 생각이 들어서요."

강현교에게서는 대답을 들을 수 없었다. 나 역시 굳이 그에게서 어떤 대답을 듣고 싶었던 게 아니라 계속 말을 이었다.

"일방통행일 거라고는 상상도 못 했어요. 굳게 닫힌 문 앞에서 혼자 바보처럼 계속 문 열어 달라고 두드리고 있었던 것 같아요. 결코 열릴 리 없는…… 그런 문 앞에서."

"……."

"바보 같죠."

정말 바보 같다는 생각이 들었다. 지금 이 순간에도 준석 씨가 그럴 리 없다고 말하고 싶은 내가 너무 한심했다. 내가 다시 걸음을 옮기려는 순간, 강현교의 목소리가 들렸다.

"잘못 산 건 아니야."

"……예?"

나는 강현교를 돌아보았다. 그가 나를 가만히 쳐다보다가 한 걸음 더 가까이 다가왔다. 바로 눈앞에 그의 넥타이가 보였다. 키가 워낙 큰 탓에 내 시선은 그의 넥타이 근처를 맴돌았다. 나는 다시 한 걸음 뒤로 물러서려고 했다. 그러나 그가 먼저 내 손을 붙잡았다. 나는 고개를 뒤로 젖히듯 들고 그를 올려다보았다. 가로등 불빛에 그늘이 진 그의 얼굴이, 그럼에도 불구하고 무섭게 느껴지지는 않았다.

"너는 최선을 다했어. 최선을 다한 사람은 스스로 자기 자신에게 당당해도 돼. 그게 일이든 사랑이든 상관없어."

강현교의 목소리는 단호했다. 그래서인지 그의 말을 믿어도 되는 게 아닐까 하는 기대마저 들었다.

"하지만 최선을 다했다고 해서 결과까지 보장되는 건 아니야. 그러니까 결과가 나쁘다고 해도 그건 네 탓이 아닌 거고. 결과를 자기 책임이라고 생각하는 사람들이 흔히 빠질 수 있는 함정이 바로 그거야."

"그게…… 뭔데요?"

"미련."

나는 입을 다물고 강현교를 쳐다보았다. 그가 쥐고 있던 내 손을 놓더니 다시 걸음을 옮겼다. 너무 당연히 걸음을 옮기는 그의 행동에, 나는 얼떨결에 그를 따라서 걸음을 옮겼다.

"미련 같은 건 남기지 마."

그게 말처럼 쉬운 일은 아니잖아요. 나는 속으로 중얼거렸다. 내 생각을 또 들었는지, 강현교가 내 머리를 쓰다듬으며 말했다.

"내 앞에서만 고집불통인 건가."

"……머리 헝클어지는데."

쑥스러운 마음이 들어서 나는 두 손으로 머리를 빗으며 고개를 저었다. 강현교의 낮은 웃음소리가 머리 위에서 들렸다. 겨우 세 번 본 남자인데 왜 이렇게 편안한 기분이 드는 걸까.

"편안하다고 느끼는 건 조금 곤란한데."

"예?"

"나는 너한테 남자로 보여야 하니까."

"남자 맞잖아요. 강현교 씨가 남장 여자였을 리는 없고."

강현교가 내 말에 조용히 웃었다. 나는 콧등을 찡그리다가 다시 그를 쳐다보며 말을 이었다.

"그런데 제 생각 들리는 거요. 연습해도 안 될까요?"

"연습이라니?"

"듣지 않으려고 연습하다 보면 나중에는 안 들리지 않을까……."

나는 그의 눈썹이 쓰윽, 올라가는 걸 보고 말끝을 흐렸다. 하기야 연습을 한다고 들리지 않을 것이었다면 이미 시도해 봤겠지. 그도 남이 하는 생각이나 속마음이 들려서 귀찮기는 하겠다는 생각이 들었다.

"다른 사람 속마음도 들려요?"

"아니."

"그럼 제가 하는 생각만 들려요?"

"응."

"……불공평해."

내가 투덜거리자 강현교는 나직하게 웃더니 다시 입을 열었다.

"그건 그렇지? 너는 내 속마음을 듣지 못하니까."

"아, 누가 그게 불공평하다고 한 건가요!"

다른 사람 건 안 들리면서 내 것만 들리는 게 불공평하다는 거지! 나는 강현교의 속마음을 들을 수 있는 나를 상상해 보다가 부르르 몸을 떨었다. 안 들리는 게 다행이다! 정말 다행이다! 나는 고개를 붕붕 젓다가 어느새 빌라 앞에 도착한 것을 깨닫고 그를 돌아보았다.

"들어가 볼게요. 가세요."

"들어와서 커피 한잔이라도 하라고 안 하네?"

"이 시간에요? 커피 드시면 잠 안 와요."

나는 고개를 흔들며 대답했다. 그러자 강현교는 잠시 멍한 얼굴로 나를 쳐다보다가 이내 픽, 하고 웃었다.

"이럴 때는, 이 시간에 남자를 집에 들이는 게 아니라고 하는 게 맞지 않나?"

"아…… 그것도 그렇고요."

나는 민망한 마음에 고개를 푹 숙인 채 땅바닥에 신발을 비볐다.

"들어가. 밤이라 쌀쌀해서 감기 걸려."

"어, 예."

그 순간 강현교가 내 머리를 다시 쓰다듬었다. 그리고 내가 고개를 들었을 때 그는 이미 돌아서서 비탈길 아래로 내려가고 있었다.

……빠르다.

"삶이라 그런가?"

나는 엉뚱한 소리인 줄 알면서도 멀어져 가는 그의 뒷모습을 바라보며 중얼거렸다.

❖

"짜잔, 이 언니가 오늘 아주 제대로 쏜다!"

"컵라면이랑 즉석밥으로 생색 제대로 내네……."

나는 입을 삐죽이며 구시렁대듯 웅얼거렸다. 그러자 탁미가 나무젓가락을 양쪽으로 뜯다 말고 그대로 내 이마를 톡 때리며 야멸차게 대꾸했다.

"내가 치킨이나 피자 쏜다고 할 때 컵라면 먹자고 한 게 누구시더라? 어? 그래 놓고 이제 와서 나더러 뭐가 어쩌고 어째?"

나는 그저 입을 삐죽이다가 가만히 컵라면 뚜껑 위를 손으로 덮었다. 손바닥에서부터 전해진 온기에 온몸의 피로가 풀리는 것도 같았다.

"아, 뜨끈한 게 좋다아아."

"하여간 노인네처럼 굴기는……. 야, 다 익었겠다. 일단 먹자."

탁미는 손짓으로 먹으라며 시늉을 하고는 제 앞에 놓인 컵라면 뚜껑을 열었다. 컵라면 위로 모락모락 김이 올라오는 걸 보자 갑자기 허기가 느껴졌다. 나는 내 앞에 놓인 컵라면 뚜껑을 열고 나무젓가락으로 면발을 휘휘 저었다. 그리고 면발을 건져 입에 넣으려는 순간, 탁미의 목소리가 다시 들렸다.

"어쨌든 고마워."

"응?"

나는 면발을 입에 넣은 채 탁미를 쳐다보았다. 탁미가 쑥스러운 표정을 짓더니 어깨를 으쓱이며 대꾸했다.

"우리 추 여사 대신 청소하러 갔던 거 말이야. 정말 고맙다고."

"고맙긴……."

아무래도 쑥스러움은 전염되는 게 분명하다. 나 역시 괜히 쑥스러운 기분이 들어 어색하게 눈을 굴리며 주위를 둘러보았다.

슈퍼 앞의 파라솔은 딱 두 개였다. 그 중 하나는 나와 탁미가 차지하고 있었고, 다른 하나는 중학생으로 보이는 남자애들이 차지하고 있었다.

"아……. 저 교복, 저거 어쩔 거야. 진짜 촌스러워서 못 봐 주겠네."

그때 탁미가 혀를 차며 입을 열었다. 나는 옆의 파라솔을 쳐다보다가 탁미를 돌아보았다. 탁미가 턱짓으로 파라솔 밑의 남자애들을 가리키며 말을 이었다.

"난 진짜 교복 저렇게 줄여 입고 다니는 애들 보면 눈이 썩을 것 같아. 교복이 터져 나가려고 하잖아. 대체 교복이 무슨 죄를 지었다고 저런 가혹한 일을 당해야 하는 거냐고!"

저 패션 테러리스트들 같으니. 탁미는 고개를 저으며 혀를 찼다. 그 모습을 보고 있으려니 웃음이 나왔다. 그래서 나도 모르게 픽, 하고 웃자 탁미가 눈을 가늘게 뜨고 물었다.

"왜 웃어? 뭐가 웃겨?"

"아니……. 그게, 네가 할 말은 아닌 것 같아서."

"뭐라고?"

"너도 학생 때 교복이 평범하지는 않았잖아."

간단히 말 몇 마디로 설명할 수 없던, 그 시절의 탁미가 입었던 교복을 떠올리며 내가 말을 잇자 탁미가 콧방귀를 뀌더니 고개를 한쪽으로 기울이며 대답했다.

"그건 내 패션이고, 쟤들이랑은 차원이 다르지."

"내가 볼 땐 그게 그거……."

"야! 넌 친구라는 게 꼭 내 흑역사를 들추고 싶니? 어?"

탁미는 파르르 떨더니 목소리를 높였다. 탁미도 자신의 교복이 '흑역사'라는 걸 알고 있기는 한 거구나. 나는 고개를 끄덕이며 다시 면발을 입에 넣었다. 그 순간 옆의 파라솔 쪽에서 뭔가 수군대는 소리가 커지는 듯싶더니 남자애들 두 명이 어슬렁거리며 우리 쪽으로 다가왔다.

딱 붙은 교복 바지가 불편한지 어기적어기적 걷는 걸음걸이가 어색해 보였다. '엉덩이가 바지를 먹어 치웠어. 맙소사. 더럽혀진 내 눈 어쩔 거야' 하며 탁미가 중얼대는 소리를 한 귀로 듣고 다른 한 귀로 흘리려는데, 가까이 다가온 남자아이 하나가 고개를 까딱이더니 껄렁대는 투로 입을 열었다.

"아줌마, 부탁 하나만 들어줄래요?"

"뭐?"

"야, 너 지금 누구한테 아줌마래!"

내가 멍한 얼굴로 남자아이를 향해 묻는 것과 동시에 탁미가 버럭 성을 내며 목소리를 높였다. 그러자 내게 말을 걸었던 남자아이가 인상을 쓰더니 탁미를 향해 외쳤다.

"아줌마는 좀 빠져요!"

"야!"

"탁미야, 참아!"

어린애랑 싸워서 어쩌자는 거야. 나는 탁미가 벌떡 일어서려는 것을 황급히 붙잡았다. 그리고 다시 남자아이를 향해 입을 열었다.

"무슨 부탁인데?"

"이 아줌마랑은 말이 좀 통하겠네. 들어가서 소주랑 담배 좀 사다 줘요."

"뭐?"

내가 지금 무슨 말을 들은 거야? 나는 황당한 기색을 지우지 못한
채 눈을 깜빡이며 남자아이를 쳐다보았다. 아직 앳된 태를 벗지 못한
소년의 입에서 나올 수 없는 말이었다.

"지금 뭐라고……."

"나 참, 어디서 멸치 대가리처럼 생긴 게 누구더러 뭐? 뭐를 사 달
라고?"

탁미가 내 말을 가로막으며 기가 막힌다는 듯 피식거렸다. 순식간에
남자아이의 표정이 험악하게 구겨졌다. 웅성대던 다른 아이들 역시 험
악한 분위기를 형성하며 모여들었다.

중학생이 세상에서 제일 무섭다던, 어느 누군가의 농담 섞인 말이
떠올랐다. 나는 탁미를 쳐다보았다. 당황해하는 나와는 달리 탁미는 아
무렇지 않게 남자아이를 쏘아보고 있었다.

"지금 뭐하자는 거냐? 아줌마들 붙들고 싸우기라도 하려고?"

탁미는 비아냥대듯 남자아이를 향해 말을 걸었다. 그러자 남자아이
가 발끈하며 목소리를 더욱 높였다.

"이 아줌마가 진짜! 죽으려고!"

"그만둬!"

남자아이의 주먹이 탁미를 향해 날아올 것만 같아 나도 모르게 벌떡
일어나 탁미와 남자아이의 사이를 가로막았다. 남자아이가 삐딱하게
고개를 까딱이고는 나를 향해 입을 열었다.

"아줌마는 소주랑 담배나 사 가지고 오라니까. 어? 안 들려?"

"어른한테 그게 무슨 말버릇이니!"

나는 더 이상 아이의 무례함을 참지 못하고 언성을 높였다. 그 순간
다들 입을 다물었다. 탁미조차도 입을 다물고 나를 쳐다보았다. 황당하

다는 듯한 시선이 느껴졌다. 소심하기 짝이 없는 내가 언성을 높였으니
그럴 법도 했다.

하지만 지금 이 상황에서 화를 내지 않을 수가 없잖아. 아직 어린아
이가 술과 담배를 찾다니. 게다가 아무런 거리낌도 없이 그걸 사다 달
라고 요구하고. 이건 아니야. 이건 잘못된 거야.

나는 주먹을 꽉 쥔 채 남자아이를 향해 다시 말을 이었다.

"이런 버릇없는 놈! 아주 못된 놈!"

"푸핫!"

"뭐, 뭐라고요?"

탁미가 웃는 소리와 함께 남자아이가 어이없다는 듯 입을 열었다.
뒤이어 남자아이와 함께 어울리던 다른 아이들 사이에서 키득거리는
소리가 들렸다. 남자아이는 힐끔 뒤를 돌아보더니 다시 나를 쳐다보며
씩씩거렸다. 얼굴이 순식간에 시뻘겋게 달아오른 걸 보니 아무래도 내
가 일부러 자신을 놀렸다고 오해한 듯했다.

오해라니. 그건 아닌데.

진짜 버릇없고 못됐다고 생각해서 그런 건데.

"이 아줌마가 진짜 나한테 죽고 싶어서!"

남자아이가 주먹을 휘둘렀다. 나는 미처 피할 새도 없이 남자아이의
주먹이 날아드는 것을 바라보기만 했다. 탁미 역시 어떤 행동도 하지
못하고 다급히 나를 불렀다.

"호랑아!"

반사적으로 두 눈을 질끈 감았다. 그러나 내게 가해질 거라 예상됐
던 폭력은 없었다. 나는 조심스럽게 눈을 다시 떴다.

남자아이가 팔이 뒤로 비틀려 꺾인 채 소리도 내지 못하고 몸을 바
들바들 떨고 있었다. 그리고 주변의 다른 아이들 역시 질렸다는 듯한
표정으로 입만 벙긋거렸다.

……어?

남자아이의 팔을 붙잡고 있는 남자가 그제야 눈에 들어왔다. 강현교였다. 그는 넥타이를 느슨하게 한 손으로 풀며 다른 손으로 여유롭게 남자아이의 팔을 붙잡고 있었다. 하지만 서늘한 분위기의 남자에게 대항할 엄두조차 내지 못하는 듯 아이들은 서로의 눈치만 살피고 있을 뿐이었다.

"내가 지금 뭘 보고 있는 건지 모르겠군."

"이, 이거 놔요!"

남자아이가 간신히 입을 열어 꺼질 듯한 목소리로 외쳤다. 하지만 강현교는 남자아이의 말을 들어줄 마음이 전혀 없다는 듯 아이의 팔을 붙잡아 비튼 채 고개만 돌려 나를 쳐다보았다.

"괜찮아요?"

"예?"

"많이 놀랐죠?"

문득 모 지상파 드라마에서 로봇 연기의 신기원을 만들었다던 '괜.찮.아.요? 많.이.놀.랐.죠?'가 떠올랐다. 웃어야 되나? 나는 그가 펼친 메소드 연기에 웃음을 터뜨려야 하는지 잠시 고민하다가 그냥 무표정하게 고개를 저었다. 강현교가 다시 나와 탁미를 보더니 싱긋 웃고는 입을 열었다.

"합석해도 됩니까."

"예, 그러세요! 어서 이리 앉으세요."

탁미가 강현교의 말을 마치 기다리기라도 한 듯 냉큼 대꾸하더니 옆에 있던 플라스틱 의자를 잡아끌었다. 그러자 강현교가 아이의 팔을 놓아주더니 내 옆으로 가까이 의자를 끌어당겨 앉았다. 나는 황당해서 그를 향해 물었다.

"뭐예요? 왜 앉아요?"

"여기가 호랑 씨 개인 공간도 아닌데 앉으면 어때서요?"

강현교는 오히려 이상한 말을 들은 사람처럼 어깨를 으쓱이며 대꾸했다. 탁미 역시 고개를 끄덕이며 그의 말에 맞장구를 쳤다.

"그럼요! 여기가 쟤 땅도 아닌데 뭐 어때요. 주인 아저씨만 허락한다면 평생 앉아 있어도 돼요."

"그렇죠?"

"그렇다니까요."

만담 커플이라도 되는 듯 탁미와 강현교는 서로 주거니 받거니 하며 대화를 나눴다. 그사이에 잊혔던 존재가 있었으니…….

"아저씨가 뭔데 끼어들어요!"

바로 조금 전에 시비를 걸었던 남자아이였다. 아이는 무시를 당했다고 여겼는지 강현교를 향해 씩씩대며 언성을 높였다. 강현교는 탁미와 대화를 하다 말고 힐끗 고개를 돌려 아이를 쳐다보았다.

"끼어들 만하니까 끼어들지."

"끼어들 만하기는 뭐가 끼어들 만하다고……."

"내가 이 여자 남편이니까."

강현교의 대답에 경악한 사람은 남자아이 하나가 아니었다. 탁미와 나 역시 숨을 들이쉬며 서로를 동그란 눈으로 쳐다보았다. 탁미의 입이 뻐끔거렸다.

아니야!

오해하지 마!

나는 소리 없이 뻐끔대며 고개를 마구 흔들었다. 그러나 탁미의 눈빛은 이미 오해하고 있는 듯 게슴츠레해진 뒤였다.

이런 발랑 까진 년 같으니라고.

탁미의 목소리가 소리도 없이 생생히 머릿속으로 전달됐다. 오해야! 오해라고! 나는 기가 막혀서 다시 강현교를 쳐다보았다. 강현교에게 대들던 아이는 어디로 간 것인지 온데간데없었다. 아이의 친구들 역시 보이지 않았다.

갑자기 슬퍼졌다.

.내가 유부녀라고 오해한 채 가 버린 사람이 대체 몇 명일까…….

"라면이 다 불었겠군요."

강현교가 아무 일도 없었다는 듯 천연덕스럽게 입을 열었다. 그제야 정신을 차린 탁미가 제 뺨을 찰싹찰싹 때리더니 나와 강현교를 번갈아 쳐다보았다. 그리고 탁미의 입이 다시 열렸다.

"방금 했던 말……."

"거짓말입니다."

"예, 거짓…… 거짓말이라고요?"

"당연하지요. 구애 중인데 벌써 혼인을 했을 리가 없지 않습니까."

물론 저야 호랑 씨가 허락만 해 주신다면 곧바로 혼인을 할 준비가 되어 있습니다만.

……아이를 낳게 할 준비도 되어 있고요.

소름이 돋았다. 강현교가 하지 않은 뒷말이 너무나 자연스럽게 연상된 탓이다. 아이를 낳으라던 그의 말에 세뇌라도 되었나 보다. 나는 고개를 저었다. 그런 나를 잠시 쳐다보던 탁미가 아쉽다는 듯 혀를 차고는 고개를 끄덕였다.

"쟤가 이럴 때는 늦된 구석이 있어요."

"그러게 말입니다."

"……흠, 그럼 저는 이만 빠져 드릴까요?"

탁미가 싱긋 웃더니 옆에 놓여 있던 가방을 챙겼다. 나는 탁미를 바라보며 눈을 깜빡였다.

"어디 가? 나도 같이……."

"네 서방님이랑 오붓하게 시간 보내."

탁미는 내가 일어서려고 하자 내 어깨를 잡아 누르더니 눈웃음을 치며 말했다. 뭐? 서방님? 나는 탁미의 말에 경악해 고개를 흔들며 말을 이었다.

"서방님이라니! 절대 아니거든!"

"강현교 씨, 호랑이 잘 부탁할게요."

"예, 들어가십시오."

강현교는 탁미와 인사를 나눈 뒤, 그때까지도 당황한 상태로 입만 벙긋대던 나를 한심하다는 듯 쳐다보고는 입을 열었다.

"아무리 생각해도 아이가 자라기에는 환경이 너무 안 좋아. 이런 불량한 환경이라니."

"불량하기는 뭐가 불량하다고요!"

나는 강현교의 말에 억울한 기분이 들어 발끈하며 항의했다. 그가 한 말 속에서 '아이' 발언은 잠시 덮어 둔 채 말이다. 그는 나를 쳐다보고는 혀를 차며 말을 이었다.

"그럼 너는 지금 이 환경이 건전하다고 생각하는 거야?"

"건전하지 못할 건 또 뭔데요."

제가 유흥업소 밀집 지역에 사는 것도 아니고……. 말씀 참 기분 나쁘게 하시네. 나는 속으로 구시렁대며 입을 내밀었다. 내 불퉁한 표정을 어떻게 받아들인 건지, 강현교가 피식 웃으며 손을 뻗어 내 머리를 헝클어뜨렸다.

"아, 왜 또 남의 머리를!"

"그런 긍정적인 마음가짐은 좋아. 어떤 환경에서도 긍정적인 면만 바라보려고 하는 자세 말이야."

흐뭇하게 웃는 강현교를 보니 뭐라 할 말이 없었다. 나는 겸연쩍어서 잠시 시선을 돌렸다가 다시 그를 쳐다보았다. 강현교가 플라스틱 간이 의자에 다리를 꼬고 앉은 채 비탈길 아래를 응시하고 있는 모습이 보였다.

아주 화보를 찍는구나, 찍어.

역시 화보는 배경보다는 인물이다.

나는 '화보 속 강현교'를 감상하다가 하늘을 올려다보았다. 어느새 어두워진 하늘 위로 비행기가 날아가는 것인지 작은 불빛이 하늘을 가로지르며 움직이는 게 보였다.

아프리카 같은 곳에 가면 별이 쏟아질 듯 많이 보인다던데…….

문득 떠오른 생각에, 나는 다시 그를 쳐다보았다. 자칭 '삵'이라고 말하는 남자는 아프리카에 가 본 적이 있으려나. 명색이 삵이라는 사람이 이런 도심에서만 살았다면 그것도 참 불쌍한 노릇인데 말이다.

그때 비탈길 아래를 내려다보던 강현교의 귀가 쫑긋거리더니, 그가 나를 돌아보고는 혀를 차며 말했다.

"내 조상님이 모두 이 한반도의 토종 삵이었는데, 대체 내가 왜 불쌍하다는 거야? 어디 근본도 없는 아프리카 서벗과 나를 비교해?"

서벗은 또 뭐래……. 갑자기 내가 세상에서 가장 무식한 사람이 된 것 같은 기분에 항의하듯 대꾸했다.

"그거 지역 차별 아니에요? 아프리카에 사는 삵 나름대로 족보도 있을 테고……."

"족보는 무슨……. 우리 삵 가문의 족보에 비하면 그 녀석들의 족보는 얇은 종이 몇 장밖에 안 될 걸?"

흥, 하고 콧방귀를 뀌며 강현교가 팔짱을 끼고는 비아냥거렸다. 뭔가 자기 집안에 대해 자부심을 갖고 있는 건 좋은데. 그렇다고 남의 집안에 대해 저러는 건 좀…….

"그나저나 이대로는 안 되겠어."

"예?"

강현교는 다시 말을 돌리더니 진지한 얼굴로 나를 바라보며 두 팔을 간이 테이블 위에 올려놓은 채 입을 열었다.

"환경이 오염되어 있는 것까지는 참아 줄 수 있어. 어차피 이 땅에서 오염되지 않은 곳을 찾는 게 불가능하니까. 하지만 이렇게 불건전한 환경이라면 용납할 수 없어."

"불건전하다니요. 아니, 제가 슬럼가에 사는 것도 아니고요."

말씀 참 기분 나쁘게 하시네요. 나는 불퉁한 얼굴로 구시렁거렸다. 그 순간 강현교의 입에서 폭탄 투하보다도 더 충격적인 말이 이어졌다.

"같이 살자."

"시비 좀 붙었다고 그런 식으로 말씀하시는 건…… 예? 방금 뭐라고 하셨어요?"

내 귀가 미쳤나. 왜 헛소리를 듣고 그러지? 나는 눈을 찡그리며 강현교를 향해 물었다. 설마 아니겠지? 그래, 아닐 거야. 같이 살자는 망언을 할 정도로 미친 남자는 아닐…….

"같이 살자고."

내 대답을 듣고 싶다는 듯 그의 귀가 쫑긋거렸다. 하지만 이번만큼은 귀엽지 않았다. 오히려 슬펐다.

저 잘생긴 외모로, 저 깜찍한 귀까지 달고 있으면서, 왜 저런 헛소리를 하며 사는 걸까. 자기 애를 낳으라던 걸로 부족해서, 이제는 같이 살자고? 나는 어이가 없어서 대꾸조차 하지 못하고 그를 쳐다보았다. 그러자 강현교가 고개를 비스듬히 기울이고는 내게 물었다.

"내가 이렇게 배려해 줄 거라고는 상상도 못 했나 보지? 그렇게 감격한 얼굴을 하다니."

뭔가 뿌듯해 보이는 얼굴이 얄미워 보였다. 나는 한숨을 삼키며 그를 향해 되물었다.

"지금 제정신이에요?"

"뭐라고?"

강현교의 한쪽 눈썹이 슬쩍 위로 올라갔다. 그리고 불쾌하다는 듯 그의 귀가 바짝 섰다. 나는 그의 귀를 쳐다보다가 다시 한숨이 나오려는 걸 거듭 삼키며 말을 이었다.

"같이 살자니, 그게 지금 결혼도 안 한 여자한테 할 소리예요?"

강현교는 내 말을 이해하지 못하겠다는 듯 눈을 껌뻑이더니 이내 웃으며 대꾸했다.

"그러니까 네 말은, 결혼부터 먼저 하자는 거야?"

순간, 뒷목이 뻣뻣해진다는 게 어떤 건지 알았다.

……서른도 되기 전에 이런 걸 알 필요는 없는데.

나는 울상을 지으며 고개를 숙였다. 다 불어 터진 컵라면 면발이 나를 비웃는 것만 같았다.

8
애완 닭, 한 마리

"그나저나 이딴 걸 먹으면서 내 아이를 어떻게 낳으려는 거야?"

강현교가 못마땅한 어조로 말하더니 내 앞에 놓인 컵라면을 자신의 앞으로 끌어갔다. 나는 얼굴을 찡그리며 그를 향해 항의했다.

"왜 남의 걸 막 가지고 가요!"

"네가 남이야?"

"그럼 남이죠! 남이 아니면 뭔데요!"

"내 암컷이지."

이 사람이 진짜! 나는 강현교가 천연덕스럽게 대답을 하자마자 경악해 주위를 둘러보았다. 다행히 사람들은 보이지 않았다. 슈퍼 안쪽에서 주인 아저씨가 코를 고는 소리만이 들렸다.

"아무 곳에서나 그러지 마요, 정말! 누가 듣기라도 하면 어쩌려고요."

왜 말을 한 당사자는 아무렇지 않은데, 듣는 내가 신경을 써야 하는 걸까. 나는 에휴, 하고 한숨을 내쉬었다. 그 순간 강현교가 다시 나를 설득하려는 듯 차근차근 말하기 시작했다.

"그건 그렇고 같이 사는 것에 대해서 진지하게 고려해 줬으면 하는데."

"뭐라고요? 아니, 그건……. 저기요, 강현교 씨. 그게 지금 말이 된다고 생각하세요?"

나는 그를 향해 물었다. 강현교가 순간적으로 뚱한 표정을 짓더니 대꾸했다.

"안 될 건 뭐야? 내가 내 암…… 아니, 내 반려의 거주 환경이 불건전해서 마음이 불안해 같이 살겠다는 건데 누가 뭐라고 할 자격이 있나? 어?"

"……아니, 그건 아니지만."

아니지. 내가 자격이 있는 거 아닌가? 내 집인데? 나는 강현교의 말에 얼떨결에 대꾸하다 말고 고개를 갸웃거렸다. 그러자 강현교가 나를 쳐다보더니 말을 이었다.

"어린애들이라고 우습게 보지 마. 요즘 뉴스 같은 거 보면 몰라? 특히 저 또래 사내아이들이 얼마나 무서운데."

"그래 봤자 어린애들이에요. 겨우 중학생밖에 안 된……."

"학교 폭력의 대부분이 중학교에서 벌어진다더군."

"그래도 열다섯 남짓한 애들이라 잘 타이르면……."

"나는 그 나이 무렵에 남들의 충고 따위는 개나 줘 버리라고 했었지."

지금 그걸 자랑이라고 한 걸까? 나는 한심하다는 시선으로 강현교를 쳐다보았다. 강현교는 자신이 실언했음을 깨달았는지 헛기침을 두어 번 하더니 다시 말을 이었다.

"어쨌든 오늘은 저 애들이 그냥 물러갔지만 또 이런 일이 벌어지지 않을 거라고 보장할 수 없는 거잖아. 게다가 내가 네 남편이라고 저 애들이 알게 된 마당에, 내가 너랑 같이 살지 않았다가 거짓말을 한 게 들통이라도 나면 어떻게 되겠어?"

"할렐루야, 하고 외치겠지요."

'가짜 유부녀 탈출이다!' 하고요. 나는 시큰둥한 표정으로 강현교의 말에 대꾸했다. 어떻게 들어도 설득력 없는 말이었다. 그걸 스스로도 잘 알고 있는지, 강현교의 얼굴이 순간적으로 굳었다. 나는 그를 향해 다시 입을 열었다.

"그러니까 강현교 씨, 헛소리는 그만하시고요. 시간도 늦었으니 이만……."

"여기까지는 전적으로 네 핑계를 댄 것이고. 솔직히 말하자면."

강현교가 내 말을 자르더니 다시 말했다.

"삵 가문의 수컷은 자신의 암컷, 아니, 반려를 찾게 되면 반려의 주거에서 동거를 시작하고는 해. 원래 아이를 낳으면 그때부터 최소 3년을 반려의 집에서 아이를 양육하며 사는데, 워낙 수컷 삵이 제 암컷에 대한 애정이 과한 편이라 대부분 만나자마자 암컷의 집으로 가서 동거를 하는 편을 택해."

"그, 그게……."

"아, 내가 자꾸 암컷이라고 말해서 불편한 건가. 당연히 입에 붙던 말이라."

"아니, 그런 건 상관없고요. 저기, 그러니까 강현교 씨 말은……."

나는 입이 마르는 것을 느끼며 침을 삼켰다. 강현교는 내가 다시 말을 잇기를 기다리며 가만히 나를 쳐다보았다. 눈매가 길고 나른한 분위기라 위험해 보였다. 물론 그 위에서 쫑긋거리는 귀 때문에 그런 위험한 이미지 따위는 깨지기 일쑤였지만 말이다. 보지 마! 보지 말라고! 나는 또 그의 머리 위에서 쫑긋거리는 귀를 향해 눈이 자꾸 돌아가려는 것을 억지로 참으며 말을 이었다.

"제가 강현교 씨의 암…… 그러니까 그 반려인지 뭔지라는 점을 포기할 마음이 없으시다는 건가요?"

포기하기는커녕 오히려 그것을 전제로 이제는 아예 동거 얘기까지 꺼내니 말이다. 강현교는 내 질문에 당연한 걸 묻는다는 표정으로 고개를 끄덕였다.

"물론이지. 너도 이제 인정하도록 해. 그게 너로서는 받아들이기 어려울 수도 있겠지만, 그래도 받아들이고 나면 후회는 하지 않을 거다. 나는 너한테 평생 최고의 수컷, 아니, 반려가 될 테니까."

"……그게 아니잖아요."

나는 고개를 저으며 한숨과 함께 말했다.

"강현교 씨가 볼 때는 어떨지 몰라도 저는 준석 씨를 정말 많이 사랑했거든요. 준석 씨도 당연히 저와 같은 마음일 거라고 믿었고요. 그런데 지금 보세요. 7년 동안 품고 있던 제 마음은 그 사람한테 고작 조롱거리에 불과했어요."

"……."

"그게 억울했어요. 가슴속에 구멍이 뻥 뚫린 것도 같았고요. 그래서 바로 끊어 내지 못했어요. 이미 끝난 관계라는 걸 알면서도 지난 7년의 시간과 그 시간 속에서 키웠던 마음을 놓아 버리기 싫어서."

나는 말을 잇다가 입을 다물고 강현교를 쳐다보았다. 그는 깊이 가라앉은 시선으로 나를 응시하고 있었다. 빨리 말을 하라는 식의 재촉은 하지 않았다. 그저 묵묵히 언제까지나 기다려 주겠다는 듯 바라보고만 있을 뿐이었다. 그래서일까. 쉽게 떨어지지 않을 것 같던 입이 편하게 열릴 수 있었던 것은.

"그런데 단순히 귀와 꼬리를 본다는 이유로 반려가 되면요. 그러면 그 뒤에 다시 돌아올지도 모르는 허탈감은 어떻게 해요? 그렇게 사랑을 했는데도 상대방은 마음이 변했는데."

고작 그 이유로 반려가 되면 그 뒤에 나는 가슴에 뚫릴지도 모르는 구멍을 감당해 낼 수 있을까. 더구나 그것은 나뿐만 아니라 강현교 역시 마찬가지일 터였다. 이 남자에게 그런 감정을 알게 하고 싶지 않았다. 이상한 소리를 종종 하지만, 그래도 좋은 사람이라는 것을 알기에. 나는 단언하듯 입을 열었다.

"강현교 씨도 후회할 거예요. 평생 함께할 이를 그런 기준으로 찾는다면요."

"솔직히 너를 만나기 전까지 나는 내 반려를 찾을 생각이 없었어."

묵묵히 내 말을 듣고 있던 강현교가 불쑥 입을 열었다.

"아버지와 누나는 서른 살이 되도록 내 반려를 찾지 못한다며 조급해하고 다그치기도 했지만, 사실 나는 지금 이대로 늙어 가도 상관없다고 여겼어. 딱히 아이를 갖고 싶었던 것도 아니고."

그가 조금 더 자신의 속내를 내게 보이는 것 같단 생각이 들었다. 그게 어쩐지 쑥스러워서 나는 괜히 딴청을 부리며 시선을 돌렸다. 그 순간 양쪽 뺨을 감싸는 온기가 느껴졌다.

"으앗! 뭐, 뭐예요!"

"집중 좀 하시죠, 아가씨? 사람이 말을 하는데 딴청이나 피우고."

아, 진짜…… 이 남자는 진지하게 잘나가다가 분위기 깬다니까. 나는 남자에게 뺨을 감싸인 채 볼을 잔뜩 부풀렸다.

"이 손 좀 놓으시죠?"

"흠……. 은근히 만지는 느낌이 좋은데 계속 이러고 있으면 안 될까?"

강현교가 내 볼을 손바닥으로 감싼 채 엄지로 살살 뺨 윗부분을 문지르며 웃었다. 그의 손가락이 주는 감촉에 이상한 기분이 들었다. 나는 두근거리는 가슴을 간신히 진정시킨 뒤, 그를 흘겨보았다.

"이거 성희롱이거든요."

"부부 사이에는 그런 거 없어."

"왜 없어요? 부부 사이에도 충분히……."

"아, 우리가 부부였군. 언제 부부가 된 거지?"

"아! 누가 부부라고 했어요?"

정말 이 남자한테는 당해 낼 수가 없다. 나는 한숨을 내쉬며 입을 삐죽였다. 강현교가 장난스럽게 웃더니 이내 진지한 얼굴로 말을 이었다.

"너를 만난 뒤에 내 마음이 바뀌었어. 하지만 지금 당장 너한테 첫눈에 반했다든가 너를 사랑한다든가, 하는 식의 낯간지러운 말은 못해. 진심도 아닌 말을 단지 너와 반려가 되어 아이를 낳기 위해 하는 건 네게도 예의가 아니고."

내게 첫눈에 반했다거나 나를 사랑한다고 말했더라면 그에게 실망했을지도 모르겠다. 오히려 나는 그의 무덤덤하고 솔직한 말에 안도했다. 나를 바라보던 강현교의 눈이 휘어졌다. 냉정해 보이는 눈매가 저렇듯 휘어질 때면 참 따스하게 느껴졌다.

"그렇지만 네게 분명 호감은 있어. 난 호감도 없는 상대와 동거를 생각할 만큼 아둔하지는 않으니까. 그리고 동거하자는 말이 네게는 과한 요구라는 것도 알아. 사랑하는 사이라고 해도 동거는 쉽지 않은 문제인데 너와 나는 만난 지 몇 번 되지도 않으니……. 그런데 나는 어쩔 수 없는 수컷 삵이야. 나도 내가 이럴 줄은 몰랐는데 말이지."

강현교가 나를 보다가 멋쩍은 표정으로 웃고는 말을 이었다.

"내 암컷, 내 반려, 내 여자…… 그 어떤 호칭이든 상관없이 너라는 존재는 내 보호 아래에 있어야 돼. 단순히 네가 사는 이곳의 환경 때문에 그러는 게 아니야. 물론 오늘처럼 누군가가 네게 시비를 거는 건 생각하기도 싫고 용납할 수도 없지만. 어쨌든 그런 문제가 아니었더라도 나는 네게 같이 살자고 제안했을 거야. 그게 오늘이 아니었더라도."

"……하지만."

"네가 허락하지 않는다면 결코 네게 손대지 않을 거야. 약속할게."

"그건 좀 믿기 힘든데요."

탁미가 그랬다. 오빠 믿지? 손만 잡고 잘게. 그런 말을 믿는 게 세상에서 제일 덜떨어진 년이라고. 그런데 그 덜떨어진 년이 바로 나였다. 준석 씨의 말을 곧이곧대로 믿었던 다음날, 탁미가 나를 얼마나 때리고 또 때렸는지 문득 기억이 났다. 강현교는 내 말을 듣더니 불쾌하다는 얼굴로 다시 말했다.

"믿기 힘들다니? 나는 한 번 뱉은 말은 무조건 지키는 삶 가문의 정통 후계자……."

"처음 만났을 때요."

나는 강현교의 말을 끊고 입을 열었다. 지금 생각해도 그때 일에 대해서는 사과를 받아야 할 것 같았다.

"처음 만났던 날, 그때 나한테……."

"너한테?"

"그, 그러니까."

왜 갑자기 입이 안 떨어지는 거야! '키스했잖아요!' 라고 외치고 싶은데 엿을 잔뜩 입 안에 물고 있는 것처럼 입이 벌어지지 않았다. 어쩔 수 없다. 어서 내 생각을 읽으시오! 나는 눈을 부릅뜬 채 강현교를 쳐다보았다. 하지만 그는 어리둥절한 얼굴로 나를 볼 뿐이었다. 뭐야, 저 해맑은 표정은? 일부러 안 들리는 척하는 거 맞죠? 다 들었으면서 모르는 척하는 거 맞죠? 나는 억울한 마음에 간신히 입을 열어 외쳤다.

"그때 나한테 키스했잖아요!"

택시에서 막 끌어 내려서! 나는 무서워 죽겠는데, 살려 달라던 내 말은 들은 척도 안 하고! 그러고 보니까 진짜 못됐어! 그때 일은 사과도 안 하고! 나는 씩씩대며 강현교를 노려보았다. 강현교가 잠시 난처한 표정을 짓다가 턱을 긁적이며 말했다.

"그건 사과해야겠군. 진심으로 미안하다."

뭐가 이렇게 쉽냐. 나는 너무 쉽게 받아 낸 사과에 황당한 표정을 짓고 말았다. 강현교는 내 표정을 보더니 조금 더 설명을 해야겠다고 생각했는지 말을 이었다.

"화가 나서 그랬어. 그런 마음으로 첫 키스를 하면 안 되는 거였는데 정말 미안하다."

"처, 첫……."

첫 키스라니. 나는 내 귀를 닫아 버리고 싶은 충동을 느끼며 다시 입을 열었다.

"그런데 왜 화가 났어요? 내가 그때 뭘 어쨌다고?"

"네가 날 무서워했으니까. 나도 네가 반가웠던 게 아닌데 그런 내 앞에 느닷없이 나타났으면서 왜 나를 두려워하는지, 그게 화가 났어."

그도 지금껏 많이 고민했을 것이다. 사랑하는 사람과 평생을 약속할 수 없다는 것, 자신의 귀와 꼬리를 보는 이와 평생을 함께하도록 정해져 있다는 것, 그런 것이 그를 절망하게 한 적이 있었을지도 모른다. 그래서 받아들이고 싶지 않았을 것이고.

"어, 어쨌든 그때 키스부터 했으면서 지금은 손대지 않는다는 말을 믿으라니까……."

나는 우물거리며 말끝을 흐렸다. 그런데 말을 이렇게 하면서도 나는 바보처럼 그의 말을 믿고 싶었다. 탁미가 알면 뭐라고 할지도 모르지만,—반대로 좋아할지도 모른다는 생각이 들었다. 탁미가 볼 때 강현교는 벤츠나 마이바흐이니— 그래도 강현교의 말에 믿음이 갔다. 물론 그렇다고 해서 내가 동거를 하겠다는 건 아니지만.

"네가 도저히 못 믿겠다면…… 그래, 좋아. 내가 정말 자존심 버리고 하는 말인데."

강현교가 눈을 질끈 감더니 비장한 표정으로 다시 눈을 뜨고 나를 향해 말했다.

"애완 삵 한 마리 키운다고 생각하면 안 되겠어?"

"뭐라고요?"

내가 지금 무슨 소리를 들은 거야? 나도 모르게 입을 벌리고 그를 쳐다보았다. 강현교가 자존심 상한다는 듯 일그러진 얼굴로 거듭 말했다.

"애완 삶 말이야. 요즘 여자들 혼자 살면서 애완동물 한 마리 정도는 키우잖아? 혼자 지내기 무섭기도 하고, 뭐, 그래서 개나 고양이 같은 걸 들여놓던데. 그런 거라고 생각하면……."

"……."

"어차피 내 귀랑 꼬리도 보이잖아! 그러니 애완 삶이라고 생각해도 상관없지 않아?"

나는 슬그머니 시선을 움직여 그의 꼬리를 보았다. 강현교의 꼬리가 어느새 빳빳하게 일어서서 제 존재를 주장하고 있었다. 나는 웃음이 터져 나오려는 것을 참으려다가 결국 참지 못하고 웃음을 터뜨렸다.

"하하! 아, 내가 정말 미쳐……."

이 남자를 어떻게 해야 할까. 나는 자신이 한 말에 스스로 자존심이 상한 듯 시무룩해 있는 강현교를 쳐다보다가 간신히 웃음을 그치고 충동적으로 대답했다.

"좋아요."

"뭐?"

"좋다고요. 합시다, 하자고요. 그 동거라는 거…… 해 봐요, 우리."

이래도 되는 걸까. 정말 내가 미친 건 아닐까. 이렇게 잘 알지도 못하는 남자와 동거를 하겠다고 결정을 내리다니. 내가 준석 씨와 헤어진 충격이 너무 커서 돌아 버린 건지도 몰라. 하지만 나는 시무룩한 얼굴 위로 축 늘어져 있다가 금세 생기를 되찾고 쫑긋거리는 그의 귀를 보면서 어쩔 수 없다는 생각을 했다.

그가 말하는 반려라는 것을 아직 받아들일 수 없다.

그렇지만 이 남자가 자신의 자존심을 굽히고 스스로 자기 자신을 '애완 삶'이라 칭하는 것을 보면서, 적어도 나 역시 그에 상응하는 정도는 행동해야 하는 게 아닐까 하는 생각이 들었다.

"미친 짓인 건 아는데 키워 보죠, 뭐. 애완 삵 한 마리."

나는 그를 보며 웃었다.

"이, 이, 이 지지배!"

탁미의 매서운 손바닥이 내 등을 후려칠 것이라고 예상했다. 나는
두 눈을 질끈 감으며 탁미의 매서운 손바닥을 기다렸다.

"태어나서 네가 했던 일 중에 제일 잘했다, 이 지지배야!"

"어엉?"

탁미가 내 등을 후려치기는커녕 토닥토닥 두드려 준 바람에 나는 어
리둥절한 얼굴로 그녀를 쳐다보았다. 탁미는 마른 오징어를 씹다 말고
푸하하, 웃더니 내 손에 오징어 다리를 하나 쥐여 주었다.

"먹어, 많이 먹어. 오늘은 네가 예쁜 짓도 하고 아주 좋아. 내가 자리
를 피해 줬던 보람을 느끼게 하는구나. 어쩐지 뭔가 느낌이 달랐다니까."

"뭐가 달랐다고……. 그나저나 왜 화를 안 내?"

이게 바로 '폭풍 전야'라는 건가. 나는 불안한 마음에 탁미의 눈치
를 살폈다. 그러자 탁미가 눈을 동그랗게 뜨고는 내게 되물었다.

"내가 왜 화를 내? 네가 똥차 대신 벤츠를 타겠다는데? 아니, 마이
바흐인가? 하여간 네가 드디어 그 고물 똥차를 폐차시키고 새 차로, 그
것도 외제차로 쫙 뽑아서 타겠다는데 축하해 줘야지."

"축하는 무슨. 이것도 친구라고……."

"아, 엄마! 아파!"

찰싹. 내 등이 아닌 탁미의 등에서 차진 소리가 났다. 탁미의 어머니
가 낸 소리였다. 나는 오징어 다리를 쥔 채 탁미의 어머니를 쳐다보았

114

다. 몸살 기운이 제법 사라졌다는 말이 맞는 것인지, 어머니는 기세등 등한 표정으로 탁미를 바라보다가 다시 한 번 등을 때렸다. 내 몸이 저절로 움찔하게 만들 정도로 차진 소리였다.

"내가 탁미는 몰라도 호랑이 너 때문에 속을 끓일 거라고는 생각 못 했는데 말이다."

어쩐지 대역 죄인이라도 된 듯한 기분이 들었다. 석고대죄라도 해야 하는 게 아닐까. 엉뚱한 생각을 하고 있는데 탁미의 어머니가 계속 말을 이었다.

"여자가 그렇게 함부로 남자랑 동거한다고 하는 게 아니야, 이것아. 요새는 결혼하기 전에 동거부터 들어가기도 한다지만, 그래도 이건 아니지. 게다가 결혼까지 간다는 보장도 없고."

"아, 추 여사! 그게 무슨 초 치는 소리야."

"탁미 너야말로 철없는 소리 하지 말고 가만히 있어!"

탁미의 어머니는 버럭 화를 내고는 다시 나를 쳐다보았다. 나는 쥐고 있던 오징어 다리를 바닥에 깔아 놓은 신문지 위에 내려놓고는 고개를 숙였다. 탁미의 어머니가 한숨을 푹 내쉬더니 내 손을 잡고 안타깝다는 듯 입을 열었다.

"그러다가 애라도 덜컥 생기면 어쩌려고 그래……. 응? 애 생기고 나면 나 몰라라 하고 도망가 버리는 놈들도 많아. 그럼 그 애는 어떻게 하고? 애 키우는 게 얼마나 힘든 일인지 네가 상상할 수 있겠니?"

"추 여사니이임, 앞서나가지 마세요오오. 얘가 임신했대? 그냥 동거 한다잖아, 동거! 같이 자는 건 아니고, 그냥 같이 산다고!"

"같이 살다가 손끝 닿고, 손끝 닿다가 발끝도 닿고, 그러면 서로 입도 맞대 보고. 그러다가 몸도 맞춰 보는 거지!"

"저기……."

나는 탁미와 탁미의 어머니가 다투는 모습을 가만히 보다가 입을 다

115

물었다. 애가 생기면 아마 좋아할지도 몰라요. 처음부터 자기 애를 낳으라던 사람이니까. 나는 차마 그 말을 할 수 없어서 그냥 어깨를 축 늘어뜨린 채 내려놓았던 오징어 다리를 집었다. 그리고 오징어 다리를 입에 막 넣으려는 순간, 탁미의 어머니가 다시 내 손을 잡더니 말을 이었다.

"피임은 무조건 해야 된다, 알겠지?"

"……."

"알았다고 대답해, 이것아! 호랑아!"

"……예에."

나는 얼떨결에 대답하고는 고개를 푹 숙였다. 뭔가 탁미의 어머니에게 거짓말을 한 기분도 들고,—그렇다고 내가 피임을 안 한다는 게 아니라! 아니, 애당초 피임을 해야 할 일 자체도 없을 텐데!— 탁미와 그녀의 어머니에게 늘 솔직히 모든 걸 털어놓다가 비밀을 갖게 된 것만 같아서 마음이 불편해졌다.

하지만 그렇다고 해서 '사실은 그 남자가 사람이 아니라 삵이래요. 그래서 제 눈에 그 남자의 귀랑 꼬리가 보이는데요. 그 남자가 그런 저한테 자기 애를 낳으라고 했어요.' 하고 털어놓을 수는 없지 않겠느냐 말이다.

"에휴, 이 모자란 것들. 그래도 호랑이는 탁미보다 속이 꽉 찬 줄 알았더니 둘 다 이렇게 허당들일 줄이야. ……그건 그렇고 그 녀석한테 전해라."

"예?"

"너랑 동거하겠다는 놈 말이야."

"강현교 씨요?"

"그 강 뭐시기한테 꼭 전해. 너한테서 눈물 빼면 내가 가만히 안 놔둔다고."

"……예에."

나는 고개를 끄덕였다. 뭔가 기분이 좋아져서 입꼬리가 저절로 올라
갔다. 그런 내 모습을 보던 탁미의 어머니가 혀를 차더니 말을 이었다.

"우준석인지 그놈한테는 아랫도리에 미리 작별 인사하라고 전할 수
있으면 전하고."

"예?"

"그놈 결혼하는 날, 내가 가서 낭심을 뜯어 버릴 작정이거든."

……뭔가 들어서는 안 될 말을 들은 것 같았다. 나는 뻣뻣하게 돌아
가는 목을 간신히 돌려 탁미를 쳐다보았다. 탁미는 오징어를 씹다가 목
에 걸렸는지 콜록거리면서도 양손 엄지를 들며 '역시 우리 추 여사가
최고야!'를 외치고 있었다.

"여하간 그래, 그 강 뭐시기는 언제 들어온다고?"

"다음 주말에요."

당장 짐을 싸 가지고 들어오겠다던 강현교를 말린 사람은 나였다.
비록 내 입으로 동거를 하자고 했지만 마음의 준비가 필요했다. 하루에
도 몇 번씩 '내가 미쳤나? 이래도 되나? 다시 무르자고 할까?'를 반복
하고 있는 중이기도 했다.

"그럼 그때 봐야겠구나."

탁미의 어머니는 뭔가 단단한 결심을 한 듯했다. 나는 불안한 느낌
에 탁미를 보았지만, 탁미는 오히려 재미있는지 키득거리고 있었다.

"참! 경비 반장이 네 칭찬을 정말 많이 하더라."

"반장님요?"

"응. 아주 입에 침이 마를 정도더라고. 노인네가 보는 눈은 있어 가
지고. 내가 얼마나 뿌듯하던지."

"별로 한 것도 없는데 반장님이 좋게 봐 주셔서……."

나는 머쓱해져서 말끝을 흐렸다. 탁미가 키득거리다가 어머니에게
타박하듯 말했다.

"그런데 추 여사가 왜 뿌듯해하고 그래? 호랑이가 칭찬받았지, 엄마가 칭찬받았나."

"이년아, 딸내미가 칭찬받으면 그 어미도 칭찬받은 거나 마찬가지야."

탁미의 어머니는 탁미의 머리를 치면서 대꾸하고는 나를 돌아보았다.

"호랑이 네가 내 딸이나 다를 바 없지. 안 그러냐?"

"그럼요. 물론이죠."

나는 고개를 끄덕이며 대답했다. 탁미의 어머니는 기억에 없는 친어머니보다도 더 소중한 존재였다. 어릴 적에 나를 입양했던 양어머니보다도 더 나를 사랑해 주었던 분이기도 했다.

언젠가 내가 양어머니에게 야단을 맞고 집 밖에서 속옷 차림으로 덜덜 떨고 있을 때였다. 마침 시장에 다녀오던 탁미의 어머니가 그런 나를 보고는 굳은 얼굴로 나를 집에 데리고 가서 씻기고 탁미의 옷을 입혀 주고 따뜻한 밥을 먹여 주었다. 나는 그때 내 손을 꽉 잡고 집으로 향하던 그녀의 온기를 지금도 생생히 기억하고 있다. 그리고 그때 먹었던 밥이 얼마나 꿀맛이었는지도.

"그러니까 내가 뿌듯한 거지. 탁미 이년은 지 어미 속도 모르고."

"아, 내가 뭘 몰라!"

탁미가 어머니에게 매달리며 젖 좀 만져 보자고 장난을 치기 시작했다. 그러자 탁미의 어머니 입에서 걸쭉한 욕이 터져 나왔다. 탁미의 험한 입이 누구를 닮았는지는 굳이 확인하지 않아도 알 수 있는 일이었다.

그리고 주말은 다시 다가왔다.

"전에 몇 번 봤었죠? 고탁미라고, 제 친한 친구예요. 초등학교 때부터 줄곧 친하게 지내고 있어요. 이분은 탁미의 어머니이시고요. 제계도 어머니 같은 분이시고……. 음, 그리고 여기는 강현교 씨…….."

뭐지? 이 팽팽한 긴장감은? 나는 세 사람 사이에 감도는 긴장감에 우물쭈물 소개를 하다가 입을 다물었다. 그러자 강현교가 탁미와 탁미의 어머니를 쳐다보던 시선을 내게로 돌리더니 입을 열었다.

"뭡니까, 여호랑 씨. 왜 나는 제대로 소개를 안 합니까."

"예? 그, 그러니까 뭐라고……."

"뭐, 호랑 씨가 부끄러워서 그럴 수 있다고 생각을 합니다만……."

"예에?"

그건 또 무슨 말씀이신가요? 강현교의 입꼬리가 올라가는 게 불길해서 황급히 소개를 하기 위해 입을 열었다. 아니, 열려고 했다. 그러나 강현교가 먼저 고개를 숙이더니 입을 열었다.

"여호랑 씨와 결혼을 전제로 동거를 시작한 강현교라고 합니다. 앞으로 잘 부탁드리겠습니다."

"결혼?"

"결호오오온?"

탁미와 탁미의 어머니가 동시에 나를 쳐다보았다. 나는 고개를 저으며 변명하듯 말을 꺼냈다.

"아니, 그게 꼭 그렇다기보다는……."

"그렇다기보다는?"

말을 꺼내자마자 탁미가 내 말꼬리를 잡았다. 나는 어색한 얼굴로 다시 입을 열었다.

"그러니까 꼭 결혼을 전제로 한 건 아니지만……."

"아니지만?"

이번에는 탁미의 어머니가 내 말꼬리를 잡았다. 나는 잠시 난감한 얼굴로 그들을 쳐다보다가 다시 고개를 저으며 작게 대답했다.

"아니…… 그렇다고요."

"그렇다는 게 대체 무슨 뜻인지는 모르겠지만 말이다. 나 좀 봐요, 총각."

"예, 아주머니."

"우리 호랑이, 함부로 쉽게 넘볼 애 아닙니다."

"예, 알고 있습니다. 호랑 씨가 그다지 쉬운 사람이 아니라는 거, 아니, 오히려 어려운 사람이라는 거 이미 겪어 봤거든요."

"아, 맞다! 구애 중이셨지? 그래도 어쨌든 성공했네요."

탁미가 강현교의 말에 손뼉을 치더니 웃었다. 강현교 역시 싱긋 웃더니 고개를 끄덕였다.

"절반의 성공이라고 해야 할 것 같지만요."

"절반요? 에이, 동거까지 하게 된 마당이면 다 된 밥 아닌가?"

"제가 아직 호랑 씨의 애인이라기보다는 애완……."

"아! 우리 뭐라도 시켜 먹을까요? 갑자기 왜 이렇게 배가 고프지? 어어, 그러니까 여기 중국집 스티커가 어디에 붙어 있었는데."

나는 강현교의 입에서 '애완 삶'이란 말이 튀어나오는 것을 막기 위해 황급히 떠들었다. 배고프기는커녕 긴장해서 그런지 소화가 안 돼서 배 속이 더부룩했다. 그러나 나는 입에서 나오는 대로 떠들어 대며 부산스럽게 움직였다. 그런 내 뒤에서 탁미가 중얼거리는 소리가 들렸다.

"저거, 저거…… 부끄러워하는 것 좀 봐."

부끄럽기는, 누가 부끄럽다고! 하나도 안 부끄러워! 나는 싱크대 아래쪽에 붙은 중국집 스티커를 들여다보며 그냥 이대로 싱크대 안쪽에 머리를 박고 싶다고 생각했다. 그렇다고 해서 내가 부끄러워서 이러는 건 절대 아니지만.

9
미스터 삶, 그 남자의 시선, 셋

"……정말 함께 산다고?"

"예."

"만난 지 이제 겨우 며칠 된 애가 동거를 허락했다고?"

아버지가 믿을 수 없다는 듯 내게 물었다. 나는 딱히 할 말이 없어서 그저 어깨만 으쓱거렸다. 누나가 고개를 갸웃거리며 말을 돌렸다.

"그런데 어떻게 허락을 받은 거야? 뭘 믿고 너랑 동거를 하겠대? 설마 돈 같은 거 보고 그러는 건 아니겠지?"

"그런 애 아니야."

누나의 말에 불쾌해져서 곧바로 반박했다. 그러자 누나가 피식 웃더니 말을 이었다.

"하지만 솔직히 이해가 안 되잖아. 좋아하는 남자랑 동거를 하는 것도 쉬운 일이 아닌데, 생전 처음 본 남자, 아니, 겨우 몇 번 봤을 뿐인 남자랑 같이 산다고? 그게 말이 돼?"

"나도 현조와 같은 생각이다. 내 며느리가 될 아이의 행실을 의심하고 싶지는 않지만……."

아버지가 고개를 끄덕이며 말끝을 흐렸다. 직접 그녀를 본 것도 아니면서 함부로 말하다니. 나는 못마땅한 기색을 숨기지 못하고 퉁한 어조로 입을 열었다.

"그럴 만한 이유가 있습니다."

"이유?"

아버지는 내게 되물으며 눈썹을 올렸다. 나는 잠시 망설였다. 사실은 '반려'가 아니라 '애완 삵'으로 들어가기로 한 겁니다, 라고 어떻게 말할 수 있을까. 그러나 이대로 아버지와 누나를 납득시키지 못하면 그건 그것대로 문제가 생길 것이다. 아버지나 누나가 그녀에 대해 잘못된 편견을 갖는 건 원하지 않으니 어쩔 수 없는 건가……. 나는 체념하듯 눈을 감았다가 뜨고는 입을 열었다.

"……그냥."

"그냥?"

"말해 봐, 뭔데 그래?"

아버지와 누나가 동시에 나를 쳐다보았다. 나는 한숨을 내쉬고는 사실을 밝혔다.

"애완 삵 한 마리 분양받으라고……."

"뭐라고?"

"뭐어어? 애완 삵? 어머, 아버지! 혈압 조심하셔야죠!"

내, 내 뒷목! 아버지가 뒷목을 잡고 잠시 심호흡을 하다가 버럭 소리를 질렀다.

"강현교, 네 녀석이 우리 삵 가문에 먹칠을 할 셈이냐!"

아버지와 누나가 '애완 삵'의 충격에서 벗어나지 못한 사이에 짐을 챙겨 집을 나섰다. 그리고 호랑의 집에 도착했을 때 먼저 나를 맞이한 사람은 지난번에 보았던 그녀의 친구와 처음 보는 중년 여자였다. 고탁미라는 이름의 친구는 그녀와 꽤 많이 친해 보였다. 그리고 친구의 어머니라는 중년 여자 역시 스스럼없이 호랑을 대하는 걸 봤을 때, 그녀와 가족처럼 가까운 사이라는 것을 짐작할 수 있었다.

"드시지요, 어머니."

나는 살갑게 말을 건넸다. 눈앞의 이 여자들에게 잘하면 손해 볼 것은 없다는 게 내가 내린 결론이었다.

"어머니라니. 호호, 듣기 좋네. 갑자기 없던 아들이 생긴 것도 같고."

"탁미 씨도 많이 드세요."

"네. 많이 먹고 있어요. 아, 살찌면 안 되는데."

'이렇게 맛있는 음식을 눈앞에 두고 외면하는 것처럼 잔인한 건 없다니까요. 나는 마음 여린 여자! 그러니 마음껏 먹어 주겠으어엇!' 하며 혀가 꼬부라진 소리를 하더니 고탁미는 술잔을 기울이고는 상추 한 장을 손바닥에 얹었다. 그리고 보쌈 고기를 그 위에 얹고 마늘 두 개와 쌈장을 듬뿍 올리더니 커다랗게 쌈을 싸서 입에 넣었다.

"호랑 씨도 먹어요."

나는 호랑을 쳐다보며 눈웃음을 쳤다. 호랑이 못 볼 꼴을 봤다는 표정으로 나를 쳐다보다가 작은 소리로 속삭였다.

"왜 자꾸 이랬다저랬다 그래요?"

"내가 뭘?"

"존대했다가 반말했다가, 자기 마음대로."

"그거야 내 마음이지. 여기 뭐가 묻었네요, 호랑 씨."

나는 싱긋 웃고는 호랑의 눈가 주변을 검지로 조심스럽게 쓸었다. 그러자 호랑이 화들짝 놀라 뒤로 몸을 물렸다.

"왜 함부로 손을 대요! 손대지 않는다고 그랬으면서!"

"아니, 눈가에 뭐가 묻어서……."

나는 호랑을 향해 억울하다는 얼굴로 말끝을 흐렸다. 그와 동시에 고탁미가 혀를 차더니 내가 듣지 못할 정도로 작게—그러나 안타깝게도 내 귀에는 잘 들린다— 자신의 어머니와 속닥였다.

"저거 내숭 떠는 거 봐라. 추 여사도 봤지?"

"오냐. 이년아, 너도 호랑이 좀 보고 배워. 응?"

"웃기네. 내가 저러면 엄마가 뒤집어져서 웃고 난리 칠걸? 지랄하지 말라고, 당장 먹던 밥그릇 날아오지 않으면 다행이게?"

……흠, 내 아이의 양육에 부적절한 환경이 될 것 같은 예감이 든다. 나는 입이 유난히 거친 모녀를 가늘게 뜬 눈으로 잠시 바라보다가 들고 있던 잔을 비웠다. 그러면서도 내 입꼬리가 의식하지 못하는 사이에 올라간 것을 깨달았다.

나쁘지 않았다. 거친 입을 가진 모녀가 그만큼 호랑을 아끼고 있다는 것이 느껴져서. 그래서 호랑 역시 그들을 얼마나 소중하게 여기고 있는지 알 것 같아서 말이다. 적어도 내 반려의 주위에 우준석 같은 자만 있었던 게 아닌 듯해서.

그러고 보니 우준석과는 완벽하게 헤어진 걸까. 나는 턱을 매만지며 눈을 가늘게 떴다. 회사 내에서의 우준석은 그 뒤로 내게 별다른 기색을 내비치지 않았다. 오히려 나를 피하고 있다고 해야 할까.

또한 그는 종종 이해하기 어려운 적의를 담은 채 나를 힐끔거린 적은 있지만, 직접적으로 내게 어떤 말을 하거나 행동을 한 적은 없다. 적어도 호랑에 관련해서는 말이다.

하지만 그것이 걸렸다.

종종 나를 보는 시선에 스쳤던 적의.

그것은 같은 수컷으로서 품는 경쟁심과도 흡사했다. 또는 호승심이라고 해야 할까. 내 또래의 수컷 삵들 중 일부가 나를 향해 보냈던 시선과 흡사한 것도 같았다. 질시하고 경계하던 시선.

'인간이나 삶이나 마찬가지로군.'

나는 쓴웃음을 지으며 가늘게 눈을 뜬 채 고개를 기울였다.

'어떻게 할까…….'

수컷의 본능대로라면 그놈의 목덜미를 물어뜯고 싶다. 호랑은 전적으로 내 소유이고 내 암컷이고 내 반려이다. 그렇기 때문에 그놈은 당연히 내게 적(敵)일 수밖에 없다. 하지만 이런 내 본능적인 분노가 인간 세상에서는 용납될 수 없다는 걸 잘 안다. 그러니 어쩔 수 없이 우준석을 내버려 둘 수밖에 없는 것이다.

그가 내 반려에게 또다시 다가오지 않는 한, 내 영역을 침범하지 않는 한.

크릉.

나도 모르게 송곳니를 드러내며 짐승 소리를 냈나 보다. 고기를 새우젓에 찍어서 입에 넣던 호랑이 '히익!' 하며 비명처럼 작게 소리를 내더니 고탁미와 그녀의 어머니를 조심스레 보고는 내게 속삭였다.

"왜, 왜 그래요? 왜 갑자기 이는 드러내고……. 고기가 맛이 없어요? 혹시 생고기만 먹는 거예요?"

"뭐?"

"그러니까 익히지 않은 날것만 드시는지……."

호랑이 눈을 동그랗게 뜬 채 내게 묻다가, 내가 어이없어하는 표정을 짓는 걸 보고는 서서히 볼을 빨갛게 물들이더니 우물거리며 말끝을 흐렸다.

"아니면 아닌 거죠. 뭐 그렇게 쳐다볼 것까지야……."

"대체 나를 뭐라고 생각하는 거냐?"

"애완 삶으로 생각하라면서요."

빠직. 이마 위에서 핏대 도는 소리가 난 것만 같았다. 나는 겉으로는 평온한 표정으로 미소를 지으며 호랑에게만 들릴 정도로 작게 입을 열었다.

"그럼 '애완 삶'을 좀 예뻐해 주시든지요, 주인님. 쓰다듬고 물고 빨고, 뭐 그래야 하는 거 아닌가."

"뭐, 뭐라고요?"

호랑이 자신도 모르게 목소리를 높였다가 이내 고탁미와 그녀의 어머니를 쳐다보고는 하하, 하고 웃었다. 고탁미가 호랑을 쳐다보더니 피식 웃고는 입을 열었다.

"아까부터 둘이 뭘 그렇게 속닥거린대? 추 여사, 그만 가자. 더 있다가는 이 지지배한테 구박당하겠어. 눈치도 없이 동거 첫날 너무 오래 있었지. 벌써 몇 시야?"

고탁미가 자신의 어머니를 잡아끌며 일어나라고 재촉했다. 눈치가 없는 건 아니군. 나는 고탁미에 대한 평가를 조금 더 후하게 하며 부드럽게 미소를 머금은 채 입을 열었다.

"아닙니다, 탁미 씨. 그리고 어머니도 더 계시다 가세요. 아직 음식도 많이……."

언제 이렇게 다 먹었지? 나는 말을 하다 말고 방바닥을 쭉 훑어보았다. 방바닥 가득 깔아 놓은 신문지 위에 분명히 보쌈 대(大) 하나와 족발 대(大) 하나가 있었던 것으로 기억하는데……. 지금 눈에 보이는 건 오로지 먹고 남은 뼈다귀 몇 개와 바닥을 보이는 쌈장 그릇, 그리고 마늘 몇 개가 전부였다.

……크릉.

이번에는 정말 나도 모르게 목구멍 아래에서 으르렁거리며 소리가 나왔다. 고기를 앞에 두고 누군가에게 빼앗긴 적은 단 한 번도 없었는데! 나는 간신히 표정을 관리하며 천천히 분노를 가라앉히고 말했다.

"음식은 거의 다 먹었지만 좀 더 계시죠. 전 신경 쓰지 마시고……."

"아니에요. 정말 가 봐야 돼요. 엄마, 일어나."

126

"알았어, 이것아."

고탁미의 어머니가 딸의 재촉을 받고 나서야 몸을 일으켰다. 저 여자가 내 고기를 눈앞에서 강탈해 간 최초의 인간이군. 나는 새삼 대단하다는 시선으로 고탁미의 어머니를 쳐다보았다. 별로 살집도 없고 자그마한 체구인데 어떻게 음식을 다 집어넣은 건가 싶었다.

"어쨌든 강현교……라고 했지요?"

"예, 어머니. 말씀 편히 하십시오."

"그럼 그렇게 하지. 어차피 호랑이도 내 딸이나 마찬가지인데 현교 총각도 내 예비 사위나 다를 게 뭔가. 안 그래?"

"예, 그렇습니다."

나는 순순히 대답했다. 처음에 나를 경계하던 모녀는 내가 결혼을 전제로 동거를 시작했다고 말한 순간 이후, 나를 보던 시선에서 경계심을 조금은 걷어 낸 채 나를 대했다. 물론 가끔은 나를 떠보려는 듯 질문을 던지거나 주의 깊게 살피는 것 같기는 했지만 말이다. 그것이 딱히 불쾌하다거나 기분 나쁘지는 않았다.

"흠, 그럼 우리는 이만 가 볼게요. 호랑아, 우리 갈게."

"어? 어어…… 저기, 벌써?"

호랑이 당황한 얼굴로 고탁미와 그녀의 어머니를 따라 일어섰다. 그리고 나 역시 몸을 일으켜 현관 쪽으로 걸음을 옮겼다.

"호랑아, 나올 것 없어. 그럼 갈게요, 강현교 씨."

고탁미가 호랑과 내게 인사를 했다. 그리고 고탁미의 어머니가 호랑에게 당부하듯 말을 꺼냈다.

"호랑이 너, 무슨 일 있으면 바로 전화해라. 알았지?"

"엄마는 무슨 전화를 하래. 여호랑, 무슨 일 있으면 전화하지 마라."

"이 철딱서니 같으니라고!"

"아, 왜 때려!"

고탁미가 콧방귀와 함께 키득거리며 말하자 그녀의 어머니가 그녀의 등을 찰싹 소리가 날 정도로 세게 때렸다. 그리고 나를 다시 경계심 어린 눈으로 보다가 입을 열었다.

"일단 두고 보는 거니까, 현교 총각…… 행동 조심히 하고."

"예. 걱정 마십시오, 어머니."

나는 웃으며 고탁미의 어머니에게 대답하고는 호랑을 힐끔 보았다. 호랑 역시 탁미와 인사를 나누는 듯하더니 나를 쳐다보았다.

그리고 순식간에 모녀 두 사람이 나가 버리고, 나와 호랑만이 남게 되었다. 갑자기 뭔가 어색해졌다. 호랑은 열어 놓은 현관문을 닫을 생각도 하지 못하는 듯 바짝 긴장한 상태로 나를 쳐다보기만 했다.

"……들어갈까?"

"예? 아, 아아! 예!"

말은 그렇게 하면서도 그녀는 현관문 손잡이를 꽉 붙든 채 버티고 서 있었다. 마치 이 문을 누군가가 닫으면 그대로 죽겠다는 듯 비장한 표정으로 말이다. 그 모습이 왜 그런지 귀여워 보였다. 하지만 이런 나와는 달리 호랑은 금방이라도 울 것만 같았다.

하긴, 동거라는 게 쉬운 일은 아니지.

내가 생각해도 호랑이 나와 동거를 하겠다고 결정한 게 신기했다. 아마 그녀는 충동적으로 결정을 내린 뒤, 지금까지 계속 후회했을지도 모른다. 이럴 때 그녀의 속마음을 들으면 좋겠는데.

'필요할 때는 들리지도 않는군.'

정작 듣기를 원할 때에는 전혀 들리지 않으니 답답했다. 잔뜩 겁을 먹고 긴장해 있는 그녀의 속마음을 제대로 들을 수 있다면 지금보다 더 안심시켜 줄 수 있을 텐데 말이다.

"계속 그러고 있을 거야?."

"아, 아니요. 닫아야죠. 닫아야 하는데……."

호랑이 어쩔 줄 몰라 하다가 결국 문손잡이를 꼭 잡은 채 눈물을 떨어뜨렸다. 잔뜩 놀란 아이처럼 스스로 당황해하며 손등으로 눈을 비볐다. 나는 얼굴을 찡그리며 그녀에게 다가갔다. 그리고 그녀가 붙들고 있던 손잡이에서 그녀의 손가락을 하나씩 떼어 냈다.

"어, 저기⋯⋯."

"긴장하면 손끝이 차가워지나 봐?"

"⋯⋯예에."

나는 호랑의 손끝이 너무 차갑다는 것을 깨닫고 양 손바닥 사이에 그녀의 손을 넣었다. 손바닥 사이에 들어온 작은 손이 움찔거렸다.

손바닥 사이로 입김을 조심스럽게 불어 넣었다. 조금이나마 손끝이 따뜻해진다면 그녀의 긴장이 조금이라도 풀리지는 않을까 하는 마음에서였다. 그런 내 기대가 통한 것인지 호랑의 굳어 있던 어깨에서 살짝 힘이 빠지는 게 느껴졌다.

"이제 됐어요."

호랑이 손을 꼼지락거리며 움직였다. 나는 아쉬움을 느끼며 그녀의 손을 놓아주었다. 그리고 그녀 대신 현관문 손잡이를 잡고 물었다.

"그럼 이제 문 닫아도 돼?"

"⋯⋯예."

그녀가 내 시선을 피하려는 듯 바닥으로 시선을 떨어뜨리며 작게 대답했다. 나는 천천히 문을 닫았다. 그러자 호랑이 몸을 움찔거리더니 현관 안쪽으로 발을 들여놓았다.

"발이 몇이야?"

"예?"

"발 사이즈가 몇이냐고."

"220요."

"작은 편이군."

"그래서 그게 뭐, 불만이에요?"

호랑이 뭔가 기분 상한 듯 불퉁한 목소리로 물었다. 나는 턱을 만지며 현관에 놓여 있는 슬리퍼를 가리켰다.

"딱히 불만이라는 게 아니라…… 조카나 뭐, 그런 어린애가 같이 사는 건가 했거든. 혹시 저 슬리퍼 신으면 뽁뽁뽁 소리도 나는 거 아니야? 야광 불도 들어오고?"

"아, 정말! 지금 놀리는 거죠!"

못됐어! 정말 못됐어! 못된 말만 골라서 해! 호랑이 속으로 씩씩대는 소리가 내 귓가로 파고들었다. 조금 전에는 안 들리더니 꼭 이런 말만 들리는군. 나는 피식 웃으며 말을 이었다.

"그런데 220보다 작은 거 아니야?"

"아니거든요? 딱 맞거든요?"

헉. 어떻게 알았지? 안 그래도 220짜리 신발도 헐렁한데, 약 올리는 거야, 뭐야? 계속 호랑의 속마음이 머릿속에 고스란히 흘러들어 왔다. 나는 슬쩍 호랑의 발을 보았다. 처음 만났을 때도 어린애의 골격이라고 느꼈지만, 정말 그녀의 골격은 어린애와 다를 바가 없었다. 하다못해 발까지 저렇게 작으니.

"걸어 다니는 게 신기하군."

"뭐라고요?"

"아장아장 걷지 않고 제대로 걷는 게 신기하다고."

나는 아무렇지 않게 대꾸하고는 안으로 들어갔다. 내 뒤에서 호랑이 뭐라고 하려다가 그냥 입을 다무는 게 느껴졌다.

'어쨌든 이 정도면 긴장이 풀렸겠지?'

나는 다시 바닥에 앉으며 생각했다. 호랑이 나와 단둘이 한 공간에 있다는 것에 긴장한다는 걸 알고 있었다. 솔직히 그렇지 않다면 이상한 일일 것이다. 그러나 어차피 동거하기로 한 이상 서로에게 익숙해질 필요가 있다. 뭐, 적당한 긴장감이야 나로서는 환영할 일이지만.

솔직히 긴장감 없는 '애완 삶'보다는 긴장감 있는 '수컷 삶'이 목표이니까.

내 스스로 '애완 삶'이란 말을 꺼내기는 했지만 진심은 아니다. 아버지가 뒷목을 잡고 쓰러진 게 이해가 될 정도로 나 역시 삶 가문의 수컷으로서, 더구나 정통 후계자로서 자부심을 가지고 있다. 그런 내가 '애완 삶'이라는 위치를 받아들일 리 없지 않겠는가.

그러나 호랑을 설득하기 위해서 어쩔 수 없었다. 그녀가 동거하자는 내 제안을 받아들일 리 없다는 생각은 나를 초조하게 만들었다. 그래서 어쩔 수 없이 자존심을 버려야 했다. 어떻게든 그녀와 함께 있고 싶다는 마음이 나를 '애완 삶'으로 만들었다. 그렇지만 이대로 '애완 삶'의 위치에서 만족해하고 있을 수는 없다.

'수컷, 아니, 남자로서 나를 의식하게 해 주지.'

나는 일단 호랑에게 나를 제대로 보여 줄 작정이다. 반려로서의 내가 얼마나 든든하고 믿음직스럽고 또한 수컷으로서도 얼마나 매력적이고 가슴 설레는 남자인지 보여 줄 것이다. 그러기 위해서 나는 나른한 자세로 벽에 기대어 앉은 채 호랑을 그윽하게 바라보았다.

어때? 뭔가 느껴지지 않아?

그 순간 호랑이 들어오다 말고 멈칫하더니 시선을 피하며 쭈그리고 앉았다. 역시 의식하는구나. 입꼬리가 올라가려는 순간, 그녀가 하고 있는 생각이 고스란히 머릿속에 들어왔다.

뭐야, 저 남자? 왜 저렇게 기분 나쁘게 쳐다봐? 이거 사 준 게 그렇게 아까운가? 좀스럽기는. 같이 치워 주면 안 되나? 매너라고는 눈곱만큼도 안 보이네.

……조금 전에 긴장감을 너무 풀어 준 게 문제였나 보다. 나는 미간을 찌푸리려다가 표정을 고치며 몸을 일으켰다.

"쉬고 있어. 내가 치울 테니까."

"아니. 괜찮은데요."

"괜찮기는……."

그렇게 구시렁댔으면서. 나는 속으로 말을 삼키며 신문지까지 한꺼번에 구겼다. 그러자 호랑이 목소리를 높였다.

"아휴, 그걸 한꺼번에 구기면 어떻게 해요! 따로 정리해서 분리수거할 때 버려야 되는데!"

"뭐?"

"저번에 봤잖아요. 분리수거할 때요. 따로따로 모아서 버려야 된다고요. 이렇게 한꺼번에 구겨 놓으면 나중에 분리수거할 때 번거로워져요."

호랑이 나를 밀어 내고 구겨진 신문지를 다시 펴기 시작했다. 이해할 수 없는 그녀의 행동을 보다가 입을 열었다.

"뭘 그렇게 복잡하게 해? 솔직히 그 분리수거 기준이라는 게 제대로 따지면 각 쓰레기마다 구성 성분을 퍼센트까지 전부 확인해서……."

"강현교 씨."

"응?"

"제 '애완 삶'으로 들어온 거 맞죠?"

"그건 그렇지."

"그럼 제 말대로 하세요. 여기서는 제 말이 법이라고요."

호랑이 제법 날카로운 기세로 나를 쳐다보며 말했다. 나는 귀가 저절로 축 늘어지려는 것을 간신히 세우고 한숨과 함께 고개를 끄덕였다.

……뭔가 내 생각과는 다르게 흘러가는 것 같았다.

"아저씨, 누구예요?"

그러는 너야말로 누구냐. 나는 나를 위아래로 훑어보면서 경계하는 자그마한 녀석을 보며 혀를 찼다. 옆집 문을 열고 나온 녀석은 흡사 다람쥐를 연상시켰다.

"누군데 그 집에서 나오는 거예요?"

"학생은 옆집에 사나 보지?"

"말 돌리지 말고요. 그 집에 누나 혼자 사는 거 다 안다고요. 그런데 아저씨가 왜 거기서 나온 건지 대답이나 해요."

"나는 이 집에서 어제부터 살게……."

"치, 친구야! 친구!"

내가 대답을 하려는데 현관문이 열리더니 호랑이 황급히 내 말을 가로막고 대꾸했다. '친구? 너와 내가?' 하는 눈으로 호랑을 쳐다보자 그녀가 슬쩍 내 시선을 피하며 말을 이었다.

"어릴 때 친구인데 서울에 올라와서 머물 곳이 없다고 해서……."

"……그래요?"

이걸 믿으라고 하는 소리인 건지. 나는 혀를 차며 방금 전 내게 당돌하게 묻던 다람쥐 같은 녀석을 쳐다보았다. 녀석 역시 호랑의 말을 믿을 수 없다는 듯 건성으로 대답하다가 나와 눈이 마주치자 '그러니까 누구냐고요!' 하는 눈빛을 쏘아 왔다. 호랑을 걱정하는 건가. 나는 입꼬리가 올라가려는 것을 숨기며 다시 입을 열었다.

"애인이야."

"역시……."

"뭐, 뭐라고요?"

내 대답에 다람쥐 같은 녀석은 고개를 끄덕였지만 호랑은 기겁하며 목소리를 높였다. 목소리가 너무 커졌던 탓일까. 계단 위쪽에서 중년 사내의 굵직한 목소리가 들렸다.

"호랑이 아가씨, 무슨 일이라도 있는가? 도돌아, 거기 무슨 일 있냐?"

"범 사장님! 빨리 와 보세요! 누나 애인이래요! 같이 살 건가 봐요!"

다람쥐를 닮은 녀석이 도토리가 잔뜩 모여 있는 곳을 발견한 것처럼 호들갑을 떨며 펄쩍펄쩍 뛰었다. 그러자 위층에서 우당탕 소리가 들리더니 잠시 후 중년 사내가 모습을 드러냈다. 숱이 적은 머리가 헝클어진 것을 보니 허둥대며 내려온 게 분명했다. 중년 사내는 힐끔 나를 보더니 자그마한 녀석을 향해 입을 열었다.

"그게 무슨 소리냐? 누구 애인? 뭐? 같이 산다고?"

"예. 방금 이 아저씨가 자기 입으로 그랬어요. 애인이라고요. 게다가 이렇게 이른 아침에 집에서 나왔으니 당연히 밤새도록 같이 있었던 거잖아요!"

어때요? 제 추리가 맞죠? 다람쥐 같은 녀석이 나를 쳐다보며 우쭐대는 표정을 지었다. 그러자 옆에 있던 호랑이 다리에 힘이 풀린 듯 휘청거렸다. 나는 급히 호랑의 팔을 붙잡으며 물었다.

"괜찮아요, 호랑 씨?"

"……그 존대 좀!"

어후, 가증스러워! 실컷 반말하다가 꼭 저런다니까! 호랑이 나를 얄밉다는 듯 쳐다보며 속으로 종알거리는 것을 들으면서도 나는 듣지 못한 척 매너 좋게 웃었다. 밤새 이불 하나 주지 않고 맨바닥에서 자라고 한 것에 대한 복수였다.

'자기가 깔고 덮고 잘 이불은 알아서 챙겨 왔어야죠. 난 몰라요!'

호랑은 그 말만을 남기고 방으로 쏙 들어가더니 문을 잠가 버렸다. 그리고 나는 주방 겸 거실에—여기를 거실이라고 할 수 있는 건가? 주방이라고 해도 너무 좁은데— 남겨져 밤새 잠도 못 자고 꼬박 뜬눈으로 지새워야 했다.

침대까지는 바라지도 않았다. 하지만 적어도 매트리스 정도는 깔아줘야 하는 게 아닌가? 나는 지난밤 내내 이어졌던 불면의 시간을 떠올리며 입꼬리를 올린 채 중년 사내를 향해 인사했다.

"처음 뵙겠습니다. 호랑 씨와 결혼을 전제로 어제부터 동거를 시작했습니다. 강현교라고 합니다."

나는 양복 안쪽에서 명함을 꺼내 중년 사내에게 내밀었다. 범 사장이라고 불렸던 중년 사내는 무심코 내가 내민 명함을 받아 들더니 '어이쿠, 좋은 회사에 다니시네.' 라며 눈을 휘둥그레 떴다. 그 순간 다람쥐 같은 녀석이 내 옆구리를 쿡 찔렀다.

"저도 명함 주세요."

"나는 아직 학생 소개도 못 들었는데? 어쨌든 어린 사람이 먼저 자기소개를 해야 하는 거 아닌가."

"도돌희라고 해요. 2학년이고요. 여기 옆집에 살아요. 아! 할머니가 계시는데요. 지금 주무셔서……."

"중학교 2학년? 키가 아직 덜 자랐나 보네. 그래도 3학년 올라가고 고등학교 가면 클 테니까 너무 걱정하지는 마."

나는 너그러운 마음으로 부드럽게 웃으며 말을 이었다. 그러자 도돌희라고 자기를 소개했던 녀석은 굳은 얼굴로 나를 쳐다보더니 명함을 달라던 것도 잊었는지 계단을 쿵쾅거리며 내려가 버렸다.

"돌희야! 어머, 쟤 삐쳤나 봐요."

"삐쳤지. 딱 보니까 제대로 삐쳤는데, 뭘."

호랑과 범 사장이 저마다 한마디씩 말을 했다.

"왜 삐쳤다는 거죠? 대체 무슨 일로……."

"돌희, 고등학생이에요."

"예?"

"쟤가 몸집이 작아서 가뜩이나 그게 콤플렉스인데 그쪽이 제대로 그걸 건드렸나 보네. 중학생으로 보다니."

범 사장이 내게 설명을 해 주기 위해 거들었다. 나는 뒤늦게 내 실수를 깨닫고 난감한 표정을 지었다.

"워낙 작길래······. 그래도 교복을 입어서 초등학생으로 안 본 게 다행이군요."

"아무리 그래도 초등학생은 아니죠."

"저는 초등학교 2학년 때 저 애보다 훨씬 컸습니다."

"그 말, 돌희 앞에서 진짜 하지 마세요."

"하하. 그러게 말이야. 그 말까지 들으면 돌희가 매일 복수한다고 온갖 장난을 쳐 놓을지도 몰라."

내가 돌희 할머니랑 싸웠다가 그 뒤에 반년을 시달렸잖아. 지금 생각해도 꿈에 나올까 봐 무서워. 범 사장이 몸을 부르르 떨며 고개를 흔들었다. 그러고는 곧바로 어이쿠, 하는 소리를 내뱉더니 다시 입을 열었다.

"내 정신 좀 봐. 두고 온 게 있어서 잠깐 집에 들렀다가 여기서 죽치고 있었네. 어쨌든 반갑소. 내가 여기 밑에서 떡집을 하고 있거든. 오가면서 들러요. 떡도 좀 가져가서 먹고."

"아니요, 떡을 별로 안 좋아합니다."

"떡을······ 안 좋아한다고?"

나는 범 사장의 질문에 순순히 고개를 끄덕였다. 호랑이 옆에서 한숨을 내쉬는 것이 들렸지만 그 이유를 알 수 없었다. 어쨌든 범 사장은 내가 고개를 끄덕이자 입을 일자로 다물더니 그대로 휙 돌아서서 계단을 내려갔다. 범 사장의 행동에 어리둥절한 상태로 있는데 호랑이가 기가 막힌다는 투로 내게 말을 걸었다.

"강현교 씨, 사람 삐치게 만드는 재주가 있었네요."

"뭐?"

"그나저나 출근 안 해요? 계속 여기서 있을 거예요?"

"가 봐야지. 아! 그러고 보니 너는 어디 나가는 데가 없는 건가."

"아, 저는 프리랜서예요."

"프리랜서? 무슨 일을 하는데?"

"음…… 글 써요."

"작가였어? 소설가? 시인?"

나는 여호랑이라는 이름의 작가가 있었던가 머릿속을 뒤져 보았다. 하지만 내가 아는 바로는 그런 이름의 작가가 없었다.

"혹시 필명으로 책을 낸 거야? 필명이 뭐지?"

"아, 그런 게 아니라……."

"응?"

"……대필 작가예요."

호랑이 머쓱한 얼굴로 고개를 숙이고는 발로 바닥을 툭, 차며 대답했다. 나는 잠시 멍하니 그녀를 쳐다보다가 짧게 대꾸했다.

"그렇군."

……대필 작가라. 나는 뭔가 씁쓸한 기분에 더 이상 말을 잇지 못하고 있었다. 그때 다시 호랑의 목소리가 들렸다.

"빨리 가요. 이러다가 지각하겠어요. 아무리 팀장이라고 해도, 아니, 오히려 팀장이니까 더 지각하면 안 되잖아요. 아, 그리고……."

"왜?"

호랑이 내가 묻자 주저하다가 다시 입을 열었다.

"이불은 그냥 내가 아무것이나 사도 상관없어요?"

"어?"

"좋은 건 못 사요. 어제처럼 잠도 거실에서 자야 할 거고……."

"아, 물론. 물론이지. 괜찮아."

나는 멍해 있다가 서둘러 대꾸했다. 뭔가 간지러운 기분이 들었다.

10
같이 삽니다!

이불 가게 아주머니에게 카드를 건넨 뒤, 가만히 이불을 만지작거렸다. 보드라운 감촉 때문인지 가슴속까지 보들보들해지는 기분이 들었다. 그 순간 아주머니가 카드와 영수증을 건네며 입을 열었다.

"호호. 또 와요, 새댁. 내가 다음에는 커플 이불로 미리 빼놨다가 줄게."

"⋯⋯예에."

새댁 아닌데. 그런 거 아닌데⋯⋯. 남자가 쓸 이불을 사러 왔다는 말에 오해했던 아주머니는 내 해명에도 불구하고 결코 자신의 오해를 고치려 하지 않았다. 나는 아주머니에게 다시 한 번 사실을 밝혀 볼까 하다가 포기하고 돌아섰다. 그리고 문까지 열어 주며 생글거리는 아주머니를 향해 인사를 한 뒤, 커다란 이불 가방과 베개, 매트와 극세사요 커버까지 양손에 잔뜩 들고 돌아섰다.

"내가 미쳤나 봐."

나는 방금 주머니에 넣은 카드 영수증을 떠올리며 망연자실한 얼굴로 중얼거렸다. 한 달 생활비를 하고도 남을 만큼의 돈을 여기에 전부 쏟아붓다니. 내가 제정신이 아닌 건 분명했다.

"내가 왜 이랬지?"

나는 몇 걸음을 더 걷다가 멈춰 서서 양손에 들린 것을 보고 한숨을 내쉬었다. 귀신에 홀리기라도 한 듯한 기분이었다. 대충 덮고 잘 만한 이불이나 사려고 했던 것인데……. 지금 내 양손에는 아주머니가 권했던 딸만 오천 원짜리보다도 더 비싼 이불, 베개 세트에 극세사 요 커버와 매트까지 추가되어 있었다.

"하긴, 요즘은 애완동물 키우는 데에 돈 엄청 나간다더라."

나는 혼잣말을 중얼거리며 다시 걸음을 옮겼다. 같이 사는 사람, 애완동물, 나는 반복해서 그 말들을 중얼거리다가 피식 웃고 말았다. 뭔가 엄청난 일을 저질렀는데 별로 변한 게 없는 것 같아서 신기한 기분이 들었다.

준석 씨와 사귀면서도 동거는 꿈도 꾸지 못했던 일인데, 만난 지 얼마 되지도 않은, 게다가 사귀는 것도 아니고 따지고 보면 아무 사이도 아닌 남자와 동거를 하게 되다니. 탁미의 어머니가 내 등을 마구 때렸더라도 할 말이 없을 일이었다.

물론 그 남자가 진짜 '애완 삵'일 수 없다는 건 알고 있다.

그런데도 나는 그를 '애완 삵'이라는 명목으로 내 공간에 들어오게 했다. 다른 사람들이 이런 나를 본다면 얼마나 터무니없는 짓을 저질렀는지 비난하고 나무랄 것이다.

'완전한 사람이 아니라서 그런 걸까?'

그의 귀와 꼬리가 보이니까 그를 완전한 사람이라고 여기지 않아서, 그래서 나도 모르게 그 남자를 덜 경계하게 되는 것인지도 모를 일이다. 나는 다시 강현교를 떠올려 보았다.

……사람이 아니라고는 못 하겠는데.

오히려 너무 완벽한 사람이라면 모를까. 나는 픽 웃어 버렸다. 솔직히 이런 생각이 무슨 의미가 있을까. 이미 나는 그 남자와 동거하기로 결정했고, 그 남자는 내 집에 가방을 싸 가지고 들어왔는데 말이다.

"그건 그렇고 이불은 마음에 들어 하려나?"

나는 지금껏 구경도 못 해 본 이불 세트인데……

"마음에 안 든다고 하면 내가 쓰지, 뭐."

그래. 그러면 되겠다. 나는 중얼거리며 다시 숨을 들이마셨다.

매트에 요 커버를 씌우고 숨을 돌리려는데 탁미에게서 전화가 왔다. 택배 기사가 오기로 했는데 아직 안 온다면서 심심하다고 전화한 것이다.

"다른 사람들은?"

— 사장, 걔는 놀러 나갔어. 그 지지배, 지가 사장이라고 툭하면 여기 일은 내팽개치고 놀러 다니기 일쑤야. 재수 없어, 진짜. 그리고 MD는 영업하러 나가서 무소식이고. 아마 어디서 실컷 놀다가 들어올 거야. 나머지들도 지들끼리 담배라도 피우러 나갔는지 안 보여. 아무래도 나 왕따인가 봐.

"그건 아니지. 네가 왕따라기보다는 아무래도 나머지 사람들이 왕따인 것 같은데? 탁미, 너 그거 잘하잖아. 너 혼자 나머지 왕따 시키기."

— 오냐. 이 언니가 왕따 놀이 하나는 잘하지.

탁미가 키득거리며 대꾸했다. 성격이 강한 탓인지 탁미는 학교에 다닐 때부터 다른 사람들과 잘 어울리는 편이 아니었다. 하지만 탁미 본인은 별로 개의치 않는다는 듯 자신이 나머지를 왕따 시키는 거라며 큰소리를 치고는 했다.

"너는 그 성질만 살짝 누그러뜨리면 좋을 텐데."

— 됐어, 이년아.

"그 말투도 조금만 부드럽게 하고."

— 내버려 둬. 지금껏 이러고도 잘 살고 있는 중이야. 오히려 내가 갑자기 고운 말만 쓰고 사근사근 행동하면 다들 기겁할걸? 우리 추 여사부터 나 붙잡고 다그칠 거야. 이년이 뭘 잘못 먹고 이러는 거야? 하고. 어, 택배 기사 왔나 봐. 전화 끊어야겠다.

"어, 그래."

— 나중에 다시 통화해.

"응."

탁미가 서둘러 전화를 끊었다. 탁미는 아주 하찮은 일이라고 해도 일단 자신에게 주어진 것은 투덜거리면서도 충실히 했다.

지금도 그랬다. 다른 사람들이 전부 슬금슬금 밖으로 빠져 나간 상황에서도 주문받은 물품을 택배 기사에게 넘기기 위해 혼자 무작정 기다리고 있었을 것이다. 나는 사무실의 작은 플라스틱 의자에 앉아서 택배 기사를 기다리며 따분한 시간을 견뎠을 탁미를 떠올렸다.

화려한 조명 아래의 런웨이에 서는 탁미는 분명 아름다울 것이다. 탁미는 이제 다 물 건너갔다고 가끔 체념하는 기색을 보이기도 하지만, 나는 언젠가 탁미가 런웨이를 걸으며 당당하게 자신의 무대를 만들 수 있을 거라고 믿는다. 그리고 그 당당한 아름다움은 지금의 이런 충실한 삶을 바탕으로 더욱 환하게 빛을 발할 것이라고.

나는 몸을 돌려 컴퓨터의 전원을 켜고 부팅되기를 기다리는 동안 강현교를 떠올렸다. 어젯밤 그는 아무런 불평도 하지 않고 이곳에서 잠을 잤다. 벽 하나를 사이에 둔 채 남자와 단둘이 같은 공간에 있다는 것만으로도 처음에는 잔뜩 긴장이 되었다.

그러나 문 밖의 남자에게서 별다른 기척이 느껴지지 않았고, 오히려 그 덕분인지 나중에는 더 편하게 잠을 잤던 것도 같았다. 혼자 있는 게 아니라 누군가가 있다는 것에 안도감을 느낀 것인지도 몰랐다.

물론 이런 나와는 다르게 그는 잠을 제대로 자지 못한 듯 피곤함이 묻어나는 얼굴로 아침을 맞이했지만 말이다. 어쩌면 그래서인지도 모른다. 나름대로 카드까지 무리해서 긁어 가며 저 이불과 요, 베개를 산 것은.

"같이 사는 사람……."

같이 사는 사람, 나는 가만히 몇 번 더 중얼거려 보았다. 어쩐지 기분이 이상해졌다. 나는 괜히 헛기침을 하고 컴퓨터 앞으로 다가가 앉았다. 늘 그렇듯 인터넷 창을 열고 포털 사이트에 아이디와 비밀번호를 입력했다.

"벌써 의뢰가 들어왔네?"

지난번에 의뢰를 했던 할머니가 돌아가신 뒤, 지금까지 의뢰가 들어온 것은 없었다. 원래 일거리가 많이 들어오는 편이 아니라 그것을 당연히 여기고 있던 중이었다. 새로운 의뢰가 벌써 들어오다니. 평소에 의뢰가 들어오던 간격에 비하면 빠른 편이었다.

"어떤 분이 의뢰를 하셨나……."

나는 마우스를 움직여 메일을 클릭했다.

[그럼, 내일 찾아뵙도록 하겠습니다. ―다쓴다 드림.]

나는 문자를 보내 놓고 휴대폰을 내려놓았다. 의뢰를 한 사람은 백홍도라는 사람인데, 자신의 장인어른이 될 분이 내게 자서전을 맡기고 싶어 한다고 했다.

당연히 나로서는 괜찮았다. 딱히 지금 하고 있는 일도 없어서 메일에 적혀 있던 휴대폰 번호로 문자를 보내자 기다렸다는 듯 답장이 왔다. 그리고 곧바로 내일 약속을 잡은 것이다. 나는 수첩을 꺼내서 내일 일정에 메모를 했다. 요즘은 다들 휴대폰에 뭐든지 기록하고 저장해 놓는 것 같은데, 나는 아날로그에 익숙한 성격인지 수첩에 메모를 해 두는 편이 더 편하고 좋았다.

"어떤 분이시려나."

늘 그랬듯 의뢰인이 어떤 사람일까 혼자 상상해 보다가 무심코 시계를 보았다. 어느새 저녁 시간이 가까워진 상태였다.

"저녁을 먹고 오는 건가……."

그러고 보니 강현교의 휴대폰 번호조차 알지 못한다는 걸 이제야 깨달았다. 나는 미간을 찡그리며 일어섰다. 저녁을 먹고 오는지 알 수 없으니 일단 그 남자의 저녁밥까지 해야 할 것 같았다.

강현교는 일곱 시가 조금 넘었을 때 돌아왔다. 나는 콩나물국을 끓이고 계란말이를 하다가 초인종 소리에 현관으로 갔다. 현관문이 열리자마자 강현교가 넥타이를 느슨하게 풀며 안으로 들어섰다.

"밥은요?"

"안 먹었…… 들어와서 신발도 벗기 전에 밥 타령이야?"

강현교는 무심코 내 물음에 대꾸하다가 풋, 하고 웃더니 말을 이었다. 나는 눈을 깜빡이다가 내가 너무 급하게 물어봤다는 걸 깨닫고 입을 삐죽였다. 강현교가 다시 눈을 휘며 웃더니 주방 쪽을 힐끔 보며 물었다.

"저녁 메뉴가 뭔데?"

"콩나물국이랑 계란말이요."

"……."

"왜 그런 표정이에요?"

"아니. 그냥…… 저기 말이야."

"예?"

나는 강현교가 구두를 벗다 말고 멈칫하더니 뭔가가 마음에 안 드는 듯 인상을 찡그리는 것을 보며 물었다. 그는 망설이다가 구두를 마저 벗지도 않은 채 나를 쳐다보며 진지한 얼굴로 입을 열었다.

"반찬이 그것뿐이야?"

"예?"

"아침에도 이상하다고 생각했어. 그래도 일단 넘어가자 했는데……
왜 반찬에 고기가 빠져 있는 거야?"

"……예에?"

나는 강현교의 질문에 황당한 얼굴로 되묻고 말았다. 하지만 강현교
는 자신의 질문이 전혀 이상한 것이 아니라는 듯 의아하다는 표정으로
나를 쳐다보고 있었다.

"고기가 안 들어갈 수도 있지……. 설마 매 끼니마다 고기반찬이 있
어야 돼요?"

"당연한 거 아니야?"

"당연하다고요?"

강현교는 구두를 벗고 안으로 발을 들이다가 다시 나를 쳐다보고는
희한한 질문을 들었다는 듯 고개를 기울였다.

"나는 삵이야. 육식 동물이라고. 고기 없이 어떻게 밥을 먹어?"

너무 당당한 그의 말에 나는 아무 대꾸도 할 수 없었다. 게다가 그
의 말은 묘하게 설득력을 가지고 있었다. 나는 난감한 얼굴로 강현교를
쳐다보다가 입을 열었다.

"그럼 어쩌죠? 지금 집에는 고기가 없는데."

"마트는 어디에 있지?"

"예?"

"대형 마트가 안 보이던데. 참, 그런데 여기는 주차 공간 하나만큼
은 그럭저럭 넓더군. 그것 하나는 마음에 들어."

"차는 1층에 주차해 놓은 거예요?"

"응."

"여기 주민들 중에는 차를 가지고 있는 사람이 없어서 주차장으로
사용하지 않았거든요. 그래서 보통 창고로 쓰고요. 날씨 좋을 때는 다

같이 모여서 음식도 먹고 그래요."

"뭐? 거기서 뭘 한다고?"

강현교는 못 들을 말을 들었다는 듯 손으로 이마를 짚더니 한숨을 내쉬었다.

"정말 내 아이를 키울 환경이 이렇게 비위생적이라니."

"또 그 얘기를⋯⋯."

"됐고. 다시 대답이나 해. 근처에 마트가 어디에 있어? 아니면 정육점이라도. 요 아래에 있는 슈퍼는 구멍가게 수준이라 고기는 안 팔 것 같은데⋯⋯ 파라솔 세워 놓았던 슈퍼 말이야."

"아, 거기 말고요. 여기 비탈길 쭉 내려가서 큰 도로랑 이어지기 전에요. 옆으로 나 있는 골목이 있는데 그쪽으로 우회전해서 조금 더 가다 보면 큰 슈퍼가 하나 있거든요. 그 안에 정육점이 있기는 한데⋯⋯."

"알았어."

강현교는 내 말이 끝나기가 무섭게 다시 구두를 신었다. 나는 눈을 크게 뜨고 강현교를 향해 물었다.

"정육점 갔다 오려고요?"

"응."

"지금 가서 고기를 사 와도 요리를 언제⋯⋯."

"그냥 구워 먹지, 뭐."

강현교가 아무렇지 않게 대꾸하더니 현관문을 열었다. 그리고 나를 쳐다보며 말했다.

"좋아하는 부위가 있어?"

"예?"

"쇠고기 중에 좋아하는 부위가 있냐고. 등심, 채끝, 우둔, 갈비, 뭐⋯⋯ 그 중에서 좋아하는 부위가 있을 거 아니야? 아니면 내가 말한 것 말고 다른 부위라도 괜찮으니까 편하게 말해. 이왕이면 네가 좋아하는 부위도 사 올 테니까."

"별로 좋아하는 부위까지는······."

내가 대답을 하지 못하자 강현교가 눈썹을 올리더니 다시 물었다.

"돼지 좋아해? 항정살? 갈매기살? 아니면 삼겹살? 그냥 앞다리살?"

"······아니요. 그냥 저는 딱히 가리지 않아서요."

나는 서둘러 그의 말을 잘랐다. 그러자 강현교가 싱긋 웃더니 말했다.

"바람직하군."

"예?"

"가리는 것 없이 잘 먹는다니, 바람직한 태도라고."

나는 강현교의 머리 위에서 〈고기 사랑, 나라 사랑〉과 같은 표어가
반짝거리는 것 같아 잠시 멍하니 허공을 보았다. 그러던 중에 강현교가
다시 입을 열었다.

"다녀올게. 밥 먼저 먹지 말고 기다려. 고기 구워서 먹자."

"······예에."

내가 대답하자마자 현관문이 열렸다가 닫혔다. 그리고 계단을 내려
가는 소리가 문 밖에서 들렸다. 아침에 출근할 때보다 훨씬 급한 발소
리였다.

"육식 동물이지······."

그래서 떡을 안 좋아한다고 했구나. 나는 멍하니 중얼거리다가 고개
를 흔들었다. 그리고 어깨를 축 늘어뜨리며 주방으로 들어가 콩나물국
의 불을 껐다.

"쳇. 이건 안 먹겠네."

그리고 계란말이도. 나는 문을 열어 주러 다녀오는 바람에 제대로
말아 놓지 못했던 계란말이를 대충 말며 한숨을 내쉬었다.

뭔가······ 갑자기 입맛이 없어졌다.

"고기 좀 많이 먹어. 그렇게 먹으니까 비쩍 말랐지."

"저는 콩나물국이랑 계란말이가 더 좋아요."

"그런 게 뭐가 맛있어?"

강현교는 이해가 안 된다는 듯 고개를 젓고는 두툼한 고기를 여러 점 들더니 그대로 입에 넣었다. 나는 보기만 해도 속이 메슥거리는 것만 같아서 인상을 썼다.

"다른 채소랑 같이 먹으면 안 돼요?"

"고기는 고기 본연의 맛을 즐겨야지. 채소랑 같이 먹으면 맛없어."

"그래도 건강 생각해서 채소랑 같이 먹어요. 상추랑 싸서 드시든지."

"그러는 너도 건강 생각해서 고기도 좀 먹지? 사 가지고 온 사람 성의도 있는데."

요리한 사람의 성의는 생각도 안 하면서! 나는 속으로 구시렁거리며 프라이팬에서 익고 있던 고기를 한 점 집었다. 강현교가 고기를 여러 점 집다가 멈칫하더니 나를 쳐다보았다.

"왜요."

내가 불퉁하게 묻자, 강현교가 가만히 나를 쳐다보다가 힐끔 내 앞에 놓인 콩나물국과 계란말이를 보았다.

"나도 콩나물국 한 그릇만 먹어도 돼?"

"됐어요. 좋아하지도 않으면서 뭘 먹는다고……. 제가 생각하는 거 또 들은 거예요?"

"내가 일부러 듣는 것도 아닌데 예민하게 뭘 그래? 그리고 그런 음식을 못 먹는 건 아니야. 어차피 인간 세상에서 살려면 아예 안 먹을 수 없어서 가끔 먹기도 해."

"그러니까 가끔 드시고 싶을 때 드세요. 괜히 지금 억지로 드시지 말고."

"내가 퍼 가지고 올까?"

"아, 정말!"

나는 강현교의 말에 발끈해서 그를 쳐다보았다. 그가 미안한 표정으로 웃었다. 그의 웃는 얼굴을 보고 있으려니 발끈한 내가 민망해졌다. 어쨌든 그 나름대로 나에게 맞춰 주려는 것인데 그걸 두고 뭐라고 할 수는 없었다. 나는 뚱한 얼굴로 일어나서 주방으로 향했다.

"조금만 먹어요. 많이 안 줄 거니까."

"그래."

나는 콩나물국을 그릇에 절반 정도 퍼서 숟가락과 함께 가지고 와 다시 자리에 앉았다. 강현교는 내게서 콩나물국과 숟가락을 받아들자마자 떠먹더니 입을 열었다.

"그럭저럭 시원하고 괜찮네."

"……."

"정말이야."

"고기도 맛있어요."

나는 우물거리며 대꾸하다가 문득 낮에 잠깐 뵈었던 회장님이 떠올라서 강현교를 쳐다보았다.

"왜? 고기가 부족해?"

"아니요. 그게 아니라 저녁 먹고 나면 위층에 올라가 보셔야 할 것 같아서요."

"위층?"

"예, 회장님이 강현교 씨를 보자고 하셨거든요."

"회장님?"

강현교가 고개를 갸웃거리더니 물었다. 나는 고개를 끄덕이며 덧붙여 설명했다.

"우리 옹달샘 빌라의 건물주이신 분요. 옹달샘 빌라라는 이름도 회장님 성함을 따서 지은 거예요."

"이름이 옹달샘이라고?"

강현교의 눈썹이 찌푸려졌다. 나는 옹달샘 회장님의 이름을 처음 듣는 사람들이 늘 보이는 반응에 작게 웃으며 고개를 끄덕였다.

"예, 순창 옹(甕)씨 23대손이라는 자부심을 가지고 계시는 분이에요. 혹시 회장님 앞에서 성함에 대해 뭐라고 하시면 절대 안 돼요! 알았죠?"

"뭐, 알았어. 그리고?"

"예?"

"내가 그 외에 알아야 할 게 뭐가 있냐고."

"아아……. 아! 회장님 댁에 가면 꼬맹이가 하나 있을 거예요. 옹심이라고요, 회장님의 하나뿐인 손자인데요. 걔한테 점수를 따도 좋아요. 회장님이 손자 바보로 유명하셔서요. 그리고 회장님네 옆집, 그러니까 우리 윗집에는 범 사장님이 살아요. 아침에 보셨죠? 떡집 하시는……."

"기억해."

"그분이 원래 사모님이랑 단둘이 사셨는데 석 달 전에 사모님이 떡 만드는 일이 지긋지긋하다고 집을 나가시는 바람에 지금은 혼자 계세요. 그러니까 범 사장님 앞에서는 부부에 대한 얘기나 사모님에 대한 얘기는 하지 않으시는 편이 낫고요. 그런데 아침에는 왜 그랬어요?"

"내가 뭘?"

"떡 안 좋아한다는 얘기를 왜 굳이 했냐고요."

"안 좋아하니까 안 좋아한다고 말한 건데? 사실을 말한 게 잘못인가?"

강현교는 떳떳하다는 듯 말했다. 나는 답답한 마음에 얼굴을 찡그렸다.

"그걸 왜 굳이 말로 하냐고요. 안 해도 되는 거잖아요. 떡집 하는 사람 앞에서 떡을 안 좋아한다고 말하면 당연히 기분이 좋지는 않을 거라는 거 모르겠어요?"

"내 앞에서 네가 고기를 제대로 안 먹는 것처럼?"

"아니, 뭐, 예! 그래요. 그럴 때요. 조금 전처럼요."

강현교는 침묵했다. 어쩐지 초등학생을 앞에 두고 가르치는 기분이었다. 나는 고기에 대고 비교를 해야 하는 게 우스워서 픽 웃고 말았다. 하지만 강현교는 고기를 떡 대신 대입하고 나서야 납득이 된 건지 턱을 만지며 고개를 끄덕였다.

"그렇군. 확실히 불쾌했겠어."

"그렇죠? 어, 그런데 저 때문에 많이 불쾌했어요? 그래도 꽤 먹었는데."

"겨우 이걸 먹고 꽤 먹었다는 소리가 나와?"

강현교는 무슨 말도 안 되는 소리를 하냐는 표정으로 나를 쳐다보았다. 나는 남은 고기를 슬쩍 보고 항변하듯 말했다.

"둘이서 네 근 조금 안 되게 먹었는데 많이 먹었죠!"

"그 중에 세 근 반은 내가 먹었을 거야."

"아니, 뭐……. 그런데 배 속에 거지라도 들었어요? 무슨 고기를 이렇게 많이 먹어요?"

"많기는. 내가 워낙 소식을 하는 편인 데다가 어제는 평소보다 더 적게 먹었는데."

"농담이시죠?"

"아니. 사실인데?"

나는 잠시 할 말을 잃고 강현교를 쳐다보았다. 그러다가 뒤늦게 정신을 차리고 다시 입을 열었다.

"월급 받아서 고기만 사 먹어도 부족하겠네요."

"아무래도 그렇지."

"……."

"그래도 너와 내 아이를 굶길 만큼 무능하지는 않아."

내 침묵의 이유를 잘못 이해한 것인지 강현교가 걱정하지 말라며 덧붙여 말했다. 하지만 내가 침묵했던 이유를 설명하기 귀찮아서 그냥 말을 돌렸다.

"어쨌든 다 먹고 나면 위층에 가 보세요."

"알았어."

"아무래도 회장님이 연세가 많으셔서 일찍 주무시는 편이에요. 그러니까 저녁 드시자마자 바로 올라가세요."

"응."

"참! 그리고 아마 강현교 씨도 소속을 갖게 될 거예요."

"소속?"

"직접 들으세요."

나는 차마 내 입으로 말할 수 없는 소속들을 떠올리며 어색하게 웃었다. 그리고 다시 주변을 둘러보다가 뒤늦게 혀를 차고 말았다.

"그나저나 바닥이랑 이런 데에 기름 날린 건 어떻게 하죠."

"응?"

"아, 몰라. 강현교 씨가 잘 곳이니까 알아서 닦아요."

나는 투덜거리다가 이런 내 모습에 스스로 깜짝 놀랐다. 내가 이렇게 편하게 투덜거리고 있다니. 새삼 신기한 기분이 들어서 강현교를 쳐다보았다. 그가 고기를 입에 집어넣다가 나를 쳐다보았다.

"왜?"

"아니요. 많이 드시라고요."

나는 그냥 웃었다.

11
수상한 의뢰인

강현교와 동거에 들어가고 이제 두 번째 아침이었다. 그리고 나는 동거의 부작용에 직면했다.

"화장실에 있으면 있다고 말을 해야죠!"

"물어보지도 않았잖아."

"그래도요!"

나는 얼굴이 화끈거리며 열이 오르는 것을 손부채질로 식히며 시선을 피했다. 아침에 비몽사몽 깬 상태로 무심코 방에서 나와 화장실로 직행했던 게 문제였다. 아무 생각 없이 화장실 문을 열고 들어가려던 내 눈에 비친 강현교는……. 떠올리지 마! 기억하려고 하지 마! 속으로 외치는 와중에 나른한 어조의 목소리가 들렸다.

"오히려 내가 따져야 하는 상황 아닌가. 노크도 없이 문을 열고 들어와 남의 알몸을 봤던 건……."

"보기는 누가 봤다고요!"

지금도 선명하게 남자의 나신(裸身)이 눈앞에 그려졌지만 나는 무조건 못 봤다고 우기기로 했다.

"그래, 우겨. 마음껏 우겨도 돼."

"아, 정말……."

남의 생각을 엿듣는 이 남자 앞에서는 우기는 것도 마음대로 할 수 없다는 걸 잠시 잊고 있었다. 나는 배를 잡고 웃는 강현교를 물끄러미 쳐다보았다. 길게 뻗은 눈매가 유쾌하게 휘어져 있어서인지 처음 만났을 때 느꼈던 날카로운 인상은 거의 찾아보기 힘들었다. 나는 그게 새삼 신기해서 그를 계속 쳐다보았다. 그러자 강현교가 내 시선을 느꼈는지 웃음을 멈추고는 나를 보았다. 그와 눈이 마주치자 순간적으로 겸연쩍은 기분이 들었다.

"남이 하는 생각이나 몰래 엿듣고 말이죠. 강현교 씨는 진짜……."

"진짜, 뭐?"

"못됐다고요! 어쨌든 아침이나 먹어요. 참! 어제 먹다가 남은 고기 구워 드려요?"

"아니. 그냥 네가 먹는 걸로 줘."

"강현교 씨가 싫어하는 풀밖에 없는데요?"

"응."

강현교는 눈을 휘며 웃고는 고개를 끄덕였다. 나는 잠시 그를 쳐다보다가 주방으로 향했다. 강현교 역시 젖은 머리를 말리려는 것인지 다시 화장실로 들어갔다. 그리고 곧바로 헤어드라이어 소리가 들렸다.

내가 화장실 문을 무심코 열었을 때 그는 머리를 막 감고 수건으로 닦으려던 참이었다. 노크도 하지 않고 문을 열었던 내 잘못이 큰데도 강현교는 화를 내기는커녕 오히려 미안하다면서 나더러 먼저 화장실을 사용하라고 한 뒤에 자리를 비켜 주었다.

젖은 머리로 내가 나오기를 기다리느라고 추웠을 텐데……. 나는 미안하기도 하고 어색하기도 한 마음에 콧등을 찡그렸다. 준석 씨는 내가 실수를 하면—그렇다고 준석 씨 앞에서 이렇게 화장실 문을 열어 버리는 실수는 한 적 없었다!— 무섭게 화를 냈다. 물론 아주 예전에는 내가 실수를 해도 괜찮다고 했지만, 얼굴 위로 짜증스러운 기색이 스치는 것까지 숨기지는 못했다. 어쩌면 그래서 더욱 실수하지 않으려고 안간힘을 썼던 것도 같다.

"지금은 아무 소용도 없게 됐지만……."

나는 혼잣말을 중얼거리며 어제 먹고 남았던 콩나물국 냄비를 가스레인지 위에 올리고 불을 켰다. 사랑하는 사람과 함께 사는 것도 아닌, 지금 이 상황이 참 우습단 생각이 들었다. 그러면서도 아침에 이렇듯 누군가와 함께 있는 것이 나쁘지는 않다는 생각도 덩달아 따라왔다. 혼자였다면 우유 한 잔으로 아침밥을 대신했을 텐데, 이렇게 밥을 먹으려고 준비를 하고 있으니 말이다.

"국 넘치기 직전인데."

"예? 으앗!"

얼마나 정신을 놓고 있었던 것일까. 나는 등 뒤에서 들린 목소리에 무심코 대답하다가 냄비를 보고 놀라서 허둥댔다. 콩나물국이 보글보글 끓다 못해 넘치기 직전이었다. 내가 허둥대며 불을 끄려는 순간, 뒤쪽에서 강현교의 팔이 뻗어 오더니 그대로 내 머리 옆을 스치며 가스레인지로 향했다. 등 뒤에 닿을 듯 말 듯 가까이 다가온 그의 온기가 느껴졌다. 순간적으로 나는 몸을 잔뜩 움츠리고 말았다.

"뭘 그렇게 어린애처럼 놀라고 그래? 불 껐으니까 걱정 마."

"예, 감사함……."

나는 말끝을 흐리며 우물거렸다. 강현교가 불을 끈 뒤에 내 머리를 쓱쓱 쓰다듬더니 물러섰다. 하지만 나는 그 뒤에도 몸을 제대로 움직일 수 없었다.

강현교가 등 뒤에 다가오자 느껴진 향기 탓이라고 해야 할까. 숲 속에 있는 듯한 청량한 느낌, 그러면서도 온몸의 솜털까지 바짝 일어설 것만 같은 긴장감, 그런 것들이 한꺼번에 전해졌다.

나는 간신히 고개를 흔들며 돌아섰다. 머리를 말린 강현교가 거실에 밥상을 놓은 뒤, 수저와 물컵을 가져가던 중이었다.

"무슨 향수 써요?"

"향수? 그런 거 안 쓰는데?"

"안 써요?"

"응. 후각이 예민한 편이라 향수 같은 건 오히려 지독하게 느껴져서. 그런데 그건 왜?"

"아무것도 아니에요."

그럼 조금 전의 향기는 뭐지? 나는 잠시 멍하니 있다가 고개를 흔들었다. 강현교가 의아한 얼굴로 나를 쳐다보다가 수저와 물컵을 밥상 위에 놓더니 자리를 잡고 앉았다. 그리고 나를 빤히 쳐다보았다.

그런데 저 꼬리는 뭐야!

"푸핫!"

"뭐야, 왜 웃어?"

"아, 아니에요. 아무것도 아니에요. 하하."

나는 자꾸 나오려는 웃음을 참으며 밥솥을 열었다. 꼬리는 왜 살랑거리는 걸까. 밥 달라고 꼬리 흔드는 강아지처럼 말이다.

삶은 고양이과라고 했는데 저 모습은 오히려 개 같잖아. 개 같다는 말의 어감이 살짝 이상하기는 했지만 지금 강현교의 모습은 강아지와 다를 바가 없었다. 나는 유쾌해진 마음에 나도 모르게 싱글거리며 밥을 잔뜩 퍼 담고 국도 한 그릇 가득 담아서 강현교에게 갖다주었다.

그리고 밥과 국을 보던 강현교의 귀와 꼬리가 동시에 시무룩하게 처지는 것에 아랑곳하지 않고, 나는 싱긋 웃으며 말했다.

"얼른 드세요. 이따가 저녁에 고기반찬 해 줄 테니까 시무룩해하지 마시고요. 조금 전에 남은 고기 구워 주냐고 했을 때 사양한 사람은 강현교 씨잖아요."

"알아. 그래도 눈으로 보이는 이 황량함에 가슴이 쓰린 건 어쩔 수 없어."

강현교는 조금 힘없는 목소리로 대꾸하고는 밥을 한 술 떠서 입에 넣었다. 나는 그런 그를 쳐다보다가 웃고 말았다.

"참! 휴대폰 번호 알려 줄 수 있어요?"

"휴대폰 번호?"

현관문을 열고 나가려는 강현교의 뒤통수에 대고 급히 물었다. 그러자 강현교가 뒤를 돌아보았다. 나는 조금 멋쩍은 마음에 어색하게 웃으며 고개를 끄덕였다.

"저녁에 늦게 퇴근할 때 밥 먹고 오는지 물어보고 싶을 때도 있고……."

"네 휴대폰 줘 봐."

"제 거요?"

"그래."

그의 말에 나는 서둘러 방에서 휴대폰을 가지고 나왔다. 그때까지 강현교는 그냥 현관에 서서 멀거니 주방 쪽을 응시하고 있었다. 그런데 그 모습이 뭐랄까…… 무슨 화보 같다고 해야 하나. 물론 배경이 좀 허름하고 낡기는 하지만. 하여간 잘생긴 사람은 어디에 있어도 빛을 내뿜는구나. 그러니 이놈의 외모 지상주의가 판을 치지. 나는 혀를 차며 강현교에게 다가가 휴대폰을 내밀었다.

"휴대폰을 잠가 놓지도 않아?"

"별로 그럴 필요를 못 느껴서요."

"하여간 너무 허술해. 아이가 그런 건 너를 닮지 않아야 할 텐데."

"아, 왜 또 아이 얘기를 하는 건데요."

"말이 그렇다는 거야. 자, 받아."

강현교는 내 휴대폰으로 자신의 휴대폰에 전화를 걸었다가 끊고 다시 휴대폰을 돌려주었다. 나는 뚱한 얼굴로 휴대폰을 받아 들고 그를 쳐다보았다.

"이런 식으로 자꾸 아이 얘기를 해서 저를 세뇌시킬 생각이라면 꿈도 꾸지 않는 게 좋을 거예요. 그런 식으로 넘어갈 만큼 제가 단순하지 않거든요?"

"그거 다행이군. 나도 내 아이의 엄마가 그 정도로 단순하다고는 믿고 싶지 않으니까."

강현교가 눈웃음을 지으며 대꾸한 뒤에 돌아서려다가 다시 물었다.

"오늘 어디에 나간다고 했던가?"

"예. 새로 의뢰가 들어와서요. 의뢰인 만나러 가요."

"의뢰?"

"대필 일을 한다고 그랬었잖아요."

"아아……."

강현교는 뒤늦게 고개를 끄덕이다가 미간을 찌푸리며 물었다.

"믿을 만한 거야? 그 의뢰인이라는 작자."

"모르죠. 메일을 받고 문자 메시지로 약속 잡았으니까. 게다가 의뢰인 본인이 아니라 예비 사위라는 분이랑 연락했거든요."

"뭐? 그런데 만나러 나간다고? 어디로? 어디, 밖에서 보는 건가?"

"아니요. 집에서요."

"그게 무슨 말도 안 되는 소리야?"

앗, 깜짝이야! 나는 갑자기 소리를 버럭 지른 강현교 때문에 몸을 움츠리고 말았다. 그러자 강현교가 살짝 목소리를 낮추더니 다시 말을 이었다.

157

"여자가 겁도 없이 알지도 못하는 사람을 만나러, 게다가 집으로 찾아간다고? 그게 말이 돼?"

"하지만 종종 있는 일이에요. 제게 일을 맡기시는 분들이 대부분 거동이 불편하시거나 아픈 분들이라……."

"안 돼!"

"예?"

"지금까지는 그랬을지 몰라도 이제는 절대 안 돼!"

강현교는 날카롭게 소리를 치고는 구두를 벗고 안으로 들어왔다. 그리고 내 손목을 잡더니 안쪽으로 더 걸음을 옮겼다.

"저기요! 강현교 씨!"

"여기 가만히 있어. 꼼짝도 하지 말고 내가 퇴근할 때까지 있으라고."

강현교가 내 손목을 놓더니 말했다. 나는 그에게 잡혔던 손목을 문지르며 인상을 썼다. 기분이 상했다.

"이건 아니죠. 강현교 씨가 제 개인적인 생활에 간섭할 수 없는 거잖아요."

"왜 안 돼? 너는 내 반려……."

"설령 강현교 씨와 제가 반려라고 해도요. 이건 아니에요."

나는 강현교의 말을 자르며 확고한 어조로 내 뜻을 전했다. 그게 못마땅한지 그의 미간이 찌푸려졌다. 만약 준석 씨의 앞에서 내가 이랬더라면 지금 이렇게 서 있을 수도 없었을 것이란 생각이 문득 들었다. 그러고 보면 지금 내가 겁도 없이 이렇게 하고 싶은 말을 마음껏 하고 있구나 싶어졌다.

"그렇지만……."

강현교가 시무룩한 목소리로 입을 열었다. 그리고 그에게서 끼이잉, 하는 소리가 들린 것 같았다. 하지 마! 그러지 마! 나는 내 눈앞에서 축 늘어지는 강현교의 귀를 보며 속으로 마구 외쳤다. 저 귀와 꼬리만 보면 나도 내 마음이 어떻게 움직일지 몰라서 걱정스러웠다. 내가 이렇게 애완동물에 약했던 걸까. 나는 서둘러 말을 꺼냈다.

"어쨌든 별일은 없을 거예요. 늘 해 왔던 일이고요."

"그럼 가는 곳 주소라도 알려 줘."

"예?"

"주소라도 알려 주고 가라고."

강현교의 가라앉은 목소리가 이어졌다. 나는 그가 많이 양보했다는 것을 깨달았다. 자존심 강하고 당당한 남자가 내 앞에서 이렇듯 자신의 뜻을 꺾고 양보한다는 게 쉽지 않았을 것이란 사실도.

"잠깐만 기다려요. 수첩에 적어 놔서……."

나는 방으로 들어가 수첩을 들고 숨을 몰아쉬었다. 누군가가 내 생활에 개입을 하고 간섭을 하는 게 기분 나쁜 것만은 아니란 생각이 들었다. 오히려 걱정과 염려 어린 시선에 가슴이 따뜻해지는 것 같다고 해야 할까. 나는 고개를 흔들고 다시 수첩을 든 채 방에서 나왔다.

"여기요, 주소."

"어디 봐. ……성북동? 이 주소가 맞아?"

"예, 어제 문자로 받은 주소예요. 왜요? 아는 동네라도 돼요?"

"……조금."

강현교는 내 수첩을 든 채 주소를 뚫어져라 쳐다보았다. 그의 이마에 핏대가 도는 것 같았다. 에이, 착각이겠지. 나는 의아함을 접고 그가 수첩을 돌려주는 것을 받았다.

"그래. 잘 다녀와."

왜 그런지 그는 갑자기 순순히 다녀오라며 말을 하더니 현관 쪽으로 몸을 돌렸다. 주소를 알려 줬다고 저렇게 금세 바뀐 건가? 나는 고개를 갸웃거리며 그의 뒤를 따라갔다. 강현교가 구두를 신고 현관문 손잡이를 잡으려다가 다시 나를 쳐다보았다.

"왜요? 빨리 가요. 지각하면 어쩌려고."

"의뢰인이 이상한 소리를 하거나……."

"예?"

"하여간 의뢰인이 조금이라도 헛소리를 한다거나 그러는 것 같으면 바로 나한테 알려 줘."

내가 의아한 얼굴로 계속 쳐다보자 강현교는 미간을 찌푸리더니 뭔가 할 말이 있는 표정으로 나를 바라보다가 그냥 혀를 차고 밖으로 나갔다. 나는 닫힌 현관문을 쳐다보고 있다가 고개를 갸웃거렸다.

뭔가 수상한 느낌이 들었다. 그게 뭔지는 몰라도.

"어서 와요. 다쓴다 작가님이시죠?"

현관에 들어서자마자 젊은 여자가 나를 반갑게 맞이해 주었다. 나는 공손하게 고개를 숙여 인사했다.

"처음 뵙겠습니다. 다쓴다, 라고 합니다."

"반가워요. 자서전 대필을 맡긴 의뢰인이 제 아버지예요. 그리고 작가님과 직접 연락을 했던 백홍도 씨가 제 애인이고요. 원래 제가 연락을 드렸어야 하는데 일이 바빠서 홍도 씨한테 대신 부탁을 했어요."

"아, 예. 그러시군요."

나는 진지한 얼굴로 고개를 끄덕이며 대답했다. 왜 그런지 괜히 어깨에 힘이 들어갔다. 의뢰인이나 의뢰인의 가족과 처음 만나는 순간은 언제나 어색하고 낯설기는 하지만, 오늘은 유난히 더 그랬다.

굉장한 미인을 앞에 두고 있어서 그런가.

의뢰인의 딸은 정말 입이 저절로 벌어질 만큼 아름다웠다. 연예인들도 명함조차 꺼내지 못할 듯싶었다. 같은 여자인데도 좀처럼 시선을 떼지 못하고 쳐다보고 있었더니 그녀가 싱긋 웃으며 말을 이었다.

"작가님, 참 귀엽네요."

"예?"

방금 내가 무슨 말을 들은 거냐. 어리둥절한 표정으로 그녀를 쳐다보자 의뢰인의 딸이 어깨를 으쓱이며 가벼운 투로 대꾸했다.

"작은 새 같다고 해야 하나? 힘 조절을 못해 잘못 쥐기라도 했다가는 죽을 것 같아서 조심해야겠어요."

"……아, 그런가요?"

말뜻이 좀 과격하다고 해야 하나, 살벌하다고 해야 하나. 나는 어색한 상황에 웃지도 울지도 못한 채 조심스럽게 안으로 들어섰다.

"잠깐 앉아서 기다려 줄래요? 아버지 모시고 올게요."

"예."

나는 그녀가 권하는 대로 소파에 앉았다. 하지만 앉자마자 느껴진 폭신한 감촉에 화들짝 놀라 다시 일어날 뻔했다. 다행히 앉자마자 벌떡 일어나는 촌극은 벌이지 않았지만, 그래도 나는 감히 소파 깊숙이 앉지 못하고 끄트머리에 대충 앉을 수밖에 없었다. 의뢰인의 딸이 나를 보고 고개를 갸웃거리며 물었다.

"불편한 데라도 있어요?"

"아, 아니요."

나는 고개를 절레절레 흔들었다. 그녀가 다시 나를 쳐다보다가 말을 이었다.

"편하게 기대어 앉아요. 그렇게 끄트머리에 앉아 있지 말고. 금방이라도 날아갈 것처럼."

"아, 아니…… 저는 이게 편해서요."

의뢰인의 딸은 내 말을 믿지 못하겠다는 듯 '지금 그렇게 앉아 있는 게 편하다고?' 라고 묻는 것 같은 얼굴로 나를 쳐다보다가 이내 고개를 끄덕였다.

"그럼 실례할게요. 아줌마, 여기 손님한테 차 좀 대접해 줘요."

그녀는 나를 향해 살짝 목례를 하고는 어딘가를 향해 명령하는 투로 말했다. 기다렸다는 듯 중년의 아주머니가 다가왔다.

"안녕하세요. 다쓴다, 라고 합니다."

"아휴, 저는 여기서 일하는 사람이에요. 그냥 앉아 계세요."

아주머니가 손을 내저으며 나를 만류했다. 나는 일어나려다 어정쩡한 자세로 잠시 서 있다가 주춤거리며 앉았다. 어느새 그녀는 의뢰인에게 간 것인지 보이지 않았다.

"차는 어떤 것으로 드릴까요. 녹차, 보이차, 국화차, 귤강차, 장미차……."

"제가 차에 대해 잘 몰라서요. 그냥 녹차 주세요."

나는 계속 이어질 듯한 아주머니의 말을 무례하게도 끊을 수밖에 없었다. 어차피 내가 들어 봤자 알지도 못할 차 이름들이었다. 아주머니는 알겠다며 돌아서서 어딘가로 향했다. 나는 잠시 아주머니의 뒷모습을 바라보다가 그녀의 모습이 완전히 사라진 뒤, 고개를 돌려 주위를 천천히 둘러보았다.

"드라마에서 보던 부잣집은 그냥 세트장이었구나……."

드라마 세트장보다 더 좋은 집이 있었다니. 나는 신기한 마음에 주위를 두리번거렸다.

강일승이라는 이름의 의뢰인은 백발이 성성한 노인이었으나 그 눈빛만큼은 마치 젊은이의 것처럼 반짝거렸다. 그리고 나를 뚫어질 듯 쳐다보는 시선으로 인해 내 몸에는 구멍이 숭숭 날 것만 같았다.

아, 뜨겁다.

만약 어르신이 한 오륙십 년만 젊었더라면 착각을 할 뻔했다. 나한테 관심이 있나 보다, 하고 말이다. 나는 민망함에 작게 헛기침을 했다.

"응? 감기에 걸렸는가. 아줌마, 여기 쌍화탕 한 잔……."

"아, 아닙니다! 어르신! 감기가 아니라 그냥 목이 좀 칼칼해서요."

나는 손을 내저으며 녹차를 마시고는 맞은편의 강일승 어르신을 힐끔 쳐다보았다. 뭔가 이상하다. 딱히 어떤 이유가 있는 건 아닌데 뭔가 느낌이 이상했다. 잡힐 듯 말 듯 머릿속에서 뭔가가 떠오르려고 했다.

뭘까. 대체 뭘까.

"그래서 본명은 다쓴다가 아니라 여호랑이라고?"

"예. 여우 호(狐), 이리 랑(狼) 자를 씁니다."

나는 머릿속에 떠다니던 생각을 접고 어르신의 물음에 공손히 고개를 끄덕이며 대답했다. 어르신의 옆에서 나를 바라보던 어르신의 딸이 눈을 부드럽게 휘며 웃더니 입을 열었다.

"이름이 참 예쁘네요, 작가님……. 아! 호랑 씨라고 불러도 되죠?"

"예, 그럼요."

나는 어르신의 딸에게 흔쾌히 고개를 끄덕였다. 그녀는 내 대답에 만족스럽다는 듯 입꼬리를 올리고 웃었다.

어, 어라?

그 순간 나는 어쩐지 익숙한 느낌을 받았다. 어디서 본 듯한 미소라고 해야 할까. 응? 그런데 내가 어디서 봤지? 오늘 처음 본 사람인데? 나도 모르게 고개를 갸웃거리고 있는데 어르신의 딸이 다시 말을 이었다.

"참! 내 이름은 얘기도 안 했네요. 나는 강……."

강, 뭔데요? 나는 눈을 깜빡이며 그녀를 쳐다보았다. 설마 이름이 그냥 '강'인가? 내가 '홍달러'를 들었던 날의 충격을 되새기려는 순간, 그녀가 슬그머니 어르신과 눈짓을 주고받더니 말했다.

"강조현이에요."

"아, 예."

그냥 평범한 이름인데 왜 그랬지? 나는 다시 그녀를 향해 말했다.

"어릴 적에 왕조현이라고 놀림받으셨겠어요."

"……예?"

"아, 아니, 왕조현보다 훨씬 아름다우시지만요."

나는 그녀의 당황하는 얼굴에 더 당황해서 손사래를 치며 대답했다. 그녀는 잠시 뭔가를 생각하는 듯하더니 '아, 하하. 왕조현요. 그렇죠……. 제 이름이 강조현이라.' 하고 어색하게 웃었다.

뭔가 분위기가 이상했다.

그렇지만 딱히 그 이상한 분위기가 불편하다거나 거북한 것은 아니었다. 오히려 처음 만난 사람들과의 자리인데 지나치게 편하고 좋다고 하면 모를까. 마치 가족처럼.

"허허. 이렇게 모여 있으니까 참 좋구먼. 마치 가족 같지 않소?"

헉. 어르신과 텔레파시라도 통한 건가! 강일승 어르신이 흐뭇한 얼굴로 입을 열었다. 나는 머쓱한 얼굴로 웃었다. 그러자 왕조현보다 아름다운 강조현 씨가 나를 보며 웃더니 다시 말을 건넸다.

"그러게요. 정말 가족 같은데…… 이 기회에 우리, 언니 동생 하지 않을래요?"

"예에?"

이건 또 무슨 소리야? 나는 강조현 씨의 황당한 제안에 어리둥절해져서 그녀를 쳐다보았다. 하지만 그녀는 스스로 한 말이 마음에 드는 듯 흡족한 표정으로 고개를 끄덕이며 거듭 제안했다.

"나보다 어릴 텐데 언니라고 불러 줘요. 나도 동생으로 대할 테니까. 응? 말도 편하게 놓아도 되지?"

졸지에 언니가 생겼다. 나도 모르던 출생의 비밀이 드러난 것일까. 나는 마치 이십여 년 만에 만난 자매처럼 눈물까지 글썽이는—이건 좀 아니지만— 강조현 씨를 쳐다보며 황당한 마음에 입을 벙긋거렸다.

"더 놀다 가면 좋을 텐데. 저녁까지 먹고 가, 호랑아. 응?"

"아니에요. 가 봐야 돼요. 다음 스케줄은 언제쯤 가능하신지……."

나는 강조현 언니의 제안에 난감한 얼굴을 하며 거절한 뒤, 수첩을 펼치면서 어르신을 향해 여쭈었다. 어르신은 허허, 하고 웃으며 내가 편한 대로 시간을 정하라고 말씀하셨다. 마치 친딸을 보는 듯 따스한 시선에 당혹스러울 지경이었다.

'이런 의뢰인과 의뢰인 가족은 처음이야.'

어색한 마음을 감추려고 녹음기와 수첩을 가방에 챙겨 넣으며 일어서자, 잔뜩 아쉬워하는 표정을 짓던 언니가 입을 삐죽이며 말을 건넸다.

"정말 아쉬워. 호랑이랑 밥 한 끼 먹고 싶은데. 혹시 집에 꿀단지라도 숨겨 놓은 거야?"

"꿀단지요? 아니요. 그게 아니라……."

왜 이렇게 얼굴이 화끈거리지? 나는 나를 향한 두 쌍의 눈을 쳐다보다가 어색하게 웃으며 말을 이었다.

"같이 사는 사람이 있는데, 그 사람이랑 같이 밥 먹어야 해서요."

"같이 사는 사람? 가족? 아니면 남자 친구?"

내 말이 끝나기가 무섭게 언니가 다그치듯 물었다. 만약 별것 아닌 사람이라고 대답하면 가만두지 않겠다는 듯한 시선에 나도 모르게 사실을 털어놓고 말았다.

"그게 아니라 애완……."

헙. 나는 황급히 입을 다물었다. 애완 삵이랑 살고 있다고 말할 뻔했다! 그랬더라면 지금 나를 보는 이 시선이 순식간에 돌변해 미친 사람 보듯 바뀌었을 것이다. 저절로 등을 타고 식은땀이 흘러내렸다.

"애완, 뭐?"

갑자기 분위기가 살벌해졌다. 내 착각일까. 딱히 살벌해질 이유는 없는데. 나는 고개를 흔들며 다시 말했다.

"아니요. 그냥 아는 사람요. 어쩌다 보니까 같이 살게 되었어요. 사실, 제가 좀 힘든 상황이었는데 그 사람 덕분에 종종 그런 부분을 잊고 살아요. 그만큼 참 고마운 사람인데 제가 해 줄 수 있는 게 별로 없더라고요. 그래서 그 사람 혼자 밥 먹지 않게, 같이 밥 먹는 거라도 충실히 하고 싶어요."

그래, 정말 그랬다. 나는 스스로 한 말을 통해서 새삼 깨달았다. 준석 씨에게 호되게 차이고도 내가 아무렇지 않게 살아가고 있는 건 전적으로 강현교, 그 남자 덕분이라는 걸 말이다. 가슴에 뚫린 구멍을 채운 것은 아니지만, 그래도 그 남자가 있어서 괜찮다는 생각이 들었다.

"조금 심술궂고 짓궂기는 한데요. 그래도 마음이 참 따뜻한 사람이라 제가 위로를 많이 받아요."

물론 고기를 과하게 좋아해서 집 안에 고기 기름 마를 날이 없지만요. 나는 뒷말을 속으로 중얼거렸다. 언니가 나를 가만히 쳐다보다가 싱긋 웃으며 말했다.

"같이 산다는 사람이 복 터졌네."

"예?"

"너 같은 애랑 사니 정말 복 터졌다고. 그렇지 않아요, 아버지?"

"확실히 그렇구나."

어르신이 허허, 하고 웃으며 언니의 말에 동의하듯 고개를 끄덕였다.

아, 아깝다. 지금 이 말을 그 남자가 들었어야 하는 건데.

나는 당장 녹음기를 꺼내 '지금 하신 말씀을 한 번만 다시 해 주세요!' 라고 외치고 싶은 충동을 참으며 쑥스러운 마음에 코끝을 문질렀다.

12
미스터 삵, 그 남자의 시선, 넷

나름대로 퇴근할 때까지는 별다른 문제가 없었다. 오히려 다른 날보다 퇴근 시간이 앞당겨지기까지 했다. 평소 같았더라면 퇴근 시간이 앞당겨지든 말든 상관하지 않고 야근을 했겠지만, 오늘은 다른 팀원들보다 먼저 자리를 떴다. 이런 내 행동에 팀원들이 놀란 얼굴을 하는 게 슬쩍 보이기는 했지만 상관없었다.

퇴근 시간이 기다려질 줄이야.

나는 차를 주차해 놓고 피식 웃었다. 낡은 빌라의 1층 주차 공간에 차를 대 놓고 있으려니 문득 이 상황이 터무니없을 만큼 비현실적이란 생각이 들었다. 상상도 하지 못했던 일이다. 내가 이런 곳에서 이러고 있게 될 거라고는 꿈조차 꾼 적 없었다.

"내가 반려와 살겠다고 이러는 것 자체가 말도 안 되는 일이지."

반려라니. 그 존재마저 부정해 왔던 이와 함께 살고 싶어서 스스로 자존심까지 내팽개치고 들어오다니. 그런데도 기분이 나쁘지 않은 게 신기했다. 아니, 기분이 나쁘기는커녕 오히려 퇴근 시간이 기다려질 정도로 지금 이 시간을 즐기고 있다고 봐도 좋았다.

나는 빌라 현관으로 들어가 천천히 계단을 밟았다. 엘리베이터조차 없는 곳이었다. 계단은 끄트머리가 깨진 부분이 보일 정도로 노후되어 있었다. 벽의 페인트도 벗겨진 부분들이 보였다. 무엇 하나 마음에 드는 게 없었다. 아니, 마음에 드는 건 고사하고 용납할 수 있는 수준도 아니었다. 하지만 그럼에도 불구하고 나는 지금 이 집이 제법 마음에 들었…….

"……이런."

나는 현관문 앞에 다다르고 나서야 뒤늦은 깨달음에 혀를 차고 말았다. 현관문 안쪽에서 호랑의 체취가 느껴지지 않는 것을 보니 그녀가 집에 없는 게 분명했다. 그렇다는 건 내가 문을 열고 들어가야 한다는 것인데…….

"아, 열쇠."

문제는 내게 열쇠가 없다는 것이다. 나는 난감해져서 미간을 찌푸렸다. 진작 디지털 도어락으로 바꿔 놓았어야 했는데.

그 순간 옆집의 문이 열렸다. 그리고 다람쥐 같던 녀석이 지팡이를 짚은 노인과 함께 나오다가 나를 보더니 삐딱한 표정으로 대충 인사했다. 어쩔 수 없이 한다는 듯 말이다. 아직도 삐쳐 있군. 일단 나는 녀석에게서 시선을 거둔 뒤, 녀석과 함께 나온 노인을 향해 정중하게 인사했다.

"안녕하십니까, 어르신."

"뉘신지……. 아, 옆집에 새로 들어왔다는 호랑이 낭군이구먼."

단정하게 놋쇠 비녀를 찔러 넣은 쪽머리가 먼저 눈에 들어왔다. 새하얀 머리를 곱게 단장한 노인은 구부정한 허리에 비쩍 말라 있었지만 눈빛 하나만큼은 정정하다는 말이 저절로 나올 만큼 또렷했다.

"예, 그렇습니다, 어르신. 강현교라고 합니다."

"훤칠하게 잘생겼네. 얼굴값 한다고 색시 마음고생 시키고 그러면 안 돼요. 세상에서 제일 못난 사내가 바로 제 색시 마음고생 시키는 놈이라오."

"명심하겠습니다."

내가 대답하자 노인의 입가에 미소가 번졌다. 그러더니 노인이 옆에 있던 녀석을 향해 퉁명스럽게 입을 열었다.

"너는 왜 그러고 있어? 뭐가 못마땅해서."

"할머니는 알지도 못하면서!"

"제가 돌희 군한테 실수를 했거든요."

이름이 도돌희였지. 나는 속으로 생각하며 말했다. 그러자 도돌희가 나를 돌아보더니 툴툴거리며 입을 열었다.

"본인이 실수한 건 아시나 봐요?"

"그래. 어쨌든 미안하다."

"······쳇. 내놔요."

"뭐?"

"명함요."

당돌한 녀석의 말에 나는 피식 웃으며 안주머니에서 명함을 한 장 꺼냈다. 도돌희가 내게서 명함을 빼앗듯 낚아채더니 금세 눈을 동그랗게 뜨고 나를 쳐다보며 물었다.

"여기 되게 큰 회사 아니에요?"

"뭐······ 어느 정도는."

내 입으로 내 아버지의 회사가 '되게' 크다고 말하는 게 어쩐지 유치하게 느껴져서, 나는 떫은 표정으로 대답했다. 하지만 도돌희는 초롱초롱한 눈으로 나를 올려다보더니 다시 물었다.

"그럼 형은 돈도 많이 벌겠네요?"

"······형?"

"형이잖아요. 돈 많이 벌죠? 네?"

갑자기 내 지위가 격상된 기분이 들었다. 그런데 그 기분이 꽤 괜찮아서 나는 얼떨결에 고개를 끄덕였다.

"아무래도 그렇지."

"우와, 끝내준다……."

도돌희가 중얼거리고는 입을 벌렸다. 나는 괜히 머쓱해서 말을 돌렸다.

"그런데 어디 가?"

"슈퍼에 가려고요. 할머니가 반찬거리 사러 가야 한다고 해서요. 할머니 다리도 아프면서! 내가 혼자 다녀온다니까."

"됐어. 쪼그만 게 혼자 돌아다니면 할미 마음이 안 편해."

"할머니! 자꾸 그러니까 내가 작은 거라고! 더 클 것도 할머니 때문에 못 컸겠다!"

노인의 말에 발끈한 도돌희가 발을 동동 구르며 목소리를 높였다.

"그럼 나랑 갈까?"

노인, 도돌희의 할머니는 다리가 많이 불편한 것인지 미간을 찌푸린 채 지팡이를 짚지 않은 손으로 무릎을 두드리고 있었다. 그 모습이 눈에 들어온 순간, 머릿속에서 판단을 내릴 틈도 없이 입이 열렸다. 내가 충동적으로 말을 뱉어 놓고 당황해하는데 도돌희가 나를 쳐다보았다.

"형이랑요?"

"그래."

자그마한 녀석이 동글동글한 눈을 굴리다가 슬쩍 자신의 할머니를 쳐다보았다. 그 시선에 담긴 염려가 내 눈에도 선명히 보였다.

"할머니, 나 형이랑 다녀올게. 할머니는 들어가서 쉬어."

"둘이? 그런데 집에 들어가려던 게 아니었나……."

"아닙니다."

어차피 열쇠도 없었다. 하지만 굳이 그런 얘기를 하지는 않았다. 나를 잠시 바라보던 노인이 고개를 끄덕이더니 도돌희를 향해 입을 열었다.

"그럼 잘 다녀와. 차 조심하고, 형 잘 따라다니고."

"나 어린애 아니거든? 그리고 이 형이 나를 따라다녀야지. 아직 여기 지리도 잘 모를걸? 안 그래요, 형?"

"뭐, 그렇지."

노인은 도돌희가 생글거리며 내게 말하는 것을 보고는 혀를 차더니 다시 내게 말했다.

"애가 좀 까불어도 너그럽게 봐줘요. 혼자 크다가 젊은 사람을 보니까 좋아서 저러나 본데……."

"예, 걱정 마십시오. 어르신."

나는 노인을 향해 대답했다. 위층에 사는 옹 회장과 범 사장에게는 미운털이 단단히 박힌 듯하니, 옆집에 사는 사람에게라도 점수를 따 놓는 편이 살기에 편하겠다는 생각이 들었다.

그나저나 옹 회장은 왜 나를 밉게 본 걸까. 나는 그저 '비효율적'인 모임을 통합하자고 내 의견을 제시한 것뿐인데. 네 개나 되는 소속은 쓸데없이 많기만 하다고 말한 게 잘못된 건 아니지 않은가. 나는 이해할 수 없는 옹 회장의 심리를 분석해 보려다가 포기하고 도돌희를 향해 입을 열었다.

"그럼 가 볼까? 여기서 이러다가 시간 다 가겠다."

어차피 열쇠도 없으니 남는 게 시간이기는 하지만.

"그런데 그 회사 들어가려면 대학도 무진장 좋은 데 나와야 되죠?"

"딱히 그렇지는 않은데."

"에이, 거짓말. 요즘 대기업 들어가려면 엄청 힘들다고 하잖아요. 해외 유학도 다녀와야 되고, 스펙도 많이 쌓아야 되고. 학교도 좋은 데 졸업해야지, 웬만한 대학으로는 어림도 없다던데요?"

"출신 학교보다는 실무 능력이 중요해."

"형은 어디 나왔는데요?"

"서울대학교."

"쳇! 그것 봐요! 형은 그렇게 좋은 학교 나왔으면서."

도돌희는 커다란 봉지를 낑낑대며 고쳐 잡았다. 나는 슬쩍 도돌희를 쳐다보며 빈말로 물었다.

"들어 줘?"

"됐어요. 내가 여자도 아닌데."

작다는 것에 대한 콤플렉스가 이런 데에도 영향을 주는가 보다. 나는 어깨를 으쓱이며 다시 말했다.

"그냥 예의상 해 본 말이야."

"와…… 형, 솔직히 그런 말 많이 듣지 않았어요?"

"무슨 말?"

"싸가지 없다는 말."

나는 눈썹을 찡그리며 도돌희를 쳐다보았다. 그러자 도돌희가 움찔하더니 내 시선을 피하면서 '농담이에요. 농담.' 하고 중얼거렸다. 나는 다시 앞을 바라보며 입을 열었다.

"내 앞에서 감히 그렇게 말할 수 있다면 말이지."

"그건 또 무슨 근자감이래요?"

"근자감?"

"근거 없는 자신감."

"근거가 없기는. 당연히 나는 삶……."

이런. 나도 모르게 '삶 가문의 정통 후계자로서 어쩌고저쩌고…….' 하는 말이 나올 뻔했다. 나는 황급히 입을 다물었다.

"방금 뭐라고 하려던 거예요? 삭?"

"잠깐."

172

나는 그 자리에 멈추며 녀석의 말을 끊었다. 호랑의 체취가 느껴졌다. 나는 저절로 입꼬리가 올라가는 걸 느끼며 다시 발을 내디뎠다.

"도착했나 보군."

"예? 뭐라고요?"

"아무것도 아니야. 빨리 가자."

"아, 형! 갑자기 그렇게 빨리 가면……."

그때였다. 그녀의 체취와 섞인 불쾌한 감각이 온몸을 휘감은 것은.

이게 대체…….

나는 도돌희가 내 뒤를 허겁지겁 따라오고 있다는 것조차 잊은 채 그대로 비탈길을 뛰어 올라갔다. 그나마 아무도 없는 곳이 아니라는 건 자각하고 있었기에 허공을 날듯이 달려 나가지 않은 게 다행이었다.

뭔가 불길한 예감이 치솟았다.

그리고 내 예감은 틀린 것이 아니었는지 조금 더 올라가자마자 내 귀에 호랑의 목소리가 선명하게 들렸다. 하지만 그녀가 뭐라고 말하고 있는 것인지, 그리고 누구에게 말하고 있는 것인지는 파악조차 되지 않았다. 본능은 이성을 앞섰다. 내 본능이 그녀에게 무조건 달려가라고 말하고 있었다.

호랑이 미친 듯이 누군가에게 뭔가를 휘두르다가 털썩 주저앉는 것이 보였다. 나는 머릿속까지 찬물을 뒤집어쓴 듯한 기분에 주먹을 꽉 쥐고 천천히 발을 내디뎠다. 그제야 우준석의 모습이 눈에 들어왔다.

또…… 너냐.

나는 송곳니가 드러나는 것을 간신히 감추며 앞으로 향했다. 호랑이 아닌 다른 사람에게 내 송곳니가 보일 리 없다는 건 안다. 지금 내가 송곳니를 감추는 것은 그녀 때문이었다. 그녀에게 무서운 얼굴을 보이고 싶지 않다는 바람이 본능을 이긴 것이다.

"가라고요. 그리고 두 번 다시 오지 마요."

우준석에게 말하는 호랑의 목소리는 차분했다. 아니, 차분하다는 말로는 부족할 것 같았다. 그녀는 정말 너무나 평온한 목소리로 우준석에게 말하고 있었다. 나는 내딛던 걸음을 잠시 멈췄다. 그녀가 진심으로 우준석에게 쏟았던 모든 마음을 거두고 있는 순간이라는 것을 깨달았다. 그렇기에 내가 간섭할 수 없는 순간이라는 것도.

"올 때마다 이렇게 할 거예요. 손에 잡히는 게 뭐든, 그거 들고 이럴 거라고요."

"야, 너 미쳤어?"

"아니요. 멀쩡해요."

호랑은 단호하게 말했다. 나는 우준석에게 자신의 의사를 명확하게 밝히고 있는 그녀를 가만히 쳐다보았다. 주저앉아 있는 그녀는 작고 여렸지만 단단했다. 그것이 제법 마음에 들었다.

"그러니까 가라고요."

"여호랑, 너……."

"어? 누나? 거기서 뭐…… 넌 뭐야!"

그 순간 내 뒤를 허겁지겁 따라온 도돌희의 목소리가 들렸다. 그와 동시에 도돌희의 목소리에 반사적으로 고개를 돌린 우준석과 눈이 마주쳤다. 우준석은 나와 눈이 마주치자마자 뒷걸음질을 치며 말을 더듬었다.

"가, 강 팀장님……."

네가 감히 내 반려 근처를 얼쩡댄다, 그거지? 내가 그렇게 우스웠나? 나는 우준석을 노려보다가 천천히 걸음을 옮겼다.

"일어날 수 있겠어요, 여호랑 씨?"

하지만 일단 이쪽이 우선이었다. 나는 호랑의 옆으로 다가가 한쪽 무릎을 꿇고 그녀에게 말을 걸었다. 호랑이 내 목소리를 듣자마자 멈칫하더니 천천히 고개를 돌려 나를 보았다. 새까만 눈이 나를 오롯이 담고는 울 것처럼 일렁였다.

그녀의 얼굴이 엉망이 된 것을 알아차린 건 그 직후였다. 나는 그녀의 새까만 눈에서 시선을 옮겨 그녀의 얼굴을 살폈다. 코피가 났던 것인지 그녀의 얼굴은 붉게 범벅이 되어 있었다. 도돌희의 목소리가 다소 놀란 듯했던 게 바로 이래서였나 보다.

얼굴이 일그러졌다. 나는 그녀의 얼굴이 엉망이 된 것조차 깨닫지 못했다. 우습게도 인간보다 우월한 내 감각은 반대로 그녀에게는 먹통이 되는 것인지도 모른다는 생각이 들었다. 조금 전 내가 그녀의 목소리를 인지하면서도 그녀가 뭘 말하는지 이해하지 못한 것처럼. 기가 막혔다.

"대체 얼굴이……."

"미안해요."

호랑이 내게 사과했다. 대체 뭐가? 뭐가 미안하다고…….

"……뭐가 말입니까."

나는 화가 치미는 것을 억누르며 천천히 입을 열었다. 호랑이 작은 소리로 대꾸했다.

"제육볶음이랑 쇠고기 장조림, 맛있게 해 주려고 그랬는데 고기가 다 뭉개졌어요."

"괜찮아요. 안 먹어도 됩니다."

지금 이 상황에서 그런 얘기가 나와? 고기 따위가 다 뭐라고. 그게 뭐라고 나한테 미안하다는 말을 해. 나는 이를 갈듯이 대답했다. 그러나 그녀는 고개를 살짝 흔들더니 말을 이었다.

"거짓말. 거의 고기 '덕후' 수준이면서."

"그 정도까지는 아닙니다."

"그래도…… 그래도 미안해요."

호랑이 갑자기 내 목을 끌어안았다. 순간 몸이 저절로 움찔거렸다. 팔딱거리는 작은 심장박동이 고스란히 내 몸으로 전달되었다. 작고 여린 생명체가 나를 보고 안심하는 듯한 몸짓이었다. 나는 천천히 그녀의 등을 토닥였다. 딱히 어떤 계산을 하거나 판단을 내려서 나온 행동이 아니었다. 그저 그러고 싶었다. 이대로 시간이 멈춰도 괜찮을 것 같다는 생각을 했다. 유치한 생각인 줄 알면서도 그랬다. 그때 호랑의 목소리가 다시 속삭이듯 들렸다.

"강현교 씨 덕분에……."

그녀의 목소리는 너무 작았다. 하지만 내게는 그 어느 소리보다도 크고 선명했다. 나는 내가 삶이어서 다행이란 생각을 했다. 그녀가 하는 소리를 놓치지 않아서. 그리고 다시 결심했다. 아까처럼 그녀의 말을 알아듣지 못하고 그녀가 다친 것도 알아차리지 못하는, 그런 바보 같은 짓은 하지 않겠다고. 그녀의 말이 계속 이어졌다.

"제가 받은 게 많아요."

"그래요?"

받은 게 많다니. 나는 가슴속에서 뭔가 울컥하는 것을 느꼈다. 하지만 그게 무엇인지 알 수 없었다. 말로 설명할 수 없는 무엇인 듯했다.

"예……. 고마워요, 전부."

호랑이 속삭이더니 작게 입을 벌려 하품을 했다. 놀랐던 작은 짐승이 안심하고 잠을 청하는 듯한 움직임이었다. 그녀가 사랑스러웠다. 이대로 그녀를 품에 안고 집에 돌아가 밤새 보듬어 안고 싶었다. 하지만 내게는 할 일이 남아 있었다.

"일단 한숨 자고 일어납시다, 여호랑 씨."

나는 슬쩍 우준석을 쳐다보며 호랑의 귀에 대고 다정하게 말했다. 우준석이 나와 시선이 마주치자 새파랗게 질려 덜덜 떨었다. 맹수를 눈앞에 둔 먹잇감이 본능적으로 느끼는 두려움일 것이다. 물론 이 작자는 제 자신이 왜 그러는지 알 수 없겠지만.

"여기서 기다려."

나는 그를 가만히 응시하며 '명령' 했다. 이것은 삶 가문의 자손에게 부여된 권능이다. 많이 사용되지는 않지만 가끔 필요할 때 사용하는 편이다. 호랑과 처음 만났던 날, 택시 기사에게도 사용했었고. 어쨌든 내 명령에 우준석은 곧바로 발이 땅에 붙어 버린 듯 움직이지 못했다. 나는 한 손으로 호랑의 무릎 뒤를 조심스럽게 받쳐 들고 다른 손으로 그녀의 어깨를 감싸 안은 뒤, 조심스럽게 일어섰다. 그녀가 메고 있던 가방이 함께 흔들렸다. 그와 동시에 도돌희가 내 옆에 따라오더니 다급히 물었다.

"누나는요? 누나는 괜찮아요, 형?"

"응."

"그런데 저놈이 누나 때린 거죠? 그렇죠?"

"그래."

"아우, 씨! 한 방 제대로 때려 줘야죠. 형은 자기 애인이 맞았는데 왜 아무 행동도 안 해요!"

"우선 네 집으로 가자."

나는 눈짓을 하며 도돌희에게 말했다. 도돌희가 고개를 끄덕이더니 다시 우준석을 돌아보고 작은 소리로 속삭이듯 물었다.

"저 나쁜 놈은 어떻게 할 거예요? 그냥 도망가게 내버려 둘 거예요?"

"아니. 어차피 못 가."

"예? 어, 그러고 보니 왜 저러고 있대요?"

도돌희가 의아한 듯 고개를 갸웃거리며 우준석을 쳐다보다가 다시 고개를 휘휘 젓고는 나를 향해 따라오라고 말한 뒤, 집으로 급히 달려 갔다. 나는 호랑을 안은 채 우준석을 잠시 쳐다보다가 몸을 돌렸다.

호랑을 도돌희의 집에 맡기고 다시 밖으로 나오면서 나는 머릿속이 차갑게 식는 듯한 감각을 느꼈다. 그녀의 뺨과 입가에 묻어나던 핏자국이 떠올랐다. 그 작고 여린 몸에 가해졌던 폭력의 흔적이 너무 선명했다.

나는 당장 찢어 죽이고 싶은 충동을 느끼며 우준석을 향해 다가갔다.

"제 분수도 모르고 남의 것을 탐내는 부류가 있다는 걸 잊고 있었어."

우준석이 창백해진 얼굴로 나를 쳐다보았다. 나는 어둑어둑해진 하늘을 쳐다보다가 다시 그를 보며 말을 이었다.

"인간들과 함께 살면서 나도 모르게 성질이 무뎌졌던 모양이야."

나는 우준석의 앞에 서서 그를 쳐다보며 입꼬리를 비틀었다. 그가 새파랗게 질린 채 나를 쳐다보고 있었다. 고작 인간 따위가 내 반려에게 손을 대다니. 순간적으로 눈앞이 붉게 물들었다.

"어느 정도 내 방식대로 경고를 했어야 하는 건데 말이지."

"가, 강 팀장님. 대, 대체…… 으, 으악!"

"인간들에게 너무 맞춰 줄 필요는 없다는 걸 생각 못 했어. 나는 내 방식대로 해도 되는 건데."

나는 우준석의 팔을 가볍게 꺾어 비틀었다. 순식간에 그의 팔이 기형적으로 비틀렸다. 우두둑거리며 팔꿈치 근처에서 소리가 들렸다. 그와 동시에 우준석의 입에서 고통스러운 비명이 터져 나왔다.

"시끄럽군."

나는 그의 턱을 꽉 쥔 채 고민했다. 이대로 턱을 부숴 버릴까. 잠시 고민하는 사이에 우준석의 턱이 빠지기라도 한 것인지 덜렁거렸다. 그리고 기형적으로 꺾였던 팔 역시 힘없이 좌우로 흔들렸다.

나약해 빠진 인간의 몸뚱이 같으니.

나는 혀를 차며 고개를 저었다. 아직 시작도 안 했는데 이런 식으로 망가지면 대체 어쩌라는 건지.

"흐으, 끄윽."

우준석의 얼굴은 눈물과 콧물로 범벅이 되어 있었다. 하지만 조금도 동정심이 들지 않았다. 나는 그의 팔을 놓고 두 손을 가볍게 털었다.

"어차피 너는 지금 이 상황을 기억하지 못하겠지만 지금 이 고통과

공포는 몸에 각인되겠지."

삶은 인간과 섞여 살기 위해서 종종 '망각'을 이용하고는 한다. 만약 그것이 없었다면 인간인 척하며 살아가고 있는 삶의 정체는 이미 들켰을 것이다. 그렇게 되었다면 귀찮은 일이 많이 벌어졌겠지. 나는 그 점이 아쉬워서 얼굴을 찡그렸다. 우준석에게 그 무엇도 기억하게 할 수 없다는 게 정말 아쉬웠다.

그러니 어쩌겠는가. 이런 식으로라도 각인을 해 둬야지.

나는 신음을 내뱉고 있는 우준석의 머리를 잡아 뒤로 젖히고 말을 이었다.

"또다시 그녀에게 접근한다면 그때는 내 모든 걸 걸고서라도 네 목덜미를 뜯어내겠다. 알았어?"

"으으, 제, 제발 용서를……."

용서라니. 나는 차게 웃으며 우준석의 머리를 놓고 그를 걷어찼다. 우준석이 땅바닥을 나뒹굴며 몸부림을 쳤다.

네가 용서를 구해야 할 사람은 내가 아니다.

"하지만 호랑에게 용서도 빌지 마. 그녀에게 그 무엇도 하지 마."

"흐으으."

"네 목숨을 붙어 있게 하고 싶다면 내 말을 새겨들어야 할 거다."

나는 우준석을 내려다보다가 고개를 들어 먼 곳을 응시했다. 멀리서 범 사장이 떡집 문을 닫고 비탈길을 올라오는 기척이 느껴졌다. 운이 좋은 편이군. 나는 다시 우준석을 쳐다보다가 그대로 돌아섰다.

호랑이 깨어났으려나.

나는 빌라를 향해 급히 걸음을 옮기기 시작했다. 우준석이 신음을 하는 소리가 들렸지만 굳이 돌아볼 이유는 없었다.

"감사합니다, 어르신. 너도 고맙다."

나는 현관 밖으로 호랑을 안고 나오면서 인사를 했다. 도돌희가 슬리퍼를 끌고 나오더니 걱정스러운 얼굴로 물었다.

"누나는 괜찮은 거예요?"

"응."

"아까 그놈은요?"

"돌려보냈어. 적당히 얘기 좀 하다가…… 왜 그렇게 쳐다봐?"

"아니, 그냥……. 형이 좀 멋져 보여서요."

도돌희가 머쓱한 얼굴로 머리를 긁적이더니 슬쩍 집 안을 돌아보고 다시 입을 열었다.

"형처럼 좋은 직장도 다니면서 돈도 많이 벌고 나쁜 놈도 혼내 주고 그랬으면 좋겠어서요."

그래야 우리 할머니도 호강시켜 줄 수 있으니까. 도돌희가 뒷말을 속삭이듯 중얼거리더니 슬리퍼 앞을 바닥에 쳤다. 나는 무심코 도돌희가 신고 있는 슬리퍼를 내려다보았다. 흔한 삼선 슬리퍼는 앞부분이 많이 닳아 있었다.

"그럴 수 있을 거야."

나는 그 슬리퍼를 가만히 쳐다보다가 말했다. 그리고 다시 고개를 들어 도돌희를 쳐다보며 말을 이었다.

"키가 작다고 해서 모자란 법은 없어. 반대로 키 큰 놈이 싱겁다고도 하잖아."

"그래도 싱거운 편이 좋겠어요. 아, 나도 싱거워지고 싶다아아…… 흐압!"

도돌희가 장난스럽게 외치다가 호랑이 자고 있다는 것을 깨닫고 희한한 소리를 내며 입을 다물었다. 나는 피식 웃으며 말했다.

"들어가. 잠이라도 충분히 자면 키가 클지도 모르잖아?"

"쳇……. 형도 주무세요."

도돌희는 입을 삐죽이더니 고개를 꾸벅 숙였다. 나는 고개를 끄덕이고는 몸을 돌렸다. 뒤쪽에서 현관문이 닫히는 소리가 들렸다. 그리고 뒤늦게 생각난 사실에 혀를 차고 말았다.

"아, 열쇠……."

난감했다. 열쇠가 없어서 들어가지 못했던 것을 깜빡 잊고 있었다. 나는 안고 있던 호랑을 슬쩍 내려다보았다. 어딘가에 있기는 있을 텐데……. 나는 호랑의 겉옷 주머니를 잠시 쳐다보다가 슬그머니 시선을 움직였다. 그녀의 가느다란 목덜미가 눈에 들어왔다. 그리고 그 위로 시선을 옮기려던 찰나였다.

"으응. 어?"

호랑이 몸을 움직이는 듯싶더니 천천히 눈을 떴다. 나는 그녀의 눈을 피할 틈도 없이 마주할 수밖에 없었다. 그녀는 잠시 어리둥절한 얼굴로 나를 빤히 쳐다보다가 뒤늦게 자신이 내게 안겨 있다는 것을 깨달았는지 얼굴을 붉히며 버둥거렸다.

"우앗! 내려 줘요!"

"됐어. 열쇠나 내놔."

"뭐, 뭐요?"

"열쇠 말이야. 어디에 있지? 함부로 손을 댔다가는 치한으로 몰릴까 봐 그러지도 못하고 있었잖아. 대체 언제까지 집 앞에 벌을 세워 둘 셈이야?"

나는 툴툴거리며 호랑에게 말했다. 하지만 툴툴거리는 입과는 달리 내 가슴은 미친 듯 뛰고 있었다. 나는 호랑이 내 심장박동을 느끼지는 않을까 싶어서 더욱 퉁명스럽게 말할 수밖에 없었다.

"집에 들어가지도 못하고 이러고 있는데 말이야. 집주인이라는 사람은 코까지 골면서 태평하게 잠이나 자고."

"제가 무슨 코를 골아요! 빨리 내려 줘요!"

"열쇠나 달라고."

"아, 그러니까 내려 주면 제가 직접 연다고요!"

쯧, 나는 계속 버둥거리는 호랑을 어쩔 수 없이 놓아줄 수밖에 없었다. 바닥에 내려선 호랑이 손으로 부채질을 하며 다른 손으로 가방에서 열쇠를 꺼냈다. 나는 무심코 호랑을 쳐다보다가 헛기침을 하고 말았다. 빨갛게 달아오른 호랑의 쇄골 아래가 눈에 들어온 탓이었다.

"아우, 진짜!"

호랑이 당황한 기색을 감추려는 듯 일부러 쿵쿵거리며 현관 안으로 들어서더니 그대로 신발을 벗고 방으로 쪼르르 들어가 버렸다. 나는 그녀가 들어간 방을 잠시 쳐다보다가 픽 웃었다.

어쨌든 나쁘지 않았다.

그녀가 다시 깨어나자마자 나와 눈이 마주친 것도, 눈을 뜬 그녀가 우준석으로 인해 상처받은 표정이 아니라 나 때문에 잔뜩 당황한 표정인 것도 전부 나쁘지 않았다.

"저녁은 안 먹어?"

"몰라요! 대충 먹든지 말든지!"

"아까는 미안하다며? 제육볶음이랑 쇠고기 장조림은 고사하고 밥이라도 줘야 하는 거 아니야?"

"고기 '덕후' 아니라면서요! 그냥 대충 알아서 챙겨 드세요!"

방 안에서 호랑이 투덜거리며 외쳤다. 나는 넥타이를 느슨하게 풀며 나직하게 웃었다. 잔뜩 당황해 있을 그녀가 눈앞에 있는 것처럼 선명하게 그려졌다.

그것도 나쁘지 않았다.

13
연애의 시작

"참, 열쇠 하나 줘."

"예?"

"열쇠 말이야. 집에 들어가지도 못하고 밖에서 계속 있었잖아."

나는 밥을 먹다 말고 강현교의 말에 눈만 깜빡이다가 뒤늦게 고개를 끄덕였다. 아, 맞다. 열쇠를 안 줬구나. 누군가와 같이 산 적이 없어서 딱히 열쇠를 챙겨 줘야 한다는 생각을 하지 못했다. 탁미는 스스로 알아서 내 열쇠를 가져다가 복사해서 사용하고 있는 중이고……. 생각해 보니 내가 누군가에게 열쇠를 준 적은 없었다. 그게 기분을 묘하게 했다. 강현교가 내 얼굴을 보더니 인상을 찡그리며 투덜거렸다.

"뭐야, 같이 사는 사람한테 열쇠도 못 주겠다는 그 고약한 표정은?"

"고약한 표정요?"

진짜 열쇠 주기 싫어지네. 나는 심술을 부리고 싶은 얼굴로 그를 쳐다보았다. 그러다가 뒤늦게 생각이 나서 입을 열었다.

"그런데 우준석은요?"

"이제 준석 씨라고 안 부르네?"

"그런 호칭이 아깝단 생각이 들어서요. 왜요? 또 고약하다고 하려고요? 그래도 할 수 없어요."

우준석에 대해서는 다시 생각하기도 싫다. 그런 사람을 7년이나 사랑했던 내 자신에게도 실망했고 화가 났다.

우준석이 집 앞에 와 있으리라고는 상상도 하지 못했다. 이미 끝난 인연이었고, 더구나 그 인연을 끝낸 사람은 바로 우준석 본인이었으니까. 그런데 그는 마치 내가 바람이라도 난 것처럼 화를 내고 폭언을 퍼부었다.

이제는 내가 싫어, 그런 남자. 나는 우준석과의 지저분했던 마지막을 떠올리며 진저리를 쳤다. 그 순간 강현교의 목소리가 들렸다.

"아니, 잘했어. 정말 잘했어."

그가 눈웃음을 지으며 팔을 뻗더니 내 머리를 쓱쓱 문질렀다. 나는 머쓱한 마음에 괜히 소리를 질렀다.

"밥 먹는데 왜 이래요? 머리 다 헝클어지는데!"

"괜찮아."

"내가 개도 아니고! 아니, 밥 먹을 때는 개도 안 건드린다는 말 몰라요?"

"응, 몰라. 처음 들었어."

우와, 뻔뻔하다……. 나는 천연덕스럽게 거짓말을 하는 강현교를 보고 기가 막혀서 입을 달싹이다가 한숨을 쉬었다. 그리고 픽, 웃으며 다시 말을 이었다.

"그래도 아까 강현교 씨가 나타나서 반가웠어요."

"그럴 줄 알았어."

"이럴 때 겸손해지고 싶은 마음 안 들어요?"

"별로."

강현교가 어깨를 으쓱이며 대꾸했다. 나는 단정한 모습의 그를 가만히 쳐다보았다. 흐트러졌던 그의 모습이 겹쳐 보였다. 나를 향해 이렇게 다급히 달려왔던 이가 있었을까. 탁미와 탁미의 어머니를 제외하면 아무도 없었다. 나는 숟가락을 입에 문 채 그를 바라보다가 충동적으로 말했다.

"일단 연애부터 하는 건 어때요?"

"뭐?"

"당장 애를 낳는다거나…… 하여간 그런 건 말도 안 되잖아요."

"뭐, 말이 안 될 것까지는 없……."

"강현교 씨, 또 그럴 거예요? 지금 진지하게 얘기하는데."

"알았어, 말해."

말하라니까 하기 싫어진다. 아니, 말할 것도 없이 방금 얘기했잖아? 나는 강현교를 쳐다보다가 슬그머니 눈을 가늘게 뜨고 확인할 겸 물었다.

"지금 제가 생각하는 거 전부 들리죠?"

"……응."

강현교는 한쪽 손으로 턱을 괸 채 슬쩍 내 시선을 피하며 고개를 옆으로 돌렸다. 나는 두 손으로 강현교의 얼굴을 감쌌다. 막상 감싸고 보니까 얼굴이 참 작은 편이었다.

"얼굴이 정말 작네요, 강현교 씨. 두상 예쁘다는 소리 많이 듣지 않았어요?"

"이, 이 손이라도 놓고 말하지?"

강현교가 당황한 얼굴로 몸을 뒤로 빼려고 했다. ……응? 나는 강현교의 반응에 잠시 멍해 있다가 뒤늦게 그가 당황했다는 걸 깨닫고 씩 웃었다. 강현교가 내게 짓궂게 구는 것을 이해할 수 있을 것 같았다.

'바로 이런 재미로구나…….'

내가 속으로 중얼거리자마자 강현교의 눈썹이 꿈틀거리며 움직이더니 그가 이를 갈듯이 말했다.

"자꾸 까불래, 여호랑?"

"하하. 뭐, 그건 아니고요."

나는 그의 얼굴을 감싸고 있던 손을 내리며 어색하게 웃었다. 내가 이렇게 대범했던 적이 있었나 싶다. 늘 소심하고 움츠러들어 있던 내가 누군가에게 장난을 치고 있다니. 아마 탁미가 봤다면 '너는 누구냐! 여호랑의 거죽을 뒤집어쓴 요망한 것!' 하고 외쳤을지도 모르겠다.

"요망하기는 하네. 얌전한 것 같으면서 사내의 가슴을 흔들어 놓는 게……."

"예에?"

"됐다."

강현교는 눈을 내리깔았다. 요, 요망하다고? 내가 사내의 가슴을 흔들어? 나는 얼굴이 화끈거리는 걸 느끼며 생각나는 대로 입을 열었다.

"자꾸 왜 남의 생각을 엿듣고 그래요."

"들리는 걸 나더러 어쩌라고."

"칫."

"어쨌든……."

강현교가 다시 나를 똑바로 쳐다보았다. 장난기 어린 기색이 사라진 그의 시선은 진지하고도 깊었다.

"네 말대로 하자."

"정말 그럴 수 있겠어요?"

"나야말로 묻고 싶은데 너는 정말 그럴 수 있어? 나와 연애할 자신이 있는 거야? 너에 대해 아는 건 별로 없지만, 그래도 한 가지 분명한 건……. 여호랑, 너는 미련하다 싶을 만큼 사람과 만날 때 진심이라는 거야."

"……."

"다시 물을게. 너는 지금 진심인 건지."

나는 지금 진심일까. 강현교를 쳐다보며 생각했다. 우준석은 진심이 아니었고, 강현교는 진심이었다. 그리고 지금 이 순간에도 눈앞의 남자는 진심이라고 확신할 수 있을 듯했다. 진심과 진심이 아닌 것은 그렇듯 확연한 차이를 보인다. 그렇다면 나는 지금 진심인 걸까. 강현교가 물은 질문을 내 자신에게 스스로 해 보았다.

"솔직히 모르겠어요."

나는 자신 없는 목소리로 대답했다. 진심과 진심이 아닌 것의 차이는 알겠는데, 그럼에도 불구하고 내 마음이 진심인지 아닌지는 확답할 수 없었다. 나는 강현교를 쳐다보던 시선을 내렸다. 초라한 밥상이 눈에 들어왔다.

그에게 해 주려던 고기 요리는 아무것도 밥상 위에 올라오지 않았다. 어제 먹었던 고기가 남아 있는 게 있었지만 그냥 대충 먹자면서 강현교가 사양을 한 탓에 밥상 위에는 김치와 계란 프라이가 전부였다.

망할 우준석 같으니라고.

나는 제육볶음용 돼지고기와 장조림용 쇠고기가 생각나서 눈물이 나오려는 걸 꾹 참았다. 그걸 우준석을 때리는 용도로 쓰다니. 그러려고 내가 거금을 들여 산 게 아니었는데! 하지만 고기가 들었던 마트 봉지로 시원하게 몇 대 때렸던 게 떠오르니 덜 억울했다. 그리고 고기의 핏물이 튀어 거지꼴이었던 우준석을 떠올리니 후련한 기분도 들었다.

나는 다시 강현교를 쳐다보았다. 김치와 계란 프라이뿐인 밥상조차 깨끗하게 비워 준 남자의 진심을 알 것 같았다. 그 진심에 기대어 보면 어떨까.

"그래서 알고 싶어요. 그러다 보면 저도 제 마음을 알 수 있지 않을까 싶어서요."

내 말을 들은 강현교가 물끄러미 나를 쳐다보았다. 순간, 입이 바싹 말랐다. 얼마나 시간이 지났을까. 그가 씩 웃더니 입을 열었다.

"그렇군. 그럼 하자."

강현교가 팔을 뻗어 내 손을 잡았다. 그리고 내 손을 끌어당기더니 손등 위에 가만히 입술을 댔다.

"나와 연애하자, 여호랑."

강현교가 입술을 떼고 다시 나를 쳐다보며 웃었다.

"동거에서 연애로. 뭔가 순서가 바뀌기는 했지만 그래도 축하해!"

탁미가 내 등을 두드리더니 키득거렸다. 나는 펜을 입에 물고 있다가 탁미 때문에 콜록거리며 눈물을 빼고는 입을 열었다.

"너 때문에 목구멍 찔릴 뻔했잖아!"

"흐흐. 미안, 미안해."

탁미가 두 손을 모으더니 싹싹 비는 시늉을 하다가 이내 짓궂은 표정으로 말을 이었다.

"네 남친한테 일러라? 그러면 되겠네? 현교 찌잉. 탁미 저 지지배가 아야 해써요옹."

"고탁미! 너 자꾸 놀릴래!"

나는 얼굴이 붉어지는 것을 느끼며 탁미에게 옆에 있던 쿠션을 집어 던졌다. 그러자 탁미가 쿠션을 냉큼 잡더니 '나이스 캐치!' 를 외치고 바닥을 뒹굴거렸다. 모처럼 쉬는 날이라면서 아침에 놀러 온 탁미는 점심을 먹고 나서도 계속 뒹굴거리며 갈 생각을 하지 않고 있었다. 게다가 내가 어제 있었던 이야기를 털어놓자 처음에는 우준석 때문에 마구 분개하며 화를 내더니 그 뒤에는 강현교와 사귀기로 했다고 하자마자 저렇게 계속 놀려 대고 있는 중이다.

"하하. 이 예쁜 지지배! 부뚜막에 먼저 올라가도 예쁜 내 친구야!"

"야, 탁미야!"

탁미가 벌떡 일어나더니 나를 끌어안고 좌우로 움직였다. 나는 탁미에게 안긴 채 좌우로 흔들리며 탁미를 가볍게 때렸다. 그러자 탁미가 다시 나를 놓아주고는 입을 열었다.

"호랑아, 진짜 잘했어. 정말이야. 내가 지금 얼마나 신나는지 너는 모를 거야. 내가 지금 당장 런웨이에 서게 된다고 해도 이보다 더 기쁠까 싶을 정도야."

"그건 좀 아닌 것 같은데."

"말이 그렇다는 거지, 이 지지배야."

탁미는 눈을 흘기며 대꾸하더니 다시 까르르 웃으며 쿠션을 끌어안고 다시 뒹굴었다. 우리 집의 방바닥 먼지는 네가 다 청소하고 갈 작정인가 보구나. 멍하니 탁미를 보면서 그런 생각을 하고 있는데 갑자기 문자 알람이 들렸다. 나는 충전기에 연결되어 있던 휴대폰을 집어 들었다.

"……어?"

"왜? 뭔데?"

"아니, 의뢰인의 따님이 보낸 문자."

"왜? 또 죽었대?"

"무슨 말을 그렇게 해! 그런 거 아니야."

나는 탁미를 흘겨보며 타박하고 다시 휴대폰 화면을 쳐다보았다. 강조현 언니가 보낸 문자였다.

[왜 약속을 아직 안 정한 거야? 응? 아버지가 하루 종일 기다리고 있어. 그리고 나도 마찬가지고.]

내가 편한 시간으로 하라고 하시더니……. 나는 난감한 얼굴로 휴대폰을 들여다보다가 바쁘게 손을 움직여 문자를 보냈다.

[죄송해요. 아직 다음 스케줄을 생각하지 못해서. 이틀 후에 뵈면 어떨까요?]

곧바로 답장이 왔다. 잔뜩 흥분한 기색이 역력했다.

[이틀? 이틀 후에 보자고? 오 마이 갓. 그게 무슨 말이니! 아버지가 뒷목 잡고 쓰러지실 뻔했어! 오늘 보자! 지금 올래? 응? 내가 데리러 갈까? 말만 해! 응?]

"우와, 이거 또라이 아니야?"

탁미가 호기심이 일었는지 일어나 앉아서 내 휴대폰을 함께 들여다보다가 말했다. 나는 탁미가 오해하지 않게 고개를 저으며 서둘러 대답했다.

"아니야. 좋은 언니야."

"언니?"

"응."

"약 빨았냐?"

탁미가 '이게 미쳤나' 하는 표정으로 나를 쳐다보았다. 하기야 탁미는 그럴 만도 했다. 내가 사람들과 쉽게 친해지지 못하는 성격이라는 걸 누구보다도 잘 알고 있으니 말이다. 나는 우물쭈물 망설이다가 다시 입을 열었다.

"신기한 사람들이야. 이 언니도 그렇고, 이 언니의 아버지 되시는 분도 그렇고."

"아버지? 너한테 자서전 의뢰한 사람?"

"응."

"뭐가 신기한데?"

"나한테 정말 잘해 줘. 처음 봤는데도 굉장히…… 뭐라고 해야 하지? 호감? 그런 걸 막 드러내고."

"흐음. 사기꾼이나 뭐 그런 건 아니야? 사채 쓰라고 하지는 않았어?"

"아니. 그리고 사기꾼이라기에는 진짜 부자던데."

"희한한 사람들이네."

대체 뭘 보고 그런대? 탁미가 나를 위아래로 훑더니 피식 웃으며 말을 이었다.

"어쨌든 우준석이 떨어져 나가고 나니까 네 인생에도 이래저래 봄날이 찾아오나 보다. 에라, 이년아. 7년이다, 7년. 보는 내가 다 지긋지긋하더라."

"또 욕이야? 오늘은 왜 안 하나 했어."

나는 퉁명스럽게 대꾸하며 다시 휴대폰으로 문자를 보냈다.

[죄송해요. 오늘은 친구랑 함께 있어서 곤란하고요. 내일 오후에 찾아뵈면 안 될까요?]

"욕이라니! 이런 망할 년, 이게 다 내 끈적끈적한 애정인 것도 모르고……. 흠, 이 '언니'가 만약 '언니'가 아니라 '오빠'였으면 삼각관계 로맨스라도 한 편 찍을 뻔했네. 안 그래?"

"아휴, 탁미 너는……."

나는 싱거운 소리를 하는 탁미를 타박하려다가 그냥 웃고 말았다. 모처럼 탁미와 여유로운 시간을 보내고 있는 것도 좋았고, 그냥 모든 게 다 좋았다. 나는 휴대폰을 내려놓은 뒤, 어느새 다시 바닥에 누운 탁미의 옆에 나란히 누웠다. 탁미가 천장을 보다가 나를 힐끔 돌아보고는 입을 열었다.

"난 네가 진짜 행복했으면 좋겠어."

"나도 네가 그랬으면 좋겠어."

"행복해져라, 여호랑. 이제 고생 끝 행복 시작, 그렇게 외치라고."

"누가 할 소리를."

나는 가만히 웃으며 중얼거렸다. 탁미야말로 정말 행복해졌으면 좋겠다. 지금껏 고생한 것으로 충분하니까 이제는 자신의 꿈을 멋지게 펼쳐 낼 수 있었으면 좋겠다. 나는 탁미를 다시 돌아보며 모로 누웠다. 그러자 탁미 역시 나를 돌아보며 나와 마주 본 자세로 누웠다.

"이 맹한 지지배야."

"아! 아파!"

탁미가 나와 마주 보자마자 기다렸다는 듯 내 코를 잡아당겼다. 나는 코를 문지르며 울상을 지었다.

"겨우 이것도 아프다는 애가 우준석 그 개새끼한테는 맞고 살았냐? 얼굴이 이게 뭐야. 그 새끼랑 끝낸 것만 아니었으면 내가 오늘 그 새끼 진짜 잡아 죽였어."

어제 우준석과 다투다가 얻어맞아 코피가 났던 얼굴에는 푸르스름한 멍이 남아 있었다. 그게 계속 탁미의 눈에 거슬렸나 보다. 나는 머쓱한 마음에 뺨을 쓸었다.

"이제 괜찮아."

"그래. 네 남친한테 호오, 해 달라고 그래라."

탁미가 픽 웃으며 다시 돌아눕더니 천장을 보았다. 나는 옆으로 누운 채 탁미를 쳐다보다가 헤, 하고 웃었다.

"그렇게 바보처럼 웃지 말라니까."

탁미가 내 웃음소리에 혀를 차며 타박했다.

강현교에게 줄 열쇠를 복사하려고 탁미가 돌아가는 길에 집을 나섰다가 되돌아오는 길이었다. 나는 복사한 열쇠를 손에 쥔 채 비탈길을 올라가다가 떡집 간판을 닦고 있는 범 사장님을 보고 인사했다.

"안녕하세요, 사장님!"

"어어, 호랑이 아가씨! 어디 다녀오는 길이야?"

"친구가 놀러 왔다 가서요. 배웅하고 오는 길이에요. 그런데 범 사장님은 뭘 하시는 거예요?"

어쩐지 열쇠 얘기를 하는 건 민망해서 나는 슬그머니 열쇠를 주머니에 넣으며 말했다. 범 사장님이 콧등에 주름이 잡히게 얼굴을 찡그리더니 걸레를 든 손으로 간판을 가리켰다.

"새들이 오늘은 단체로 설사병이 났는지 아주 찍찍 싸느라고 난리야. 다른 날보다 더 심하다니까? 허엇! 저, 저 괘씸한 새가!"

말하고 있는 와중에 손등 위에 새똥이 떨어졌는지 범 사장님이 고래고래 소리를 지르며 하늘을 향해 삿대질을 했다. 그러나 이미 그 새는 어디론가 날아가서 보이지 않았다. 나는 어색하게 웃으며 입을 열었다.

"새들이 사장님을 좋아하나 봐요."

"좋아하기는. 좋은 변소가 있다고 소문이라도 났나 보지."

범 사장님은 투덜대며 사다리에서 내려왔다. 그리고 내게 손짓을 하며 말을 이었다.

"이왕 온 김에 떡 좀 가지고 가."

"아! 아니에요. 늘 얻어먹기만 해서……."

"맛있게 먹어 주면 된다니까. 그런데 호랑이 아가씨, 애인은 왜 입맛이 그따위여?"

"예?"

"떡을 안 좋아하다니. 내 참…… 지금껏 살면서 떡 싫어하는 인간은 처음이네 그려."

인간이 아니라 삵이라 그럴 거예요. 나는 차마 입 밖으로 털어놓을 수 없는 진실을 속으로 중얼거리며 떡집 안으로 들어갔다. 그리고 눈을 크게 뜨고 다시 범 사장님에게 물었다.

"웅심이가 왜 여기에 있어요?"

"지 할아버지한테 잔뜩 볼기 얻어맞고 부어터져서 오더니 금세 약과

랑 꿀떡 한 접시 뚝딱 해치우고 잠들었어. 이따가 회장님한테 전화해서
데려가라고 해야지."

"……예."

나는 낡은 소파 위에 웅크린 채 잠들어 있는 웅심이를 보다가 목소
리를 낮췄다.

"그런데 웅심이가 요즘 자꾸 말썽을 부리는가 봐요. 학원도 종종 빠
지는 것 같고."

"열두 살이잖아? 사춘기가 오는가 보지."

"벌써요?"

"요새는 예닐곱 살만 돼도 사춘기 타령하는 애들도 있다던데, 뭘."

범 사장님은 숱 적은 머리를 손바닥으로 쓸면서 웅심이를 안쓰럽다
는 듯 쳐다보다가 다시 입을 열었다.

"저 녀석 사춘기가 와도 누가 챙겨 주겠어? 엄마도 없으니. 마누라
가 집 나가기 전에는 종종 우리 집에 와서 밥도 먹고 간식도 먹고 숙
제도 하고 그랬었는데 요새는 뜸해."

"예에……."

새삼 웅심이가 안쓰러웠다. 말썽도 부리고 개구쟁이라고 하지만, 그
래도 웅심이는 아직 어리다. 어리기 때문에 사랑도 더 많이 받으면서
쑥쑥 커야 한다. 할아버지의 사랑만으로는 부족했을 것이다. 나는 웅심
이를 조금 더 쳐다보다가 범 사장님을 돌아보았다.

범 사장님이 힘 빠진 어깨를 축 늘어뜨린 채 떡집 바깥을 멍하니 쳐
다보고 있었다. 석 달 전만 하더라도 이 가게 안에서 사장님은 사모님
과 함께 있었다. 늘 구박을 하는 사모님에게 실없는 농담을 하면서도
범 사장님은 어깨를 당당히 펴고는 했다. 그것이 가족의 힘인지도 모르
겠다는 생각이 문득 들었다.

"그나저나 혼인신고는 하고 사는 거여?"

"예?"

"호랑이 아가씨랑 그 천하에 몹쓸…… 험험, 애인 말이여."

"아, 아니요. 그건 아니고…….'

"뭐 하는 놈인지 물어봐도 되나?"

"강현교 씨요?"

"응."

"그냥 회사원이에요."

"직장은 탄탄한 곳이고? 아, 그러고 보니까 명함을 받았을 때 좋은 데 다니는 것 같았는데, 탄탄한 곳 맞지?"

"아마 그럴 거예요."

나는 잠시 눈을 굴리다가 고개를 끄덕였다. 누구나 들으면 아는 곳이니 탄탄한 곳임은 틀림없으리라. 나는 슬쩍 자랑을 하고 싶어져 덧붙여 말했다.

"거기서 팀장이래요."

"개나 소나 팀장이라잖아. 그런 것에 혹하고 넘어가면 안 돼."

그러나 범 사장님은 콧방귀조차 뀌지 않고 내 자랑을 흘려들었다. 나는 금세 시무룩해져 그냥 입을 다문 채 고개를 끄덕였다. 범 사장님이 나를 힐끗 보더니 너털웃음을 터뜨리며 입을 열었다.

"호랑이 아가씨도 할 건 다 하네? 애인 자랑도 하고."

"애, 애인요?"

"뭘 그렇게 당황해하고 그래? 애인 맞잖아. 좋아서 같이 살기까지 하면서."

"아, 그게…….'

"왜? 애인 아니야?"

"아니, 마, 맞기는 맞을 것 같은데…….'

이제 연애를 하자고 했으니 애인이 맞기는 맞겠지? 나는 '애인' 이라는 말이 주는 생경함을 털어 내기 위해 고개를 흔들고는 말을 우물거렸다. 그러자 범 사장님이 허허, 하고 웃으며 말을 이었다.

"'같은' 건 또 뭐야. 맞으면 맞는 거지. 애인 맞아?"

"……예에."

"그나저나 입맛이 그래서 어떻게 해?"

"예?"

"떡을 안 좋아하니 말이야. 어떻게 떡을 안 좋아할 수가 있는 거지? 그럼 대체 뭘 좋아한대?"

"고기요."

"뭐?"

"고기 좋아해요."

나는 머쓱하게 웃으며 대꾸했다. 범 사장님이 눈을 끔벅거리며 나를 잠시 쳐다보다가 픽, 웃더니 대꾸했다.

"거 참, 입맛도 지랄일세. 아, 이건 우리 마누라가 늘 입에 달고 다니던 말이야. 내가 반찬 투정을 할 때마다 그랬었거든."

"……하하, 예에."

"내가 염소 새끼인 줄 아냐. 여기가 풀밭이냐. 그냥 뛰어놀면 딱 좋겠구먼. 뭐, 그런 식으로 반찬 투정을 할 때마다 그 여편네가 그랬었지. ……입맛도 지랄이라고."

범 사장님은 잠시 입을 다물고 있다가 다시 아무렇지 않게 말을 이었다.

"나중에 같이 삼겹살에 소주 한잔이나 하자고 전해 줘."

"예, 그럴게요."

그리움이 묻어나는 목소리로 사모님에 대해 이야기하던 범 사장님을 향해서 나는 고개를 끄덕이며 대답했다. 사모님은 어디에 계시려나. 사모님도 분명히 사장님을 걱정하고 계실 거란 생각이 들었다. 그냥 그런 생각이 들었다. 입맛도 지랄이라던 그 투박한 말 속에 담긴 애정을, 나만 느꼈던 것은 아닐 테니까.

"저녁은 집에 와서 먹으려나."

전화 좀 해 주지. 내가 먼저 전화 거는 건 민망하잖아. 나는 투덜대며 저녁 반찬거리를 사러 가기 위해 지갑과 휴대폰을 챙겼다. 혼자 살 때는 그냥 대충 먹고 말았는데 강현교와 함께 살게 되니까 이런 점부터 달라졌다. 매 끼니에 고기반찬을 해 줘야 한다는 것. 어제 저녁도 대충 김치와 계란 프라이로 해결했으니…….

"아, 내 아까운 고기."

나는 우준석 때문에 버려진 고기를 떠올리고 새삼 아까워서 몸을 떨었다. 그게 대체 얼마야! 제육볶음을 하려던 돼지고기는 그렇다 치고 장조림을 하려고 산 쇠고기는 내가 평소 엄두도 못 내던 한우였는데! 아니, 돼지고기도 그렇다 치고 넘어갈 양이 아니었잖아? 네 근이나 샀던 건데! 나는 축 늘어져서 기운 없이 중얼거렸다.

"나쁜 우준석. 하필이면 그럴 때 오냐."

차라리 쓰레기 버릴 때 찾아오지. 쓰레기봉투로 풀 스윙을 해 주는 건데. 혼자 구시렁대고 있는데 문자 알람이 들렸다.

"어?"

강현교의 문자였다.

[저녁 먹지 말고 기다려.]

짧고 간단한 내용이었다. 그 흔한 이모티콘조차 없는 건조한 문자였다. 하지만 나는 왜 그런지 가슴이 마구 뛰었다. 우준석과 처음 사귀었을 때만 해도 그는 내게 꽤 달콤한 문자들을 보냈었다. 물론 시간이 흐르면서 그런 문자들은 점차 뜸해졌고, 나중에는 거의 오지 않았지만 말이다. 어쨌든 처음에는 오글거리는 내용의 문자도 받은 적이 있는데……. 어째서일까. 그때의 문자들보다 오히려 지금 강현교가 보낸 문자가 더 다정하게 느껴지는 것은.

[집에서 저녁 안 먹어요?]

나는 현관에 서서 강현교에게 문자를 보냈다. 잠시 기다리고 있자 답장이 왔다.

[고기 뷔페에 예약했어.]

"어제 고기를 못 먹어서 한이 맺혔나 보다, 이 남자."

나는 혼잣말을 중얼거리다가 피식 웃고는 다시 돌아섰다. 어쨌든 저녁 반찬거리를 사러 가기 전에 연락이 와서 다행이었다. ……아니지.

"그래도 내일 아침에 먹을 건 없으니까 정육점에 다녀와야 하나? 장조림도 해 놓고……."

집 안으로 들어가려다가 다시 마음이 바뀌어 몸을 돌렸다. 그나저나 고기 뷔페라니. 예전에 탁미와 값싼 고기 뷔페에 갔던 적이 있다. 전단지를 가지고 오면 30퍼센트나 값을 깎아 준다고 해서 전단지를 챙겨 들고 갔었는데…….

"고기가 고무줄 같았지?"

돈 낸 값은 뽑아내야 한다며 탁미가 두 시간 동안 억지로 먹고 난 뒤에 턱관절에 문제가 생겨서 한동안 입도 제대로 벌리지 못했던 기억이 났다.

"설마 그런 곳에 가지는 않겠지?"

말은 그렇게 하면서도 내심 걱정이 되었다.

내가 했던 걱정은 정말 쓸데없는 거였구나. 나는 입에 넣자마자 사르르 녹는 것 같은 고기의 질감에 감탄하며, 한편으로는 강현교가 올 때까지 고기가 질기면 어쩌나 고민했던 내가 민망해서 콧등을 찡그렸다. 그러자 맞은편에 앉아서 등갈비를 뜯던 강현교가 나를 보더니 물었다.

"왜? 맛이 없어?"

"아니요. 맛있어요. 고기가 굉장히 부드러운데요."

"그런데 왜 인상을 써?"

"아, 그게…… 예전에 갔던 뷔페 생각이 나서요."

내 대답에 강현교가 의아한 표정을 지었다. 나는 그냥 어깨를 으쓱이며 웃고는 주위를 둘러보았다. 저녁 시간이기도 하지만, 사람이 정말 많았다. 한 사람당 육만 원이나 하는 곳인데도 말이다.

"알고 보면 부자가 참 많은가 봐요."

"응?"

"한 사람당 육만 원이라니요. 정말 상상도 못 할 금액이라고요."

"예전에 갔었다면서? 거기도 이렇지 않았어?"

"아니요. 거기는 한 사람당 육천 원이었는데……."

'천'과 '만' 단위의 차이로구나. 나는 순간적으로 머쓱해서 귓불을 만지다가 말을 이었다.

"전단지 가지고 오면 할인해 준다고 해서 전단지 가지고 갔더니 사천이백 원……."

"굉장하군. 다음에는 그곳에 가 보자. 고기를 그렇게 싼 값에 마음껏 먹을 수 있다니. 거기가 어디야? 집 근처에 있나?"

"이미 폐업했어요."

"너무 저렴하게 공급했던 게 문제였군. 그래도 인심 좋은 사장이었나 본데 안타까워. 경제적으로 어려운 삶은 그런 곳에 가면 배부르게 먹고 좋을 텐데 말이지."

"아니요. 값의 문제라기보다는……."

"응?"

"고기가 거의 고무줄 수준이었거든요."

나는 말하면서도 민망해서 고개를 숙인 채 얌전히 쌈을 쌌다. '내 입은 싸구려라오!' 하며 말한 것만 같아서 창피했다. 그러고 보면 강현교는 참 부자인 듯하다. 몰고 다니는 자동차도 그렇고, 이런 비싼 곳도 스스럼없이 들어오고. ……그런데 어떻게 나랑 같이 살 생각을 했지? 나는 다시 강현교를 쳐다보고 물었다.

"집이 많이 부자예요?"

"뭐?"

"강현교 씨 집요. 이런 곳에도 막 다니는 거 보면 부자일 것 같은데."

"뭐, 그럭저럭 살 만해."

그럭저럭 살 만한 게 이 정도라고? 갑자기 내가 빈곤층이 되어 버린 것만 같았다. 그러다가 문득 의뢰인의 집이 떠올라서 다시 입을 열었다.

"아! 제가 이번에 맡은 의뢰인요."

"왜? 뭐라고 해?"

강현교가 조금은 날카롭게 물었다. 나는 강현교의 예민한 반응에 당황해서 고개를 저으며 말을 이었다.

"예? 아니요. 그런 게 아니라 그 의뢰인 집요. 진짜 으리으리해요. 강현교 씨도 그런 집은 본 적 없을 거예요. 드라마에서 보던 부잣집은 저리 가라 할 정도라니까요."

"그래? 그래서, 뭐?"

강현교는 금세 심드렁한 표정을 짓더니 나를 쳐다보았다.

"진짜! 진짜 궁궐 같은 집이었다고요."

"그래서 그게 뭐라고. 좋다는 거야, 싫다는 거야?"

"아니, 뭐…… 좋을 것도 없고 싫을 것도 없죠."

나는 강현교의 물음에 그냥 우물거렸다. 딱히 좋을 것도 싫을 것도 없었다. 그저 신기한 마음에 생각난 것을 말했을 뿐이다. 강현교가 나를 물끄러미 쳐다보다가 툭 던지듯 말했다.

"난 네 집이 마음에 들어."

"예?"

"동네 자체는 비위생적인 면도 있고 비좁고 불편하지만, 그래도 나쁘지 않아. 오히려 재미있어. 그 빌라 사람들도 재미있고."

"……."

"그나저나 네 접시는 왜 아직도 그대로야? 입맛에 안 맞아? 그럼 다른 거 갖다 줄까? 불고기 뚝배기도 있던데. 흑돼지 묵은지 조림도 있고. 아, 벌꿀에 절인 갈비도 있었는데……."

"아니, 아니요! 저는 우선 이것부터 다 먹고요."

나는 내 접시를 가리키며 웃었다. 강현교가 따라다니면서 이것저것 담는 바람에 내 접시는 여전히 가득이었다. 하지만 강현교는 못마땅한 얼굴로 접시를 보더니 혀를 차며 말했다.

"그렇게 먹으니까 비쩍 곯은 거잖아."

"그렇지는 않은데."

마치 내가 비실비실한 뭐라도 되는 것처럼 보는 시선에 나는 우물쭈물 말끝을 흐렸다. 강현교가 혀를 두어 번 더 차더니 기다리라며 일어섰다. 자기가 먹는 양과 비교할 게 아니라 일반인이 먹는 양과 비교를 해야지……. 나는 속으로 구시렁거리면서도 입가에 번지는 미소를 숨기지 못했다. 그래도 기분이 좋았다. 어쨌든 나를 걱정하는 태도라는 것을 알기에 그랬다.

"와아, 그나저나 육만 원어치를 뽑으려면 얼마나 먹어야 하는 거야?"

나는 까마득한 마음에 배를 내려다보고 주먹을 꽉 쥐었다. 내 위장아! 제발 버텨 줘!

"어우……."

"겨우 그거 먹고 소화를 못 시키다니."

"겨우 그거라니요. 제가 원래 먹던 것보다 두 배는 더 먹었을 텐데……. 아휴, 잠깐만요."

나는 빌라 앞에 서서 심호흡을 했다. 배가 너무 불러서 숨이 막혀 죽었다는 소리는 들은 적이 없는데 내가 그 최초의 인간이 되는 건 아닌지, 하는 엉뚱한 생각마저 들었다. 강현교가 내 옆에 서서 못마땅한 기색을 드러내며 혀를 차다가 이내 걱정스러운 어조로 물었다.

"집에 소화제는 있어?"

"있을 거예요. 아니, 없나? 잘 모르겠는데요."

"근처에 약국은 어디…… 됐다. 그냥 내가 찾아보는 편이 낫겠어."

"약국 가려고요? 이 시간이면 벌써 문 닫았죠."

어느새 어두운 밤이었다. 나는 하늘에 떠 있는 달을 가리키며 말했다. 강현교 역시 내 말을 부정하지 못하겠는지 더욱 얼굴을 찌푸리며 투덜댔다.

"뭐야, 재미없게. 우리가 연애 시작한 기념으로 밥을 먹었더니 그걸 소화도 못 해서 이러고……."

"예?"

"뭐가 예, 야?"

"아니요, 그러니까 우리 오늘 저녁을 사 먹은 게……."

"그게, 왜?"

"저는 강현교 씨가 어제 고기를 못 먹어서……."

내 말에 강현교의 눈썹이 한쪽으로 스윽 올라갔다. 나는 우물거리다가 어색하게 웃으며 말을 이었다.

"고기를 못 먹어서, 그 한을 풀려고 간 건 줄 알았죠."

"……하아안? 한이라고?"

강현교는 어이없다는 듯 나를 쳐다보다가 한숨을 내쉬더니 몸을 숙여 나와 눈높이를 맞췄다. 나는 갑자기 다가온 그의 얼굴에 괜히 긴장이 되어서 뒤로 물러서려 했다. 하지만 그가 먼저 내 팔을 잡았다.

"연애하자고 했어도 달라진 게 없군."

"예?"

"데이트라는 생각은 안 들었나? 첫 데이트. 첫 번째 데이트 말이야."

"아니, 그게……."

누가 첫 데이트를 고기 뷔페에서 하냐고요. 나는 입 밖으로 꺼내지 못한 말을 주섬주섬 챙겨 속에 꼭꼭 숨겨 넣었다. 어쩐지 가슴이 두근거려서 함부로 말을 꺼낼 수 없었다. 나는 고개를 숙인 채 바닥을 내려다보았다. 가로등 불빛에 내 그림자와 강현교의 그림자가 겹쳐져 길게 드리워 있었다. 마치 꼭 끌어안고 있듯이 가까이 붙어 있는 두 그림자를 보고 있는데 내 머리를 쓰다듬는 손길이 느껴졌다. 순간, 나는 어색한 마음에 다시 고개를 들었다.

"제가 어린애도 아닌데 툭하면 머리나 쓰다듬고……."

"그럼 다른 데를 쓰다듬어 줘?"

강현교가 짓궂은 표정으로 눈을 가늘게 뜨더니 나를 위아래로 훑어보았다. 나는 반사적으로 두 팔을 엑스 자로 만들어 가슴을 가리며 말을 더듬었다.

"어, 어디를 봐요, 지금! 변태처럼!"

"어디를 봤는지 알고 싶어? 굳이 알고 싶다면 내가 친절하게 대답해 줄 수도 있는데."

"아휴, 됐어요! 심심하면 장난만 치고 정말 못됐다니까! 어쨌든 들어가……."

나는 들어가자고 말하려다가 멈칫했다. 너무 자연스럽게 나오려던 말에 스스로 당황한 탓이었다. 들어가자고? 혼자 살던 내 곁으로 강현교가 순식간에 다가온 느낌이었다. 그런데도 그 느낌이 어색하지 않아서 더욱 당황스러웠다. 강현교는 내가 멈칫거린 이유를 알겠다는 듯— 또 내 생각을 읽었는지도 모르겠지만— 내 어깨를 다정하게 감싸며 말했다.

"그래. 들어가자."

나는 슬쩍 시선을 내려 내 어깨를 감싼 강현교의 손을 보았다. 길고 가느다란 손가락이 부드럽게 내 어깨를 감싸고 있었다. 직접 닿지 않을 정도로 적당히 공간을 두고 살짝 말이다. 나는 그런 강현교의 배려에 어색해진 마음을 내색하는 게 이상할 것 같아서 모르는 척 안으로 들어갔다.

14
비현실과 현실

"참, 열쇠를…… 으앗! 왜 옷도 안 입고 나와요!"

나는 모처럼 케이블에서 하는 드라마 재방송을 보느라고 깜빡 잊고 있다가 강현교가 욕실에서 나오자마자 열쇠를 든 채 그쪽으로 고개를 돌렸다. 그리고 곧바로 경악해서 두 손으로 얼굴을 감싼 채 외치고 말았다. 그러거나 말거나 강현교는 머리를 털면서 내 쪽으로 다가왔다. 오지 마! 그런 벌거숭이 차림새로 오지 말라고!

"가릴 거면 제대로 손가락을 다 붙여서 가리든지. 이게 뭐야? 손가락 사이로 다 보이잖아."

강현교가 웃음기 어린 목소리로 내 손을 붙잡았다. 아니, 그게……. 나는 순간적으로 머쓱해서 강현교가 잡고 있는 손을 빼내기 위해 꼼지락거렸다. 강현교는 쉽게 내 손을 놓아주더니 물었다.

"이게 내 열쇠야?"

"아, 아아! 예!"

맞다. 금세 또 까먹을 뻔했네. 나는 눈앞에서 움직이는 가슴팍을 보지 않으려고 시선을 아래로 내리며 열쇠만 쑥 내밀었다. 강현교가 어이 없다는 듯 웃으며 말했다.

"손가락 사이로 볼 거 다 봐 놓고."

"보기는 누가 봤다고. 아니, 그나저나 왜 옷은 제대로 안 입고 나오는 건데요! 여기가 무슨 아마존인 줄 알아요? 왜 벌거벗고 다니는 거냐고요."

"진짜 벌거벗어 줄까? 응? 제대로 벗어 줘?"

"아니. 내 말은 그게 아니라……."

아래만 입고 나올 게 아니라 위에도 좀 입고 나오면 안 되냐고요. 나는 서서히 줄어드는 목소리로 간신히 대꾸했다.

"이제 우리는 연애하는 거잖아."

"그게 지금 강현교 씨가 벌거숭이로 돌아다니는 거랑 무슨 상관이 있다고요."

"당연히 상관이야 있지. 연인 사이에 이 정도는 기본 아니야?"

"그건 또 무슨 억지래……."

나는 구시렁거리며 입을 삐죽였다. 강현교가 열쇠를 가볍게 던져 받더니 픽, 웃었다.

"그 기분 나쁜 웃음은 뭐예요?"

"아니. 꽤 아날로그적이란 생각이 들어서."

"지금 비웃는 거예요?"

"아니야. 정말, 그냥 꽤 괜찮아서 그래. 요즘은 어디든지 디지털이잖아. 그래서 오히려 이런 열쇠가 신기하기도 하고, 손에 딱 쥐어진 느낌도 좋고, 뭐 그래."

나는 강현교를 다시 쳐다보았다. 나보다 훨씬 키가 큰 탓에 그의 표정이 형광등 불빛에 반사되어 잘 보이지 않았다. 하지만 그가 제법 기분 좋게 웃고 있다는 것 정도는 알 수 있었다. 뭐래…… 고작 열쇠 하나 가지고.

"그렇게 좋으면 보조키라도 하나 더 달아 놓을까요?"

"뭐?"

"아니, 열쇠를 좋아하는 것 같아서요. 문에 주렁주렁 보조키를 달아 놓으면 어떨까 해서."

내가 웅얼거리며 말하고는 다시 텔레비전 쪽으로 시선을 돌리는 동시에 강현교에게서 웃음이 터져 나왔다. 아오오, 이걸 농담이라고 한 거야? 나는 내 끔찍한 유머 감각에 스스로 부끄러워져서 두 손으로 머리를 감쌌다. 그리고 오른쪽 엄지발가락으로 리모컨의 볼륨 버튼을 꾹꾹 눌렀다.

"어떻게 당신이 나한테 이럴 수 있어? 내가 당신을 위해서 뭘 버렸는지, 당신이 누구보다 잘 알고 있으면서!"

드라마 속의 남자 주인공이 애절하게 외치는 소리가 점점 더 커졌다. 나는 볼륨을 계속 키우다가 멍하니 남자 주인공을 쳐다보았다. 아직 여자 주인공을 만나기 전인 남자 주인공은 사랑했던 여인에게 배신을 당하고 자신이 가지고 있던 모든 것을 잃은 상황이었다. 나는 조금 전까지 느꼈던 부끄러움을 잊고 텔레비전 화면 속에서 절규하는 남자 주인공을 물끄러미 보았다.

……누구를 꼭 닮았구나.

괜히 멋쩍어서 머리를 긁적이는데 강현교가 어느새 편안한 셔츠를 입고는 다가와 내 옆에 자리를 잡고 앉았다. 나는 힐끔 그를 돌아보았다. 젖어서 슬쩍 흐트러진 머리 덕분인지 강현교는 조금 더 부드럽고, 뭐랄까…… 그래, 딱 그거 같았다. 드라마나 로맨스 소설에서 종종 나오는 대학교 선배…….

"푸훗!"

"아! 또 내 생각 들은 거죠!"

"내가 일부러 듣는 것도 아닌데 그때마다 발끈하기는."

강현교가 웃음을 참으며 어깨를 떨더니 다시 나를 쳐다보고는 장난스럽게 물었다.

"그래서 어떤데? 뭐, 첫사랑의 이미지, 그런 거야? 응?"

"몰라요! 나 드라마 보던 중이니까 방해하지 마요."

나는 텔레비전으로 시선을 고정했다. 내 옆얼굴을 빤히 바라보는 시선이 느껴졌지만 일부러 앞만 뚫어져라 쳐다보았다. 남자 주인공을 비웃으며 그의 애인이었던 여자가 조롱 섞인 말을 퍼붓는 장면이 이어졌다.

"못됐어, 진짜."

나는 콧김을 씩씩 뿜으며 말했다. 그러자 강현교가 움찔하더니 조심스럽게 물었다.

"……나?"

"아니요! 저 여자요."

나는 화면 속 여자를 가리키며 입을 삐죽였다. 여자는 우준석과 비슷했고 페니를 연상시키기도 했다. 나는 화면을 노려보면서 말을 이었다.

"적어도 저건 아니잖아요. 사랑하는 마음이 사라졌더라도, 그래서 헤어지게 된다고 하더라도 지난 세월, 지난 사랑, 그런 것에 대해 최소한의 예의를 갖춰 줄 수도 있는 거잖아요. 자신을 사랑한 사람에게 저런 식으로 조롱을 할 필요는 없잖아요. 그 마음을 함부로 비웃으면 안되는 거잖아요. 진짜, 저 여자는 제대로 망해야 하는데! 이 드라마, 복수물이겠죠? 응? 복수물이어야 하는데!"

"드라마를 본 적이 없어서. 그런데…… 너도 복수를 하고 싶어?"

"예?"

"우준석도 제대로 망하게 만들고 싶은 거냐고."

강현교의 물음에 나는 쉽게 입을 열 수 없었다. 드라마를 보다가 문득 내 모습이 겹쳐지는 바람에 흥분해서 생각나는 대로 말을 하기는 했지만, 그의 말에 '그렇다' 고 쉽게 대답할 수는 없었다. 모르겠다. 나는 복수를 하고 싶은 걸까. 우준석이 망하는 걸 보고 싶은 걸까. 나는 다시 느리게 시선을 움직여 텔레비전 화면을 쳐다보았다. 어느새 장면은 바뀌었고, 여자 주인공이 환하게 웃으며 버스에서 내려 어디론가 힘차게 달려가고 있었다.

"아니, 그건 아닌 것 같아요. 우준석은 이제 저하고는 정말 아무 상관없으니까. 그 사람은 그냥 그렇게 자기 나름대로 살아가면 되고……."

나는 다시 강현교를 쳐다보았다. 강현교의 눈이 가늘게 나를 응시하고 있었다. 나는 시선을 옮겨 그의 귀를 쳐다보았다. 머리 위에서 쫑긋거리는 귀가 바짝 긴장한 듯 꼿꼿하게 서 있었다. 내가 명령하면 바로 움직이겠다는 듯 말이다. 어떻게 하지? 고양이가 아니라, 아니, 삵이 아니라 꼭 개 같…… 아니, 이건 어감이 좀 그렇고. 강아지 같잖아. 나는 웃음이 나오려는 걸 참으며 말을 이었다.

"저는 저 나름대로 강현교 씨와 연애하면서 살면 되는 거잖아요."

"지금 무슨 생각을 했지?"

"예?"

"방금 전에 말이야. 뭔가 비열한 표정이었는데."

비, 비열……. 나는 강현교를 흘겨보면서 입을 열었다.

"연애하면서 상대방한테 비열하다고 말하는 게 정상이에요?"

"딱 표정이 그랬는데 나더러 어쩌라고."

강현교가 자신은 아무 죄도 없다는 표정으로 당당하게 대꾸했다. 아, 진짜 한마디도 안 진다니까. 정말…… 그래, 이 똥강아지 같으니라고. 어? 똥강아지?

"오, 오호……."

내가 짧게 감탄사를 뱉자마자 강현교의 귀가 앞뒤로 쫑긋거렸다. 그리고 그가 눈썹을 쓱 올리며 고개를 갸웃거렸다. ……뭐지? 내 생각이 지금은 안 들렸나 보네? 나는 웃음이 마구 나오려는 걸 참으며 리모컨을 집어서 그에게 건넸다.

"보고 싶은 거 봐요. 저는 씻으러 갈 테니까요."

"무슨 생각을 했던 건지 말하지 않을 거야? 아니, 그건 그렇다 치고 지금은 또 무슨 생각을 하는데 더 악당 같은 표정을 짓는 거야?"

"별것 아니에요. 그냥……."

"그냥?"

"강현교 씨가 참…… 강아지 같구나 하는 생각."

나는 씩 웃었다. 강현교가 불쾌하다는 표정으로 입을 열었다.

"나를 개와 비교하다니. 나는 엄연히 삵……."

"예, 삵이죠. 그럼요. 개과에 속한 게 아니라 고양이과에 속한 삵이 잖아요. 당연하죠."

"여호랑. 나는 그냥 고양이가 아니라……."

"어쨌든 개과가 아니라 고양이과. 맞죠?"

이 '똥꼬' 야. 나는 속으로 그를 불렀다. 똥강아지가 아닌 똥고양이. 그리고 그것을 줄여서 '똥꼬' 라고 부를 셈이다. 다행히 '똥꼬' 라는 이 호칭은 희한하게도 그에게 전해지지 않는 듯하니 말이다. 똥꼬, 똥꼬, 똥꼬, 똥꼬, 똥꼬, 똥꼬…… 나는 속으로 마구 불러 대다가 다시 웃었다.

"……너, 지금 무슨 생각하는지 나한테 걸리기만 해 봐."

강현교가 찝찝한 표정으로 내게 엄포를 놓았다. 내 생각이 들리지는 않지만 뭔가 느낌이 있기는 한 모양이다. 나는 고개를 끄덕이며 웃었다.

"마음대로요."

우와, 내가 이렇게 배짱이 두둑할 줄이야. 어쩐지 이 남자의 앞에서는 이렇게 배짱 두둑하게 행동해도 괜찮을 것 같다는 믿음이 앞섰다.

우준석과 다르게 이 남자라면…….

"왜 갑자기 얼굴이 빨개져? 더워?"

"아, 아니에요. 아무것도."

쉬고 있어요. 졸리면 먼저 자든지. 나는 황급히 강현교에게 대꾸하고 욕실 쪽으로 향했다. 방금 내가 무슨 생각을 한 것인지 나도 알 수가 없었다. 너무 순식간이었기에 생각의 끝자락을 잡기도 전에 놓쳐 버린 탓이었다. 하지만 어째서일까. 가슴이 심하게 뛰었다.

"……뭐지?"

나는 욕실 문을 닫고 숨을 내쉰 뒤, 혼자 중얼거렸다.

내가 씻고 나오자 강현교가 거실 바닥에 이불을 펴다 말고 물었다.

"다 씻었어?"

"예? 그런데요."

"방에 이불 펴 놨어."

"예에에…… 뭐라고요?"

나는 무심코 대꾸하다가 눈을 휘둥그레 뜨고 목소리를 높였다. 그러자 강현교가 귀를 막는 시늉을 하더니 불만스러운 얼굴로 입을 열었다.

"웬만하면 침대 정도는 들여놓지? 바닥에서 자는 거 불편하지 않아?"

"침대가 뭐 좋다고. 한국 사람은 뜨끈뜨끈한 방바닥에서 자는 게…… 아니, 지금 이 얘기를 할 게 아니라! 왜 남의 방에 함부로 들어가요!"

"걱정 마. 들어가서 이불만 꺼냈지, 다른 건 건드리지도 않았어."

"아무리 그래도!"

"연인인데 이 정도도 안 돼?"

끼이잉. 마치 그 소리가 강현교에게서 들리는 것만 같았다. 나는 귀를 축 늘어뜨리고 나를 쳐다보는 강현교를 보다가 두 손을 서로 붙잡으며 속으로 외쳐야 했다. 쓰다듬으려고 하지 마! 아무리 귀여워도 참아! 금방이라도 팔을 뻗어 강현교의 축 늘어진 귀를 쓰다듬고 싶은 내 손을 막으며 바닥에 앉아 다시 입을 열었다.

"저한테 미리 허락은 구해야죠. 아무리 가까운 사이라고 해도 이런 건 좀 아닌 것 같아요."

"미안해. 나는 반려와 모든 걸 공유해도 된다고 생각했거든. 불쾌하게 하려던 건 아니었어. 이제 우리는 사귀는 거니까. 그래서 내 나름대로……."

강현교가 그답지 않게 말을 제대로 잇지 못하며 어려워하는 모습을 보고 오히려 난감해졌다. 나는 머쓱한 마음을 달래다가 한숨을 내쉬고 다시 말을 이었다.

"불쾌한 건 아니에요. 그냥, 좀…… 그러니까 좀 당황했던 것뿐이에요. 누군가와 같이 산 적이 없어서 제가 더 예민하게 굴었는지도 몰라요. 게다가 연애를 하자고 했지만, 솔직히 우리가 그렇게 가깝게 모든 걸 공유할 만큼 감정을 나눈 사이는 아니잖아요."

"……음."

강현교가 어쩔 수 없이 수긍한다는 표정으로 고개를 끄덕였다. 아마도 그는 내 말을 부정하고 싶은 모양이었다. 모든 걸 공유하는 사이가 되고 싶은 걸까. 나는 강현교를 잠시 쳐다보다가 툭, 농담처럼 던졌다.

"이제 시작인데 너무 조급해하는 거 아니에요? 성격 진짜 급한가 봐요. 강현교 씨, 그럼 애는 어떻게 기다릴 거예요? 10개월이나 기다려야 할 텐데."

"왜? 애를 낳을 마음은 있는 거야?"

"아니, 누가 그렇다고 했나요. 그냥 말이 그렇다는 거지."

기다렸다는 듯 능글맞게 웃는 강현교를 향해 눈을 흘기며 나는 대꾸했다. 그러다가 문득 떠오른 궁금증에 다시 입을 열었다.

"그런데 태어나는 아이들도 모두 그 귀랑 꼬리를 가지고 있나요?"

"물론."

"본인 눈에도 보이고요?"

"응. 그리고 반려에게도 보이지."

"강현교 씨는 괜찮았어요?"

"뭐가?"

"다른 사람들한테는 없는 게 강현교 씨한테는 있어서 이상하지 않았냐고요."

그러고 보니 그게 조금 걱정스러웠다. 지금은 익숙해져 있다고 하지만, 어릴 때는 그렇지 않았을지도 모르는데 말이다. 다른 사람들과 자신의 모습이 어딘가 다르다는 것에 상처를 받지는 않았을까. 나는 조심스럽게 강현교를 쳐다보았다. 강현교가 잠시 과거를 더듬는 듯 턱을 매만지면서 위쪽을 쳐다보더니 다시 시선을 내려 나를 보며 입을 열었다.

"어린이집에 처음 갔던 날, 내가 다르다는 걸 알았어. 아마 네 살 때였을 거야. 그 전까지는 집에서만 있었거든. 같은 삵들 사이에서 자란 탓에 내가 남들과 다르다는 건 알지 못했어. 그러다가 네 살이 되던 해에 처음으로 어린이집에 가서 삵이 아닌 인간들과 만났지."

"⋯⋯."

"뭔가가 잘못됐다고 생각했어. 어린 눈에도 본능적으로 알아차릴 수 있었거든. 내가 다르다는 것. 눈앞에 있는 이 아이들과 나는 다르다는 것. 오직 나만이 이 귀와 이 꼬리를 가지고 있다는 것. 그래서 울었지, 뭐."

"울었다고요? 강현교 씨가요?"

"왜? 난 울지도 못하는 줄 알아?"

"아니⋯⋯ 그냥, 강현교 씨가 운다는 게 상상이 되지 않아서요."

아무리 상상을 해 보려고 해도 어린 네 살의 강현교가 우는 모습은 도무지 그려지지 않았다. 지금 내 눈앞의 강현교가 작아진다고 해도 지금처럼 저렇게 매섭게 노려본다면 모를까……. 나는 하하, 하고 웃으며 어깨를 으쓱였다. 그런 내가 못마땅했는지 강현교의 눈이 살짝 가늘어졌다. 하지만 그는 다시 말을 이었다.

"하지만 곧 괜찮아졌어. 다른 아이들이나 어린이집 선생들의 눈에 내가 그들과 다를 바 없이 보인다는 걸 깨달았거든."

"그래도 겁나지 않았어요? 다른 사람들의 눈에는 안 보인다고 해도 엄연히 남들과 다른 게 붙어 있는데?"

"어차피 태어났을 때부터 달고 살았던 건데 뒤늦게 무서울 게 뭐가 있겠어. 그리고 나만 달고 있는 것도 아니고, 다른 삶들 또한 달고 있는 건데. 오히려 귀와 꼬리가 안 달려 있는 쪽이 희한하기는 했지. 익숙해지기 전까지는 그 모습이 꽤 흉측해 보이기도 했으니까."

휴, 흉측……. 나는 갑자기 내 모습이 그의 눈에 흉측하게 비칠지도 모른다는 생각에 몸을 움츠렸다. 그러자 강현교가 피식 웃더니 말했다.

"익숙해지기 전이라고 했잖아. 소심하기는."

"아, 또 남의 생각 마음대로 듣고……."

나는 구시렁거리며 '이 똥꼬야!' 하고 속으로 외쳤다. 그리고 조심스럽게 강현교의 반응을 살피는데, 그는 아무렇지 않은 얼굴로 나를 쳐다보고 있었다. 어라? '똥꼬'는 진짜 그가 못 듣는 건가? 뭐, 조금 더 두고 봐야겠지만 말이다.

"어쨌든 고마워요."

내 잠자리까지 살펴 주려고 했던 마음은 고마웠다. 그냥 본인의 이불이나 펴고 자도 될 텐데 귀찮음을 무릅쓰고 내 방에 들어가서 이불을 펴 주었던 것이니까. 강현교가 겸연쩍은 얼굴로 나를 보다가 시선을 피하더니 작게 대답했다.

"뭐…… 별것 아니야."

"그럼 자야겠어요. 강현교 씨도 잘 자요."

"어? 어어, 그래. 잘 자."

나는 다시 일어서며 강현교를 돌아보았다. 강현교가 나와 눈이 마주치자 씩 웃었다. 가슴속 어딘가가 울렁거리는 것 같았다. ……체했나? 나는 고개를 갸웃거리다가 어색하게 웃고 방 쪽으로 걸음을 옮겼다.

그리고 방에 들어가서 자리에 누우려다가 가만히 이불을 내려다보았다. 각을 잡아서 펴 놓은 것처럼 반듯한 이불의 모양새에 웃음이 나왔다. 나는 다시 뒤를 돌아보았다. 닫힌 방문 너머에 있을 강현교가 문득 떠올랐다.

네 살이었던 강현교는 어땠을까?

나는 상상을 해 보려다가 피식 웃으며 고개를 저었다. 그리고 이불 속으로 쏙 들어가 천장을 쳐다보다가 눈을 감았다. 방문이 닫혀 있기는 하지만, 그래도 든든하다는 생각이 들었다. 밤에 잘 때도 혼자가 아니라는 건…….

"……멋진 것 같아."

나는 중얼거리면서 모로 눕고는 잠을 청했다.

— 진짜 따로 잔 거야? 쳇, 재미없어.

"당연하지. 너는 대체 뭘 생각한 거야?"

— 내가 뭘 생각했는지 알면서 그런다아아아, 친구야?

흐흐, 하고 탁미가 웃었다. 나는 휴대폰 너머로도 들리는 탁미의 웃음소리에 인상을 찡그렸다.

"처음부터 그렇게 정하고 들어온 거야, 그 남자는."

— 하지만 상황이 바뀌었잖아. 처음에 동거를 시작할 때는 아무 사

이도 아니었지만, 지금은 연애를 시작했잖아? 그럼 마음이 바뀌지 않았을까? 응? 진짜 아무 일도 없었어?

"없었어."

— 눈빛이 음흉하게 변했다거나 끈적하게 군다거나…….

"안 그래. 강현교, 그 남자는 그럴 사람이 아니야."

나는 입을 삐죽이며 대꾸했다. 잠시 탁미에게서 말이 들리지 않았다. 응? 휴대폰이 먹통인가? 이제 정말 휴대폰을 새로 사야 하나, 하고 고민하는데 다행히 그녀의 목소리가 다시 들렸다. 으하하하하, 하는 커다란 웃음소리와 함께.

— 아, 내가 진짜 너 때문에 미치겠다.

"내가 뭘……."

— 그럴 사람이 아니야? 이 지지배야, 남자를 그렇게 모르냐?

하긴 모를 만도 하지. 네가 아는 남자라고는 우준석 그 개새끼밖에 더 있었냐. 탁미가 떫은 목소리로 투덜대듯 말했다. 나는 콧등을 찡그리며 항의했다.

"아니거든? 나도 우준석 말고 다른 남자들도 여러 명 알거든?"

— 어쭈? 이제 우준석이라고 막 부르네? 헤어지고 난 뒤에도 준석 씨, 준석 씨, 하더니.

"그럴 가치가 없으니까."

— 그래, 여호랑. 이제라도 정신 차려서 다행이다. 그나저나 웃기시네. 네가 누구를 얼마나 안다고? 어? 말해 봐. 아는 남자, 누구? 뭐, 원빈? 지성? 장혁?

"그 남자들은 네 이상형이고."

— 그러니까 누구냐고.

"우리 옆집 도돌희, 윗집 범 사장님, 그리고 옹달샘 회장님이랑 옹심이……."

216

내가 손가락을 하나씩 접으며 대답하자 탁미가 허탈하다는 듯 웃더니 소리를 질렀다. 휴대폰 밖으로 쩌렁쩌렁 울리는 목소리에, 나는 휴대폰을 잠시 귀에서 멀리 떼었다.

— 야, 이 지지배야! 대체 누가 남자냐! 옆집 고딩? 윗집 떡집 아저씨? 아니면, 할아버지랑 그 꼬맹이? 에라이, 지금 그걸 말이라고 하냐?

"……그럼 뭐, 그 사람들이 남자가 아니라 여자야?"

나는 입을 삐죽대며 대꾸했다. 사실, 탁미의 말에 틀린 건 없었다. 내가 지금껏 살면서 알았던 남자라고 한다면 우준석이 전부라고 할 수 있으니 말이다.

"어쨌든 이만 끊자, 탁미야. 나 들어가 봐야 돼."

— 도착했어?

"응."

나는 의뢰인의 집 앞에 서서 고개를 끄덕이며 대꾸했다. 또 봐도 저절로 입이 벌어지는 건 어쩔 수 없다. 나는 으리으리한 집을 고개가 뒤로 젖혀질 정도로 쳐다보았다.

— 그럼 일 열심히 하고.

"알았어. 너도 열심히 해."

— 오냐, 이 언니가 돈 많이 벌어서 치맥 쏘마.

탁미의 시원스러운 말에 나는 웃었다. 그리고 간단히 인사를 나눈 뒤에 전화를 끊고 초인종을 눌렀다.

"어서 와, 호랑아! 오느라고 힘들지 않았어?"

"아, 아니에요. 괜찮았어요."

현관에 들어서자마자 강조현 언니가 나를 반기며 맞이했다. 나는 신발을 벗다가 그녀의 환대에 얼떨떨해서 어색하게 웃고 말았다. 지난번에도 느꼈지만, 왜 이렇게 그녀가 내게 호감을 표시하는지 이해할 수가 없었다. 대필 작업이 끝나고 나면 어차피 남이 되고 다시 볼 일이 없을 사이인데.

하지만 이런 호의에 기분이 나쁠 까닭은 없었다. 오히려 기쁘고 고맙다면 모를까. 내가 얼떨떨해 있는 사이에 언니가 나를 데리고 응접실로 향하려다가 흠칫, 나를 돌아보았다.

"얼굴에 웬 멍이야?"

"예? 아…… 이거요."

화장을 한다고 나름대로 덕지덕지 발랐는데 소용이 없었나 보다. 희한하네……. 거울로 봤을 때 안 보이는 것 같았는데. 내가 잘못 봤나? 나는 어색하기도 하고 민망하기도 해서 뺨을 손으로 가리며 웃었다.

"그냥 넘어지는 바람에요."

"넘어져서 생겼다고? 이 멍 자국이?"

"예……."

나는 말을 길게 빼며 대답했다. 내 대답이 별로 믿음직스럽지 못했는지 언니가 눈을 가늘게 뜨고 나를 보았다. 뭔가 오싹한 기분이 들었다. 관찰당하는 듯한 기분이라고 해야 할까. 내가 몸을 움찔거리자 그녀가 혀를 차더니 다시 아무 일도 없었다는 듯 웃으며 말했다.

"잠깐만 앉아 있어. 아버지 모시고 나올게."

"예."

휴우, 다행이다. 그냥 그렇게 넘어가려나 보다. 어쩐지 그녀에게 이런 것을 들키고 싶지 않았다. 내게 과분할 정도로 호감을 보이는 사람에게 나 역시 잘 보이고 싶은 마음이 드는 건가 싶었다.

나는 언니의 뒷모습을 물끄러미 보다가 주위를 둘러보았다. 이런 집은 방이 몇 개나 될까? 열 개? 스무 개? 고개를 갸웃거리고 있는데 강일승 어르신의 모습이 보였다. 나는 황급히 가방을 앞으로 들고 인사했다.

"안녕하셨어요, 어르신."

"어서 오거라, 호랑아. 그래, 오는 길이 힘들지는 않았고? 다음부터는 내가 차를 보내 주는 게 낫지 않겠니? 응?"

나를 보자마자 덥석 손을 잡은 어르신 때문에 당황하고 말았다. 수십 년 동안 만나지 못했던 자식이라도 찾은 분처럼 어르신의 눈에 눈물까지 그렁그렁 고인 듯 보인 것은 내 착각일 테지. 내가 당황한 얼굴로 어르신에게 잡힌 손을 빼지도 못하고 엉거주춤해 있자 언니가 내 손을 빼내 주면서 입을 열었다.

"아휴, 아버지. 갑자기 손부터 잡으시면 어떻게 해요? 호랑이 놀란 것 안 보이세요?"

"허, 허험. 반가워서 그렇지. 그건 그렇고, 응? 어떻게 생각하누. 다음부터는 내가 집으로 차를 보내 주마. 오 기사가 운전을 얌전히 하는 편이니까 그 사람을 보내면……."

"아니에요, 어르신. 괜찮습니다."

나는 고개를 절레절레 흔들며 사양했다. 자동차까지 보내 주겠다니. 너무 과한 친절은 내게 부담이었다. 하지만 어르신은 내 거절에 마음이 상한 듯 침울한 표정으로 다시 물었다.

"왜 뭐가 마음에 안 드는 게야? 나는 그저 호랑이 네가 고생하면서 오는 게 안쓰러워서……. 게다가 말을 듣자 하니 넘어져 멍도 생겼다면서. 하체가 허약한 게냐? 응? 그러면 곤란한데."

"아닙니다, 어르신. 별것 아니었어요. 제가 워낙 덜렁거리는 성격이라 넘어진 거지, 허약하다거나 그런 게 아니고요. 게다가 그 말씀만으로도 제게는 과분합니다."

하체가 허약하면 왜 곤란한 걸까. 나는 이해할 수 없는 어르신의 말씀에 잠시 고민하다가 그냥 그런가 보다, 하고 넘어가기로 했다. 그렇지만 어르신의 제안만큼은 받아들일 수 없었다.

강일승 어르신과 나는 계약으로 맺어진 관계일 뿐이다. 이런 식의 지나친 호의는 내게 독이 될 수 있다. 나는 다른 사람의 친절이나 배려에 유난히 약한 편이다. 그래서 종종 그런 친절이나 배려에 마음을 전부 줘 버렸다가 나중에 혼자 상처받은 적이 많았다. 다른 사람들은 그냥 아무 생각 없이 베푸는 호의를 너무 과하게 받아들인 탓이었다.

아마 지금도 그런 것이겠지. 이제 겨우 두 번째 만남인데. 게다가 대필 계약의 당사자일 뿐인데.

"과분할 건 뭐니. 그럴 필요 없어. 호랑이, 네가 예뻐서 그래."

"아, 저기……."

예쁘다는 말은 오히려 강조현 언니에게 어울릴 법했다. 나는 민망해서 고개를 숙이고 가방에서 수첩과 펜, 녹음기를 꺼냈다. 그런 말을 곧이곧대로 믿을 만큼 내가 뻔뻔하지는 않다.

"벌써 시작하려고? 오자마자?"

"예. 제가 맡은 일이잖아요. 그러려고 오는 건데……."

나는 언니의 말에 대답하며 고개를 들었다. 언니가 어르신과 눈짓을 주고받더니 한숨을 폭 내쉬며 다시 말했다.

"호랑이는 다 좋은데 그게 단점인가 봐."

"예?"

"너무 고지식한 거."

나는 고개를 갸웃거리며 언니를 쳐다보았다. 하지만 언니는 더 이상 설명할 게 없다는 듯 어깨를 으쓱이더니 일어났다. 우와, 키가 정말 크다. 꼭 누구처럼……. 으응? 나는 순간 뭔가 머릿속을 스치고 지나간 느낌에 고개를 갸웃거렸다. 그러나 그 느낌이 무엇인지 알아차리기 전에 언니의 목소리가 들렸다.

"간식 챙겨서 올게. 말씀 나누세요, 아버지."

"오냐. 한과랑 강정도 넉넉하게 가져오고. 선물로 들어온 게 맛이 제법 괜찮더구나."

"예."

언니는 어르신에게 대답하더니 내게 눈짓을 하고 돌아섰다. 나는 잠시 언니의 뒷모습을 쳐다보다가 어르신의 목소리에 고개를 돌렸다.

"대필 작가라는 거 괜찮은 거냐."

"예?"

"네 성격상 그릇된 일은 하지 않을 것 같은데 어떻게 대필 일을 하게 되었나 싶어서 말이다. 물론 이제 겨우 두 번 봤을 뿐인데 내가 네 성격이 어떻다 운운할 바는 아니겠지만. 그래도 사람의 본성 정도는 알 수 있을 만큼은 내가 나이를 먹었거든."

"……."

"사는 것이 힘드냐."

"……무슨 말씀이신지."

"사람이 어쩔 수 없이 선택이란 걸 하게 될 때가 있지."

강일승 어르신은 나를 쳐다보다가 헛기침을 하고는 말을 이었다.

"그 어쩔 수 없는 상황이란 것 중에서도 경제적으로 어려운 상황이 참 고약하기도 하지. 세상에 돈이 전부는 아니다, 누군가는 그렇게 떠들기도 하지만 말이다. 돈이 전부는 아닐지라도 돈 때문에 어쩔 수 없는 상황에 직면하는 사람들이 있거든. 하고 싶지 않은 일을 하고, 품고 있던 꿈을 버리고."

"……."

"혹시 호랑이 너도 그런 건가 싶어서 말이다. 대필 작가라는 것이 그렇지 않누. 남의 글을 쓰는 것 아니냐. 자기 이름으로 된 책 한 권 내지 못하고 남의 글을 대신 써 주는 유령 같은 존재. 늘 음지에서 제 존재를 숨겨야 하는 존재."

나는 침을 삼키며 두 손을 꽉 쥐었다. 입이 마르는 것이 느껴졌다. 동시에 눈물이 핑 돌아서 순간적으로 시야가 뿌옇게 흐려졌다.

"대필을 의뢰한 내가 이런 말을 하는 게 우습기는 하겠지만……."

"아니요, 아닙니다. 어르신."

눈물이 손등 위로 떨어졌다. 나는 황급히 손을 옷에 닦은 뒤에 고개를 들었다. 어르신이 나를 보고 있었다. 염려하는 듯한 시선이었다. 나는 억지로 웃으며 입을 열었다.

"자랑할 만한 직업이 아니라는 건 제 스스로도 잘 알고 있습니다."

대필 작가라는 건 누구에게든 말하기 어려운 직업이다. 글을 쓴다고 말하는 것과 대필을 한다고 말하는 것 사이에는 큰 차이가 있다. 그 차이는 쉽게 좁혀지지 않는다. 사람들은 대필 작가라고 말하면 먼저 색안경부터 끼고 보았다. 돈 받고 글을 판다고 비아냥거리기 일쑤였다. 그래서 탁미가 늘 나를 안타까워하는 것이기도 했다.

"하지만 제 글 자체만큼은 부끄럽지 않으려고 늘 노력하고 있습니다. 공모전에 내는 글이나 학교 과제로 제출해야 하는 글 같은 것은 애당초 의뢰를 받지 않고요. 그 외에도 출판사를 통해서 제삼자에게 유통될 만한 글은 쓰지 않습니다."

"그래서 '다쓴다' 작가는 가족에게만 공개되는 '자서전'을 쓰는 건가."

"예. 지난 삶을 되돌아보고 당신의 살아온 기록을 가족에게 남기고 싶어 하는 분들이 많거든요. 저는 그저 그분들의 입이 되고 손이 되어서 지난 삶을 기록하는 것뿐입니다. 적어도 제가 생각할 때는요."

나는 두 손으로 꽉 쥐고 있던 옷자락을 놓은 뒤, 구겨진 부분을 손으로 문질렀다. 그 순간 어르신의 목소리가 들렸다.

"그렇지만 남의 이름으로 글을 쓰는 걸 부정할 수는 없지 않은가. 설령 가족에게만 보이는 것일지라도."

"분명 그런 부분은 있습니다. 하지만……."

"아버지, 지금 호랑이 데리고 무슨 말씀을 나누고 계신 거예요? 얘,

됐어. 이러다가 울겠네, 진짜. 아버지! 이런 걸 혀…… 하여간 그 녀석
이 알면 난리를 칠 텐데 어쩌자고……."

내가 말을 이으려던 순간, 테이블에 쟁반을 내려놓는 소리가 나더니
언니의 목소리가 이어졌다. 나는 언니의 말을 듣다가 고개를 갸웃거리
며 무심코 물었다.

"그 녀석이 누구인데요?"

"어?"

"그 녀석이라는 분이 누군데 난리를 친다고……."

내가 이 집에서 아는 사람은 강일승 어르신과 강조현 언니, 둘뿐이
다. 참! 그리고 보니 처음에 내게 의뢰 메일을 보냈던 강조현 언니의
예비 신랑도 있구나. 물론 얼굴은 본 적 없지만. 그런데 대체 '그 녀
석'이 누구인데 난리를 친다는 거지? 내가 의아한 표정으로 쳐다보자
언니가 혀를 차며 미간을 찡그렸다.

"아니…… 그런 녀석이 있어. 집 나간 동생."

"예?"

"가출한 동생이 있는데 걔가 쓸데없이 오지랖이 넓어서."

"……아, 예에."

나는 납득이 되지는 않지만 그럴 수도 있겠지, 하는 마음으로 고
개를 끄덕였다. 그리고 다시 어르신을 쳐다보며 입을 열었다.

"걱정이 많으시겠어요, 어르신."

"으응?"

"가출한 자제 분이 계시다니."

"아, 그 녀석."

강일승 어르신이 갑자기 헛기침을 하시며 붉어진 얼굴로 내 시선을
피하더니 말을 이었다.

"집 나가면 고생이라는 말도 헛소리인지 집 나가서 잘 먹고 잘 살고

있는 것 같더라고."

"그래도 자제 분이 연락은 하나 보네요."

"뭐, 그렇지."

어르신이 당황한 듯한 얼굴로 대답을 얼버무렸다. 아무래도 타인에 불과한 내게 이런 집안 속사정을 들킨 것에 당혹스러우신 듯했다. 나는 더 이상 묻지 않기로 결정하고 다시 수첩을 펼쳤다.

대필 일을 하면서 얻는 것은 단순히 금전적인 것만은 아니다. 의뢰인의 수십 년 세월을 고스란히 듣고 배울 수 있는 것이 어쩌면 내게 더 큰 이득인지도 모른다. 어르신의 삶 또한 배울 점이 많았다. 그리고 어르신과 돌아가신 사모님의 사랑 이야기도……

"푸훗."

나는 웃음을 참지 못하고 작게 웃었다. 사별한 아내의 이야기를 하던 어르신의 모습이 마치 첫사랑에 빠진 소년 같았다. 언니가 부끄럽다며 타박을 하는데도 말이다.

'……그런 게 사랑이겠지?'

입가에 번졌던 웃음기가 그대로 사라지는 것이 느껴졌다. 나는 버스 창문 밖으로 스쳐 지나가는 풍경에 시선을 던졌다. 수십 년의 세월이 흘러 머리가 하얗게 세고, 그렇게 늙어 가면서도 여전히 가슴을 뛰게 하는 사랑을 하고 싶었다.

하지만 내 사랑은 그러지 못했다. 눈치를 보고 얻어맞으면서도 항의조차 하지 못했고, 무시를 당하면서도 그것을 당연하다고 받아들였고……. 7년 전 고백했던 이후, 오히려 내 사랑은 점점 더 비루해졌던 것인지도 모르겠다. 그리고 이제는 재조차 남지 않았고.

"탁미 말이 맞나 보다."

연애를 한 게 아니라 삥 뜯긴 거라던 탁미의 말이 문득 생각났다.

괜한 쓸쓸함에 피식 웃으며 고개를 흔드는데 휴대폰이 울렸다.

"……어?"

휴대폰 화면에 뜬 이름은 '똥꼬'였다. '강현교'로 저장해 두었던 것을 오늘 아침에 몰래 '똥꼬'라고 바꿔 놓았다. 나는 저절로 다시 웃음이 나오려는 걸 꾹 참고 전화를 받았다.

"여보세요."

— 여보세요, 라니. 뻔히 내가 전화한 걸 알면서 그렇게 말하는 건 무슨 심보야?

강현교의 목소리를 휴대폰으로 들으니 조금은 낯설게 느껴졌다. 하지만 그 낯선 느낌이 나쁜 것은 아니었다. 오히려 신기한 기분이 든다고 해야 할까. 지금까지 내 휴대폰은 거의 탁미와 통화를 하는 용도로만 썼으니 말이다. 나는 퉁명스러운 강현교의 목소리에 입꼬리를 올렸다.

"그럼 앞으로는 '왜요?'라고 할까요? 그게 더 딱딱해 보이지 않아요? 용건만 말하라는 것 같아서."

— 누가 그렇게 받으래? 그런 거 말고도 좋은 말 많잖아?

"저는 그런 거 몰라서요."

— 나 참, 무슨 여자가 애교도 없고. 이것 보세요, 여호랑 씨. 우리 지금 연애하는 중입니다만? 알고 계시죠?

"싫으면 없던 일로……."

— 아, 누가 싫다고 했나.

내가 배짱을 부리며 말을 하자마자 강현교가 목소리를 낮추며 웅얼 거리듯 말했다. 그의 귀가 축 늘어져 있을 게 저절로 그려져서 나도 모르게 웃어 버렸다.

— 집에 들어가는 길이야?

"예. 버스 안이에요."

강현교가 다시 묻는 말에 대꾸하며 나는 고개를 돌려 창밖을 보았다. 그리고 나는 곧바로 외마디 소리를 뱉을 수밖에 없었다.

"어?"

— 왜? 무슨 일이야?

"비가 와요. 일기예보에서 비 온다는 얘기는 없었는데."

나는 미간을 찡그리며 대꾸했다. 비가 제법 쏟아지고 있었다. 길을 걷던 다른 사람들도 비가 올 것을 예상하지 못했던 듯 들고 있던 가방이나 모자로 머리를 가리고 허둥대며 뛰고 있는 모습이 눈에 들어왔다.

"소나기여야 하는데……."

집까지 가려면 버스 정류장에서 내려서도 꽤 걸어가야 하기 때문에 난감한 마음이 앞섰다. 그때 강현교의 목소리가 다시 들렸다.

— 버스 정류장에 내리면 거기 그냥 있어. 아니, 정류장 근처의 커피숍이든 어디든 들어가 있어.

"예?"

— 내가 지금 데리러 갈 테니까 어디든지 들어가 있으라고. 괜히 비 맞고 돌아다니지 말고.

잠시 말문이 막혔다. 우산이 없는데 비가 오면 그냥 비를 맞고 집에 갔다. 금방 그칠 비 같으면 건물 밑에서라도 기다리다가 가기도 했고. 나를 데리러 오는 사람은 없었다. 탁미도 탁미 나름대로의 생활이 있기 때문에 단순히 비가 온다고 해서 일하던 걸 내버려 두고 나올 수 있을 리 없었다. 오히려 내가 대필 일이 없을 때 심심해서 탁미가 일하는 곳으로 찾아간 적은 있어도 말이다. 그래서일까. 턱이 약하게 떨렸다.

"지금 일하는 거 아니에요?"

— 잠깐 시간 낼 수 있어.

"아니, 됐어요. 그러지 마요. 일하는 거 방해하고 싶지 않으니까."

— 엘리베이터 탔어. 주차장 내려가는 중이야.

나는 입을 달싹이다가 그냥 다물었다. 눈시울이 뜨거워져서 황급히 눈을 깜빡이며 다시 창밖을 쳐다보았다. 비는 여전히 내리고 있었다. 젖은 도로 위를 지나가는 차 옆으로 물보라가 일었다.

"운전 조심해서 와요. 정류장에 있을 테니까."

— 비가 와서 쌀쌀할 거야. 커피숍 같은 곳에 들어가 있어. 문자 보내 주면 내가 찾아갈 테니까.

"……예."

나는 목이 잠겨 간신히 대꾸하고 전화를 끊었다.

아주 어릴 적 비가 올 때 나는 그게 참 부러웠다. 우산을 들고 교문 앞이나 운동장 한쪽에 서서 기다리던 엄마. 그리고 엄마와 함께 우산을 나란히 쓰고 교문 밖을 나가던 아이. 그게 참 부럽고 그만큼 서러웠다.

내게는 우산을 들고 나를 데리러 올 사람이 없었다. 양어머니에게 그런 것을 기대할 수는 없었다. 오히려 비를 맞고 젖은 채 들어갔다가 꾸지람과 함께 매를 맞았다. 집 안을 더럽힌다는 이유였다. 그래서 나는 비를 맞은 날에는 옷이 마르고 몸에서 빗물이 떨어지지 않을 때까지 현관문 밖의 처마 아래에서 무작정 기다릴 수밖에 없었다. 몸이 달달 떨리고 입술이 새파랗게 질려도 어쩔 수 없었다.

어쩌면 나는 본능적으로 알았던 것인지도 모른다. 양어머니에게 밉게 보이면 안 된다고. 버려질지도 모르니까. 다시 보육원으로 돌아가지 않으려면 이렇게 해야만 한다고.

……눈물이 핑 돌았다.

나는 심호흡을 하며 눈을 비볐다. 손가락 끝에 물기가 묻어 나왔다. 하지만 서럽다거나 슬픈 건 아니었다. 내가 비에 맞을까 봐 걱정하는 사람이 있으니까. 나를 걱정해서 지금 오고 있는 사람이 있으니까. 그 사람, 강현교를 생각하니 가슴이 뛰었다. 어느새 다음 정류장이 내가 내릴 정류장이었다.

"우산을 사도 되는데 그랬구나……."

나는 편의점 한쪽에 진열된 비닐우산을 보며 중얼거렸다. 3,500원이라고 가격표가 붙어 있는 비닐우산은 그 질에 비해서 가격이 너무 비싼 듯했지만 말이다. 우산을 사 봤어야 알지. 탁미가 어디서 얻어 왔다며 주고 간 것으로 대충 해결하고 살았던 탓에 나는 편의점에서도 우산을 살 수 있다는 사실조차 알지 못했다.

무슨 원시인 같아……. 나는 머쓱해져서 혼자 속으로 중얼거리며 다시 둘러보았다. 딱히 살 것이 있는 건 아니지만 그냥 가만히 있기에는 눈치가 보였다. 그렇다고 아무것이나 손에 잡히는 대로 살 만한 배짱이 있는 것도 아니고. 이러니까 우준석이 나더러 구질구질하다고 했겠지만.

나는 갑자기 떠오른 우준석 때문에 기분이 나빠져서 고개를 붕붕 젓다가 온장고에 시선을 고정했다. 아니, 더 정확히 말하자면 온장고 속에 있는 캔커피에 시선을 고정시켰다.

……살까?

마시면 따뜻할 텐데.

나는 잠시 고민하다가 용기를 내서 고개를 끄덕이고 걸음을 옮겼다. 강현교는 내가 비에 맞을까 봐 걱정하는 마음에 근무시간인데도 집까지 나를 데려다주겠다며 오는 길이다. 그런 강현교에게 따뜻한 캔커피 하나쯤이야…… 아까울 게 없다.

"아, 따뜻하다."

나는 두 손으로 캔커피를 쥔 채 밖을 쳐다보았다. 곧 도착할 거라던 문자가 조금 전에 왔으니 조금만 기다리면 될 터였다. 나는 캔커피를 두 손으로 쥐고 있다가 아, 하고 입을 벌렸다.

"이러다가 식으면 안 되는데."

내 손이 차가운 편이라는 걸 깜빡 잊고 있었다. 캔커피가 너무 따뜻해서 말이다. 나는 아쉬운 마음에 캔커피를 내려다보다가 겉옷 주머니에 넣었다. 주머니 안에 있으면 더 오래 따뜻하겠지? 내가 따뜻해졌던 두 손을 서로 비비며 밖을 내다보는데 정류장 앞에 자동차 한 대가 섰다. 부가티, 조금은 익숙해진 그의 차였다. 그리고 차 문이 열리더니 장신의 남자가 우산을 펼치면서 내렸다. 우산에 가려져서 그의 얼굴이 보이지 않았지만, 그래도 강현교라는 건 확실히 알 수 있었다.

"꼬리 다 젖겠다……."

나는 작게 중얼거리다가 흠칫 놀라서 종업원 쪽을 돌아보았다. 그러나 종업원은 내 말을 듣지 못했는지 휴대폰 게임에 열중해 있는 상태였다. 다행이다, 하고 가슴을 쓸어내리는데 유리를 톡톡 두드리는 소리가 났다.

"어?"

유리 너머에 강현교가 우산을 쓴 채 서 있었다. 나오라며 손짓을 하는 그를 보고 서둘러 움직였다. 유리문을 열자마자 쏴아아, 빗소리가 들렸다. 나는 문 앞에 서서 내가 나오자마자 우산을 씌워 주는 강현교를 향해 입을 열었다.

"진짜 이렇게 나와도 되는 거예요?"

"응."

"아무리 팀장이라고 하지만…… 아니, 오히려 그러니까 더 이러면 안 되는 거 아니에요? 아랫사람들이 흉이라도 보면 어쩌려고."

"안 그래. 일에 지장을 주면서까지 이러지도 않고."

"어쨌든 고마워요. 그런데 제가 우산을 사 가지고 집에 들어가도 되는 건데 그랬어요. 강현교 씨 번거롭게 하지 않아도 되는 건데, 제가 몰라서……."

"됐어. 번거롭지 않아."

강현교의 말투는 퉁명스러운 것 같으면서도 온기를 품고 있었다. 나는 무심코 그를 돌아보았다. 그리고 나도 모르게 그의 차를 향해 걷던 걸음을 멈췄다. 강현교가 나를 돌아보았다.

"왜?"

"아, 아니, 그냥……."

강현교의 소매 한쪽이 젖어 있는 것이 눈에 들어왔다. 그 젖은 소매에서 시선을 뗄 수가 없었다. 말투는 퉁명스럽고 무뚝뚝한 남자였다. 때로는 짓궂은 농담을 하고 무작정 아이를 낳으라며 억지를 부리는 남자였다. 하지만 이렇듯 아무렇지 않게 보이지 않는 배려를 해 주는 남자이기도 했다. 나는 젖은 소매를 물끄러미 보다가 뒤늦게 든 생각에 주머니를 뒤적이며 다시 입을 열었다.

"커피 마셔요."

"커피?"

나는 주머니에 넣어 두었던 캔커피를 꺼냈다. 다행히 아직 따뜻했다. 하지만 언제 식을지 몰라 마음이 급해졌다. 나는 강현교에게 어서 마시라며 커피를 든 손을 흔들었다. 강현교가 멀뚱히 내 손을 쳐다보고 있다가 캔커피를 받아 들더니 나를 향해 물었다.

"그런데 왜 하나밖에 없어? 너는?"

"저는 안 마셔요."

"왜?"

뭘 물어봐, 그런 걸. 돈 아까우니까 그렇지…… 라고 생각하다가 나는 흠칫 몸을 굳히며 슬그머니 강현교의 눈치를 살폈다. 하지만 강현교는 내 생각을 알아듣지 못한 듯 고개를 갸웃거릴 뿐이었다. 나는 속으로 안도하며 다시 말을 이었다.

"커피 안 좋아해서요."

"그걸 믿으라고?"

"물론이죠."

"……흠."

강현교는 의심스러운 눈으로 나를 쳐다보다가 다시 내게 캔커피를 내밀었다.

　"어, 왜요? 빨리 마시라니까요. 저는 커피 안 좋아한다고…….."

　"대신 따 줘. 나는 우산을 들고 있어서 말이야."

　강현교가 어깨를 으쓱였다. 아, 그렇구나. 한 손으로는 어렵지. 나는 금세 수긍하고 강현교에게서 캔커피를 받아 들었다. 그리고 뚜껑을 따서 강현교에게 내미는데 그의 목소리가 먼저 이어졌다.

　"너부터 마시고 줘."

　"예?"

　"회사에서 커피를 잔뜩 마셨거든. 다 마시기에는 너무 많아. 절반 정도 먹고 남은 거 줘."

　"그래도…….."

　"빨리."

　강현교의 재촉에 나는 얼떨결에 커피를 마셨다. 그리고 몇 모금을 마신 뒤, 그에게 돌려주려다가 흠칫 놀라서 다시 손을 뒤로 물렸다. 강현교가 내게서 캔커피를 받아 들려다가 한쪽 눈썹을 쓰윽 올렸다. 나는 변명하듯 고개를 저으며 말했다.

　"제가 깜빡 생각을 못 해서 입을 대고 먹었거든요."

　"괜찮아. 이리 줘."

　"아니, 그래도 그건 좀…….."

　"직접 입술도 맞댄 사이에 무슨……. 왜? 간접 키스라도 하는 것 같아?"

　"아, 누가 그렇다고. 어어, 가져가면 어떻게 해요! 안 된다니까!"

　강현교가 빙글거리며 웃더니 냉큼 내 손에 있던 캔커피를 빼앗듯 가져갔다. 그리고 곧바로 입을 대고 마셨다. 맙소사! 내 입이 닿았던 곳에 정확히 닿았어! 나는 지금 이 자리에서 펄쩍 뛸 수만 있다면 그리고 싶었다. 하지만 결국 아무 행동도 하지 못하고 그저 눈을 휘둥그레 뜬 채 강현교가 캔커피를 다 비울 때까지 쳐다볼 수밖에 없었다.

"잘 마셨어. 따뜻해서 좋다."

"⋯⋯뭐, ⋯⋯예에."

나는 대답할 말을 찾지 못하고 대충 얼버무렸다. 갑자기 어색한 기분이 들었다. 이러려고 캔커피를 산 게 아니었는데⋯⋯. 아무래도 내가 바보가 맞기는 맞는 것 같다. 도대체 나는 생각이란 걸 하고 사는 건지. 나는 어색한 마음을 지울 겸 머리를 긁적이며 주위를 둘러보았다. 그런 내 눈에 들어온 간판이 있었다. 탁미와 종종 들르는 분식점의 간판이었다. 그 간판을 본 순간, 머리보다 입이 먼저 움직였다.

"곧바로 회사 들어가야 돼요?"

"그래야겠지. 일은 끝내고 나오기는 했지만⋯⋯."

"떡볶이 먹을 시간은 돼요?"

"뭐?"

"떡볶이 먹고 갈래요? 제가 살게요."

나는 그의 뒤쪽에 보이는 분식점 간판을 손으로 가리켰다. 그러자 강현교가 눈을 깜빡이다가 내 손가락이 가리키는 방향을 따라 고개를 돌렸다. 그의 입매가 슬쩍 비틀리듯이 움직였다.

"왜요? 혹시 떡볶이 싫어해요?"

"아니. 뭐, 싫어할 것까지는⋯⋯."

강현교가 말을 얼버무리며 우산을 들지 않은 다른 손으로 턱을 쓸었다. 싫어하는 거 맞는 것 같은데⋯⋯. 하기야 삶이 떡볶이를 먹을 리 없겠지. 나는 강현교의 귀가 좌우로 쫑긋거리는 걸 보다가 입을 내밀었다. 괜한 말을 했나 싶어서 민망했다.

"됐어요. 그냥 해 본 말이에요. 바쁜 사람 붙잡고 제가 괜히⋯⋯."

"치사하게."

"예?"

"치사하게 말이야. 사 준다고 하더니 그새 마음이 바뀌었어? 아직 1분도 안 지났을 텐데."

나중에 우리 애가 그 변덕스러움은 닮지 않았으면 좋겠군. 강현교가 흘리듯 작게 중얼거렸다. 나는 순간적으로 발끈해서 뭐라고 하려다가 멈칫하고 말았다. ……우리? '우리' 애라고? 강현교의 입에서 나온 우리, 라는 말이 어쩐지 특별하게 들렸다. 혼자가 아니라는 것, '우리' 라고 말할 수 있는 사람이 생겼다는 것, 그런 게 마치 꿈만 같아서…….

"왜 그런 바보 같은 표정이야?"

하여간 밉상이다. 나는 잠시 가슴이 뭉클해지려던 느낌을 접으며 얼굴을 구기고는 강현교를 흘겨보다가 툴툴거렸다.

"아, 살 거예요. 누가 안 산다고 그랬나. 가요, 갑시다."

저 분식점에서 파는 메뉴 중에 그게 있었는데……. 뭐더라? 탁미가 언젠가 사 와서 먹고 입에서 불나는 줄…… 아, 그래! '불떡볶이' 였지! 나는 강현교를 쳐다보며 씩 웃었다. 그러자 강현교가 눈을 가늘게 뜨고 나를 훑어보듯 쳐다보다가 입을 열었다.

"그 변태 같은 웃음은 뭐지?"

"강현교 씨는 입으로 다 까먹는 스타일인가 봐요."

"뭐?"

"아니에요. 빨리 가요. 제가 살 테니까 마음껏 먹어요."

나는 다시 강현교를 향해 기분 좋게 웃었다.

"푸훗."

"웃지 마."

"하하."

"웃지 말라고 했지."

하지만 웃긴 걸 어떻게 해요! 나는 눈물까지 찔끔 나오려는 걸 차마 강현교의 앞에서 보일 수 없어서 슬그머니 고개를 옆으로 돌렸다. 나란히 걷던 강현교가 구시렁댔다.

"고약한 성미로군. 게다가 입맛도 고약하고. 우리 아이가 커서 네 입맛을 닮을까 봐 걱정이야."

"아직 생기지도 않은 애를 쓸데없이 걱정해요?"

"'아직'이라고? 그럼 지금은 아니더라도 언젠가는 생길 아이라는 건가?"

"누가 그렇다고 했나……."

나도 모르게 나온 말실수를 기다렸다는 듯 잡아서 말하는 강현교가 얄밉기도 하고, 어쩐지 아이에 대한 얘기를 이렇게 자꾸 하는 게 민망하기도 해서 투덜거렸다. 그러다가 '불떡볶이'를 처음 입에 넣었던 강현교의 표정이 생각나서 다시 웃고 말았다.

"아, 하하. 어떻게 해……."

너무 웃겨. 나는 걸음을 멈추고는 배를 잡고 계속 웃었다. 강현교가 멈춰 서더니 으르렁대듯 말을 이었다.

"그런 걸 맛있다고 먹는 인간들이 이상한 거야. 무슨 피학적 성향이 있는 것도 아니고. 설마 그런 건가? 응? 고통 같은 걸 통해서 쾌감을 얻는다거나……."

"아, 진짜! 누구를 변태로 만들려고 그래요? 아니거든요!"

나는 강현교를 쳐다보며 대꾸했다. 그가 뚱한 얼굴로 나를 응시하다가 고개를 획 돌렸다. 삐친 거다. 응, 삐친 게 확실하다. 분식점에 가서 '불떡볶이'를 먹자마자 강현교는 눈을 동그랗게 뜨는 것과 동시에 쫑긋거리던 귀를 옆으로 뉘이더니 찬물을 두 컵이나 마셨다.

그 와중에 놀란 것인지 북슬북슬한 꼬리는 좌우로 마구 흔들리며 털을 빳빳하게 세웠고. 그 모습이 뭐랄까…… 굉장히 귀여워 보여서 나도 모르게 웃을 수밖에 없었다. 늘 당당하던 강현교가 귀를 뉘이면서 낑낑대는 강아지처럼 굴다니. 하하. 나는 또 웃다가 무심코 강현교의 입술을 보았다.

매운 것을 먹어서 벌겋게 달아올랐던 입술은 여전히 붉었다. …… 아, 입술이라니. 내가 왜 저 입술을 보는 거야! 나는 문득 그와 처음 만났던 날을 떠올리고 당황해서 시선을 피했다.

"뭐야? 왜 사람을 보다가 기분 나쁜 것처럼 인상을 구겨?"

"그런 게 아니라…… 아무것도 아니에요."

'댁의 입술이 하도 빨개서 좀 쳐다봤습니다!' 라고 말할 수 없는 내 처지를 한탄하고 있는데 갑자기 강현교에게서 낮은 웃음소리가 들렸다. 나는 다시 고개를 돌려 그를 쳐다보았다. 강현교가 짓궂은 표정으로 나를 보더니 눈웃음을 치며 말했다.

"보고 싶으면 계속 봐도 되는데 뭘 그렇게 쑥스러워해?"

"누, 누가 뭘 보고 싶어 한다고."

"내 입으로 굳이 말해야 돼? 네가 지금 내 입……."

"아니에요! 아니라고요! 그건 그냥…… 아, 왜 자꾸 남의 생각을 엿듣고 그래요!"

나는 얼굴이 화끈거려서 강현교를 향해 툴툴대듯 말했다. 그리고 다시 몸을 돌려 걸음을 내딛자 강현교가 냉큼 내 옆에 다가와 우산을 씌워 주며 보조를 맞췄다.

그가 몰고 왔던 차는 정류장 근처에 주차해 두고 걸어서 집으로 가던 중이다. 강현교가 회사에 다시 들어가 봐야 한다는 걸 알면서도 분식점에서 나오다가 나도 모르게 걷고 싶다고 중얼거렸더니, 그는 내 중얼거림을 놓치지 않았다.

우산이 있으니 혼자 걸어가도 된다고 했지만 그의 고집을 꺾을 수는 없었다. 그 결과 이렇게 우산 하나를 같이 쓴 채 집으로 걸어가고 있는 길이다. 그런데 집까지 올라가는 비탈길 곳곳에 웅덩이가 생겨 있었다.

나는 빗물이 고여 있는 웅덩이를 보다가 옆을 보았다. 우산 손잡이를 쥐고 있는 강현교의 손이 내 눈에 들어왔다. 내 손보다 훨씬 큼직한 그의 손이 든든하게 느껴졌다. 웃기지? 알게 된 지 얼마나 됐다고. 나는 다시 비탈길 위쪽을 바라보며 걸음을 걷다가 생각했다.

······나중에, 아주 나중에, 그러니까 만약 내 아이가 생긴다면 말이다. 아이가 학교에서 돌아올 무렵 비가 이렇게 갑자기 쏟아지면 우산을 들고 학교 앞에 가서 아이와 함께 한 우산을 쓰고 돌아오는 거다. 아이는 하루 종일 있었던 일을 내게 재잘재잘 얘기해 줄 테고, 나는 빗소리와 함께 아이의 재잘대는 목소리를 들으며 함께 웃고 이야기를 하겠지. 그러다가 아이와 집에 바로 돌아가지 않고 분식점에 들러 떡볶이와 순대도 사 먹고, 입가에 벌겋게 묻히며 맛있게 떡볶이를 먹는 아이의 입 주변을 닦아 주기도 하고. 그리고 함께 이 길을 올라가다 보면······.

"진짜 치사하잖아."

"······예?"

갑자기 들려온 강현교의 목소리에 나는 상상하던 걸 멈추고 그를 돌아보았다. 강현교가 뭐가 못마땅한지 인상을 쓰면서 나를 흘깃 쳐다보더니 투덜댔다.

"왜 그 상상 속에 나는 등장하지도 않는 거야?"

"예에?"

"됐어. 더 말했다가는 내가 치졸해 보일 테니."

강현교는 잔뜩 심술이 난 표정으로 입을 다물더니 다시 앞을 바라보며 걸음을 옮겼다. 아······. 나는 뒤늦게 강현교가 왜 그런 것인지 깨닫고 황급히 그의 옆을 따라가며 입을 열었다.

"삐쳤어요?"

"응."

"아니라고 안 하네요?"

"당연하잖아. 이건 삐칠 만한 일이야. 내가 속 좁아서 삐친 게 아니라."

"상상일 뿐이잖아요. 제 마음대로 상상도 못 해요?"

"해. 마음대로 하라고. 누가 못 하게 했어?"

진짜 삐쳤나 보네……. 나는 속으로 중얼거리다가 강현교를 올려다보았다. 나보다 키도 훨씬 크고 자신감도 넘치고 당당한 남자인데, 그런 강현교가 내 상상 속에 본인이 등장하지 않았다고 서운해하는 게 신기하기도 하고 기분이 묘했다. 내 시선을 느꼈는지 강현교 역시 다시 멈춰 서서 나를 돌아보았다.

"서운했다면 미안해요."

"사과하지 마."

"예?"

"미안하다고 말하는 게 어쩐지…… 앞으로도 네 머릿속에서 그려 낼 미래에 내가 없다고 말하는 것 같아서 기분이 별로야."

강현교는 가라앉은 목소리로 대답했다. 나는 그의 말에 아무 대꾸도 하지 못했다. 미래…… 내 미래에 그가 없을까? 아니, 내 미래에 그가 있을까? 지금처럼 그가 앞으로도 나와 함께한다고?

"연애를 하자고 했지만…… 아직 실감이 안 나서 그러나 봐요. 저한테 강현교 씨는 아직 그래요."

나는 강현교의 귀를 보았다. 보들보들해 보이는 털이 귀를 감싸고 있었다. 뭉툭한 귀의 끝부분이 쫑긋거릴 때마다 가슴 한구석이 간지러운 것도 같았다. 하지만 이런 건 비현실적이었다. 느닷없이 나타났던 강현교가 어느 순간 꿈처럼 사라질 것도 같았다. 함께 떠들고 웃고 장난도 치고 고기도 먹고 떡볶이도 먹고, 그러면서도 말이다.

"어떻게 하면 실감이 날까?"

"예?"

"내가 네 앞에 있는 현실이라고, 어떻게 해야 믿겠냐고."

강현교는 들고 있던 우산을 내 손에 쥐여 주었다. 나는 얼떨결에 우산을 받아 들었다. 키가 큰 강현교에게 우산을 씌워 주려면 팔을 높이 들어야 했다. 그가 싱긋 웃더니 허리를 숙였다.

그리고 부드러운 감촉이 입술 위에 가볍게 스쳤다가 떨어졌다. 우산을 쥔 손에 저절로 힘이 들어갔다. 강현교의 입술만 눈에 가득 들어왔다. 내게 다가왔다가 멀어진 입술이 다시 다가왔다.

"가, 강현교 씨!"

다시 한 번 그의 입술이 내 입술 위에 닿았다. 이번에는 조금 더 깊이, 조금 더 오래 머물렀다. 우산을 쥐고 있던 손에서 힘이 빠져 버렸다. 우산이 땅바닥에 떨어지는 동시에 머리 위로 빗줄기가 쏟아졌다. 차가운 비를 맞는데도 춥다는 생각이 들지 않았다. 맞닿아 있는 입술이 너무나 뜨거웠다. 내 뒤통수를 꽉 움켜쥐고 있는 그의 손이 너무 뜨거웠다.

아득할 정도로 긴 시간이 흐른 것 같았다. 맞닿아 있던 강현교의 입술이 다시 멀어졌다. 뜨겁게 닿아 왔던 온기가 사라지자 뒤늦게 한기가 느껴졌다. 강현교가 자신의 겉옷을 벗어서 내 어깨 위에 걸쳐 주더니 땅바닥에 나뒹굴던 우산을 다시 들어 내 머리 위에 씌워 주었다. 그리고 허리를 숙인 채 내 눈을 응시하며 속삭이듯 물었다.

"이래도 내가 비현실적이야?"

나는 아무 대답도 할 수 없었다. 그저 내 어깨에 걸쳐진 그의 겉옷 끄트머리를 꽉 손으로 쥐었을 뿐.

15
자각

"들어가 봐."

"……."

"왜, 할 말이라도 있어?"

"아니, 그건 아니고요……."

왜 그래! 할 말이 있으면 그냥 하면 되잖아! 뭐가 부끄러워서 입이 안 떨어지는 건데! 나는 죄 없는 현관 앞의 바닥만 신발로 문질렀다. 신발 바닥이 닳아 구멍이 생길 수도 있을 정도로 제법 긴 시간을 그렇게 하고 있었다.

성격 급한 사람이었다면 화를 냈을지도 모르지만, 강현교는 묵묵히 우산을 든 채 나를 바라보며 기다려 주었다. 그 시선이 고개를 숙이고 있는 상황에서도 느껴졌다. 그래서일까. 나를 기다려 주는 시선에 갑자기 용기가 생겼다. 나는 다시 고개를 들어 강현교를 쳐다보았다. 그의 시선이 오롯이 나만을 응시하고 있었다.

"실감이 나지 않는다는 말은 취소할게요. 강현교 씨처럼 존재감 강한 사람한테 어울리는 말도 아니고……."

그랬다. 강현교는 어디에서나 당당하게 존재감을 드러낼 남자였다. 나와는 다르게, 그 어디에서나. 나는 새삼 그와 대조적인 내 모습이 너무 초라해 쓴웃음을 짓고 말았다.

강현교가 내 표정을 어떻게 받아들인 것인지 미간을 찌푸렸다. 그 찌푸린 미간을 손가락으로 쓱쓱 문질러 펴 주고 싶단 마음이 들었다. 하지만 나는 행동으로 옮기지 못한 채 그저 옷자락 위에 손을 문지르며 말을 이었다.

"저는 강현교 씨와 너무 달라서……. 강현교 씨와 달리 저는 자신감도 없고 하는 행동마다 모자라고 바보 같고…… 그렇잖아요. 그런데 이런 저한테 강현교 씨가 자꾸 반려라고 하면서 잘해 주고. 사실, 이런 배려를 받아 본 기억이 없어요. 오늘처럼 이렇게 비가 온다며 걱정해 주고 우산 들고 직접 달려와 준 사람도 없었……."

"자동차 몰고 왔는데? 주차해 놓은 거 뻔히 보고 왜 헛소리를 하는 거야?"

강현교가 무슨 소리를 하느냐는 듯 퉁한 표정을 지으며 내 말을 끊고 말을 걸었다. 아니, 말보다는 시비를 걸었다고 해야 하나. 나는 눈을 가늘게 뜬 채 그를 쳐다보다가 중얼거렸다.

"아, 진짜……."

사람이 말이야, 좀 진지하게 얘기를 하려고 하는데 꼭 그렇게 분위기를 깨고 싶어? 응? 저절로 콧김이 푹푹 나왔다. 나는 시방 위험한 짐승이다. 삶 따위는 나한테 아무것도 아니라고! 내가 눈을 부릅뜨며 그를 노려보자 그가 내 기세에 겁이라도 먹었는지 변명하듯 대꾸했다.

"장난이야."

"재미없거든요?"

"자꾸 듣다 보면 재미있을지도 몰라. 인간은 적응의 동물이라잖아?"

"그것도 인간 나름이죠! 일반화시키지 말라고요. 아, 이런 얘기를 하려던 게 아닌데……."

시방 위험한 짐승이었던 나는 다시 강현교의 말장난에 놀아난 여호랑으로 돌아오고 말았다. 이 남자와 대화를 하다 보면 기운이 쏙 빠지는 것 같다. 이게 숨겨 놓은 삵만의 전략이라도 되는 걸까? 헛소리를 통해서 상대방의 의지와 기운을 모두 빼는 것. 나는 속으로 구시렁대다가 힐끔 그를 쳐다보았다.

그가 나를 쳐다보고 있었는지 바로 눈이 마주쳤다. 강현교는 언제 헛소리를 했나 싶게 진중한 시선으로 나를 쳐다보다가 우산을 들지 않은 손을 우산 바깥으로 내밀었다. 나는 그가 하는 대로 시선을 옮기다가 하늘을 올려다보았다. 어느새 비가 거의 그쳐 가고 있었다. 그는 내밀었던 손을 거두고 다시 나를 향해 입을 열었다.

"너는 잘하고 있어."

"예?"

"잘하고 있다고. 어쨌든 너는 우준석에 대한 미련을 털어 내고 내게 연애하자고 먼저 말했잖아?"

그렇기는 하지만……. 나는 멋쩍은 기분에 눈을 굴리다가 그를 슬쩍 바라보았다. 강현교가 싱긋 웃더니 계속 말을 이었다.

"느리지만 너는 변하고 있어. 그러니까 조금 더 자신감을 가져도 돼. 느리다고 해서 나쁜 건 아니야. 느려도 변하고 있다면 그것으로 충분해. 속도 따위는 인간에게나 중요하지. 내게는 그렇지 않아. 그리고 너와 내가 다른 건 당연한 거 아니야? 어떻게 우리가 같을 수 있겠어? 일단 기본적으로 너는 인간이고 나는 삵이라는 점부터 다르지. 게다가 살아온 시간, 공간, 환경, 그 모든 게 달랐어. 그러니 같다면 오히려 이상한 일 아닐까."

강현교는 우산을 들지 않은 손으로 내 어깨를 잡고 나를 응시하며 말을 이었다.

"너는 모자란 것도 아니고 바보도 아니야. 아무리 네가 내 귀와 꼬리를 본다고 해도 내가 설마 그런 여자를 내 아이의 엄마로 삼을 것 같아?"

입술이 제멋대로 파르르 떨렸다. 강현교는 나를 물끄러미 쳐다보다가 내 어깨를 다독이며 입을 열었다.

"들어가. 비가 와서 춥다. 그리고 좀 늦을지도 몰라. 저녁은 너 혼자 먹어……."

"기다릴게요."

나는 충동적으로 그에게 말했다. 강현교가 어리둥절한 얼굴로 나를 쳐다보았다. 나는 억지로 용기를 내서 그를 향해 말을 이었다.

"저녁 같이 먹어요. 기다릴 테니까. 혹시 먹고 싶은 거 있어요? 무슨 고기 먹고 싶은지 말해 주면……."

"미치겠네."

강현교가 들고 있던 우산을 접더니 다른 손으로 자신의 머리를 헝클어뜨리며 웃었다. 응? 왜 저러지? 나는 어리둥절해져서 눈을 깜빡였다. 그가 입꼬리를 올리더니 말했다.

"네가 나를 못 가게 잡는구나, 응?"

"예? 그게 무슨……."

나는 말을 잇지 못했다. 강현교가 내 손을 잡더니 그대로 끌어당긴 탓이다. 나는 순간적으로 균형을 잃고 휘청대다가 그대로 그의 품에 안겼다. 그가 나직하게 웃는 소리가 들린 것도 같았다. 그와 동시에 그의 심장박동이 점점 더 빠르게 뛰는 것이 전해졌다.

두근두근.

내 심장 역시 그와 보조를 맞추겠다는 듯 점점 더 빨리 뛰기 시작했다. 당혹스러운 마음을 가누지 못하고 버둥대는데, 그가 내 목덜미에 코를 비비며 숨을 깊이 들이쉬더니 속삭이듯 말했다.

"좋다……."

"그, 그게 무슨……."

"네 냄새가 좋다고."

"장난하지 마요."

민망한 마음에 퉁명스럽게 말을 하자, 강현교가 씩 웃더니 내 양쪽 뺨을 손바닥으로 감쌌다. 맙소사! 내 얼굴 뜨거울 텐데! 나는 금방이라도 '앗, 뜨거워!' 하며 놀랄 강현교를 상상했지만, 그는 아무렇지 않게 나를 쳐다보며 말했다.

"좋아해."

"뭐요, 또 냄새가 어쩌고……."

나는 당황해서 아무 말이나 꺼냈다. 그런 나를 보며 강현교는 재차 단언하듯 말을 건넸다.

"좋아해, 여호랑."

가슴속 어딘가에서 쿵, 소리가 들린 것 같았다. 하지만 그는 그 소리를 듣지 못한 것인지 차분한 시선으로 나를 바라보다가 가만히 내 이마에 입술을 댔다. 왜 자꾸 그래요! 내 얼굴 지금 엄청 뜨거울 텐데! 나는 소리도 내지 못한 채 뒤로 물러서려 했다. 그러나 곧바로 강현교에게 잡혀 무산되고 말았다.

나는 반사적으로 그의 팔을 붙잡았다. 그게 유쾌했는지 강현교가 가만히 웃었다. 그리고 다시 내 이마 위에 대고 있던 입술을 옮겨 콧등으로 내려갔다. 그의 팔을 잡고 있던 손가락이 경련을 일으키듯 떨렸다. 그가 나를 다독이듯 가만히 있더니 나직한 목소리로 말했다.

"너를 닮은 아이를 낳아 줬으면 좋겠어. 물론 나만 빼고 아이랑 둘이 놀면 섭섭하기는 하겠지만."

"강현교 씨."

"안 되겠다. 이러다가 진짜 애 생길 일 벌어지면 어쩌냐. 응?"

다녀올게. 그리고 저녁은…… 내가 이따가 고기 사 가지고 올게. 그냥 구워 먹자. 그가 덧붙이듯 말하고는 내 머리를 쓰다듬더니 돌아섰다.

"……뭐지?"

나는 비탈길을 내려가는 그의 뒷모습을 하염없이 쳐다보다가 중얼거렸다. 그리고 곧바로 흠칫 몸을 떨며 소리도 내지 못하고 입만 벙긋거렸다. 대체 무슨 일이 있었던 거야! 우아악! 나를 닮은 아이를 낳아 줬으면 좋겠다니! 애 생길 일은 또 뭐고! 이것 보세요, 강현교 씨! 무슨 폭탄을 이렇게 연달아 투척하고 가 버리나요! 나는 뒤늦게 두 손으로 머리를 감쌌다.

미쳤어.

이게 대체 무슨 일이야.

우리가 무슨 드라마를 찍는 것도 아니고. 이게 대체 뭐야!

나는 머리를 감싼 채 민망함에 발을 구르다가 간신히 진정하고 빌라 안으로 들어갔다. 그때, 위쪽에서 뚱한 목소리가 들렸다.

"좋을 때다."

"헉, 누구…… 옹심아?"

옹심이가 2층으로 올라가는 계단 위에 삐딱한 자세로 앉은 채 시큰둥한 표정으로 나를 보고 있었다. 나는 가슴을 쓸어내리며 계단을 올라갔다. 옹심이의 옆에는 학원 가방이 놓여 있었다.

"학원 가는 길이야? 그런데 여기서 뭐 하고 있어?"

"누가 15금 드라마를 찍고 있어서 자체 검열하느라고. 나 같은 열두 살은 15금도 보면 안 되거든."

"옹? 15금이라니?"

"'너를 닮은 아이를 낳아 줬으면 좋겠어.', '이러다가 진짜 애 생길 일 벌어지면 어쩌냐.', 뭐 그런 대사들을 하더라고. 누군지 말 안 해도 알겠지, 누나?"

얼굴에서 불이 날 것만 같았다. 아마 내 얼굴은 지금 잘 익은 토마토보다도 더 시뻘겋게 변해 있을 게 분명했다. 옹심이는 나를 힐끔 보더니 입을 삐죽였다.

"쳇. 누구는 좋은 시절이라 연애도 하고 드라마도 찍는데."

"옹심아……."

"세상에서 제일 불쌍한 게 누구인 줄 알아?"

"응? 누군데?"

"대한민국 초등학생."

"……."

"학교 가고 학교 숙제 하고 학원 가고 학원 숙제 하고. 그뿐이야? 집에 들어가면 영어 애니메이션 보고 영어 동화책 보고, 해리 포터인지 해리 포털인지 하는 영어 원서를 개나 소나 다 읽는다고 하는 바람에 덩달아 사전 붙잡고 읽어야 하는 처지야."

"음…… 옹심아."

"그러니까 연애는 언제 하냐! 자기들은 다들 연애하느라고 바쁘면서! 우리만 연애할 시간도 안 주고!"

옹심이는 분한 듯 주먹을 불끈 쥐며 목소리를 높였다. 나는 난처한 얼굴로 어색하게 웃었다. 그러자 옹심이가 다시 나를 보며 말을 이었다.

"할아버지도 그래! 할아버지는 영어도 모르면서 나더러 영어 못한다고 구박하고! 누나, 테니스 스펠링이 뭔지 알아?"

"어?"

"테니스 말이야. 스포츠 경기. 영어로 스펠링 말해 봐."

"당연히 티, 이, 엔, 엔, 아이, 에스, 잖아."

tennis, 테니스, 요즘은 유치원생들도 다 아는 단어였다. 하지만 옹심이는 내 대답을 듣더니 답답하다는 듯 주먹으로 제 가슴을 치며 말했다.

"그래, 그렇지! 하지만 할아버지는 그걸 몰랐단 말이야!"

"……그래?"

"차라리 그럼 모른다고 하지! 나한테 뭐라고 했는지 알아?"

"뭐라고 하셨는데?"

"티, 이, 엔, 엔, 아이, ……씨, 이!"

tennice, ……아, 갑자기 머리가 지끈거리기 시작했다. 나는 옹심이에게 뭐라고 말을 해야 할지 알 수 없어서 잠시 침묵했다. 그런 내 표정을 봤는지 옹심이가 눈물을 글썽이며 말을 이었다.

"내가 인터넷 카페에서 그런 걸 봤었거든? 테니스 스펠링을 tennis가 아니라 tennice로 썼다든지, 스펠링이 틀렸다고 했더니 중간에 있는 n을 하나 뺐다든지, 뭐 그런 거 말이야. 그걸 보면서 내가 얼마나 웃었는데! 할아버지가 그럴 줄 정말 상상도 못 했어."

"……아마 착각하셨던 거겠지."

"아니야! 내가 할아버지한테 틀렸다고 했더니, 할아버지가 뭐라고 했는지 알아? 프랑스어로 말씀하신 거래! 착각해서 영어가 아니라 프랑스어가 나온 거라고! 그래서 내가 인터넷으로 다 찾아봤거든! 프랑스어는 무슨……. 영어랑 스펠링 똑같던데, 뭘!"

정말 할 말이 없었다. 그런데 왜 나는 여기서 옹심이와 테니스 스펠링에 대해 얘기하고 있는 거지? 내가 멍한 얼굴로 고개를 갸웃거리는데 옹심이가 머리를 긁고 일어섰다.

"에잇, 어쨌든 누나는 연애해서 좋겠다!"

"아, 아니. 꼭 그런 건 아니……."

246

"연애하는 거 아니야? 조금 전에도 둘이 좋아서 꼭 끌어안고 드라마를 찍었으면서 무슨 내숭이야? 여자들 내숭 떠는 거 매력 없어. 나랑 짝이었던 오지혜가 내숭 떨어서 내가 차 버렸잖아."

옹심이는 마치 뻐기기라도 하듯 턱을 쭉 내밀며 말했다. 나는 잠시 기억을 되짚다가 입을 열었다.

"지혜? 3학년 때부터 사귀던 그 여자 친구? 학원도 같이 다닌다고 했잖아."

"얼마 전에 헤어졌어. 걔가 학원도 옮겼고. 걔네 엄마가 영어 과외 시킨다고 학원 그만두게 했대."

"속상했겠다."

"속상하기는! 내가 찼다니까, 그러네!"

옹심이는 말과는 다르게 속상한 얼굴로 눈물이 그렁그렁 고인 채 우겼다. 그러더니 다시 고개를 붕붕 흔들고 내게 물었다.

"그런데 아기는 언제 태어나?"

"뭐?"

"아기 말이야, 아기. 언제 태어나는 거냐고. 내 동생 되는 거야? 동생 삼아도 되는 거지?"

옹심이가 언제 눈물이 고였나 싶게 눈을 반짝이며 신난다는 표정으로 거듭 물었다. 아니, 잠깐만. 이게 대체 무슨 소리인지. 나는 서둘러 고개를 저으며 대답했다.

"아니야. 아기가 왜 태어나……. 그런 거 아니야."

"하지만 연애하잖아. 우리 아빠랑 엄마도 연애해서 나를 낳았어."

"연애한다고 무조건 아기를 낳는 게 아니야, 옹심아. 결혼을 해야 아기도 낳고……."

"응? 우리 아빠랑 엄마는 결혼하기 전에 나를 낳았다던데? 그래서 결혼식 사진에도 내가 있어. 엄마 품에 안겨서. 그날 내가 똥을 막 싸는 바람에 결혼식 하다가 기저귀를 몇 번 갈았다더라. 주례 선생님이 조금 말하다 보면 똥 싸고, 기저귀 갈고 또 조금 말하다 보면 또 똥 쌌다고, 할아버지가 얘기해 줬어. 나더러 똥싸개라고 막 놀리면서."

갑자기 코끝에 응가…… 냄새가 나는 것 같았다. 물론 현실은 아니겠지만 말이다. 나는 머쓱하게 웃다가 다시 입을 열었다.

"누나는 그런 거 아니야."

"왜?"

"책임질 수 있을 때 낳아야 하니까."

낳기만 했다고 해서 부모가 되는 게 아니다. 끝까지 책임질 수 있어야 부모인 것이다.

이름 하나 지어 주었다고 부모가 되는 게 아니다. 나는 보육원 앞에 나를 버려두고 떠났을 내 부모를 떠올려 보았다. 하지만 본 적 없는 부모의 얼굴을 떠올리는 건 불가능했다.

하지만 어릴 적에는 길에서 마주치면 알아보지 않을까 하는 바람을 품은 적이 있었다. 친구가 보여 준 가족사진 속에서 서로 닮은 얼굴을 보면서, 어쩌면 내 친부모도 나와 닮은 얼굴을 하고 있을지도 모른다고, 그렇게 혼자 설레었던 적도 있었다. 닮았다면 분명히 알아볼 거야. 나는 그렇게 믿으며 종종 행인의 얼굴을 유심히 바라보기도 했었다.

하지만 그건 어린아이의 철없는 기대에 지나지 않았다. 사람들의 얼굴은 보면 볼수록 전부 비슷해 보였고, 나는 나와 닮은 사람을 찾는 걸 포기했다. 그리고 내가 포기하는 법을 알게 되었을 무렵 입양을 가게 되었다. 어쩌면 그래서 나는 양부모에게 더욱 간절히 매달렸던 건지도 모르겠다.

"……누나? 호랑이 누나?"

"어?"

"왜 그런 얼굴을 해? 어디 아파?"

옹심이가 걱정스럽다는 듯 나를 빤히 쳐다보았다. 맙소사. 나도 모르게 과거의 일들을 떠올리기라도 한 모양이다. 나는 손바닥으로 얼굴을 문지르고는 고개를 저으며 입꼬리를 억지로 올렸다.

"아니야, 안 아파. 잠깐 다른 생각을 했어."

"무슨 생각?"

"그냥 옛날 생각. 그나저나 옹심아, 학원 늦은 거 아니야?"

"아! 맞다!"

내 물음에 옹심이가 이마를 손바닥으로 때리며 가방을 들고 일어섰다. 나는 옹심이를 보며 웃다가 지갑을 열어 천 원짜리 세 장을 꺼냈다.

"뭐라도 사 먹어."

"고마워, 누나!"

옹심이가 냉큼 돈을 받아서 꾸깃꾸깃 접어 바지 주머니에 넣고 환하게 웃으며 계단을 뛰어 내려갔다.

"그렇게 막 뛰지 마! 넘어지면 어쩌려고!"

"오키오키! 갔다 올게!"

옹심이가 내게 손을 흔들고 빌라 밖으로 달음박질치듯 나갔다. 하여간 못 말린다니까. 나는 웃으면서 고개를 흔들었다. 그리고 계단을 올라가려다가 다시 빌라 현관 쪽으로 시선을 던졌다. ……회사에 들어갔을까. 아니면 아직 운전 중일까. 나는 계단 옆에 있는 작은 창문 쪽으로 까치발을 했다. 비는 완전히 그친 듯 햇살이 내리쬐고 있었다.

"괜히 그 남자만 귀찮게 했나 봐."

나는 머쓱한 마음에 중얼거리며 머리를 긁적였다. 그러다가 문득 그 남자의 속은 괜찮은지 걱정이 되었다. 매운 걸 잘 먹지 못하는 것 같은데 내가 너무 심하게 장난을 친 건 아닌가 싶기도 했고.

"문자라도 보내 볼까?"

나는 휴대폰을 꺼내며 중얼거렸다. 하지만 쉽게 문자를 보낼 수가 없었다. 운전을 하는데 방해가 되지는 않을지, 괜히 문자를 보냈다가 귀찮게 여기지는 않을지, 그런 걱정들이 머릿속을 차례대로 스치고 지나갔다. 그래서 저절로 몸이 움츠러들어 문자 보내기를 포기하려는 순간, 그의 목소리가 귓가를 스쳤다.

'느리지만 너는 변하고 있어. 그러니까 조금 더 자신감을 가져도 돼. 느리다고 해서 나쁜 건 아니야. 느려도 변하고 있다면 그것으로 충분해. 속도 따위는 인간에게나 중요하지. 내게는 그렇지 않아.'

"…… '똥꼬'가 폼 잡기는."

나는 괜히 툴툴대며 문자를 보냈다. 그리고 얼마 지나지 않아 답장이 왔다.

[괜찮아. 내가 그 정도 매운 맛에 약한 모습을 보일 것 같아?]

"보였으면서. 아주, 아주 많이 약해 보이던데, 허세는……."

나는 입을 삐죽이면서도 입꼬리에 달린 미소를 지우지 못했다. 이렇게 강현교가 우쭐대는 걸 보면 멋있다기보다는 귀엽다는 생각이 먼저 들었다. 지금도 아마 꼬리를 좌우로 휘저으면서 두 귀를 쫑긋 세운 채 한껏 뼈기는 표정으로 답장을 보냈을 것이다. 나는 다시 그에게 문자를 보내며 계단을 올라갔다. 고기를 사 온다고 했으니까 그 김에 다른 것도 심부름을 시켜 볼까 하는 마음과 함께.

"아야, 어깨 결려."

나는 기지개를 켜다가 얼굴을 찡그리며 어깨를 조심스럽게 주물렀다. 근육이 뭉친 듯 딱딱하게 손에 잡혔다. 몸을 웅크린 채 컴퓨터 작업을 하다 보니까 어쩔 수 없는 일이었다. 나쁜 습관이라 고쳐야 한다는 걸 알면서도 저절로 몸을 웅크리게 된다.

'어깨를 쫙 펴야 인생도 펴진다고 그랬는데…….'

탁미의 어머니, 추동숙 여사께서 언젠가 내 등과 어깨가 굽었다고 나무라시면서 그런 말씀을 하신 적이 있다. 그래서 가급적 몸을 바른 자세로 펴려고 하는데 그걸 쉽게 잊고 원래대로 구부정한 자세가 되기 일쑤인 게 문제였다. 나는 한 손으로 어깨를 두드리면서 다른 손으로 파일을 저장한 뒤에 컴퓨터 전원을 껐다.

"휴우, 이제 뭘 할까."

저녁은 늦게 먹을 테고, 강일승 어르신과 오늘 인터뷰를 했던 부분 도 문서 작업을 끝냈고……. 갑자기 여유 시간이 큼직하게 덩어리로 품에 안긴 기분이 들었다. 나는 머리를 긁적이다가 그냥 바닥에 드러누 웠다.

"이러고 있으니까 진짜 게으름뱅이 같네."

나는 천장을 쳐다보며 픽 웃었다. 다들 열심히 일하고 있을 시간인 데 나만 이렇게 여유를 부리고 있으니 얼굴이 뜨겁기도 했지만, 그래도 모처럼 느끼는 여유로움 탓인지 다시 몸을 일으키기가 싫었다. 나는 가 만히 천장을 보다가 오늘 하루를 떠올렸다.

이번 의뢰인은 유난히 내게 호감을 보인다. 단순히 대필 작업을 맡 긴 것이 아니라, 뭐랄까…… 굉장히 나를 가족처럼 대한다고 해야 할 까. 그게 생소하고 어색하면서도 싫지 않은 기분을 들게 했다.

'대필 작가라는 것이 그렇지 않누. 남의 글을 쓰는 것 아니냐. 자 기 이름으로 된 책 한 권 내지 못하고 남의 글을 대신 써 주는 유 령 같은 존재. 늘 음지에서 제 존재를 숨겨야 하는 존재.'

그 말씀을 할 때의 어르신은 진심으로 나를 염려하는 표정을 하고 있었다. 마치 당신 본인의 자식을 보듯 안타까워하는 기색이 역력해서, 오히려 내가 당혹스러울 정도였다.

어쩌면 예전에는 그런 꿈을 가지고 있었을지도 모르겠다. 내 이름으 로 된 책을 내는 꿈, 여호랑이라는 이름 석 자를 달고 나온 책을 갖는 꿈, 당당하게 내 책이고 내 이야기라고 말할 수 있는 미래를 꿈꾸었던 적이 아마 있었을 것이다. 하지만 현실은 녹록하지 않았다.

아르바이트나 과외만으로는 힘든 상황에서 벗어날 수 없었다. 학자금 대출을 갚아 나가는 것도 버거운 형편이었는데 당장 먹고살 돈도 필요했다. 그러면서도 우준석의 학원비나 용돈, 술값을 댔다. 그러니 탁미가 나를 타박했던 게 당연했다. 물론 그때는 그게 잘못된 일이라고 생각하지 못했다. 사랑하니까 당연히 해야 한다고 여겼다.

"바보는 바보였구나, 진짜."

내 코가 석 자였는데. 내 앞가림조차 하지 못했으면서.

어쩌면 나는 지금까지 내 인생 대신 우준석의 인생을 살고 있었던 게 아닐까. 내 인생은 멀리 내팽개친 채 말이다. 방치되었던 내 인생이 불쌍했다. 그리고 버려두었던 내 인생에 미안했다.

나는 한숨이 나오려는 걸 참으며 옆으로 돌아누웠다. 그때 휴대폰이 울렸다. 휴대폰 화면에 뜬 이름은 '똥꼬'였다.

"푸훗."

다시 바꿔야 하나……. 내가 해 놓고 자꾸 웃음이 나오면 어떻게 해. 나는 웃음이 나오는 걸 서둘러 진정시킨 뒤, 전화를 받았다.

"예에."

— 이번에는 여보세요, 라고 안 하네?

"듣고 싶으시다면 그렇게 해 드리고요."

— 하여간 여호랑 씨, 나한테는 한마디도 안 지지?

강현교의 웃음소리가 듣기 좋았다.

— 뭐 하고 있는 중이야?

"그냥 이리 뒹굴, 저리 뒹굴…… 게으름 부리고 있어요."

— 하하, 잘하고 있네.

"잘하고 있다고요?"

— 응.

"게으름 부리는데?"

— 너는 좀 그래도 돼.

강현교가 웃으면서 하는 말에 괜히 얼굴이 뜨거워지는 것 같았다. 나는 어색한 마음에 흠, 흠, 하고 헛기침을 하다가 다시 퉁명스럽게 물었다.

"강현교 씨도 게으름 부리는 중이에요? 일 안 해요?"

— 너랑 통화하려고 잠깐 나왔어. 회사 옥상이야.

"우와, 그러고 월급 받으면 양심에 안 찔려요?"

— 별로. 내가 회사에 벌어다 주는 액수가 내 월급의 수백 배, 아니, 수천 배는 더 되고도 남을걸?

"강현교 씨의 그 자신감은 참⋯⋯."

— 참, 뭐?

"부럽다고요."

나는 중얼거리듯 말하다가 쓴웃음을 지었다. 나로서는 도무지 흉내도 낼 수 없을 자신감이었다. 강현교가 잠시 침묵하다가 입을 열었다.

— 이런 내가 유일하게 자신감이 없어지는 상대가 있는데 말이야.

"강현교 씨가요?"

— 그래. 그 사람 앞에만 가면 자신감이고 뭐고 다 없어지거든.

"우와, 그 사람은 진짜 잘났나 보네⋯⋯."

세상에서 제일 잘난 것 같은 강현교를 그렇게 만들다니 말이다. 내가 감탄을 하며 혼잣말처럼 중얼거리는데 강현교의 목소리가 다시 들렸다.

— 그렇지. 진짜 잘났어.

"그래도 힘내요. 강현교 씨도 잘났으니⋯⋯."

— 여호랑, 진짜 잘난 여자야. 알아?

"……예?"

나는 그의 말에 대꾸를 하다가 그대로 말을 잇지 못했다. 그러니까 지금 그가 말한 상대가…….

— 나를 유일하게 자신감 없게 만들다니 말이야. 너, 정말 대단한 여자라고.

"……."

— 왜 아무 말도 안 해? 응? 뭐야, 전화 끊겼어?

"아니…… 아니요."

투덜대는 그의 목소리에 나는 다시 일어나 앉으며 대답했다. 아릿하던 가슴속을 어루만져 주는 느낌이었다. 구부정하던 어깨도 펴 주는 듯한 느낌이었고. 나는 숨을 깊이 들이쉬며 창문 쪽으로 시선을 던졌다. 비가 그친 하늘의 서쪽으로 해가 기울어 가고 있었다.

"회사 들어가서 혼나지 않았어요?"

— 누가 나를 혼내?

"일하다가 빠져나온 거잖아요."

— 걱정 마. 다들 내가 외근 다녀온 줄 알아.

강현교가 장난스럽게 키득대며 대꾸했다. 나는 픽, 웃고는 흘러내린 머리를 뒤로 넘기며 다시 입을 열었다.

"아까는 미안했어요. 속 쓰리지 않아요?"

— 아까도 문자로 보냈지만 말이야. 내가 겨우 그 정도 매운 걸 가지고 속이 쓰리거나 뭐, 그럴 것 같아? 이것 보세요, 여호랑 씨. 걱정 마세요. 당신 남자가 그렇게 약하지는 않거든.

"아, 그럼 됐고요."

'당신 남자가…….' 하는 말에 괜히 얼굴이 화끈거려서 나는 황급히 그의 말을 끊었다. 그러자 강현교가 쿡, 하고 웃더니 장난스럽게 다시 말을 이었다.

— 뭘 그렇게 부끄러워해? 당신 남자 맞잖아. 안 그래?

"부, 부끄러워하기는, 누가……."

— 거짓말도 잘하고, 우리 여호랑, 내 앞에서는 당돌하단 말이지.

"뭐, 그럼 안 돼요?"

— 안 되기는. 더 해도 돼. 귀여우니까 다 받아 줄게.

"아오, 진짜. 강현교 씨, 회사 들어가서 기름 한 병 원샷했어요?"

나는 오글거리는 그의 말에 얼굴을 찡그렸다. 그러자 강현교가 웃음
을 터뜨렸다. 하하, 하고 웃는 남자의 경쾌한 목소리가 휴대폰을 통해
고스란히 전해졌다. 어쩐지 가슴이 두근거렸다. 집까지 나를 데려다주
고 간 그 남자의 체온이 불현듯 떠올랐다. 갑자기 나를 잡아당기더니
끌어안았던 그의 심장박동이 생각났다. 그의 심장은 나만큼 빠르게 뛰
었다.

'좋아해, 여호랑.'

강현교는 짓궂었다. 나는 팔을 들어 코 가까이 대고 킁킁거렸다. 무
슨 냄새가 좋다고…… 나는 중얼거리다가 고개를 저었다. 냄새가 좋다
던 그가 그 뒤에 다시 했던 좋아한다는 말이 어떤 의미인지 알 것 같
으면서도, 한편으로는 믿기지 않았다.

좋아한다고? ……나를? 가슴이 너무 뛰어서 숨이 가빴다. 나는 심호
흡을 하며 눈을 감았다. 코끝이 찡하게 울렸다. 그런 식으로 좋아한다
는 말을 아무런 멋도 없이 하는 남자가 또 있을까. 나는 괜히 민망해져
서 속으로 투덜거렸다.

하지만 7년 전 우준석이 했던 달콤한 말들보다도 이 남자의 좋아한
단 말에 더욱 가슴이 뛰었다. 나는 이마와 콧등을 손가락으로 천천히
만져 보다가 다시 눈을 떴다. 그의 입술이 닿았던 감촉이 생생하다. 아
까는 그저 놀라기만 했을 뿐인데, 지금 다시 떠올리니까 마치 그 자리
에 그대로 간 듯 생생하게 모든 게 떠올랐다.

— ……미치겠네, 정말.

"……어, 뭐라고요?"

순간, 강현교의 목소리가 들려서 나는 정신을 차렸다. 지금 그와 통화 중이었다는 사실조차 잊은 채 혼자만의 생각에 빠져 있었나 보다. 내가 당황한 것을 아는지 모르는지, 강현교가 한숨을 푸욱, 하고 내쉬더니 다시 말했다.

— 그래, 나 멋없다. 어쩔래?

"……예?"

나는 뜬금없는 강현교의 말에 어리둥절해져서 눈을 끔뻑이다가 그대로 입을 벌리고 말았다. 맙소사. 지금 내가 했던 생각들이 전부 이 남자한테!

— 하여간 여호랑, 아주 나를 쥐었다가 놓았다가 미치게 만들 작정이지? 응?

"제, 제가 뭘…… 아니, 그것보다……. 전화상으로도 제 생각이 다 들려요?"

— 당연한 걸 뭘 물어봐?

"마, 말도 안 돼!"

— 말이 되니까 들리지.

나는 입을 달싹이다가 휴대폰을 들지 않은 손으로 얼굴을 감싸고 고개를 숙였다. 아, 정말 민망해. 나야말로 미치겠다고, 이 '똥꼬' 야! ……헙. 나는 혹시 강현교가 내 생각을 또 들었나 싶어서 조심스럽게 입을 열었다.

"저기, 강현교 씨?"

— 왜?

"아, 아무것도 아니에요."

강현교의 목소리는 아무렇지 않았다. 만약 내가 자기를 '똥꼬' 라고 부른 걸 알았다면 가만히 있지 않았을 텐데, 이렇듯 멀쩡한 걸 보면 역시 들리지 않았나 보다. 헤헤. 자체 검열이라도 되어서 차단하는 건가…… 나는 엉뚱한 생각을 하며 씩 웃었다.

— 기분 좋아 보이네.

"저요?"

— 응. 게으름 부리니까 좋아?

"음…… 그런가 봐요."

나는 웃으면서 대꾸하다가 슬쩍 시계를 보고는 다시 말했다.

"그런데 강현교 씨, 이렇게 계속 저랑 통화해도 괜찮아요? 지금 근무시간일 텐데?"

— 괜찮아.

"완전 뺀질……"

— 뭐?

"하하, 아니에요. 그런데 진짜 전화 끊어야겠어요. 들어가 봐요, 강현교 씨. 그러다가 윗사람들한테 찍히면 어쩌려고 그래요?"

— 소심하기는.

"소심한 게 아니라 당연한 걸 말하는 거라고요."

— 알았어. 끊어, 끊자고.

강현교의 말투는 퉁명스러웠지만 웃음기를 지우지는 못했다. 그의 목소리가 다시 들렸다.

— 이따가 장 봐서 가려면 좀 더 늦을지도 몰라. 배고프지 않겠어?

"괜찮아요."

— 쓸데없이 야근하는 건 진짜 질색인데 말이야. 윗대가리들은 그런 걸 성실하다고 보니……

"어휴, 강현교 씨! 누가 들으면 어쩌려고!"

나는 강현교의 말에 가슴이 철렁 내려앉아서 타박했다. 윗대가리라니! 그런 말을 회사 내에서 함부로 하면 어떻게 해! 하지만 강현교는 시큰둥하게 내 말을 받아쳤다.

— 옥상에 아무도 없어. 그리고 있으면 또 어쩔 건데? 내가 틀린 말을 한 것도 아니고.

"제발 좀…… 그래도 입조심하라고요!"

나는 나도 모르게 작게 속삭였다. 마치 누가 듣기라도 할 것처럼 말이다. 강현교가 그런 내 말에 마구 웃더니 다시 말했다.

— 겁 많은 호랑아, 대체 뭐가 그렇게 무서운 게 많아?

"놀리지 말고요. 빨리 전화 끊고 가 봐요. 저랑 통화만 하다가 퇴근할 생각이에요?"

— 그것도 좋겠는데?

"자꾸 이럴래요?"

— 하하, 알았어. 그만하면 되잖아.

이따가 보자, 혹시 마트에서 더 살 게 있으면 문자 보내. 강현교가 덧붙여 말했다. 나는 알겠다고 대답한 뒤, 간신히 전화를 끊을 수 있었다. 하여간 그건 무슨 배짱이래. 월급쟁이가…… 팀장이면 뭐, 그래도 되나? 하긴 내가 회사를 다녀 봤어야 알지. 나는 고개를 갸웃거리다가 피식 웃으며 휴대폰을 바닥에 내려놓았다. 다시 시계를 보니 시간이 훌쩍 지나가 있었다.

"희한하네……. 몇 분밖에 안 지나간 것 같은데."

나는 고개를 갸우뚱하며 중얼거렸다.

강현교가 집에 돌아온 것은 저녁 여덟 시가 조금 넘어서였다. 나는 그가 들고 온 비닐봉지를 받아 들려고 손을 내밀었다.

"됐어. 팔도 가느다란 게 뭘 들겠다고. 어디에 두면 돼? 고기는 일단 먹을 거고, 다른 건?"

"아, 저기, 우선 주방 바닥에…… 아니다! 그냥 저한테 주세요. 제가 냉장고에 정리할 테니까 강현교 씨는 먼저 씻으시고요."

"야한 소리를 아무렇지 않게 하네?"

"예?"

"씻으라니 말이야."

"누, 누가 그 말을 그런 뜻으로……."

"여기에 두면 되는 거지?"

강현교는 내가 말을 제대로 잇지 못하는 틈을 타서 냉장고 앞쪽에 봉지를 내려놓고는 눈웃음을 치며 말했다. 그리고 곧바로 자신의 옷가지가 들어 있는 여행용 가방 쪽으로 몸을 돌렸다.

"아무래도 서랍장을 하나 들여야겠어. 매번 속옷이든 옷이든 전부 가방에서 꺼내 입으려니까 귀찮아."

"야, 야한 소리라니……. 잠깐, 뭐라고요?"

나는 혼잣말을 중얼거리다가 강현교의 목소리를 듣고 다시 정신을 차렸다. 그러자 강현교가 여행용 가방을 열어서 속옷과 갈아입을 옷을 꺼내다가 나를 돌아보더니 픽, 웃었다.

"귀를 닫았다가 열었다가 하는 거야? 그거 편하고 좋겠네."

"아니, 제가 무슨 뚜껑 달린 뭐라도 되는 줄 알아요? 귀를 닫고 열고, 그게 무슨……."

나는 기가 막혀서 대꾸를 하려다가 얼굴을 찡그렸다. 그런 나를 보던 강현교가 옷가지를 챙겨 들고는 다시 욕실 쪽으로 향하며 말했다.

"서랍장 하나만 들여놔도 되겠냐고. 가방에서 꺼내 입는 게 불편해서 말이지."

"아……."

나는 바보처럼 소리를 내다가 고개를 끄덕였다. 그러고 보니 강현교가 꽤 불편했을 것이란 생각이 뒤늦게 들었다. 어쨌든 내가 집주인인

이상, 먼저 신경을 썼어야 했는데……. 나는 미안한 얼굴로 그를 쳐다보며 대답했다.

"그렇게 하세요. 필요한 게 있으시면 더 들여놓으셔도 되고요."

"흠…… 정말?"

"예. 미안해요, 제가 먼저 신경을 썼어야 했는데."

고작 그에게 해 준 것이라고는 이부자리 정도가 전부였다. 얼마나 불편했을까. 하루 이틀 머물다가 가는 것도 아니고, 계속 이곳에 지내면서 불편했던 점이 한두 가지가 아니었을 텐데. 그런 것을 조금도 내색하지 않았던 그에게 정말 미안했다. 강현교가 나를 빤히 쳐다보고 있다가 씩 웃더니 입을 열었다.

"그러면 하나만 더 들여놓자."

"예, 그러세요. 편하신 대로……."

"부부 침대. 아무래도 퀸 사이즈가 적당하겠지?"

"예에? 뭐, 뭐라고요?"

나는 고개를 끄덕이며 대답하다가 강현교의 예상치 못한 말에 경악하여 눈을 크게 떴다. 그러자 강현교가 뭘 그렇게 놀라는 거냐며 천연덕스럽게 말을 이었다.

"아니다. 아무래도 아이가 태어나면 퀸 사이즈는 좀 작겠지? 그럼 어떻게 할까. 킹사이즈? 아니면 슈퍼 싱글로 하나를 더 붙여서 놓을까? 그러기에는 공간이 좀 좁기는 한데……."

"저기, 저기요! 강현교 씨!"

"왜?"

"정말……. 제가 강현교 씨 때문에 간이 몇 번은 떨어졌을 거예요."

"네가 토끼라도 돼? 간을 떼어 놓고 다니게."

"장난 좀 그만하고요!"

나는 목소리를 높이며 발끈했다. 이 남자, 정말……. 나는 흥분했던

260

것을 가라앉히려고 숨을 몰아쉬다가 갑자기 웃음을 터뜨리고 말았다. 이렇게 속 시원하게 누군가에게 목소리를 높인 적이 지금껏 있었나 하는 생각이 든 탓이었다. 신기한 마음에, 나는 그를 물끄러미 쳐다보았다. 날카로워 보이는 눈매가 유난히 내 앞에서만큼은 온순하게 느껴졌다. 이 남자도 혹시 내 앞에서만큼은 다른 모습을 하는 걸까? 내가 이 남자 앞에서는 목소리도 높일 줄 알고 대들 줄도 알고, 그러는 것처럼?

"당연하지. 내가 아무한테나 호구 짓을 하는 줄 알아?"

"또 내 생각을 들었어요?"

"들리는 걸 어쩌라고."

"그건 그렇고 강현교 씨가 뭐, 제 앞에서 얼마나 호구 짓을 했다고……. 만날 장난만 치고 놀리기만 했지……."

나는 머쓱한 마음에 중얼거리다가 웃어 버렸다. 그러자 강현교가 고개를 갸웃거리며 나를 보았다. 그러지 마! 그렇게 고개 갸웃거리지 마! 강현교가 고개를 갸웃거릴 때마다 귀가 쫑긋거리는 게 보여서 나는 속으로 간절히 외쳤다. 이러다가 강현교의 귀를 쓰다듬는 날이 올지도 모른다는 생각이 들었다. 그건 안 되는데!

"왜 안 돼?"

"예?"

"왜 그렇게 무조건 쓰다듬으면 안 된다고 하는 거냐고, 기분 나쁘게."

이래 봬도 털 관리는 깔끔하게 하거든? 강현교가 불만 가득한 얼굴로 투덜거렸다. 나는 어색한 표정으로 눈을 돌렸다. ……그게 말이죠. 아우, 내 입으로 어떻게 말해! 나는 눈을 질끈 감으며 말했다.

"성감대라면서요!"

"뭐?"

"강현교 씨가 전에 그랬었잖아요. 그 귀랑 꼬리가 성감대라고……."

나는 얼굴이 화끈거리는 걸 느끼며 눈을 슬쩍 뜨고는 강현교의 살랑거리는 꼬리를 몰래 훔쳐봤다. 내가 얼마나 저 꼬리를 만져 보고 싶은데! 그런데도 꾹 참고 있는 게 누구 때문인데!

"하하, 하하하!"

"웃지 마요……."

나는 고개를 푹 숙이며 웅얼거렸다. 강현교가 그 뒤에도 한참 더 웃다가 내게 다가왔다. 나는 내 앞에 선 남자의 옷자락을 내려다보았다. 그의 손바닥이 내 머리 위에 내려왔다. 그리고 내 머리를 쓰다듬더니 다시 내 턱을 살짝 쥐고 들어올렸다.

"고개는 함부로 숙이는 게 아니에요, 호랑 씨."

"또 존대……."

"나는 내 여자가, 나와 평생을 함께 나눌 내 반려가 이렇게 함부로 고개 숙이는 게 싫어. 설령 내 앞에서라도 말이야. 네가 어떤 삶을 살았는지 나는 몰라. 너와 내 사이에는 이십 년 넘는, 아니, 내 기준으로는 삼십 년의 시간이 있지. 그 시간을 우리는 제각각 살아왔으니까. 그래서 이런 너를, 나는 온전히 이해할 수 없을지도 몰라, 호랑아. 그래서 함부로 너를 평가하고 너를 답답하다고 말할 수 없어."

속에서 울컥, 뭔가가 나올 것 같았다. 내 턱을 쥐고 있는 그의 큼직한 손이 너무 다정해서 눈물이 나올 것만 같았다. 나도 내가 미련하고 답답하고 바보 같다는 걸 잘 알고 있다. 나조차 이런 내가 한심한데, 다른 사람들의 눈에는 어떻게 비칠지 충분히 짐작할 수 있었다. 그런데 눈앞의 이 남자는 나를 나무라지도 않고 비난하지도 않는다. 그저 한없이 위로하는 눈으로 나를 바라봐 주고 기다려 준다.

……자신을 받아들여 주기를.

순간 가슴이 뛰었다. 느리게 뛰던 심장이 갑자기 빠르게 뛰기 시작한 것만 같았다. 나는 이 느낌이 무엇인지 알 수 있을 것 같았다. 반대로 이 느낌이 무엇인지 도저히 알지 못할 것 같기도 했다. ……7년 전, 내가 우준석을 보고 느꼈던 그것과 비슷하면서도 달랐다.

나는 눈물이 핑 도는 것을 느끼며 입술을 깨물었다. 그러자 강현교가 혀를 차며 턱을 잡고 있던 손으로 내 입술을 살살 만져 주었다. 못마땅한 듯한 표정으로, 그러면서도 걱정 가득한 얼굴로 내 입술에 방금 남은 상처를 세심하게 살피는 그의 눈을 멍하니 바라보고 있다가 문득 뺨을 타고 흘러내린 뭔가를 손등으로 닦아 냈다. 고여 있던 눈물이 손등에 고스란히 묻어났다.

맙소사.

나는 손등을 보던 시선을 떼고 다시 강현교를 쳐다보았다. 그의 깊은 시선 안에 담긴 나를 보았다. 내가 봐도 그의 시선 속의 나는……사랑에 빠진 모습, 그 자체였다.

'이 남자가 좋아.'

심장이 말했다. 그리고 울고 싶어졌다. 그와 동시에 가슴이 먹먹해졌다. 내 가슴속에서 또 다른 내가 말했다.

'미쳤어.'

내가 다시 사랑을 하게 되다니.

……불과 얼마 전까지 우준석을 사랑한다던 내 가슴이 이제는 눈앞의 이 남자를 향해 뛰고 있었다.

16
호랑의 고백

"깜짝이야! 옷 좀 입고 나오면 안 돼요? 툭하면 옷도 안 입고 나오고, 왜 그래요?"

"뭐, 어때. 연인 사이끼리."

"그…… 그 연인 사이에도 지킬 건 지켜야 하는 거 아니냐고요."

나는 바로 눈앞에 보이는 강현교의 맨가슴을 보지 않으려고 시선을 이리저리 돌리며 구시렁댔다. 그러자 강현교가 장난스럽게 웃더니 꺼내 놓은 셔츠를 입었다. 나는 다시 조심스럽게 시선을 들어 그를 보았다. 와이셔츠가 아닌 캐주얼한 셔츠를 입은 강현교는 그 나름대로의 분위기를 풍겼다. 그때도 느꼈지만 드라마나 로맨스 소설 속의 대학교 선배…….

"대체 대학 다닐 때 뭘 하고 다녔길래 그런 환상을 품는 거야? 대학 선배가 뭐라고."

"아, 왜 자꾸 남의 생각을 엿들어요!"

"들으라고 생각한 거 아니야?"

강현교가 냉장고 문을 열며 짓궂게 되물었다. 나는 입을 삐죽이다가 그를 몰래 훔쳐보았다. 물을 마실 때마다 그의 목젖이 움직이는데, 시선을 뗄 수가 없었다.

"왜? 너도 목말라?"

"아니요! 아, 참! 물을 입 대고 그냥 마시면 어떻게 해요!"

"뭐, 어때. 연인 사이끼리."

"연인 사이라고 하면 다 넘어갈 줄 알아요?"

"응."

"제멋대로야, 진짜."

나는 얼굴을 찡그리며 투덜대고는 다시 양파를 까기 시작했다. 그러자 강현교가 내 옆으로 다가오더니 나를 옆으로 밀어 내며 말했다.

"내가 해 줄게."

"됐어요. 제가 해요. 강현교 씨는 저쪽에 가서 쉬세요. 모처럼 쉬는 날인데."

"모처럼 쉬는 날이니까 해 줘야지. 양파 까면 눈 맵잖아."

나는 강현교가 밀어 내는 바람에 어쩔 수 없이 옆으로 밀려나고 말았다. 내가 까던 양파를 한 손에 쥔 강현교의 옆얼굴을 물끄러미 쳐다보았다. ……생각하면 안 돼. 나는 서둘러 몸을 돌리며 말했다.

"그럼 양파 까고 있어요. 잠깐 요 아래에 있는 슈퍼에 다녀올게요."

"슈퍼? 거기는 왜?"

"살 게 있어서요."

"장을 다 봐 두었던 거 아니야? 부추 부침개 한다고. 그래서 어제 장 봐 왔잖아."

"……있어요. 그거 말고."

내가 대충 말을 둘러대자 강현교가 눈을 깜빡이다가 아하, 하고 짧게 소리를 내더니 어깨를 으쓱였다.

"여자들 마법 용품?"

"뭐라고요?"

"그거 아니야? 나한테 제대로 말 못 하는 거 보니까……."

"아니거든요! 아우, 정말 왜 그렇게 능글맞아요?"

"내가 뭘 어쨌다고 그래?"

강현교는 억울하다는 표정으로 나를 쳐다보았다. ……그렇죠. 댁이 뭘 어떻게 한 건 아니죠. 나는 금세 시무룩해져 고개를 저었다.

"아니에요. 됐어요. 어쨌든 슈퍼 갈 건데, 뭐 사다 줘요?"

"아니. 아! 그럼 양파 깐 뒤에 같이 가자."

"재료 손질 다 하고 나면 곧바로 부침개 부칠 거예요. 금방 다녀올게요."

나는 다시 강현교에게 대꾸하고는 곧바로 방으로 향했다. 겉옷을 대충 걸쳐 입고 지갑을 챙겨 넣었다. 가슴이 콩닥거리며 뛰는 것을 내 마음대로 조절할 수가 없었다. 나는 눈을 꽉 감았다가 뜨고 밖으로 나왔다. 강현교가 눈이 매운지 혼자 뭐라고 구시렁대며 양파를 까고 있는 뒷모습이 눈에 들어왔다. 장신의 남자가 싱크대 앞에서 양파를 까고 있는 모습이 우스워 보여야 하는데, 마치 화보 속에서 빠져나온 모델 같았다. 역시 사람은 잘생기고 봐야……. 나는 나도 모르게 뻗어 가는 생각을 털어 내려고 고개를 붕붕 젓고는 현관으로 향했다.

"참! 그거 사다 줄래?"

"뭐요?"

현관에서 신발을 신는데 강현교의 목소리가 들렸다. 그가 양파를 까던 손으로 마시는 시늉을 하며 눈웃음을 쳤다.

"막걸리."

"예?"

"부침개에는 막걸리, 아니야?"

"고기 말고 그런 것도 좋아해요?"

"이봐, 어쨌든 나도 인간으로 살고 있거든?"

"삶이라고 할 때는 언제고……."

나는 혼자 중얼거리며 알았다고 대답한 뒤, 현관문을 열었다. 현관문을 열자마자 서늘한 복도의 공기와 맞닿았다. 나는 겉옷을 여민 채 계단을 하나씩 내려갔다.

"후우. 마음 감추기도 어렵다……. 툭하면 남의 생각을 엿듣는 사람이니."

나는 나직하게 중얼거리며 쓰게 웃었다. 그를 좋아한다는 마음을 자각하고 며칠이 지났지만, 나는 지금도 그에게 내 마음을 감추기에 급급한 상태였다. 사랑……이란 말은 감히 입 밖으로 꺼낼 수조차 없었다. 내게 사랑이란 감정은 너무 초라하고 비참하고 쓰디쓴 것이었다. 그래서 용기를 낼 수가 없다.

지금도 무작정 슈퍼에 간다는 핑계를 대고 밖으로 나온 것이다. 양파를 까 주겠다는 그의 옆에서 금방이라도 이런 내 마음을 들키게 될까 봐 허둥대며 나올 수밖에 없었다. 물론 강현교가 내 감정을 알아차린다고 해도 괜찮을 거라고는 생각한다. 그는 우준석과는 다르니까. 적어도 7년을 허비했던 내 사랑만큼 초라해지지는 않을 것이란 생각도 들었다. 그렇지만……. 나는 비탈길 중간에 멈춰 서서 가만히 앞을 바라보았다.

"조금만 더 당당할 수 있었으면 좋잖아."

이 바보야. 이 멍청아. 나는 눈물이 나오려는 걸 꾹 참으며 겉옷 주머니에 손을 찔러 넣은 채 걸음을 옮겼다. 그를 좋아한다고 자각하자마자, 나는 내가 얼마나 한심하고 볼품없는지 다시 한 번 깨닫게 되었다. 차라리 강현교가 내 사정에 대해서 아무것도 알지 못했다면 좋았을 텐데, 하는 생각도 했다. 그의 앞에서 너무 많은 걸 보인 탓에 내 감정은 제대로 기지개조차 켜지 못한 채 곧바로 움츠러들고 말았다.

……후회가 됐다.

"바보처럼 살지 말 걸……."

나는 한숨을 내쉬었다. 지금도 이런 내가 바보 같다는 걸 알면서 이렇게 말하는 게 우습지만 말이다.

……그나저나 막걸리 말고, 또 뭘 사 가지고 가지?

나는 어느새 도착한 슈퍼 앞에 서서 잠시 고민했다.

막걸리 한 병을 사 가지고 터벅터벅 비탈길을 올라가는 내 모습이 주정뱅이처럼 보이지 않을까 하는 생각이 문득 들었다. 일요일 오후에 막걸리 한 병을 달랑달랑 들고 집으로 향하는 모습이라니. 진짜 폼 안 난다……. 나는 픽, 웃으며 걸음을 옮겼다.

"왜 이렇게 오래 걸려? 아예 막걸리를 만들어서 오는 줄 알았어."

"어?"

그 순간 누군가가 내 앞으로 빠르게 다가오더니 막걸리를 빼앗아 들었다. 나는 놀라서 고개를 들었다. 강현교가 못마땅한 표정으로 나를 힐끔 내려다보더니 머리를 마구 헝클어뜨렸다.

"아우, 또 왜요!"

"표정이 왜 그래? 막걸리 심부름 시켰다고 불만이야?"

"누가 불만이라고……. 그나저나 머리 다 헝클어졌잖아요."

"누구한테 잘 보이려고 그렇게 신경을 써? 헝클어져도 돼."

나는 대답을 하지 않고 있다가 주머니에 손을 넣은 채 그와 보조를 맞추며 걸었다. 그러다가 땅바닥을 내려다보며 다시 입을 열었다.

"양파는요?"

"다 깠어. 오징어랑 부추도 전부 손질해 뒀고."

"예? 진짜요?"

"응. 별것 아니던데?"

"우와. 손이 빠른가 봐요."

"내가 좀 그런 편이지. ……너한테만 제외하고."

"응?"

"내 손이 빨랐다면 지금 네가 내 앞에서 이러고 있겠어? 아마 이불 위에서……."

"미, 미쳤어요!"

나는 황급히 까치발을 한 채 강현교의 입을 막으려고 손을 휘저었다. 그러자 강현교가 뒤로 물러서며 하하, 하고 웃었다. 그제야 그가 또 짓궂은 농담을 했다는 걸 알아차렸다. 나는 미간을 찌푸리며 입을 내밀었다.

"강현교 씨, 진짜 얄미워요."

"뭐, 그것도 좋지."

"예? 그게 뭐가 좋아요?"

"어쨌든 나에 대해서 뭐든지 느끼면 좋잖아? 아무 관심도 없으면 아무런 느낌도 없을 테니까."

나는 다시 입을 다물었다. 생각하지 마. 아무것도 생각하지 마. 나는 나에게 다그치듯 속으로 외쳤다. 그 순간 강현교가 걸음을 멈추더니 나를 돌아보았다. 맙소사. 나는 눈을 질끈 감았다.

"왜 그래?"

"……."

"여호랑, 무슨 일 있어?"

"아무것도…… 아무것도 아니에요."

"뭘 생각하지 말라는 건데?"

하필이면 이럴 때 내 생각을 듣다니. 나는 입술을 깨물었다. 그에게 들키고 싶지 않았다. 그에게 보이고 싶지 않았다. 이런 내 마음이 너무……. 툭, 눈물이 떨어졌다.

"호랑아?"

강현교의 당혹스러운 목소리가 들리더니 곧바로 막걸리 병이 바닥을 구르는 소리가 이어졌다. 아…… 비탈길이라 한없이 굴러갈 텐데……. 나는 잠시 쓸데없는 생각을 하다가 내 뺨을 감싼 감촉에 다시 정신을 차렸다. 강현교가 내 뺨을 감싸고 내 눈을 들여다보았다. 마치 거울처럼 내 얼굴이 그의 눈에 고스란히 비쳤다. 나는 멍하니 그를 쳐다보다가 말했다.

"……강현교 씨 눈이 예쁘네요."

"뭐?"

어이없는 내 말에 황당했는지 강현교가 미간을 찌푸렸다. 그런데 그 미간을 찌푸린 모습마저도 참 멋져 보였다. 미쳤구나, 진짜……. 나는 다시 시선을 움직여 그의 머리 위에서 쫑긋거리는 귀를 보았다. 내 말을 놓치지 않으려는 듯 그의 귀는 바짝 서서 쫑긋거리고 있었다. 어떻게 이럴 수 있을까. 이 남자는 왜 이렇게 내게 다정할 수 있을까. 마치 내가 세상에서 최고라도 된다는 듯…….

"그걸 몰라서 물어? 네가 내 암컷, 아니, 반려이니 당연하잖아."

"귀랑 꼬리가 보인다는, 그 이유 때문에요?"

"이 바보가 지금껏 뭘 들은 거야……."

강현교가 얼굴을 찡그리더니 내 이마를 탁 때렸다. 아얏. 나는 이마를 문지르며 다시 입을 열려고 했다. 하지만 강현교가 먼저 입을 열었다.

"좋아하니까 그렇지. 좋아한다고 몇 번을 말해야 알아들을래? 응?"

"나도…… 나도요."

"뭐?"

나는 충동적으로 입을 열었다가 곧바로 후회했다. 아니, 후회라기보다는 겁을 먹었다고 하는 편이 정확했다. 두려웠다. 그래도 7년 전에는 이 정도로 두렵지는 않았던 것 같은데. 물론 그때도 겁이 나고 떨렸지만…… 지금처럼 이렇게 겁이 나지는 않았던 것도 같다. 아무래도 우준석에게 고백했던 이후, 7년의 시간이 나를 이렇게 겁쟁이로 만들어 버렸던 건지도 모르겠다.

'여호랑, 진짜 잘난 여자야. 알아?'

'나를 유일하게 자신감 없게 만들다니 말이야. 너, 정말 대단한 여자라고.'

며칠 전에 회사 옥상이라면서 통화를 했을 때, 그는 내게 그렇게 말했다. 하지만 나는 내가 그렇게 잘난 사람이 아니라는 것 정도는 잘 알고 있다. 그렇다 해도 이 남자의 말을 무조건 믿어 보면 어떨까. 나는 강현교의 팔을 붙잡았다.

"나도…… 나도 강현교 씨가 좋아요."

"……호랑아?"

"나도 강현교 씨가…… 막 좋아요. 그냥 막 좋아요. ……좋아해요. 좋아한다고요."

눈물이 쏟아졌다. 우준석에게 고백했을 때는 이렇듯 막무가내는 아니었던 것으로 기억한다. 그런데 강현교의 앞에서는 막무가내로 말하고 싶었다. 어차피 내 마음을 먼저 알아차릴지도 모르는 남자였다. 나는 강현교의 팔을 잡고 있던 손에 힘을 주었다.

"좋아해요. 좋아해요, 강현교 씨. 내가 바보 같다는 것도 알고요. 모자란 것도 아는데, 그래도 좋아해요. 정말 많이 좋아……."

말을 다 잇기도 전에 강현교가 나를 힘껏 끌어안았다. 전에도 느꼈던 청량한 향기가 진하게 닿아 왔다. 그의 가슴팍에 얼굴을 대고 있다 보니까 그의 심장박동이 서서히 느껴졌다. ……정말 좋다. 나도 모르게 강하게 밀려든 생각에 화들짝 놀라 몸을 떨었다. 그러자 나를 안고 있던 강현교에게서 낮은 웃음소리가 들리더니 목소리가 이어졌다.

"역시 여호랑이야. 순간 돌아 버리는 줄 알았어."

"예?"

"이렇게 돌직구로 좋아한다는 말을 해 줄 거라고는 상상도 못 했거든. 그런데 그게 또 여호랑답다는 생각이 들었어. 내가 아는 여호랑, 내가 본 여호랑은 미련할 만큼 자기 사랑에 솔직한 사람이라서."

사, 사랑이라니. 내가 지금 사랑한다고 말한 건 아닌데! 나는 강현교의 입에서 나온 '사랑'이라는 말에 괜히 얼굴이 달아올라서 그에게 안긴 채 몸을 바르작거렸다. 그러자 강현교가 웃음을 터뜨리더니 다시 나를 놓아주고는 허리를 살짝 숙인 채 나를 보았다.

"고마워. 지금 했던 말, 평생 후회하지 않을 거야."

"강현교 씨."

"이제 그 '강' 자는 좀 빼도 되지 않아? 매번 부를 때마다 강현교, 강현교, 그러는 게 더 피곤하겠다. 안 그래, 호랑아?"

나는 입을 달싹이다가 그냥 고개를 푹 숙였다. 이미 입에 붙어 버린 것처럼 강현교라는 이름 석 자가 쉽게 떨어지지 않았다.

"또 고개 숙이지. 응?"

"어? 가, 강현……."

강현교의 입술이 다가왔다. 나는 그대로 눈을 질끈 감고 그에게 매달렸다. 다정하게 내 입술을 훑고 지나가는 남자의 입술은 따뜻하고 촉촉했다. 숲 속을 걷다가 바람이라도 살랑거리며 부는 것처럼 머리칼이 흩날렸다. 그의 손가락이 머릿속을 더듬듯 움직였다. 나는 강현교의 손가락이 유난히 길고 하얗던 것을 떠올렸다. 그러자 갑자기 가슴이 벅찼다. 이 남자와 맞닿아 있는 피부 곳곳에 열이 나는 것도 같았다.

그리고 그의 입술이 다시 멀어졌다. 나는 강현교를 멀거니 쳐다보았다. 아마도 지금 내 표정은 바보 같을 것이란 생각을 했다. 열에 들뜬 아이처럼 초점조차 제대로 맞추고 있지 못했다. 강현교의 입꼬리가 개구쟁이처럼 올라갔다.

"앞으로 고개를 숙일 때마다 뽀뽀 한 번."

"……예?"

"강현교라고 부를 때마다 그때도 뽀뽀 한 번."

"가, 강현교 씨……."

또다시 내 입술에 닿는 감촉에 나는 눈을 휘둥그레 뜨고 그저 가만히 있을 수밖에 없었다. 강현교가 키득거리며 웃더니 다시 말했다.

"방금 말했잖아. 뽀뽀 한 번이라고. 나랑 그렇게 뽀뽀를 계속하고 싶은 거야?"

"그게 아니라, 가……."

맙소사, 입 다물어! 나도 모르게 다시 '강현교 씨'라고 부를 뻔한 것을 가까스로 참았다. 그러자 강현교가 아쉽다는 표정을 지으며 콧등을 찡그렸다. 이 남자 봐? 정말……. 내가 눈을 가늘게 뜨고 그를 보다가 다시 입을 열려는데 비탈길 아래에서 웃음소리와 함께 낯설지 않은 목소리가 들렸다.

"아이쿠, 좋아 죽네, 죽어. 응? 호랑이 아가씨도 그렇게 앙탈을 부릴 때가 있구만?"

"버, 범 사장님!"

비탈길 아래에서 올라오는 숱 적은 머리를 본 순간, 내 머릿속이 하얗게 변해 버렸다. 나는 입을 벌린 채 눈만 끔뻑이다가 강현교를 돌아보았다. 강현교는 이미 알고 있었던 사람처럼 천연덕스럽게 범 사장을 향해 고개를 숙여 인사하는 중이었다. ……알고 있었다고? 나는 삐걱거리는 목을 돌려 범 사장님을 보다가 다시 강현교를 보았다.

"왜?"

"아, 알고 있……."

범 사장님이 계시다는 걸 알면서! 범 사장님이 우리를 보고 있다는 걸 알면서! 나는 차마 입 밖으로 뱉지 못하는 말들을 삼키며 고개를 저었다. 그런 나를 보던 범 사장님이 너털웃음을 터뜨리며 다가오더니 입을 열었다.

"좋을 때네, 응? 호랑이 아가씨 얼굴이 활짝 폈어!"

"그…… 예에……."

나는 뭐라고 대꾸해야 할지 말을 고르지 못하다가 얼버무렸다. 그러자 범 사장님이 강현교를 돌아보더니 말을 이었다.

"입맛은 그따위여도 여자 보는 눈은 있구먼! 응?"

"예? 제 입맛은 지극히 정상입니다만?"

가만히 있어요, 좀! 나는 강현교의 옆구리를 쿡, 찔렀다. 강현교가 나를 힐끔 보더니 불만스러운 표정으로 살짝 고개를 끄덕였다.

"고기를 좋아한다며?"

"예, 그렇습니다."

"오늘 만난 김에 삼겹살에 소주 한잔 어떤가? 내가 지난번에 호랑이 아가씨한테 대신 전해 달라고 하기는 했는데."

아, 깜빡 잊고 있었다! 나는 당황한 나머지 딸꾹질을 했다. 강현교가 쓰윽, 한쪽 눈썹을 올리더니 싱긋 웃고는 대답했다.

"죄송합니다만 오늘은 삼겹살 대신 부추 부침개에 막걸리 한잔 어떠신지요?"

"으응? 부추 부침개랑 막걸리?"

"예. 호랑 씨가 만든 부추 부침개요."

"오호, 그래?"

범 사장님은 놀랍다는 표정으로 나를 보았다. 그러더니 불현듯 뭔가가 떠올랐는지 다시 굳은 표정으로 강현교를 보며 물었다.

"부침개는 먹는 건가? 응?"

"물론입니다."

"떡은 안 먹으면서?"

"아니요, 안 먹는다기보다는 좋아하지 않……."

"먹어요! 아주 잘 먹어요, 사장님! 이 남자가 원래 떡을 안 좋아했는데 저번에 범 사장님 떡을 우연히 먹더니 아주 맛있다고 하더라고요! 역시 범 사장님의 떡은 최고예요!"

나는 강현교의 말을 가로막으며 대신 말했다. 이 자리에서 또 떡을 안 좋아한다고 하면, 그건 범 사장님과 한판 붙자는 말이나 다름없었다. 어쨌든 내 말을 곧이곧대로 믿었는지 범 사장님의 굳었던 얼굴이 한순간 풀리더니 환한 미소가 번졌다.

"그래? 그랬나?"

"예? 아…… 예. 떡이 아주 맛있더군요."

미친 듯이 게임을 하면서 마우스를 폭풍 클릭하는 기분이 바로 이런 걸까. 나는 몰래 강현교의 옆구리를 마구 찔러 댔다. 그러자 강현교가 못마땅한 기색으로 내가 원하는 대답을 했다. 어휴, 다행이다. 그나저나 방금 강현교가 범 사장님한테 뭘 제안했더라?

"어쨌든 오늘은 호랑 씨가 만든 부침개에 막걸리 한잔 하시죠. 이왕이면 옹달샘 빌라 분들 모두 모시고 한잔하면 어떻겠습니까."

"그거 좋지! 으하하. 그럼 막걸리는 내가 준비할게! 나한테 맡겨 두라고! 그럼 이따가 1층으로 다들 모이라고 하면 되는 거지?"

범 사장님이 가슴팍을 치면서 뿌듯한 얼굴로 웃었다. 잠깐, 뭐라고? 지금 두 사람이 뭐라고 한 거야? 나는 고개를 휙 돌려 강현교를 쳐다보았다. 강현교가 사르르 눈웃음을 치며 내 어깨를 끌어안더니 내 귓가에 대고 속삭였다.

"내가 지금 기분이 너무 좋아서 말이죠. 할 수만 있다면 세상 사람들을 전부 불러다 놓고 자랑하고 싶은 심정이라고요, 호랑 씨."

그러니까 좀 봐 줘요. 그의 목소리는 낮으면서도 달콤했다. 다, 달콤이라니. 이 썩은 귀! 나는 마음을 깨닫자마자 이러는 나를 마구 탓하다가 어깨를 축 늘어뜨렸다. 어쩌겠어…… 사랑에 빠지면 앞뒤 안 보고 좋다고 이러는 게 나라는 걸 모르는 것도 아니고.

"가서 장을 더 봐야 돼요."

"응?"

"넉넉히 해야죠. 먹을 입이 몇인데…… 이왕 이렇게 된 거, 탁미랑 어머니도 부르고요."

탁미와 탁미의 어머니만 빼놓고 먹으면 제대로 소화도 못 할 게 뻔했다. 나는 갑자기 일이 커진 것을 한탄하다가 강현교의 옆구리를 꼬집었다.

"놀기만 해 봐, 진짜. 가…… 아니, 현교 씨도 내 옆에서 재료도 손질하고 그래야 돼요. 알았죠?"

머슴 부리듯 실컷 부려 먹을 테다! 나는 단단히 각오하며 강현교를 쳐다보았다. 그러자 강현교가 귀를 좌우로 움직이며 웃었다. 마치 '그까짓 거 충분히 하지!' 하는 듯한 건방진 표정이었다.

'좋아. 어디 두고 보라고……'

나는 볼을 부풀리며 속으로 중얼거렸다.

'그런데 대체 왜 상황이 이렇게 된 거지?'

나는 내 앞에 펼쳐진 난장판을 보며 입을 벌렸다.

"보고 싶다, 마누라아아! 동자야!"

어헝, 어허헝, 범 사장님은 엉엉대며 울면서 집 나간 사모님을 애타게 찾았다. 그 옆에서 돌희는 범 사장님의 손에 백설기를 쥐어 주며 '떡 드시고 그만 우세요. 예? 사장님이 좋아하는 떡이에요. 아, 그만 우시라니까요!' 하고 열심히 달래는 중이었다. 그리고 다른 쪽에서는 옹달샘 회장님과 탁미가 함께 '내 나이가 어때서'를 열심히 부르고 있었고, 그 옆에서는 옹심이가 몰래 막걸리에 입을 댔다가 그대로 취해서 배를 드러내 놓고 도롱도롱 코를 골며 자고 있는 중이었다. 한편, 탁미의 어머니와 돌희의 할머니는 요즘 최고의 시청률을 자랑한다는 모 방송국의 주말 연속극에 대한 욕을 퍼붓느라고 정신이 없었다.

"이럴 육시랄 것들을 봤나. 그러니까 그 연놈이 지금 바람을 피우고 있는 거잖어?"

"그렇죠, 어르신. 아주 그 연놈들은 쌍으로 주리를 틀어야 한다니까요. 특히 그 망할 놈의 종자는 아예 고추를 뽑아 버려야⋯⋯."

차마 듣기에도 민망한 말들 때문에 정말 할 수만 있다면 귀를 닫아 버리고 싶은 심정이었다. 게다가 탁미의 어머니에게 영향을 받은 것인지, 돌희의 할머니마저도 입에 담기 힘든 말씀을 계속 이어 가는 중이기도 했다. 나는 손으로 부채질을 하며 민망한 마음을 달랠 겸 강현교를 힐끔 쳐다보았다.

강현교는 이 광경을 그저 말없이 쳐다보며 부침개를 한 점 집어서 입에 넣고 있었다. 그래도 이 난장판에 불쾌하지는 않은지, 아니, 오히려 꽤 즐거운 것인지 그의 꼬리가 느긋하게 살랑였다. 나는 강현교의 뒤쪽을 힐끔 보다가 손을 꽉 오므렸다. 만지면 안 돼! 안 된다고! 나는 또 그의 꼬리를 만지고 싶은 마음을 꾹 참으며 앞에 놓인 막걸리 사발을 들었다.

"캬아⋯⋯."

"어디서 그런 소리를 내는 건 배워서."

"원래 술은 이렇게 캬아, 하면서 먹는 거예요."

나는 언젠가 탁미에게서 들었던 말을 고스란히 뱉으면서 입을 삐죽였다. 살짝 알딸딸해지는 게 기분 좋았다. 나는 눈을 휘며 웃었다. 그러자 강현교가 흠칫 몸을 떨더니 인상을 쓰며 입을 열었다.

"다른 사람…… 아니, 다른 남자 앞에서는 그런 식으로 웃지 마."

"예?"

"요망해 보여."

"요망요?"

내가 요망해 보인다고요? 나는 손가락으로 나를 가리키며 물었다. 그리고 다시 웃음을 터뜨리고 말았다. 미치겠네. 나는 고개를 저으며 사발을 들어 막걸리를 두어 모금 더 마셨다. 캬아.

"나를 그렇게 봐 주는 사람, 강현교 씨 하나뿐인데요. 눈이 삐었나 봐."

하하하, 나는 웃었다. 그렇게 계속 웃는데 강현교가 나를 끌어당겼다. 그리고 입꼬리를 올린 채 내게 들릴 듯 말 듯한 작은 소리로 속삭였다.

"아까 내가 말했지."

"예?"

"'강현교'라고 부르면 뽀뽀 한 번."

"아, 그건…….'

강현교의 입술이 촉, 하는 소리와 함께 닿았다가 금세 떨어졌다. 나는 눈만 크게 뜨고 있다가 뒤늦게 입을 벙긋거렸다. 그러니까 지금…….

"저거 봐라. 야, 이 지지배야! 지금 보는 눈이 몇인데 염장질이야! 게다가 열두 살 먹은 초딩도 보는 앞에서 그따위 짓거리라니. 아니, 아니구나. 열두 살 옹심이는 쿨쿨 자고 있으니. 어쨌든 그게 중요한 게 아니라! 여호랑, 저게 뒤늦게 아주 푹 빠졌구만. 응?"

으하하. 탁미가 나를 손가락질하며 웃었다. 으악! 난 몰라! 다들 보는 앞에서 이게 무슨 짓이냐고요! 나는 강현교의 팔을 붙잡고 고개를 푹 숙였다. 막걸리를 마셔서 그런지 귀가 따끈따끈해졌다. 아니, 어쩌면 민망해서 그런 것인지도 몰랐다. 내가 강현교의 팔을 붙잡고 있자 강현교가 마치 놀란 아이를 달래듯 내 등을 토닥였다. 토닥이기는…… 이게 누구 때문인데! 나는 다시 고개를 들고 강현교를 노려보았다.

"다들 보는데 꼭 그래야 돼요?"

"나는 아까 말한 대로 했을 뿐이야."

"가……."

"또 뽀뽀하고 싶어? 참, 그러고 보니 방금 고개도 숙였지?"

고개 숙일 때마다 뽀뽀 한 번이라고도 했는데 말이지. 강현교가 짓궂은 표정으로 눈을 찡긋거렸다. 나는 잡고 있던 강현교의 팔을 던지듯 놓아 버리고 두 손으로 입을 막았다. 절대 안 된다고요! 진짜 안 돼! 내 생각 다 듣고 있을 거잖아요! 그러니까 하지 말라고요, 제발! 강현교가 눈을 잠시 크게 뜨더니 살짝 고개를 끄덕였다. 휴우, 다행이다. 나는 속으로 중얼거리다가 억울한 마음에 입을 삐죽였다. 그러고 보니까 내가 왜 이래야 하는 건데? 뽀뽀 한 번이라는 건, 강현교 이 남자가 자기 마음대로 정한 거잖아? 그런데 왜 내가…….

"아까 이의 제기를 안 했으니까."

"그런 게 어디 있어요!"

"여기 있네? 아, 해 봐요, 호랑 씨."

강현교는 능청스럽게 대꾸하더니 곧바로 부침개를 한 점 집어서 내 입 앞에 내밀었다. 정말 이 남자가! 나는 발끈하다가 충동적으로 그의 머리 위에 쫑긋거리던 두 귀를 덥석 잡아 버렸다.

"얄미워, 얄밉다고, 진짜 얄미워! 이 똥고양이 같으니라고."

"큭, 뭐, 뭐라고? 이것 봐요, 호랑 씨!"

강현교의 목소리가 들렸다. 하지만 그가 뭐라고 말하는지 잘 들리지 않았다. 갑자기 귓속에 벌이라도 들어온 것인지 웅웅거리며 귀가 울렸다. 어…… 벌써 취했나? 나는 눈을 끔뻑이다가 다시 내 손에 잡힌 강현교의 귀를 보고 헤, 하고 웃었다. 보들보들한 털의 감촉이 마음에 쏙 들었다. 우와, 이렇게 좋은 걸 괜히 참았네.

"헤헤……. 좋다아아아……."

"저거, 저거 취했네. 야, 여호랑! 고작 그거 마시고 취했냐?"

어디선가 탁미의 목소리가 들린 것도 같은데……. 나는 강현교의 귀를 양손에 하나씩 잡은 채 그대로 그를 향해 엎어지고 말았다.

"아, 속 울렁거려."

"일어났어?"

"으앗! 어, 어어…… 가……."

흐업. 나도 모르게 나오려던 '강현교'의 이름을 꿀꺽 삼키고 눈을 깜빡였다. 그러자 강현교가 뭔가 아쉽다는 표정을 짓더니—아쉽기는 뭐가 아쉬워!— 내게 작은 병을 내밀었다.

"이게 뭔데요?"

"숙취 해소 음료라던데? 마셔 본 적은 없지만, 회식 때마다 직원들이 사 와서 전부 돌리던 건 수시로 봤거든. 어서 마셔."

"……아."

"아, 는 무슨 아, 야. 술도 약하다면서? 탁미 씨 말로는 거의 못 마신다던데 막걸리 한 사발을 비웠으니."

쯧, 강현교는 못마땅한 얼굴로 병의 뚜껑을 따더니 내 손에 쥐어 주었다. 나는 얼떨결에 그것을 받아 들고 순순히 마셨다. ……좀 괜찮아진 것도 같고.

"아무리 그래도 그렇게 효과가 빠를까. 하여간 여호랑, 뭐든지 순진해서 너무 믿는 건 좀 고쳐야 돼."

나는 강현교가 또 내 생각을 알았다는 것에 발끈하려다가 그냥 입을 삐죽이고 말았다. 매번 뭐라고 하는 것도 우습단 생각이 들었다. 어차피 내가 발끈한다고 해서 이 남자가 내 생각을 듣지 못하는 것도 아니고.

"그나저나 대담하던데?"

"예?"

"사람들이 다 보는 앞에서 남의 성감대를 그렇게 주물럭거리다니 말이야."

"예에? 제, 제가요? 그게 무슨 말도 안……."

안 되는 얘기가 아니로구나! 나는 갑자기 밀려드는 기억에 입을 벌린 채 소리도 내지 못하고 벙긋거렸다. 미쳤어! 내가 어쩌자고 강현교의 귀를 만졌을까! 나는 입만 벙긋대다가 가만히 시선을 내려서 양 손바닥을 보았다. 이 손으로…… 그러니까 이 손으로 이 남자의……

"만지고 싶으면 얼마든지 만져."

"아니에요! 누가 만지고 싶다고 그랬어요?"

"괜히 마음에도 없는 소리를 한다니까."

강현교가 귀엽다는 듯 내 머리를 쓰다듬었다. 나는 거북이처럼 목을 쑥 집어넣으며 눈을 굴렸다. 그러고 보니 창밖이 어두웠다.

"지금 몇 시예요?"

"열한 시 조금 넘었을 거야. 왜?"

"그러면 뒷정리는 어떻게 했어요?"

지저분하게 놔두고 왔으면 안 되는데! 내가 허둥대며 일어나려고 하자 강현교가 내 팔을 붙잡았다.

"걱정 마. 다 같이 뒷정리하고 남은 부침개랑 떡은 똑같이 분배했으니까. 저기 우리 몫도 갖다 놨다고."

나는 강현교가 가리킨 방향을 보았다. 밥상 위의 접시는 두 개였다. 부침개가 담긴 접시 하나와 백설기가 담긴 접시 하나. 아, 떡 굳었겠다. 나는 머리를 긁적이며 몸을 일으켰다. 강현교는 숙취 해소 음료의 효과가 그렇게 빠르지는 않다고 했지만, 그래도 효과가 있기는 한 게 분명했다. 이렇게 멀쩡하니 말이다. 두통도 그다지 심하지 않고 속도 울렁거리던 게 많이 가라앉았고…….

"진짜 못 말린다니까. 그렇게 너무 덥석 믿지 말라고. 그러다가 뭐든지 좋다고 하면 믿고 주워 먹는 거 아니야?"

"으앗! 갑자기 잡아당기면 어떻게 해요! 그리고 내가 바보인 줄 알아요? 아무것이나 주워 먹게."

나는 일어서다가 강현교가 잡아끄는 바람에 엉덩방아를 찧고는 그를 노려보았다. 다행히 엉덩방아를 찧은 곳이 이불 위였기 때문에 아프지는 않았지만, 그래도 놀란 탓에 심장이 두근거렸다. 강현교가 싱글거리며 웃더니 다시 말했다.

"바보가 아니라고 하니 그건 다행이네. 그래. 바보 아니야, 우리 여호랑. 나한테 씩씩하게 고백도 할 줄 알고."

"아, 왜 갑자기 그래요. 사람 어색하게……."

나는 눈을 돌리며 웅얼거렸다. 아까 그를 붙잡고 했던 고백이 그의 말 때문에 다시 생생히 떠올랐다. 으아! 민망해! 나는 강현교를 보지 않으려고 눈을 이리저리 굴렸다.

"사실, 아까 다들 모인 자리에서 자랑하려고 했었어."

"예?"

갑작스러운 강현교의 말에 나는 눈을 굴리다가 그를 쳐다보았다. 강현교는 나와 눈이 마주치자 씩 웃더니 말을 이었다.

"그러려고 다들 불러 모았던 건데."

"그런데……요?"

"네가 술 취해서 나가떨어지는 바람에 무산됐잖아. 하여간 눈치가 은근히 좋은 거야? 일부러 방해하려고 그런 거 아니야?"

"뭐라고요?"

"여기 이 여자가 나한테 고백했습니다! 하고 말하려고 했는데 말이지. 그럴 작정으로 양파를 몇 개나 까고 오징어도 몇 마리나 손질하고 부추도 몇 단을……."

"에휴, 정말! 왜 이렇게 짓궂어요!"

막걸리 먹고 기절해서 다행이다. 나는 속으로 중얼거리며 강현교의 팔을 찰싹 때렸다. 하지만 강현교는 전혀 아프지 않은 듯 귀를 앞뒤로 움직이며 기분 좋게 웃었다. 그러다가 갑자기 고개를 갸웃거리더니 다시 내 손을 잡고 물었다.

"그러고 보니 그건 뭐였지?"

"예? 뭐요?"

"아까 내 귀를 잡았을 때……."

"그 얘기는 왜 또 꺼내요!"

사람 민망하게……. 내가 속으로 중얼거리는 것에 아랑곳하지 않고 강현교는 눈을 가늘게 뜨더니 낮은 목소리로 말을 이었다.

"분명히…… '똥고양이' 라고 했지?"

오, 맙소사! 나는 눈을 크게 뜨고 입을 벌렸다. 그게 그러니까…… 아, 이런 기억은 좀 술기운에 지워지면 안 되는 걸까? 하지만 내 바람을 비웃듯이 내가 했던 말이 고스란히 귓속에 재생되었다.

'얄미워, 얄밉다고, 진짜 얄미워! 이 똥고양이 같으니라고.'

왜 그랬을까. 이 남자의 귀를 잡은 것만으로도 팔짝 뛸 노릇인데 똥고양이라고 몰래 부르던 것까지 들키고 말았다. 나는 슬쩍 강현교의 눈치를 살폈다. 내 마음을 전부 읽어 낸 듯 강현교가 어이없다는 표정으로 나를 보다가 이를 갈며 말했다.

"그러니까 지금까지 나를 '똥고양이' 라고 불렀다?"

"아니, 그게 아니라요."

"예, 아니오, 둘 중 하나로 대답하시지."

"아니, 그건 아닌데요."

‘똥고양이’라고 부르기보다는 줄여서 ‘똥꼬’라고 불렀습니다만……. 나는 자만했다. ‘똥꼬’라는 말을 지금껏 단 한 번도 들키지 않았기 때문에 이번에도 그럴 줄 알았다. 하지만 그런 내 자만을 경고하듯 강현교가 버럭 소리를 질렀다.

“‘똥꼬’는 또 뭐야, 이 여자야!”

아, 들켰다. 나는 어색하게 웃으며 두 손을 모아서 비는 시늉을 했다.

“미안해요. 아니, 그게…….”

그러니까 그게 말이죠. 나는 강현교의 귀와 꼬리가 바짝 일어서서 팽팽하게 당겨진 것을 보다가 서둘러 핑계를 댔다.

“애, 애칭이에요! 애칭!”

애칭이라니 미쳤어! 의도치 않게 튀어나온 망언을 수습할 틈도 없이, 나는 화를 내다 말고 갑자기 환하게 웃는 강현교를 그저 바라볼 수밖에 없었다.

17
기적과도 같은 사람

"받아."

"우왓! 이게 다 뭐야? 인형?"

"오냐. 흐흐, 이 언니가 주는 선물이야. 어제, 구경 잘해서 말이지. 이년이 이제 대놓고 음란 행위를 하다니, 이 언니가 얼마나 놀랐는지 알아?"

"으, 음…… 그게 무슨 소리야?"

나는 차마 탁미의 말을 그대로 따라 하지 못하고 얼굴을 찡그렸다. 탁미는 내게 인형이 든 가방을 안기더니 들어오자마자 냉장고 문을 열어 물병을 꺼내며 대꾸했다.

"이 지지배 봐라, 또 내숭이지. 응? 야, 이 지지배야. 내가 어제 다 봤거든? 너랑 강현교 그 남자랑 아주 둘이 쪽쪽거리고 난리였으면서, 뭘 새삼스럽게."

"그게 아니라……."

나는 탁미의 말에 반박하려다가 그냥 입을 다물었다. 딱히 뭐라고 반박할 말을 찾기가 어려웠다. 나는 괜히 머쓱해져서 인형이 들어 있는 가방을 열어 안을 뒤적였다.

"우와, 귀엽다. 그런데 무슨 인형이야?"

"요새 한창 잘나가잖아. 정이준 여친이 만든 인형."

"응? 정이준 여친? 정이준이 누구인데?"

"너 영화도 안 보고 사냐? 아니, 예전에 나랑 봤었잖아! 왜 그 영화 말이야. '그림자' 기억 안 나? 홍창익 감독이 찍었던 영화! 네가 보고 나서 좋다고 막 그랬던 거."

"아, 기억나. 그런데?"

"거기 나왔던 주인공, 왜 그 남자 있잖아. 고양이 다섯 마리랑 살던 남자. 영화 속에서 골목길을 툭하면 헤매고 돌아다니던 남자 말이야. 영화 보다가 많이 울었던 거 기억 안 나? 그 남자가 바로 정이준이잖 아."

"아아, 그래?"

나는 뒤늦게 기억하고는 고개를 끄덕였다. 기억났다. 3년 전쯤이었 나⋯⋯ 탁미가 영화를 보러 가자고 끌고 나가는 바람에 얼떨결에 따라 가서 본 영화였다. 그리고 당시에 꽤 마음에 들었던 영화이기도 했다. 특히 그 남자 주인공의 연기에 흠뻑 빠졌던 기억이 있었다. 물론 그 남 자 주인공이 누구인지 알지 못했지만 말이다. 이름이 정이준이었나 보 다.

"요즘 제일 잘나가잖아, 정이준."

"응, 그렇구나."

하긴 그 정도의 연기력이라면 충분히 그럴 만도 해. 나는 고개를 끄 덕이며 수긍했다. 그러자 탁미가 답답하다는 듯 한숨을 쉬더니 다시 입 을 열었다.

"그 정이준이 스캔들 한 번 없다가 얼마 전에 제대로 터뜨렸잖아.

넌 그것도 모르지? 이 지지배야, 텔레비전 좀 보고 살라니까."

"그런 거 모르면 어때서."

"어떻긴! 내가 너랑 수다를 떨 수가 없잖아!"

"……"

"하여간 정이준이 아주 떠들썩하게 연애를 시작했는데 말이지. 그 여자 친구가 운영하는 쇼핑몰에서 파는 인형이 또 끝내주는 거야. 여친 이 직접 인형을 만든다고 하던데 보통 솜씨가 아니더라고. 이게 그 인 형이야."

"샀어? 이렇게 많이?"

"아니. 이번에 그 쇼핑몰이랑 우리 쇼핑몰이랑 화보 같이 찍었거든. 우리 쪽 의상이랑 그쪽 인형이랑 같이 매치시켜서. 그리고 촬영에 사용 했던 인형들 선물로 받았어. 화보 촬영에 사용한 걸 다시 팔 수는 없다 면서, 그쪽 쇼핑몰에서 나온 남자가 주더라고. 뭐, 촬영 멋지게 해 줘 서 고맙다던가? 흐흐, 보는 눈은 있어서."

"아아……"

나는 새 것이나 다름없는 인형들을 만지작거리며 감탄했다. 제대로 볼 줄 아는 건 아니지만, 그래도 인형들은 저마다 온기를 가지고 있었 다. 단순히 천 조각으로 만들어진 것이 아니라 만든 사람의 정성과 마 음이 고스란히 묻어난다고 해야 할까. 나는 펭귄 인형의 머리를 쓰다듬 다가 무심코 입을 열었다.

"삶 인형은 없어?"

"뭐? 삶? 갑자기 웬 삶 인형?"

탁미가 이마 위로 흘러내린 앞머리를 고무줄로 묶어서 분수 모양으 로 만들고는 고개를 갸웃거렸다. 나는 나도 모르게 튀어나온 말에 당황 해서 잠시 멈칫거리다가 다시 아무렇지 않은 척 대답했다.

"아니, 이렇게 인형이 다양하니까 혹시 삶 인형도 있나 해서."

"삶 인형이 왜 있겠냐? 그게 뭐가 귀엽다고."

"왜 안 귀여워? 얼마나 귀여운⋯⋯."

내가 지금 무슨 소리를 하는 거야. 나는 황급히 입을 다물었다. 그러자 탁미가 눈을 가늘게 뜨더니 이내 고개를 흔들며 말했다.

"하여간 여호랑, 이 지지배는 엉뚱하다니까. 연애하기도 바쁜 애가 웬 삶 타령?"

⋯⋯음, 그 연애하는 상대방이 바로 '삶'이니까 그렇지. 나는 속으로만 중얼거리며 다시 펭귄 인형을 만지작거렸다. 무심코 말했던 것이지만, 정말 삶 인형이 있으면 좋겠다는 생각이 들었다. 동그란 귀도 그렇고, 고양이보다 더 북슬북슬하고 도톰한 꼬리도 그렇고. 제대로 인형으로 만들면 얼마나 귀여울까! 내가 아쉬운 표정을 짓고 있었는지 탁미가 혀를 차며 다시 입을 열었다.

"갑자기 왜 그래? 하여간 네가 뭘 생각하는지 종잡을 수가 없다니까. 그렇게 아쉬우면 그 쇼핑몰 고객 게시판에 글이라도 올려 보든지."

⋯⋯그럴까? 한번 삶 인형도 만들어 달라고 해 볼까? 나는 잠시 망설이다가 얼굴을 찡그렸다. 괜한 생각이다. 함부로 이런 걸 부탁했다가 그 쇼핑몰에 피해라도 가면 어떻게 하려고. 삶 인형을 만들었다가 안 팔리면 손해를 보게 될 텐데⋯⋯. 나는 고개를 저었다.

"됐어."

"금방 됐다고 하기는. 변덕스러워, 이 지지배야. 어쨌든 이거 너 가져. 마음에 드는 거 골라서 가져도 되고, 아니면 다 가져도 돼."

"너는?"

"이 언니가 아무리 인형이 예뻐도 그렇지, 인형 놀이나 하고 있을 것 같니? 로또나 한 장 되라고, 돼지 인형 하나 휴대폰에 걸었어. 나는 이걸로 충분해."

탁미가 자신의 휴대폰에 매달린 분홍 돼지 인형을 흔들어 보이며 웃었다. 그 순간 휴대폰 문자 알람이 울렸다. 나는 휴대폰을 들고 문자를 확인했다. 발신인은 '똥꼬'였다. ⋯⋯어휴. 다시 이름을 바꿔야겠다. 그냥 '강현교'로 말이다. 애칭이라니, 맙소사. 내가 왜 그런 망언을 내뱉은 걸까.

'애, 애칭이에요! 애칭!'

강현교의 귀와 꼬리가 팽팽하게 일어선 것을 보고 겁부터 먹은 내 입에서 튀어나온 말은 나에게는 재앙이었지만 그 남자에게는 축복이었나 보다. 그는 내 말을 듣자마자 환하게 웃더니 그대로 수긍했다.

'하여간 호랑이 너, 고백하기 전부터 할 건 다 하고 있었구나? 이런 요망한 것 같으니.'

요망은 무슨 요망! 나는 정말 울고 싶었다. 왜 강현교 앞에서는 이런 못 볼 꼴을 전부 보여 주는 것인지 기가 막힐 노릇이었다. 하기야 우준석의 앞에서는 더한 꼴도 보이기는 했지만⋯⋯. 그러고 보면 나는 사귀는 남자의 앞에서는 정말 추해지는 타입인 것일까. 생각이 이상한 방향으로 엇나가려는 순간, 다시 탁미가 깔깔대는 소리가 들렸다.

"이건 또 뭐야? '오늘 늦을 것 같아. 먼저 저녁 먹어. 야참으로 먹고 싶은 거 있으면 사 가지고 갈 테니까 연락하고.' 으잉? 이건 뭐야. 너의 똥꼬? 흐흐, 뭐야, 이런 추잡한 호칭은? 설마 여호랑, 이 지지배, 이게 애칭이라도 되는 거야?"

"야아! 왜 남의 휴대폰을 멋대로⋯⋯."

"아니라고 못 하는 걸 보니까 맞구만. 으하하. 에고, 내가 미쳐, 진짜. 나 웃겨 죽을 것 같아!"

탁미가 방바닥에 벌렁 드러눕더니 허공으로 하이킥을 하며 깔깔대기 시작했다. 나는 탁미에게서 휴대폰을 빼앗으며 입을 삐죽였다. 왜 하필이면 지금 문자를 보내서! 아니, 그것보다 왜 문자 끝에 이런 걸 덧붙이는데! '너의 똥꼬'라니! 맙소사, 이 남자가 정말⋯⋯. 설마 '똥꼬'라고 불렀다고 복수할 생각으로 일부러 이러나? 나 창피해서 죽으라고?

나는 강현교에게서 온 문자를 지우려고 터치하다가 그대로 손을 멈췄다. 한 번만 더 터치하면 지워지는데 차마 지울 수가 없었다.

"휴우……."

나는 한숨을 내쉬며 문자를 삭제하는 걸 포기했다. 지금껏 내 휴대폰에 있던 문자라고는 탁미가 보낸 것과 스팸 문자들이 전부였다. 그런데 요즘은 강현교의 문자가 하나씩 늘어 가고 있는 중이었다. 그것은 내게 신기한 느낌을 주기도 했고, 다른 한편으로는 괜히 가슴 뿌듯한 기분을 주기도 했다. 그런 만큼, 그의 문자 하나조차 쉽게 삭제할 수 없었다. 더구나 고백한 뒤에 받은 첫 문자인데.

'그러게, 첫 문자인데! 왜 이런 호칭은 붙여서…….'

나는 울상을 지었다. 지금이라도 사실대로—애칭이 아니라 그냥 얄미워서 장난으로 불렀던 것이라고— 밝히고 싶은 마음이지만, 그건 그것대로 겁이 나서 감히 실행할 엄두가 나지 않았다. 더구나 내 말을 듣고 그렇듯 기뻐했던 남자가 실망하게 될까 봐 그것도 마음에 걸리기도 했고.

……그를 실망하게 만들고 싶지는 않다.

가슴이 순간 저릿했다. 나는 다시 문자를 보았다. 별것 아닌 내용이었다. 너무 평범한 내용이었다. 누구나 수십, 수백 번은 주고받았을 법한 그런 문자일 뿐이었다. 나는 휴대폰 화면을 손가락으로 어루만졌다.

'하지만 나한테는 특별해.'

좋아하니까 사소한 것일지라도 소중하지 않은 게 없다. 아주 오래전, 우준석의 시선 한 번, 말 한 마디에 감동하고 그것 하나에 매달렸던 내 모습이 겹쳐졌다. 덜컥 겁이 났다. 그때와 같은 내 모습에 7년 후에 똑같은 일을 반복하게 되면 어쩌나 싶었다. 만약 그렇게 된다면 나는 견뎌 낼 수 있기는 할까. ……강현교도 결국 우준석과 같은 모습이 될까.

'고마워. 지금 했던 말, 평생 후회하지 않을 거야.'

그는 내 고백을 듣고 그렇게 말했다. 우준석은 뭐라고 했었더라? 기쁘다고 했었지. 사실은 나도 좋아했다고 그렇게 말했었지. 강현교와 우준석의 차이는 무엇일까. 그는 기쁘다는 말 대신 고맙다고 말했고, 나도 좋아했다는 말 대신 평생 후회하지 않을 거라고 말했다. 그의 말이 진심이라는 것을 안다. 알고 있다.

"탁미야."

"하하, 응? 왜?"

탁미가 계속 웃어서 배가 고프다며 중얼거리다 말고 나를 보았다. 나는 휴대폰을 가만히 만지작거리다가 말을 이었다.

"나…… 고백했어."

"뭐?"

"강현교한테 좋아한다고 고백했어."

"뭐라고? 그게 정말이야?"

탁미가 벌떡 일어나 앉았다. 그 바람에 탁미의 앞머리를 묶어 놓았던 고무줄이 느슨해져서 이마 위로 축 늘어졌다. 아우, 진짜! 탁미가 짜증을 내며 고무줄을 풀어 버리고 다시 내게 가까이 다가와 앉으며 재촉했다.

"그래서? 어떻게 됐는데? 아니, 언제 고백했대? 어제까지도 아무……."

아무 일도 없었던 건 아니구나? 그래! 그렇게 사람들 앞에서 대놓고 쪽쪽거렸던 게 다 이유가 있었던 거였어! 탁미는 마치 아르키메데스가 유레카, 하고 외치며 벌거숭이라는 것조차 잊은 채 길거리를 뛰어갔던 것처럼 그와 흡사한 표정으로 감격해서 소리쳤다.

"드디어 집 나갔던 네 정신머리가 돌아왔구나!"

"야아, 무슨⋯⋯."

"잘했어, 아주 잘했어! 이년이 드디어 똥차를 폐차시키고 완전히 돌아섰네. 으하하. 그럼 그래야지! 진즉 그랬어야 했어, 이 지지배야!"

탁미가 나 때문에 속상해했던 시간이 7년이었다. 아니, 그 전부터도 내 삶은 별반 다르지 않았으니 따지고 보면 이십여 년이겠다. 속이 문드러져도 수십, 수백 번은 문드러졌을 시간이었다. 방치되고 버려두었던 내 인생만큼, 나는 탁미에게도 미안했다. 이렇게 좋아할 줄 알았더라면 우준석과 조금 더 일찍 정리를 했어야 하는 건데. 왜 나는 미련하게도 감정을 끊어 내지 못하고 매달렸던 것일까.

"요즘 네가 아주 예쁜 짓만 골라서 하는구나. 이 기특한 것."

"야아, 탁미야."

탁미가 내 머리를 마구 헝클어뜨리며 으하하, 하고 다시 웃었다. 나는 머리를 매만지며 뒤로 몸을 뺐다. 그리고 휴대폰을 집어 들었다. 답장을 아직 보내지 않았다는 게 갑자기 생각났다.

"이 지지배, 이제 친구고 뭐고 없다, 그거지? 하이고, 치사해라. 나도 아무나 하나 끌어다가 애인 삼아 버릴까 보다."

탁미가 말과는 달리 흐뭇한 표정으로 나를 쳐다보았다. 나는 머쓱한 표정을 지우려고 손으로 뺨을 문지르며 다른 손으로 답장을 보냈다. 아, 맞다. 이름도 다시 바꿔야지⋯⋯.

"어? 왜 바꿔? 재미있는데? 애칭이라며, 그냥 내버려 둬."

"아니야. 그런 거⋯⋯."

"이 지지배, 또 내숭 떠는 거 봐라."

옆에서 탁미가 구시렁대든 말든, 나는 휴대폰에 저장되어 있던 '똥꼬'를 다시 '강현교'로 바꿔서 저장했다. 휴우⋯⋯. 뭔가 엄청난 일을 해낸 것 같은 기분이 들었다.

"어쨌든 네가 고백했더니 그 남자가 뭐래?"

"응?"

"강현교 씨 말이야. 반응이 어땠냐고. 뭐, 물어보지 않아도 알 만하기는 하지만……."

"어…… 그냥……."

"그냥? 그냥 뭐?"

"고맙다고. 지금 했던 말, 평생…… 후회하지 않을 거라고."

"……."

"있지, 탁미야. 나, 정말 희한하게 그 말을 믿게 돼. 우준석이 내 고백을 받고 했던 말과 뭐가 다른가 싶으면서도 강현교 그 남자가 한 말은 왜 그런지, 음…… 믿게 되고, 아니, 믿고 싶고……."

눈물이 툭, 떨어졌다. 나는 황급히 눈물을 손등으로 닦아 내며 말을 이었다.

"나도…… 나 같은 것도 사랑받을 수 있지 않을까, 자꾸 기대하게 돼."

"뭐가 너 같은 거야? 호랑이 네가 뭐가 어때서, 이 지지배야. 기대해. 마음껏 기대해. 알지? 내가 우준석 그 개쌍놈의 자식 처음부터 싫어했던 거 기억하지? 그것 봐, 내가 남자 보는 눈이 좀 있잖아. 그런데 강현교 이 남자는 괜찮아. 그래, 괜찮다고. 그러니까 믿어 봐. 기대도 해 보고. 원하는 게 있으면 막 졸라 보기도 하고, 그러라고."

탁미가 잔뜩 잠긴 목소리로 말하면서 나를 끌어안았다. 어린 시절부터 나와 함께해 왔던 친구가 나를 위해 또 울어 주고 있었다. 탁미가 나 때문에 흘린 눈물을 양으로 따지면 엄청나겠다는 생각이 문득 들었다.

"고마워, 탁미야."

"이 지지배, 갑자기 썰렁하게 무슨 헛소리야."

탁미가 내 어깨를 가볍게 찰싹 때리고는 웃었다. 그리고 다시 바닥에 드러눕더니 발로 나를 쿡 찌르며 말했다.

"밥이나 가지고 와, 이년아. 이 언니 뱃가죽이 방바닥에 들러붙을 지경이야."

그것이 그녀 나름대로 머쓱함을 달래려는 행동임을 나는 모르지 않았다. 그래서 나는 헤헤, 하고 웃으며 고개를 끄덕였다.

하지만 탁미는 밥을 절반도 먹지 못하고 다시 가야 했다. 쇼핑몰 쪽에서 문제가 생겼다며 탁미에게 전화가 온 탓이었다. 정확히 말하자면 탁미는 그 쇼핑몰의 모델일 뿐이지만, 어차피 모델 일뿐만 아니라 쇼핑몰의 이런저런 잡무에 전부 손을 대고 있어서 탁미가 모른 척할 수 없는 모양이었다. 더구나 일을 처리함에 있어서는 탁미를 따라올 사람이 그 쇼핑몰 내에는 없다는 것도 큰 이유였다.

"갈게. 아, 이놈의 오지랖 재능이 조금만 적었더라면 내가 이렇게 고달프지는 않았을 텐데. 안 그러냐?"

"그러게."

"쳇. 그런데 왜 내가 가진 재능들 중 최고를 발휘할 수 있는 곳에서는 나를 거들떠보지도 않는 거냐고."

탁미는 투덜거리다가 씁쓸한 미소를 곧바로 지우고는 현관문을 열며 나를 돌아보았다.

"오늘은 계속 집에 있는 거야?"

"응. 문서 작업해 둔 것도 다시 손볼 겸……."

"강현교 씨 늦는다고 저녁 굶지 말고 잘 챙겨 먹어. 아, 아니다! 그게 좋겠는데?"

"응?"

탁미가 나가려다 말고 나를 보더니 눈을 빛내며 말을 이었다.

"야식 싸 가지고 회사로 찾아가는 거야!"

"뭐?"

"그런 거 연인 사이의 로망 아니냐? 야근하는 애인을 위해 예쁘게 정성 가득 담긴 도시락을 싸서 회사로 찾아가고, 회사의 구석진 곳에 자리 잡고 앉아서 '자기야, 아, 해 봐!' 하면서 설탕도 팍팍 좀 뿌려 주고 말이지. 그러다가 더 어둑해지면 회사 경비원 몰래 도둑 키스라도 진하게……."

"어우, 됐어! 너 빨리 가! 듣고 있던 내가 바보다, 정말……."

나는 붉어진 얼굴을 수습할 새도 없이 탁미를 내보내려고 그녀의 등을 떠밀었다. 그러자 탁미가 으하하, 웃으면서 손뼉을 치며 현관 밖으로 나갔다.

"지지배, 괜히 부끄러워하기는……. 야, 진짜 장난 아니고, 회사에 가 봐. 응?"

"거길 내가 왜 가……."

"왜 가기는. 애인이 일하는 곳에 가 보는 게 당연한 거 아니야? 아마 강현교 씨도 무진장 좋아할걸? 야근으로 쌓인 피로가 싹 사라질지도 모르잖아. 안 그래? 지금 뭐, 도시락을 싸기가 힘들면 그냥 치킨이나 피자 같은 거 사 가지고 가도 되고. 응?"

내 귀는 분명 기름종이보다도 더 얇을 것이다. 나는 금세 탁미의 말에 기울어진 추처럼 넘어가고 있었다. ……그럴까? 정말 그 남자가 좋아할까? 그럼 뭘 싸 가지고 갈까? 아무래도 고기가 좋겠지? 시간 없으니까 삼겹살 사다가 빨리 구워서 가지고 가면…….

"훗. 야, 간다."

"어, 나도 같이 나갈래. 잠깐만, 열쇠 가지고 올게!"

탁미가 그럴 줄 알았다는 듯 웃는 소리를 뒤로하고, 나는 황급히 열쇠를 가지러 집 안으로 들어갔다. 아, 맞다! 지갑도 챙겨야지! 제일 중요한 걸 깜빡 잊을 뻔했네. 나는 허둥대며 지갑과 열쇠를 챙겼다.

"야, 겉옷도 챙겨 입어야지."

"응! 응, 맞다!"

탁미의 말에 고개를 끄덕이며 나는 겉옷을 대충 입고 다시 현관으로 향했다. 탁미가 현관문 옆에 삐딱하게 서서 쳐다보다가 짓궂은 표정으로 입을 열었다.

"속옷은 예쁜 거 입었어?"

"응? 무슨 속옷……."

"누가 아니? 오늘 밤에 둘이 도시락의 힘으로 역사적인 첫날밤을……."

"고탁미! 너, 정말!"

나는 탁미의 입을 틀어막으려고 손을 쭉 뻗었다. 하지만 모델 고탁미의 늘씬한 키 탓에 내 손이 그녀의 입에 닿는다는 건 불가능한 일이었다. 탁미는 킬킬거리고 웃으며 다시 턱짓을 했다.

"현관문이나 잠가, 지지배야. 내숭 그만 떨고."

"……내숭 아닌데."

나는 억울한 마음에 웅얼거렸지만 탁미에게서 되돌아온 것은 콧방귀뿐이었다.

"……얼굴이 지금도 미끈거리는 것 같아."

나는 정문 앞에 서서 높은 건물을 올려다보다가 중얼거렸다. 삼겹살네 근을 구웠더니 집 안은 난장판이 되고 말았다. 아니, 더 정확히 말하자면 '기름판'이라고 해야겠다. 방바닥 위에서 트리플 악셀을 시도해도 되지 않을까 싶을 정도였으니 말이다.

나는 제대로 치우고 오지도 못한 집 안을 떠올리다가 고개를 붕붕 저었다. 그리고 다시 휴대폰을 꺼내 만지작거렸다. 강현교의 이름 위로 손가락이 올라갔다가 내려가는 일을 반복하는 중이다.

탁미의 말에 혹해서 도시락을—삼겹살 도시락도 도시락이라고 할
수 있는 건가?— 싸 가지고 오기는 했는데 막상 회사 정문 앞에 다다
르고 나니까 쉽게 연락할 수가 없었다. 건물 곳곳의 환한 불빛들을 보
니까 더욱 그랬다. 한창 일하고 있는 사람을 방해하는 건 아닌지, 하는
걱정이 앞섰다. 이런 나를 소심하다고 해도 어쩔 수 없는 노릇이었다.

 "어쩌지, 그냥 돌아가…… 으앗!"

 내가 주저하다가 다시 그냥 돌아갈까 하는데 갑자기 휴대폰이 마구
울려 댔다. 어둑한 밤의 길거리에서 울려 대는 내 고물 휴대폰의 벨소
리가 너무 우렁찼다. 나는 화들짝 놀라 발신인을 확인할 틈도 없이 냉
큼 전화를 받았다.

 "여, 여보세요?"

 ― 또 이러기야? 응? 이제 진짜 고백까지 하고 연인도 된 마당에 자
꾸 이럴래?

 "예? 저기 누구……."

 ― 허허…… 저기요, 예쁜 아가씨. 이제는 아예 누구냐고 물어보는
겁니까? 호랑 씨, 자꾸 이럴 거예요? 예?

 "가…… 아니, 현교 씨?"

 나는 강현교의 이름을 부르려다가 황급히 그의 성씨를 목구멍 안으
로 밀어 삼키고 다시 그를 불렀다. 그러자 휴대폰을 통해 그의 나직한
웃음소리가 들렸다.

 ― 그래도 그건 꼬박꼬박 지키네. 이걸 좋아해야 되는 거야, 싫어해
야 되는 거야? 나랑 뽀뽀하기 싫어서 그러는 건지.

 "그건……. 어, 어쨌든 웬일이에요?"

 나는 대답할 말을 찾다가 그냥 말을 돌리고 말았다. 그러자 강현교
가 다시 웃음을 터뜨리고는 말을 이었다.

 ― 웬일이냐니. 그건 내가 묻고 싶은 말인데? 거기서 뭐 하고 있어?

왔으면 전화를 하든지 그럴 것이지.

"예에? 그, 그게…… 아니, 그러니까……."

지금 내가 여기에 있는 걸 혹시 아는 거야? 어떻게? 나는 주위를 휙 둘러보았다. 하지만 강현교의 모습은 보이지 않았다. 뭐야…… 내가 지금 강현교랑 통화하는 게 맞기는 맞는 거야? 어둑어둑한 와중에 무서운 마음이 덜컥 들었다. 설마 귀…….

— 처음에 봤을 때도 나더러 귀신이라더니 또 그러네.

"진짜 강현교 씨예요?"

— 뽀뽀 한 번.

"장난하지 말고요! 진짜 그래요? 어디…… 대체 어디에 있는 건데요?"

— 오른쪽으로 고개 돌려 봐.

"예?"

나는 강현교의 말대로 무심코 고개를 돌렸다. 강현교가 정문 안쪽에서 나를 보고 있었다. 그의 손에 들려 있는 휴대폰이 좌우로 흔들렸다. ……아, 진짜 강현교였구나. 나는 멍하니 그 자리에 서서 그를 쳐다보았다. 커다란 유리문 너머에 있는 그의 존재가 무서울 정도로 가슴에 다가왔다. 심장이 마구 뛰어서 이대로 주저앉고 싶었다.

그만큼 그가 좋았다.

"그런데 여기까지는 웬일이야? 조금 있으면 퇴근할 텐데……. 여자애가 말이야. 어두운 데 이렇게 함부로 돌아다니면 못 써."

강현교가 밖으로 나오자마자 내게 다가오더니 말을 걸었다. 나는 고개를 뒤로 젖히며 그를 올려다보았다. 나보다 훨씬 큰 남자인데도 어쩐지 전혀 무섭지가 않았다. 그러고 보면 처음 봤을 때를 제외하고는 이 남자가 무서웠던 적이 없다. 오히려 뭐랄까…… 같이 있으면 든든하다고 해야 할까. 무서운 게 있어도 이 남자와 있으면 무섭지 않을 것 같

고, 아픈 일이 있어도 이 남자와 있으면 아프지 않을 것 같고……. 순
간 나는 어색해져서 손에 들고 있던 걸 그에게 내밀었다.

"야식이에요."

"응?"

"일하느라고 배고플 것 같아서 삼겹살 좀 구웠어요. 상추 같은 건
안 좋아해서 그냥 삼겹살만……."

'좀' 구운 것은 아니었다. 정확히 말하자면 네 근이나 구웠다. 내가
살면서 이렇게 많은 고기를 혼자 구운 적은 지금껏 단 한 번도 없었다.
전생에 나는 강현교의 고기를 다 빼앗아 먹었던 게 분명하다. 그래서
이번 생에 그 죗값을 치르느라고……. 슬그머니 떠오르는 엉뚱한 생각
을 털어 내려고 고개를 흔들던 중에 강현교가 내게서 도시락을 받아
들고는 슬쩍 뚜껑을 여는 모습이 눈에 들어왔다.

"맛있겠는데? 네 근이라고?"

"예."

"야식으로 먹기에 딱 적당하네. 안 그래도 살짝 출출했는데."

강현교가 만족스러운 표정으로 다시 나를 보며 입맛을 다셨다. 아
니, 그런데 왜 나를 보고 입맛을 다시는 거냐고요. 나는 머쓱한 마음에
시선을 피하며 하하, 하고 웃었다. 그러자 강현교가 씩 웃더니 내 손을
잡아끌었다.

"이왕 왔으니 같이 먹자."

"예? 아, 아니요. 가…… 현교 씨, 드시고 얼른 다시 일하러 가셔야
죠. 난 이만 가 볼게요."

"이 많은 걸 나더러 다 먹으라고? 누구를 돼지로 알아?"

갑자기 무슨 거짓말을 이렇게 당당하게 하냐……. 내가 댁의 식사량
을 모르는 것도 아니고. 더구나 삼겹살인데! 당신이 그렇게 사랑하는
고기인데! 나는 눈을 게슴츠레 뜨고 그를 보았다. 하지만 강현교는 내

생각보다도 더 강적이었다. 그는 천연덕스럽게 나를 보며 말을 이었다.

"나 혼자 네 근이나 되는 걸 어떻게 다 먹으라고 그래? 호랑이 너, 설마 나 배 터져 죽으라고 하는 거야? 응?"

이런 잔인한 여자 같으니라고. 그새 내 앞으로 보험이라도 들어 둔 거냐! 강현교의 헛소리가 미친 듯이 뻗어 나갔다. 나는 차마 더 이상 들을 수 없어서 그의 입을 막으려고 손을 위로 뻗었다. 그러나 그런 내 시도는 강현교에게 붙잡힌 손 덕분에 가뿐히 무산되고 말았다.

"아, 정말 왜 그래요? 실없어 보이게."

"은근히 좋아하면서 그런다."

"예?"

"좋아하는 거 아니야? 내가 이럴 때마다 너 좋아서 얼굴 빨개지던데."

"듣고 있기 민망해져서 그럽니다만."

나는 반박하듯 투덜대며 말했다. 그러자 강현교가 내 손을 잡고 다른 손으로는 도시락을 든 채 정문 쪽으로 몸을 돌렸다. 어? 어라? 지금 어디로 가려고? 내가 눈을 휘둥그레 뜬 순간 강현교가 불쑥 대답했다.

"휴게실."

"예에?"

"야식 먹어야지."

"아…… 그건 그렇지만, 왜 나도 데려가려고 하는 건데요! 사람들이 보면 어쩌려고!"

나는 강현교의 손에서 빠져나오려고 낑낑대며 힘을 주었다. 하지만 강현교는 마치 재롱부리는 강아지라도 보듯이 나를 쳐다보며 허허, 하고 웃더니 입을 열었다.

"뭐, 오붓하게 있고 싶다면 다른 장소를 알아볼 수도 있고. 은근히 엉큼한 데가 있단 말이지, 내 반려는."

"뭐라고요?"

나는 입을 달싹이다가 그대로 다물고는 한숨을 내쉬었다. 그러자 나를 무작정 잡아끌던 강현교가 내 손을 놓더니 다시 진지하게 말했다.

"야식만 전해 주고 가면 내가 어떨 것 같아? 응? 내가 지금 바라는 게 이 삼겹살일 것 같아?"

"그럼 아니에요? 고기 좋아하잖아요. 그것도 무진장 많이."

빠직. 그의 이마에 핏대가 돋았다. 하지만 나는 강현교가 왜 그러는지 이해할 수 없었다. 반대로 서운한 마음이 들었다. 많이 피곤할 테니까 고기라도 먹고 힘내라고, 그래서 네 근이나 굽느라고 집 안을 난장판으로 만들어 놓고 왔는데. 내가 입을 삐죽이자 강현교가 갑자기 어이없다는 표정으로 이마를 짚더니 고개를 저었다. 그리고 다시 나를 끌어안았다.

"어? 어어!"

"눈치라고는 눈곱만큼도 없지, 진짜."

"나한테 하는 말이에요?"

"그럼, 지금 여기서 내가 너 말고 누구한테 하는 말이겠어?"

강현교가 나를 끌어안고는 낮게 웃음을 터뜨렸다. 웃음의 진동이라고 해야 할까. 뭔가가 출렁이듯 내게 전해졌다. 기쁨과 다정함, 그리고 따스한 온기까지. 그 모든 것이 천천히 내게 스며들었다. 그 덕분일까. 나는 지금 내가 서 있는 이곳이 강현교의 회사 정문 안쪽 로비라는 것조차 망각하고 그의 허리에 조심스럽게 팔을 둘렀다. 강현교가 잠시 움찔하더니 다시 나를 바라보며 말했다.

"이 아가씨야, 진짜 겁도 없이 자꾸 유혹할래?"

"누, 누가 유혹했다고……."

내가 말을 다 마치기도 전에 강현교의 입술이 다가왔다. 가볍게 스치듯 닿았다가 떨어진 그의 입술이 붉은색을 머금고 있었다. 나는 그

붉은색에서 시선을 떼지 못하고 있다가 뒤늦게 강현교의 목소리에 정신을 차렸다.

"아까 뽀뽀 한 번이라고 했지?"

"예? 그게 무슨…….."

아, 무슨 말인지 알겠다. 조금 전에 강현교와 통화하다가 나도 모르게 나왔던 '강현교 씨'라는 말 때문이라는 것을 말이다. 나는 민망해져서 시선을 돌리며 투덜대듯 말했다.

"하여간 그런 건 잊지도 않네요. 가…… 아니, 현교 씨는요."

또 '강현교 씨'라고 할 뻔했어! 도대체 내 머리는 돌인가? 돌멩이인 거야? 그래서 이렇게 딱딱한 건가? 응? 내가 속으로 마구 구시렁대고 있는데 강현교가 웃음을 터뜨렸다.

"조막만 한 돌멩이라 하자. 그래. 내 예쁜 돌멩이."

"아, 진짜! 이럴 땐 좀 듣지 못한 척하지!"

나는 귀까지 뜨거워져서 고개를 저었다. 그러자 강현교가 내 어깨를 감싸더니 키득거리며 다시 말했다.

"우리, 이제 자리 좀 비켜야겠어. 인간들 냄새가 나서."

"예? 무슨 냄새요?"

"인간들 냄새 말이야. 퇴근하는 부서가 있나 봐. 대여섯 명 정도인데…… 뭐, 나는 상관없지만 부끄러움 많은 호랑 씨는 상관있을 것 같은데…… 아니야?"

그럼 계속 여기에서 있을래? 아예 저기 소파에서 삼겹살 먹을까? 응? 강현교가 농담하는 것임을 뻔히 알면서도 나는 그의 말에 기겁해서 그의 손을 잡아당겼다.

"빨리 어디로든 좀 가요! 빨리!"

"하하. 알았어, 걱정 마. 금방 오는 건 아니야. 냄새가 그 정도로 진한 건 아니라고."

그렇게 말을 하면서도 놀란 나를 생각한 것인지 강현교가 내 손을 잡고 성큼성큼 로비를 지나서 왼쪽의 복도로 방향을 틀었다. 그러다가 다시 내 입술 위로 검지를 대며 쉿, 소리를 냈다.

　"경비원 지나가니까."

　나는 입을 꼭 다물고 눈만 끔뻑거렸다. 뭔가 나쁜 일을 하던 중도 아니고, 회사에 기밀을 빼내려고 들어온 스파이도 아니지만—난 그저 열심히 일하라고 야식만 가지고 왔을 뿐인데!— 그래도 가슴이 마구 뛰었다. 내 입에 닿아 있는 남자의 검지에서 온기가 느껴졌다. 그저 가만히 대고 있을 뿐인데 입술이 바짝 마르는 것만 같았다. 그리고 불현듯 조금 전에 닿았던 그의 입술이 기억났다. 그 감촉과 체온, 모든 것이 말이다.

　"돌멩아."

　"예? 아, 아니! 내가 왜 돌멩……."

　강현교가 부르는 소리에 무심코 대답했다가 곧바로 발끈하려던 나는 경비원의 발걸음 소리에 황급히 입을 다물고 말았다. 그러자 강현교가 쿡, 하고 웃더니 몸을 살짝 숙이고 나를 바라보았다. 그 시선이 너무 깊고 다정해서 나는 아무 말도 할 수 없었다. 경비원의 발걸음 소리가 점점 더 가까워지는 듯싶더니 다시 방향을 튼 것인지 점점 멀어졌다. 하지만 나는 여전히 입을 떼지 못했다. 강현교가 그런 나를 보다가 싱긋 웃었다. 그리고 그의 손바닥이 내 뒷머리를 부드럽게 감쌌다.

　강현교의 입술이 다시 내게 닿아 왔다. 미친 짓인지도 몰랐다. 회사 내의 복도에서, 퇴근한 사람들이 많다고는 하지만 그래도 야근하는 사람들 역시 어딘가에 있을지도 모르는 상황에서, 이렇듯 강현교와 입술을 맞대고 있는 것 자체가 내게는 너무나 큰 모험이었다. 소심하기 그지없던 내가 이렇게 용기를 낼 수 있는 것 자체가 어쩌면 기적인지도 몰랐다.

……그런가 보다.

당신은 내게 기적처럼 다가왔구나.

당신은 내게 기적과도 같은 사람이구나.

"울지 마. 이제 그만 울어도 돼. 평생 울어야 할 건 지금까지 운 것으로 퉁치자. 응?"

강현교가 살짝 입술을 떼더니 작게 장난치듯 속삭였다. 그와 동시에 부드러운 손길로 내 젖은 뺨을 닦아 주고는 위로하듯 다시 내 입술에 가볍게 입맞춤을 하고 내 머리를 쓰다듬어 주었다. 나는 강현교의 허리를 꽉 끌어안았다.

입술이 달싹였다. 하지만 내 입에서는 아무 말도 나오지 못했다. 나는 눈물이 가득 고인 눈으로 강현교를 올려다보았다. 그가 말하지 않아도 안다는 표정으로 나를 내려다보며 고개를 끄덕였다.

지난 7년의 사랑은 어리석었다.

그래서 나는 다시 사랑을 한다는 것이 무섭고 두렵다. 그렇지만……. 달싹이던 입을 꾹 다문 채 그의 가슴팍에 얼굴을 묻었다. 눈물 때문에 그의 와이셔츠가 젖었을 텐데도 강현교는 아무런 타박도 하지 않았다. 언젠가…… 내가 좋아한다는 말 대신 사랑한다는 말을 할 수 있게 된다면 그 말을 듣는 사람이 강현교, 바로 당신이었으면 좋겠어. 나는 그 바람을 그저 속에 담아 둔 채 강현교의 허리를 더욱 꽉 끌어안았다.

18
여우 혹은 곰

"괜찮아요?"

"뭐가?"

"느끼하지 않아요? 보기만 했는데도 속이 울렁거릴 정도인데."

"왜 느끼해? 이 고소한 걸 먹으면서."

강현교는 삼겹살 네 근을 혼자 뚝딱 해치우고는 아무렇지 않게 대꾸했다. 나는 어이가 없어서 그를 쳐다보다가 다시 고개를 흔들었다.

"어쨌든 겨우 삼십 분 만에 이걸 다 먹다니……. 기네스북에 올라가도 되겠어요."

"뭐, 이런 걸 가지고."

지금 이게 겸손인 건가? 아니면 진심인 건가? 나는 강현교를 가만히 쳐다보았다. ……겸손은 아닌 게 확실하구나. 강현교는 진심이라는 듯 시큰둥한 표정으로 나와 눈이 마주치자 그저 한쪽 눈썹을 쓰윽 올렸다. 나는 그의 눈썹이 올라갔다가 내려가는 걸 보며 무심코 입을 열었다.

"얼굴 근육이 마음대로 움직이는 거예요?"

"뭐?"

"그러고 보니까 눈썹을 마음대로 움직이는 것 같아서요."

그거 같아요, 고무 인형. 내가 덧붙여 말하자 강현교의 표정이 이상해졌다. 그러더니 미간을 찡그리며 투덜거렸다.

"고무 인형은 또 뭐야. 감히 나를 그런 이상한 것에 비교하다니. 그래도 호랑이 너니까 봐준다."

그래서 내 간이 부었나? 나는 강현교에게 아무렇지 않게 아무 말이나 하는 내 자신이 신기해서 웃었다. 그런데 갑자기 강현교가 나를 보더니 심각한 표정으로 물었다.

"간이 부었다고? 그건 또 무슨 소리야?"

"예?"

"무슨 질환이 있었던 거야? 이 여자가 왜 그런 얘기를 지금껏 하지 않았던 거야! 당장 대학 병원에 예약을 잡아 놓을 테니까……."

"아니, 저기요! 대학 병원은 또 뭐래요."

"간이 부었다면서!"

강현교가 목소리를 높였다. 이 남자, 설마 지금 간이 부었다는 말을 말 그대로 간이 부었다고 알아들은 거야? 나는 눈을 깜빡이다가 풋, 하고 웃음을 터뜨렸다. 그러자 강현교가 일그러진 얼굴로 말을 이었다.

"웃긴 왜 웃어? 그런다고 내가 예쁘다고 칭찬해 줄 거라고 생각해? 물론 웃는 게 예쁘기는 하지만 지금 이 상황에서는……."

민망했다. 정말 민망하기 그지없었다. 하지만 그만큼 행복했다. 내가 누려도 되는 걸까 싶은 만큼 달달한 기분에 흠뻑 취할 것만 같았다. 나는 강현교가 깨끗하게 비운 도시락을 하나씩 챙기며 대답했다.

"그 말을 곧이곧대로 받아들이면 어떻게 해요? 가…… 흠, 현교 씨, 의외로 어리숙한 데가 있나 봐요. 나보다 더 바보였나 봐."

"뭐?"

입을 삐죽이며 대꾸했다.

"하지만 내가 택시를 타서 만나는 남자마다 사귀고 그러는 게 아니 잖아요! 아니, 택시에 합승한 적도 없었고!"

아니다. 그것보다도 나는 애당초 택시를 탄 적도 없었다. 그날 우준석 때문에 충동적으로 택시를 탄 것을 제외하고는 말이다. 강현교가 내 생각을 또 들었는지 나를 쳐다보며 물었다.

"정말 택시를 탄 적이 없어? 그때 빼고?"

"……뭐, 예. 그래서 구질구질해요?"

"구질구질하긴. 택시 안 타면 구질구질한 거야? 뭐야, 그런 웃기지 도 않는 편견은……."

강현교가 시큰둥한 투로 대답했다. 역시 다르구나. 나는 픽, 웃어 버 렸다. 내게 구질구질하다고 말했던 우준석과 달리, 강현교는 내 모든 것을 아무렇지 않게 받아들여 준다. 그리고 전혀 구질구질하다고 여기 지 않는다. 오히려 나와 함께 살면서 내 생활 속으로 자연스럽게 스며 든다고 해야 할까. 물론 종종 비위생적이니 뭐, 그런 소리를 하면서 투 덜대기는 하지만.

"그러게요. 웃기지도 않는 편견이었네요."

나는 피식거리며 중얼거렸다. 어쩐지 허탈한 결론을 얻은 것만 같아 서 기분이 이상했다. 하지만 나쁜 기분은 아니었다. 설명하려면 어렵기 는 하지만…… 뭐랄까, 지금껏 내가 짊어지고 있던 것들을 하나씩 내 려놓는 기분이라고 하면 적당하려나.

"주차장까지 데려다줄게."

"여기서 엘리베이터만 타면 내려가는데요?"

"엄한 놈이 낚아챌까 봐 그러지. 돌멩이가 워낙 사람을 잘 믿어 서……."

"아, 왜 또 돌멩이라고 놀려요!"

나는 투덜거리며 강현교를 향해 입을 삐죽였다.

"어차피 데려다줄 거면서 왜 나한테 미리 키를 줬대요?"

나는 조수석에 앉으며 구시렁댔다. 그러자 강현교가 키득거리며 웃더니 내 손에 다시 자동차 키를 쥐여 주었다.

"문 잠그고 있어. 이따가 내가 오면 여기, 이거 눌러서 문 열어 주면 되고."

"안 열어 줄까 보다."

나는 괜히 심통이 난 것처럼 대꾸했다. 마치 공주님이라도 된 듯한 기분이 들어서 어색하기 짝이 없었다. 엘리베이터 버튼을 먼저 눌러 주고, 지하 주차장에 와서도 조수석 문을 먼저 열어 주고, 이렇게 허리를 구부정하게 숙인 채 내게 당부를 거듭하는 그의 행동에 아무렇지 않을 수 없는 게 솔직한 심정이었다. 하지만 그 마음을 내색하는 게 민망해서 나는 퉁명스럽게 굴었다.

"그럼 이따가 봐."

강현교가 내 머리를 쓰다듬더니 문을 닫았다. 나는 슬그머니 고개를 돌려 창밖을 보았다. 강현교가 몸을 숙인 채 차 안을 들여다보다가 손을 흔들고는 다시 허리를 펴고 돌아섰다. 엘리베이터 쪽으로 향하는 그의 뒷모습을 잠시 쳐다보다가 나는 한숨을 내쉬며 등받이에 몸을 기댔다.

"역시 비싼 자동차라 쿠션도 좋구나."

다른 자동차를 타 본 적은 거의 없지만 말이다. 나는 제법 여러 자동차를 타 보았던 사람처럼 혼자 중얼거리다가 민망해져서 두 뺨을 손으로 문질렀다.

강현교에게서 난다고 느꼈던 향기가 차 안에서도 났다. 향수는 쓰지 않는다고 했는데 대체 이 향기는 어디서 나는 걸까. 마치 숲 속에 와 있는 것처럼 머릿속이 맑아졌다. 그래서일까. 몸 역시 한결 가벼워지는 기분이 들었다. 나는 등받이에 몸을 한껏 기댄 채 앞을 보면서 작게 웃었다.

그때였다.

나도 모르게 온몸이 굳었다. 차의 전면 유리창 밖으로 두 사람의 모습이 보였다. 너무 잘 알고 있던, 아니, 잘 알고 있다고 착각했던 두 사람이었다. 우준석과 홍페니, 그들은 내게 상처로 남은 이들이었다. 처음에는 작게 들리던 그들의 목소리가 점차 가까워지면서 또렷하게 들렸다.

"진짜 짜증나! 우리, 지금 사귀는 중인 거 맞아? 응? 맞니?"

"왜 여기까지 와서 짜증이야? 안 그래도 야근하느라고 피곤해 죽겠는데."

"웃기시네. 일을 얼마나 한다고 피곤한 척이야? 솔직히 준석 씨, 우리 아버지 아니었으면 여기에 들어올 수나 있었을 것 같아?"

"야! 너 지금……."

"왜 때리려고? 때려 봐, 어? 때려 보라고. 어차피 깁스한 팔로 뭘 할 수나 있겠어?"

그러고 보니 우준석의 한쪽 팔은 깁스가 되어 있는 상태였다. 어디서 다쳤나? 나는 잠시 궁금해하다가 픽, 웃었다. 내가 궁금해할 일이 아니었다. 아니, 그럴 가치도 없었다. 하지만 깁스를 하고 있는 우준석의 모습을 보고 있으려니 가슴속이 시원해지는 기분이 들었다. 나도 참 못된 구석이 있구나……. 가만히 중얼거리며 그들을 계속 지켜보았다. 그들은 내가 보고 있다는 것을 전혀 눈치채지 못한 듯 목소리를 높이고 있었다.

'그렇게 서로 좋아서 난리를 치더니.'

물론 서로 좋아하는 사이라고 해서 늘 사이좋게 지내란 법은 없다.

하지만 저렇듯 서로에게 함부로 독설을 퍼붓고 조롱하는 식으로 대하는 것은 아무리 봐도 예의가 아니란 생각이 들었다.

사람에 대한 예의.

사랑에 대한 예의.

문득 우준석과 함께 있던 내 모습도 지금 저들의 모습과 별반 다르지 않았겠단 생각을 했다. 확실히…… 사랑하는 연인의 모습은 아니었겠구나. 나는 그들을 바라보며 속으로 중얼거렸다. 이렇게 제삼자의 입장이 되어 바라보자, 뒤늦게 눈이 밝아진 것 같았다. 보이지 않던 것들이 이제야 하나둘 보이는 것도 같았다. 그들의 모습 속에서 나를 본 느낌이었다.

"……진짜 한심했구나."

사랑도 아니었던 것을 사랑이라고 믿고 7년을 버린 셈이었다. 아니, 적어도 7년 전에는 진심이었을 것이다. 우준석의 마음은 진심이 아니었더라도 말이다. 내 감정은, 그때의 내 마음은 진심이었을 것이다. 그러나 그 진심은 빛을 잃었고 너덜너덜해졌다. 걸레보다도 못한 취급을 받았던 마음은 더 이상 처음의 진심일 수 없었을 것이다. 그럼에도 불구하고 그것을 진심이라고 스스로 믿고 싶었기에 우준석의 부당한 대우를 감내하는 쪽을 선택했던 것이고. ……바보 같은 선택이었다.

"악! 정말 짜증나! 됐어, 너 따위를 내가 미쳤다고……."

홍페니가 발을 구르며 소리를 지르다가 신경질적으로 몸을 돌렸다. 그리고 순간적으로 그녀와 눈이 마주친 듯했다. 차의 유리에 선팅이 되어 있어서 확실하지는 않았지만 말이다. 홍페니가 고개를 갸웃거리더니 내 쪽으로, 더 정확히는 강현교의 자동차를 향해서 다가왔다. 그녀가 바로 앞까지 왔을 때였다.

"뭡니까, 남의 차 앞에서."

강현교의 목소리가 들렸다. 나는 몸을 돌렸다. 뒤쪽의 창 너머로 강현교가 다가오고 있는 것이 보였다. 아, 벌써 일이 다 끝났나 보구나. 나는 반가운 마음에 목을 길게 빼고 그를 보았다.

"흐으, 흐억!"

그 순간 괴상한 소리가 들렸다. 나는 무심코 고개를 돌려 괴상한 소리가 난 쪽을 보았다. 우준석이 왜 저래? 지금 내가 제대로 본 게 맞나 싶어서 눈을 비비고 다시 우준석을 보았다. 제대로 본 게 맞았다.

'그런데 왜 저래?'

우준석이 갑자기 새파랗게 질린 표정으로 숨이 가쁜 듯 헉헉대더니 그대로 뒷걸음질을 치다가 엉덩방아를 찧었다. 그 바람에 홍페니 역시 우준석과 함께 바닥에 넘어지고 말았다. 대체 왜 저러는 거야? 마치 무슨 귀신이라도 본 사람처럼…….

똑똑, 그때 유리창을 두드리는 소리가 났다. 나는 다시 옆쪽으로 고개를 돌렸다. 강현교가 허리를 구부린 채 조수석 쪽의 창문을 두드리다가 문을 열어 달라는 듯이 손짓을 했다.

"어? 아, 맞다."

나는 허둥대며 아까 강현교가 가르쳐 준 대로 문을 열어 주었다. 그러자 강현교가 잘했다는 듯 머리를 쓰다듬으며 눈을 찡긋거렸다.

"잠깐 밖으로 나올래?"

"예? 왜…… 아니, 저기요!"

"'저기' 보다는 '자기' 가 좋은데 말이지. 그건 나중에 다시 얘기하고."

뭘 나중에 다시 얘기를 해요! 나는 강현교의 헛소리에 입을 벙긋거렸다. 그런 나를 귀엽다는 듯이—미쳤어! 내가 말해 놓고도 오글거려!— 바라보던 강현교가 내 손을 잡아끌었다. 나는 차 밖으로 나가지 않으려고 버텨 봤지만, 그의 힘을 감당할 수가 없었다.

"그냥 가면 되잖아요. 시간도 늦었는데 왜 밖으로 나오라고……."

"……여호랑?"

나는 강현교의 손에 이끌려 어쩔 수 없이 밖으로 나가며 투덜거렸다. 그 순간 홍페니의 목소리가 들렸다. 나는 고개를 돌려 그녀를 보았다. 그녀가 몸을 일으키다 말고 눈을 휘둥그레 뜬 채 나를 쳐다보고 있었다. 아니, 더 정확하게 말하자면 나와 손을 잡고 있는 강현교를 보고 있다고 해야 할까.

"흐으, 흐으으. 가, 강 팀장님……."

"아까 퇴근한 걸로 아는데 아직까지 안 갔나 봅니다, 우준석 씨?"

강현교가 여전히 이상한 상태로 숨을 가쁘게 몰아쉬고 있는 우준석을 힐끔 보더니 사무적인 투로 물었다. 그 목소리가 어쩐지 냉랭하게 느껴져서, 나는 홍페니를 보던 시선을 돌려 강현교를 쳐다보았다. 그러자 강현교가 나를 내려다보더니 입꼬리를 올렸다.

"왜요? 내 얼굴에 뭐라도 묻었습니까?"

"아…… 아니요."

나는 고개를 저었다. 그때 홍페니의 목소리가 들렸다.

"강 팀장님이라고요? 그럼 혹시 강일……."

"함부로 제 부친에 대해 말하는 건 예의가 아니지 않습니까. 저는 모르는 사람이 저나 제 가족에 대해 아는 체하는 걸 싫어하는 편이라 말입니다."

아…… 까칠하다. 나 같으면 깨갱, 하며 더 이상 대꾸도 못 했겠다. 나는 낯선 사람 같은 강현교를 물끄러미 보았다. 날을 세운 듯한 강현교의 옆얼굴이 냉랭하기 그지없었다. 왜? 나는 고개를 갸웃거렸다. 모르는 사람 운운한 것을 보면 홍페니와 아는 사이도 아닐 텐데 왜 저렇게 날카로운 반응인 것일까. 정말 자기 가족에 대해서 엄청 애정을 갖고 있나 보다. 나야 뭐…… 제대로 가족을 가져 본 적이 없어서 잘 모르겠지만 말이다.

"그럼 지금부터 아는 사이가 되면 문제없겠네요."

홍페니가 언제 넘어졌던가 싶게 당당한 자세로 일어서더니 성큼성큼 다가왔다. 그리고 강현교의 앞에 서서 손을 내밀며 말을 이었다.

"홍수표 상무님이 제 아버지시거든요. 이 정도면 아는 사이가 되더라도 좋지 않겠어요?"

"……아하, 홍 상무님의 따님이시군요."

강현교의 입꼬리가 비틀리듯 올라가더니 말이 흘러나왔다. 갑자기 조마조마한 기분이 들었다. 강현교에게 내민 홍페니의 손을 꼬집어 주고 싶단 충동이 일었다. 그녀의 손등을 쳐 내고 싶은 마음도 울컥거렸다. 하지만 그럴 수 없었다. 홍페니의 아버지가 이 회사의 상무라고 하니 더욱 그랬다.

우준석에게도 들은 적이 있지만, 홍페니의 입을 통해 직접 들으니 더욱 기분이 이상했다. 뭔가 드라마 속의 한 장면 같다고 해야 할까. 나와는 너무 다른 세계를 스크린 밖에서 보고 있는 기분이었다. 그 순간 강현교가 한숨을 내쉬더니 내 손을 꼭 쥐었다.

"악수는 못 하겠는데요. 지금 제 손이 비어 있을 틈이 없어서."

"예?"

"게다가 비어 있는 이쪽 손은 부정 탈까 봐 더러운 건 만지지도 않는 손이라서 말입니다."

"뭐, 뭐라고요?"

……이건 또 무슨 소리야? 나는 고개를 휙 돌려서 강현교를 보았다. 강현교가 내 손을 잡고 있는 손 말고 다른 손을 흔들어 보이며 천연덕스럽게 웃고 있었다. 그러다가 내 시선을 느꼈다는 듯 나를 쳐다보며 다정하게 물었다.

"왜요, 호랑 씨? 두 손으로 잡아 줄까요?"

"……아, 아니요."

그러지 마요. 진짜 무서워지려고 그러네. 이중인격도 아니고. 자기 마음대로 존대를 하다가 반말을 하고, 반말을 하다가도 존대를 하고……. 나는 고개를 흔들었다. 강현교가 내 생각을 엿들은 것인지 쿡, 하며 낮게 웃었다. 그러더니 다시 우준석을 향해 말했다.

"우준석 씨, 왜 그런 표정입니까? 아, 그러고 보니 호랑 씨와 대학 선후배 관계라고 하셨던가요?"

"예? 아…… 예, 예에."

우준석은 마치 학질에라도 걸린 사람처럼 덜덜 떨며 가까스로 대답했다. 그러고는 후들거리는 다리로 엉거주춤 일어서다가 나와 눈이 마주치자 다시 히익, 하는 소리를 내며 시선을 피했다. 내가 갑자기 괴물이라도 되는 양 행동하는 우준석이 불쾌해서 나도 모르게 얼굴을 찡그렸다. 내가 대체 뭘 어쨌다고……. 오히려 지금껏 당했던 건 나인데 마치 본인이 내게 피해라도 본 것처럼 행동하니 어이없었다. 그나마 남아 있었을지 모르는 정마저도—남아 있었을지 모르는 정이라니! 내가 미치지 않고서야 그럴 리 없어!— 떨어져 나갈 것 같았다.

"부럽네요. 우리 호랑 씨가 대학 때 어땠는지 알 테니."

잠깐 뭐라고? 우, 우리…… 우리 호랑 씨? 오, 맙소사. 나는 듣기만 했는데도 오글거리는 호칭에 놀라서 강현교를 돌아보았다. 그러자 강현교가 나와 시선을 마주하고는 싱긋 웃더니 내 어깨를 끌어안으며 말을 이었다.

"우리 호랑 씨가 대학 선배에 대한 환상이 좀 과한 것 같아서 말이죠."

누가 그렇다고요! 나는 억울한 마음에 볼을 부풀리며 항의의 눈빛을 마구 쏘아 보냈다. 그러자 강현교가 내 뺨을 잡더니 쪽, 하고 입을 맞췄다. 이 남자가 정말 미쳤나! 우준석과 홍페니가 보는 앞에서 이런 짓을 하다니! 나는 민망해서 파르르 떨며 입을 벙긋거렸다. 강현교가 눈웃음을 짓더니 입을 열었다.

"그러니까 누가 그렇게 귀엽게 쳐다보래요?"

"……내가 그냥 입 다물고 있을게요."

그냥 입 다물고 있는 게 최고일 것이다. 나는 한숨이 나오려는 걸 삼키며 다시 시선을 돌렸다. 그러다가 우연히 우준석과 눈이 마주쳤다. 나와 눈이 마주친 우준석이 믿을 수 없다는 표정으로 나를 쳐다보았다.

"너……"

"여호랑, 너…… 설마 강 팀장님이랑 사귀니?"

우준석이 입을 열려는 순간, 홍페니의 날카로운 목소리가 그를 가로막았다. 나는 그녀를 돌아보았다. 말도 안 된다는 듯한 시선으로 나를 훑어보는 홍페니의 눈동자가 번들거렸다. 굳이 강현교처럼 남의 생각을 엿들을 수 있는 능력이 없어도 지금 그녀가 무슨 생각을 하고 있는지 충분히 알 것 같았다.

어떻게 네가 그 남자와 사귀는 거야? 어떻게 너 따위가 감히 강현교와 사귈 수 있어?

그녀의 목소리가 귓속에서 저절로 재생됐다. 나는 웃음이 나오는 것을 참지 않았다. 아니, 참고 싶지도 않았다. 왜? 나는 그러면 안 돼? 나 같은 건 그러면 안 되는 거야? 호가호위(狐假虎威)라는 말이 있다. 호랑이의 위엄을 빌려서 여우가 위세를 떠는 게 참 유치하고 우습다고 생각했는데, 어쩐지 지금만큼은 그러고 싶었다.

"푸훗."

그때 강현교에게서 작게 웃음소리가 들렸다. 나는 입을 삐죽이며 역시 작게 속삭였다.

"마음대로 웃어요. 나도 내가 유치하고 우스운 거 잘 아니까."

"아니. 전혀 안 그래. 귀여워서 머리부터 씹어 먹고 싶을 정도야."

하여간 누가 육식동물 아니랄까 봐 말도 참 살벌하게 한다. 나는 강현교의 말을 흘려들으며 다시 홍페니를 향해 입을 열었다.

"응, 사귀고 있는 중이야."

"뭐? 뭐라고? 어떻게……."

"강현교 씨가 나를 많이 좋아해. 나한테 정말 많이 다정해. 내가 바라는 건 뭐든지 들어주고 늘 따스하게 바라봐 주고 항상 내 편이고……. 페니, 너도 알겠네. 우준석이랑 그렇게 좋아서 난리였잖아. 바로 내 앞에서."

"뭐?"

홍페니의 목소리가 날카로웠다. 아마도 우준석은 홍페니에게 그다지 좋은 연인이 되어 주지는 못했을 것이란 생각이 들었다. 그리고 그런 내 생각이 틀리지 않았던 듯 그녀의 얼굴이 하얗게 굳어 버렸다.

"왜? 내 말이 틀렸니?"

'정말 몰랐던 거야? 나랑 준석 씨, 이런 사이였던 거?'

'몰랐으면 너는 정말 등신이고.'

그녀는 나를 조롱했다. 친구라 믿었던 홍페니는 나를 친구로 여긴 적도 없었을 것이다. 그래. 나는 등신이었다. 페니, 네 말대로 나는 등신 그 자체였다. 그래서? 그래서 너는 어떤데? 순간 가슴속에서 뭔가가 울컥거렸다. 얼마 전에 강현교가 내게 복수를 하고 싶냐고 물은 적이 있었다. 아마 드라마를 보다가 그랬던 것 같은데…… 그때 내가 뭐라고 했더라?

'아니, 그건 아닌 것 같아요. 우준석은 이제 저하고는 정말 아무 상관없으니까.'

사실은 그게 아니었나 보다. 지금 내 눈앞에 있는 홍페니에게 처음으로 상처가 될 만한 말들을 하는 이 순간에도 전혀 가책을 느끼지 않는 것을 보면 말이다. 오히려 더 심한 말을 퍼붓고 싶었고, 똑같이 그녀를 조롱하고 싶었다. 내가 받았던 상처만큼 그녀에게, 그리고 우준석에게 똑같이 상처 주고 싶은 충동이 일었다.

"됐어."

그때 내 어깨를 감싼 강현교의 손에 힘이 들어갔다. 나는 홍페니에게서 시선을 돌려 강현교를 쳐다보았다. 강현교가 나를 바라보다가 다른 손으로 내 이마 위에 흐트러진 머리칼을 정돈해 주며 말했다.

"애 생각을 해야지, 애 엄마가 말이야."

"……예에?"

이건 또 무슨 헛소리야? 가슴속에 몽글몽글 피어오르던 부정적인 감정과 충동들이 한꺼번에 피쉬쉭, 하며 어디론가 사라져 버리는 느낌을 받으면서 황망한 눈으로 강현교를 쳐다보았다. 홍페니와 우준석 역시 나와 별반 다르지 않은 반응을 보이며 저마다 경악스러운 소리를 내는 게 들렸다. 오로지 강현교만이 천연덕스럽게 내 머리를 계속 정돈할 뿐이었다.

"아니, 대체…… 그게 무슨……."

"우리 애 생각을 최우선으로 해 줬으면 좋겠어."

"저기요, 그러니까 그 애 생각을 왜 해야 되냐고요. 있지도 않은……."

"어허! 나중에 애가 서운해하면 어쩌려고."

강현교가 엄하게 야단치듯 말하며 내 말을 잘랐다. 도대체 무슨 소리를 하는 건지 모르겠다. 하여간 어딘가 약간 이상한 데가 있단 말이야. 나는 고개를 절레절레 흔들었다.

"애라니?"

그 순간, 우준석이 당혹스러운 표정을 지으며 내 쪽으로 다가왔다. 나는 반사적으로 몸을 뒤로 빼려다가 머뭇거렸다. 이대로 물러서고 싶지 않았다. 이제는 두 번 다시 우준석의 앞에서 나약한 모습을 보이고 싶지 않았다. 그런 내 마음을 알아차린 것일까. 강현교가 내 어깨를 감싸고 있던 손으로 다시 내 머리를 쓰다듬었다.

"좋아. 가서 싸워. 그리고 이기고 와."

"뭐예요, 그건?"

내가 鬪犬(투견)도 아니고……. 나는 속으로 구시렁대면서도 픽 웃고는 고개를 끄덕였다. 그리고 우준석을 마주 보았다. 우습게도 이제야 그와 시선을 똑바로 마주한다는 생각이 들었다.

지난 7년을 사귀었으면서도 그와 이렇게 당당히 눈을 마주한 적은 거의 없었다. 사귈 때에는 눈도 제대로 마주하지 못했다가 헤어지고 나서야 마주하게 되다니……. 모든 게 허탈하면서도 한편으로는 너무 아무렇지 않아서 스스로 놀라웠다. 꽤 오랜 시간을 아파해야 할 거라고 생각했는데…….

나는 등 뒤에서 나를 바라보고 있을 강현교를 떠올렸다. 그렇구나. 이 남자가 있어서 내가 이렇게 변할 수 있었던 것이로구나. 나는 새삼 깨달았다. 그리고 다시 내 앞에 있는 우준석을 보았다.

"애라니, 그게 무슨 소리야?"

우준석의 목소리가 심하게 갈라져 나왔다. 그러더니 이를 악물고는 다그치듯 물었다.

"나랑 헤어진 지 얼마나 됐다고 애를 가졌어? 그런 거냐고, 이 쌍년 아!"

어째서 지금 이 늦은 시간에 나는 여기서 이런 말을 들어야 하는 것일까. 삼겹살을 네 근이나 구워서 강현교의 야식을 챙겨 온 죄밖에 없는데. 그래서 집 안을 기름 범벅으로 만들어 놓고 나온 게 전부인데, 왜 이런 욕을 들어야 하는 것일까.

갑자기 속에서 뭔가가 부글부글 끓는 것 같았다. 나도 모르는 사이에 아주 오랜 시간 푹 끓이던 뭔가가 있었나 보다. 낑낑대며 우준석에게 가져다주었던 사골 국물이 갑자기 떠올랐다. 여덟 시간을 꼬박 가스레인지 옆에서 지키고 서서 끓였던 그 시골 국물만큼이나 내 가슴속에서 부글부글 끓는 뭔가도 아주 진하고 뜨거울 것 같았다. 탁미가 그랬었다. 그 시골 국물이라도 다 처먹으라고 뒤집어씌우고 왔어야지, 라고. 그때는 하지 못했던 것을 이제는 할 수 있을 것도 같았다. 게다가…….

가서 싸우고, 이기고 오라고 했으니까.

이게 뭘 하는 건지 모르겠다. 새 애인 앞에서 전 애인과 싸우겠다고 투지를 불태우고, 새 애인은 이기고 오라며 응원을 하고. 그 와중에 전 애인과 바람났던 친구가─아니, 이제는 친구도 아니지만─ 황당한 얼굴로 바라보고 있는 상황이라니. 웬만한 막장 드라마는 근처에 얼씬도 하지 못할 만큼 기가 막힌 상황이라 할 수 있었다.

그러고 보면 소설이나 드라마, 영화 같은 것도 굳이 고상할 이유는 없는 것인지도 모르겠다. 살아간다는 것 자체가, 사람의 삶이란 것 자체가 이렇게 치사하고 유치하고 황당한 모습을 하고 있으니 말이다.

"이 걸레 같은 년이……."

"걸레는 우준석, 네가 입에 물고 있는 거고."

"뭐?"

……했다. 했어! 했다고! 내가 우준석한테 이런 말을 하다니. 나는 덜덜 떨리는 다리에 힘을 주고 두 주먹을 꽉 쥔 채 말을 이었다.

"나한테 욕하지 마. 또 욕하면 나도 똑같이 되돌려 줄 거니까."

"이 개 같은 년이……."

"함부로 말하지 말라고 했잖아, 이 잡놈아!"

푸훗. 내가 크게 외치자마자 뒤쪽에서 강현교의 웃음소리가 들렸다. 그리고 그가 중얼거리는 소리가 내 귀에 들렸다.

"뭐야, 이 구수한 욕설은……. 된장을 한 사발 푹 퍼서 끓여 낸 것 같은 기분이야."

그렇게 구체적으로 느낌을 표현하실 것까지는 없는데 말이죠. 강현교의 말에 속으로 대꾸하며 다시 우준석을 향해 주먹을 꼭 쥔 채 말을 이었다.

"고추를 확, 뽑아 버릴까 보다!"

으하하. 강현교에게서 더 큰 웃음이 터져 나왔다. 아니, 이 말을 하려던 게 아니었는데. 맙소사, 탁미 어머니의 입버릇이 내게 전염된 듯했다. 놀라운 전염 효과가 아닐 수 없었다. 그 바람에 나는 내 입에서 나온 말에 스스로 놀라서 눈만 깜빡거렸다.

우준석 역시 눈을 끔벅대며 나를 쳐다보다가 두 손으로 아랫도리 부근을 슬그머니 가렸다. 오, 이런. 내 소중한 눈! 내 시선이 어디로 향했는지 알아차린 우준석이 몸을 부르르 떨더니 다시 목소리를 높였다.

"이 쌍년이 어디서 말을 함부로 내뱉어? 네가 아주 미쳤구나, 응? 개 패듯이 팼어야 네가 정신을 차렸을 텐데. 응? 그렇지? 내가 너 같은 걸……."

우준석은 말을 하다가 내 뒤쪽을 보더니 비릿하게 웃으며 다시 말을 이었다.

"강 팀장님이 아주 고생이 많으십니다. 예? 제가 버린 걸레, 주워서 빨아 쓰시느라고요. 얼마나 수고가 많으십니까."

미쳤구나, 우준석. 갑자기 왜 이래? 나한테는 그렇다 쳐도 강현교는 회사의 상사일 텐데? 나는 황당한 마음에 그를 쳐다보았다. 그러자 우준석이 다시 나를 노려보았다.

"헤어진 지 몇 년이 지난 것도 아니고, 그새 딴 놈이랑 놀아나? 네가 어떻게 나한테 이럴 수가 있어?"

……이건 저번에 봤던 드라마 속의 대사와 비슷했다. 하지만 중요한 건 이것과 비슷한 대사를 했던 남자 주인공은 배신당한 쪽인 반면에, 우준석은 반대 입장이라는 것이 달랐다. 양심이란 게 있다면, 그건 우

준석 당신이 할 말은 아닌데…….

"그럼 내가 우준석 당신을 위해서 수절이라도 하고 살아야 한다, 그거야?"

"적어도 날 사랑했다면 이렇게 곧바로 딴 놈을 만나면 안 되지!"

뻔뻔한 그의 대답에 기가 막혀서 더 이상 말이 나오지 않았다. 나는 이마를 손으로 짚고 잠시 심호흡을 하다가 손을 내린 뒤, 입을 열었다.

"구질구질해."

"뭐?"

"정말 구질구질하다고요, 우준석 씨."

나는 그에게 한 걸음 다가갔다. 그리고 그대로 손을 휘둘렀다. 짜악, 하는 소리와 함께 그의 얼굴이 옆으로 돌아갔다. 손바닥이 화끈거렸다. 그의 얼굴에 붉은 자국이 남은 만큼 내 손바닥도 똑같을 게 분명했다.

이렇게 때린 쪽도 아픈 게 정상이잖아. 맞은 쪽만 아픈 게 아니라 때린 쪽도 아픈 게 정상이라고. 그런데 당신은 그렇지 않았어? 단 한 번도 아픈 적이 없었어? 나는 그 모든 물음이 그저 부질없는 것임을 알았다. 그래서 굳이 입 밖으로 내뱉지 않았다. 우준석이 잠시 멍하게 있다가 다시 고개를 돌려 나를 보았다.

"구질구질한 건 바로 이런 거예요."

"구질구질하다고? 누구…… 내가?"

"그래요. 우준석 씨. 당신이 구질구질해요."

"이게 진짜…… 야, 네가 감히 지금 내 따귀를……."

"왜? 나라고 못 때릴 줄 알았어? 나라고 왜 못 때릴 거라고 생각했어? 우준석, 너만 때릴 줄 알아? 나도 때릴 줄 알아! 나도 때릴 수 있다고!"

손이 후들거리는 듯싶더니 경련을 일으켰다. 나는 그대로 주저앉고 싶었다. 그렇지만 다시는 우준석의 앞에서 그런 모습을 보이고 싶지 않

323

았다. ……도와줘요, 강현교 씨. 나는 속으로 간절히 강현교를 불렀다. 이 정도면 됐잖아요. 이 정도 싸운 거면 내가 이긴 거 아니에요? 응? 나는 뒤도 돌아보지 못한 채 입술을 깨물었다. 그때 등 뒤에서 온기가 느껴지더니 곧바로 내 입술을 어루만지는 손길이 이어졌다.

"이기고 오라고 했지, 상처 내고 오라고 하지는 않았는데. 나쁜 여자네……. 이 입술이 누구 건데 함부로 상처를 냅니까. 예?"

강현교가 나를 돌려세우더니 얼굴을 자신의 가슴팍에 묻게 했다. 그러더니 내 어깨와 등을 감싸 안고는 토닥였다. 마치 잘했다는 듯, 혹은 위로하듯 달래는 손길에 참고 있던 울음이 터져 나오려고 했다.

"됐어요. 이제 갑시다."

"……예에. 가요. 얼른 가요, 집에."

나는 강현교에게 안긴 채 웅얼거렸다. 눈물이 자꾸 나오려는 걸 꾹 참았다. 우준석이 발끈해서 뭐라고 하려는 듯했지만 곧바로 다시 괴상한 쇳소리를 내며 뒤로 물러서는 것이 느껴졌다. 그리고 홍페니 역시 머뭇거리다가 우준석에게 다가가는 것 같았다. 하지만 나는 강현교가 이끄는 대로 걸음을 옮길 뿐, 단 한 번도 고개를 들지 않았다. 이제 정말…… 끝이었다.

"차에 탑시다. 예? 아무리 내가 좋아도 집에 가야죠. 안 그래요? 뭐, 근처에 호텔이 있기는 한데……."

"또 장난을……."

나는 강현교의 가슴팍에 얼굴을 묻고 있다가 입을 삐죽이며 고개를 들었다. 강현교가 사르르 눈을 휘며 웃더니 입을 열었다.

"집에 가자, 호랑아."

나는 대답 대신 고개를 끄덕였다. 그러자 강현교가 낮게 웃더니 조수석 쪽의 문을 열어 주었다. 그리고 내가 조수석에 앉자마자 안전벨트를 대신 채워 주더니 문까지 닫아 주었다. 나는 조수석에 가만히 앉아서 강현교가 운전석 쪽의 문을 열고 차에 타는 것을 지켜보다가 콧등을 찡그리며 투덜거렸다.

"기껏 삼겹살 네 근이나 구워 왔더니."

"그랬더니?"

"싸움이나 막 시키고…… 못됐어."

"말이 짧아졌네?"

"내 마음이지."

나는 뾰로통한 표정으로 대꾸하고는 입을 다물었다. 그러는 사이에 강현교가 시동을 걸고는 부드럽게 차를 몰고 주차장을 빠져나갔다.

강현교도, 나도 둘 다 잠시 말이 없었다. 나는 창밖으로 보이는 거리의 풍경을 멍하니 바라보았다. 어느새 버스가 끊긴 거리는 한적하기 그지없었다. 보이는 것은 간혹 지나가는 자동차의 전조등 불빛과 띄엄띄엄 거리를 밝혀 주고 있는 가로등 불빛이 전부였다. 문득 강현교와 처음 만난 날의 거리가 생각났다.

"현교 씨도 생각나요?"

"응."

"뭐가 생각난 거냐고 물어보면 쓸데없는 질문이겠죠?"

"아니."

"내가 생각하는 거 다 알면서 뭘……. 지금도 내가 물어본 게 뭔지 뻔히 아니까 곧바로 응, 하고 대답한 거잖아요."

"그건 그거고, 네가 질문하는 것 자체가 쓸데없는 건 아니지."

"그게 무슨 소리래……."

나는 픽, 웃으며 중얼거렸다. 그런 내 머리를 살짝 쓰다듬는 느낌과 함께 강현교의 목소리가 다시 들렸다.

"네가 하는 말은 내게 다 의미가 있으니까. 그 어떤 말이더라도."

"우와, 그런 말도 할 줄 아네요? 고기 먹자, 하는 말 외에는 모르는 줄 알았잖아요."

"까분다."

강현교의 목소리에 웃음이 섞여 들렸다. 나는 잠시 주저하다가 앞을 바라보며 물었다.

"혹시…… 실망하지 않았어요?"

"뭘?"

"아까 내가 우준석한테 막 욕하고 그래서."

"내가 왜 실망해야 돼?"

"좀 그렇잖아요. 욕 같은 거 하고 그러는 건 나쁜 행동이니까. 그래도 그건 현교 씨가 봐줘야 돼요. 나한테 싸우라고 부추겼던 건 현교 씨였으니까……."

"오히려 멋지던데? 도발적인 매력까지 갖추다니 역시 여호랑, 내 반려다웠어. 그대로 끌어안고 키스하고 싶었던 걸 간신히 참았다고."

"거짓말."

"거짓말 아닌 거 보여 줘?"

"예? 그게 무슨…… 어? 왜 차를 옆으로……."

강현교의 목소리가 짓궂은 것 같다고 느낀 순간, 그가 도로변에 차를 주차시켰다. 그리고 내가 고개를 돌려 입을 열기도 전에 그의 입술이 순식간에 덮쳐 왔다. 젖은 소리가 귓가에 크게 들렸다. 볼륨을 한껏 키워 놓은 것처럼 내 귀에는 오직 그 소리만이 들렸다. 점막과 점막이 서로 맞닿았다가 떨어지면서 내는 소리에 온몸이 저릿해졌다. 동시에 그대로 힘이 풀려서 황급히 그의 옷자락을 꽉 움켜쥐었다. 그의 옷이 구겨질 것이란 생각이 문득 머릿속을 스쳤지만, 더 이상 생각을 이을 수는 없었다. 나는 얼굴을 찡그리며 신음을 뱉었다.

"아, 아파요."

"뭐?"

"옆구리! 옆구리가 비틀려서 근육통이 났나 봐……."

나는 그를 밀어 내며 얼굴을 찡그린 채 비틀렸던 옆구리를 손으로 주물렀다. 차 안에서 그와 키스를 하느라고 자세가 불편했던 탓에 순간적으로 근육통이 일어난 모양이다. 아…… 진짜 아프다. 혼잣말로 중얼거리고 있는데 강현교가 키득거리며 웃는 소리가 들렸다.

"왜 웃어요? 나는 아파 죽겠는데."

"아니…… 갑자기 내가 좀 불쌍해서."

"예?"

"눈치라고는 찾아볼 수도 없는 둔팅이를 어떻게 해야 잘 잡아먹을까, 걱정이 돼서 말이지."

내가 무슨 둔팅이라고요! 억울한 마음에 반박하려다가 그냥 입을 꾹 다물었다. 옆구리가 아파서 생각 없이 행동했는데, 지금 이 남자와 뭘 하고 있었는지 뒤늦게 깨달아서였다. ……분위기를 왕창 깼구나. 나는 민망한 마음에 손으로 입을 가렸다. 그리고 아직까지 젖어 있는 입술을 잠시 손가락으로 만지다가 헛기침을 했다. 강현교가 나를 보는 시선이 느껴졌다. 차마 그 시선을 마주할 수가 없어서 그냥 앞만 뚫어질 듯 쳐다보았다.

"여우인지 곰인지 헷갈린단 말이야."

강현교가 픽, 하고 웃으며 다시 시동을 걸었다. ……사람인데요. 나는 강현교에게 하지 못한 말을 그저 속으로 중얼거렸다.

❖

"참! 이거 받아."

"뭐예요?"

샤워를 하고 나오자마자 강현교가 내민 서류 봉투를 얼떨결에 받아

들었다. 강현교는 편하게 앉은 채 젖은 머리를 대충 흔들어 털면서 대꾸했다.

"신용카드랑 공인인증서 들어 있는 usb, 그리고 인터넷 뱅킹 OTP 토큰, 월급 통장이랑 예금 적금 통장들, 인감도장, 뭐, 그런 것들."

"예에? 그런데 이걸 왜 나한테 주는 건데요?"

나는 화들짝 놀라 들고 있던 서류 봉투를 강현교에게 내밀었다.

"다시 가져가요. 아, 그리고 머리를 제대로 말려야죠! 지금까지 뭐하고 있었대요? 가…… 아니, 현교 씨가 강아지도 아니고 왜 부르르 떨면서 터냐고요!"

"보면 몰라? 너 주려고 이거 챙기느라 그랬잖아. 그리고 그건 앞으로 네가 가지라니까 그러네."

강현교가 투덜거리며 서류 봉투를 받더니 방바닥 한구석에 던져 버리고는 일부러 그러는 듯 머리를 부르르, 흔들어 털었다. 아! 바닥에 물 떨어지잖아요! 나는 잔소리를 하면서 수건을 하나 챙겨 들고 그에게 다가갔다. 못된 망아지 같아, 진짜! 이 똥꼬 같으니라고.

"하하, 아무 때나 애칭으로 부르는구나?"

"애칭……. 휴우, 어쨌든 좀 앉아 봐요."

나는 내 입을 저주했다. 왜 나는 애칭이라는 말을 했을까. 그러나 이제 와서 아니라고 할 수도 없고. 저렇게 좋아서 눈까지 반짝반짝 빛내며 꼬리를 흔들고 있는데……. 흐억.

"꼬리 좀 가만히 있어요! 정신 사납게 왜 자꾸 움직여요!"

"만지고 싶으면 만져. 괜히 아닌 척 새침 떨기는."

"누가 만지고 싶다고 했나."

나는 입을 내밀며 강현교의 뒤쪽으로 다가가 그의 젖은 머리를 수건으로 조심스럽게 감쌌다. ……흠, 참 잘생겼다.

"내가 좀 잘생긴 편이지."

"누가 얼굴 잘생겼다고 한 줄 알아요? 두상이 잘생겼다고요. 두개골이 아주 표준으로 잘 나왔나 봐요."

"뭐야, 그 표현. 칭찬 같으면서도 은근히 기분 나빠지잖아. 내가 무슨 해골 표본도 아니고."

푸훗, 나는 웃음을 참으며 그의 머리에 남아 있던 물기를 수건으로 꼼꼼하게 닦아 내기 시작했다. 물론 강현교는 잘생겼다. 지금 이 생각도 또 알아차렸을까? 하여간 잘생긴 건 맞다. 하지만 잘생긴 외모를 깎아 먹는 게 있다면 바로……

"잘 닦아. 이왕이면 꾹꾹 눌러 가면서 마사지도 좀 해 줘."

"하여간 입이 문제죠, 예?"

"그건 또 무슨 소리야?"

강현교가 투덜대며 물었다. 나는 대답을 해 주는 대신 손가락에 힘을 주어 그의 머리를 꾹꾹 눌러 주었다. 그러자 수건 틈새로 그의 귀가 퐁, 하고 솟아나듯이 튀어나오더니 기분 좋게 파르르 떨렸다. 그 모습이 너무 귀여워서 나도 모르게 웃음을 터뜨렸다.

"아하하, 하하."

"뭐야? 왜 웃어?"

"아니, 현교 씨 귀가 귀여워서요."

나는 계속 웃다가 불쑥 손을 뻗어 그의 귀를 잡아 보았다. 보들보들한 털이 손바닥에 닿는 감촉이 너무 부드럽고 좋았다. 게다가 내 손에 잡히자마자 부르르 떨면서 꿈틀대는 느낌은 또 얼마나 깜찍하던지.

"깜찍하지는 않으니 다행이군."

"에이, 이 귀가 왜 깜찍해요? 솔직히 현교 씨한테서 볼 거라고는 이 귀랑 꼬리밖에 없는데."

나는 실실 웃으며 농담을 했다. 그러자 내 앞에 얌전히 앉아서 머리를 맡기고 있던 강현교가 몸을 휙 돌리더니 내 허리를 붙잡고는 그대로 끌어 내려 나를 바닥에 앉혔다.

"으앗! 뭐예요!"

"뭐긴 뭐야. 나한테서 볼 게 귀랑 꼬리밖에 없다는 여자한테 다른 데도 꽤 볼 만하다는 걸 알려 주려고 그러지."

"아, 뭘 알려 준다고요!"

"이 콧구멍을 보라고."

"벼, 변태…… 예에?"

나는 두 눈을 질끈 감은 채 소리를 지르려다가 황당한 말을 들은 것 같아서 슬며시 눈을 떴다. 강현교가 턱을 살짝 위로 든 채 자신의 콧구멍을 내게 들이대고 있는 게 보였다.

"어때? 콧구멍도 볼 만하지? 내 콧구멍이 완벽한 원형이라고 어렸을 때부터 다들 감탄하고는 했었거든."

지금 진심으로 하는 말인가? 나를 웃기려고 하는 헛소리가 아니라? 나는 너무 뿌듯한 표정으로 진지하게 말하고 있는 강현교를 보고는 뭐라고 말을 해야 할지 알 수 없어서 입만 벙긋거렸다. 그러자 강현교가 고개를 갸웃거리더니 다시 말을 이었다.

"뭐야? 그 정도로 감탄할 것까지는 없는데."

"아…… 수건 받아요."

"왜? 아직 덜 말랐는데?"

"졸려서요. 현교 씨도 주무세요."

나는 황급히 강현교에게 수건을 건네고 방으로 향했다. 그리고 방문을 닫고 들어가자마자 입을 틀어막으며 주저앉았다.

"아, 웃겨. 어떻게 해. 정말 웃겨."

나는 밖으로 웃음이 새어 나가게 하지 않으려고 꾹 참으며 몸을 떨었다. 웃음을 억지로 참았더니 배가 아플 지경이었다.

'콧구멍이라니, 그걸 자랑이라고……'

너무 웃겨서 눈물이 나왔다. 나는 눈물을 손으로 닦으며 간신히 웃음을 진정시키고 다시 방문을 돌아보았다. 영문 모를 표정으로 고개를 갸웃거리던 강현교가 떠올라서 나도 모르게 다시 웃음이 나왔다. 나는 방바닥에 엎드려서 키득거렸다. 그러던 중에 갑자기 강현교의 목소리가 들렸다.

"혹시 미쳤어?"

"우앗! 아, 깜짝이야! 뭐예요?"

언제 문을 연 거야? 문 열리는 소리도 못 들었는데? 나는 화들짝 놀라 뒤를 돌아보았다. 강현교가 문을 반쯤 연 상태로 고개를 들이밀고는 한심하다는 눈으로 나를 보고 있었다. 뭐, 그렇다고 한심하게 볼 것까지야……. 나는 민망해져서 머리를 긁적이다가 퉁명스레 입을 열었다.

"여자 방에 함부로 문 열고 그러는 거 매너 없는 행동이거든요?"

"내 애인이 들어간 방에서 괴상한 소리가 들려서 말이지. 무슨 일이라도 있는 건가 해서 걱정되는 마음에 연 거야. 오히려 매너 있는 행동이지."

"……칫."

내가 뭐 그렇게 괴상한 소리를 냈다고……. 속으로 구시렁대고 있는데 강현교가 서류 봉투를 문 안쪽으로 내밀었다.

"이거 안 가지고 들어갔잖아."

"저기요, 이건 내가 받을 게 아닌데요."

"'저기' 말고 '자기'가 좋다고 아까 회사 주차장에서도 그랬는데 말이지. 안 그래도 그 얘기도 나중에 하자고 했는데 지금 얘기할래? '저기'라고 할 때마다 뽀뽀 한 번, 어때?"

"절대 반대! 안 되거든요? 누구 마음대로!"

나는 또 강현교에게 휘둘릴 수 없다는 마음으로 단호하게 외쳤다. 그러자 강현교가 순순히 내 말을 받아들이는 듯이 고개를 끄덕이고는 다시 서류 봉투를 흔들었다.

"그럼 이거 받는 조건으로."

"아, 정말……. 저기요."

"아무래도 '저기' 보다는 '자기' 가……."

"그만하자고요. 예?"

나는 놀랍게도 이마에 핏대가 솟는 것 같은 기분을 느꼈다. 그래서 목소리를 깔고 말하자 강현교가 싱글거리며 웃더니 말을 이었다.

"알았어. 알았다고. 알았으니까 이거 받자, 호랑아. 응?"

"내가 그걸 왜 받아요, 무슨 보이스피싱 조직원도 아니고……. 현교 씨 신용카드나 통장 같은 걸 받아서 어디에 쓰라고요. 아니, 그리고 그런 건 애당초 남한테 함부로 주는 거 아니거든요? 공인인증서에 OTP 토큰까지? 왜요, 아예 공인인증서 비밀번호도 알려 주지 그래요?"

"안 그래도 그 안에 비밀번호 메모해서 넣어 뒀어. 이체 비밀번호도."

지금 그걸 자랑이라고 하는 거야? 나는 소리도 내지 못하고 입을 벙긋대다가 간신히 말했다.

"나도 대책 없고 바보 같단 소리는 들었지만요. 현교 씨는 나보다 더 심하네요."

'그건 아니다, 이 지지배야!' 하고 탁미를 가장한 양심의 목소리가 어디선가 울려 퍼진 것도 같았지만, 나는 애써 무시하며 말을 이었다.

"사람이 말이죠. 그렇게 아무나 막 믿고 그러면 안 된다고요. 어떻게 함부로 그런 걸 막 남한테 알려 줄 생각을 해요? 그건 다시 현교 씨가 가지고 가세요. 그걸 내가 받을 이유도 없고……."

"여호랑, 너는 남이 아니잖아."

말문이 막혔다. 따지고 보면 나와 강현교는 남일 뿐이었다. 아무런 관계도 없고 아무런 접점도 없는, 그저 타인에 지나지 않았다. 남이 아니라는 건 강현교의 일방적인 주장일 뿐이라는 걸 모르지 않았다. 하지만 강현교의 말을 듣는 순간, 가슴이 뭉클했다. 나는 애써 내색하지 않으려고 시선을 내리며 다시 입을 열었다.

"남이에요. 우리는 남남이라고요."

"남남이 아니라 남녀인데……."

"또 말장난!"

끼잉, 하는 소리가 난 것도 같았다. 내가 목소리를 조금 높이자마자 강현교의 귀가 축 처지는 게 보였다. 혹시 일부러 저러는 거 아니야? 내가 의심을 하는 순간, 그의 귀가 다시 쫑긋 일어섰다. 그와 동시에 내 생각을 알아차리기라도 한 듯 강현교가 슬그머니 시선을 피했다. 일부러 저러는 게 맞구나. 나는 그의 반응을 보고 확신했다.

"아니거든."

"맞는데요, 뭘."

"항상 그런 건 아니라고."

"그럼 종종 그랬다는 거네요?"

"종종은 아니고 가끔……."

강현교는 내 말에 대꾸하다가 그대로 입을 다물었다. 그러더니 다시 서류 봉투를 내밀며 입을 열었다.

"어쨌든 받아. 사고 싶은 거 있으면 카드를 긁든지 통장에서 찾아서 쓰든지 마음대로 해도 돼. 그리고……."

"내가 왜 이걸 받냐고요! 우리 지금 계속 같은 얘기만 하고 있거든요?"

"그러게. 왜 같은 얘기를 반복하게 만드냐고. 받으면 되는 걸."

"그러니까 왜……."

"이제는 애완이 아니니까."

"예?"

갑자기 무슨 소리야? 나는 눈을 깜빡이며 강현교를 보았다. 그러자 강현교가 문을 조금 더 열더니 내게 물었다.

"들어가서 얘기해도 돼? 이러고 있으니까 좀 웃겨 보여서."

"아, 아…… 예. 들어오세요."

짓궂게 굴고 능글맞게 장난을 칠 때도 있지만, 이럴 때에는 기본적으로 예의를 갖추는 남자였다. 나는 시계를 힐끔 보았다. 어느새 새벽 2시가 다 되어 가고 있었다. 강현교 역시 시계를 보더니 난처한 얼굴로 물었다.

"졸리면 그냥 나중에 얘기할까?"

"아니요. 괜찮아요."

나는 고개를 저으며 대꾸했다. 그러자 강현교가 씩 웃더니 방 안에 들어와 앉으며 서류 봉투를 내 앞으로 밀었다.

"다시 말하지만 이제는 내가 애완 삶이 아니잖아?"

"……예?"

"처음에 '애완용'으로 들어오기는 했지만……."

강현교의 목소리에 으르렁거리는 소리가 섞여 들리는 것도 같았다. 본인 스스로 애완 삶으로 들어오기는 했지만, 그게 지금까지도 꽤 자존심 상했었나 보다. 강현교는 콧등을 찡그리다가 다시 싱긋 웃더니 말을 이었다.

"어쨌든 지금은 '연인'이니까."

너무 뿌듯해하는 거 아니야? 나는 머쓱한 마음에 목을 쑥 집어넣고는 웅얼거렸다.

"그게 무슨 상관이라고요."

"상관이야 있지, 아주 많이. 호랑이 너는 키우는 애완동물이 생활비 같은 거 내는 걸 본 적 있어? 애완견이 한 달에 한 번씩 제 식비와 숙박비 같은 걸 정산해서 내는 거 봤냐고."

"예에?"

아니, 무슨 비유를 해도……. 나는 어이가 없어서 입을 달싹이다가 그대로 웃음을 터뜨리고 말았다. 갑자기 머릿속에 한 장면이 떠오른 탓이었다. 애완견이 아니라 애완묘 한 마리가 도도한 자태로 생활비라면서 봉투를 척 하고 내놓는 장면이었다. 물론 그 애완묘는 '똥꼬'라는 명찰을 달고 있…….

"너, 감히 나를 고양이로 상상해! 내가 그딴 저렴한 동물과 동급인 줄 알아?"

강현교가 버럭 소리를 지른 것은 거의 동시에 일어난 일이었다. 나는 상상하던 것을 접고 몸을 움츠리며 핑계를 대듯 둘러댔다.

"아, 애칭인 걸 알잖아요. 누가 꼭 고양이라고 뭐 그랬나. 그냥 나름대로 애칭으로 정한 것뿐이고……."

"애칭은 애칭이고! 상상 속에서 감히 고양이에 나를 대입시키다니!"

강현교가 흥분해서 목소리를 높였다. 진짜 화났나? 나는 눈을 끔뻑이다가 조심스럽게 입을 열었다.

"미안해요. 그런데 삵이 고양이과에 속한 동물이잖아요. 그러다 보니까 제 머릿속에서는 자꾸 고양이가 먼저 떠오른다고요. 아무래도 삵은 접할 기회가 없었고, 현교 씨의 귀랑 꼬리는 고양이를 닮아서……."

"정말 나한테 미안해?"

"뭐, 그렇죠."

"미안하다고?"

"예."

나는 고개를 끄덕이며 순순히 대답했다. 본인이 삵이라는 것에 대해 엄청난 자부심을 표현하는 강현교이니 화를 낼 법도 하다는 생각이 들었다. 강현교는 내 앞으로 밀어 놓았던 서류 봉투를 집어서 내 손에 쥐여 주며 말을 이었다.

"그럼 받아."

"예?"

"미안하다면서. 그러니까 받으라고."

"그건 또 무슨 말도 안 되는 논리래요……."

나는 얼떨결에 서류 봉투를 받아 들고는 허탈해져서 중얼거렸다. 그러다가 문득 궁금해져서 입을 열었다.

"그런데 만약 내가 이거 다 들고 도망가면 어쩌려고요?"

"어차피 넌 도망 못 가. 설마 지금 내 후각 능력을 무시하는 거야?"

"그게 아니라……. 그러니까 만약에요. 내가 다 챙겨서 달아나면 어쩌려고 함부로 이런 걸 맡기는 거냐고요. 아무리 우리가 지금 사귀는 사이라고 해도 그렇지…… 사람을 어떻게 믿고요."

"물론 지금까지 나는 아무도 안 믿었어. 내 가족조차도 온전히 믿지는 않아. 그럴 수밖에 없잖아? 아무리 가까운 사이라고 해도 결국 남인 것이니까. 그래서 호랑이 너를 온전히 믿는다고는 솔직히 말 못 해."

바로 조금 전에는 남이 아니라더니 말도 참 쉽게 바꾸네. 나는 괜히 서운해져서 속으로 투덜댔다. 뭐랄까. 함부로 믿지 말라고 그에게 말을 했으면서도 은근히 그에게서 다른 말을 듣기를 기대했었나 보다. 그래도 너를 믿는다, 뭐, 그런 식의 사탕발림 같은 말이랄까.

"그런데 왜 이걸 나한테 줘요. 믿지도 못하면서……."

마치 투정이라도 부리는 말투에, 스스로 우습단 생각이 들었다. 그가 나를 믿지 못하는 게 당연한데, 강현교의 말에 괜히 가슴이 쓰린 것 같은 느낌이 드니 말이다.

"온전히 믿지는 못하지만, 온전히 받아들일 수는 있으니까."

"……예?"

나는 강현교의 말을 이해할 수 없었다. 강현교가 머쓱한 미소를 짓더니 나를 다정하게 바라보며 입을 열었다.

"너는 내가 온전히 전부 받아들일 수 있는 유일한 존재야. 네가 어

336

떤 행동을 하든지 어떤 생각을 하든지. 설령 네가 내 등에 칼을 꽂는다고 하더라도 나는 무조건 다 받아들일 거야. 그러니까 네가 다 챙겨서 달아난다고 해도 달라질 건 없어."

"……."

"예를 들어 고기라고 속이고 콩고기 요리를 준다든지 두부 스테이크를 주는 식의 만행을 저지른다고 하더라도."

"……진지하게 나가다가 꼭 그런 말을 하고 싶을까."

나는 고개를 절레절레 흔들며 피식 웃고는 한결 가벼워진 마음으로 그가 건넨 서류 봉투를 바라보면서 말을 이었다.

"좋아요. 이건 내가 맡아 둘게요."

"맡아 두는 게 아니라, 네가 가지라니까? 쓰고 싶으면 마음껏 쓰고."

"현교 씨 식비는 이걸로 충당할게요. 솔직히 고기 값 대는 건 좀 부담이 돼서."

"내가 먹으면 얼마나 먹는다고 그런 식으로 말해? 무슨 식충이라도 되는 것처럼."

"지금 그 말, 진심이에요?"

그럼 진짜 양심 없는 건데. 내가 작게 중얼거리자 강현교가 시선을 피하며 고개를 옆으로 돌렸다. 본인도 잘 알면서 괜히 아닌 척하기는. 나는 푸훗, 웃고는 다시 말했다.

"그래도 잘 먹는 게 보기 좋아요."

"그렇지?"

내 말이 끝나기가 무섭게 기다렸다는 듯 반색하며 다시 나를 쳐다보는 강현교 때문에 나는 웃음을 터뜨리고 말았다.

19
과 거 의 상 처

"어? 개구리가 됐네? 눈이 왜 이렇게 부었어? 설마 잠 좀 못 잤다고
부은 거야?"

"예, 누구랑 얘기하느라 잠 못 잔 개구리가 한 밥이나 얼른 드시고
출근하시죠?"

나는 내 얼굴을 보자마자 개구리 운운하는 얄미운 입을 꼬집어 주고
싶은 충동을 억누르며 밥상을 차렸다. 강현교가 어깨를 으쓱이더니 냉
장고로 향했다. 굳이 시키지 않아도 물병을 하나 꺼내서 가지고 돌아오
는 남자를 보며 피식 웃었다. 생김새만 봐서는 전혀 저런 건 하지도 않
을 것 같은데 말이다. 강현교가 내 컵에 물을 가득 따르는 것을 보다가
계란찜을 들고 밥상 앞에 앉았다. 그 역시 나와 마주 보고 앉아서 자신
의 컵에 물을 따랐다.

"피곤하지 않겠어요? 나는 딱히 출근하는 직장인이 아니라 잠이 부
족해도 상관없지만."

"일주일 넘게 밤샘도 하고 그러는데, 뭘."

"진짜요?"

나는 눈을 휘둥그레 뜨고 물었다. 강현교가 시큰둥한 표정으로 나를 보더니 별걸 다 놀란다는 듯 피식거렸다.

"서른 살이라고 하지 않았어요?"

"응, 그런데 그게 왜?"

"서른이면 체력도 서서히 떨어질 때가 되지 않았나 해서……."

나는 무심코 대꾸하다 말고 입을 다물었다. 강현교가 밥을 한 술 뜨려다 말고 눈을 치켜뜬 채 나를 보는 모습에 말문이 막힌 까닭이었다. 그렇게 살벌한 눈으로 볼 것까지는 없잖아요? 나는 괜히 서운한 마음에 입을 삐죽였다.

"연인 사이에 이런 말도 못 해요?"

"해. 마음껏 해. 누가 뭐래?"

강현교가 '나 지금 엄청 삐쳤음!'을 머리 위에 달아 놓은 채 대꾸했다. 나는 다시 자세를 고쳐 무릎을 꿇고 앉아서 두 손을 모으고 말했다.

"미안해요."

"이게 무슨 짓이야! 누구 앞에서든 고개도 함부로 숙이지 말랬잖아. 그런데 무릎을 꿇어? 당장 편하게 앉아!"

"어휴, 오해하지 마요. 이건……."

나는 말을 하려다가 그냥 입을 다물었다. 그냥 알아차려 주면 안 되나? 응? 다른 때에는 내 생각을 잘 알아들으면서 꼭 필요할 때는 못 듣더라. 나는 주저하다가 어색하게 웃으며 웅얼거리는 투로 작게 대꾸했다.

"애교인데요."

아! 민망해! 닭살 돋았나 봐! 나는 콧김을 뿜으며 잠시 고개를 숙이고 있다가 슬그머니 고개를 들었다. ……아, 그냥 고개 숙이고 있을 걸 그랬다. 강현교가 시뻘겋게 변한 얼굴로 눈만 끔뻑거리며 나를 바라보고 있었다. 들고 있던 젓가락조차 허공에 떠 있는 것처럼 미동도 보이지 않았다. 오로지 움직이는 것은 그의 뒤쪽에서 바쁘게 좌우로 살랑대는 꼬리뿐. 내 시선이 자신의 꼬리 쪽에 붙박여 있는 걸 알아차린 강현교가 정신을 차리고 잔뜩 당황한 얼굴로 입을 열었다.

"아, 이 꼬리가 왜 제멋대로 움직이지?"

"꼬리가 불수의근으로 되어 있어요?"

"뭐?"

"강현교 씨가 그 꼬리, 제멋대로라고 그래서…… 뭐, 아니면 말고요."

나는 황당한 표정의 강현교를 보기가 민망해서 말끝을 흐리며 고개를 다시 숙였다. 그러자 가만히 있던 강현교에게서 웃음이 터져 나왔다. 그러더니 맞은편에 앉아 있던 그가 내 쪽으로 다가와 앉았다.

"내가 말한 거 다 잊고 있었지?"

"예?"

"고개 숙일 때마다 뽀뽀 한 번."

"……어?"

"강현교라고 부를 때마다 뽀뽀 한 번."

"저기, 저기요!"

"그것도 집어넣을까? 자기라고 안 하고 저기라고 부를 때마다 뽀뽀 한 번이라고?"

"장난은 그만……."

강현교가 내 입술에 가볍게 자신의 입술을 댔다. 촉, 하는 소리와 함께 다시 그의 입술이 멀어졌다. 그리고 그의 눈이 둥글게 휘는 듯싶더니 또 강현교의 얼굴이 가까이 다가왔다. 나는 눈을 감았다. 다정한 온기가 가볍게 닿았다가 떨어지는 게 느껴졌다. 두 번 다 한 거지? 나는 슬며시 눈을 떴다. 그러자 기다렸다는 듯 강현교의 입술이 내 입술을 덮쳤다. 조금 전에 했던 두 번의 입맞춤과는 전혀 다른 입맞춤이었다. 내 치열을 더듬는 움직임에 머릿속이 하얗게 변해 버렸다. 잠시 후 그의 입술이 멀어지고 나서야 정신을 가다듬을 수 있었다.

"두, 두 번이잖아요! 왜 세 번이나……."

"고개 두 번 숙였거든."

"그렇게 막 우긴다고 내가 믿을 것 같아요?"

"진짜인데?"

……그런가? 나는 너무 당당하게 대꾸한 강현교 때문에 순식간에 자신감이 없어져서 눈만 이리저리 굴렸다. 고개를 한 번 숙였는지 두 번 숙였는지 내가 어떻게 기억하겠는가. 그렇다면 그런 줄 알아야지. 나는 입을 삐죽였다.

"밥 차려 놓았더니 이상한 짓만 하고……."

"이것 보세요, 아가씨. 이게 뭐가 이상한 짓입니까. 그보다 더 이상한 거 하자고 했다가는 난리 나겠네."

"더, 더 이상한……."

더 이상한 거, 뭘 하자고 그러려고요! 나는 고개를 붕붕 저었다. 생각하지 마! 이상한 생각하면 안 돼! 저 남자가 내 생각을 알게 되면 어떻게 나올지 뻔했다. 그러나 하지 말라면 하고 싶어지는 게 본능이라고 했던가. 내 머릿속에 펼쳐지는 장면들 때문에 나도 모르게 얼굴이 달아오르고 말았다. 그와 동시에 강현교 역시 물을 마시려다가 그대로 뿜어냈다.

"푸핫……."

"반찬 위로 물을 뿜으면 어떻게 해요!"

맙소사. 밥상 위가 엉망이 되었다. 그렇지만 강현교는 내 타박에 아랑곳하지 않고 두어 번 더 콜록거리더니 이내 진정하고는 웃음을 터뜨렸다.

"하여간 호랑이 너 말이야. 아닌 척하면서 밝히기는."

"바, 밝히다니요! 내가 전구도 아니고, 뭘 밝힌다고요!"

나는 손으로 부채질을 하며 일어섰다. 그러자 강현교의 시선이 나를 따라 올라왔다.

"밥 안 먹어?"

"이따가 먹을 거예요!"

발을 쿵쿵 구르면서 방으로 향했다. 뒤에서 강현교가 뭐라고 더 말을 잇는 것 같았지만, 두 손으로 귀를 막고 황급히 방에 들어가 문을 닫았다.

"어후. 왜 그런 게 떠올라서……."

꼬리 달린 나체의 남자라니……. 미쳤어, 정말! 갑자기 내가 변태가 된 것만 같아서 기분이 우울해졌다.

— 그래서? 도시락 먹고 그냥 돌아온 거야?

"응."

— 강현교, 그 남자도 참 둔하네. 여자가 그 야밤에 도시락을 싸 가지고 갔으면 뭔가 돌아오는 게 있어야지. 기브 앤 테이크도 모른다니? 어쩜 도시락만 먹어 치워? 식충이도 아니고. 하기야, 그러니까 너희 둘이 사귀나 보지.

"그래도 나, 우준석 뺨까지 때렸잖아."

— 하긴 그건 또 의외다? 네가 그렇게까지 변할 줄은 몰랐는데. 흐흐, 야, 우준석 그 개놈의 자식 표정이 어땠냐? 아까워라. 내가 그 자리에 있었어야 했는데. 어쨌든 속은 시원하지? 아니, 더 팼어야 하는 건데, 하고 아쉽지는 않냐?

탁미가 키득거리고 웃었다. 나는 현관문을 잠그고 돌아서서 계단을 내려가며 고개를 저었다.

"뭐, 그런 것도 있기는 한데. 그래도 누군가를 때리는 건 다시는 하고 싶지 않아."

손에 남아 있는 감촉이 지금도 생생했다. 우준석의 뺨을 때리면서 느꼈던 통증 역시 선명하기만 했다. 폭력에는 익숙했다. 하지만 내가 피해자가 아니라 가해자인 입장은 처음이었다.

— 그래. 솔직히 사람이 살던 대로 살아야지. 매도 때린 놈이 때리는 거고……. 그렇다고 맞던 년은 계속 맞으면서 살라는 뜻은 아니고! 넌 그냥 이제 우준석 같은 새끼는 아예 머릿속에서 지워 버리고, 강현교랑 알콩달콩 깨 볶으면서 살아라. 그게 딱이다, 야.

탁미의 말에 괜히 얼굴이 뜨듯해지는 느낌이 들었다. 나는 뺨을 손으로 문지르며 계단을 마저 내려갔다. 그리고 빌라 현관을 나서며 다시 입을 열었다.

"이제 들어가 봐야 하는 거 아니야?"

— 어, 그래야지……. 아, 돈 벌어먹고 살기 힘들다.

푸념 섞인 탁미의 말에 그저 힘내라는 말밖에 해 줄 수가 없었다. 나는 탁미와의 통화를 끊고 땅바닥을 보며 걸음을 옮겼다. 그때였다.

"여호랑!"

"앗! 누구……. 당신이 왜……."

느닷없이 내 팔을 낚아챈 힘에 나는 넘어질 뻔했다가 간신히 균형을 잡고 고개를 들었다. 우준석? 대체 이 남자가 왜 여기에 있는 거야? 우준석이 잔뜩 충혈된 눈으로 나를 노려보고 있었다.

"이거 놔요. 그리고 여기는 또 왜 왔어요?"

나는 그에게 잡힌 팔을 흔들었다. 그러나 우준석에게 잡힌 팔을 빼내기는 어려웠다. 힘으로 당해 낼 수 없는 남자였다. 그가 번들거리는 눈으로 나를 보다가 다시 주변을 둘러보더니 덜덜 떨었다.

"씨발…… 왜 기분이 이 따위인 거야, 대체. 속 울렁거려 죽겠네."

우준석은 내 팔을 잡고 있던 손으로 깁스가 되어 있는 자신의 다른 팔을 감쌌다. 마치 무서운 뭔가라도 접한 듯이 새하얗게 질린 그의 얼굴이 낯설게 느껴졌다. 그리고 보니 어젯밤에도 안색이 안 좋아 보였는데. 뭔가에 놀란 사람처럼 엉덩방아를 찧으며 넘어지기도 했고. 내가 잠시 기억을 더듬는 사이에 다시 우준석이 내 어깨를 잡으며 다그쳤다.

"정말 임신한 거야? 응? 어제 강현교 그 자식이 한 말이 사실이냐고!"

이해할 수 없단 생각이 먼저 들었다. 우준석과 나는 이미 헤어진 사이였다. 아니, 나보다도 더 먼저 일찌감치 이별을 고했던 사람이 바로 우준석이었다. 이미 아무 사이도 아니었는데 그것도 모르고 계속 매달렸던 건 나였다. 그런데 왜 이제 와서 이러는 것인지 나로서는 도무지 이해할 수 없었다.

"아니지? 너 그런 애 아니잖아. 그렇게 함부로 몸 내돌리고 다니는 애 아니잖아. 응?"

이 남자가 이렇게 매달리는 모습을, 나는 이 남자와 사귀는 동안에는 본 적이 없었다. 그런데 헤어지고 난 뒤에 이런 모습을 보게 되다니. 한 편의 희극을 보는 기분이었다. 아니, 한 편의 막장 드라마를 보는 것도 같았다.

"내가 계속 생각해 봤는데 난 너랑 헤어진 거 아니야. 넌 내 여자야. 여전히 내 여자라고!"

"뭐라고요?"

내 귀가 미쳤나? 나는 기가 막혀서 우준석을 쳐다보았다. 우준석이 이를 악물며 나를 쳐다보더니 다시 입을 열었다.

"내가 너를 몰라? 장장 7년이야! 7년이나 내 옆에 있던 너를 모르겠냐고! 네가 그렇게 쉽게 마음이 바뀔 리가 없잖아. 안 그래? 아, 맞다.

어제 내 따귀를 때렸지? 내가 다 용서해 줄게. 너도 사람이니까 가끔은 충동적으로 행동하는 바람에 실수도 할 수 있고……."

"……용서?"

피가 거꾸로 솟는 것 같다는 말을 나는 이해하지 못했다. 그러나 지금 이 순간, 그게 어떤 기분인지 알 수 있을 듯했다. 용서…… 용서라고? 용서해 주겠다고? 누가 누구를 용서한다는 거야? 나는 입술을 꽉 깨물며 우준석을 쳐다보았다. 이제 다 끝났다고 생각했는데 이렇게 더한 바닥을 보여 주는 이 남자가 정말 원망스러웠다. 적어도 사랑했던 기억만큼은 온전히 남아 있게 해 주면 안 되는 걸까? 아무리 한심하고 추레했던 사랑일지라도 그냥 그 자체를 기억으로 남기게 해 주면 안 되는 거야? 나는 내 어깨를 잡고 있는 우준석의 손을 꽉 붙잡아 있는 힘껏 떨쳐 버렸다.

"누가 누구를 용서해! 대체 누가 누구를 용서한다고 말하는 거냐고!"

나는 목소리를 높였다. 용서는 당신의 몫이 아니다. 용서라는 단어는 당신이 함부로 내뱉을 만한 것이 아니다. 나는 메고 있던 가방을 들어 우준석을 때렸다. 우준석이 깁스한 팔로 가방을 막으며 소리쳤다.

"야! 지금 뭐 하는 거야! 너 미쳤어?"

"차라리 미쳤던 거라면 그게 낫겠어! 그랬더라면 지금 내가 이렇게 비참하지는 않을 텐데."

미쳐서, 미쳤던 탓에, 그래서 당신을 사랑했던 거라고 그렇게 내 자신에게 변명이라도 해 볼 수 있을 테니까. 나는 우준석을 때리다가 그대로 가방을 놓치고 말았다. 가방이 바닥에 떨어지면서 들어 있던 뭔가가 부서졌는지 소리가 났다. 그리고 내 가슴속 어딘가에 꼭꼭 감추어져 있던 뭔가도 덩달아 부서진 것 같았다. 나는 주먹을 꽉 움켜쥐고 충동적으로 입을 열었다.

"그래! 나, 아이 가졌어! 그래서? 그게 뭐 어때서?"

"뭐? 너 지금 뭐라고 한 거야!"

"임신했다고! 강현교 씨, 그 남자의 아이를……."

"이 개 같은 년이, 너 그걸 말이라고 해!"

거짓말은 나쁘다고 배웠다. 그러나 나는 살아오면서 거짓말을 꽤 많이 했다. 보육원에서도, 입양되었던 집에서도, 우준석과 사귀면서도 나는 꽤 여러 번 거짓말을 했었다. 버림받고 싶지 않아서 무엇이든지 감추고 숨겼다. 그리고 그들이 내게 바라는 대로 거짓을 지어내기도 했었다.

하지만 지금 내 거짓말은 달랐다. 버림받고 싶어서가 아니라 버리고 싶어서였다. 이 구질구질한 인연을 이제는 정말 끊어 내고 싶어서, 두 번 다시 엮이고 싶지 않아서, 나는 거짓을 입에 담았다.

그리고 한편으로는 지금 이 거짓이 사실이었으면, 하는 바람도 생겼다.

내가 꿈꾸는 미래 속에 자기가 없다면서 삐쳤던 강현교가 문득 떠올랐다. 아니, 사실은 나도 내 미래 속에 강현교 씨 당신이 있었으면 좋겠어요. 당신과 당신을 닮은 아이가 내 미래에 함께했으면 좋겠어요. 강현교는 나를 닮은 아이를 낳아 줬으면 좋겠다고 말했었다. 그렇지만 나는 반대로 만약 아이가 생긴다면 강현교를 닮은 아이였으면 좋겠다고 생각했다.

그 남자는 사랑을 많이 받은 것 같다. 사랑을 받지 못한 채 자란 나와는 너무 달랐다. 생각하는 것도 행동하는 것도, 그래서인지 상대를 배려하는 마음 또한 깊었다.

"이 씨발년, 그러니까 나한테 사랑한다고 그렇게 매달리면서도 뒤에서 그 자식을 만났다, 그거야? 그 배 속에 지금 그 새끼 씨를 품고 있다는 거냐고!"

우준석이 이를 갈더니 주먹을 휘둘렀다. 나는 몸을 가눌 틈도 없이 바닥에 넘어지고 말았다. 지독한 현기증과 함께 두통이 밀려왔다. 하지만 통증을 호소할 새도 없이 이번에는 우준석이 발길질을 했다.

"내가 그걸 그냥 두고 볼 것 같아? 이 쌍년아! 그 새끼가 제 자식을 품고 있다고 너한테 잘해 주나 본데…… 웃기지 마. 그런다고 강현교 그 새끼가 너한테 결혼이라도 하자고 할 것 같아? 차라리 지금 애를 떼어 버리는 게 너한테도 좋을 거라고!"

우준석이 노리는 게 내가 아니라 내 배 속에 있을 거라고 믿는 생명 임을 깨달았다. 나는 우준석의 발을 피해서 몸을 뒹굴었다. 하지만 우준석은 마치 미친 사람처럼 눈을 번득이며 달려들었다. 신물이 울컥, 역류했다. 정신을 차릴 수가 없었다. 그의 폭력을 더 이상 견뎌 낼 수 없을 것 같았다.

……그리고 오래전의 기억이 떠올랐다.

'이 걸레 같은 년! 감히 내 남편을 꼬드겨? 기껏 키워 줬더니 그 은혜도 모르고.'

'엄마, 엄마…… 잘못했어요.'

'누가 네 엄마야! 너 같은 건 딸이라고 단 한 번도 생각한 적 없 었어!'

우준석의 모습 위로 한동안 잊고 있었던 양어머니의 심한 욕설과 매서운 폭력이 겹쳐졌다. 당시에 나는 그녀에게 머리채를 잡힌 채 계단 아래로 끌려 내려가기도 했고, 그러다 벽에 부딪히면서 코피가 나기도 했다. 고작 중학생이 견디기에는 너무 잔혹한 폭력이었다. 하지만 아무 도 나를 도와주지 않았다.

……현교 씨.

우준석의 폭행에도 불구하고 통증은 더 이상 느껴지지 않았다. 눈앞 이 어지러웠다. 오직 단 한 사람만이 머릿속을 꽉 채웠다. 강현교, 그 남자가 문득 보고 싶었다. 그리고 아직 사랑한다는 말을 하지 못했다는 게 아쉬움으로 남았다.

"죽어! 죽으라고!"

우준석이 이성을 잃은 듯 소리를 질렀다. 그러나 그 소리마저도 응 응거리며 점점 더 작아졌다. 지금도 나는 아무에게도 도움을 기대할 수 없을 것이다. 나는 몸을 웅크렸다. 그리고 텅 빈 배 속을 지키기 위해 두 손으로 배를 감쌌다. 아직 존재하지 않는 아이일 테지만…… 그래도 어쩐지 아이를 보호하고 싶었다.

"거기, 너 뭐 하는 놈이여! 세상에, 호랑이 아가씨 아닌가? 야, 이 썩을 놈의 새끼야! 너 당장 그만두지 못해!"

그때 범 사장님의 목소리가 어디선가 들린 것도 같았다. 순간 웃음이 나왔다. 그래도 예전과는 달라진 게 있나 보다. 아무도 나를 도와주지 않을 것이란 생각이 틀렸으니 말이다. 나는 아득해지는 정신을 그대로 놓아 버렸다.

다시 눈을 뜨게 된다면 그때 제일 먼저 보게 될 사람이 강현교, 그 남자였으면 좋겠단 생각과 함께.

20
미스터 삵, 그 남자의 시선, 다섯

"우준석 씨는 아직도 출근 전입니까?"

나는 미간을 찌푸린 채 우준석의 사수인 한정구 대리에게 물었다. 그러자 한 대리가 머리를 긁적이더니 난처한 얼굴로 고개를 끄덕였다.

"예, 그렇습니다. 방금 전에도 전화를 해 봤는데 전원이 꺼져 있다고만 나오고……."

"알겠습니다. 가서 일 보세요. 아, 그리고 그 기획안 말입니다."

뭔가 느낌이 좋지 않았다. 뚜렷하게 무엇 때문이다, 라고 말할 수는 없지만 뭔가가 뒷머리를 갉작이는 듯한 불쾌함이 밀려들었다. 하지만 나는 애써 그 느낌을 무시하며 한 대리에게 지시 사항을 전달한 뒤, 그가 제자리로 돌아가는 걸 보고 나서야 한숨을 내쉬며 미간 사이를 꾹꾹 손가락으로 눌렀다.

뭐지? 왜 이렇게 더러운 기분이 드는 거야? 단순히 우준석이 무단결근을 했다는 이유로? 나는 고개를 저었다. 그 폭탄이 무단으로 결근을 하든 말든, 나와는 아무런 상관도 없는 일이었다. 아니, 오히려 내 쪽에서는 우준석이 이런 식으로 나온다면 환영할 만한 일이기도 했다.

홍수표 상무가 직접 집어넣은 폭탄이라 처리하기가 쉽지 않은데 이렇듯 내보낼 이유를 만들어 준다면야 환영하지 않을 까닭이 없었다. 그런데 기분이 좋지 않았다. 뭔가 내가 놓치고 있는 게 있는 것만 같다고 해야 할까. 이유 없이 초조해지는 마음을 감추지 못하고 책상을 두드렸다. 그 순간 휴대폰이 울렸다.

낯선 번호였다. 그러나 왜 그런지 느낌이 좋지 않았다. 나는 입 안이 바짝 마르는 것을 느끼며 전화를 받았다.

"전화 받았습니다."

— 거, 호랑이 아가씨 애인 맞나? 목소리를 들으니까 맞는 것 같기는 한데…… 전화상으로 들리는 목소리로는 당최 알 수가 없단 말이지. 그래도 이 명함이 내 기억으로는 맞는 것 같으니까…….

"누구십니까?"

낯선 중년 사내의 목소리에 미간이 저절로 찌푸려졌다. 더구나 무슨 말을 혼자 계속 중얼거리고 있는 것인지, 듣는 것만으로도 피곤해지는 기분이었다. 그러나 분명 호랑을 아는 사람인 것 같아서 전화를 끊지 않았다.

— 아, 지금 이게 중요한 게 아니라…… 여기 병원인데 빨리 좀 와 줘야겠어!

"병원이라니요? 무슨 말씀, 아니, 그보다 누구신지…….."

'병원'이라는 말에 괜히 몸이 굳었다. 그렇지만 나는 애써 마음을 진정시키며 다시 상대방이 누구인지 물었다. 그러자 휴대폰 너머의 사내가 크게 소리쳤다.

— 나, 범고래요! 범고래!

"……예?"

갑자기 눈앞에 푸르른 바다, 그 속을 헤엄치는 범고래의 모습이 보이는 듯했다. 이게 무슨 다큐멘터리도 아니고……. 내가 황당해서 말을 잇지 못하자 상대가 다시 말을 이었다.

— 허이고 답답해라. '떡 하나 주면 안 잡아먹지' 떡집의 범 사장이라고! 원…… 위층 사람 목소리도 모르나. 나이도 젊은 사람이 벌써 귀가 먹은 건가?

"떡 하나 주면……."

떡집 이름이 희한하군. 어쨌든 떡집 주인이라 그거지? 나는 뒤늦게 나와 통화를 하고 있는 중년 사내가 옹달샘 빌라의 범 사장이라는 것을 깨닫고 입을 열었다.

"그런데 대체 무슨 일이십니까?"

— 아, 맞다! 내가 이 얘기를 하려고 전화했는데 그쪽이 자꾸 딴 얘기를 하는 바람에 못 했지 않는가! 사람이 말을 하면 좀 들어야지, 자꾸 딴소리를 하면…….

범 사장이 다시 뭐라고 투덜대는 것을 듣다가 나는 그의 말이 다 끝나기도 전에 입을 열었다.

"별일 아니시라면 끊겠습니다. 제가 지금 근무 중이라서요."

— 잠깐 끊지 마요! 호랑이 아가씨가 병원에 있어!

"……뭐라고요?"

순간적으로 머릿속이 새하얗게 변했다. 지금 내가 무슨 소리를 들은 거지? 나는 그 자리에서 벌떡 일어났다. 그 바람에 앉아 있던 의자가 뒤로 밀려나며 요란한 소리를 냈다. 팀원들의 시선이 한꺼번에 모이는 것을 느꼈지만, 도저히 지금 내 표정을 숨길 수조차 없었다. 어떤 표정을 짓고 있을지 상상도 할 수 없었다. 나는 다급히 차 키를 들고 파티션 너머의 정 대리를 향해 입을 열었다.

"잠깐 나갔다 오겠습니다. 아니, 점심시간 이후에도 다시 오지 않으면 퇴근한 걸로 아십시오."

"예? 팀장님, 무슨 일이신지······."

"그리고 오후에 있을 외근 스케줄, 일단 내일이나 모레로 미뤄 주세요. 책임은 내가 질 테니까."

나는 정 대리에게 바쁘게 지시를 내리고는 문 쪽을 향해 걸어가며 범 사장에게 물었다.

"어느 병원입니까?"

범 사장이 어느 대학 병원의 이름을 댔다. 숨이 막힐 것만 같았다. 대체 왜 그녀가 병원에 있는 것인지, 범 사장이 뭔가 얘기를 한 것도 같은데 귀에 들어오지 않았다.

'호랑아······.'

출근하는 나를 배웅하며 뾰로통한 표정을 짓고 있던 호랑의 얼굴이 떠올랐다. 짓궂게 놀리고 장난을 쳤더니 뚱한 반응을 보이면서도 수줍은 듯 귀가 붉게 달아올랐던 그녀가 눈앞에 생생하게 그려졌다. 그랬던 그녀가 왜 병원에 있다는 거지? 나는 초조한 마음에 머리를 마구 헝클어뜨리며 얼굴을 일그러뜨렸다. 불현듯 우준석의 무단결근이 다시 마음에 걸렸다.

"설마······."

그럴 리 없다. 기억은 하지 못하더라도 그의 몸은 기억하고 있을 것이다. 어제 지하 주차장에서 마주쳤을 때도 우준석은 분명 공포에 질린 모습을 하고 있었다. 그러니 그가 굳이 호랑을 다시 찾아갈 리 없었다. 하지만······ 어쩐지 우준석의 무단결근이 지금 이 일과 관련이 되어 있을 것이란 예감이 들었다. 내가 초조함을 이기지 못하고 한숨을 쉬는 찰나, 엘리베이터 문이 열렸다.

"강현교?"

"······아, 누나."

엘리베이터 안에서 나오려던 사람은 누나와 예비 매형, 백홍도였다.

누나는 나를 위아래로 훑듯이 보고는 내 팔을 붙잡아 당겼다. 그리고 급히 엘리베이터의 버튼을 눌러 문을 닫고는 나를 돌아보았다.

"무슨 일이야? 왜 그런 한심한 꼴로 서 있어? 누가 보기라도 하면 어쩌려고."

"호랑이……."

"뭐? 호랑이? 호랑이가 왜, 무슨 일 있어? 응? 걔한테 무슨 일이라도 생긴 거냐고."

"병원에 있다고. 나도 잘 몰라. 무슨 상황인지, 어떻게 된 일인지 아무것도 모르겠어."

"미치겠네……. 야, 정신 차려! 강현교! 이 덜떨어진 자식아, 정신 차리라고!"

누나가 으르렁대듯 이를 드러내며 내 멱살을 잡았다. 나는 누나에게 멱살을 잡힌 채 흔들렸다.

"어느 병원이야? 너 지금 이 꼴로는 운전 못 해. 내가 운전할 테니까 어느 병원인지 말해. 아, 아니다! 나도 손 떨려서 못 하겠네. 홍도 씨가 대신 운전 좀 해 줘요. 지금 바쁜 거 아니죠?"

누나와 백홍도의 대화를 들으면서 그제야 나는 엘리베이터 벽의 거울에 비친 나를 보았다. 넋이 나간 듯 초점 없이 거울을 보고 있는 내 모습이 보였다.

"호랑아!"

누군가가 호랑을 급히 찾으며 들어왔다. 나는 고개를 숙인 채 바닥만 응시하고 있다가 고개를 들었다. 황망한 얼굴로 들어온 이는 그녀의 친구인 고탁미였다.

"탁미 씨 오셨습니까."

"아, 예……. 저기, 호랑이는요? 호랑이는 어디에 있어요?"

"검사 중입니다."

"많이 다쳤어요? 어디를 어떻게 다쳤는데요! 예?"

고탁미의 눈에 눈물이 가득 고여 있는 것이 보였다. 나는 주위를 둘러보았다. 나와 눈이 마주친 누나가 한숨을 내쉬고는 가방을 챙겨 들더니 나와 누나를 대신해 이곳까지 운전을 하고 왔던 백홍도를 데리고 밖으로 나갔다. 그리고 범 사장 역시 떡집에 가 봐야겠다며 고탁미에게 너무 걱정 말라는 말을 하더니 나가 버렸다. 나는 범 사장이 나가면서 닫은 문을 가만히 쳐다보다가 입을 열었다.

"늑골 골절이 있습니다. 다행히 다른 장기에 손상이 가지는 않았다고 하고요. 일단 급하게 한 검사 결과로는 그렇습니다. 정밀 검사를 진행하고 있기는 하지만, 괜찮을 것 같다고는 하더군요."

"후우, 그렇다면 그나마 다행이지만요."

고탁미가 숨을 몰아쉬고는 슬쩍 눈물을 닦았다. 나는 시선을 돌려 보지 못한 척했다. 잠시 천장을 바라보고 있는데 웃음소리가 들렸다. 고탁미가 붉어졌던 눈을 휘며 웃고 있었다.

"다행이에요."

"예?"

"강현교 씨가 호랑이 옆에 있어서."

고탁미의 말에 딱히 대꾸할 말을 찾지 못해 잠시 입을 다물고 있다가 나는 슬쩍 시계를 본 뒤에 다시 그녀를 향해 말을 걸었다.

"검사가 거의 끝났을 것 같군요. 검사실로 가 볼 생각인데…… 고탁미 씨는 어떻게 하시겠습니까?"

"예? 아…… 저는 그냥 얼굴만 잠시 보고 갈게요. 일하다가 급히 나온 터라 다시 들어가 봐야 하거든요."

고탁미가 문 쪽으로 향하는 것을 보며 나 역시 검사실로 가 보기 위해 몸을 움직였다. 그 순간 고탁미가 나를 돌아보더니 씩 웃었다.

"강현교 씨, 어쨌든 마음에 들어요."

"예?"

내가 미간을 찌푸리며 물었지만, 고탁미는 더 이상 할 말이 없다는 듯 다시 돌아서서 먼저 문을 열고 복도로 나갔다. ……뭐야, 저 여자. 나는 속으로 투덜대며 걸음을 옮겼다.

고탁미는 검사실에 함께 가서 호랑을 잠시 본 뒤에 돌아갔다. 물론 호랑은 아직 깨어나지 않은 상태라 고탁미가 자신을 보고 울음을 터뜨렸다는 것은 알지 못할 것이다.

나는 가만히 호랑의 손을 잡았다. 링거 바늘이 이렇게 굵어 보이는 건 처음이었다. 그만큼 그녀의 손이 너무 작았다. 나는 손등의 얇은 피부를 뚫고 들어가 있는 바늘을 보며 얼굴을 찡그렸다. 파랗게 돋은 혈관이 애처로웠다. 정밀 검사 결과로도 늑골이 몇 군데 골절된 것을 제외하고는 별다른 이상이 없었다. 그나마 다행이라고 주치의는 내게 거듭 말했다. 자칫 장 파열과 같은 일이 벌어졌더라면 위험했을 수도 있다고 했다.

'……우준석.'

순식간에 주체할 수 없을 정도로 살기가 뻗어 나오려는 것을 간신히 자제한 뒤, 갈무리했다. 호랑의 앞에서 이런 식의 기운을 드러낼 수는 없었다. 나는 입술을 짓씹듯 꾹 깨물며 호흡을 가다듬었다.

모든 건 내 잘못이었다. 우준석이 이렇게까지 하지는 않을 것이라 자만했던 내 탓이었다. 나는 병원에 오기 전에 들렀던 경찰서에서 맞닥 뜨렸던 우준석을 떠올렸다. 그는 나를 질투하고 있었다. 공포 따위는 까맣게 잊었다는 듯 그는 나를 향해 폭언을 퍼부으며 몸부림을 쳤다.

어제 지하 주차장에서 그를 자극했던 게 문제였을까.

입꼬리가 비틀리듯 올라가는 게 느껴졌다. 호랑이 보았더라면 무서운 표정을 짓는다고 타박했을 것이다. 나는 슬쩍 손바닥으로 입가를 문지르며 눈을 가늘게 떴다.

그래. 내 잘못이었다.

그러니 잘못을 만회해야지.

'착각하지 마라, 우준석. 너를 편하게 교도소로 들여보낼 마음 같은 건 없으니.'

나는 머릿속으로 우준석을 처리할 방법들을 이리저리 궁리하다가 다시 호랑을 물끄러미 바라보았다. 잠들어 있는 호랑의 눈이 파르르 떨렸다. 잠을 잘 때조차도 편하게 자지 못하고 있는 그녀의 모습이 안쓰러웠다.

"호랑아."

내가 호랑을 가만히 부르던 순간이었다. 갑자기 머릿속에 온갖 영상들이 한꺼번에 밀려들었다.

"이건……."

끔찍한 두통이 일었다. 그리고 내 머릿속에 파고드는 영상들이 바로 지금 호랑이 꾸고 있는 악몽의 일부분임을 본능적으로 깨달을 수 있었다. 젠장! 나는 황급히 침대 난간을 움켜쥐며 몸을 일으켰다.

"대체 이게……."

나는 말을 잇지 못하고 그대로 입을 틀어막아야 했다. 구역질이 나올 것만 같았다. 도대체 어린아이한테 무슨 짓을 한 거야! 분명 내가 보고 있는 어린아이는 호랑이었고, 그 아이에게 손을 댄 작자는 양아버지라는 자였다.

'그러고 보니 아까 고탁미가 말하려던 게…….'

나는 침대 난간을 꽉 움켜쥐었던 손을 풀며 미간을 찌푸렸다. 고탁미가 내게 뭔가 말을 하려다가 그냥 가 버렸던 게 떠올랐다. 이 얘기를 하려던 거였나. 나는 다시 호랑을 쳐다보았다. 창백한 뺨에 드리워진 그늘을 걷어 내고 싶었다. 지금껏 그녀를 무겁게 얽어매고 있던 과거의 사슬들을 전부 끊어 내고 싶었다. 그러나 그것은 내 몫이 아니었다. 지금 내가 그녀의 악몽을 그저 함께할 뿐, 어떻게 대신 해결해 줄 수 없는 것과 마찬가지로.

"너라면 극복할 수 있을 거야. 호랑이 너라면, 분명……."

나는 잠든 호랑을 향해 속삭이며 가만히 그녀의 머리를 쓰다듬었다. 호랑의 악몽이 자꾸만 머릿속을 비집고 들어오는 터라 고통스러웠다. 그렇지만 그 고통을 수도 없이 겪었을 호랑을 생각하면, 이 정도는 아무것도 아니었다.

21
혼자가 아니라는 것

"자, 잘못했⋯⋯."

나는 몸부림을 치다가 두 눈을 번쩍 뜨고 나서야 내가 악몽을 꾸었던 것임을 깨달을 수 있었다. 연한 푸른빛의 벽지가 먼저 눈에 들어왔다. 그리고 포근한 공기가 뒤이어 느껴졌다. 나는 고개를 모로 돌리다가 침대 머리맡 옆쪽에 있는 링거 팩을 보았다. 작은 팩 안에서 천천히 한 방울씩 떨어져 내리는 수액이 보였다. 그 링거 팩은 내 손등으로 이어져 있었다. 나는 손등을 들어 올리고는 손등에 꽂혀 있는 바늘을 잠시 보았다.

"손 들고 있지 마. 그러다가 역류하면 어쩌려고."

그 순간 내 손등을 부드럽게 감싸는 손길이 느껴졌다. 그와 더불어 다정한 목소리도. 그 목소리에 눈물이 왈칵 쏟아지려고 했다. 강현교, 그 남자였다. 내가 정신을 잃기 전, 너무나 보고 싶었던 남자. 또한⋯⋯ 사랑한다는 말을 아직 하지 못해서 아쉬움을 느꼈던 남자. 나는 침대 옆으로 다가온 강현교를 물끄러미 올려다보았다. 그의 모습은 많이 흐트러져 있었다. 그리고 많이 지쳐 있는 얼굴이었다.

"잘생긴 줄 알았더니 꼭 그런 것도 아니네요."

눈이 퀭하니까 못생겼다……. 나는 강현교의 얼굴을 보며 중얼거렸다. 그러자 강현교가 가만히 웃더니 몸을 숙였다. 그리고 천천히 내 뺨을 어루만지듯 손바닥으로 감싸고는 나와 시선을 마주했다. 바로 가까이에 다가온 그의 얼굴에서 시선을 뗄 수가 없었다.

"미안."

"뭐가 미안해요?"

"네가 필요로 할 때 내가 그 자리에 없어서. 그럴 때 네 옆에 있어 줬어야 했는데."

"현실은 드라마나 로맨스 소설이 아니잖아요. 이렇게 지금 내 눈앞에 있는 걸로 충분해요."

아마도 내 얼굴은 일그러져 있을지도 모른다. 강현교에게 웃는 모습을 보이려고 억지로 입꼬리를 올려 봤지만 아무리 생각해도 어색했다. 그 역시 이런 내 표정을 알아차린 것인지 가만히 내 입가를 어루만졌다.

"우준석이 너를 또 찾아갈 거라고는 생각 못 했어. 내 잘못이야."

"그게 왜 현교 씨 잘못이에요? 괜히 자기 탓하고 그래."

강현교의 귀가 우울함을 그대로 드러내듯 축 처져 있었다. 나는 가만히 그의 귀를 보고 있다가 손을 뻗었다. 다행히 링거 바늘이 꽂혀 있는 손이 왼손이라 오른손을 움직이는 데에는 문제가 없었다.

"보들보들하다……."

헤에, 나는 웃었다. 성감대라던 말 때문에 만지고 싶어도 참았던 귀였는데, 아무래도 지난번에 술에 취한 상태로 한번 만져 봐서인지 거리낌이 사라진 것 같았다. 게다가 정신을 잃기 전에 가장 보고 싶었던 사람이기도 하고……. 하지 못했던 말도 있어서일까. 나는 강현교의 귀를 만지작거리며 물었다.

"지금 내가 무슨 생각하는지 몰라요?"

"응. 지금은 안 들리네. 들리면 좋을 텐데…… 그래야 어디가 아픈지, 그런 걸 더 잘 알 수 있는데 말이야."

강현교가 못마땅한 얼굴로 혀를 차며 나를 찬찬히 살피듯 바라보았다. 그의 시선이 닿는 곳마다 화끈거리며 열이 오르는 것 같았다. 이마, 눈, 코, 입……. 나는 그의 귀를 잡고 있던 손을 풀고는 침대 옆의 빈 곳을 탁탁, 치면서 입을 열었다.

"여기 앉아요."

"됐어."

"나, 할 말 있어서……. 그러니까 앉아요. 침대 안 무너지니까."

썰렁한 농담이었지만 내 말을 들은 강현교가 나직하게 웃고는 조심스럽게 침대 가장자리에 걸터앉았다. 그리고 다시 링거 바늘이 꽂혀 있는 손을 조심스럽게 쓰다듬었다. 나는 그런 강현교를 잠시 바라보다가 몸을 일으키려 했다.

"아……."

그러나 몸을 슬쩍 움직이자마자 배에서부터 시작된 통증으로 인해 그대로 웅크릴 수밖에 없었다. 그러자 침대 가장자리에 앉아 있던 강현교가 벌떡 일어나며 다급히 나를 붙들었다.

"갑자기 움직이면 어떻게 해! 네가 지금 정상인 줄 알아?"

"미안해요. 난 그냥 현교 씨랑 마주 보고 앉아서 얘기하려고."

"가만히 누워 있어! 그냥 이대로 얘기하면 뭐가 어때서. 많이 아파? 의사 불러올까?"

"아니, 잠깐만요. 나 괜찮아요……. 할 말 있다고 했잖아요."

의사를 부르러 나가려는 강현교의 팔을 붙잡았다. 강현교가 나를 쳐다보더니 한숨을 내쉬고는 다시 침대 가장자리에 앉았다.

"알았어. 얘기해. 대체 무슨 얘기를 하려고……."

"내가 그랬었죠. 현교 씨, 멋도 없이…… 음…… 좋아한다는 말을 그렇게 멋도 없이 한다고."

"왜? 다시 생각하니까 멋없는 남자는 도저히 안 되겠어? 그렇다고 말하기만 해 봐, 어디."

강현교가 내 머리를 쓰다듬으면서 대꾸했다. 나는 입을 삐죽이며 그를 향해 되물었다.

"그렇다고 하면 때리기라도 하려고요?"

"널 때리면 나한테 뭐가 남는다고 때려? 내가 그딴 손해 보는 짓을 할 것 같아? 게다가 때릴 데도 없구만. 아니, 때리기는커녕 이렇게 쓰다듬는 것도 아까운데…… . 그냥 뽀뽀 진하게 두 번 하지 뭐."

"꼭 그런 식으로 느끼하게 말하고 싶어요?"

"연인 사이인데 어때. 서로 좋아하는 사이끼리 이 정도 표현쯤이야."

"좋아하는 사이인데도 그 정도예요? 사랑한다고 하면 더 심하겠네요…… . 무서워서 현교 씨 사랑한다고 말이나 해 보겠어요?"

"뭐?"

강현교가 어리둥절한 얼굴로 나를 보았다. 아…… 어색해라. 나는 심호흡을 하고 다시 그를 똑바로 올려다보며 말했다.

"사랑해요. 그 말을 못 해서 많이 아쉬웠어요. 정신을 잃기 전에 그게 제일 아쉽더라고요. 사랑한다는 그 말을 못 해서. 어쩌면 지금이 끝인지도 모르는데, 하는 두려움도 들고. 그러다 보니까 더 많이 보고 싶었어요."

"……호랑아."

"나, 바보 같죠? 안 지 얼마나 됐다고 이렇게 사랑한다고 말하는지, 그 마음이 참 간사하기도 하다 싶지 않아요?"

목소리가 떨려 나오지 않아서 다행이었다. 미리 준비하고 연습한 것도 아닌데 이번에는 떨리지 않았다. 아니, 어쩌면 떨고 있는데 겉으로

티가 나지 않는 것인지도 몰랐다. 지금 내 가슴이 뛰는 소리가 쿵쾅쿵쾅 요란하게 머릿속까지 울리고 있으니 말이다.

강현교는 그저 물끄러미 나를 보고 있었다. 잔뜩 헝클어진 머리가 흘러내려 그의 모습은 엉망이었다. 아마 내 소식을 접하고 곧바로 허둥대며 달려왔을 것이다. 보지 않았는데도 직접 본 것처럼 선명하게 눈앞에 그려졌다.

그래서일까. 이제는 정말 이 남자 앞에서 당당해지고 싶다는 바람이 들었다. 덜덜 떨지도 않고 고개 숙이지도 않고 주눅 들지도 않고, 그저 이 남자에게 어울릴 수 있게 당당한 모습으로 서고 싶다는 욕심이 생겼다. 나를 가만히 바라보던 강현교의 눈이 휘어졌다.

"그런 욕심이 있다는 여자가 지금 나한테 자기 바보 같냐고 물어보는 거야? 이것 보세요, 여호랑 씨. 일관성 좀 있게 행동하시죠?"

"……첫. 뭐, 말이 그렇다는 거죠. 그리고 일관성은 현교 씨부터 갖추면 안 돼요? 반말했다가 존댓말을 했다가, 사람 참 일관성 없으시네. 아! 그리고 현교 씨는 나한테 여호랑, 여호랑, 성(姓)까지 붙여 잘도 부르면서 왜 나만 못 하게 해요? 불공평하게."

"누가 못 하게 했어? 해, 마음껏 해. 나도 뽀뽀 좀 실컷 해 보게. 응? 마음껏 해 보라니까?"

"아, 됐어요!"

하라니까 하기 싫어진다. 나는 볼을 부풀리며 대꾸하다가 다시 얼굴을 찡그렸다.

"그런데 지금 왜 아무렇지도 않아요?"

"뭐가?"

"내가 그, ……사랑한다는 말도 했는데. 왜 아무렇지 않냐고요."

그러고 보니까 기분 나쁘네……. 예전에 탁미가 남자는 잡은 물고기에는 먹이를 안 준다고 했었는데…… 뭐, 그런 비슷한 건가? 좋아한다고 고백했을 때만 하더라도 그렇게 기뻐하더니, 사랑한다고 말을 했는데도 이런 반응이라 이거지? 재미없게…….

"사랑을 재미로 합니까, 호랑 씨는?"

"예?"

"나는 마음으로 하는데. 안 보여요? 지금 내 마음이 얼마나 콩닥콩 닥거리면서 기뻐 날뛰고 있는지?"

"……뭐, 마음으로 하는 건 모르겠고요. 귀랑 꼬리로 사랑을 하는 것 같기는 하네요."

뒤늦게 나는 강현교의 귀와 꼬리가 마구 움직이는 것을 보고 중얼거렸다. 기뻐하는 기색이 역력한 귀와 꼬리를 보고 있으려니 조금 서운했던 마음이 풀리는 것도 같았다. 특히 통통한 꼬리가 동그랗게 말렸다가 펴지고 다시 좌우로 살랑대는 걸 보고 있으려니까 웃음이 나왔다.

"꼬리 만져 봐도 돼요?"

"성감대인데?"

"귀도 만졌는데요, 뭘."

내 대답을 들은 강현교가 피식 웃더니 꼬리를 만지기 쉽도록 몸을 돌렸다. 나는 누운 채 손을 뻗어서 그의 꼬리를 살짝 움켜쥐었다. 손 안에 들어온 꼬리가 북슬북슬하고 포근했다. 귀와는 또 다른 느낌이라고 해야 할까. 나는 꼬리를 손에 쥔 채 조몰락거리다가 웃었다.

"어릴 때 곰인형 갖는 게 소원이었는데……."

"감히 나를 인조털 달고 있는 그따위 인형과 비교해?"

강현교는 투덜거리면서도 내가 꼬리를 만질 때마다 귀를 쫑긋거리기도 하고 파르르 떨기도 했다.

어릴 때 다른 아이들이 인형을 안고 있는 것을 볼 때마다 얼마나 부러웠는지 모른다. 아이들이 곰인형을 질질 바닥에 끌고 다니는 걸 보면서 나라면 저렇게 험하게 다루지 않고 매일 품에 꼭 끌어안고 아껴 줄 텐데, 하고 생각하기도 했었다.

"딱 한 번 곰인형을 안아 본 적이 있었어요."

"언제?"

"어릴 때요. 누가 전봇대 앞에 큼직한 곰인형을 버렸더라고요. 그래서 며칠 동안 매일 전봇대 앞을 살피며 다녔었어요. 혹시 주인이 다시 데려가지는 않았을까, 하고. 그런데 주인이 나타나지를 않더라고요. 매일 전봇대 앞을 지키는 곰인형이 많이 안쓰러웠어요. 쓰레기 봉지들이 주변에 늘어 가는데 곰인형은 혼자 그 곁을 지키고 있고……. 그러다가 비가 많이 오는 날, 흠뻑 젖은 곰인형을 보고 용기를 냈어요."

"……용기?"

"예. 무작정 곰인형을 끌어안고 집으로 갔거든요."

흠뻑 젖어 있던 곰인형은 어린 몸으로 안고 가기에는 너무 크고 무거웠다. 그러나 비를 고스란히 맞고 있는 곰인형을 그냥 놔두고 돌아설 수가 없었다. 다행히 우비를 입고 나온 터라 우비를 벗어서 곰인형에게 입혀 주고는 그것을 두 팔로 꽉 끌어안고 집으로 향할 수 있었다. 나는 강현교의 꼬리를 만지던 손으로 눈을 비볐다. 눈시울이 뜨거워졌다.

"그날 내가 곰인형을 데려오지 않았더라면 혹시 주인이 다시 데려가지 않았을까…… 후회가 됐어요."

흠뻑 젖은 곰인형과 나는 둘 다 집 안으로 들어갈 수 없었다. 나는 양어머니에게 호된 매질을 당한 채 쫓겨났고, 곰인형은 어디론가 사라졌다. 지금 생각하면 아마 소각장으로 갔을 테지만 말이다.

"난 그냥…… 며칠 내내 혼자 전봇대 앞에 앉아 있는 곰인형이 안쓰러워서, 꼭 나를 보는 것 같아서 그랬는데요."

"그 곰인형, 좋았을 거야. 뭐, 인형 따위가 감정을 가지고 있을 리 없지만……. 그래도 저를 걱정해 주고 함께 있어 줬던 네가 있어서 좋았을 거라고."

"……."

"그건 그렇고, 사랑한다고 지금 막 고백한 여자가 이래도 되는 거야?"

"예?"

"아니, 어떻게 사랑한다고 툭 던져 놓고는 갑자기 곰인형이 어땠다느니, 뭐 그런 얘기나 하고 있을 수 있냐고."

강현교가 아프지 않게 손가락으로 딱 내 이마를 때렸다. 나는 입을 내밀며 그의 손가락을 손으로 잡았다.

"그러는 현교 씨는 사랑한다고 말했더니 때리기나 하고."

"어쭈, 누가 들으면 내가 사랑하는 애인을 때리는 나쁜 남자인 줄 알겠네?"

"나쁜 남자 맞잖아요. 처음에 나더러 애 낳으라고 막 겁부터 주고."

"그 과거는 이제 좀 잊지? 응? 진짜 뒤끝 있는 여자라니까."

불만 가득한 표정으로 강현교가 투덜대더니 귀를 축 늘어뜨렸다. 나는 픽 웃고는 탁미가 종종 내게 하듯이 콧방귀를 뀌었다.

"지금 일부러 귀 내린 거죠? 다 알거든요?"

"……이럴 때만 눈치가 빠르지."

언제 축 늘어뜨렸던가 싶게 강현교의 귀가 금세 쫑긋 섰다. 그러더니 다시 몸을 숙여 나를 살짝 끌어안았다. 그에게서 청량한 향기가 났다. ……무슨 방향제도 아니고.

"방향제?"

"아, 아니……. 현교 씨한테서 좋은 향기가 나서요. 오해하지 마요."

강현교가 나를 끌어안다가 한쪽 눈썹을 쓰윽 올리는 걸 보자마자 나는 변명처럼 황급히 대꾸했다. 그러자 그가 내 머리를 헝클어뜨리듯 쓰다듬고는 피식 웃었다.

"그럼 너도 내 방향제 해라. 낮이고 밤이고 항상 끼고 다니게."

"사람한테 무슨 방향제래요."

나는 강현교에게 안긴 채 작게 중얼거렸다. 귀가 뜨끈해지는 게 민망했다. 이런 내 반응을 알아차렸는지 강현교에게서 웃음소리가 나직하게 들리더니 이내 멀어졌다. 강현교는 나를 다시 한 번 내려다보고는 흐트러져 있던 이불을 목 위까지 덮어 주며 입을 열었다.

"어쨌든 다시는 혼자 두지 않을게."

"……."

"너, 두 번 다시 이런 꼴로 안 만들어."

"……내가 뭐 어때서요."

나는 입가에 경련이 일어나려는 걸 억지로 참으며 웃으려고 했다. 그가 안타까운 시선으로 나를 바라보다가 말했다.

"그냥 이렇게 보고만 있어도 아까운데, 자꾸 딴 놈이 손을 대잖아."

"……우준석은요? 그 사람은 어디에 있어요?"

"경찰서."

나는 잠시 입을 다물고 있다가 불현듯 떠오른 기억에 다시 입을 열었다.

"있잖아요, 현교 씨. 나…… 거짓말을 했는데."

"무슨 거짓말?"

강현교가 자신이 앉아 있는 바람에 구겨졌던 시트를 펴다 말고 나를 보았다. 나는 다시 몸을 일으키려고 움직였다.

"움직이지 말라니까 진짜 말도 안 듣는다."

"조심해서 천천히 일어나면 괜찮아요."

아까는 아픈 걸 아예 생각도 못 해서 그랬다. 나는 중얼거리며 조심스럽게 몸을 일으켰다. 강현교가 냉큼 내 등 뒤에 커다란 쿠션을 받쳐 주었다. 나는 슬그머니 강현교의 시선을 피하며 입을 열었다.

"우준석한테 거짓말했어요."

"우준석한테? 뭐라고 했는데?"

"……."

"호랑아. 뭐라고 했는데? 응?"

아…… 대답하려니까 민망하다. 나는 우물쭈물 망설이다가 슬쩍 그의 눈치를 살피며 말했다.

"현교 씨 아이를 가졌다고……."

"뭐?"

"……임신했다고요."

나는 두 눈을 질끈 감고 강현교의 반응을 기다렸다. 함부로 거짓말을 한다고 타박할 수도 있다고 생각했다. 아니면 정말 아이를 가질 생각은 없냐고 놀릴지도 모른다고 생각했다. 하지만 그에게서는 아무 반응도 없었다. 나는 다시 조심스럽게 눈을 뜨고 강현교를 보았다. 강현교가 붉어진 얼굴을 한 손으로 가린 채 말을 잇지 못하고 있었다.

"현교 씨?"

"……진짜인 줄 알았어. 아니, 진짜일 리가 없다는 건 아는데, 그래도 이게 현실이었으면 하는 마음에."

강현교의 마음이 고스란히 내게 전해지는 것 같았다. 비록 나는 그의 생각을 알아들을 수 없지만, 그래도 지금 이 순간만큼은 알 수 있을 듯했다. 정말 이 남자는 내가 자신의 아이를 낳아 주기를 원하는구나. 그게 단순히 내가 귀와 꼬리를 보는 반려라서가 아니라…….

"그래. 사랑하니까. 너를 사랑하니까 원하는 거야. 이제 알겠어?"

강현교가 또 내 생각을 엿듣고는 웃으며 대꾸했다. 순간 눈물이 가득 차올랐다. 그 바람에 그의 미소 짓는 얼굴이 뿌옇게 흐려졌다. 나는 손등에 링거 바늘을 꽂고 있는 것도 잊은 채 무작정 그에게 안겼다.

"호랑아?"

"현교 씨를 닮은 아이라면 좋겠어요."

"……뭐?"

"현교 씨를 닮은 아이라면 정말 예쁠 것 같아요. 이왕이면 귀랑 꼬리도 볼 수 있으면 좋겠지만 그건 불가능할 테니 어쩔 수 없겠죠……."

그렇지만 얼마나 귀여울까. 나는 웃음을 터뜨렸다. 자그마한 머리에 더 작은 귀가 쫑긋거리고, 도톰하면서 짧은 꼬리가 살랑대는 아이의 모습이 저절로 머릿속에 그려졌다. 그 모습을 볼 수 없다는 게 너무 아쉽고, 아이의 반려가 될 이에게 샘이 날 정도였다.

"……나랑 결혼해 줄래요?"

고여 있던 눈물이 떨어졌다. 덕분에 뿌옇게 흐려졌던 시야가 다시 맑아졌다. 얼떨떨한 표정으로 귀를 쫑긋거리는 남자가 보였다.

문득 지금 내 모습이 참 보기 흉할 것이란 생각이 들었다. 우준석에게 얻어맞다가 병원에 실려 올 정도였으니 굳이 거울을 보지 않아도 짐작할 수 있었다.

하지만 그게 뭐, 어때서.

"이제는 내 미래에 현교 씨를 집어넣고 싶어요. 들어와 줄래요?"

과거의 상처는 흔적을 남겼다. 상처가 아물고 새살이 돋아난다고 해도, 아무 일도 없었던 것처럼 깨끗하게 지워지는 법은 없다. 그러나 이제는 상관없다. 과거의 상처는 이미 지나가 버린 것이다. 지금처럼 이렇게 내가 링거 바늘을 꽂고 아파서 쩔쩔매면서도 강현교에게 무작정 청혼을 하는 것처럼, 과거의 상처 따위는 내 현실과 미래에 그 어떤 영향도 줄 수 없다는 걸 이제는 알게 되었으니까.

"기꺼이."

강현교가 환하게 웃으며 대답하고는 내 손등에 입을 맞췄다. 그는 내 손등에 입술을 댄 채 한참 동안이나 가만히 있었다.

22
미스터 삵, 그 남자의 시선, 여섯

현관에 들어서자마자 뭔가 살벌한 기운이 느껴졌다. 나는 본능적으로 귀와 꼬리를 바짝 세운 채 조심스럽게 신발을 벗고 안으로 들어섰다. 그리고 거실 한복판에서 날아온 도자기를 가볍게 피하며 옆으로 비켜섰다. 아버지가 그토록 아끼시던 백자 도자기가 박살 나는 소리와 함께 노여워하는 목소리가 이어졌다.

"그냥 좀 맞아! 맞으라고! 이 애비 화 좀 풀리게 맞아 주면 안 되는 게냐!"

"내일 출근해야 하니 곤란합니다, 아버지."

끄응, 아버지는 못마땅한 기색으로 나를 노려보다가 체념한 듯 고개를 젓더니 손짓을 했다. 나는 산산이 부서진 도자기 조각을 피해서 소파 쪽으로 걸음을 옮겼다. 누나가 맞은편에 앉아 있다가 입을 열었다.

"호랑이는?"

"잠든 거 보고 나온 길이야."

"혼자 내버려 둬도 돼?"

"친구 어머니가 밤에 병실에 있겠다고 하셔서."

고탁미의 어머니가 밤늦게 병실을 찾았다. 그렇지 않아도 호랑과 옥신각신 말씨름을 하던 중이었다. 나는 밤에 호랑의 옆에 있겠다고 주장하고 있었고, 호랑은 출근할 사람이 병실에서 밤을 샐 것이냐며 가라고 계속 고집을 부리던 중이었다. 그래서 호랑의 고집을 무시한 채 간이침대 위에 일부러 보란 듯이 누우려던 찰나였는데, 고탁미의 어머니가 병실 문을 열고 들어왔다.

'어머! 내가 방해한 거니? 응? 현교 총각, 왜 그 간이침대에 누우려고 그래? 편하게 위로 올라가. 응? 침대도 넓고 좋은데, 뭘. 그나저나 특실 침대는 다른 병실 침대보다 훨씬 좋아 보이네. 그래 봤자 병원 침대가 거기서 거기겠지 했는데 말이야. 그런데 특실 비용은 어떻게 감당하려고 그래? 6인실 빈 곳은 없대? 응? 이렇다니까. 둘 다 순진해서 6인실 비는 데로 넣어 달라고, 간호사한테 부탁도 안 했지?'

끝없이 이어질 것 같던 잔소리를 다시 떠올리니 두통이 생길 것 같았다. 그래서 나도 모르게 이마를 짚은 채 미간을 찌푸리고 있다가 다시 고개를 들었더니 아버지와 누나가 희한한 생명체를 보는 시선으로 나를 보고 있었다.

"왜 그렇게 보세요? 누나도 왜 그런 눈으로 봐?"

"아니, 뭐……."

누나가 어깨를 으쓱이며 말끝을 흐리는데, 아버지의 목소리가 뒤이어 이어졌다.

"네 녀석이 좀 더 풀어진 것 같아서 말이다."

"예?"

"뭐랄까…… 조금 더 사람처럼 변했다고 해야 할까."

"지금 욕을 하시는 겁니까, 아버지? 삵한테 사람처럼 변했다니."

나도 모르게 이를 드러내며 크릉거렸다. 그러자 아버지가 혀를 차며 고개를 젓더니 턱짓을 했다.

　"하여간 덜떨어진 놈 같으니라고. 말귀를 못 알아들어. 그러니 네 엄마가 그렇게 네 걱정을 하다가 세상을 떴지……."

　크흑. 아버지는 갑자기 어머니에 대한 그리움에 눈물을 훔쳤다. 그 모습을 바라보던 누나가 얼굴을 찡그리더니 내게 물었다.

　"그건 그렇고…… 너 알고 있었어?"

　"뭘?"

　"호랑이에 대해서 어느 정도까지 알고 있는 거야?"

　누나는 테이블에 놓인 묵직한 서류를 들어서 내게 내밀었다. 그러나 나는 서류를 받는 대신 다시 누나를 향해 물었다.

　"이게 뭔데?"

　"호랑이에 대해서 조사한 거. 두 곳에 맡겼던 걸 합쳤으니까 아마 거의 빠진 내용은 없을 거야. 아무래도 네가 봐야 할 것 같아서."

　나는 입을 다문 채 서류를 응시했다. 이 서류 안에 어떤 내용이 들어 있을지 알 것 같았다.

　"안 봐."

　"뭐?"

　"안 볼 거야. 그냥 넣어 둬. 아니, 이리 내놔."

　나는 누나에게서 서류를 빼앗듯 가지고 왔다. 서류의 묵직한 무게만큼이나 내 가슴속에 무게가 실렸다. 호랑의 과거가 주는 무게일 것이다. 내가 알지 못하는 시간의 무게일 것이다. 그 과거를, 그 시간을 그녀의 허락도 받지 않고 함부로 들여다볼 수는 없다. 또한 내 마음대로 그 무게를 대신 짊어지겠노라 자만할 수도 없다. 이 모든 것은 전적으로 호랑이 견뎌 낸 무게였다. 견뎌 냈기에, 지금 내 앞에서 웃고 있는 여자였다.

"그거 어쩌려고? 아니, 그리고 무조건 안 본다고 하면……."

"누나도 안 본 걸로 해. 그리고 아버지도요."

"뭐?"

누나가 내 말에 미간을 찌푸렸다. 그리고 아버지는 가만히 나를 쳐다보다가 입을 열었다.

"어째서냐."

"호랑이 살아온 삶입니다. 저희가 어설프게 간섭할 수 있는 영역이 아니에요."

"그 서류 안에 어떤 내용이 들어 있는지 궁금하지도 않다고?"

"단순히 궁금하다는 이유로 그녀의 허락도 받지 않고 함부로 들여다보고 싶지 않습니다."

"대충 짐작은 하고 있는 것 같구나."

아버지의 말에 나는 대답하지 않았다. 그 침묵을 긍정으로 받아들인 아버지에게서 노성이 터져 나왔다.

"그러면서도 이렇게 가만히 있는 게냐! 이번 일만 해도 그렇지. 제 암컷 주변에 얼쩡대는 놈 하나를 처리하지 못해서, 그 작고 여린 애가 병원에 실려 가게 만들어! 그러고도 현교 네 녀석은 뭘 잘했다고 지금도 잘난 척이야!"

다른 사람들이 모르는 아버지의 성격 중 하나는 다혈질이라는 것이다. 그래서 일단 화가 나면 아버지의 주변은 초토화되기 일쑤이다. 나는 한숨을 내쉬며 슬쩍 누나를 보았다. 누나 역시 주먹을 꽉 쥐고 '아버지 말씀이 전적으로 옳습니다!'를 외치고 있는 중이었다. 놀라운 유전자의 힘이로구나……. 나는 다시 아버지를 진정시키기 위해 입을 열었다.

"가만히 있는 건 아닙니다, 아버지."

"뭐라고?"

"물론 이번 일은 제 실수였습니다. 그치가 그런 식으로 나올 거라고
는 생각하지 못했던 탓에 방심했던 것도 사실이고요. 그렇지만……."

나는 아버지와 누나를 천천히 바라보며 말을 이었다.

"두 번 다시 실수는 하지 않을 겁니다. 그리고 이 서류에 어떤 내용
이 있는지…… 어느 정도 짐작은 됩니다."

"짐작은 된다고?"

"예."

나는 호랑의 악몽을 통해서 어렴풋이 알게 된 과거의 일을 떠올리며
어금니를 악물었다. 그런 나에게 아버지가 못마땅한 표정으로 물었다.

"그래서? 그런데도 너는 방관만 할 생각이냐? 조금 전처럼 그따위
잘난 척이나 하면서?"

"물론 그 생각에는 변함이 없습니다. 제가 호랑이의 과거에 함부로
개입할 수는 없다는 것에는요."

"강현교! 이 한심한……."

"하지만……."

나는 아버지의 성난 목소리를 끊으며 다시 입꼬리를 올렸다.

"개인적으로 제가 느낀 불쾌감에 대해서는 그 당사자들에게 값을 톡
톡히 받아 낼 생각입니다."

"뭐라……. 개인적으로 네가 느낀 불쾌감?"

"예. 그 부분에 대해서는 호랑이 나중에 알게 되더라도 제게 뭐라고
할 수는 없지 않겠습니까. 이건 제 기분이 걸린 문제라서요."

나는 아버지를 바라보며 웃었다. 그러자 아버지가 잠시 입을 벌린
채 나를 보다가 이내 웃음을 터뜨렸다.

"그래, 하하! 그렇지! 현교 네가 성격이 좀 많이 더러워서 네 기분
나쁘게 하는 것들에 대해서는 예전부터 가차 없기는 했었지. 안 그러
냐, 현조야?"

"예, 뭐…… 그랬죠."

누나가 나를 보다가 피식거리며 중얼거렸다. 나는 어깨를 으쓱이며 한 손에 서류를 든 채 다른 손으로 턱을 만졌다.

"저거 보세요, 아버지. 아무리 제 동생이라고 하지만 저런 표정 지을 땐 진짜 정떨어지려고 한다니까요?"

누나가 아버지에게 하는 말을 흘려들으며 나는 앞으로 우준석을 어떻게 처리해야 할지 진지하게 궁리하기 시작했다. 그치는 이제 내 문제이니, 말이다.

아직 새벽 5시밖에 되지 않았는데 병원은 이미 바쁘게 움직이고 있었다. 나는 곁을 스쳐 지나가는 간호사들에게 가볍게 목례를 하며 복도를 걷다가 병실 앞에 멈춰 섰다. 호랑의 이름이 눈에 들어왔다. 나는 가볍게 노크를 한 뒤, 조심스럽게 문을 열었다.

"……어디 갔지?"

병실 안에는 아무도 없었다. 비어 있는 침대를 향해 걸음을 옮긴 뒤, 천천히 침대 시트를 쓸어 보았다. 온기가 미약하게나마 느껴지는 것을 보니 자리를 비운 지 얼마 지나지 않은 듯했다. 나는 허공에 대고 냄새를 맡았다. 호랑의 냄새가 병실 문 밖으로 이어지고 있었다. 내가 지나온 복도와 반대 방향이었다.

'그러니까 내가 알아차리지 못했지.'

나는 혀를 차며 황급히 몸을 돌렸다. 본가에서 살림을 해 주는 아주머니에게 특별히 부탁해서 싸 가지고 온 도시락이 식을까 봐 내심 신경이 쓰였다. 게다가 그 몸으로 어딜 간 것인지, 그게 무엇보다도 걱정되었다.

"이 여자가 갈비뼈 부러지고도 겁도 없이……."

걸음을 옮겨 도착한 곳은 병원에 마련되어 있는 실내 정원이었다. 아직 이른 시간이라 그런지 사람이 거의 보이지 않았다. 당직 의사로 보이는 젊은 남자 하나가 잔뜩 피로가 쌓인 얼굴로 커피를 홀짝이고 있었고, 그 뒤쪽으로 호랑의 모습이 보인 게 전부였다.

"이것 보세요, 여호랑 씨. 혼자 여기서 새벽부터 뭘 하고 있습니까?"

"어? 현교 씨, 여기는 웬일로……. 아니, 출근 안 하세요? 왜 오신 거예요?"

호랑이 실내 정원 안쪽의 의자에 앉아 있다가 나를 보고는 일어서려 했다. 나는 다급히 다가가 그녀의 어깨를 잡았다.

"그냥 있어. 네가 무슨 용가리통뼈야? 왜 이렇게 돌아다녀, 다람쥐도 아닌 게."

"그 얼굴에서 그런 말이 나오니까 되게 안 어울리는 거 알죠."

"뭐가?"

"아니……. 뭐, 됐어요."

호랑은 잠시 피식거리다가 고개를 저었다. 그리고 다시 부드럽게 미소를 짓고는 환자복 주머니에서 작은 병을 꺼내 보이며 입을 열었다.

"이거 맞고 있어서 별로 안 아파요."

"이게 뭔데?"

"무통 주사래요. 새벽에 내가 좀 아파서 잠을 못 자고 뒤척였더니 탁미 어머니께서 신청해 주셨어요. 그런데 이거 비싸다고 그러는 것 같던데……."

"비싸 봤자 그게 뭐, 얼마나 비싸다고."

미리 신경 써 주지 못한 내 자신이 마음에 안 들어서 투덜거리며 대꾸했다. 그런 나를 보며 호랑이 배시시 웃었다. 나는 호랑의 코를 아프지 않게 살짝 잡으며 퉁명스럽게 말했다.

"웃으면, 어? 그럼 내가 예쁘다고 할까 봐? 돌멩아, 내가 돌멩이라고 불렀더니 진짜 돌멩이인 줄 알아? 왜 이렇게 가만히 있지 않고 돌아다녀? 그러다가 또 누구 발에 걷어차이려고."

그러고 보니 돌멩이라고 불렀던 게 문제였나. 나는 괜한 생각을 하며 혀를 차고는 호랑의 이마 위로 흘러내린 머리카락을 쓸어 넘겼다. 그러자 호랑이 내게 잡혔던 코를 문지르면서 나를 물끄러미 보다가 손을 뻗어 내 미간을 꾹 눌렀다.

"인상 쓰지 마요. 잘생겼다고 너무 자신만만한 거 아니에요?"

"그래도 내가 잘생긴 건 인정하네?"

"뭐, 객관적으로 볼 때 그렇죠."

호랑이 고개를 끄덕이며 나를 보더니 다시 주변을 두리번거렸다. 나는 그녀가 하는 대로 주변을 둘러보고는 고개를 갸웃거렸다.

"왜? 누구 있어?"

"아니……. 보는 사람이 혹시 있나 해서요."

호랑은 주변에 다른 사람이 없다는 걸 확인하고는 개구쟁이처럼 웃더니 내 머리 위의 귀를 양손에 하나씩 잡았다.

"이렇게 귀 잡고 있으려고요."

보들보들해서 정말 좋아……. 호랑이 헤헤, 하고 웃으며 내 귀를 만지작거렸다. 나는 내 귀를 만지작거리는 호랑의 손을 붙잡았다. 그러자 호랑의 새까만 눈이 나를 보았다.

"어떻게 해 줄까?"

"예?"

"우준석 말이야."

호랑의 눈이 흔들렸다. 나는 그녀의 눈을 똑바로 쳐다보며 다시 말을 이었다.

"어디 한 군데 병신으로 만들어 줄까? 가족이고 친구들이고 전부 외면할 수밖에 없게, 그렇게 아예 매장시켜 버릴까? 응?"

"……현교 씨."

"원하는 대로 말해 봐. 내가 다 해 줄게. 네가 원하는 대로……."

"그러지 마요. ……그러지 마."

호랑이 내 귀를 잡고 있던 손을 풀고는 내 허리를 꼭 감으며 안겼다. 나는 호랑을 품에 안고 가만히 숨을 몰아쉬었다.

"경찰서에 있다면서요. 그럼 됐어요. 처벌받을 거잖아요. 법대로 처벌받을 테니까 그걸로 됐어요. 그러니까 그런 무서운 소리 하지 마요. 그러다가 현교 씨 감옥 가면 나 진짜 못 견딜 거야."

호랑이 다시 나를 올려다보았다. 눈물이 가득 고인 그녀의 두 눈을 손바닥으로 덮었다. 손바닥에 묻어나는 물기를 느끼며 나는 심호흡을 했다. 예상했던 대답이다. 호랑의 성격대로라면 충분히 이렇게 대답할 것이라고 생각했다. 순진한 그녀다운 대답이기도 했다. 법이 모든 것을 해결해 준다고, 법이 대신 그 대가를 치르게 해 준다고 믿는 순진함이 안쓰럽기도 하고 사랑스럽기도 했다.

"왜? 내가 감옥 가면 사식 넣어 주는 게 걱정돼서?"

"예?"

"하긴…… 한우 1등급으로 한 끼에 네다섯 근씩 사식을 넣는다는 게 쉽지는 않겠지."

"예에?"

호랑이 자신의 두 눈을 덮고 있던 내 손을 잡아 내리고는 경악한 시선으로 나를 보았다. 나는 그저 어깨를 으쓱였다. 그러자 호랑이 못 말린다는 듯 고개를 내저었다.

"진짜 출근 안 할 거예요? 아침은 먹었고요?"

"출근은 할 건데…… 아침은 안 먹었어."

"진짜요? 왜?"

"입맛이 없어서."

"그걸 나더러 믿으라고요?"

호랑은 믿지 못하겠지만 정말 그랬다. 아버지의 부름을 받고 본가에 간 김에 자고 나오는 길이었다. 하기야 거의 뜬눈으로 밤을 새웠으니 잤다고 할 수도 없겠다. 그 바람에 입맛이 없어서 그냥 새벽에 집을 나와 곧바로 병원에 온 것이고…….

"아니야, 밥 먹었어. 내가 밥을 안 먹을 리가 있겠어? 그리고 오랜만에 본가에 가서 밥 먹는 김에 네 도시락도 싸 왔어. 뼈에 좋은 것들로 특별히 싸 왔으니까 병실 들어가서 먹어."

"하여간 툭하면 장난치고 말이죠. 현교 씨 한 끼 식사량을 내가 아는데……. 게다가 도시락요? 번거로웠을 텐데 그건 왜 싸 와요. 병원 밥도 잘 나오는데……."

호랑이 안도한 기색으로 웃으며 대답했다. 나는 그저 말없이 호랑을 바라보다가 그녀의 머리를 쓰다듬었다.

그래, 호랑아.

너는 그렇게 웃어.

우준석 따위는 '법대로' 합당한 처벌을 받을 거라고 믿어.

그렇게 믿고 머릿속에서 아예 지워 버려.

'나머지는 너와 상관없는 내 몫이니까.'

우준석뿐만 아니라 네 양부모였던 인간들 또한 이제는 내 몫이야. 나는 속으로 중얼거리며 싸늘해지는 가슴속을 그녀에게 드러내지 않기 위해 일부러 더 웃었다. 그녀에게만큼은 이런 모습은 들키고 싶지 않기에.

철없고 짓궂은 삶으로 그녀에게는 앞으로도 평생 남고 싶으니까.

23
집에 돌아오다

"누구랑 싸우고 왔어?"

나는 침대에 앉아 멍하니 창밖을 바라보다가 병실 문이 열리며 들어온 탁미를 보고 입을 벌렸다. 탁미는 잔뜩 헝클어진 머리를 손가락으로 대충 빗으며 침대 쪽으로 성큼성큼 다가왔다. 그리고 나를 꼼꼼하게 훑어보듯 여기저기 보더니 입을 열었다.

"그 개새끼 불알을 걷어차 주려고 경찰서에 갔다가 오는 길이야."

"뭐?"

"하여간 경찰 나리들께서는 범인 보호에 최우선이시라니까. 눈감아 주면 안 되나? 응? 그런 망종을 왜 보호하는 건데? 나 참······."

"미쳤어! 그러다가 공무집행방해, 뭐 그런 걸로 잡혀 들어가면 어쩌려고!"

나는 화들짝 놀라 탁미를 타박했다. 그러자 탁미가 콧방귀를 뀌며 침대 옆으로 의자를 끌어당겨 앉더니 말을 이었다.

"그럼 그 새끼랑 같은 데에 넣어 달라고 그러지, 뭐. 들어간 김에 그

새끼, 아예 사내구실도 못 하게 만들어 버릴 수 있도록."

"탁미야."

"이년아, 네가 막 만들어 나온 순두부라도 되냐? 왜 이렇게 물러 터진 거야. 속도 없어, 넌? 그 새끼가 그렇게 나오는데……."

"그런 거 아니야."

"아니긴……."

"정말이야. 나…… 우준석, 용서 못 해. 절대로 용서 못 해. 아니, 용서 안 할 거야."

나는 단호하게 말했다. 그렇지 않아도 우준석의 어머니에게서 끊임 없이 전화가 오고 있던 중이다. 처음에는 아무 생각 없이 누구인지 확인하지 않고 받았다. 전화를 받자마자 그녀는 내게 사과 한 마디 없이 무조건 합의할 것을 요구했다. 아니, '명령'했다. 그때 나는 다시 깨달 았다. 탁미의 말버릇대로 말하자면 나는 정말 '등신'이었구나, 하고 말 이다.

'합의 안 해요. 그 사람이 제 앞에 와서 무릎 꿇고 빈다고 해도 합의는 안 할 거예요.'

내가 그렇게 말하자마자 우준석의 어머니는 고래고래 소리를 질렀 다. 듣기 거북한 말들이 휴대폰 너머에서 마구 쏟아졌다. 하지만 나에 게는 그 말들을 듣고 있을 이유가 없었다. 그래서 그대로 전화를 끊어 버렸다.

"어? 전화 오나 본데? 안 받아?"

"그 사람 모친일 거야."

"뭐?"

"우준석 어머니일 거라고."

"미친……. 아니, 뭘 잘했다고 전화질이래? 어?"

"합의해 달라고. 아니, 합의하라고."

나는 피식 웃었다. 그러자 탁미가 벌떡 일어나 내 어깨를 잡고 다그치듯 물었다.

"합의? 합의라니! 너 안 할 거지? 응? 야, 여호랑! 너 진짜 이번에 합의해 주면 다시는 너 안 볼 거야."

"안 해. 걱정 마. 안 한다고 했어. 그랬더니 저 난리인 거고."

"정말?"

"그렇다니까."

나는 콧등을 찡그렸다. 탁미가 다시 내 휴대폰을 쳐다보다가 어깨를 으쓱였다.

"그럼 아예 전원을 꺼 버리지? 자꾸 전화 울려 대는 거 귀찮지도 않아?"

"아…… 그건……."

순간 나도 모르게 당황했다. 그리고 탁미는 그런 내 변화를 놓치지 않았다.

"뭐야? 야, 너 지금 되게 당황했는데…… 맞지? 어?"

"아니. 그게 아니라……."

휴대폰 전원을 끌 수는 없었다. 강현교가 출근한 직후부터 거의 십여 분 간격으로 메시지를 보내고 있기 때문이다. 하지만 이런 얘기를 하는 게 어쩐지 민망해서 나는 그냥 눈을 굴리며 탁미의 시선을 피해 옆을 쳐다보았다. 그런데 그 순간 문자 메시지의 도착을 알리는 알람이 울렸다.

"뭐야, 무슨 문자야? 혹시 그 개새끼 에미라는 년이 보낸…… 으응?"

탁미가 냉큼 싸우자는 듯한 표정으로 내 휴대폰을 들었다가 고개를 갸웃거리더니 얼굴을 일그러뜨렸다. 그리고 휴대폰 화면을 내게 보여 주었다.

[여보, 일하기 싫다. 당신 보고 싶어서. 팀원들 얼굴이 전부 다 당신 얼굴로 보일 지경이야. —당신의 똥꼬 남편.]

아아악! 왜 그래! 왜 그러냐고! 강현교가 혹시 지금 나 민망해 죽으라고 일부러 이런 문자를 보낸 건가? 응? 그럴지도 몰라. 이 남자는 내 생각도 엿듣는데 무엇인들 못 하겠냐고. 나는 뜨거운 콧김을 내뿜으며 두 손으로 얼굴을 가렸다. 그와 동시에 탁미의 웃음소리가 터져 나왔다.

"하하! 하하하! 아이고, 배야. 배 아파 죽겠네…… 진짜. 야, '여보'는 또 뭐냐? 응? 아니, 강현교 이 남자…… 저번에도 추잡하게 똥꼬 어쩌고 하더니. 너희 진짜 왜 그러니? 응? 애칭도 좀 제대로 된 걸 써라, 이년아. 추잡하게 똥꼬가 뭐야."

"애, 애칭이 아니라……."

"게다가 이거였구만! 응? 그렇지?"

"뭐가……."

나는 얼굴을 가린 채 물었다. 탁미가 다시 내 뺨을 감싸고는 고개를 들게 하더니 재미있다는 듯 눈을 빛내며 물었다.

"휴대폰 전원을 끄지 못하는 이유. 그렇지?"

나는 대답하지 못하고 슬쩍 콧등을 문질렀다. 탁미의 앞에서 이런 모습을 보이는 게 어쩐지 민망하면서도 괜히 웃음이 나오려고 했다. 탁미가 그런 내 표정을 묘한 시선으로 보더니 내 휴대폰을 침대 위에 내려놓은 뒤, 피식거리며 말했다.

"야, 자랑하고 싶다고 아예 이마에 써 놓지 그러냐? 그리고 웃고 싶으면 웃어, 이년아."

"내가 뭘 자랑…… 음……."

나는 말을 잇지 못하고 잠시 입을 다물었다가 이내 실실거리며 웃었다. 아, 정말 이제는 도저히 못 참겠다. 나는 자꾸만 올라가려는 입꼬리를 억지로 끌어 내리며 다시 말을 이었다.

"결혼하자고 했어."

"누가? 강현교가? 우와, 빠르네……. 너희 사귄 지 얼마나 됐다고. 게다가 넌 지금 그 꼴로 청혼을 받은 거야?"

"아니……. 받은 게 아니라……."

"응?"

아…… 정말 쑥스럽다. 나는 머리를 긁적이며 헤에, 하고 웃고는 말했다.

"내가 결혼하자고 했어."

"뭐?"

"내가 했어, 청혼."

"……누구세요?"

"어?"

"지금 내 앞에 있는 사람, 내 친구 여호랑 맞아? 응?"

탁미가 푸하하, 웃음을 터뜨리더니 말을 이었다.

"발랑 까진 년 같으니라고. 지금껏 이 언니 앞에서 얌전한 척하더니 아주 제대로 할 건 다 하는구나? 그래, 잘했어! 아주 잘했어! 그래서? 그랬더니 강현교가 뭐라고 했어? 청혼받고 어떤 반응이었냐고? 좋아 죽지? 응? 아주 좋아 죽겠다고 하지?"

"뭐. 그렇게까지 과격한 반응은 아니었는데……."

나는 쑥스러움을 숨기며 말끝을 흐렸다. 강현교는 오늘 아침에 다녀 가면서도 다른 날과 비슷했다. 짓궂게 장난을 치고 말장난도 하며 시간을 보내다가 빈 도시락을 챙겨 출근했다. 기껏 결혼하자는 말까지 했는데 너무 무덤덤한 건 아닌가 싶어서 살짝 서운해지려는 찰나, 그가 병실을 나서려다가 나를 돌아보고 말했다.

'퇴원하면 소개시켜 줄 사람들이 있어.'

'예? 누구……'

'우리 아버지랑 누나. 그리고 어머니는 돌아가셨으니 나중에 납골
당으로 찾아뵙기로 하고.'

'……'

'그런데 혹시 모르니까 청심환은 하나 챙겨 먹어야겠다.'

'예?'

갑자기 뜬금없이 청심환 소리를 하는 강현교를 보며 고개를 갸웃거
렸지만, 그는 더 이상 말하지 않았다. 그저 내 볼에 살짝 입을 맞춘 뒤
에 병실을 나섰을 뿐. 나는 잠시 아침의 일을 되새기다가 탁미의 목소
리에 다시 정신을 차렸다.

"하여간 정말 잘됐어. 진짜 살맛 난다, 야. 이래서 살아 봐야 하는
건가 보다. 응? 여호랑이 똥차를 폐차시키더니 아주 쭉쭉 잘 나가는 외
제차로 갈아타고 말이지. 참! 그 똥차, 그거…… 지나간 일들까지 싹
고소할 수는 없을까?"

"응?"

"이번뿐만이 아니잖아, 그 새끼. 너한테 그런 거. 아주 상습범이었는
데. 안 되나? 증거가 없어서 안 되려나?"

탁미가 투덜거리며 얼굴을 찡그렸다. 나는 그저 쓴웃음을 지었다.
그러고 보면 정말 나는 어리석었다. 이렇게 자꾸 내 어리석었던 모습을
보고 싶지는 않은데 말이다.

"뭐, 어쩔 수 없지. 그 대신 내가 그 새끼 사내구실 못 하게 책임지
고……"

"그러지 마, 탁미야. 진짜 그러지 마. 너 그러다가 감옥 가면 어쩌려
고. 왜 이렇게 다들 감옥에 들어가려고 난리야."

"뭐? 그건 또 무슨 소리야?"

"현교 씨가 자꾸 무서운 소리를 해서."

내가 우물거리며 말하자 탁미가 입을 벌렸다가 다물더니 다시 인상을 쓰며 말했다.

"그게 당연한 거 아니니? 어떤 남자가 자기 여자 두들겨 팬 새끼를 그냥 놔둬? 그냥 놔두는 놈이 등신이지. 안 그래?"

"그렇지만 그러다가 감옥 가면……."

"으이구, 이 지지배야. 소심하기는."

강현교, 그 남자가 퍽이나 감옥에 가겠다. 응? 딱 봐도 견적 나오던데 뭘……. 나는 탁미의 말을 가만히 듣고 있다가 고개를 갸웃거리며 물었다.

"견적이 나오다니, 무슨 뜻이야?"

"우준석하고는 급수가 다르다고, 급수가. 수질 자체가 달라."

"응?"

"강현교가 1급수라고 한다면, 우준석은 산업 용수, 아니, 그건 그냥 폐수야. 다시 정화 작업도 불가능한 폐수."

갑자기 이 병실이 수질관리실……이 된 것 같았다. 나는 괜히 환자복 소매를 쭉 잡아당기며 고개를 숙인 채 탁미의 말을 들었다.

"그런데 그런 강현교가 충동적으로 행동해서 감옥 갈 일을 만들겠냐? 내가 볼 때 그 남자 보통 아니야. 아마 우준석을 밟더라도 뒤에서 안 들키게 제대로 밟아 놓을걸?"

"설마……."

나는 고개를 붕붕 저었다. 강현교가 설마 그럴까 싶었다. 귀엽게 쫑긋거리는 귀를 단 남자가 그런 무서운 짓을 몰래 저지른다고? 말도 안 돼. 나는 탁미를 쳐다보고 타박하듯 말했다.

"현교 씨는 그런 사람 아니야. 너, 영화를 너무 많이 봤어."

"아니긴……."

구시렁거리는 탁미의 말을 들으며 침대 위에 있던 휴대폰을 다시 집어 들었다. 그러자 기다렸다는 듯 문자가 새로 도착했다. 아, 답장 안 보냈구나……. 나는 속으로 중얼거리며 문자를 확인했다.

[이따가 퇴근길에 고기 사 가지고 갈게. 저녁 조금만 먹고 기다려.]

이 남자가 미쳤나? 병원에 고기를 사 가지고 오겠다고? 여기서 그걸 먹자고? 나는 다물어지지 않는 입을 간신히 다물고 이마를 손으로 짚었다. ……결혼하자고 괜히 그랬나? 갑자기 내 미래가 눈앞에 그려졌다.

한우와 삼겹살 속에 파묻힌 내 미래가.

"아주 좋아 죽겠냐? 저거 봐라. 머리에 꽃 하나만 달면 딱이네. 응?"

탁미가 혀를 차며 뭐라고 하는 것 같았지만 정확히 들리지는 않았다. 나는 휴대폰을 손에 쥔 채 웃음이 나오려는 것을 꾹 참았다. 이 상황에서 웃으면 안 돼! 나는 내 자신에게 간절히 외쳤다. 병실에 고기를 사 오겠다는 말에 좋다고 웃을 수는 없는 노릇이 아니겠는가.

병문안을 왔던 탁미를 배웅한답시고 병실 엘리베이터 앞까지 따라나섰다. 곧바로 병실로 되돌아가기가 싫어서 괜히 복도를 느릿느릿 거닐었다. 그러다가 병실 안에 들어온 게 조금 전의 일이다.

"아, 참…… 그러고 보니 깜빡 잊고 있었네."

창문을 통해서 햇빛이 들어오는 걸 멍하니 보고 있다가 나는 머리를 콩, 때리며 중얼거렸다. 의뢰인에게 연락을 해야 하는데 그걸 깜빡 잊고 있었다. 다시 만날 약속을 잡았던 건 아니지만, 어쨌든 일의 진행이 지체될 수 있으니 연락을 미리 하고 양해를 구하는 것은 필수였다. 나는 서둘러 휴대폰에서 강조현 언니의 번호를 찾아서 전화를 걸었다. 신호음이 몇 번 가더니 곧바로 언니의 목소리가 들렸다.

— 응! 호랑아, 언니야! 좀 어때?

"예? 뭐가 어떠냐고 물어보시는 건지⋯⋯."

설마 내가 병원에 입원한 걸 알고 물어보는 건 아닐 테고⋯⋯. 나는 괜히 오싹한 마음에 몸을 떨며 주위를 두리번거렸다. 그러자 강조현 언니가 숨을 들이쉬는 듯하더니 어색하게 하하하, 하고 웃으며 다시 말을 이었다.

— 아니⋯⋯ 날씨가 어떠냐고. 지금 내가 있는 곳 날씨가 워낙 개떡 같아서.

"어디, 지방에 내려가셨어요?"

— 응? 아니, 지금 강남에 있어.

"⋯⋯아, 예."

같은 서울 하늘 아래에 있구나⋯⋯. 나는 잠시 눈을 깜빡이다가 머리를 긁적였다. 하기야 서울이 좁은 것 같으면서도 은근히 넓으니까. 날씨도 여기는 햇볕 쨍쨍 맑은 날이지만 강남은 개떡⋯⋯ 같을 수도 있겠지.

"압구정에서 오는 길인데 날씨 진짜 좋아! 놀러 가기에 딱 좋겠더라. 넌 병실에 있어야 해서 어쩌니? 심심하겠다. 퇴원은 언제래? 아직 퇴원 날짜 몰라?"

병실 밖에서 문병을 온 듯한 누군가가 지나가면서 말하는 소리가 들렸다. 그렇구나. 압구정은 한강의 이남⋯⋯. 나는 그냥 고개를 끄덕이며 강조현 언니의 목소리에 귀를 기울였다.

— 그런데 무슨 일이야? 갑자기 전화를 해서 깜짝 놀랐어.

"아, 그게요⋯⋯. 제가 좀 사정이 생겨서요. 당분간 인터뷰 일정을 잡을 수가 없거든요. 작업도 좀 지연될 것 같고요."

넷북이라도 하나 살 걸 그랬다. 돈 아까워서 안 샀었는데, 병실에서라도 작업을 하려면 중고 넷북이라도 하나 사다 달라고 탁미에게 부탁해야 할까 싶다. 나는 탁미에게 문자라도 보내 놓을까 궁리하며 다시 말을 이었다.

"죄송해요, 언니. 어르신께도 정말 죄송하다고 전해 주세요."

어르신으로서는 하루라도 빨리 당신 자신의 자서전을 받아 보고 싶은 심정이실 텐데, 나로 인해서 그게 늦추어졌다고 생각하니 정말 죄송스러웠다. 그런 내 마음을 알아차린 것일까. 휴대폰을 통해서 부드럽게 웃는 소리가 들렸다.

— 정말 예뻐하지 않을 수가 없다니까.

"······예?"

— 다행이야, 괜찮은 것 같아서.

······응? 나는 강조현 언니의 말을 이해할 수 없어서 눈만 깜빡였다. 하지만 내가 더 생각을 이어 나갈 틈을 주지 않고 언니가 바쁘게 말을 이었다.

— 밥은 먹었니?

"예? 아······ 예."

나는 고개를 끄덕이며 대답했다. 점심으로 나온 밥이 너무 호화로워서 순간적으로 내가 병원이 아니라 호텔에 와 있는 건가, 하는 착각까지 했었다. 유명한 대학 병원이라 그런가. 나는 다시 생각해도 입이 쩍 벌어질 정도였던 점심 '만찬'을 떠올리며 가볍게 배를 두드렸다.

— 뭐든지 많이 먹어. 그래야 뼈도 잘······.

"예?"

— 아니, 뼈가 튼튼해진다고. 요즘 젊은 여자들 중에 골다공증 환자가 많다고 하잖아.

"예에······."

그러고 보니 갈비뼈가 몇 개 부러졌다고 했다. 나는 보호대를 슬쩍 손으로 만져 보면서 콧등을 찡그렸다. 이 정도면 다행이라고 해야 할까. 나는 가만히 손을 아래로 내려서 배를 감쌌다. 우준석은 내가 임신한 줄 알고 일부러 내 배를 집중적으로 걷어차고 밟았다.

'설마 문제가 생기지는 않겠지?'

순간, 덜컥 겁이 났다. 나중에라도 혹시 임신하는 데 있어서 문제라도 생기면 어쩌나, 하는 걱정이 생겼다. 나는 손톱을 깨물며 조심스럽게 입을 열었다.

"저기…… 언니."

— 응? 왜?

"하나만 여쭈어 봐도 돼요? 제가 모르는 게 많은데 여쭈어 볼 사람이 없어서요."

— 뭔데? 뭐든지 말해 봐.

쉽게 입이 떨어지지 않았다. 혹시 내 기대와는 다르게 나쁜 말을 듣게 될까 봐 무서웠다. 그렇지만 이대로 초조하게 계속 걱정하고 있는 것도 싫었다. 나는 주저하다가 다시 입을 열었다.

"혹시…… 그러니까 만약에요. 배를 얻어맞는다거나…… 그럴 경우에, 아이……를 갖지 못하게 될 수도 있나요?"

— ……아이?

"어…… 그게 갑자기 궁금해서요. 그냥 제가 궁금해서……."

나는 말끝을 흐리며 이불을 꽉 움켜쥐고는 답을 기다렸다. 하지만 강조현 언니에게서는 대답이 곧바로 나오지 않았다. 뭔가 울컥거리는 걸 참는 듯한 소리가 들린 것 같았다. 그리고 잠시 후, 언니의 목소리가 다시 들렸다. 살짝 떨리는 듯도 한 목소리였다.

— 괜찮을 거야. 나도 잘 모르지만 아마 아무런 문제도 없을걸? 박사님도 별말씀 없으셨으니까…….

"예? 박사님요?"

— 응? 아, 내가 뭐라고 했니?

"아, 아니요. 제가 잘못 들었나 봐요."

나는 고개를 절레절레 저으며 말했다. 어쨌든 괜찮을 거라는 언니의 말을 들으니 마음이 한결 편안해졌다. 사람의 마음이란 것이 참 간사하다고 할 수 있는 게 바로 이런 점 때문인지도 모르겠다. 혼자 불안해하다가도 다른 누군가의 말을 듣는 것만으로도 위안을 얻고 의지를 하게 되니 말이다. 강조현 언니가 의사인 것도 아니고 어떤 전문적인 지식을 가지고 있는 것도 아닌데…… 그냥 뭐랄까. 괜찮을 거라는 말 한마디에 정말 괜찮을 거라는 믿음이 생겼다고 해야 할까.

'혼자가 아니라 정말 좋아.'

나는 가만히 웃었다. 눈물이 나올 것만 같았다. 서럽거나 속상해서 혹은 슬퍼서 눈물이 나오는 게 아니라 정말 좋아서, 행복하고 감사해서 눈물이 나오려고 했다. 그러고 보면 내 주위에는 참 좋은 사람들이 많다. 친부모나 양부모, 우준석, 홍페니 같은 이들만 있는 게 아니었다.

나를 친딸처럼 아껴 주는 탁미의 어머니도 있고, 자매와도 같은 친구인 탁미도 있다. 또한 마치 가족 같은 옹달샘 빌라 식구들도 있고, 단순히 일 때문에 알게 된 사이인데도 이렇듯 다정한 온기를 나눠 주는 강일승 어르신과 강조현 언니도 있다. 그리고 무엇보다도…….

"언니."

— 응?

"저…… 결혼하게 될 것 같아요."

유치하다고 놀려도 상관없을 것 같았다. 그냥 자랑이란 걸 해 보고 싶은 마음이 들었다. 내가 좋아하는 사람들 모두에게 자랑하고 싶었다. 결혼한다고. 많이 사랑하는 사람이 생겨서, 그 사람이랑 평생 함께하려 한다고.

이제 정말…… 나는 혼자가 아니라고.

— ……결혼?

"예. 곧 그 사람…… 가족분들께 인사를 드리러 가기로 했어요."

— 뭐? 인사? 언제? 언제 오는…….

"예?"

뭔가 살짝 말이 이상한 것 같았는데……. 강조현 언니 역시 자신의 실수를 알아차렸는지 혀를 차더니 다시 물었다.

— 아니…… 어…… 그러니까 그 집에 언제 가는데?

이 자식이 우리한테는 얘기도 안 하고……. 강조현 언니에게서 뭔가 이를 갈며 투덜대는 소리가 들렸다. 뭐라고 하는 거지? 나는 고개를 갸웃거리다가 다시 배시시 웃으며 말했다.

"그건 아직 잘 몰라요. 그런데…… 좀 겁이 나기는 해요."

— 왜?

"제가 부족한 게 많아서요. 가진 것도 없고……. 그래서 그분들이 실망하실까 봐요."

비싼 외제차를 몰고 이름 있는 회사에서 팀장을 할 정도라면, 강현교는 분명히 가족의 기대를 받으면서 자랐을 게 분명하다. 우준석보다도 더 그랬을 것이다. 그래서 나는 조금 겁이 나기도 했다. 우준석의 어머니가 내게 했던 독설들이 여전히 내 기억 속에 있기에, 강현교의 가족 또한 나를 어떻게 받아들일지 걱정이 되지 않을 수가 없다. 그분들이 볼 때 나는 그에 비해 한참 모자랄 텐데……. 갑자기 언니의 웃음소리가 휴대폰을 통해서 새어 나왔다.

— 실망이라니. 그럴 리 있겠어?

"……하지만."

— 내가 장담하는데, 너한테 실망할 사람 아무도 없을 거야. 그러니까 걱정 말고 빨리 오기나 해.

……아무래도 언니가 '오다' 와 '가다' 의 차이를 잘 모르는 것 같다. 나는 언니의 말실수를 차마 지적하지 못하고 그저 예에, 하고 대답했다. 그래도 언니가 해 준 말 덕분인지 조금 더 자신감이 생긴 것도 같

았다.

어떤 분들일까.

강현교의 아버지와 누나가 문득 궁금해졌다. 강일승 어르신과 강조현 언니 같은 분이면 좋겠다…… 하고 생각하다가 민망해져서 내 머리를 콩, 하고 때렸다.

'나도 참…… 욕심도 많지.'

이렇게 좋은 분들이 또 어디에 있다고……. 나는 다시 언니의 말에 대답하기 위해 입을 열며 붉게 물든 뺨을 손으로 문질렀다.

"이게 다…… 현교 씨가 산 거라고요?"

"당연하지. 그럼 내가 어디서 주워 가지고 왔을까 봐?"

"이 많은 걸 전부 다?"

"많기는. 너랑 나랑 둘이 먹으면 얼마 되지도 않아. 기껏 허기나 좀 면할 정도일까."

"……."

"뭐야? 왜 그렇게 쳐다봐?"

"아니…… 갑자기 가계부 쓸 일이 걱정돼서요."

나는 고개를 붕붕 저으며 한숨을 내쉬었다. 먹기도 전에 배가 부른 기분이었다. 족발, 보쌈, 불고기, 두루치기, 오리 주물럭, 깐풍기, 등갈비, 김치찜……. 나는 강현교가 사 온 것들을 하나하나 쳐다보다가 문득 떠오른 생각에 불안한 눈으로 그를 쳐다보았다. 그가 의자를 끌어당겨 앉으며 나무젓가락을 쥐다가 나를 보고는 눈썹을 쓱 올렸다.

"혹시…… 저기, 혹시 말이에요."

"뭐가?"

"삵들은 다…… 이 정도로 먹어요?"

"이 정도라니?"

"아니, 그러니까…… 어린 삵들도 이만큼은 아니겠지만, 어, 그러니까 먹는 양이…….."

"뭐, 삵마다 다르기는 하지."

"그렇죠?"

"내가 워낙 소식하는 편이라 나보다 몇 배는 더 먹는 삵도 있거든. 자기가 돼지인 줄 아는지…….."

강현교가 혀를 차며 못마땅하다는 듯 말했다. 그 바람에 나는 입을 쩍 벌리고도 아무 말을 잇지 못했다. 더 먹는다고? 이것보다 더…… 먹어?

"뭐야, 왜 그래?"

"진짜 본인이 소식한다고 생각해요?"

"물론 네 기준으로 볼 때는 아니겠지만, 우리 쪽 기준으로 볼 때는 그렇지."

"……."

"넌 너무 비정상이야. 어떻게 그걸 먹고 움직일 수가 있는 거지? 응?"

얼른 먹어. 뭐부터 먹을래? 보쌈부터 먹을래? 강현교가 내 손에 젓가락을 쥐여 주면서 어서 먹으라며 재촉했다. 나는 얼떨결에 젓가락을 받아 들고는 그가 사 가지고 온 음식들을 보았다. 괜히 얼굴이 뜨끈해지면서 웃음이 나왔다.

"뭐야, 왜 먹지는 않고 웃어?"

"……좋아서요."

"뭐가? 어떤 게 좋아서 웃는 건데? 불고기? 두루치기? 깐풍기?"

"아니, 그게 아니라…… 나한테 이런 날이 왔다는 게 믿기지 않을 만큼 좋다고요."

꿈조차 꾸지 못했던 모습이다. 내게 이런 날이 올 거라고는 상상도 하지 못했다. 사랑하는 사람과 이렇게 함께 시간을 보내고 있다는 것 자체가 정말 꿈만 같은 일이다. 딱히 뭔가를 하지 않아도 좋다. 그냥 이렇게 함께 있기만 해도……. 그 순간 강현교가 불고기를 한 점 입에 넣으며 뚱한 표정으로 말했다.

"난 아닌데?"

"예?"

"난 아니라고."

"그러니까 뭐가 아닌지……."

나는 강현교에게 질문을 하다가 그대로 말끝을 흐리고 말았다. 그러니까…… 지금 이 남자가 내 생각을 알아듣고 거기에 대답을 한 것 같은데 말이지. 내가 방금 무슨 생각을 했더라? 나는 잠시 기억을 더듬다가 얼굴을 찡그렸다.

"싫다고요? 이렇게 함께 있는 게?"

"누가 싫다고 했어?"

"그럼 방금 한 말은 무슨 뜻인데요!"

나는 씩씩대며 젓가락을 내려놓았다. 안 먹어! 치사해서 안 먹을 거야! 얄미운 똥꼬 같으니라고! 결혼하자고 했더니 금세 이렇게 바뀐다 그거지? 내가 다 잡은 물고기인 줄 알아? 내가 계속 씩씩대고 있자, 강현교가 잠시 얼빠진 표정으로 나를 보더니 이내 키득거리며 웃기 시작했다.

"왜 웃어요! 지금 나 무시하는 거 맞죠!"

"하하, 아…… 호랑아. 너 정말 왜 이렇게 귀엽냐, 응?"

강현교가 손을 뻗더니 내 볼을 살짝 꼬집어 당겼다. 나는 심통이 난 얼굴로 강현교를 떠밀었다.

"뭐예요. 방금 전에 싫다고 해 놓고."

"누가 싫다고 했어?"

"자기가 그래 놓고……."

"어? 드디어 '자기'라고 부르기로 한 거야? 여보, 그것 봐. 좋잖아?"

"아악! 무슨 여, 여보……."

나는 순식간에 온몸에 닭살이 돋는 듯한 착각에 양쪽 손으로 팔을 문지르며 진저리를 쳤다. 그런 나를 보는 강현교의 입가에 짓궂은 미소가 매달려 있었다.

"못됐어, 진짜! 일부러 그러는 거죠? 나 놀리려고!"

"뭐가?"

"그, 그거요."

"그거, 뭐?"

"……여보!"

"응, 왜?"

아, 또 저래! 내가 자기를 부르는 게 아니란 걸 뻔히 알면서 냉큼 대답하고! 나는 콧김을 뿍뿍 내뿜으며 그를 쳐다보았다. 그러자 강현교가 픽 웃더니 손으로 내 머리를 쓱쓱 쓰다듬었다.

"여보."

"아, 진짜……."

"여보야."

"……."

"내 여보야."

"우리…… 아직 결혼한 거 아니거든요?"

강현교의 눈이 휘어진 것을 보고 있으려니 어쩐지 민망해져서 코를 훌쩍이며 웅얼거렸다. 그가 내 턱을 부드럽게 잡더니 가볍게 입을 맞췄다.

"알아."

"그런데 왜 자꾸……."

여보라고 그래요. 나는 창피한 마음에 뒷말을 삼켰다. 하지만 강현교는 내가 삼켜 버린 말까지 전부 알아들은 듯 조용히 웃으며 턱을 잡고 있던 엄지로 내 입가를 부드럽게 쓸면서 말을 이었다.

"안 그러면 꿈에서 깨어날 것 같아서."

"……예?"

"너무 좋아서, 지금 이 상황이 꿈 같아서. 그래서…… 내 스스로 꿈이 아니란 걸 확인하고 싶어서."

나는 강현교의 말을 들으며 그의 눈을 물끄러미 응시했다. 너무나 당당한 남자였다. 처음 만났을 때부터 자신감이 넘치던 남자였다. 나는 강현교를 가만히 쳐다보다가 입을 열었다.

"현교 씨도…… 내 앞에서는 겁쟁이예요?"

"응."

"……나랑 똑같이?"

"그래."

눈시울이 뜨거워졌다. 하지만 나는 눈물 대신 웃음을 터뜨리며 그의 목에 팔을 감고 매달렸다. 그러자 강현교의 팔이 내 등과 어깨를 부드럽게 감싸듯 감았다. 천하무적이 된 것만 같았다. 세상 그 무엇도 더 이상 무서울 게 없을 것도 같았다. 그러면서도 한편으로는 지금 이 모든 게 꿈일까 봐 겁이 나기도 했다. 하지만 그건 강현교도 마찬가지라고 했다. 내 앞에서는 겁쟁이라고 했다. 나처럼.

겁 많은 나처럼.

"사랑해, 호랑아."

"……응, 나도요."

"반지 주고 제대로 청혼해야 하는데, 네가 먼저 결혼하자고 하는 바람에 모양 빠졌잖아."

"앗. 왜 때려요!"

강현교가 내 이마를 톡, 하고 쳤다. 나는 투덜거리며 그의 손가락을 잡아서 앙, 하고 물어 버렸다. 그러자 강현교가 웃음을 터뜨리며 말을 이었다.

"언제 키워서 잡아먹냐…… 응? 이제 겨우 이가 나는 건가 본데."

"예에?"

"이가 나니까 무는 거 아니야?"

"아니, 이 사람이 진짜……. 나는 삵이 아니거든요?"

내가 다시 강현교를 노려보며 퉁명스럽게 말을 던지자, 그가 어깨를 으쓱이며 고개를 끄덕였다.

"누가 뭐래?"

"하여간 못됐어. 한 마디도 지지 않으려 하고."

"잘못했어요, 호랑 씨."

내 말이 끝나기가 무섭게 강현교가 귀를 양쪽 옆으로 축 늘어뜨리며 냉큼 말했다. 그와 동시에 꼬리까지 동그랗게 말며 '응? 내가 잘못했다니까?'를 연이어 말했다. ……속지 말자. 속으면 안 돼. 일부러 이러는 거 뻔히 알면서 그러지 마! 반응 보이지 마! 나는 내 마음이 외치는 소리를 가뿐히 무시하며 그의 동그랗게 말린 꼬리를 잡아 볼에 비볐다.

"좋아요. 이번만 봐주는 거예요."

"응."

볼에 닿는 꼬리가 보들보들하고 따뜻했다. 나는 꼬리의 북슬북슬한 털을 역방향으로 쓰다듬다가 헤헤, 하고 웃었다.

"현교 씨 꼬리가 번개 맞은 것처럼 변했어요."

"마음껏 갖고 놀다가 제대로 빗겨 놓기만 해."

나 참…… 내가 이게 무슨 꼴인지. 강현교는 부스스해진 꼬리를 보며 겉으로는 한탄을 하면서도 내심 기분이 좋은지 축 늘어뜨렸던 귀를 쫑긋거렸다. 나는 두 손으로 꼬리를 만지작거리다가 그의 귀를 보고 다시 입을 열었다.

"손이 네 개면 좋겠어요."

"뭐?"

"꼬리랑 귀랑 같이 만지게 말이에요."

"그거 좋겠군."

"예?"

"나도 여기저기 좀 다양하게 만지게."

아악! 이 변태! 강현교가 입꼬리를 올린 채 가늘게 뜬 눈으로 나를 위아래로 훑어보는 바람에 나는 그의 꼬리를 잡고 있던 손을 놓고는 그를 마구 떠밀었다.

— 그래서? 강현교, 그 남자가 온대?

"응. 주차하고 있다고 조금 전에 문자 왔어."

나는 환자복을 갈아입고 침대에 앉아서 다리를 앞뒤로 흔들며 탁미와 통화를 하는 중이다. 병원비 결제를 어느새 그 남자가 한 것인지 병실 담당 간호사가 처방약과 외래 진료 예약증을 가지고 조금 전에 다녀갔다. 이상하네……. 아무리 그래도 원무과에서 일단 나한테 연락이 왔어야 하는 거 아닌가? 병원비 정산 내역이 원무과에서 올라오면 그때 결제하는 걸로 알고 있는데……. 아닌가? 병원마다 다른 건가? 나는 고개를 갸웃거리며 창밖을 힐끔 내다보았다. 조금 전에 주차를 한다고 문자가 왔으니 아마 지금쯤 올라오고 있을 것이다. 나는 고개를 돌려 병실 문 쪽을 보았다. 계속 특실을 사용했으니 병원비가 꽤 많이 나왔을 텐데…….

"여기, 무이자 할부도 되는 걸까?"

— 뭐? 무슨 무이자?

"현교 씨가 결제한 것 같은데, 병원비가 꽤 나왔을 것 같아서. 너도 알다시피 내가 계속 특실에 있었잖아."

— 난 또 뭐라고……. 이 지지배야, 별걸 다 걱정한다.

탁미가 콧방귀를 흥, 하고 뀌더니 말을 이었다.

— 너는 애인이라면서 강현교가 어떤 사람인지 아직도 감이 안 잡히니? 이 답답아. 그렇게 모르겠어?

"내가 뭘 모른다고."

너야말로 그 남자가 삵인 줄도 모르면서. 나는 속으로 중얼거리며 입을 삐죽였다. 참! 그러고 보니까 강현교의 가족 역시 삵이라는 거잖아? 저절로 눈이 휘둥그레 커졌다. 갑자기 온 가족의 머리 위에서 쫑긋거리는 귀가 눈앞에 보이는 것 같았다. 동그란 귀, 보슬보슬한 털, 통통하고 북슬북슬한 꼬리. 오, 맙소사. 전부 다 보인다면…….

"얼마나 귀여울까."

— 뭐라고? 뭐가 귀엽다고?

"어? 아니야. 아무것도. 아! 전화 끊어야겠어, 탁미야."

현교 씨 왔어. 나는 병실 문 쪽을 보며 황급히 속삭이듯 말하고는 전화를 끊었다. 그러자 문에 기대어 선 채 팔짱을 끼고 있던 강현교가 피식 웃으며 입을 열었다.

"통화 다 했어?"

"어? 아아……. 예."

언제 왔어요? 들어온 줄도 몰랐는데. 내가 눈을 깜빡이며 묻자 강현교가 싱긋 웃더니 말을 이었다.

"네가 우리 집 식구들 귀랑 꼬리 상상할 때."

"예에?"

나는 무심코 고개를 끄덕이며 대답하다가 뒤늦게 얼굴을 붉히고 말았다. 아, 왜 하필이면 그때 들어왔냐고요. 나는 얼굴을 찡그리며 그의 눈치를 슬슬 살피다가 조심스럽게 물었다.

"기분 나쁘지는 않았어요?"

"내가? 왜?"

"내 마음대로 상상하고 귀여울 것 같다고 그래서. 어쨌든 현교 씨의 아버지랑 누나인데……."

"뭐, 귀엽지는 않은데 귀엽다고 하니까 듣는 입장에서는 좀……. 네가 몰라서 그렇지, 아버지나 누나는 전혀 그런 귀여운 것과는 거리가 멀어서 말이야. 어쨌든 그래도 기분 나쁠 것까지는 없었어."

"귀여울 것 같은데."

"별로."

"현교 씨랑 닮지 않았어요? 그 귀랑 꼬리."

"닮긴 했겠지만…… 어쨌든 안 귀여워! 안 귀엽다고!"

대체 내가 왜 애인이 있는 병실에 들어오자마자 우리 아버지랑 누나가 귀엽다느니 귀엽지 않다느니, 하는 문제를 논하고 있어야 하는 거냐고! 강현교가 못마땅한 얼굴로 버럭 소리를 질렀다. 나는 푸훗, 하고 웃음을 터뜨리고 말았다. 그의 꼬리가 팽팽하게 위로 올라간 모습이 귀여워서 참을 수가 없었다.

"휴우……. 아무래도 호랑이 너, 나중에 우리 가문의 주치의를 좀 만나서 진료를 받아 보는 편이 낫겠어."

대체 이 꼬리가 어떻게 귀여워 보일 수 있지? 이 탐스럽고 우아한 꼬리가 그렇게 보인다니. 강현교는 자존심이 상한다는 듯 구겨진 표정으로 투덜거렸다. 나는 침대에 걸터앉아 있는 자세 그대로 손짓을 해서 그를 불렀다.

"그 손짓은 뭐야? 꼭 애완견 부르는 것 같잖아."

강현교는 투덜대면서도 순순히 내 손짓에 응했다. 나는 바로 앞까지 다가온 그를 빤히 올려다보다가 두 팔로 그의 허리를 끌어안았다. 폭신한 느낌은 아니었다. 오히려 탄탄하다면 모를까. 그런데도 어쩐지 폭신폭신한 뭔가를 끌어안고 있는 기분이 들었다.

"내가 스펀지냐? 폭신폭신하기는……."

"그래서 싫어요?"

"누가 싫다고 했어? 그냥 말이 그렇다는 거지."

금세 깨갱거리며 강현교가 말끝을 흐렸다. 순한 내 고양이. 아니, 순한 내 삶. 나는 가만히 그의 허리에 고개를 묻은 채 웃었다. 다른 사람들한테는 차갑고 냉정해 보이지만, 내게는 늘 다정하고 따스하다. 누구에게든 지지 않을 것 같은 남자가 내게는 한없이 너그럽고……. 문득 신기하다는 생각이 들었다. 그날, 최악의 악몽 같았던 날, 이 남자를 만나지 못했더라면 내 삶은 어떤 모습으로 변했을까.

"어떤 모습으로 변하긴……. 조금 늦춰지기는 했겠지만 어차피 나랑 만났겠지."

"그렇게 생각해요?"

"당연하지. 내가 내 반려도 못 찾아냈을 것 같아?"

"반려를 찾을 생각도 없었다고 했던 사람이 어디 사시는 누구시더라."

"꼭 그런 것만 기억하지, 응?"

"아, 아파요!"

강현교가 아프지 않게 내 머리를 콩, 하고 때렸다. 나는 일부러 엄살을 부리며 그의 허리에 대고 얼굴을 비볐다. 얼굴을 비빌 때마다 그의 복근이 움찔거리는 느낌이 재미있어서 나도 모르게 시간 가는 줄도 모르고 계속 비비고 있을 때였다.

"이 여자가 겁도 없이 자꾸 자극 줄래? 응?"

갑자기 강현교가 끄응, 하는 소리를 내더니 내 어깨를 잡고는 밀어 냈다. 그 바람에 나는 졸지에 뭔가를 빼앗긴 기분이 들어서 울상을 짓고 말았다. 그러자 강현교가 혀를 차더니 다시 내 이마를 손가락으로 톡, 치며 말을 이었다.

"이 아가씨야, 결혼도 하기 전에 홀라당 잡아먹히고 싶어?"

"누가 육식동물 아니랄까 봐."

"어쭈, 이제 말대답도 꼬박꼬박 하지?"

"이렇게 만든 게 현교 씨잖아요."

이제 와서 치사하게 뭐라고 하고……. 나는 웅얼거리며 계속 대꾸를 하다가 픽, 웃고 말았다. 강현교 역시 낮게 웃더니 내 머리카락을 손에 쥐고 만지작대다가 다시 말을 이었다.

"앞으로 더 까불어도 돼."

"현교 씨 앞에서는?"

"응. 아니, 내 앞에서뿐만 아니라 다른 사람들 앞에서도 막 까불어도 괜찮아."

"내 버릇만 나빠지게 하네요."

"버릇 좀 나빠져도 됩니다, 호랑 씨는."

강현교가 피식 웃으며 내 콧등을 톡, 하고 건드렸다. 나는 콧등을 찡 그리고는 침대 아래로 내려섰다. 그러자 곧바로 강현교가 내 팔을 잡으며 타박하듯 말했다.

"좀 조심하시죠? 갈비뼈 부러지신 분께서 이렇게 막 움직이셔도 됩니까? 예? 자꾸 이러면 집에다가 목줄을 채워 놓을까 보다."

"내가 애완견이에요?"

나는 투덜거리면서도 배시시 웃었다. 기분이 좋았다. 잘못 움직일 때마다 옆구리와 가슴이 뻐근하고 아플 때가 있지만, 그건 아무렇지도 않았다. 부러진 뼈는 붙으면 그만이다. 다 나을 때까지 아프기는 하겠지만, 그래도 어쨌든 상처는 낫는다. 물론 부러졌던 부분에는 흔적이 남을 수도 있다. 하지만…….

"다 챙겼으면 나가자."

이렇게 내 손을 잡아 주는 사람이 있으니까 이제는 괜찮다. 그래, 정말 괜찮다고 말할 수 있다. 나는 조용히 웃으며 그의 손을 맞잡았다. 큼직한 손이 힘을 주어 내 손을 끌어당겼다. 든든한 게 이런 거로구나. 나는 병실을 나서기 전에 다시 뒤를 돌아보았다.

햇살이 침대 위에 가득 쏟아지고 있었다.

"저…… 저게 대체……."

나는 말을 잇지 못했다. 강현교가 힐끔 나를 돌아보더니 아무렇지 않은 투로 입을 열었다.

"색깔이 좀 촌스럽기는 하지? 그래서 내가 분홍색 대신 연두색으로 바탕색을 하자고 했는데 옹달샘 회장님이 강력하게 분홍색을 주장하셔서 말이야."

"분홍색이든 연두색이든 둘 다 싫어요! 저게 대체 뭐예요!"

《(경) 여호랑 퇴원! 갈비뼈 어서 붙어라! (축)》이라고 쓰여 있는 현수막이 옹달샘 빌라 옥상에서 힘차게 휘날리고 있었다. 나는 두 손으로 얼굴을 감싸고 말았다. 창피해! 저 현수막을 동네 사람들이 다 봤을 거잖아! 나더러 어떻게 얼굴을 들고 다니라고! 이사 가라는 건가? 부들부들 떠는 내 어깨를 다독이더니 강현교가 다시 말을 이었다.

"이렇게 좋아할 줄 알았으면 병원에도 하나 걸어 놓을 걸 그랬네."

"미쳤어요!"

나는 강현교의 말에 경악해서 다시 고개를 들었다. 그리고 강현교의 짓궂은 미소와 마주했다. 일부러 나 놀리려고 그랬구나. 나는 입을 삐죽이며 눈을 흘겼다.

"하여간 나 놀리는 재미로 살죠? 지금껏 재미없어서 어떻게 살았나 몰라."

"그러게. 이렇게 놀리는 재미가 쏠쏠한 줄도 모르고, 빡빡하게 살았지."

강현교가 눈웃음을 치며 내 쪽으로 몸을 숙이더니 안전벨트를 풀어 주었다. 가까이 다가온 그에게서 청량한 향기가 났다. 왜 그런지 그 향기를 맡자마자 가슴이 뛰었다. 그리고 나도 모르게 머릿속에서 온갖 생각들이 데굴데굴 구르듯 돌아다녔다.

오, 맙소사. 나한테 음란마귀가 씌었나 봐!

"다 됐어. 이만 내리…… 왜 그래? 어디 아파?"

"아, 아니요! 아무것도 아니에요!"

강현교가 다시 제자리로 몸을 움직이는 동시에 숨을 내쉬며 고개를 마구 저었다. 그나마 다행인 것은 지금 내가 한 생각을 강현교가 알아차리지 못했다는 것이다. 나는 침을 꼴깍 삼키며 서둘러 문을 열었다.

미쳤어. 내가 정말 미쳤나 봐. 왜 야한 생각이 막 떠오르는 거냐고!

나는 얼굴이 빨갛게 된 것을 숨기며 황급히 차 밖으로 발을 내디뎠다. 그 순간, 우렁찬 목소리가 들렸다.

"호랑이 아가씨가 도착했어요, 회장님! 어이, 도돌아! 어서 할머니한 테도 알려 드려!"

"예! 누나, 어서 와!"

"어? ……어어."

범 사장님의 목소리에 이어서 돌희의 목소리가 들렸다. 나는 돌희가 빌라 안으로 뛰어 들어가는 걸 멍하니 보다가 뒤늦게 범 사장님을 향해 인사를 했다.

"안녕하…… 아야, 안녕하셨어요, 범 사장님."

"허허, 호랑이 아가씨. 조심해야지. 갈비뼈가 몇 대는 똑 부러졌다면서. 허리 숙이고 인사 안 해도 되니까 조심 좀 해. 응?"

"아…… 하하. 예."

나도 모르게 허리를 숙여 인사를 하려다가 어정쩡한 자세로 웃었다. 그사이에 강현교가 차에서 내려 내 쪽으로 오더니 혀를 차며 내 어깨를 감쌌다.

"하여간 조심하라니까. 너 자꾸 돌멩이처럼 굴래?"

"미안해요."

나는 시무룩한 표정으로 대답했다. 스스로 생각해도 내가 한심해 보였다. 갈비뼈 부러진 걸 그새 잊고 움직이다니. 현수막 걸려 있는 걸 봤을 때보다 더 창피한 마음이 들었다.

"그렇다고 뭘 그렇게 주눅 들어 있어?"

강현교가 못마땅한 듯 타박하더니 허리를 숙여 내 얼굴을 들여다보았다. 걱정스러운 듯이 쳐다보는 그의 눈과 마주쳤다.

"많이 아파?"

"아니요. 그냥 조금."

"일단 들어가자. 저희 들어가 봐도 되겠습니까?"

강현교가 다시 내 팔을 붙잡으며 부축을 하더니 범 사장님에게 입을 열었다. 범 사장님은 숱 적은 머리를 손으로 빗으면서 나와 강현교를 번갈아 쳐다보다가 고개를 끄덕이고는 손을 휘저었다.

"그렇게 해. 어서 들어가. 호랑이 아가씨 얼굴도 창백한데, 아무래도 축하 파티는 좀 미뤄야겠구먼."

뭐? 축하 파티? 나는 순간적으로 아찔해지는 정신을 다잡으며 하하, 하고 억지로 웃었다. 축하 파티까지 한다고 하면 정말 이사 갈 거야. 이사 갈 거라고! 내가 속으로 마구 외쳐 대고 있는데 옆에서 키득거리는 소리가 들렸다. 하지만 내가 옆을 돌아보자 강현교는 언제 키득거렸나 싶게 얌전한 얼굴로 내 어깨를 감싸며 말했다.

"그럼 들어가 보겠습니다."

"어, 그려! 어서 들어가서 쉬어. 뼈 부러진 사람 붙잡고 내가 너무 오래 있었나 보네."

"아니요. 괜찮아요."

"응? 괜찮다고? 그럼 축하 파티를……."

내가 습관적으로 괜찮다고 말하기 무섭게 범 사장님이 눈을 빛내며 다시 입을 열었다. 무서워. 사장님 왜 저래……. 내가 말을 잇지 못하는 찰나, 강현교가 갑자기 나를 향해 다급한 어조로 말을 꺼냈다.

"왜? 또 아파? 그것 봐. 자꾸 아프면서 뭘 괜찮다고 그래?"

"아, 예……."

"괜찮은 게 아니었구만. 쯧쯧, 어서 들어가."

범 사장님이 김샜다는 듯한 표정으로 아쉬운 듯 입맛을 다시더니 손을 휘젓고 비탈길을 내려가기 시작했다. 나는 잠시 범 사장님의 뒷모습을 바라보다가 고개를 돌려 강현교를 바라보았다. 강현교가 싱글거리며 웃더니 뿌듯한 얼굴로 말했다.

"나 잘했지?"

그의 꼬리가 칭찬해 달라는 듯 살랑거렸다.

겨우 며칠 만인데도 집에 들어가려니까 느낌이 이상했다. 뭔가 낯선 곳에 들어가는 기분이라고 해야 할까. 어색한 마음에 뺨을 문지르며 현관에 들어서다가 나도 모르게 주춤거렸다. 이게 대체…… 황망한 마음을 감추지 못하고 뒤를 돌아보았다. 강현교가 현관문을 닫다가 나를 보더니 씩 웃으며 뿌듯한 표정으로 말했다.

"마음에 들어?"

"……."

"밤새 나 혼자 꾸민 거야."

"아…… 그래요?"

"응. 놀랐나 보구나. 내가 뭐, 이런 재주도 있거든."

어때? 당신 남자, 꽤 능력 있지? 강현교가 우쭐거리더니 내게 신발을 벗고 들어가라고 재촉했다. 나는 다시 뻣뻣해진 목을 돌려 집 안을 보았다. ……울고 싶어라. 나는 우울해지려는 얼굴을 애써 숨기며 신발을 벗고 안으로 들어갔다. 알록달록 형광색의 퇴원 축하 플래카드는 그렇다고 치자. 대체 저 이상한 속옷 세트는 왜 벽에 걸려 있는 것이고! 아아악! 게다가 웬 호, 호피 무늬야! 그리고 천장을 가득 채우고도 부족해서, 뚫고 우주로 날아갈 듯한 풍선 더미는 또 뭐고…….

"잠도 안 올 것 같아……."

갑자기 기운이 다 빠져 버렸다. 그러다가 도저히 참을 수 없어서 성큼성큼 걸어가 벽에 걸려 있던 속옷 세트를 내렸다. 어느새 내 등 뒤로 다가온 강현교가 나를 뒤에서 끌어안더니 웃으며 말을 건넸다.

"예쁘지? 너한테 어울릴 것 같아서 사 왔어."

"……."

"왜 아무 말도 없어? 응?"

너무 감격해서 말이 안 나와? 하하, 하고 웃으며 강현교가 내 볼에 입을 쪽 맞췄다. 기가 막혀서 말이 안 나옵니다만……이라는 말이 목구멍 위까지 올라왔지만, 나는 그저 한숨만 작게 내쉰 뒤에 그를 돌아보았다. 보들보들한 귀가 동그랗게 솟은 채 앞뒤로 움직이고 있었다. 마치 신나서 어쩔 줄 모르는 아이처럼 말이다.

혼자 이곳을 이렇게 꾸미고 있었을 강현교를 떠올려 보았다.

밤새 나름대로 내가 퇴원하는 것을 축하해 주겠다고 색종이를 오려 붙이고 플래카드를 달아 놓고 풍선을 하나하나 공중에 띄우고 낯부끄럽게 만드는 속옷 세트를 구입해서 보란 듯 벽에 걸어 두고…….

다른 사람들이 보았더라면 나더러 거짓말도 적당히 하라고 했을 법한 행동이었다. 강현교의 날카롭고 냉정해 보이는 외모만으로 보면 정말 믿을 수 없는 일이기도 했다. 그렇지만 내게는 이 남자의 이런 모든 행동들이 전부 현실이었다. 믿을 수 없게도 말이다.

"……혹시 마음에 안 들어?"

강현교의 귀가 축 늘어졌다. 그 모습에 웃음이 나왔다. 나는 고개를 붕붕 젓고는 웃으며 말했다.

"아니. 정말 마음에 들어요. 마음에 쏙 들어."

"진짜?"

"응."

나는 고개를 힘차게 끄덕였다. 그러자 강현교의 귀가 다시 쫑긋 일어서더니 바쁘게 좌우로 움직였다. 나는 그런 강현교를 가만히 쳐다보다가 그의 허리를 끌어안았다.

두근두근, 가슴이 뛰었다.

"……있잖아요, 현교 씨."

"응."

"내가…… 진짜 많이 사랑해요."

강현교가 말없이 나를 힘주어 끌어안았다. 옆구리에서 조금 아릿한 통증이 퍼지는 것 같았지만 그래도 괜찮았다. 그냥 이렇게 계속 안고 있어도 좋을 것 같았다. 나는 그에게 폭 파묻히다시피 안긴 채 계속 말을 이었다.

"우리 집에서 나랑 계속 같이 살 거죠?"

"당연하지."

"아이도 낳고?"

"물론."

"아, 맞다. 나 그거 궁금했는데."

깜빡 잊고 물어보지 못했어요. 나는 강현교에게 안겨 있다가 다시 팔을 풀고는 그를 향해 질문을 던졌다.

"새끼 삵…… 아니, 아기 삵도 많이 먹어요?"

"뭐?"

"아무래도 우리 생활비를 좀…… 더 정확하게 말하자면 식비가 얼마나 될지, 그걸 좀 파악해 봐야 할 것 같아서요."

내가 너무 앞서 나간 걸까. 하지만 정말 걱정되는 문제라고. 결혼하자마자 혹은 아이를 낳자마자 빚더미에 앉을 수도 있는 거잖아? 이건 진짜 심각한 문제란 말이야. 그게 물론 식비 때문이라고 하면 좀 웃기기는 하겠지만……. 내가 속으로 중얼거리고 있는데 강현교가 한숨을 내쉬다가 웃음을 터뜨렸다.

"내가 정말 호랑이 너 때문에 미치겠다니까."

"뭐가 나 때문이라고요……."

나는 웅얼거리며 그의 눈치를 슬쩍 살폈다. '그러니까 많이 먹는다는 거야? 아니라는 거야? 왜 대답을 안 하는 거야?' 하고 속으로 투덜거리며.

24
주연으로서의 삶

"후…… 후우, 괜찮아. 괜찮을 거야."

나는 거울을 보며 계속 나를 향해 다짐하듯 말했다. 하지만 말과는 다르게 내 다리는 마치 개다리 춤이라도 추듯 덜덜 떨리고 있었다. 이런 건 초등학생 때도 춘 적이 없던 거라고! 떨지 마! 개다리 춤 추지 마! 나는 허리를 숙이고 무릎을 꽉 손으로 잡았다. 그래도 별로 소용이 없는 것인지 떨림은 쉽게 멋으려고 하지 않았다.

"이래서 현교 씨가 청심환을 먹으라고 했나 봐."

나는 변기 위에 걸터앉은 채 심호흡을 하며 중얼거렸다. 청심환을 미리 먹겠냐고 묻는 강현교에게 괜찮다고 말했던 게 후회가 될 지경이었다.

"안 되겠어. 청심환 좀 달라고 해야지."

나는 욕실 문을 열며 중얼거렸다. 오늘은 강현교의 가족에게 인사를 하러 가기로 한 날이다. 그래서 새벽까지 잠을 못 자고 설친 탓에 머리도 아프고, 긴장을 해서 그런지 배도 살살 아프고, 몸 상태가 완전히 바닥인 것 같았다. 이러다가 강현교의 본가에 가기도 전에 기절할 판이다.

"안 돼. 절대 그러면 안 돼."

나는 고개를 절레절레 저으며 욕실 밖으로 나갔다. 강현교가 베란다 쪽에서 등을 보인 채 서 있는 게 보였다.

"현교 씨, 나 청심……."

그가 누군가와 통화를 하고 있는지 휴대폰을 귀에 대고 있는 게 뒤늦게 보였다. 나는 말을 하다가 황급히 그대로 입을 다물었다. 모처럼 휴일인데도 뭔가 바쁜 일이 있나 보다. 나는 살금살금 그의 뒤쪽으로 걸어갔다. 아까 이 남자가 청심환을 어디에 두었더라…….

"홍보실에서 각 언론사에 간단히 보도 자료를 배포하게 될 겁니다. 이번 감사에서 드러난 홍 상무의 배임 혐의에 대해서……. 아, 아닙니다. 막을 필요 없으니 지금 내가 지시한 대로 진행하십시오. 오히려 최대한 홍 상무의 개인적인 문제점을 부각시키는 쪽으로 하시죠. 그리고 그룹 차원에서……."

홍 상무? 그러고 보니 페니의 아버지가 상무라고 했던 것 같은데……. 에이, 동명이인……. 아니다, 이 경우에는 성씨만 같은 사람이겠지. 나는 다시 관심을 끄고는 꼼지락거리며 서랍장을 열었다. 청심환이 여기 어디에 있었던 것 같은데…….

"……그자가 국선을 선임했다고요? 뭐, 그럴 법도 하겠군요. 홍 상무는 지금 자기 일만으로도 벅찰 테니 더 이상 자신이 끌고 왔던 폭탄을 위해 돈이든 시간이든 버릴 여유가 없겠죠. 하고 싶은 대로 하게 내버려 두세요. 어차피 그쪽이 법대로 처벌받는 건 내가 알 바 아니니까."

대체 청심환을 어디에 둔 거지? 나는 콧등을 찡그리며 서랍 깊숙한 곳에 손을 넣어 더듬어 보았다.

"그래요. 슬슬 그 작자의 가족 주변으로 작업 들어가세요. 아, 그리고 그 부부 말입니다. 예, 그 사람들. 내가 지시했던 대로 밑밥을 깔았습니까? 좋습니다. 서두를 건 없어요. 어차피 두고두고 갚아 줄 생각이니까. 죽는 것보다 더 괴로운 삶도 있다는 걸 가르쳐 줘야죠. 그리고 본인들이 감히 누구를 건드렸는지……."

그 순간 강현교가 뒤를 힐끔 돌아보았다. 나는 서랍장의 구석진 곳에 손을 뻗어 더듬어 보다가 그와 눈이 마주쳐서 어색하게 웃었다. 마치 도둑질이라도 하다가 들킨 기분이었다. 강현교가 다시 들고 있던 휴대폰에 대고 말을 이었다.

"나머지 얘기는 나중에 다시 하죠. 이만 끊겠습니다. ……거기서 뭘 하고 있는 거야?"

"어…… 통화 다 했어요?"

"그래."

"많이 바쁜가 봐요. 휴일인데도 계속 통화하고. 뭐, 낚시 얘기도 하고……."

"응? 낚시라니?"

"좀 전에 밑밥, 어쩌고 하지 않았어요? 그렇게 들은 것 같은데?"

강현교가 내 말을 듣더니 잠시 멍한 표정으로 눈만 끔뻑였다. 나는 어리둥절한 얼굴로 그를 빤히 쳐다보았다. 뒤늦게 강현교가 헛기침을 하더니 몸을 휙 돌렸다. 그러고는 부들부들 떨었다. 응? 왜 저러지?

"현교 씨, 왜……."

"아무것도 아니야. 아, 그나저나 서랍장은 왜 뒤지고 있었던 거야?"

강현교는 다시 나를 돌아보더니 곧바로 내 시선을 피하며 다가왔다. 나는 강현교의 행동을 이해할 수 없어서 잠시 쳐다보다가 대답했다.

"청심환 먹으려고요."

"청심환? 아까는 괜찮다더니?"

"괜찮기는 하지만, 뭐…… 그냥 먹어 보려고요."

나는 볼을 부풀리며 괜한 허세를 부려 보았다. 어차피 강현교에게 고스란히 들킬 게 뻔한 허세일 테지만, 그래도 그의 앞에서 약한 모습만 보이고 싶지는 않았다. 음…… 지금까지 보여 준 것만으로도 넘쳐 나니 말이다. 이제는 조금이라도 더 씩씩하고 당당하고 자신감 있는 모습을 보여 주고 싶다.

"아, 해 봐."

그런 내 생각을 들은 것인지 강현교가 눈을 휘며 웃더니 내 앞에 쭈 그리고 앉아서 말했다. 나는 그가 시키는 대로 아, 하고 입을 벌렸다. 그가 어디서 꺼낸 것인지 청심환 하나를 내 입에 쏙 넣어 주었다.

"으…… 맛없어."

나는 얼굴을 찡그리며 투덜거렸다. 그래도 청심환 덕분인지 긴장되었던 몸은 한결 풀어진 것도 같았…….

"약효가 그렇게 빠르지는 않아요, 여호랑 씨. 이거…… 저번에도 비슷한 일이 있었던 것 같은데. 그렇지? 막걸리 마셨을 때 말이야. 그때도 숙취 해소 음료를 마시자마자 그랬었잖아. 하여간 그렇게 뭐든지 덥석 믿어 버리면 어쩌자는 거냐고, 이 아가씨야. 응?"

나는 뚱한 표정을 지으며 그냥 입을 다물었다. 그의 말에 뭐라고 반박이라도 하고 싶은데 딱히 반박할 말이 생각나지 않았다. 그래서 아무 말도 하지 않고 입 안에 있던 청심환을 씹어 먹기만 했다.

"참! 그런데 어머니도 삵이셨어요?"

"누구…… 내 어머니?"

"예."

나는 고개를 끄덕이며 강현교를 쳐다보았다. 그가 힐끔 나를 보더니 다시 앞을 보며 부드럽게 핸들을 돌렸다. 음…… 현교 씨 집도 이 근

413

처인가? 그럼 현교 씨 집도 엄청 부자인 거야? 설마 그렇게 부자인 집이 또 있으려고. 나는 몇 번 와 봐서 익숙한 길을 보며 고개를 갸웃거렸다. 그 순간, 강현교의 목소리가 들렸다.

"어머니는 인간이셨어. 너처럼."

"그래요?"

"삵끼리는 교합하는 게 금기시되어 있거든."

"왜요?"

"아무래도 우리 일족의 개체 수가 많이 줄어들어서 근친의 위험이 크다는 이유로."

"아…… 그렇구나."

나는 강현교의 말에 납득을 하며 고개를 끄덕였다. 그러고 보니 삵은 멸종 위기 동물이었던 것 같은데……. 나는 안쓰러우면서도 한편으로는 대견한 눈으로 강현교를 보았다. 강현교가 내 시선을 느꼈는지 힐끔 나를 보고는 물었다.

"뭐야? 왜 그런 눈으로 봐?"

"그래도 참…… 잘 컸다 싶어서요."

"뭐?"

나는 맑게 웃었다. 강현교가 투덜거리는 소리가 들렸지만 그 소리마저도 괜히 좋았다. 삵이 인간들 틈에 섞여서 이렇게 적응하고 산다는 걸 어느 누가 상상이나 할 수 있을까. 나는 작게 웃음을 터뜨렸다. 그러다가 문득 떠오른 궁금증에 다시 그를 향해 물었다.

"어, 그러면 현교 씨 어머니는 인간이니까 그 귀랑 꼬리가 없었을 거잖아요."

"그렇지."

"그런데 왜 어린이집 갈 때까지 몰랐어요? 네 살 때, 어린이집 가서 처음 알았다면서요. 그래서 울었다고 했잖아요."

"아…… 그거?"

강현교는 나직하게 웃었다. 빨간불이 들어와서 그는 천천히 차를 세웠다. 횡단보도를 건너는 사람들을 잠시 쳐다보다가 나를 보고는 싱긋 웃으며 말을 이었다.

"어머니가 나를 위해서 그때까지 귀랑 꼬리를 달고 사셨거든."

"예?"

그건 무슨 말인가요? 설마 그 귀랑 꼬리를 떼었다가 달았다가 마음 대로 할 수 있는 건가요? 무슨 포스트잇도 아니고……. 내가 경악한 눈으로 쫑긋거리는 그의 귀를 쳐다본 순간, 강현교가 웃음을 터뜨리더니 다시 차를 출발시켰다. 그리고 너무나 익숙한 길로 접어들었다. 우와, 진짜 이 동네에 사는 거야? 강일승 어르신이랑 이웃사촌인가 봐!

"포스트잇이라니. 내가 진짜 너 때문에 미친다니까."

"아니…… 그게 그렇잖아요."

내가 우물거리며 말을 하자 강현교가 재미있다는 듯 웃고는 조금 더 자세하게 설명했다.

"삶의 귀가 달려 있는, 그러니까 모형 귀가 달려 있는 머리띠를 항상 하셨어. 꼬리 역시 주문 제작한 모형을 벨트와 연결해서 항상 착용하셨고."

"왜 그러셨는데요?"

"누나가 어머니와 자기가 다르다는 걸 깨달았던 날, 엄청 울었다고 하더라고. 엄마는 왜 귀가 이상하게 생겼냐고. 왜 꼬리가 없냐고. 어디 아픈 거냐고. 그래서 나만큼은 상처받지 않게 해 주고 싶으셨나 봐. 조금 더 내가 자라서 그런 차이를 아무렇지 않게 받아들일 수 있게 될 때까지."

"……정말 좋은 분이셨네요."

"응."

나는 가만히 입을 다물었다. ……어머니는 그런 존재인가 보구나. 자식을 위해서라면 무엇이든지 해 줄 수 있는 존재. 나는 고개를 살짝 숙인 채 입을 열었다.

"부러워요."

"응?"

"나, 못됐죠? 이런 얘기에 고작 한다는 소리가 부럽단 말이라니."

나는 코를 훌쩍이며 다시 입꼬리를 올리려고 노력했다. 하지만 가슴 속 어딘가가 먹먹해진 탓에 입꼬리는 쉽게 올라가려 하지 않았다. 그 순간, 차가 멈췄다. 하지만 나는 내릴 생각도 하지 못하고, 밖을 내다 볼 생각도 하지 못한 채 말을 이었다.

"나는요. 현교 씨의 어머니처럼 그런 좋은 엄마가 될 수 없을 거예요. 상상도 못 했어요, 그런 거……. 아이가 상처받을지도 모르니까 그렇게 행동해야 한다는 거. 그런 거 전혀 알지도 못했거든요."

"호랑아."

울지 않으려고 했는데 눈물이 쏟아졌다. 강현교가 안전벨트를 풀더니 곧바로 나를 끌어안았다. 그에게 미안한 마음이 앞섰다. 결혼하자고 해 놓고 혼자 들뜬 마음에 취해서, 내가 그에게 과연 좋은 아내가 될 수 있을지, 내가 아이에게 과연 좋은 엄마가 될 수 있을지에 대해서 전혀 생각하지 못했다.

덜컥 겁이 났다. 친어머니에게 버림받았고 양어머니에게도 버림받았다. 그런 내가 제대로 된 엄마가 될 수 있을까? 어머니의 사랑이 무엇인지 알지도 못하는 내가 과연 한 아이의 엄마로서 그 역할을 할 수 있을까?

물론 내 주변에도 탁미의 어머니가 있었다. 그분은 내게 친어머니와도 같은 분이었다. 하지만 그렇다고 해서 탁미의 어머니가 내 엄마일 수는 없었다. 나는 탁미처럼 어머니에게 장난을 치거나 농담을 할 수 없었고, 대들거나 싸울 수도 없었다. 그것이 탁미와 나의 차이점이었다. 그리고 그것은 결코 같을 수 없는 우리의 위치에서 비롯된 것이기도 했다. 엄마가 있는 입장과, 어머니 같은 분이 있는 입장은 결코 같을 수 없는 것이다.

"미안해요, 현교 씨."

"미안하다는 말 하지 마."

"그렇지만……."

"그리고 네가 왜 좋은 엄마가 되지 못할 거라고 생각해? 이것 보세요, 아가씨. 편견 좀 버려요. 예? 아버지가 지금도 눈 부릅뜨고 살아계시는 나 같은 놈은 뭐, 그럼 좋은 아빠가 된다고 보장되는 건가? 응? 부모가 있다는 게 무슨 보장성 보험도 아니고."

"하지만 없는 사람보다는 아무래도 있는 사람이……."

"그 편견 좀 버리라니까 말 참 안 듣네, 이 아가씨. 엉덩이를 두들겨 줄 수도 없고 말이야."

강현교가 내 머리를 쓰다듬으며 나직하게 말했다. 그리고 다시 내 양쪽 뺨을 감싼 채 내 눈을 들여다보며 말을 이었다.

"넌 좋은 엄마가 될 거야. 내가 보장할게."

"……현교 씨."

"좋은 아내도 될 거고."

그의 다정한 눈에 담긴 웃음이 좋다. 그의 따스한 눈에 담긴 내가 좋아질 것도 같다. 나는 강현교의 눈 속에 비친 나를 물끄러미 응시했다. 좋은 아내가 될 수 있을까. 좋은 엄마가 될 수 있을까. 나는 확답을 할 수 없다. 미래는 알 수 없는 법이다. 지금 내가 아무리 자신만만하게 그렇다고 대답하더라도 그것은 나 혼자만의 착각일 수 있는 것이다. 하지만…….

"그럴게요."

나는 다시 그에게 매달리듯 안기며 중얼거렸다. 그가 보장한다고 했다. 이 남자가 그럴 거라고 말해 주었으니까…… 나는 강현교의 말을 믿는다. 내가 좋은 엄마가 될 거고 좋은 아내도 될 거라고 말했으니까, 나는 그렇게 될 것이다. 강현교가 하는 말은 무조건 다 믿는다. 효과 빠른 숙취 해소 음료나 청심환 따위는 없을지 모르지만, 효과 빠른 강현교는 바로 지금 내 앞에 있으니까.

"이제는 아예 나를 건강기능식품 정도로 취급하는 거야?"

강현교가 투덜거리더니 내 입술에 가볍게 입맞춤을 했다.

그런데 지금 내 눈앞에 보이는 이 집은…….

"어…… 그런데 여기가 왜……."

나는 혼란스러운 머릿속을 정리할 틈도 없이 강현교가 초인종 누르는 것을 그저 바라볼 수밖에 없었다. 익숙한 동네로 들어온 것까지는 신기하다고 생각했는데, 지금 이 상황은 대체 어떻게 받아들여야 하는 거지? 나는 내가 눌렀던 초인종을 똑같이 누르는 강현교를 바라보다가 한 걸음, 뒤로 물러섰다.

이게 뭐야…….

"호랑아?"

"혀, 현교 씨……."

혹시……. 내가 입을 달싹이는 찰나, 묵직한 대문이 자동으로 열렸다. 그리고 내 목도 삐걱거리는 소리를 내며 자동으로 돌아갔다. 아니, 삐걱거리는 소리는 내 착각일 것이다. 하지만 그만큼 온몸에 바짝 힘이 들어간 것은 사실이었다.

"들어가자. 청심환 하나 더 먹을래?"

"……저기, 현교 씨."

"응?"

"그러니까 여기가……."

여기가…… 여기가 말이죠. 나는 입이 떨어지지 않아서 그저 그의 소매를 꽉 붙잡았다. 강현교가 내 손등을 부드럽게 토닥이더니 웃으며 말했다.

"일단 들어가자. 응?"

"현교 씨……."

"많이 놀란 거 아는데, 일단 들어가자."

대체 아버지랑 누나는 뭘 어떻게 했기에 애가 이렇게 경기할 것처럼 새파랗게 질린 거야? 강현교는 혼잣말처럼 투덜거리면서도 내게는 다정하게 손을 내밀었다. 그 바람에 나는 얼떨결에 그의 손을 잡고 대문 안으로 발을 들여놓았다.

현교 씨의 가족이 사는 곳이 바로 이 집이라는 거지?

그러니까 현교 씨의 가족이 바로…….

"왔으면 냉큼 집에 들어올 것이지, 뭘 그렇게 밖에 서 있니? 우리 가문의 혈통 속에 나무늘보가 한 마리 섞였나 했어."

그 순간 여자의 쾌활한 목소리가 들렸다. 나는 반사적으로 고개를 들어 위쪽을 보았다. 돌계단 위쪽에서 강조현 언니가 나를 보더니 급히 뛰어 내려왔다. 그러고는 곧바로 나를 꽉 끌어안았다.

"어서 와, 호랑아! 저 늘보 때문에 들어오고 싶은데도 못 들어오고 답답했지!"

"……언니?"

"응. 그래, 나야."

언니가 생글거리고 웃으며 나를 놓아주었다. 나는 언니를 잠시 쳐다보다가 느릿느릿 내 옆의 강현교를 돌아보았다. ……왜 몰랐을까. 이렇게, 이 정도로 똑같이 닮은 얼굴인데. 나는 다시 언니를 쳐다보았다.

그러자 언니가 머쓱한 얼굴로 고개를 기울이더니 헛기침을 했다.

"흠…… 다시 제대로 소개할게. 난 이 녀석 누나인 강현조야. 만나서 반가워, 호랑아. 아니, 예비 올케라고 불러야 하나?"

머릿속에서 소용돌이가 치는 것 같았다. 강조현…… 아니, 강현조 언니가 강현교의 누나라니. 지금까지 내가 했던 행동들이 차례대로 머릿속을 스쳐 지나갔다. 눈치만 빨랐더라면 알아차릴 수도 있었을 것이다. 내가 얼마나 바보 같았는지 깨달았다. 그러자 민망함이 마구 밀려들었다.

"민망해할 것 없어. 아버지랑 누나가 작정하고 너한테 사기를 친 거니까. 저 두 사람이 작정하고 사기 치면 당해 낼 사람 없어."

그때 강현교가 내 머리를 쓱쓱 쓰다듬더니 입을 열었다. 하지만 혼란스러운 탓에 그가 하는 말의 의미를 제대로 이해할 수 없었다. 내가 명한 얼굴로 그냥 눈만 깜빡이고 있는데, 언니가 발끈하며 소리를 질렀다.

"야! 강현교! 너 무슨 말을 그렇게 해! 우리가 무슨 사기를 쳤다고……."

"그럼 아니야?"

강현교가 내 어깨를 감싸며 다시 나를 향해 말했다.

"들어가자. 응? 들어갈 수는 있지? 도저히 안 되겠으면 내가 안고 들어가도 되는데."

"아, 안 될 리가 있나요! 이렇게 힘이 남아도는데요!"

나는 화들짝 놀라 성큼성큼 강현교의 팔을 뿌리치고 계단을 올라갔다. 등 뒤에서 그가 웃는 것 같았지만 돌아볼 정신도 없었다. 의뢰를 맡아서 이 집에 온 것도 여러 차례인데 왜 이렇게 오늘따라 낯설고 어색한지 모르겠다. 나는 후들거리는 다리에 간신히 힘을 주고 계단을 올라갔다. 그리고 가쁜 숨을 몰아쉬려던 찰나, 정원의 한가운데에 서 있는 노인의 익숙한 모습이 눈에 들어왔다.

"……어, 어르신."

"호랑아! 어서 오거라. 그래, 몸은 좀 어떠누. 응? 내가 진즉 알았더라면 일찌감치 그 잡것을 직접 때려잡았을 텐데 말이다. 저 게으른 놈때문에……."

"……예?"

뭘 때려잡는다고…… 나는 의아한 눈으로 강일승 어르신을 쳐다보다가 내 뒤로 다가온 강현교와 강조현…… 아니, 강현조 언니를 돌아보았다. 강현교가 내 어깨를 살짝 잡고는 허리를 숙인 채 내 귓가에 속삭였다.

"노인네 말 중에 절반은 흘려들어. 그래야 편해."

"……예에?"

"저, 저 썩을 놈의 자식!"

"그건 아버지 스스로 욕하시는 건데요. 썩을 놈의 자식이라니요. 그럼 아버지께서 썩을……."

"야, 이 자식아! 너 지금 그걸 말이라고!"

"아버지, 진정하세요. 호랑이! 호랑이가 왔잖아요. 현교, 너는 꼭 그래야 되니? 응? 우리끼리 있는 자리도 아니고……."

언니가 황급히 어르신을 만류하며 강현교를 돌아보더니 타박했다. 그런데…… 가족끼리 있는 자리에서는 그래도 된다는 건가? 나는 고개를 갸웃거리다가 다시 지금 내 상황을 깨닫고는 입을 벌렸다.

그러고 보니 이분들이 현교 씨의 가족이라는 게 확실한데…….

"어떻게 이런 우연이 있을 수 있을까요?"

"응?"

"뭐라고?"

"우연?"

나는 저마다 물음표 하나씩 매달고 있는 표정으로 나를 돌아본 세 사람을 향해 말을 이었다.

"어르신과 언니가 현교 씨의 아버님과 누님이실 거라고는 상상도 못 했거든요. 어르신, 많이 놀라셨죠? 언니는 괜찮아요? 현교 씨도 많이 놀랐죠? 저는 청심환을 먹어서 그나마 괜찮은데요. 다들 괜찮으신지……. 어쨌든 정말 죄송해요. 미리 알아차리고 말씀을 드렸어야 했는데, 제가 눈치가 없어서 몰랐어요."

"너, 정말……."

푸훗, 강현교에게서 웃음이 새어 나왔다. 왜? 내가 뭘 잘못 말했어? 내가 쳐다보자 그가 어깨를 으쓱이더니 한쪽 팔로 내 어깨를 감싸고는 입을 열었다.

"죄책감 마구 느껴지지 않아, 누나? 아버지, 호랑이한테 미안하지 않으세요?"

"크흠."

"뭐, 좀……."

강일승 어르신과 강현조 언니가 각자 내 시선을 피했다. 나는 영문을 알 수 없어서 다시 강현교를 보았다. 강현교가 나와 눈이 마주치자 짓궂게 웃더니 말을 이었다.

"이 두 사람이 너한테 사기 쳤다고, 이 돌맹아."

"예?"

사기를 쳤다고? 나는 눈을 깜빡이며 다시 어르신과 언니를 쳐다보았다. 아니, 가진 것도 많으신 분들이 왜 나한테 사기를……. 잠깐, 그런데 난 사기를 당한 적이 없는데?

"일부러 너한테 의뢰를 하셨던 거야. 자서전 같은 건 생각도 없던 양반이."

강현교가 내 머리를 쓰다듬으며 덧붙였다. 뭐라고? 그와 동시에 나와 시선이 마주친 어르신과 언니가 난처한 얼굴로 나를 보며 웃었다.

아, 저는 지금 야생동물의 낙원이라는 나미비아의 에토샤 국립공원에 나와 있습니다. 지금 제 옆에는 단란한 삶 가족이 함께하고 있는데요. 그런데…… 삶이 나미비아에는 왜 왔을까요.

"안 먹고 뭐하고 있어? 어서 이 갈비부터 뜯어 봐. 육질이 부드러워서 소화도 잘될 거야."

"……아, 예."

잠시 나미비아로 떠나 있던 정신이 돌아왔다. ……그래, 여기는 한국이다. 서울시 성북구에 위치한 강현교의 본가. 그곳에서도 가장 은밀하고…… 가장 본능적인…… 그런 곳에 말이다.

나는 식탁 가득 차려져 있는 고기 요리들을 보다가 작게 한숨을 내쉬었다. 평생 볼 고기를 여기서 다 보고 갈 것 같다. 강현교가 나를 보더니 조심스럽게 물었다.

"왜? 갈비는 싫어? 그럼 떡갈비는 어때?"

"아니요. 싫은 게 아니라……."

보는 것만으로도 이미 질려서요. 나는 속으로 중얼거리며 젓가락으로 떡갈비 하나를 집어서 입에 쏙 넣었다. 확실히 맛있기는 했다. 마트에서 저녁 무렵에 떨이 상품으로 팔던 떡갈비와는 차원이 다른 맛이었다. 내가 오물거리며 먹고 있는데, 어르신이 흡족한 표정으로 나를 보시더니 입을 열었다.

"우리 호랑이가 아주 야무지게 오물오물 꼭꼭 씹어 먹는구나. 돼지처럼 급하게 먹는 저 녀석과는 수준이 달라."

"아버지!"

강현교가 옆에서 갈빗살을 발라내다가 으르렁댔다. 그러자 강일승어르신이 강현교를 보더니 쯧쯧, 하고 혀를 차며 다시 말을 이었다.

"게다가 그건 또 뭐 하는 짓거리냐. 먹을 걸 가지고 장난치면 죄받아. 고기를 먹으려면 제대로 한입에 먹어야지, 그게 뭐냐. 갈기갈기 찢어서 먹을 셈이냐? 그건 고기에 대한 모욕이야!"

"호랑이 주려고 그럽니다. 불편한 자리라 그런지, 못 먹는 것 같아서."

강현교가 퉁명스럽게 대꾸하더니 내 밥그릇 위에 발라낸 갈빗살을 올려 주었다. ⋯⋯어? 나는 얼떨떨해서 그를 돌아보았다. 강현교가 싱긋 웃더니 다정한 목소리로 말했다.

"많이 먹어. 그래야 빨리 크지."

"⋯⋯예?"

"이렇게 비쩍 곯아서야 애를 어떻게 낳겠냐. 아니, 그 이전에 애를 어떻게 만들겠냐고. 안 그래?"

그러니까 많이 먹고 쑥쑥 자라라, 우리 호랑이. 강현교는 농담을 마치 진담처럼 진지한 얼굴로 하더니 다시 밥을 먹기 시작했다. 내가 어린애도 아니고. 나는 속으로 투덜거리면서도 괜히 얼굴이 뜨거워져서 고개를 푹 숙인 채 강현교가 올려 준 갈빗살을 밥과 함께 입에 넣었다. 음⋯⋯ 맛있긴 정말 맛있구나.

"나도 우리 홍도 씨나 부를 걸 그랬나 봐."

맞은편에 앉아 있던 언니가 웃으며 중얼거리는 소리가 들렸다. 모르는 척하자. 듣지 못한 척하자. 나는 귀가 달아오른 느낌을 받으면서도 고개를 푹 숙인 채 묵묵히 밥을 먹었다.

"저⋯⋯ 그러면 이번 의뢰는 없던 일로 하는 건가요?"

나는 조심스럽게 찻잔을 내려놓으며 어르신에게 물었다. 원래는 자서전을 쓰실 생각이 없었다고 하셨으니, 아무래도 이번 계약은 무효로 돌리는 게 옳을 듯했다. 내 말이 끝나기가 무섭게 어르신이 찻잔을 내려놓으며 나를 쳐다보았다.

"왜? 하기 싫은 게냐?"

"예? 아니요. 그게 아니라……."

나는 잠시 말을 멈추고 숨을 골랐다. 세 사람의 시선을 한꺼번에 받고 있으려니까 나도 모르게 식은땀이 났다. 나는 치마를 살짝 움켜쥐며 다시 느릿느릿 말을 이었다.

"애당초 자서전은 생각도 없으셨다니까요. 그러니까 계약은 없던 것으로 하는 게……."

아무리 눈치가 없는 나라고 해도 왜 어르신이 생각한 적도 없던 자서전을 쓰겠다고 내게 일을 맡겼는지는 알 수 있었다. 아마 자서전이 아니라…… 나를 보고 싶으셨던 것이겠지. 그나저나 내가 대필 작가 '다쓴다'라는 건 어떻게 아신 걸까? 현교 씨한테 그렇게 자세히 얘기를 하지는 않았던 것 같은데……. 아니, 현교 씨한테 대필 일을 한다고 말하기 전에 의뢰가 들어오지 않았었나? 나는 불현듯 떠오른 의문에 고개를 갸웃거리다가 다시 들려온 어르신의 목소리에 의문을 묻어 둘 수밖에 없었다.

"솔직히 처음에는 그랬지. 대필 작가에게 굳이 일을 맡기면서까지 자서전이란 것을 쓸 정도로 대단한 인생을 살았던 것도 아니고……. 그런데 호랑아."

"예."

"내 생각이 바뀌었구나."

강일승 어르신이 다정하게 웃으며 나를 쳐다보았다. 그런데 그 미소가 어딘가 아련한 것만 같아서 나는 아무 말도 하지 못한 채 어르신을 바라볼 수밖에 없었다.

"나이를 먹어 가니까 말이다. 그러지 말아야지, 하면서도 추억이 흐릿해져 가는 것을 막을 수가 없더구나. 살아오면서 켜켜이 쌓여 있던 추억이란 놈들이 죄다 어디로 가서 숨었는지, 모처럼 꺼내서 보려고 해도 쉽게 찾을 수도 없고."

"……."

"그래도 나이를 먹었으니 어쩔 수 없는 것이로구나. 그렇게 여기면서 한편으로는 대수롭지 않은 일이라고 생각했었지. 나만 그런 게 아니라 누구나 다들 나이를 먹으면서 겪는 일이니까."

문득 옆에 앉아 있던 강현교가 일어서는 것이 느껴졌다. 그리고 강현조 언니 역시 자리를 뜨는 것 같았다. 하지만 나는 그들을 돌아볼 수도 없었고, 어디 가냐고 물어볼 수도 없었다. 그저 어르신의 따스한 시선을 마주하고 있는 것밖에 내가 할 수 있는 게 달리 없었다.

"사실, 자서전 대필을 의뢰했던 건 너를 보기 위한 수단이었지. 현교 저 녀석이 마음을 준 아이가 누구인지, 어떤 아이인지, 성급한 노인네가 마음만 급해서 일을 저질렀단다."

어르신이 강현교가 나간 쪽을 힐끔 보더니 미소를 머금고 말을 이었다.

"그런데 너와 인터뷰란 것을 하면서 내가 뜻하지 않은 선물까지 얻었지, 뭐겠니."

"……예?"

"너와 대화를 나누면서 흐릿해지던 추억들을 하나씩 꺼내 볼 수도 있었고……. 너와 현교를 보면서 내 젊은 시절도 다시 되새겨 보게 되었고, 말이다. 옳다구나, 내게도 그런 시절이 있었지. 그때 나는 내 안 사람에게 이렇게 했었는데…… 그러면서 그리움에 젖어 보기도 하고. 때로는 해 주지 못한 것들을 후회하기도 하고, 또 가끔은 주책이겠지만 가슴 설레었던 젊은 날의 마음에 취해 있기도 하면서. 나이 든 사람이라고 해서 사랑이 없었겠누."

"……."

"자서전 대필 계약은 네 말대로 없었던 것으로 하자."

"예?"

나는 잠시 고개를 숙인 채 어르신의 말을 듣고 있다가 다시 고개를 들었다. 어르신이 나를 보며 조용히 웃었다.

"그 대신, 네 이름으로 써 다오."

"……그게 무슨 말씀이신지."

나는 어르신의 말을 이해할 수 없었다. 어르신은 나를 부드럽게 바라보다가 다시 말을 이었다.

"네 시선으로 보고 네 귀로 들은 것들을 말이다. 네가 네 이름으로 써 주었으면 좋겠구나. 딱히 내 얘기가 아니더라도."

솔직히 말하면 늙은이의 사랑 얘기 따위는 민망해서 내보일 것도 아니기는 하지. 어르신은 껄껄 웃으며 말했다. 나는 말문이 막힌 사람처럼 단 한 마디도 할 수가 없었다. 순간 가슴이 심하게 뛰었다. 마치 지금까지 잠들어 있었다가 깨어난 것처럼.

"아버지랑 얘기 다 했어?"

"어? ……현교 씨."

나는 멍하니 소파에 앉아 있다가 강현교의 목소리를 듣고 고개를 들었다. 그가 어느새 돌아왔는지 내 앞에 서서 나를 내려다보고 있었다.

"어디 갔었어요?"

"잠깐 누나랑 얘기 좀 할 게 있어서."

"그랬구나……."

"무슨 얘기를 했는지 궁금하지 않아?"

"궁금해야 돼요?"

나는 눈을 깜빡이며 되물었다. 그러자 강현교가 피식 웃더니 고개를 저으며 내 옆에 앉았다. 그 바람에 소파가 출렁이며 흔들렸다. 나는 강현교를 돌아보며 고개를 갸웃거렸다.

"무슨 얘기를 했는데요?"

"됐어. 엎드려 절 받기도 아니고. 그런데 나한테 너무 관심 없는 거 아닙니까, 호랑 씨? 우리가 무슨 권태기에 접어든 부부도 아니고……. 예? 나한테 관심 좀 가져 주시죠?"

강현교가 불만 가득한 표정으로 투덜거렸다. 나는 머쓱한 얼굴로 어색하게 웃고 말았다. 연애를 해 보지 않은 것도 아닌데 이런 건 참 어색하기 그지없었다. 우준석은 자신의 일에 대해 내가 궁금해하는 것을 싫어했었다. 그리고 '네가 듣는다고 이해를 하기는 해?' 하며 무시하기도 했었고……. 에이, 기분 나쁜 기억은 덮어 버리자. 나는 고개를 절레절레 저었다. 그 순간, 강현교의 목소리가 다시 들렸다.

"해충 박멸 중이라 그 얘기 좀 하느라고."

"예에? 이렇게 좋은 집에도 벌레가 있어요?"

이렇게 번쩍번쩍 빛이 나는 집에도 벌레가 있다니. 나는 놀란 눈으로 주위를 둘러보았다. 하기야 바퀴벌레 같은 건 워낙 생명력이 강하다니까 이런 집에도 서식을 할 수도 있겠지만……. 그래도 믿기지 않는다. 나는 고개를 흔들다가 다시 강현교를 향해 말했다.

"열심히 없애고 또 없애고 그러다 보면 박멸될 날이 올 거예요. 힘내요."

"어? 아아…… 그래."

강현교가 묘한 표정을 짓다가 고개를 끄덕인 뒤, 다시 진지한 눈으로 나를 보았다.

"아버지랑 나눈 이야기, 대충 들었어. 어때? 아버지의 제안을 받아들일 마음은 있어?"

"……모르겠어요."

나는 고개를 저었다. 어르신의 말씀은 내가 상상도 하지 못했던 것이다. 내 이름으로 내 글을 쓴다니. 감히 꿈조차 꿀 수 없었던 일이다. 글을 쓰는 것은 내게 생계 수단이었다. 그 속에서 나름대로 기준도 세우고 의미도 가지면서 그것으로 충분하다고 여겼다. 그런데…… 그게 아니었던 것일까. 나는 자꾸만 욕심이 올라오려는 것을 느꼈다. 내 글…… 내 눈으로 보고 내 귀로 듣고 내 이름으로 쓰는 내 글. 욕심을 부려도 될까. 내가 이런 욕심을 부려도…….

"사람은 누구나 자기 인생에 있어서는 주인공이야."

"예?"

갑자기 강현교가 입을 열었다. 나는 다시 생각을 접고 그를 바라보았다. 강현교가 턱을 만지면서 나를 바라보았다. 차분하게 가라앉아 있는 눈과 마주하고 있으니 마음이 편안해지는 것도 같았다.

"세상에 조연이기만 한 사람은 없어. 적어도 누구든지 자기 삶에 대해서는 주연이니까."

"현교 씨……."

"그런데 너는 언제까지 다른 인생의 조연으로만 살 거야? 내 인생에서는 네가 주인공인데."

"……."

"어때요, 호랑 씨? 강현교, 여호랑 주연의 드라마 하나 찍을 생각 없습니까?"

강현교가 씩 웃으며 말했다. 괜히 눈물이 나와서 눈앞이 흐려졌다. 나는 코를 훌쩍이며 손으로 눈을 비볐다.

"그 드라마 누가 본다고요."

"우리 둘이 보면 되지."

"칫……."

내가 웅얼거리며 말하자 강현교가 냉큼 대꾸하면서 내 어깨를 끌어안았다. 나는 순순히 그에게 안긴 채 말을 이었다.

"나…… 글을 쓰는 재주 같은 거 없어요. 대필과는 다른 거잖아요."

"그래서?"

"그냥…… 그렇다고요."

괜히 실망하지 말라고요. 나는 뒷말을 꾹 삼켰다. 하지만 강현교는 내 말을 알아들은 듯 나직하게 웃고는 내 뒷머리를 마구 헝클어뜨리며 쓰다듬더니 입을 열었다.

"실망 같은 건 안 해."

"그걸 어떻게 믿어."

"이렇게 예쁜 돌멩이가 조금씩 자기 길을 찾아가겠다는데, 내가 왜 실망을 해? 오히려 더 예뻐하면 모를까. 조급해할 필요 없어. 너한테 위대한 작가가 되라는 거 아니야. 그냥 남의 이름 뒤에 유령처럼 숨어 있지 말고, 이제 당당히 앞에 나오라는 거야. 알았어?"

"……예."

나는 그의 품에 고개를 묻은 채 작게 대답했다. 그리고 그의 허리에 팔을 둘렀다. 그 순간 그의 꼬리가 손등을 스쳤는지 보들보들한 느낌이 닿았다.

"그러고 보니까 어르신이랑 언니는 귀랑 꼬리가 안 보여서 아쉬워요."

"아쉬울 것도 많다. 다 늙은 노인네 볼 것도 없어. 요즘 탈모가 진행 중인지 털도 숭숭 빠졌거든. 그리고 누나도 다이어트를 해서 그런지 털도 윤기가 안 나고……."

"야, 강현교! 너 지금 뭐라고 했어!"

강현교가 투덜거리며 말을 잇던 순간, 언니의 날카로운 목소리가 응접실 바깥에서 들렸다. 삵이라서 청력이 정말 좋은가 봐. 나는 그의 품에 안긴 채 움찔거렸다.

'누군가를 대신해서 쓰는 게 아니라, 내 글을 쓴다고?'

내가 움찔거리자 놀랐다고 생각했는지 강현교가 내 어깨를 토닥여 주었다. 나는 그 손길이 좋아서 더욱 그의 가슴팍에 얼굴을 비비며 생각했다. 내 글……. 내가 주인공인 내 글……. 내가 주연인 내 인생, 내 삶……. 나는 다시 고개를 들어 강현교를 올려다보았다.

이 남자가 있어서 내가 주인공이다.

단 한 번도 주인공이었던 적 없는 내 인생에 느닷없이 끼어든 이 남자가 아니었더라면, 나는 아마 지금도 타인의 인생에 조연으로 끼워 넣어진 채 그렇게 살고 있었을 것이다. 그러면서도 그게 잘못된 것인 줄도 모르고, 그냥 그걸 당연하다고 여긴 채…….

그랬구나.

가슴이 두근거렸다. 갑자기 커다란 선물을 받은 기분이 들었다.

인생이라는 선물.

삶이라는 것이 통째로 내게 선물처럼 안겨 왔다. 지금껏 제대로 돌아본 적도 없던 내 삶이 똑똑, 문을 두드리며 나를 기다리고 있었다.

"현교 씨!"

나는 감격한 마음을 견디지 못하고 다시 강현교를 꽉 끌어안았다. 내 마음, 내 생각, 전부 듣고 있는 거죠? 그렇죠? 그가 대답 대신 나를 힘주어 안았다. 하지만 그것만으로도 내게는 충분한 대답이 되었다.

25

첫걸음

― 어디야?

"서점요. 책 좀 보려고요."

나는 서가에 꽂힌 책들을 쭉 둘러보다가 눈에 띄는 책 한 권을 잡았다. 그리고 서점 한구석에 놓여 있는 의자에 앉으며 말을 이었다.

"무슨 책인지 맞혀 보세요."

― 내가 그걸 어떻게 알아?

"왜 몰라요? 내 생각을 다 알아듣는 남자가."

― 지금은 안 들려. 내가 뭐, 항상 듣고 있는 줄 알아?

"또 삐쳤다. 그렇죠?"

― 삐치긴……. 당신 남자가 그렇게 속 좁은 놈은 아닙니다만?

속 좁은 남자 맞는데. 나는 속으로 중얼거리다가 배시시 웃으며 방금 내가 집어 온 책의 표지를 보았다. 『육식주의자의 반란』이라고 큼직하게 쓰여 있는 책의 제목이 눈에 확 들어왔다.

"푸홋. 맞혀 보라니까요."

나는 다시 휴대폰을 귀에 댄 채 싱글거리며 웃었다. 채식이 유행하
는 현실을 개탄하며 육식도 얼마든지 건강하게 할 수 있다는 것을 알
려 주고 싶었다던, 자칭 '육식 전문 요리사'라는 저자의 비장한 각오
가 책머리에 쓰여 있었다.

　— 뭔데 그렇게 신나서 자꾸 맞혀 보라고 하실까? 웅? 우리 아가씨
께서 말이지.

　"육식주의자의 반란!"

　— 뭐?

　"책 제목요. 육식주의자의 반란이라는데 혹시 읽어 본 적 있어요?"

　나는 책을 넘겨보면서 물었다. 그러자 강현교가 혀를 차더니 다시
내게 말했다.

　— 설마 그 저자 이름이 황한우는 아니겠지?

　"어? 맞는데요! 역시 읽어 봤구나!"

　— 젠장, 당장 다시 꽂아 놔!

　"예?"

　— 집안 어른들이 그렇게 말렸는데 결국 책을 내다니! 황한우, 이
자식을 그냥······.

　"······혹시 이 사람도 삵이에요?"

　나는 입을 딱 벌리고 책 안쪽에 있는 저자의 사진을 보았다. 삵이라
기보다는 차라리 하마나 코뿔소라고 하는 편이 어울릴 것 같은데······.
뭐, 어쨌든.

　"은근히 삵이 많네요. 멸종 위기 동물이라는 건 거짓말인가?"

　— 무슨 소리야?

　"아니, 이렇게 다양한 분야에서 삵들이 활동하고 있을 거라고 누가
상상이나 하겠냐고요."

　강현교가 다니고 있는 회사, 아니, 그룹부터가 그랬다. 우리나라의

10대 대기업에 속하는 곳의 회장이 인간이 아니라 삶이라고 누가 상상할 수 있을까. 게다가 이렇게 책을 낸 삶도 있고…….

"설마 국회의원들 중에도 삶이 있어요?"

— 당연하지.

"진짜요?"

— 집안에서 말썽 부리다가 쫓겨난 놈들이 몇 명, 여의도에 가 있어.

강현교가 시큰둥하게 대꾸했다. 나는 책을 다시 덮은 뒤, 강현교의 목소리에 집중했다. 그는 끊임없이 내게 이야기를 했다. 따지고 보면 별것 아닌 이야기들이었다. 그냥 오늘 오전에 회사에서 팀원 하나가 무슨 사고를 쳐서 그거 수습하느라고 발바닥에 땀나게 돌아다녔다, 폭탄 하나 처리해서 이제 좀 편해질까 했더니 팀원 하나가 왜 정신을 **빼놓**고 있는 건지 속 터진다, 게다가 점심에는 구내식당 메뉴로 삼계탕이 나왔는데 닭이 아니라 거의 병아리 수준이더라…… 뭐, 그런 이야기들.

— 감사 팀에서 홍 상무만 잡을 게 아니라 구내식당을 대대적으로 잡았어야…….

"예?"

— 아니, 뭐…… 아무것도 아니야.

그게 어딜 봐서 삼계탕이냐고. 병아리탕이지. 잔인한 인간들 같으니라고. 솜털 보송보송한 노랑이를 끓여 먹고 싶어? 세상도 좀 보고, 응? 어느 정도 먹음직스럽게 자란 뒤에야 잡을 것이지. 그러면 얼마나 좋아? 닭도 세상 더 구경하다 가서 좋고, 먹는 나도 좋고…….

강현교는 삼계탕에 대한 불만을 계속 털어놓으며 구시렁거렸다. 나는 푸훗, 웃음을 터뜨렸다. 지금 이 시간이 너무 고맙고 좋았다. 그냥 이렇게 그의 목소리를 듣고 있는 것만으로도 행복했다.

— 하여간 욕심 없기는……. 목소리만 들으면 뭐해?

"뭐하긴요. 그냥 좋죠."

— 직접 보고 싶지는 않아? 응? 나는 보고 싶은데……. 안 되겠다. 무슨 휴대폰이 영상 통화도 안 돼? 당장 오늘 새로 하나 사야겠어. 이따가 퇴근길에 만나자. 만나서 휴대폰 매장 좀 둘러보고.

"아직 멀쩡한데 왜 사요?"

배터리가 금방 닳기는 하지만, 이렇게 통화도 되고 멀쩡한데 말이다. 내 말에 강현교가 혀를 차더니 다시 말을 이었다.

— 멀쩡하다니요. 이것 보세요, 여호랑 씨. 호랑 씨 같은 사람만 있으면 우리나라 휴대폰 제조업체는 전부 굶어 죽겠네요.

"하지만 쓸데없는 데에 낭비하는 건……."

— 초정 박제가 선생의 말씀도 모릅니까? 예? 우물에서 물을 퍼내야 다시 가득 차는 법이지, 아낀답시고 길어 내지 않으면 바닥까지 말라 버린다고요. 돈도 쓸 곳에는 적당히 써 줘야 한다, 그겁니다.

"현교 씨가 고기 먹는 데에 많이 쓰잖아요."

— …….

강현교는 잠시 아무 말도 하지 않았다. 내가 너무 정곡을 찔렀나? 슬그머니 소심해지려는 순간, 강현교의 투덜대는 목소리가 들렸다.

— 치사하게 말이야. 먹는 걸로 구박할래?

"예?"

— 결혼하기 전부터 구박당하면 결혼 후에는 안 봐도 뻔하다던데……. 아버지 보면서 비웃었던 게 내게 되돌아올 줄이야.

뭔가 내가 들으면 안 되는 내용이 있었던 것 같은데. 그러니까 어르신이 구박을 당하셨…….

"하하!"

나는 웃음을 터뜨렸다. 도저히 참을 수가 없었다. 현교 씨의 말대로라면 어르신이 결혼 전부터 구박을 당하셨다는 건데……. 외모와 괴리감이 너무 느껴져서 오히려 더 웃음이 나왔다.

— 그 어르신 소리 좀 고쳐야 되는 거 아니야? 아버지가 호칭 바꾸라고 했잖아.

"아, 그러게요. 그게 아직은 쉽지 않네요."

나는 웃다 말고 머리를 긁적이며 민망한 표정을 지었다. 인사를 하러 갔던 날, 저녁까지 배부르게 먹은 뒤에 집으로 돌아가려는 나와 강현교를 배웅하러 대문 밖까지 따라 나오셨던 어르신이 내게 건넨 말이 다시 생생하게 떠올랐다.

'이제부터는 아버지라고 불러 주렴.'

'……예?'

'나도 호랑이 너를 며느리가 아니라 딸처럼 여길 테니. 사실 내 새끼들은 아들이든 딸이든 둘 다 성격이 모나서 자식 키우는 재미라고는 눈곱만큼도 없었거든. 그래서 내 평생소원이 호랑이 너처럼 귀엽고 순하고 예쁜 딸을 갖는 것이었지.'

아, 쑥스럽다. 나는 헤헤, 하고 웃다가 입을 다물었다. 조용한 서점 안에서 혼자 웃는 게 민망했다. 나는 주위를 둘러보다가 콧등을 긁고는 책을 들고 일어섰다. 강현교는 이 책을 다시 꽂아 놓으라고 했지만, 그래도 삶이랑 결혼하는 입장에서는 읽어 봐야 할 것 같아서 말이다.

"계산해 드릴까요?"

"예. 여기 현금영수증 카드요."

나는 주머니를 뒤적거려 현금영수증 카드를 돈과 함께 내밀었다. 내 글을 써 보자는 마음만으로 모든 게 이루어지는 건 아니었다. 오히려 그 이후가 더 문제였다. 나는 알고 있는 것도 적고, 경험한 바도 적고, 모든 게 부족했다. 그래서 그런 고민을 강현교에게 털어놓았더니 그는 너무나 쉽게 답을 주었다.

'괜히 서두를 것 없어. 그냥 마음 내키는 대로 하나씩 배워 나가면 되지. 하고 싶은 게 있으면 하고, 읽고 싶은 책이 있으면 읽고, 듣고 싶은 음악이 있으면 듣고, 보고 싶은 영화가 있으면 보고, 먹고 싶은 고기가 있으면 먹고. 그리고…….'

'그리고요?'

'사랑하고 싶으면 마음껏 사랑하고.'

"여기 있습니다."

"고맙습니다."

나는 서점 직원에게 인사를 하고 책이 담긴 종이봉투를 받아 들었다. 그리고 돌아서서 나오며 뺨을 슬쩍 문질렀다. 강현교와 함께하는 일상이 차곡차곡 쌓일 때마다 부자가 되는 기분이다. 그리고 이렇게 한 번씩 그가 했던 말을 떠올릴 때마다 가슴속이 간지러운 것도 같고……. 뭐랄까. 지금도 솔직히 꿈을 꾸는 기분이다.

— 꿈이 아니네요, 아가씨야.

"그냥 그런 기분이라고요. ……아, 자꾸 내 생각 엿들을 거예요?"

나는 볼을 부풀리며 항의했다. 그러자 강현교가 키득거리며 웃더니 다시 말을 건넸다.

— 곧바로 집에 들어가. 다른 데로 새지 말고.

"누가 들으면 불량 청소년인 줄 알겠네."

나는 투덜거리며 거리로 나왔다. 따뜻한 공기가 피부에 닿는 느낌이 좋았다.

— 참! 누나가 웨딩드레스 같이 보러 가자고 했다면서?

"예."

— 자기 결혼이나 신경 쓸 것이지, 왜 남의 결혼에 참견이야? 너, 절대 누나랑 웨딩드레스 보러 가면 안 돼! 알았지?

"현교 씨 바빠서 시간 내기가 힘들 거라고…… 그래서 언니가 같이 가 준다고 그랬는데요."

— 그거 다 거짓말이야. 아직도 우리 식구들, 그 사기 근성을 모르

겠어? 아버지도 그렇고 누나도 그렇고, 모두 네 웨딩드레스 직접 골라 주고 싶다고 난리야. 그래서 내가 거절했더니 너한테 그러는 거라고.

"……아."

나는 입을 벌린 채 걸음을 멈췄다. 또 속았구나……. 나는 속으로 중얼거리다가 웃고 말았다. 기분이 나쁘지는 않았다. 어쨌든 내게 그만큼 애정과 관심이 있어서 그러는 것이니까. 오히려 고맙다면 모를까. 물론, 좀 난감하기는 하지만.

— 아! 그리고 지금 전화번호 하나, 문자로 보낼 테니까 네 친구한테 알려 줘.

"예?"

— 고탁미 씨 말이야. 모델이 꿈이라고 하지 않았어?

"어…… 그런데요."

— 모델 에이전시 전화번호야. 뭐, 그곳과 전속 계약을 할 수 있을지 없을지는 본인한테 달린 거라고 전해. 나는 그냥 소개만 하는 것뿐이니까.

"모델 에이전시요?"

— 응. 요즘 한창 주가를 올리고 있는 팀인데 꽤 괜찮아. 계약 같은 것도 깔끔하고. 외부 입김 따위에 휘둘리지도 않고.

"아……."

나는 눈을 깜빡였다. 탁미의 일인데 왜 내 가슴이 이렇게 쿵쾅쿵쾅 뛰는 것인지 모르겠다. 아니, 사실은 알 것도 같다. 탁미의 일이 곧 내 일이고, 내 일이 곧 탁미의 일이니까. 내가 대필 일을 그만두고 내 글을 쓰겠다고 말했을 때 탁미가 바로 이런 기분이었나 보다. 나는 떨리는 마음을 진정시키며 고개를 끄덕였다.

"전해 줄게요. 지금 바로 전할게요. 고마워요, 현교 씨."

— 고맙기는……. 괜히 기대하거나 그러지 말라고 해. 나는 그쪽과

는 아예 무관한 입장이고, 그쪽도 내가 부탁한다고 해서 능력도 없는 사람과 계약할 곳이 아니니까. 고탁미 씨 본인이 자기 능력껏 기회를 잡으라고.

"응, 응……. 그럴게요. 그래야죠. 탁미는 할 수 있을 거예요."

빨리 탁미한테 이 사실을 알려 주고 싶은 마음에 저절로 어깨가 들썩였다.

❖

"신혼여행은 어디로 갈까?"

"예?"

"뭐야, 그 표정? 전혀 생각도 안 하고 있었던 거야?"

강현교가 고무장갑을 벗으려다가 미간을 찌푸리며 물었다. 나는 펜을 입에 물고 있다가 하하, 하고 웃었다.

"진짜 생각을 안 했던 거야? 응?"

"아…… 그러게요. 그걸 생각 못 했네요."

나는 눈을 끔뻑이며 목을 집어넣었다. 강현교가 쯧, 하고 혀를 차더니 고무장갑을 벗고 내게 다가왔다.

"고마워요, 현교 씨. 일하고 와서 피곤할 텐데."

설거지까지 해 주느라고……. 나는 웅얼거리며 작게 말했다. 강현교는 그런 내 머리를 콩, 하고 때리는 시늉을 하더니 양반 다리를 하고 앉았다.

"진짜 센스가 없네, 응? 이럴 땐 말로만 고맙다고 할 게 아니라 행동으로 보여야지!"

"안마해 드려요?"

"뭐?"

"안마……. 그게 아닌가?"

나는 강현교의 표정을 살피며 고개를 갸웃거렸다. 강현교가 고개를 저으며 웃음을 터뜨리더니 내 팔을 잡아끌었다.

"어? 어어?"

사실 나는 풍선이었나 보다. 잡아끌었다고 이렇듯 가볍게 붕 떠서 강현교의 허벅지 위로 올라갔으니 말이다. 나는 당황한 나머지 그의 가슴팍을 밀며 고개를 숙였다.

"뭐, 뭐예요. 갑자기…… 놀랐잖아요."

"그러게, 나도 놀랐어. 너무 가벼운 거 아니야? 나, 너무 놀라서 가슴이 콩닥거리는데 어쩔 거야? 응?"

"뭐, 뭘 어째요."

"인정머리 없는 여호랑 씨. 이럴 땐 놀란 것도 달래 줄 겸 뽀뽀를 해 줘야죠. 응? 내가 이렇게 말해야 알아?"

강현교가 짓궂게 웃더니 내 입술에 살짝 입을 맞췄다. 나는 시선을 들지 못한 채 그의 어깨를 꽉 움켜잡았다. 그러자 강현교가 내 손을 맞잡더니 자신의 어깨를 잡고 있던 것을 풀게 하고는 내 손등 위에 입을 맞췄다.

"여보야."

"아…… 또 그렇게 불러요."

"뭐, 어때."

"이상하잖아요."

"뭐가 이상해?"

"기분이 좀 이상하다고요."

아마 지금 내 얼굴은 잘 익은 토마토보다도 더 빨갛게 달아올라 있을 것이다. 내가 웅얼거리며 대꾸하자 강현교가 나직하게 웃더니 다시 내 입술에 쪽, 하고 입을 맞췄다.

"이렇게 부끄러워하면 어떻게 해. 응?"

"뭐가요……."

"내 아이는 어떻게 낳으려고 그래. 진짜 걱정이다."

나는 슬그머니 시선을 들어 강현교를 쳐다보았다. 그가 부드럽게 미소를 머금고 나를 쳐다보고 있었다. 나는 조금 더 시선을 들어 강현교의 머리 위에서 쫑긋대는 귀를 보았다. 동그란 귀가 내 시선을 느꼈는지 파르르 떨었다.

"아이의 귀랑 꼬리를 보면 좋을 텐데."

"그건 불가능해."

"알아요. 그런데…… 그래도 좀 아쉬워요. 정말 귀여울 텐데. 현교 씨 어머니도 그게 참 많이 아쉬우셨을 것 같아요."

나는 가만히 손을 뻗어 강현교의 귀를 잡아 보았다. 보들보들한 털이 주는 감촉도 좋고, 가슴속까지 따뜻하게 만드는 온기도 좋았다. 그리고 내 손에 잡힐 때마다 부르르 떠는 느낌도 좋고…….

"왜 잡기만 하면 떨어요? 설마 내가 무서워요?"

"무섭지, 그럼."

"거짓말."

"거짓말 아닌데?"

강현교가 나를 편하게 자신의 허벅지 위에 앉게 하고는—안 편해! 안 편하다고!— 내 뺨을 손으로 쓸어내리며 말을 이었다.

"나는 여호랑의 앞에서는 무조건 겁쟁이가 되거든. 어떻게 하면 이 여자한테 멋있게 보일까. 어떻게 하면 이 여자가 나를 사랑하게 될까. 어떻게 하면 이 여자와 평생 함께할까. 너를 만난 이후로 내가 얼마나 고민했는지 알아?"

"아얏."

강현교가 자신의 이마를 내 이마에 가볍게 콩, 박았다. 나는 강현교의 귀를 잡고 있던 손으로 이마를 문지르며 얼굴을 찡그렸다.

"그래도 뭐…… 이제는 다 이뤘으니까 고민 끝이네요."

"아니지."

"왜 아닌데요?"

나는 퉁명스럽게 물었다. 강현교는 내 말에 싱긋 웃더니 다시 나를 쳐다보았다. 장난기 가득했던 그의 눈이 어느새 진지하게 나를 온전히 담고 있었다.

"너를 이렇게 대할 때마다 나는 앞으로도 똑같은 고민을 할 거라서. 우리가 결혼을 하고 아이를 갖고 나이를 먹어 간다고 하더라도 말이야. 나는 아마 평생 똑같은 고민을 수십, 수백 번 하게 될 거야."

그러니까 잘난 여호랑 씨, 나 좀 불쌍하게 봐 줘요. 응? 불쌍한 삶 한 마리, 물고 빨고 해 주면 안 되나? 강현교가 다시 짓궂게 말을 이었다.

"못 말려……."

나는 고개를 절레절레 젓다가 웃음을 터뜨리고 말았다. 그러자 강현 교가 다시 나를 향해 물었다.

"그건 그렇고 신혼여행은 어디로 가고 싶어? 응?"

"아…… 그건 뭐……."

나는 잠시 고민하다가 이내 포기했다. 내가 어디 여행을 해 봤어야 알지. 나는 어색하게 웃으며 강현교를 달래기 위해 입을 열었다.

"아직 시간 많으니까 천천히 생각해 봐요, 우리."

……시간이 많기는. 지금껏 살면서 시간이 이렇게 순식간에 지나간 적은 없었다. 나는 바들바들 떨다가 벌떡 일어났다.

"야, 이 지지배야! 화장 망칠 뻔했잖아!"

"어떻게 해. 나 너무 떨려서 기절할 것 같아."

나는 탁미의 구박에도 아랑곳하지 않고 그녀의 팔을 꽉 잡으며 매달렸다. 탁미가 한심하다는 듯 혀를 차며 나를 보다가 입을 열었다.

"이 지지배, 이거 시간이 조금만 있었어도 정신 개조를 확실히 해서 보내는 건데."

"정신 개조라니……."

"야, 여호랑! 이제 간이 배 밖으로 나와도 되는 거 아니냐? 응?"

"내가 별주부전에 나오는 토끼도 아닌데……."

내가 웅얼거리며 대꾸하자 탁미가 어이없다는 듯 웃더니 말을 이었다.

"이럴 때만 간이 배 밖으로 나오지? 응? 이 언니가 모처럼 조언을 해 주려고 하는데 말이야. 어디서 말대답이야!"

간이 배 밖으로 나와도 뭐라고 하고, 안 나와도 뭐라고 하고……. 나는 속으로 투덜대며 입을 삐죽였다. 그런 나를 보던 탁미가 피식거리며 웃고는 다시 말했다.

"그래도 기특하다, 야. 나는 네가 진짜 우준석, 그 시궁창에서 벗어나지 못할 줄 알았는데……. 아, 맞다! 그러고 보니까 생각났는데, 홍페니 소식 들었어?"

"응? 무슨 소식?"

"걔네 집 완전히 쫄딱 망했다던데? 걔 아버지가 뭐라더라? 하여간 무슨 죄를 지었다고 하더라고."

"정말?"

"그렇다니까. 잘됐지, 뭐. 우준석이랑 아예 같은 데로 들어갔으면 좋겠네. 감방 동기로."

탁미는 고소하다는 듯 키득거리며 웃다가 다시 입을 열었다.

"참, 내가 이 말을 하려던 게 아닌데……. 그래, 이제 자신감 좀 팍팍 가져 보라고. 세상에서 가장 든든한 네 편이 생긴 거잖아. 강현교, 그 남

자. 너한테 아주 푹 빠진 것 같은데. 안 그래? 평생 네 편이 되어 줄 사람이 생기는 날이야. 많은 사람들 앞에서 이 남자가 내 편이에요, 하고 도장 쾅, 찍는 날이라고. 그런데 왜 떠는 거야? 응? 이렇게 좋은 날에."

"탁미야."

"신난다고 춤을 춰도 부족할 판에, 안 그래?"

탁미가 씩 웃으며 다시 나를 의자에 앉혔다. 나는 멍하니 있다가 얼떨결에 고개를 끄덕였다. 평생 내 편이 되어 줄 사람. 나는 속으로 중얼거렸다. 강현교, 그 남자라면 아마 그럴 것이다. 나는 다시 탁미를 올려다보았다. 탁미가 나를 보며 웃고는 고개를 끄덕였다.

"그래, 이 답답아. 그러니까 이제 자신만만하게 살아도 된다고. 자, 따라 해 봐!"

"응?"

"따라 해 보라고."

탁미가 양손을 허리에 얹더니 크게 외쳤다.

"다 덤벼!"

"……뭐?"

"다 덤비라고!"

따라 하라니까? 탁미가 눈을 부릅뜨고 내게 재촉했다. 나는 입을 달싹이다가 푸념하듯 말했다.

"그게 뭐야…… 난 또 무슨 거창한 말이라도 하는 줄 알았더니."

"이년아, 거창한 말 같은 게 뭐 중요하다고. 살면서 중요한 건 거창한 것 따위가 아니야."

그건 탁미의 말이 옳았다. 나는 작게 웃으며 고개를 끄덕였다. 살면서 중요한 건 오히려 아주 작고 사소한 일들인지도 모른다. 예를 들면 내가 택시를 탔다는 것, 그리고 강현교가 택시에 합승을 했다는 것, 뭐 그런 것들? 별것 아닌 일이라고 여길 만한 것들이 때로는 삶의 중요한 전환점이 될 수도 있는 것이다.

"자, 다시 따라 해 봐! 다 덤벼! 나도 내 편이 있다!"

"다 덤벼! 나도 내…… 내 편이 있다!"

나는 울컥하는 것을 참고 탁미의 말을 따라서 외쳤다. 그때 강현교
의 목소리가 뒤에서 들렸다.

"지금 뭐 하는 겁니까, 두 사람?"

나는 뒤를 돌아보았다. 내 편인 남자가 황당하다는 표정으로 고개를
갸웃거리고 있었다.

"결혼식 앞둔 신부가 말이야. 편 나누기나 하고……."

강현교는 어이없다는 듯 피식거리며 중얼거렸다. 나는 부케를 두 손
에 모아 쥔 채 입을 삐죽였다. 그러다가 문득 궁금한 게 생겨서 힐끔
그의 뒤를 보았다.

"뭘 보는 거야?"

"아니…… 턱시도 밖으로 꼬리가 나왔나 해서요."

"뭐?"

"그러고 보니까 궁금한 게 있는데요."

"뭐가 궁금한데?"

강현교는 내게 손을 내밀며 물었다. 이제 곧 입장을 해야 한다. 나는
가슴이 두근거리는 것을 느끼며 입을 열었다.

"꼬리가 바지 밖으로 어떻게 나오는 건가 해서요. 옷을 살 때마다
엉덩이에 구멍이라도 뚫는 건지……."

"이 여자가 진짜!"

강현교는 버럭 소리를 지르려다가 억지로 웃으며 말을 이었다.

"너한테만 보이는 거야. 너한테만 내 꼬리가 보이는 거라고. 그런데
내 바지에 구멍이 나면 어떻게 되겠어? 이 여자가 큰일 날 소리를 하

445

네. 자칫 내 바지마다 전부 구멍을 뚫어 놓을 뻔했잖아?"

"아니…… 그게 나한테만 보여도 그렇지. 어쨌든 꼬리가 밖으로 나올 구멍은 있어야……."

"그런 거 없어! 신부가 왜 자꾸 신랑 엉덩이를 훔쳐봐? 어? 이따가 첫날밤을 어떻게 보내려고 겁도 없이 그래?"

아, 맞다. 첫날밤……. 나는 눈을 깜빡이다가 어색하게 웃으며 그에게서 시선을 피했다. 그러자 강현교가 피식거리더니 내 손을 잡아끌었다.

"신랑님, 신부님, 입장 준비하실게요."

결혼식 진행을 보조해 주는 직원 한 사람이 다가와 속삭이듯 말했다. 우와, 떨려. 어떻게 해! 나는 두 눈을 질끈 감았다.

사람을 많이 부르지는 않았다. 하지만 강현교 쪽에서는 삵 가문의 큰 어른들과 가까운 친척들을 불렀다고 했다. 또한 나는 내 가족 대신에 탁미와 탁미의 어머니, 그리고 옹달샘 빌라의 식구들을 불렀다. 그러니 대충 이십여 명은 넘을 것이다. 아니, 삼십 명을 훌쩍 넘을지도 모른다. 아…… 떨려. 다리가 후들거려. 그나마 드레스를 입고 있어서 내 다리가 덜덜 떨리는 게 안 보여서 다행이란 생각이 엉뚱하게도 들었다.

"괜찮아. 아까 다 덤비라던 배짱은 어디로 간 거야?"

강현교가 내 손을 잡은 채 웃으며 작게 말을 걸었다. 나는 힐끔 그를 쳐다보았다. 그렇지. 내 편…… 내 편이 여기에 있으니까.

"그래, 호랑아. 네 편 여기 이렇게 버티고 있으니까 긴장할 것 없어. 뭐가 무서워?"

"저기……."

"응, 말해."

"귀 한 번만 잡고 입장하면 안 돼요?"

"뭐?"

"귀를 한 번만 잡으면 긴장이 좀 풀릴 것 같아서."

주변을 살피며 변명처럼 덧붙이자 강현교가 씩 웃더니 다른 손을 뒤쪽으로 움직였다.

"내 머리 위의 허공에 대고 손짓하면 미친 신부인 줄 알 거야. 그러니까 그건 곤란하고. 그 대신……."

꼬리는 어때? 강현교가 내 귓가에 작게 속삭이며 뒤쪽으로 움직였던 손으로 꼬리를 잡아 내밀었다. 오늘따라 더욱 윤기가 흐르는 털이 보기 좋았다. 나는 웃음이 나오려는 걸 참으며 고개를 끄덕이고는 조심스럽게 손을 내밀어 꼬리를 만졌다. 북슬북슬한 털에 손이 닿자 꼬리가 기분 좋게 살랑거렸다.

"어때? 긴장 좀 풀렸어?"

강현교의 물음에 나는 대답 대신 고개를 크게 끄덕였다. 그리고 바로 앞의 문이 열리면서 사회자의 목소리가 들렸다.

"신랑, 신부, 입장합니다. 모두들 큰 박수로 축하해 주십시오!"

나는 강현교의 꼬리를 만지던 손을 놓고 다시 부케를 쥐었다. 그리고 다른 손으로 그의 팔짱을 꼈다.

눈부시게 환한 빛이 나와 강현교의 머리 위에 쏟아졌다.

나는 고개를 옆으로 돌려 강현교를 쳐다보았다. 그 역시 고개를 돌려 나를 보고는 웃었다.

사랑해요, 현교 씨.

내 마음을 고스란히 알아들은 강현교가 벙긋벙긋 입 모양으로 '나도'라고 말하며 미소를 지었다. 그리고 우리는 다시 앞을 바라보며 힘차게 첫걸음을 동시에 내디뎠다.

이제는 함께 걸어가게 될 첫걸음이었다.

뒷이야기 1
아이가 생겼어요!

"으앗!"

갑자기 고개가 푹 아래로 떨어지는 기분에 놀라서 눈을 번쩍 떴다. 그와 동시에 따뜻한 손바닥이 내 이마를 감싸고는 다시 위로 들어 올렸다.

"나 참…… 졸다가 스스로 놀라서 깨는 사람은 처음 보는군."

"어…… 나 또 졸았어요?"

나는 내 이마에 닿아 있는 강현교의 온기가 좋아서 배시시 웃으며 고개를 든 채 그를 보았다. 강현교가 서류 가방을 대충 근처에 던지듯 내려놓고는 내 곁에 앉았다. 그리고 걱정스럽다는 듯 혀를 차며 입을 열었다.

"왜 이렇게 많이 자는 거야? 어디 아픈 건 아니야?"

"그런 건 아닌 것 같은데……."

나는 머쓱한 마음에 어색한 웃음을 흘리다가 뒤늦게 아차, 하는 마음으로 다시 입을 열었다.

"그런데 언제 왔어요? 초인종 누르지……. 직접 열쇠로 문 여는 거 싫다면서요."

그랬으면 이렇게 꾸벅꾸벅 조는 걸 들키지 않을 수 있었을 텐데. 나는 속으로 구시렁거리며 입을 삐죽였다. 강현교가 기가 막힌다는 듯 웃더니 내 머리에 살짝 꿀밤을 먹이며 말을 이었다.

"이것 보세요, 여호랑 씨. 제가 현관문 밖에서 스무 번 정도는 초인종을 눌렀습니다만?"

"에이, 거짓말."

스무 번이나 초인종을 눌렀는데 내가 못 들었다고? 내가 아무리 졸고 있었다고 하지만, 그런 거짓말에 속아 넘어갈 정도로 바보는 아니다, 뭐. 나는 손을 내저으며 피식 웃었다. 그러자 강현교가 인상을 쓰더니 내 손을 붙잡고 다시 말했다.

"진짜거든?"

"……설마."

"내가 실없이 거짓말이나 하는 놈 같아?"

크르릉, 하는 소리가 강현교의 목구멍 아래에서 들렸다. 어이쿠, 나는 목을 쏙 집어넣으며 혀를 내밀었다. 더 건드렸다가는 우리 삵 씨께서 크릉크릉거리며 날뛸지도 모르겠다. 이럴 때 강현교를 한 방에 달랠 수 있는 비법이 있지.

"내가 여보를 그렇게 생각했으면 결혼하지도 않았죠."

"뭐?"

"내가 우리 여보를 실없이 거짓말이나 하는 놈이라고 여겼으면 이렇게 부부가 되지도 않았을 거라고요."

"……한 번만 더."

"여보."

"……더."

"여보."

아…… 역시 사람은 적응의 동물이다. 찰스 다윈은 옳았어! 나는 진화론을 직접 증명했다는 뿌듯함에 취해서 잠시 정신을 놓고 있었다. 그러던 중 강현교가 혀를 차며 중얼거리는 소리가 들렸다.

"알면서도 속아 주려니까 근질거리네. 여우도 아닌 맹탕이 여우 짓을 하는 걸 좋아해도 되는 건가. 다른 때는 '여보' 소리만 들어도 진저리를 치는 맹탕이 말이야. 꼭 이럴 때는 먼저 '여보' 소리도 잘하니……."

"뭐라고요?"

"아니야, 여보."

강현교가 다시 싱긋 웃으며 내 입술에 가볍게 입을 맞췄다. 다정하게 닿았다가 떨어지는 온기가 좋아서 나도 모르게 눈을 휘며 웃었다. 강현교 역시 나와 시선을 마주하며 웃더니 일어났다. ……키 진짜 크다. 나는 가만히 그를 올려다보다가 입을 열었다.

"키가 큰 쪽이 유전자가 우월할까요?"

"그건 또 무슨 소리야?"

"아니……. 그냥 갑자기 궁금해서요."

나를 닮아서 조그맣게 태어난 아이가 '엄마! 미워!' 하며 우다다다, 달아나 버리는 모습이 괜히 머릿속에 떠올라 심란해졌다. 강현교는 허, 하며 혀를 차더니 내 머리를 헝클어뜨렸다.

"아, 왜 그래요!"

"아직 생기지도 않은 애를 데리고 무슨 김칫국부터 마셔."

"으응……. 그래도 생길 수도 있잖아요."

나는 대답하다 말고 얼굴이 확 달아올라서 손으로 부채질을 했다. 말하고 나니까 어쩐지 민망한 기분이 들었다. 마치 내가 뭔가를 바라고 말하기라도 한 것처럼…….

"그러게. 바라는 게 있으면 직접 말을 해야 알지. 안 그래?"

"누, 누가 뭘 바란다고요!"

내 생각을 곧바로 엿들은 강현교가 능글거리며 장난스럽게 말했다. 나는 발끈해서 다시 그를 올려다보다가 벌떡 일어났다. ……일어나면 뭐가 달라진다고. 눈높이가 안 맞는 건 여전하잖아. 나는 강현교의 넥타이 근처에 닿는 내 눈높이를 한탄하다가 입을 삐죽였다.

"불만스러울 것 없어. 내가 당신만큼 작았으면 이렇게 안아 주지도 못하잖아?"

"어, 어어! 내려 줘요!"

"싫어."

강현교는 가뿐히 나를 안아서 들더니 방으로 성큼성큼 향했다. 나는 발버둥을 치다가 그냥 힘을 쭉 빼고 투덜거렸다.

"만날 힘자랑만 하고."

"그래서 불만이야? 남편이 힘 좋으면 누가 이득을 보는지 정말 몰라?"

"아저씨 같은 거 알아요?"

"뭐?"

"현교 씨, 결혼한 뒤로 점점 더 아저씨 같아진다고요. 막 능글맞고……."

"……뭐라고?"

아뿔싸. 나는 슬그머니 그의 눈치를 살폈다. 강현교가 눈을 가늘게 뜨고 나를 보더니 입꼬리를 한쪽으로 올리고 입을 열었다.

"여호랑, 아주 예쁜 짓만 골라서 하지? 응?"

"……예?"

"진짜 능글맞은 아저씨 한번 보여 줘? 어?"

흐읍. 잘못 건드렸다. 나는 강현교의 뾰족 선 귀를 잠시 보다가 슬쩍 그의 뒤쪽을 보았다. 북슬북슬한 꼬리가 팽팽하게 당겨져 올라가 있었다. 마치 전투태세라도 선언하듯 말이다. 물론 정말 나와 전투를 하자는 건 아니지만……. 아, 왜 얼굴이 화끈거리는 거야. 나는 두 눈을 질끈 감았다.

❖

온몸이 나른하고 무거웠다. 손가락 하나 까딱할 힘도 없었다. 마치 깊은 물속에 잠겨 있는 것처럼 노곤하면서도 평온했다. 귓가에 강현교가 속삭이는 소리가 들린 것도 같았다. 그리고 다정하게 내 머리를 쓸어 넘겨 주는 손길도 느꼈고……. 땀 많이 났을 텐데. 지난밤에 땀을 많이 흘렸던 게 문득 머릿속에 스쳤다. 덩달아 지난밤의 기억도 떠올랐고……. 안 돼! 떠올리지 마!

"이미 늦었어요, 호랑 씨."

강현교가 낮게 웃는 소리가 들렸다. 그리고 다시 내 뺨과 머리를 다정하게 어루만지는 손길도 이어졌다. 나는 입을 삐죽거리며 눈을 떴다. 강현교의 미소가 제일 먼저 보였다. 그는 나와 눈이 마주치자마자 환하게 웃더니 입을 맞췄다. 가볍게 닿는 입술의 감촉에 간지러워서 몸을 비틀었더니 그가 키득거리며 옆으로 누워서 다시 내 어깨를 부드럽게 감싸고는 입을 열었다.

"하여간 우리 여보는 은근히 밝힌다니까."

"그, 그게 무슨……."

"이렇게 환한 햇살이 들어오는 아침에, 그런 야한 생각이나 하고 말이지."

"어휴, 진짜 얄미워!"

나는 강현교의 가슴팍을 밀어 내며 일어나려고 움직였다. 그러자 강

452

현교가 나보다 먼저 일어나 앉더니 다시 나를 토닥이며 말했다.

"그냥 누워 있어. 아침밥 여기로 갖다 줄게."

"침대 위에서 먹다가 흘리면 어떻게 하라고요."

"뭐, 어때. 침대를 바꿔 버리면 되지."

커헉. 침대를 바꿀 게 아니라 이불이나 시트를 빨아야 하는 거 아니야? 나는 잠시 어이없는 마음에 입을 열지 못하다가 간신히 숨을 돌리고는 그의 손목을 잡고 입을 열었다.

"현교 씨, 지금 내 생각 들었죠? 내가 굳이 얘기하지 않아도 뭘 잘못했는지 알죠?"

강현교는 불퉁한 표정으로 슬그머니 시선을 피했다. 그의 귀가 축 처진 것을 보니 반성하는 것 같기도 하고…… 반성은 무슨……. 괜히 불쌍한 척 그러는 걸 누가 모를까 봐? 그 순간 처져 있던 강현교의 귀가 부르르 떨리더니 쫑긋거렸다.

"가끔은 그냥 속아 주면 안 돼?"

"그럼 좀 제대로 속여 보든지. 꼬리는 좋다고 살랑거리고 있는데 내가 어떻게 믿어요?"

"하여간 이놈의 꼬리가 문제로군."

"확실히 현교 씨의 꼬리는 불수의근인 게 분명해요."

"불수의근 타령은 또……."

강현교는 말을 하려다가 그냥 입을 다물더니 침대 아래로 내려섰다.

"그냥 가볍게 토스트랑 우유만 가지고 올게."

"'가볍게'가 아니죠."

"응?"

"토스트 사이에 넣는 그 두툼한 패티는 어쩌려고요. 햄버거에도 그 정도로 두툼한 패티는 들어간 걸 본 적이 없는데. 아니, 그 이전에 토스트 사이에 패티는 왜 넣는 건데요? 토스트는 말 그대로 토스트인데!"

계란 프라이 하나 넣은 토스트, 그게 진리 아닌가? 응? 나는 '강현 교표 수제 토스트'를 떠올리며 얼굴을 찡그렸다. 어쩐지 생각만 했는데도 속이 울렁거렸다. 그런 내 상태를 알아차렸는지 강현교가 금세 걱정스러운 얼굴로 나를 살피며 물었다.

"왜? 속이 어떤데? 많이 울렁거려?"

"아니, 그냥 조금 그런 것 같아요."

"그냥 조금 그런 게 어떤 거야? 응?"

"그러니까 그냥 조금 그런…… 아, 몰라. 설명하기 힘들어요!"

나는 말을 하다가 짜증을 냈다. 몸이 피곤해서 그런지 괜히 신경질을 부리고 싶었다. 하다못해 지난밤 지치지도 않던 강현교에게 원망스러운 마음마저 들었다. 이런 내 마음이 터무니없다는 건 스스로 잘 알고 있었다. 게다가 아무 죄도 없는 강현교에게 이러는 게 얼마나 못된 행동인지도.

그래서 금세 미안해지는 바람에 더욱 기분이 가라앉았다. 눈물이 나올 것도 같았다. 그런 내 기분을 알아차렸는지 강현교가 혀를 차더니 몸을 숙여 나를 가만히 끌어당겨 안고는 토닥였다.

"예쁜 돌멩아. 심술부리고 싶으면 마음껏 부려도 돼. 괜히 미안해할 것 없어."

"현교 씨가 내 버릇 다 망쳐 놓은 거 알죠."

"응, 알아."

"미안해요."

"미안해할 것 없다니까……. 그런데 정말 많이 아픈 거 아니야? 병원 가 볼까?"

강현교가 다시 나를 보며 걱정스러운 시선으로 살폈다. 나는 고개를 저으며 웃었다.

"아니, 그런 거 아니에요. 그냥 토스트 생각하다가 속이 좀 울렁거리는 바람에."

"그 맛있는 걸 생각하는데 왜 속이 울렁거려? 혹시 배고픈 걸 울렁
거린다고 착각한 거 아니야?"

"현교 씨."

"응?"

"……아니에요. 아, 그래요. 우선 배부터 채우자고요. 현교 씨 말대
로 배고픈 걸 착각한 건지도 모르니까."

보통 사람들은 토스트에 두툼한 패티를 넣어서 먹지 않는다고요. 그
말이 입 밖으로 나오려는 걸 꾹 참았다. 이렇게까지 나를 위해 주는 남
자에게 괜히 심술을 더 부리고 싶지는 않았다.

"그래, 잠깐만 기다려! 금방 아침 차려서 올게!"

강현교는 내 말이 끝나기가 무섭게 방 밖으로 나가 버렸다. 북슬북
슬한 꼬리가 방 밖으로 사라지자마자 나는 푸훗, 하며 웃음을 터뜨리고
말았다. ……사랑스럽다. 그 감정이 가슴을 가득 채우는 순간, 따뜻해
졌다. 보일러를 최고 온도로 설정해 놓고 팍팍 돌리고 있는 것처럼. 나
는 새삼 방 안을 둘러보았다. 강현교의 존재만으로도 완전히 다른 공간
이 된 느낌이다.

"사진이 약간 삐뚤어졌나?"

웃차, 나는 힘이 들어가지 않는 몸을 억지로 일으켜 침대 아래로 내
려섰다. 그리고 방문 옆의 벽 쪽으로 걸음을 옮겼다. 나도 모르게 웃음
이 저절로 나왔다. 그와 찍은 결혼사진을 보면 나오는 반사적인 행동이
었다. 내가 무슨 파블로프의 개도 아니고……. 괜히 머쓱한 마음에 콧
등을 찡그리다가 손으로 조심스럽게 사진을 만져 보았다.

"실물보다 사진이 안 나왔어. 그러게 좀 웃으라니까. 사진을 처음
찍는 것도 아닐 텐데 잔뜩 긴장해서……."

뚱한 표정으로 사진 속의 나를 응시하는 강현교의 모습에 웃음이 자

꾸 나왔다. 웨딩 사진을 찍으면서 저런 표정을 짓는 신랑은 처음 봤다며, 강요된 결혼인가 하고 의심의 눈으로 나를 바라보던 사진작가의 모습이 문득 떠올랐다. 아니, 내가 무슨 배짱으로 이 남자한테 결혼을 강요하겠냐고.

"다시 생각해도 억울하네."

"뭐가 그렇게 억울해?"

"앗, 깜짝이야!"

갑자기 옆에서 들린 목소리에 화들짝 놀라 휘청거리자, 강현교가 한 손에는 쟁반을 든 채 다른 손으로 내 허리를 감아 안았다.

"가만히 침대 위에서 있지, 이 사진은 또 왜 봐?"

"현교 씨는 은근히 사진 싫어하더라. 우리 결혼사진인데 왜 그렇게 싫어해요? 응? 왜 그러는데요? 어? 진짜 무슨 이유가 있는 거예요?"

처음에는 장난으로 물었다. 그런데 강현교가 내 질문을 받자마자 난감한 얼굴로 미간을 찌푸리는 게 아닌가! 뭔가가 있구나! 내가 호기심을 보이자 그가 혀를 차더니 고개를 돌렸다.

"빨리 아침이나 먹어. 어디에 놓을까? 침대?"

"말 돌리지 말고 대답해 줘요. 예?"

"……."

"현교 씨."

"……나 말고 다른 놈이 널 담았잖아."

"예?"

"사진 찍었던 놈. 그놈이 렌즈 너머에서 너를 봤잖아."

아니, 그거야 사진을 찍으려면 당연히 봐야지……. 나는 기가 막혀서 잠시 말을 잇지 못하다가 뒤늦게 황당한 얼굴로 물었다.

"그래서 표정이 저랬던 거예요? 지금도 그 이유로 사진을 싫어하는 거고요?"

강현교는 대답하지 않았다. 그러나 불만 가득한 표정만으로도 그의 대답을 알 수 있었다. 아, 이 남자가 진짜……. 나는 실실 나오려는 웃음을 참으려다가 결국 참지 못하고 웃어 버렸다.

"하하!"

"웃지 마. 나는 이 사진 볼 때마다 기분 나쁜데, 너는 좋다고 실실거리며 웃기나 하고 말이야. 딴 놈이 찍은 사진이 뭐가 좋다고."

"현교 씨, 지금 정말 귀여운 거 알아요?"

"뭐? 귀엽다니 그게 무슨……."

나는 한껏 까치발을 하고 그의 입술에 쪽, 입을 맞췄다. 그러자 강현교의 귀가 쫑긋 일어서더니 부르르 떨었다.

"아무리 네가 애교를 부려도 기분 나쁜 건……."

"누가 찍었든 그건 나한테 중요하지 않아요. 솔직히 지금까지 신경 쓴 적도 없다고요. 사진 속 주인공은 우리잖아요. 그리고 이쪽 벽요. 원래 무진장 휑했었거든요."

나는 벽을 가리키며 입을 열었다. 지금껏 이 집에 살면서 딱히 벽에 예쁜 그림이나 사진 같은 것을 걸고 싶다는 생각은 해 본 적이 없었다. 특별히 집에 대한 애착을 갖고 있는 것도 아니었다.

그저 밤이 되면 잘 수 있는 공간이 있어서 다행이구나, 하는 정도였다고 할까. 하지만 다행이라는 마음은 금세 외로움에 묻혀 버리기 일쑤였다. 모두가 함께 모이는 저녁 시간, 집집마다 켜지는 불빛, 그리고 웃음, 떠들썩한 대화, 그런 것들이 창밖에서 들어올 때마다 나는 외로웠다. 휑한 벽만 마주해야 하는 현실이 싫었다.

그럴 때마다 대필 작업을 하며 녹음했던 이야기들을 종종 꺼내 듣기도 했다. 작업을 마친 뒤에 지웠어야 하는 이야기들을 나는 가끔 지우지 못하고 여러 날 동안 가지고 있었다. 녹음기를 통해 흘러나오는 나와 의뢰인의 대화가 그나마 위안이 되었다. 혼자가 아니었다는 안도감을 느꼈다. 물론 그 안도감마저 허상이라는 것을 잘 알고 있었지만. 사람은 허상을 좇으며 때로는 버텨 내고는 하니까.

그 순간 강현교가 내 허리를 감고 있던 팔을 풀더니 내 머리를 쓱쓱 문질렀다. 마치 나를 위로하려는 듯한 몸짓에 다시 웃음이 나왔다. 나는 그의 손을 잡으며 말했다.

"그런데 이제 채워졌잖아요. 여기 이렇게. 우리 결혼사진으로. 그래도 계속 싫어할 거예요?"

"아니."

말 잘 듣는 내 똥고양이. 나는 히죽 웃으며 바닥에 양반 다리를 하고 앉았다. 그러자 강현교가 혀를 차며 타박했다.

"바닥이 찬데 꼭 그러고 앉지?"

"응."

"말도 참 안 듣고. 그렇지?"

"응."

나는 양반 다리를 하고 앉은 채 강현교를 올려다보며 고개를 끄덕였다. 이렇게 말을 안 들어도 나를 사랑해 주는 남자가 바로 내 앞에 서 있다는 게 얼마나 든든한 기분을 들게 하는지 모른다. 강현교는 어쩔 수 없다는 듯 한숨을 내쉬더니 내 옆에 나란히 앉아서 쟁반을 건넸다.

"먹어."

"응, 고마워요. 어?"

나는 쟁반을 보고는 눈을 비볐다. 내가 뭘 잘못 봤나? 하지만 내가 본 것은 정확했다. 두툼한 패티를 사이에 끼워 넣은 토스트가 아니라 노릇노릇 계란물을 입힌 토스트가 얌전히 접시 위에 담겨 있었다. 황당한 마음에 강현교를 쳐다보자 그가 어깨를 으쓱이며 대꾸했다.

"뭐, 가끔은 이렇게 먹어도 괜찮아."

어쩐지 아침밥을 가지고 온다던 사람이 늦는구나 싶었다. 나는 혼자

가스레인지 앞에 서서 계란물을 입혀 토스트를 익혔을 강현교를 떠올렸다. 이런 건 직접 해 본 적도 없었을 텐데……. 갑자기 코끝이 찡해져서 코를 비비고는 입을 열었다.

"잘 먹을게요. 현교 씨도 먹어요."

"그래."

"우와, 진짜 맛있어 보여…… 우읍!"

갑자기 속이 뒤집어졌다. 나는 황급히 입을 막은 채 강현교를 보았다. 강현교는 많이 놀란 것인지 눈을 동그랗게 뜬 채 나를 보고 있었다. 그의 꼬리도 빳빳하게 일어선 것을 보니 정말 많이 놀란 듯했다. 나는 그를 안심시킬 겸 입꼬리를 올리며 말을 이으려고 했다.

"아, 정말 맛있어 보여서 배 속이 놀랐나 봐요. 빨리 먹어야겠……우우읍!"

맙소사. 진짜 토할 것 같아! 나는 허둥대며 일어나 화장실로 달려갔다. 토스트 냄새가 왜 이렇게 역한 거지? 더구나 그가 직접 만들어 준 토스트인데!

❖

"어쭈, 이 지지배 꼴 봐라. 아무리 신혼이라고 하지만 너무 무리한 거 아니니? 완전히 피골이 상접할 지경인데?"

"그 정도는 아니거든? 그리고 신혼이랑 체한 거랑 무슨 상관인데."

현관에 들어서자마자 타박하듯 말하는 탁미에게 대꾸하며 돌아섰다. 어제부터 아무것도 못 먹었더니 눈앞이 빙글빙글 돌 지경이었다. 그렇지 않아도 오늘은 무조건 병원에 가야 한다며 강현교는 출근길에 내게 몇 번이나 다짐을 받았다. 병원에 진짜 가야 되나. 그냥 약국 가서 소화제나 사다가 먹으면 안 될까. 돈도 아깝고…….

"하여간 말귀를 못 알아들어서 놀리는 재미도 없다니까."

탁미가 투덜대며 신발을 벗고 들어오더니 나를 다시 이리저리 살폈다.

"진짜 얼굴이 왜 이래? 어디 아파? 체한 거야?"

"응. 어제부터 아무것도 못 먹었어."

"병원은?"

"안 갔는데…… 현교 씨가 오늘은 무조건 다녀오라고 해서 고민 중."

"고민할 걸 해라, 이 지지배야. 또 돈 걱정이지?"

"괜히 병원에 돈 갖다 줄 필요는 없잖아."

"너도 참 지지리 궁상이다. 강현교, 네 서방이 어떤 집안의 사람인지 이제는 뻔히 알면서."

"돈 많은 집이라고 낭비해도 되는 건 아니잖아. 게다가 그게 현교 씨 돈도 아니고. 현교 씨는 월급쟁이인데 알뜰하게 저축해야지. 요즘은 애들 태어나면서부터 돈 많이 들어간다던데."

"월급쟁이? 지나가던 똥개가 다 웃겠네. 야, 그리고 아직 들어서지도 않은 애 때문에 벌써부터…… 잠깐."

탁미가 기가 막힌다는 듯 말을 하다 말고 눈을 가늘게 뜬 채 나를 보았다. 나는 탁미가 이러는 이유를 알 수 없어서 그저 눈만 깜빡였다.

"속이 어떤데?"

"어? 어…… 그냥 좀 울렁거리기도 하고. 음식 냄새 같은 게 역하기도 하고……. 아무래도 심하게 체했나 봐."

"임신한 게 아니고?"

"뭐?"

내가 지금 무슨 말을 들은 거지? 나는 잠시 머릿속이 멍해지는 기분에 입을 달싹였다. 그러자 탁미가 내 등을 찰싹 때리더니 말을 이었다.

"야, 이 지지배야! 너 임신한 거 아니야? 어? 생리 언제 했어? 응?
야, 대답 좀 해 보라니까!"

"어, 어어…… 그게…….."

나는 정신을 차리지 못하고 눈만 깜빡거리다가 뒤늦게 마지막으로
생리를 했던 날을 더듬어 보았다. 그러니까……. 맙소사.

"임신인 것 같아?"

"그, 그런 것 같은데."

너무 놀란 탓에 말을 더듬으며 간신히 대답했다. 탁미는 내 대답을
듣자마자 '잠깐만 기다려! 내가 테스트기 사 가지고 올게!' 하고 외친
뒤, 곧바로 뛰쳐나갔다.

"탁미야! 신발……."

신발 짝짝이로 신고 나갔는데……. 나는 남겨진 내 슬리퍼 한 짝을
바라보며 뒤늦게 중얼거렸다.

두 줄이다……. 두 줄인 거 맞지? 나는 임신 테스트기를 꼭 잡고 몇
번이나 확인하듯 스스로 묻고 답했다. 탁미는 내게 미련하다면서 임신
한 거랑 체한 걸 구별도 못 했냐고 실컷 놀리다가 조금 전에 갔다. 얼
마 전에 모델 에이전시와 전속 계약을 한 뒤, 탁미는 많이 바빠진 상태
였다. 오늘도 꽤 오랜만에 본 것이었는데…….

"두 줄……."

나는 또 중얼거리다가 뿌옇게 흐려진 눈을 비볐다. 기분이 이상했
다. 붕붕 뜬 것도 같고 먹먹해진 것도 같고 뭉클하기도 하고 막 웃고
싶기도 하고, 그러면서도 자꾸 눈물이 나오려고 하고…….

"정말…… 너 여기에 있는 거야?"

나는 가만히 배를 만지며 작게 속삭이듯 물었다. 그리고 곧바로 민
망한 마음에 코를 훌쩍였다. 그 순간, 문자 알람이 울렸다. 강현교, 이

461

제는 내 남편이 된 남자가 보낸 문자였다.

[몸은 좀 어때? 아직도 아파? 지금 집 근처에 거의 다 왔어. 병원 가자. 준비하고 있어.]

"어…… 아직 퇴근 시간 되려면 멀었는데……."

나는 입을 벌린 채 잠시 멍하니 있다가 볼을 쓸었다. 아무래도 이 남자가 나 때문에 일찍 퇴근한 모양이었다. 어쩌지……. 나는 괜히 나 때문에 강현교가 회사 내에서 불성실하다는 평가를 받으면 어쩌나 하는 걱정에 입술을 깨물었다. 그러다가 대답을 해 줘야 할 것 같아서 급히 문자를 전송했다.

[아픈 거 아니에요. 그러니까 집에 오지 말고 다시 회사 가요.]

[아픈 게 아니긴. 어제부터 아무것도 못 먹고 있으면서. 거의 다 도착했어.]

[그게 아니라…….]

내가 문자를 보내던 중에 현관문이 열리는 소리가 들렸다. 뭐야? 거의 다 도착했다더니 주차하고 있었던 거야? 나는 휴대폰을 쥔 채 일어섰다. 강현교가 급히 온 것인지 흐트러진 차림으로 현관에 서서 손짓을 했다.

"빨리 나와. 병원 가자."

"저기, 현교 씨……."

한 손에는 휴대폰, 그리고 다른 손에는 테스트기를 쥔 채 머뭇거리며 현관으로 걸음을 옮겼다. 강현교가 힐끔 내 양손을 보더니 자신의 겉옷을 벗어서 내게 걸쳐 주었다.

"날씨가 제법 쌀쌀해. 입어."

"아니, 그게 아니라요. 저기 그러니까……."

"얘기는 나중에 하고 일단 병원부터. 응?"

강현교는 마음이 급한지 내 얘기를 들으려고 하지 않았다. 나는 쥐고 있던 테스트기를 앞으로 내밀었다.

"이것부터 좀 봐요!"

"응? 휴대폰은 왜? 나한테 문자 보내던 중이었어?"

"예?"

나는 강현교의 말에 어리둥절해서 앞으로 내밀었던 손을 보았다.
……아, 잘못 내밀었구나. 슬그머니 내밀었던 손을 뒤로 물리고 다시
다른 손을 앞으로 내밀었다. 그러자 강현교가 고개를 갸웃거리더니 내
게 물었다.

"이게 뭐야?"

"그…… 테스트기요."

"테스트기? 토스트기가 아니라?"

순간적으로 핏대가 돋을 뻔했다. 이 남자 머릿속에는 대체 뭐가 들
은 건지……. 나는 한숨을 내쉬며 흥분을 가라앉히고 다시 그를 보며
말했다.

"임신 테스트기요. 임신했는지 보는 거라고요."

"……뭐?"

"여기 이렇게 두 줄이 보이면."

"……보이면?"

꿀꺽. 나도 모르게 침을 삼켰다. 처음 만나자마자 자신의 아이를 낳
으라고 했던 전적이 있지만, 정말 내가 자신의 아이를 가졌다는 걸 알
게 되면 이 남자가 어떻게 행동할까.

"……임신이에요."

"임, 임신?"

"예."

나는 고개를 끄덕이며 조심스럽게 그를 보았다. 강현교는 잠시 얼빠
진 사람처럼 멍하니 나를 보고 있더니 손으로 자신의 입을 가렸다. 그

의 보들보들한 귀가 전후좌우로 마구 움직여 댔다. 굉장히 당황한 기색이 역력했다.

"많이 놀랐죠? 나도 사실은 아까 놀라……."

나는 강현교를 달래려고 웃으며 말을 꺼냈다. 하지만 말을 채 끝내기도 전에 그가 나를 와락 끌어안았다.

"정말, 정말 기뻐. 아니, 기쁘다는 말로는 부족할 정도야."

지금 이 기분을 어떻게 말해야 할지 모르겠어. 바보가 된 것 같아. 강현교는 나를 끌어안은 채 중얼거리듯 말을 이었다. 나는 그에게 안긴 채 가만히 웃었다.

"그렇게 기뻐요?"

"당연하지. 그런데 임신했다고 그렇게 속이 안 좋은 거야?"

"응. 그런 것 같아요."

"불효자네…… 이 녀석."

강현교가 슬그머니 내 옆구리와 배를 향해 손을 내리며 말했다. 간지러워요! 내가 몸을 비틀며 말했지만 역부족이었다. 잔뜩 신난 삵 씨를 막기에는 말이다.

"어…… 아기집이 하나 더 있는 걸로 보이는데요."

"예?"

"아무래도 이란성 쌍둥이인 것 같아요."

"쌍둥이요?"

나는 눈만 깜빡이다가 강현교를 쳐다보았다. 강현교는 내 옆에서 손을 잡아 주고 있다가 모니터 화면을 보았다. 나 역시 고개를 움직여 모니터 화면을 보았다. 솔직히 뭐가 뭔지 잘 모르겠다. 어디에 아기집이 하나 더 있다는 건지…….

"여기 보이시죠? 아기집요. 이게 지난번에 오셨을 때까지는 하나로 보였는데요. 오늘 보니까 두 개네요. 일주일 후에 다시 한 번 확인은 해야겠지만 쌍둥이인 건 확실해 보여요. 축하합니다."

의사는 친절하게 설명을 해 주었다. 하지만 나는 갑작스러운 상황에 당황해서 아무런 대답도 하지 못했다. 그 대신 강현교가 의사와 뭔가 대화를 이어 나간 것도 같았지만 진료실에서 나올 때까지 무슨 일이 있었는지 아무것도 생각이 나지 않았다.

"호랑아? 여보?"

"……현교 씨."

"왜 이렇게 멍해 있어?"

"저기, 아까 의사 선생님이 쌍둥이라고…….

"그러게. 한 녀석이 아니라 두 녀석이었네."

강현교가 새삼 신기하다는 듯 내 배를 보며 웃었다. 나는 머뭇거리다가 두 손으로 배를 감쌌다. 둘이라고? 나도 모르게 입꼬리가 파들거리며 떨렸다. 지금 이 기분을 뭐라고 해야 하지?

"좀 무섭다고 하면 이상한 건가요?"

"무서워?"

"조금."

그래. 지금 이 기분을 정확히 표현하자면 무섭다고 해야 할 것 같다. 좋으면서도 무서운 느낌이라고 해야 할까. 내가 책임져야 할 생명이 둘이나 있다는 게 어쩐지 무서웠다. 과연 내가 이 아이들을 잘 낳고 제대로 키울 수 있을까. 하나도 버거울 텐데 둘을 잘 키울 수 있을까. 그런 불안감이 들었다. 어떤 엄마가 좋은 엄마인지 솔직히 잘 모르겠다. 탁미의 어머니를 봐 왔지만 내가 탁미의 어머니처럼 될 수 있을 것 같지는 않고. 그러려면 일단 어머니에게서 욕설부터 배우는 편이…….

"절대 안 돼."

"예?"

"대체 뭘 배우겠다는 거야, 이 돌멩아."

"또 돌멩이래. 내가 뭘 잘못했다고요."

나는 볼멘소리로 투덜거렸다. 그러자 강현교가 자신의 이마로 내 이마를 콩, 하고 찧더니 장난스럽게 말을 이었다.

"돌멩이 맞네. 아주 단단한 걸 보니까."

"현교 씨!"

"아니지, 이 정도로 단단하다면 아무래도 다이아몬드인가?"

"예?"

"다이아몬드인가 보다, 우리 여보는."

아, 이 남자는 어떻게 이런 말들을 아무렇지 않게 태연한 얼굴로 막할 수가 있는 거지? 나는 팔에 돋은 닭살을 문지르며 부르르 몸을 떨었다. 강현교가 냉큼 자신의 겉옷을 벗어서 내게 걸쳐 주며 물었다.

"추워? 많이 추워?"

"아니요."

내가 머쓱해져서 고개를 저으며 대꾸하는데 마침 우리 앞에 산모가 지나갔다. 예정일이 얼마 남지 않은 산모인지, 만삭이었다.

"나는 나중에 저 산모보다 더 많이 나오겠죠?"

"응?"

"배 말이에요."

덩치가 좀 더 컸으면 좋았을 텐데. 나는 내 작은 체구가 못마땅해서 입을 삐죽였다. 두 아이가 있기에는 비좁을 것 같기도 하고……. 풍선처럼 바람을 집어넣을 수 있으면 좋을 텐데.

"푸흣! 이 여자가 상상하는 것하고는."

"왜요. 풍선 좋구만."

나는 풍선이 될 수 없는 인체의 한계에 아쉬움을 느끼며 대꾸했다.

"어쨌든 고마워."

"응? 뭐가요?"

"그냥 전부 다."

나는 강현교를 쳐다보았다. 그의 북슬북슬한 꼬리가 느긋하게 살랑이고 있었다. 그 순간 문득 떠오른 궁금증을 참지 못하고 물었다.

"아가들 귀랑 꼬리는 초음파로 볼 수 있어요?"

"응?"

"나중에 좀 더 자라면 초음파로 귀랑 꼬리가 보이냐고요."

"뭐, 그렇지. 같은 삵끼리는. 그런데 그건 왜?"

"초음파 사진에는 안 나오죠? 아니, 안 나오는 것보다…… 내 눈에 안 보이는 거죠?"

"당연하지. 귀랑 꼬리를 보는 건 우리 삵을 제외하면 인간들 중에서는 반려뿐이니까."

아쉬워라. 나는 작게 중얼거렸다. 강현교가 내 어깨를 감싸며 말했다.

"우리 여보는 욕심도 많다니까. 내 귀랑 꼬리를 실컷 보고 만지면서도 왜 다른 귀랑 꼬리를 탐내는 거야? 응?"

"누가 탐냈다고요."

그냥 귀여울 것 같아서 그렇죠. 나는 잠시 숨을 들이쉬고 내쉬는 걸 반복하다가 풋, 하고 웃었다.

"지금 우리 모습 보고 아가들이 유치하다고 하면 어쩌죠?"

"지들은 반려 만나면 더 유치해질 거라고 얘기해 주지, 뭐."

"아가들이 현교 씨 그 심술은 안 닮았으면 좋겠네요."

"흥."

강현교는 콧방귀를 뀌며 가만히 내 어깨를 감싸고 있던 손에 힘을 주어 나를 더 가까이 끌어안았다.

"아, 맞다! 오늘 아버지랑 현조 언니가 집에 오신다고 했는데!"

나는 다시 강현교를 돌아보며 말했다. 그러자 강현교가 혀를 차더니 투덜거렸다.

"두 사람은 왜 툭하면 남의 신혼집에 쳐들어오는 거래? 하여간 도움이 안 된다니까."

"괜히 심술부리지 말고 빨리 가요. 가는 길에 정육점에 들르고. 응?"

"알았어."

강현교는 '정육점' 소리에 슬그머니 누그러져서 대꾸했다. 그 모습에 웃음이 나오려는 걸 애써 참으며 나는 그를 다독여서 병원 밖으로 향했다.

'그러고 보면 참 다루기 쉬운 남자라니까.'

아이들도 그러려나? 고기만 주면……. 나는 잠시 미래를 상상해 보다가 웃고 말았다.

"진짜 사육사가 되면 어쩌죠?"

"그건 무슨 소리야?"

"아니. 그냥 해 본 말이에요."

나는 강현교에게 씩 웃으며 대답했다.

뒷이야기 2
엄마? 맘마?

"맘마! 맘마!"

"응? 어머나, 예뻐라. 엄마한테 주는 거야?"

"응!"

다솔이가 고개를 끄덕거리며 내게 색종이 자른 것을 주었다. 강현교가 내 맞은편에 앉아 다솜이의 머리를 땋다 말고 힐끔 보더니 퉁명스럽게 말했다.

"지가 놀다가 남은 거 가지고 온 거네."

"여보!"

나는 강현교를 향해 눈을 흘겼다. 그가 혀를 차더니 순순히 입을 다물었다. 진짜 애도 아니고 꼭 다솔이한테만 저러더라. 똑같이 생겼으면서, 무슨 라이벌 의식이라도 느끼는 건지. 나는 강현교와 강현교 미니미를 번갈아 보다가 픽, 웃었다. 그러자 강현교 미니미 다솔이가 까르르 웃으며 내 다리를 끌어안았다.

"우리 다솔이 좋아?"

"맘마! 조아!"

"엄마 좋다고?"

"응!"

아, 진짜 코끝이 찡해지려고 한다. 바로 얼마 전까지만 해도 외계어를 구사하던 다솜이가 이제는 제대로 된 말을 하게 된 것으로도 부족해서, 이렇게 예쁜 말만 골라서 하고 있으니.

"맘마, 나도⋯⋯."

"응? 다솜아, 왜?"

"나도 맘마 죠아."

다솜이가 아장아장 걸어와 내게 매달리더니 쌍둥이 오빠에게 결코 질 수 없다는 듯 작은 주먹을 꼭 쥔 채 동그랗게 눈을 뜨고 말했다. 강현교는 그런 다솜이가 기특하다며 다시 다솜이를 끌어안고는 자그마한 머리에 '부우우우' 하고 장난을 치기 시작했다. 다솜이가 순하니 망정이지 웬만한 애들 같으면 귀찮다고 징징대고 난리를 쳤을 거다. 나는 강현교를 잠시 한심한 눈으로 보다가 고개를 저었다. 저 남자가 저렇게 바보가 될 줄 상상이나 했을까. 딸바보가 무섭다고는 들었지만, 저 정도일 줄은⋯⋯.

"맘마! 맘마!"

그 순간 다솜이가 폴짝거리고 뛰면서 안아 달라는 듯 짧은 양팔을 쭉 내밀었다. 나는 다솜이를 안아서 허벅지 위에 앉혔다. 그러자 다솜이가 내 목을 감고 매달리며 까르르 웃었다.

"그 녀석, 사내자식이 무슨 애교가 저렇게 많아?"

"그거 굉장히 성차별적인 발언인데요?"

게다가 다솜이가 누구를 쏙 빼닮았는지 그건 생각도 못 하나 봐요? 내가 타박하듯 말하자 강현교는 머쓱한 표정으로 내 눈을 피했다. 이 기회에 얘기를 좀 더 해야겠다 싶어서 다솜이를 토닥이며 강현교를 향해 말을 이었다.

"그리고 자꾸 그렇게 다솜이만 예뻐할 거예요? 그러다가 다솔이 삐뚤어지면 책임질 거냐고요."

"삐뚤어지긴. 당신이 그 녀석의 본모습을 못 봐서 그래. 저게 얼마나 여우인 줄 알아? 삵으로 태어난 게 왜 자꾸 여우 짓을 하는 건지."

"여보! 현교 씨! 쌍둥이 아빠!"

나는 그를 무려 세 번이나 다른 호칭으로 불렀다. 아이처럼 구는 그를 달랠 겸, 본인이 '다솜이 아빠'인 것만이 아니라 '다솔이 아빠'이기도 하다는 점을 상기시킬 겸 말이다. 그러자 강현교의 귀가 쫑긋 일어섰다가 스르륵 옆으로 누웠다.

"그렇게 불쌍한 척해도 안 믿어요."

"다솜아, 엄마 무섭다. 그렇지?"

강현교는 내 시선을 피하며 다솜이에게 속삭였다. 그리고 어쩔 수 없다는 듯 인상을 쓰며 속내를 털어놓았다.

"솔직히 다솔이보다는 다솜이한테 한 번이라도 더 눈이 가는 건 맞아."

"여보."

"어떻게 안 그럴 수가 있겠냐고. 이렇게 당신이랑 똑같이 생겼는데."

"……"

"당신이 어린 시절에 어떤 모습이었는지 난 몰라. 과거로 돌아갈 수 있는 것도 아니니 평생 모를 테고. 그래서 가끔 그게 참 아쉬웠어."

강현교가 장난기를 지우고 진지한 눈으로 나를 보듬듯 바라보았다. 그 시선 탓일까. 괜히 가슴속이 간지러운 기분이 들어서, 나는 작게 헛기침을 하며 시선을 돌렸다. 그 순간에도 그의 다정한 목소리가 계속 이어졌다.

"어린 너를, 내가 보듬어 줬더라면 얼마나 좋았을까."

혼자 울고 있던 너를 찾아내서 꼭 안아 주고 따뜻한 고기도 구워서 먹여 주고 그랬더라면…… 강현교의 진지한 말에 차마 웃을 수 없었다. 하여간 그놈의 고기는 어디에서도 빼놓지 않는 저 근성. 나는 그저 내색하지 않은 채 안고 있던 다솔이의 머리를 쓰다듬었다. 내가 '강현교 미니미'라고 부를 정도로 그를 닮은 다솔이가 눈을 말똥거리며 나를 보고 있었다.

"그래서 다솔이한테 하나라도 더 챙겨 주고 싶어져. 그 시절의 너를…… 당신을 보는 것 같아서."

"……"

"그리고 뭐, 다솔이는 뻔해."

"예?"

갑자기 이게 무슨 뜬금없는 말인지. 나는 고개를 갸웃거리며 그를 보았다. 강현교가 내 품에 안겨 있는 다솔이를 보더니 입꼬리를 올렸다. 언제 진지했냐는 듯 심술궂은 표정이었다.

"나랑 똑같은 놈이니 내가 모를 수가 있나."

"뭐라고요?"

"저 녀석, 아무리 여우 짓을 해 봤자 다 안다고. 지금도 저거 봐. 꼬리 움찔거리는 거."

나는 다솔이의 꼬리를 보지 못한다는 걸 알면서도 자동적으로 다솔이의 엉덩이를 보았다. 그러자 다솔이가 낑낑대며 내 목을 꼭 안았다.

"응, 다솔아. 아빠한테 서운해? 괜찮아, 아빠가 장난하는 거야."

"장난은……. 저거 일부러 그러는 거라니까."

강현교는 투덜거리다가 다시 다솔이의 머리를 이리저리 매만지더니 환하게 웃었다.

"예쁘다, 우리 다솜이. 엄마 닮아서 맹하고."

"여보!"

맹하다니! 나는 부르르 몸을 떨며 항의했다. 그러자 강현교가 키득거리며 내게 말을 걸었다.

"그럼 아니라고 말할 수 있어? 응? 돌멩아?"

내가 좀 맹한 짓을 한 적은 많지만. 그래도 이제 쌍둥이 엄마인데 그 돌멩이 소리는 자제 좀 해 주지. 나는 속으로 구시렁대며 입을 삐죽였다.

"쌍둥이 엄마이기 이전에, 내 돌멩이지."

"아, 진짜 자꾸 그럴 거예요?"

"참, 그건 그렇고."

강현교가 갑자기 말을 돌리더니 손을 내밀었다. 응? 왜? 손잡자고? 내가 눈을 끔뻑거리고 있는데 강현교가 웃음을 터뜨리고는 입을 열었다.

"아니, 그게 아니라 다솔이 좀 이리 달라고."

"어? 다솔이도 안아 주려고요?"

잘 생각했어요. 나는 싱글거리며 냉큼 다솔이를 강현교의 품에 넘겨주었다. 그러자 다솔이가 칭얼거리며 강현교에게서 벗어나려고 몸부림을 쳤다. 강현교는 그런 다솔이를 고쳐 안으며 다른 팔 안에 다솜이를 안은 채 말을 이었다.

"내가 너희들한테 꼭 가르쳐야 할 게 있어서 말이야."

오오, 드디어 아빠 노릇을 하려나 보다! 나는 눈을 빛내며 강현교와 쌍둥이를 보았다. 쌍둥이 역시 눈을 동그랗게 뜨더니 강현교의 입을 주시했다. 그 순간 강현교가 다시 나를 쳐다보더니 입꼬리를 씩 올렸다. ……뭐지? 뭔가 예감이 좋지 않았다. 특히 강현교가 저런 표정을 지을 때는……

"엄마."

"으응?"

"우우웅?"

강현교의 손가락을 따라서 쌍둥이의 동그란 눈이 전부 나를 향했다. 그리고 강현교의 입이 다시 열렸다.

"맘마가 아니라 엄마. 따라 해 봐, 엄마."

"맘……."

"아니지, 다솜아. 엄! 엄마!"

"어, 어마?"

다솜이 커다란 눈을 깜빡이며 강현교의 발음을 따라 했다. 그러자 강현교가 다솜이의 볼에 뽀뽀를 하고는 고개를 끄덕였다.

"그렇지! 엄마! 자, 다솔이 너도 해 봐."

강현교는 다솔이에게 어서 해 보라며 재촉했다. 그러자 다솔이가 강현교와 똑같은 표정으로 뚱해 있더니 입을 열었다.

"왜?"

"뭐?"

"왜……. 맘만데."

왜 맘마인데 엄마라고 하라는 거냐, 뭐 그런 뜻인 것 같았다. 쌍둥이라고 하지만 이렇게 성격이 다르다. 순한 다솜이는 무조건 따라 했지만, 다솔이는 일단 스스로 납득을 해야 하는가 보다. 나는 둘 다 예뻐서 번갈아 쳐다보며 웃었다. 솔직히 나로서는 맘마라고 불러도 좋고, 엄마라고 불러도 좋고…….

"배고플 때 뭐라고 하지?"

"맘마?"

"그렇지."

강현교는 다솔이에게 설명을 했다.

"먹는 것만 '맘마' 야. 엄마는 먹는 게 아니잖아."

갑자기 내가 사냥감이 되어서 삵 가족 사이에 놓인 기분이 들었다. 그래도 강현교가 아빠 노릇을 한다고 이러는 걸 보니까 흐뭇해서 웃고 있는데, 그의 입에서 뜻밖의 말이 이어졌다.

"엄마는 내가 잡아먹으려고 잘 키워 놓은 건데, 왜 너희가 노려? 그건 아니지. 그건 천하에 몹쓸, 아주 불효막심한 자식인 거야. 알았어?"

"혀, 현교 씨!"

이건 또 무슨 해괴한 발언이냐고요! 나는 화들짝 놀라 강현교를 보았다. 강현교가 장난꾸러기처럼 웃더니 거듭 말했다.

"엄마는 내 먹이야. 그러니까 다솔이랑 다솜이는 노리면 안 돼. 그건 근친상……."

"애들 앞에서 못하는 소리가 없어, 진짜!"

나는 황급히 강현교에게 달려들어 그의 입을 손으로 틀어막았다. 강현교가 키득거리는 바람에 손바닥을 타고 웃음이 진동처럼 전해졌다.

"그러고 싶어요? 애들 앞에서 대체……."

"뭐가?"

강현교가 젖은 머리를 수건으로 닦으며 나오다가 내 물음에 오히려 되물었다. 나는 바닥에 떨어지는 물방울에 얼굴을 찡그렸다.

"제대로 좀 닦고 나오라니까!"

"제대로 닦았잖아. 지금도 닦고 있는데."

"머리 말고, 꼬리요! 꼬리!"

나는 강현교의 뒤쪽을 가리키며 말했다. 아래에 두른 커다란 타월 사이로 살랑대고 있는 꼬리에서 물방울이 뚝뚝 떨어지고 있었다.

"아, 이거?"

강현교는 꼬리를 쫙 폈다가 그대로 부르르 털었다. 그 바람에 꼬리의 물기가 사방으로 튀었다.

"현교 씨! 여보!"

"금방 보송보송해졌잖아."

그 대신, 주변은 난장판이 되었지요. 나는 구시렁대다가 다시 조금 전에 하려던 말을 꺼냈다.

"애들한테 왜 그런 말을 하냐고요. 그러다가 이상한 말 같은 걸 배우면 어떻게 하려고요."

"뭐가 이상한 말이야?"

"아까 그거요!"

"그거, 뭐?"

"맘마요, 맘마!"

내가 발끈해서 외치자 강현교가 '아, 그거?' 하면서 침대로 다가왔다. 나는 이불을 끌어당겨 안은 채 입을 삐죽였다.

"내가 뭐, 틀린 말을 한 건 아니잖아. 오히려 호칭 문제를 바로잡아 줬는데 고맙다고 하지는 못할망정……."

"그게 아니라, 왜 이상한 말을 하냐고요."

잡아먹는다는…… 뭐, 그런……. 내가 말끝을 흐리며 웅얼거리자 강현교가 웃음을 터뜨렸다. 그러고는 내 머리를 뒤로 쓸어 넘기고 귓가에 입을 맞췄다. 나는 강현교의 입술이 귓불에 닿자마자 몸을 움츠렸다.

"이러지 마요. 애들도 있는……. 어? 애들이 어디 갔지?"

분명히 침대 아래에서 조금 전까지 놀고 있었는데? 당황해서 일어나려는 나를 강현교가 다시 침대 위에 앉히고는 입을 열었다.

"거실에 있어."

"예? 언제 나갔대요? 분명히 같이 있었는데."

"우리 애들을 인간 수준으로 생각하지 말라고, 여보. 뭐, 둘이 소꿉장난이라도 하나 보네."

굳게 닫힌 방문 너머의 소리가 들리는 듯 강현교의 귀가 쫑긋거렸다. 나는 잠시 황당한 마음에 문을 쳐다보다가 고개를 흔들었다.

"그래도 아직 아가들이잖아요. 엄마가 안 보는 곳에 둘이 놔두는 건 위험하다고요. 게다가 거실이라고 해도 부엌이랑 같은 공간이라 위험한 물건도 많다고요."

"됐어. 진짜 삶으로 태어났으면 슬슬 사냥도 가르쳐야 할 나이라고."

"예에?"

나는 기가 막혀서 그를 보았다. 하지만 강현교는 아무렇지 않은 듯 태연하게 나를 보며 어깨를 으쓱였다.

"왜요, 아예 숲으로 가서 살자고 하지. 왜 여기에 와서 산대요? 집도 좁은데 답답하지 않아요?"

넓은 초원을 달리고 싶지는 않아요? 험준한 산기슭을 뛰어다니고 싶지는 않아요? 내가 놀리듯 묻자 강현교가 콧등을 긁더니 개구지게 웃고는 대꾸했다.

"그것도 좋기는 한데 이곳 옹달샘 빌라가 애들 키우기에는 좋아. 뭐, 비위생적인 환경 문제가 좀 남아 있기는 하지만."

"비위생적이라니요! 대체 여기가 어떻다고 툭하면 비위생적이라고 그래요?"

그러니까 옹달샘 회장님께서 툭하면 화를 내시죠. 하여간 다른 사람들 삐치게 하는 재주가 있다니까. 나는 구시렁거리다가 다시 몸을 움직였다.

"어디 가려고?"

"애들 데리고 와야죠. 벌써 잘 시간이 지났는데."

"당분간만이라도 본가에 데려다 놔야겠어."

"예?"

"쌍둥이 말이야. 아버지랑 누나가 쌍둥이 보고 싶어서 눈이 짓무르

지경이래."

물론 시아버지나 현조 언니가 쌍둥이를 많이 예뻐하는 건 알지만…… 눈이 짓무를 지경이라 말했다고? 어쩐지 의심스러워서 저절로 눈이 가늘어졌다. 그러자 강현교가 내 시선을 피하며 귀를 좌우로 바쁘게 움직였다.

……거짓말이구만.

"거짓말 아니거든?"

"흥."

나는 콧방귀를 뀌며 침대 아래로 내려섰다. 강현교가 내 손목을 다급히 잡으며 으르렁거렸다.

"여호랑, 아니, 여보야. 진짜 이럴 거야?"

"예?"

"애들만 챙기고, 나는 늘 뒷전이고."

"예에?"

나는 강현교의 말에 기가 막혀서 말을 잇지 못했다. 그런 내 태도를 어떻게 받아들였는지 강현교가 뚱한 얼굴로 불만스럽다는 듯 나를 쳐다보았다.

"지금 질투해요?"

"뭐?"

"아니, 지금 현교 씨 모습이 딱 그렇잖아요. 질투하는 중."

"내가 그런 유치한 짓을 할 것 같아?"

예, 그럴 것 같아요. 아니, 그러고 있네요. 나는 속으로 중얼거리며 그를 보다가 웃고 말았다. 이런 모습마저 유치하다기보다는 귀엽게 느껴지니, 나야말로 유치하잖아.

"아유, 우리 보들이!"

"뭐야, 그 호칭은?"

"보들보들한 귀, 그러니까 보들이죠. 아니면 북슬이라고 할까? 북슬북슬한 꼬리니까."

내가 배시시 웃으며 농담처럼 말을 잇자, 강현교는 잠시 뚱해 있더니 이내 풀어진 얼굴로 내 허리를 감아 안았다.

"허리 좀 숙여 봐요. 귀 잡고 싶어."

"쳇. 이 귀마저도 없었으면 쫓겨날 뻔했군."

투덜대면서도 그는 얌전히 허리를 숙여 자신의 귀를 편하게 잡을 수 있게 해 주었다. 그 어정쩡한 자세가 또 귀여워서 웃음을 터뜨렸다.

"그럴 리 없다는 거 알면서 꼭 그렇게 말하죠, 심술쟁이처럼."

"그 심술 제대로 부려 줘?"

강현교가 퉁명스럽게 대꾸하더니 귀를 잡고 있던 내 손을 끌어당겼다. 나는 순순히 그가 하는 대로 내버려 뒀다. 그의 눈이 나를 물끄러미 응시했다. 다정한 애정이 담긴 시선이었다. 심술과는 거리가 먼, 그런 시선이었다.

"확실히 여호랑이 내게는 먹이가 맞기는 한가 봐."

"예?"

"그것도 아주 특별한 먹이. 자꾸만 허기를 느끼게 되니 말이야."

네가 바로 이렇게 내 앞에 있어도 계속 너를 탐하고 싶어. 아무리 채우려고 해도 채워지지 않아. 매 순간 너를 갈망하게 돼. 그래서 나도 모르게 유치하게 굴고…….

강현교의 중얼거림을 듣고 있다가 그를 가만히 안았다. 다정한 온기도 좋고, 함께 뛰는 심장박동을 느끼는 것도 좋고, 이 남자와 함께하는 모든 게 정말 좋다. 그리고 이렇게 유치하게 구는 남자가 정말 사랑스럽다. 나는 그를 안고 있다가 입을 열었다.

"사람을 먹이 취급하는 남자가 뭐가 사랑스러운지."

"응?"

"내가 남자 보는 눈이 독특하죠?"

"뭐야?"

그의 눈썹이 쓱 올라가려는 순간, 나는 까치발을 하고 그에게 가볍게 입을 맞추며 말을 이었다.

"그러니까 우리가 천생연분인가 봐요."

"뭐?"

"서로에게 참 특별하니까."

내가 웃으며 말하자 강현교가 눈을 크게 뜨더니 환하게 웃으며 내 입술을 덮쳤다.

그러나 우리가 간과한 것이 있었으니.

"맘…… 어, 엄마!"

"엄맘마!"

어느새 다시 들어온 쌍둥이의 존재였다.

"다, 다솔아! 다솜아!"

언제 왔지? 아니, 언제부터 본 거야? 내가 당황해서 말을 잇지 못하는 사이에 강현교가 다시 크릉크릉 목을 울리며 중얼거렸다.

"내일 당장 이 녀석들, 본가에 데려다 놓겠어!"

그게 아빠로서 할 말인가요. 나는 속으로 중얼거리면서도 나도 모르게 고개를 끄덕였다. 당분간…… 당분간이라면 뭐……. 엄마로서의 양심은 잠시 내려놓을까, 하는 생각이 들었다.

뒷이야기 3
왜 없어?

"응? 왜 그래 다솜아?"

나는 자꾸만 내 주변을 맴도는 다솜이를 보며 물었다. 커다란 리본을 머리에 묶은 다솜이가 조심스럽게 나를 빤히 올려다보았다. 그리고 다솔이 역시 내게 다가와 내 손을 붙잡고 흔들었다.

"다솔이는 또 왜 그러고? 둘이 싸웠어?"

"아니."

이제는 쌍둥이가 말도 잘한다. 가끔 혀 짧은 소리를 내기는 하지만 말이다. 나는 아이들과 눈높이를 맞추기 위해 쭈그리고 앉았다. 눈을 맞추고 보니 다솜이와 다솔이 둘 다 눈에 눈물이 그렁그렁 고인 게 보였다.

"어? 둘이 왜 그래? 어디 아파? 왜 울어?"

나는 강현교를 찾기 위해 목을 쭉 뺐다. 강현교가 방문 앞에 서서 어깨를 으쓱이며 나를 보고 있었다.

대체 무슨 일이에요?

직접 물어 봐.

눈으로 대화를 주고받는 사이에 다솜이의 울음보가 터졌다.

"으앙. 엄마! 엄마, 많이 아파?"

"응?"

"많이 아픈 거야?"

다솜이가 커다랗고 동그란 눈에 눈물방울을 달고는 울먹이며 물었다. 으응? 다솜아, 이게 무슨 말이니? 나는 휘둥그레 눈을 뜨고 다솜이를 쳐다보다가 다시 입을 열었다.

"다솜아, 엄마 안 아파. 왜 아프다고 생각했어? 응?"

"엄마아아아."

흐에엥. 다솜이가 울먹거리더니 다시 울음을 터뜨렸다. 뭐가 그렇게 서럽고 무서운 것인지, 아이가 짧은 팔로 내 목을 감싸 안더니 흐끅, 흐끅, 하면서 계속 울었다. 그 바람에 황당한 마음을 추스를 새도 없이 다솜이를 다독이고 있는데, 내 옷자락을 잡아 흔드는 손길이 느껴져서 고개를 돌렸다. 다솔이가 입을 삐죽이며 눈물이 그렁그렁해서 나를 보고 있었다. 개구진 아이라서 웬만하면 이렇게 눈물을 보이는 일이 없는데.

아니, 애들이 대체 무슨 얘기를 어디서 듣고 와서…….

"다솔아, 누가 뭐라고 했어?"

"아니."

"그런데 왜 그래? 응? 왜 엄마가 아프다고 울어?"

내가 묻자마자 다솔이가 눈물을 뚝뚝 떨어뜨리더니 입을 열었다.

"엄마는 왜 귀랑 꼬리가 없어?"

"응?"

"우리랑 다르잖아. 아빠도 있고, 할아버지랑 고모도 다 있는데."

나는 다시 고개를 돌렸다. 강현교가 어느새 다가와 다솜이의 뒤에 서서 나를 바라보고 있었다. 강현교의 어머니, 그러니까 시어머니께서 바로 이런 상황에 직면하셨던 거로구나, 하는 생각이 들었다.

현조 언니가 지금의 다솔이와 다솜이처럼 엉엉 울었으니 얼마나 난감하셨을까. 그렇지만 한편으로는 기쁜 마음이 들었다. '다르다' 는 것을 인식할 정도로 쌍둥이가 자란 것이 기특하기도 하고 신기하기도 했다. 바로 얼마 전까지만 해도 그런 점에 대해 인식하지 못했던 아이들인데 어느새 이렇게 훌쩍 컸구나 싶었다.

"아니지. 옆집 돌희 형아나 형아네 할머니도 엄마랑 똑같고, 범고래 아저씨랑 동자 아줌마, 옹심이 형아, 옹달샘 할아버지도 전부 엄마랑 똑같잖아."

"아니야. 그거 아니야. 엄마는 우리 엄마잖아!"

다솔이는 답답한 듯 작은 손으로 가슴을 치며 발을 굴렀다. 그러자 다솜이 역시 울먹거리며 고개를 끄덕였다. 그리고 작은 소리로 중얼거리듯 말했다.

"엄마는 엄마니까."

"응! 엄마는 엄마야!"

다솔이가 다솜이의 말에 다시 한 번 고개를 크게 끄덕이며 외쳤다. 새까만 눈동자 두 쌍이 눈물방울을 매달고 나를 쳐다보고 있는 것을 보고 있으려니 괜히 기분이 이상해졌다. 이 작은 아이들이 대체 어떤 생각을 하고 있는지 정확하게는 알 수 없지만, 그래도 다솔이와 다솜이의 말을 듣고 있으려니 가슴이 뭉클해졌다. 엄마라고 불러 주는 이 아이들, 눈물 그렁그렁한 눈으로 애정 듬뿍 담아 나를 바라봐 주는 이 아이들, 이 아이들의 엄마라는 사실에 정말 너무나 감사했다.

"엄마가 다솔이나 다솜이 같은 귀랑 꼬리가 없는 건 아파서 그런 게 아니야."

"그러엄?"

"그럼 왜 없어?"

"왜냐하면……."

나는 다솔이와 다솜이를 쳐다보다가 강현교를 보았다. 그가 벽에 비스듬히 기댄 채 웃고 있었다. 마치 내가 어떤 말을 할지 알고 있다는 듯 말이다. 칫. 그래요, 내 생각 다 듣고 있다는 거죠? 나는 다시 쌍둥이를 향해 차근차근 설명해 주기 위해 입을 열었다.

"아빠랑 엄마는 하나거든."

"우웅?"

"엉?"

다솔이와 다솜이가 이해하지 못할 말을 들었다는 듯 멍하니 나를 쳐다보았다.

"아빠랑 엄마는 사랑해서 하나가 되었어. 그래서 아빠의 귀랑 꼬리가 엄마의 귀랑 꼬리가 되기도 하는 거야. 다솔이랑 다솜이는 귀가 두 개가 아니라 네 개 달린 삶을 본 적 있어?"

"아니."

"아니!"

쌍둥이가 합창하듯 대답했다.

"그럼 꼬리가 하나가 아니라 두 개 달린 삶은?"

"없어."

"없어!"

다솜이는 얌전히, 다솔이는 힘차게. 그렇지만 이번에도 동시에 합창하듯 말했다. 나는 그런 아이들이 사랑스러워서 꼭 끌어안고 말을 이었다.

"그것 봐. 그러니까 엄마가 귀랑 꼬리가 있으면 안 되는 거야. 그럼 아빠랑 엄마는 하나인데, 귀가 네 개 달리고 꼬리가 두 개 달리게 되는 거니까."

"어……."

"우웅."

다솔이와 다솜이는 새까만 눈을 깜빡였다. 뭔가 알 것도 같고 그러면서도 모르겠다는 듯 아리송한 얼굴이었다. 하기야 이 어린아이들이 이해하기에는 좀 그렇겠지. 나는 다솔이와 다솜이를 향해 말했다.

"나중에 다솔이랑 다솜이도 사랑하는 사람을 만나게 될 거야. 엄마처럼 귀랑 꼬리가 없는 사람. 삵 말고."

쌍둥이의 눈에 물음표가 뜬 것 같았다. 아직 어리니까 아마 내 말이 무슨 의미인지 전혀 이해하지 못하겠지. 그래도 언젠가 이 아이들에게도 사랑이 찾아올 테니까. 그럼, 그때 지금 내가 한 말을 이해할 수 있겠지. 나는 가만히 웃으며 다솔이와 다솜이에게 말했다.

"많이 사랑해 줘. 그리고 많이 사랑받고. 특히 다솔아."

"엉?"

다솔이가 눈을 깜빡이며 입을 살짝 벌렸다. 강현교와 똑같이 닮은 아이를 보다가 나는 힐끔 강현교를 보고는 입꼬리를 올렸다.

"사랑하는 사람을 만나자마자 무조건 내 애를 낳아라, 하고 말하면 안 되는 거야. 알았지?"

"어엉?"

다솔이가 손가락을 입에 넣으며 고개를 갸웃거렸다. 어차피 다솔이가 이해하기 어려운 이야기였다. 게다가 아직 먼 이야기이기도 하고……. 그냥 누구 들으라고 한 말이었다. 그것을 강현교도 이해했는지 그의 눈썹이 꿈틀거렸다.

"하여간 뒤끝이 굉장하다니까. 애 낳으라고 했던 걸 아주 두고두고 우려먹네. 내가 사골이냐? 응? 아니, 사골이라도 그렇지. 벌써 맹물이 나올 정도겠다고요, 여보야. 이 정도로 우려냈으면 그만하시죠? 예?"

강현교가 내 머리카락을 만지작거리며 투덜거렸다. 나는 몸을 이리저리 비틀다가 결국 참지 못하고 뒤를 돌아보았다.

"그러는 당신은 정말 끈질긴 거 알아요?"

"내가 뭘?"

"이 원고 마감이 내일이라고요. 알잖아요."

"알아. 그래서 귀찮게 안 하잖아. 밥까지 방에 갖다 줬는데 내가 뭘 어쨌다고."

"그럼 지금 이건 뭐 하는 건데요?"

"이거? 그냥 손가락에 머리카락이 막 감기네?"

강현교가 눈웃음을 지으며 자신의 손가락에 돌돌 감아 놓은 내 머리카락을 보여 주었다. 하여간 이 남자, 뻔뻔하게 거짓말하는 건 쌍둥이 아빠가 되어서도 변하지 않는다. 나는 잠시 고민하다가 그냥 노트북 전원을 껐다. 뭐, 어떻게든 되겠지. 출판사 담당자의 아우성이 들리는 것만 같아서 잠깐 죄책감이 느껴졌지만 어쩔 수 없었다.

일단 이 철없는 삵이랑 놀아 줘야지.

"쌍둥이보다 더 철없다니까."

"응. 빈혈이야."

"지금 그걸 개그라고 한 거예요? 나더러 웃으라고?"

나는 경악한 눈으로 그를 보았다. 머쓱한 표정을 지은 강현교가 냉큼 내 무릎 뒤를 받쳐 안더니 침대로 향했다.

"어우, 현교 씨!"

"……호랑아, 여보."

침대가 흔들리면서 몸이 함께 흔들렸다. 강현교는 나를 침대 위에 내려놓고는 내 옆에 모로 누운 채 흐트러진 머리를 쓸어 넘겨 주었다.

"빈혈이라면서요. 그냥 쉬지 그래요?"

"배고파서 생긴 빈혈이야."

"밥은 부엌에 있어요."

"밥 말고 호랑이."

"내가 뭐, 간식이라도 돼요?"

나는 투덜거리며 그의 코를 잡아당겼다. 그러자 강현교가 낮게 웃음을 터뜨리더니 그대로 내 입술을 덮쳤다.

"으, 으읏! 어휴, 현교 씨!"

이건 키스도 아니고, 진짜 말 그대로 밥 먹듯이! 나는 달아오른 얼굴을 감추지도 못한 채 황급히 그를 밀어 냈다. 그런데 이 남자, 정말 양심을 고물상에 팔기라도 했는지 천연덕스럽게 입맛을 다시며 물러났다.

"아, 진짜 얼얼해……."

나는 입 안을 혀로 더듬어 보다가 얼굴을 찡그렸다. 그리고 얄미운 마음에 그의 꼬리를 확 잡아당겼다.

"치사하게 남의 성감대를 함부로 잡아당길 거야?"

"먼저 치사하게 군 건 당신이거든요?"

"치사하게 굴다니? 키스한 것도 죄야? 부부 사이에 그 정도도 못 해?"

"키스를 해도 좀……. 우아앗!"

"엄마, 아빠랑 싸워?"

"아빠, 엄마한테 혼나는 거야?"

그 순간 침대 밑에서 자그마한 머리통 두 개가 나란히 올라왔다. 그리고 당연히 보일 리 없겠지만 보들보들한 미니미 귀 두 쌍이 쫑긋거리는 것 같은 환상이 아른거렸다.

"어…… 다솔아, 다솜아."

너희들은 또 언제 들어왔니. 나는 허탈한 마음에 한숨을 내쉬고는 헝클어진 머리를 대충 묶었다. 그리고 짧은 팔을 위로 올려 만세를 하고 있는 아이들을 차례대로 침대 위에 올렸다. 그러자 강현교가 못마땅한 얼굴로 혀를 차더니 입을 열었다.

"본가로 들어가자."

"예?"

"아버지가 이제 많이 늙으셔서 내가 모셔야겠어."

전혀 신빙성 없는 말씀이십니다만? 아버지는 다음 달에 마라톤 일반부 경기에 출전한다고 하셨는데요. 나는 속으로 중얼거리며 다솔이와 다솜이를 토닥였다. 아마 매번 이렇게 쌍둥이의 난입으로 인해 방해를 받는 상황을 해결할 방법을 나름대로 찾은 듯했다. 바로 본가에 들어가는 것으로 말이다.

뭐, 이제 본가로 들어가도 좋기는 하겠지.

어쨌든 손주들 보고 싶어 하시는 아버지의 마음도 이해 못 할 건 아니고……. 더구나 현조 언니가 결혼을 해서 독립하는 바람에 더욱 적적해하시는 것도 같으니까.

하지만 많이 아쉬울 것 같다.

나는 새삼 방 안을 둘러보았다. 좁은 방이지만 이곳에서 쌓은 추억의 크기를 잴 수 있다면 그 수천 배는 될 것이다. 물론 외롭기도 했고 혼자 눈물을 떨구었던 기억도 있다. 하지만 그런 기억보다는 소중하고 예쁜 기억이 더 많다.

탁미와 함께한 순간들,

대필 작업을 하며 느꼈던 소소한 행복들,

그리고…….

"왜?"

멀뚱히 나를 보는 강현교의 귀가 쫑긋거렸다. 나는 그냥 웃었다.

이 남자와 함께 만들었던 기억과 지금 이 순간, 이 감정, 이 행복.

"거기에 이제는 우리 쌍둥이까지."

나는 다솔이와 다솜이의 볼에 입술을 대며 중얼거렸다. 간지러웠는지 다솔이가 꺅꺅거리며 웃었다. 그와 동시에 다솜이가 배시시 웃으며 내 엄지를 꼭 쥐었다. 작은 손가락이 살며시 내 엄지를 쥐고 있는 감촉이 정말 좋았다.

"좋아요, 들어가요."

"뭐?"

"본가로 들어가자고요."

나는 강현교를 바라보며 말했다. 강현교는 내가 이렇듯 흔쾌히 자신의 말에 동조할 것이라고는 상상하지 못했다는 듯 당황한 눈으로 나를 보다가 입을 열었다.

"진심으로 하는 말이야?"

"응."

고개를 끄덕이며 대꾸하자 강현교가 더욱 혼란스러운 듯한 표정으로 말을 이었다.

"아쉽지 않겠어?"

"아쉽죠. 아쉽기는 많이 아쉬운데……."

나는 다시 방 안을 둘러보다가 씩 웃었다. 내 엄지를 붙들고 있던 다솜이가 빤히 나를 쳐다보았다. 다솔이 역시 내게 다가와 배를 내밀고 누워서 까르르 웃었다.

"다솜이는 이제 아빠한테 오자."

강현교가 다솜이를 품에 안았다. 다솜이는 냉큼 그의 목을 끌어안으며 배시시 웃었다. 그런 다솜이를 보는 강현교의 입이 함지박처럼 벌어진 것은 당연했다. 저 딸바보. 나는 다솔이가 뚱한 표정으로 강현교를 쳐다보는 걸 보고 다솔이를 안아 주며 말을 이었다.

"우리 쌍둥이도 이제 앞으로 더 많이 클 테니까요. 이곳은 아무래도 비좁을 것 같아요."

"하긴 그렇지. 게다가 삵이라 뛰어노는 걸 좋아할 테니까."

강현교가 납득이 된다는 듯 고개를 끄덕였다. 삵이라……. 솔직히 삵이라고는 하지만 쌍둥이의 귀와 꼬리를 보지 못해서 그런지 별로 실감은 나지 않는다. 나는 문득 궁금해져서 강현교에게 물었다.

"우리 애들 귀랑 꼬리는 어떻게 생겼어요? 당신이랑 똑같아요?"

"응? 뭐, 비슷해."

강현교는 잠시 입을 다물고 자신이 안고 있던 다솜이와 내 품에 안겨 있던 다솔이를 유심히 보더니 입을 열었다.

"다솔이는 색깔이 조금 더 짙고 무늬가 선명해. 그리고 다솜이는 한쪽 귀가 살짝 구부러져 있어."

"어? 그건 문제 있는 거 아니에요?"

나는 조심스럽게 작은 목소리로 물었다. 그러자 강현교가 씩 웃더니 고개를 저었다.

"아니. 청각에 이상이 있는 건 아니니까 상관없어. 우리가 뭐, 진짜 삶의 모습으로 사는 것도 아니고. 오히려 귀여워. 한쪽 귀가 살짝 구부러져 있어서. 뭐랄까, 다솜이랑 딱 어울리는 것 같아. 순해 보이고 살짝 맹해 보이기도 하고."

"맹해……."

맹해 보인다는 게 좋은 소리일까? 나는 얼굴을 찡그리며 한마디 말을 하려고 입을 열었다. 하지만 강현교가 나보다 먼저 말했다.

"당신이랑 아주 똑같아. 맹해 보이는 게 아주 놀라울 정도로 닮았어. 누가 봐도 당신 딸이라는 걸 부정할 수 없을 거야."

지금 빈정거리는 건가? 아니면 지금 나랑 싸우자는 거야? 결혼한 뒤에 지금껏 단 한 번도 해 본 적 없던 부부 싸움이란 걸 이렇게 하게 되는 건가? 내가 머릿속을 스치는 수많은 생각 속에서 허우적대던 사이에 강현교가 다시 다솜이를 침대 위에 내려놓고는 내게 다가왔다.

"하나라고 했지?"

"예?"

"너와 나 말이야. 사랑해서 하나가 됐다며. 그거 야한 소리 아니야? 애들한테 하기에는 좀 부적합한 말이 아닌가."

"뭐, 뭐라고요? 여보! 대체 당신은 꼭 생각이 그런 쪽으로……."

짓궂은 강현교의 장난에 내가 당황해서 안고 있던 다솔이를 내려놓는 순간, 그가 내 뒷머리를 끌어당겼다. 그리고 그의 입술이 다가왔다.

체온과 체온을 나누고, 살과 살이 맞닿았다. 내가 달뜬 숨을 뱉을 때마다 그가 자신의 숨을 불어 넣었다. 마치 자신의 모든 것을 불어 넣듯이, 자신이 가지고 있는 삶과 목숨까지도 전부 내게 건넬 것처럼, 그는 절박하고 뜨거웠다.

그리고 나 역시 이 남자가 아니면 안 된다는 듯 그에게 달라붙고 매달렸다. 얼마나 시간이 지났을까. 점막과 점막이 닿아 있다가 떨어지면서 젖은 소리를 냈다. 내가 가쁜 숨을 몰아쉬는 사이에, 그가 입술을 떼고 진지한 시선으로 나를 바라보며 입을 열었다.

"사랑해."

"……."

"사랑해요, 호랑 씨."

"……나도요."

나는 머쓱한 마음에 고개를 숙였다. 그러자 강현교에게서 웃음소리가 새어 나왔다.

"우리 호랑이, 아예 까먹었구나?"

"예?"

"고개 숙이면 뽀뽀 한 번이라고 했던 거."

벌써 잊은 거야? 그럼 서운한데. 강현교가 내 귓가에 속삭이며 나직하게 웃었다. 그리고 내가 대꾸할 새도 없이 그는 내 턱을 부드럽게 감싸 쥐고는 다시 입을 맞췄다. 나도 모르게 눈을 감았다. 이번에는 부드럽고 가벼운 입맞춤이었다. 그가 전해 주는 온기에 잠시 취해 있다가 무심결에 눈을 뜬 순간, 나는 쌍둥이의 새까만 눈 두 쌍과 마주하고 말았다.

"뽀뽀?"

"뽀뽀!"

다솔이와 다솜이가 내게서 시선을 돌리고는 서로 마주보며 '뽀뽀'를 외쳐 대기 시작했다. 아무래도 쌍둥이가 이 단어에 흥미를 느낀 모양이다. 맙소사. 나는 울상을 짓다가 이내 웃음을 터뜨리고 말았다.

"이게 전부 다 현교 씨 잘못이에요. 알죠?"

"예, 잘못했습니다. 부인."

나는 냉큼 사과하는 강현교를 웃기 머금은 눈으로 쳐다보다가 충동적으로 입을 맞췄다.

"잘못할 때마다 뽀뽀 한 번, 어때요?"

그리고 이번에는 내가 장난스럽게 조건을 걸었다. 강현교는 내 말에 잠시 얼떨떨한 표정을 짓다가 환하게 웃었다.

"그거 말고 진하게 키스 한 번은 어떤가요, 호랑 씨?"

"뭐…… 그럴까요?"

내 대답이 떨어지기 무섭게 그가 다급히 나를 끌어당겼다. 내 앞에 서만큼은 이렇게 성급해지는 남자가 정말 사랑스러워서 나는 가만히 웃으며 그를 마주 안았다.

사랑스러운 내 똥고양이.

예쁜 내 돌멩이.

나는 그의 어깨에 턱을 대고 안긴 채 투덜거렸다.

"돌멩이는 좀 그렇지 않아요? 나중에 우리 쌍둥이가 알면 엄마 머리 나쁘냐고 그러겠어요."

"똥고양이는 어떻고. 삵 가문에서 웬 똥고양이냐고, 다솔이 녀석이 분명히 비웃을 거라고."

강현교가 구시렁대며 내 귓불에 입을 맞추고는 키득거렸다. 나는 그를 끌어안은 채 웃다가 고개를 모로 돌렸다.

"우리 쌍둥이는 잠들었네요."

"그러게? 뽀뽀를 외쳐 대더니 금세 잠들었네?"

그럼, 우리 더한 것도 할까? 강현교가 짓궂게 웃으며 제안했다. 하여간 이 남자는 못 말린다니까. 나는 콧등을 찡그리며 그의 어깨를 앙, 하고 물었다.

"뭐야, 아직도 이가 나는 중이야?"

"응. 아직 덜 자랐어요."

"얼른 자라라, 돌멩아. 그래야 마음껏 잡아먹지."

강현교가 내 목덜미에 입술을 누르며 나직하게 웃었다. 그의 웃음소리가 듣기 좋았다. 내가 가진 전부가 바로 이 남자였다. 나는 어깨에 대고 있던 턱을 떼고는 그를 쳐다보았다. 깊은 시선으로 다정하게 나를 향해 웃고 있는 그가 보였다.

"지금 내가 무슨 생각하고 있는지 말 안 해도 알죠?"

내 물음에 그가 눈을 휘며 웃더니 고개를 끄덕였다. 나 역시 가만히 웃다가 그를 끌어안았다. 말하지 않아도 전해지는 마음이 있다. 나는 그의 심장이 나와 같은 속도로 뛰고 있는 것을 들으며 입을 열었다.

"나도 알아요."

"정말?"

"응."

강현교가 내 대답에 기분 좋은 듯 웃었다. 그리고 나를 끌어안고 있는 팔에 더욱 힘을 주었다.

쌍둥이가 곤히 잠들어 쌕쌕, 내쉬는 소리만이 들렸다.

— The end

작가 후기

처음 이 원고를 쓰기 시작했던 건 작년 초였습니다. 아니, 더 정확히 말하자면 인물들이 하나씩 탄생하기 시작했던 시점이 대략 그 무렵이었다고 해야 할까요. 제게는 첫 로맨스 소설이자 처음으로 출간한 책이 된 『다시 시작하는 연인의 자세』와 더불어 그와 거의 비슷한 시기에 구상했던 글이 『미스터 삶과의 동거』, 바로 이 소설이었거든요.

음…… 당시에 개인적으로 조금은 힘든 상황이었어요. 그래서 그 상황으로부터 도피하고 싶은 마음에 시작했던 글이기도 합니다. 어쩌면 그런 이유로, 이 소설이 현실에서 살짝 동떨어진, 유쾌하고(?) 발랄한(?) 이야기가 되지 않았나 하는 생각도 하게 되네요.

마법 같은 순간이 찾아오기를 바라는 마음에서였을까요.

호랑이에게 현교가 나타난 것처럼, 제게도 이 소설이 마법과도 같은 순간을 선물해 주었습니다.

그들의 이야기를 써 내려가면서 혼자 키득거리며 즐거워했고, 연재를 시작하면서 뵙게 되었던 독자님들과의 인연에 더욱 행복하고 감사한 날들을 보낼 수 있었거든요.

그리고 1년이 지난 지금, 이렇듯 세 번째 종이책으로 나오게 될 준비를 하게 되었고요.

출간 작업을 하면서 수정과 교정을 위해 이 글을 다시 읽어 보게 되었습니다. 그 과정 속에서 1년 전, 이 글을 처음 구상하던 때의 마음이 새삼 떠올랐어요. 그때 얼마나 즐거워했는지, 그 마음이 생생히 기억나서 행복하게 작업을 할 수 있었습니다.

그리고 다시 한 번 깨닫게 되었어요.

현교와 호랑이가 제게 주었던 마법 같은 순간이 여전히 지속되고 있었다는 것을, 말이에요.

호랑이에게 현교가 기적 같은 사람이었듯이, 제게도 이들은 기적 같은 존재들일 거예요. 앞으로도 또 어떤 기적 같은 존재들이 저와 함께 다른 이야기들을 만들어 낼지 매일 두근거리는 가슴으로 기대하며, 그들이 제게 들려줄 이야기를 귀 기울여 기다리고 있습니다.

이 글을 통해서 인연이 닿았던 분들, 모두 감사합니다.

어느새 세 번째 종이책까지 함께하게 된 뿔미디어님들, 늘 애써 주셔서 감사해요. 편집자님, 고맙습니다. 상냥한 마음 덕분에 추운 겨울인데도 가슴 따뜻하게 보내고 있어요.

또한 연재 중에 뵀었던 독자님들, 언제나 든든한 응원과 격려 보내 주셔서 감사했습니다.

그리고 이 책을 통해서 새롭게 뵙게 될 독자님들, 정말 반갑습니다.

1년 전의 마음을 되새길 수 있어서 기뻤습니다. 그때 그 마음을 기억하며 올해도 즐겁게, 다른 이야기로 계속 찾아뵐 수 있도록 할게요.

2016년, 새해 복 많이 받으시고요.

작년보다 더 행복하고 즐겁고 가슴 따뜻해지는 한 해가 되시기를 진심으로 기원합니다.

그리고 누구에게나 언제 어디서 또 다른 미스터 삶이 찾아갈지 모르니까요. 그가 나타나면 놓치지 마시기를! 꼭 멋진 마법 같은 행복을 잡으시기를!

함께해 주셔서 감사합니다.

앞으로도 꾸준히 찾아뵐게요.

2016년, 행운처럼 다가온 1월,

김영희 드림.